剑宗作品集

叁

邪武圣录

剑宗 著

二十一世纪出版社集团
21st Century Publishing Group
全国百佳出版社

图书在版编目（CIP）数据

剑宗作品集 / 剑宗著 . -- 南昌 : 二十一世纪出版

社集团 , 2017.12

ISBN 978-7-5568-3252-1

Ⅰ . ①剑… Ⅱ . ①剑… Ⅲ . ①侠义小说—作品集—中

国—当代 Ⅳ . ① I247.5

中国版本图书馆 CIP 数据核字 (2017) 第 294460 号

剑宗作品集   剑　宗　著

责任编辑 敖登格日乐

出版发行 二十一世纪出版社集团

　　　　　（ 江西省南昌市子安路75号　　330025 ）

　　　　　www.21cccc.com　cc21@163.net

出 版 人 张秋林

经　　销 新华书店

印　　刷 北京柯蓝博泰印务有限公司

版　　次 2018年8月第1版　2018年8月第1次印刷

开　　本 710mm×1000mm　1/16

印　　张 200

字　　数 3000千

书　　号 ISBN 978-7-5568-3252-1

定　　价 800.00元

赣版权登字—04—2017—905

如发现印装质量问题，请寄本社图书发行公司调换 0791-86524997

目　录

第一章 ·· 1

第二章 ·· 21

第三章 ·· 41

第四章 ·· 61

第五章 ·· 80

第六章 ·· 100

第七章 ·· 120

第八章 ·· 140

第九章 ·· 160

第十章 ·· 182

第十一章 ·· 201

第十二章 ·· 220

第十三章 ·· 240

第十四章 ·· 260

第十五章 ·· 280

第十六章 ·· 301

第十七章 ·· 320

第十八章 ·· 339

第十九章 ·· 359

第二十章 ·· 379

第二十一章 ·· 403

第一章

　　推浪帮是江湖上新崛起的一个帮派,帮中弟兄全部都是年轻人,年纪最大的也不过二十五六岁。这是武林神探经过长时间调查得出之结果,绝对属实。

　　长江后浪推前浪,推浪——当然是指年轻人。

　　如果你以为年轻人干不成大事,便以为推浪帮只是一个名不见经传的小帮会,那可是大错特错。除非你不是个江湖人,否则你就绝对不会不知道推浪帮。其实,就连许多平民百姓,尤其是鄂湖一带的,都知道推浪帮。

　　推浪帮的势力可以直追江湖九大门派,有人说,江湖九大门派起码有四派不及推浪帮。当然,这只是江湖传言,是否属实,倒无人考证,也无从比较。

　　推浪帮的帮主更是一个传奇中的人物,你或许不知道少林方丈是哪位大师,武当掌门是哪位道长,这并不奇怪,但你绝对不可能不知道朴石安。

　　朴石安便是推浪帮的帮主。有人说朴石安的武功已经达到了出神入化的境界,而有人却说朴石安毫无武功,因为根本没有人亲眼见过他施展武功,只有妄加猜测。这一直是个谜,很多武林高手想去推浪帮找朴石安较量或切磋一番,但都败在朴石安属下人的手中。朴石安从未动手,他没有必要动手,他的属下足以摆平一切。从此可见,推浪帮中的高手如长江之浪一浪高过一浪。

　　推浪帮这个组织虽已近乎完美,但美中不足的是,其帮主朴石安是个丑八怪,而且不是一般的丑,他丑得让人惨不忍睹。其实,人的美丑是不易划分的,各人的审美观不同,有人觉得你难看,便有人认为你美俊非凡。不过,凡是见过朴石安的人,是没有一人不觉得他是个丑人,而且是个奇丑无比简直集天下丑陋于一身的人。

　　天下或许有一人不会这般认为,那就是凌真儿。

　　这也一直是江湖第一谜,为何有"武林第一大美女"之称的凌真儿,对朴石安却是痴心一片，常伴其后？凌真儿的美是不能用笔墨来形容的，她的美是集天下美丽于一身的，她的每一处都近乎天成，仿佛只有这样安排才是最妙、最美的。不知有多少自命风流的公子少爷拜倒在她的石榴裙下，更不知有多少痴情少年为她朝思梦想，然而，她偏偏爱上了朴石安这个丑八怪！而且是女追男，真是令人匪夷所思！凌真儿爱上朴石安，这是个事实，正是因为这个无法改变的事实，才使得寺庙里多了许多英俊年轻的和尚，那些痴情人没有资本更没有能力与推浪帮帮主朴石安公平竞争，因此只好看破红尘皈依佛门了。

难道英雄配美人这句千古流传的话，其真正的解释就是如此吗？

荆州，历来是兵家必争之地，"地利西通蜀，天文比照秦，风烟含狱鸟，舟揖控吴人"，足见荆州区位十分优越，有极高的军事地位，在人文地理方面也极为方便。东汉三国时期，刘表任刺史占据过荆州，孙坚复仇打过荆州，张绣抗曹依靠的是荆州，曹操率军南下收取荆州，周瑜击败曹仁得到荆州，诸葛亮用计借荆州，孙权派吕蒙偷袭荆州，关云长大意失荆州，陆逊拜江陵侯守荆州……由此可见，荆州的确是一个军事重镇！

当年孔明三气周瑜的芦花荡，现在已被推浪帮占据，方圆十里的地盘全部归推浪帮所有。只有拥有了强盛实力，才能一下子买下这么大的一块地盘。推浪帮确实很有钱，但它的钱都是取之有道的。酒楼、镖局、钱庄、当铺等各方面经商之路，他们都有涉及，而且分店遍布各地。荆州城中的英豪酒楼便是推浪帮的产业之一。

英豪酒楼在荆州城乃至整个湘鄂一带都是首屈一指的，它的占地少说也有整个荆州城的二十分之一。你只要一进荆州城的东门，便可以看到英豪酒楼高达六层的主楼，如鹤立鸡群，让人心驰神往。如果你是从另外三座城门走进，则会看到城门口处及各条街道显眼处醒目的幌子，那都是英豪酒楼招呼宾客的手段，上面详细地告诉你怎么走可以到达英豪酒楼。当然，你可以向人打听，他们准会向你推荐英豪酒楼，除非你是个乞丐，否则他们会热情地向你介绍英豪酒楼的种种好处，让你心动不已。还犹豫什么，掏出银子便直奔英豪酒楼。

——这正是英豪酒楼内部人员所期望的效果！所谓内部人员，当然是指建造此酒楼之人以及与它有密切关系的人！

那招客幌子上面除了标明英豪酒楼在荆州城内所处的方位及行走路线外，最引人注意的是一行醒目的大字："英雄豪客的处所——英豪酒楼！"

这是什么意思呢？其实很简单，说明这英豪酒楼的花费不是一般人能开销得起的。首先，进门你得交上十两银子，这一关便有很多人望门兴叹，要知一般人家辛苦一年都赚不到十两银子。

不过，英豪酒楼的生意极为红火，不仅鄂湘一带的商贾富人经常光临，而且其他省份的有钱人也纷纷慕名前来。有的王公大臣经常驾临荆州，表面上是公务在身，而实际却是贪恋在英豪酒楼能得到的高质量的享受。

英豪酒楼的服务是一流的，一流的饮食，一流的条件，一流的环境，他们靠的是这些来吸引顾客，他们绝对是货真价实以诚相待。因此，很多人心甘情愿花上一年的功夫辛苦赚钱，也要去换得在英豪酒楼的一刻享受。

再说，"非英雄豪客者"免进，世上有那么多爱面子的人，有那么多打肿脸充胖子的人，又怎会见了幌子而不入英豪酒楼呢？能进入英豪酒楼，就说明我是英雄豪客了，也自觉脸上有光！于是，不少人为此弄得一贫如洗，不过，这都是他们心甘情愿的。因为英豪酒楼里面是神仙般的境界，皇帝般的享受，平常人家能过上这种生活，虽然只有一时半刻，但也心满意足了。

再过三天便是端午节了，按照惯例，大家将在长江上举行赛龙舟大会。推浪帮自成立以来每年都派人参加赛龙舟大会，他们派出的虽然只是帮中三流弟兄，但照样个个体格健壮，已经连续三年稳驾前头。今年也不例外，推浪帮又派出一队刚刚入帮的兄弟参加赛龙舟。

与以往不同的是，英豪酒楼设置了一个极为诱人的奖项：前三名将可免费到英豪酒楼住上一天！

以往的奖项只不过官府出面奖给第一名船队每人五两银子而已，还不够英豪酒楼的门，不过这也可吸引很多人来参赛。然而，今年英豪酒楼提出这么一个让人心动的奖项，致使更多的人前来参加龙舟赛。就连外省的人都慕名而来，原则上这只是荆州举行的龙舟赛便只能由荆州人参加，但是外地的龙舟队热情太大，而且报名的人很多，总不能让他们扫兴而归吧？何况，荆州人向来是特别好客的。

更令人惊异的是，今年官府也派人前来参加龙舟赛，而且知府大人还传言要亲临现场助威。要知道，以前官府顶多只是派个衙役在旁看看，作为代表，表示官府的重视而已。而今年，居然连知府大人都屈驾督赛！

莫非，官府也贪恋英豪酒楼设置的诱人奖项？

总之，今年的龙舟赛将是热闹非凡，精彩异常，大有看头。

据说连长江帮今年都派出精英参赛夺魁！他们志在必得。看来，今年推浪帮是否能稳坐首位尚不一定。因为，长江帮里的人个个精通水性，帮主江涛人称"浪里黑跳"，他的姓名两个字均离不开水，可见他已将水当作第二个家了。

有竞争才有活力，才有更大的吸引力，于是有更多的人前来观看，那么自然有更多的人光临英豪酒楼。

明天将是龙舟赛报名的截止日期，也即是正式确定参赛队员的期限了。

推浪帮会不会在强硬对手出现的情况下，改变最初的决定，更换新人，派出精英上阵呢？整个荆州城内，人人都在推测推浪帮的最终定策。

有人觉得推浪帮为了保住宝座，会重新组队，而不会再让那些新入帮的弟兄参赛；而有人却认为朴石安是个一言九鼎的英雄，绝对不会中途换人的。

但，英雄也是人，因此，绝大多数人都支持前一种观点。

究竟结果如何？明天将见分晓。

翌日清晨，长江岸边，人山人海，喧闹声已压过了江水的奔流涛声。人们都有些迫不及待了。

今日虽非正式比赛，但由于参赛龙舟队过多，因此先要进行预选赛。

已时将是报名的截止时间，午时将举行预选赛，选出前十队参加后天的正式比赛。主持比赛的是荆州城德高望重、告老还乡的老尚书陈骞陈老爷子，出任裁判的有十人，推浪帮两名，官府三名，荆州城内代表两名，郊区代表两名，外地代表一名。

荆州城离江边有一段距离，不过有一条官道直达江边，快马只须一炷香的时间便可抵达。

在江边等候的人大都是些平民百姓，他们是来看热闹的，虽然龙舟年年赛，但今年的场面就是不同于往常。

"嗒嗒嗒……"

一阵马蹄声由荆州城方向传来，以声音的响度来看，马匹不下百匹。

江边等待的人们纷纷回头观望。

一个身穿青衣布褂的小厮突然趴在地上，将耳朵贴在地面上，旁边不少人用期待的目光看着他。

青衣小厮马上又起身，还没站稳他就叫道："是他们来了，离这儿只有五六里远，再翻过那个山坡，就可以看见了。"

马蹄声愈来愈近，也愈来愈响，仿佛雷声轰鸣，慢慢地盖过了人们的喧闹声。

果然，人们都看到了一团尘土在远处那条官道上团卷升起。

"辉子，你的耳朵还真灵！"只有一个身着灰布衫的大男孩称赞那青衣小厮，其余的人都把注意力放在远处的马蹄声上了，谁还有心思去称赞他？

那个青衣小厮叫楚辉，灰布衫男孩叫南帆，两人年龄相近，是一对好兄弟。

楚辉叹了一口气，道："人家推浪帮就是不肯收我，总说我年纪太小，可我今年已经十三岁了。"

南帆拍了拍楚辉的肩旁，神情黯然地道："辉子，咱们是同病相连啊，我比你虽然大四个月，可他们照样不收。不过没关系，咱们死缠到底，说不定今年运气好，朴帮主会收留咱们。"

"嗯。"楚辉点头道："三分希望咱们付出七分的努力，说不定还真能创造奇迹。"

"好，坚持奋斗！"南帆伸出右掌。

"啪啪啪！"三声。

楚辉举起右手，与南帆对了三掌。他们这异常的举动，稍微引起了周边人的注意，但也只不过使大家侧了一下眼光而已。

楚辉、南帆二人不管那么多，别人怎么看那是别人的事，两人相视而笑，大笑。

楚辉随着众人的视线望了望官道，仍只见远处灰尘一片，便问道："南哥，你眼睛好使，看看朴帮主来了没有？"

南帆闻言忙举目张望，可惜人们相互拥挤，早就将他们眼前遮得密不透风，视线根本穿不过这道人墙。他们两人听着马蹄声越来越响，可看不到，只好心里干着急。

"我们太矮了，看不到，怎么办？"南帆急得直挠头。

楚辉皱了皱眉头，忖道："从人群中钻出去，恐怕要废不少功夫，还会弄得一身狼狈，何不这样？"

他冲南帆笑了笑，蹲下身，拍了拍双肩。

南帆顿时会意，道："那不委屈你了？"

"废话，你快上吧，我的心都急得快跳出来了。"楚辉不耐烦地挥了挥手。

南帆双手按住楚辉的肩膀，但没有立即上，而是说道："那……我上去了？"

上就上呗，磨蹭个啥？

楚辉被气得简直要昏过去了，不过正当他准备起身将南帆骂个狗血喷头之际，南帆已跃上了他的肩头。于是，他只好忍气吞声，使劲将南帆举起，好让他看清外面的情况。

　　"怎么样？"楚辉迫不及待地问道。

　　"等一会儿，让我仔细看看。"南帆说道。

　　楚辉马上闭口不言，扶住南帆跨在他身前的双脚。突然，他猛然醒悟："我不认识朴帮主，南哥他认得么？"

　　想到这儿，楚辉只觉得大是泄气，但他仍抱着千分之一的希望问道："南哥，你认得朴帮主？"由于他是很小心地问，所以声音也比较小，而周围又特别吵。故南帆没有听到他的话，或者根本就没注意到他的话。南帆只觉得楚辉突然抓紧了自己的双脚，但他专心地查看着远方，便懒得理睬。

　　不过，他开始汇报侦察到的情报了："有不少差大哥，有好多彩旗，长江帮、西成队、北城队、刘河乡、广义乡、广元乡、天湖帮、家岔、砖桥，哇，连江陵都……喂，辉子……啊哎……"

　　"小鬼，欠揍是不？乱撞！"

　　"你们这两个孩子真调皮！"

　　原来，楚辉见南帆说了一大堆却一字不提推浪帮，不由发火了。手一松，身体往前一倾，南帆便落在了地上——重重地，并且滚了两滚，撞到了一个农夫一个妇人的脚上，方才停住了身势，一时还爬不起来。

　　楚辉忙向那农夫及妇人低声下气，嘻皮笑脸地认错道："大叔，大婶，对不起了！"便上前扶起南帆。

　　可他这么一称呼，不是把那农夫、妇人当作夫妇了？错了——吗？

　　正是，他太不幸运了，那两人确实不是夫妇。

　　农夫怒目圆睁，喝道："小鬼，乱叫什么，谁是你大叔！"

　　那妇人没有言语，只是挪了挪身子，离农夫远了一点。不过，农夫另一旁的妇人回头了，大嚷道："你这小东西，你应该叫老娘为大婶！"

　　楚辉顿然醒悟："他们才是夫妇，不好，他们凶神恶煞似的，惹不起。"

　　"大叔，你快看，赛龙舟的人来了。"楚辉冲着农夫叫道，并转身，拉起南帆便夺路而跑。

　　农夫及其夫人果真回头返顾，待他们发现这是一个骗局再次回头时，楚辉、南帆两个小家伙早已消失在人群中了。

只可怜这南帆，莫名其妙地摔了一跤，又稀里糊涂地被楚辉拉着逃跑，他的手被蹭破了一片皮，早已有血往外渗了。

"辉子，你这是干吗？"南帆的口气并没有多少愤怒成份，他大概是等待楚辉的解释。

楚辉拉着南帆从人群后面跑到了一棵大樟树下。这棵樟树有一百年的历史了，树枝粗壮，像一把巨伞，方圆十丈以内都在它的庇护之下，就连树干上的那个洞都有一个人高。

楚辉没有回答南帆的问题，只是一鼓作气地爬树，招呼一声："快上！"便似猴子一般三窜两窜地上到了树杈上，离地面有两丈多高。

登高望远，站得越高望得也就越远了。

南帆明白他的意思，便按捺住心中的百般疑问，爬上树干。他们二人的爬树技术极高，两三丈高的树他们只须一眨眼的工夫便可上去，这与自小的摸爬滚打是分不开的。

南帆本想一上树便问楚辉，为什么无故让他摔跤，但上了树后，他却没有开口。因为那群来参加龙舟赛报名及预选赛的人骑着马快到江边了。望着这么壮观的场面，南帆激动不已，又怎会分神去说话呢？

只见官道上奔来一大队人马，各种彩旗迎风飘扬，浓尘翻滚，仿佛一支征战沙场凯旋的军队。马蹄击地声，马上众人的呐喊声，江边人群的欢呼声，合成一股惊天动地的力量，让天地为之惊醒，将太阳从云层中拉出。

楚辉、南帆二人坐在树杈上，也乐得连连振臂呐喊。楚辉扯破喉咙吼道："推浪帮的弟兄，威风强壮，稳操第一！"

虽然还没看到推浪帮的波浪旗，没见到推浪帮的人马，但楚辉的心中却早已现出推浪帮声势浩大的马队。南帆则是被他激起了那份情感，随着他大声呐喊。

片刻之后，那一大队人马到达了江边。推浪帮的人还没有到，主持人及裁判也都未到。

楚辉大为扫兴，起身便准备下去。但南帆立刻拉住了他，说道："辉子，你快看，推浪帮的人来了。哇，好威风啊！"

楚辉顺着南帆的手势一看，心中大喜，差点还跳了起来，若不是南帆及时护住他，恐怕已掉下树摔成了肉饼。不过，楚辉一点都不慌，按捺不住激动叫道："推浪帮——我想你!"他怎能不想?连做梦都想加入推浪帮,现在真的看到了推浪帮的人,他怎能不激动,不兴奋?

树下的人们都拥挤上前围住方才到达的壮汉们,当然会留下一条路以及一片空地让这些汉子们活动。这样,必然有一部分人在外圈围着,够不着看不到,便只好四下张望,于是也就发现了官道上又来了一批人马。

"推浪帮的人来了!"有人高声喊道。

所谓"一传十,十传百",大部分人都回头张望,毕竟推浪帮的名气大,吸引力自然就大。众人纷纷拥上官道,用期盼的目光等待着推浪帮勇士们的到来。推浪帮的总坛设在荆州,那么推浪帮的荣誉便是荆州人的骄傲。

不过,这么一来,先来的那一大堆人马心里有些不平衡。尤其是长江帮、天湖帮之人,他们在江湖上的名气虽不及推浪帮,但总有些地位,而有地位的人同时也很爱面子。所谓"人比人,气死人",长江帮、天湖帮的人个个怨恨在心,特别不服气。

推浪帮弟兄在总坛堂主魏于的率领下,四十骑人马分列两旁,高举波浪旗,整齐地护送着十一乘软轿往江边缓行而来。

魏于位居推浪帮总坛堂主,是朴石安的要好兄弟之一,人称玉豹将,乃推浪帮元老级人物。

"长江后浪推前浪!"

"推浪帮立马江湖!"

"匡扶正义,打抱不平!"

推浪帮四十条好汉喊着口号,威武地来到江边,众人纷纷欢声叫好。

魏于面含微笑,俊脸却露出威仪,双目炯炯,使人不敢正视,虽不怒而自然有一种慑服力,他右手一举,众人顿时噤声。

魏于似乎对这种反应毫无所动,既不觉得恰当,又不觉得不妥,只是开口说道:"有请陈骞陈老爷及十位裁判!"他的声音不大,但字字如珠落玉盘,在场众人无人不听得清楚。

只见轿夫挑起一刚落地之大轿的轿帘,从当头那顶大红轿里走出一位身着天蓝长袍,头戴福寿帽的老人,正是前朝礼部尚书陈骞。他虽年逾七旬,却依然精神矍铄,目露神光,一股凛然正气破空而起。看得众人不禁肃容投上敬畏的目光,荆州人对于这个德高望重的陈骞向来都是尊敬有加的,知府大人对他都要礼让三分。接着十位裁判也各自从轿中走了出来。

陈骞点头向众人示意，然后踱着方步走上石筑高台，身后紧随着十位裁判，高台上早已安放了二十把椅子。

没有闲言杂语，陈骞开门见山地道："本届龙舟赛迄今为止共有二十一支龙舟队参加，故先设预赛，选出十支龙舟队参加后天的正式比赛，现在老夫宣布一下比赛制度：一，参赛的龙舟队每队限二十一人；二，一旦确定各队参赛队员后不得擅自更换，违者取消该队参赛资格；三，比赛要以和为贵，不得辱骂、攻击别队队员，违者取消参赛资格；四，比赛时，各队按指定路线行驶，不得阻挠、捣乱别人比赛，违者将被逐出比赛场地；五，比赛成绩由十位裁判决定，参赛队员不得与裁判发生冲突，若裁判不公，可上报老夫；六，比赛期间，由推浪帮总坛护坛二十位弟兄负责保卫，他们有权对违反比赛章程的人执行惩罚。若有其他特殊事件，交由老夫处理。好！各队队员可先行练习，待午时一到，预赛开始。"

此时，推浪帮已有二十一名弟兄列入其他各队站立的平地上。推浪帮并没有临时更换队员，仍是二十名新入帮的弟兄，只是领队的是一名香主。

陈骞话音甫落，几百条汉子齐声应道："是！"便分散成二十一队，往各队早已备好的龙舟走去。长江帮以及鄱阳湖上的天湖帮的队员走得特别快，他们这次派出的都是帮中的精英，一般的都在水中泡过了十几年，在帮中混的日子最少的也有三五年。长江帮是由一位堂主带队，而天湖帮则由一名护法领队，他们是有备而来。

围观的人群自觉地退至一旁，而楚辉、南帆二人则早由树上溜了下来——

"这位大哥，我们两个想加入推浪帮，帮帮忙，瞧你现在多么威风，在帮中一定干得很不错，你就答应我俩入帮，我们永远忘不了您的大恩大德！"楚辉原来在缠着一名推浪帮护坛弟子。南帆本想帮腔，但最终只是嗫动了几下嘴唇，投上恳切期待的目光。

这位护坛弟子为人很和气，他笑问道："你们两个多大年纪？加入推浪帮干什么？为什么要加入推浪帮？"

楚辉心道："就怕你不开口，你开了口就有希望，看来今日定会马到成功。"他脸上挂起更甜的微笑，答道："大哥，我刚满十三，叫楚辉，他叫南帆，比我大半步。"南帆也忙挂起笑容向那推浪帮兄弟打招呼。

楚辉又道："加入推浪帮后，我俩绝对听从帮主的吩咐，忠心不二。除暴安良，锄奸扶善，这一直是我俩的理想，做一名路见不平、拔刀相助的江湖侠客更是我们的志向。"

那名推浪帮兄弟笑道："小兄弟，你倒是有备而来，不过，满口尽是大话、空话。"

楚辉可慌了，忙道："不是的，我句句属实，这都是我的心里话。"

一旁的南帆也忙插口道："我们说的都是真的，两年前我就和辉子想加入推浪帮了，可每次你们的人总说我们年纪太小，现在我们都十三岁多了。"

"是呀！"楚辉大声道："再不让加入推浪帮，我们都老了！"推浪帮所收的只要年青人，楚辉怎么不着急？

那推浪帮兄弟忍不住，大笑道："你怕老？哈哈……小兄弟，可惜你找错了人，我哪有资格决定，这样吧，你们去找我们总坛堂主，说不定他能收下你们。"

楚辉、南帆闻言大喜，深深地向他鞠了一躬，齐声道："谢谢你。"

南帆还往他手中塞了一个小东西，道："送给你。"说罢便随着楚辉兴高采烈地去找推浪帮堂主魏于。

那名推浪帮兄弟摊开手一看，原来南帆送给他的是一个用秸杆编成的蟋蟀。望着南帆两人蹦蹦跳跳的背影，他不由得笑了起来，笑得很真，像是勾起了尘封的记忆。

此时，江面上，已是鼓声震天，伴着人的号子声，一支支龙舟如离弦之箭，斩风破浪，赢得岸边观看之人的阵阵喝彩。

划龙舟，关键在于众人划桨时要齐心，一般便随着擂鼓的鼓声来划桨。擂鼓人站在船头，其余之人分为两排坐在龙舟的两侧，两排人数相同。第一声鼓响，左边的人一齐划动木桨，第二声响，右边的人一齐划桨。龙舟刚动时，擂鼓的速度比较慢，然后才渐渐地加快。其实，擂鼓手的作用很大，鼓擂得好不好，足以影响龙舟的速度。擂鼓手必须能够遇乱不慌，因为他还是整个龙舟的精神支柱，若众划手精神不振气馁，还要不断地鼓舞士气。

推浪帮的兄弟虽然入帮不久，但都齐心协力，众志成城，因此连续三次夺得了龙舟赛的冠军。不过，今年，鹿死谁手还是个未知数。长江帮派来的龙舟队，是在水里磨过多年的，天湖帮也是精英尽出。另外，还有几个乡里组织的龙舟队也是个个身强力壮，大都有划龙舟的经验，虽然他们只是庄稼人，但只要众人齐心，夺冠的希望也是很大的。官府派出的一支龙舟队也是不容忽视，他们都是从护卫中挑选出来的，再经过强化训练，自然亦有夺冠的能力。

临近巳时，从长江上游驶来的两支龙舟，在江面上疾飞如箭，鼓声震耳，整齐的号子声直冲云宵，顿时，岸上众人的注意力都被吸引住了。当然，正在接受推浪帮总坛堂主盘问的楚辉、南帆二人毫未受到影响。

魏于、陈骞以及十位裁判都坐在石筑高台的椅子上。推浪帮的两位裁判是两名香主，他们坐在高台的中央陈骞的后面，而魏于身为推浪帮总坛的堂主，却只是坐在高台的边缘。这是因为那两名总坛香主此刻的身份是裁判，而魏于则只是负责警戒的，当然位居其次。

不过，这么一来，倒方便了楚辉、南帆两人，高台并不很高，不及一丈，楚辉、南帆二人站在高台下面就可以同魏于对话。

楚辉、南帆二人一直跪在地上，毕恭毕敬地回答着魏于的问题，魏于没让他们起来，他们或许会长跪不起。

魏于坐在椅子上，拂了拂衣袖，问道："你们两个小鬼，有没有偷过别人的东西？"

楚辉、南帆马上摇头，齐声答道："没有。"

魏于看都没看他们一眼，也没有对他们的回答发表什么意见，又慢条斯理地问道："你们有没有欺骗过别人，说过谎话？"

楚辉心道："这堂主怎么尽问这些怪问题，我们姓什么叫什么他可只字不提。"

南帆却已斩钉截铁地答道："没有。"

"你呢？"魏于用眼光瞟了瞟楚辉。

楚辉仰头迎上了他的眼光，说道："有，我以前的确说过谎话，但我从没有害过别人。"

南帆在一旁补充道："辉子骗过我好多次，但都是开玩笑闹着玩的。"

"是吗？"魏于斜着眼睛看着楚辉。

楚辉似乎觉得魏于的眼睛总露出一些……他说不清楚，但使人觉得十分不舒服，但楚辉还是仰起头，认认真真地说道："是。"

魏于笑了笑，觉得令人有些……，但他居然一口答应了楚辉二人的请求："我答应收下你们。"

这么简单？！楚辉、南帆瞪大的眼睛摆明了不相信，不过楚辉的口还不呆，惊问道："真的？"

魏于没再重复，只是说道："回家跟你们爹娘说一声，明天就可以到芦山荡来。"

这下总算相信是真的，而不是做梦了。虽然做梦的情景比这不简单，但楚辉、南帆二人却大感意外。旋即，二人俱神色黯然，道："我们是孤儿。"

魏于望了楚辉、南帆一眼，说道："起来吧，呆会儿随我去芦花荡。"说完他再未看楚、南二人，因为方才由上游下来的两支龙舟队队员已上岸往高台而来。

楚辉、南帆二人磕头如捣蒜，口中更是千恩万谢，心中的夙愿终于了结，此将成为推浪帮的一员，他们当然激动万分。一旁马上过来一名推浪帮兄弟招呼他们，肯定是受了魏于的命令。

其实，魏于也是一个孤儿，从小便没了父母，在师父的养育下长大。

"川东袍哥会下两支龙舟队前来报到！"一个粗哑带着浓厚川音的声音在高台前炸响。

龙舟赛主持人陈骞起身抱拳道："请上台！"

"谢了！"一个粗须黑脸，穿着青色对襟大袍的高大壮汉走上了高台。

魏于心道："原来是袍哥会的一群跳梁小丑。"

陈骞笑道："诸位远道而来，辛苦了。来人，看座！"官府特意派了一批衙役以供差遣。

待那壮汉坐上凳子后，陈骞又问道："敢问壮士大名？"

那壮汉答道："王大凡，在川东袍哥会中坐第四把交椅，听说你们这儿举办龙舟大赛，英豪酒楼设了一个奖。格老子的，大伙就都来了。哼，就冲着那个奖，咱老大便派兄弟们顺江而下。格老子的，兄弟几个就我没到过英豪酒楼，所以这美差便由我顶了。"他眉飞色舞的，仿佛冠军是他的囊中之物了。

陈骞听他这么一说都忍不住生气了，指着高台右边几名负责登记的文书，道："原来是王当家的，请先去登记一下，预选赛马上就要开始了。"

魏于本想出言一戏王大凡，但见陈骞已支开了他，便暂且忍住，在他魏于的跟前，居然还如此的猖狂！

登记五十来人的姓名，是需要一些工夫的。

此刻的江面上以及岸边更是热闹非凡，二十余条龙舟争渡。不过，各队势力的强弱，已基本上泾渭分明了。长江帮、推浪帮、天湖帮、刘河乡、东郊乡、官府这六条龙舟的速度快些，岸上的人看得连声叫好。

已时到。

江岸边的那名站在一棵树下的衙役在得到陈骞的指令后，敲响了悬挂在树枝上的锣鼓。可是场面太火爆了，江面上的龙舟没有一条闻得锣声而返。那名衙役拼命地敲打着锣鼓，但结果还是无效，他只好跑到高台上复命。

陈骞面对着这么一个难题，正绞尽脑汁苦思对策时，一旁的魏于干咳了两声，陈骞顿时想出了解决问题的办法。

陈骞转身对魏于抱拳道："魏堂主，有劳你召回江上各条龙舟上的人。"

魏于忙起身回礼，道："陈老爷何须多礼，区区小事在下理应效劳，在下这就……"

谁知，王大凡已经扯开他那雷公嗓门对着江上喊道："江上的人听着，陈老爷子有令，你们马上返回！"他的声音有如炸雷，将岸上许多观看之人吓了一大跳。然而，江上龙舟队的人却仍未听见，反而沿着江水又逆水上行了。

魏于冷笑着，心道："靠这种外家功夫也配来张扬，真不知天高地厚！"

丢了这么大的一个面子，王大凡并不觉得出丑，他向属下们下令道："格老子的，你们跟老子一齐喊，就不信那些龟儿子不回来！"

"江上的人……"

王大凡正待呼喊，忽然听到身后有人冷冷地道："王当家的，你说谁是龟儿子?"他忙回头一看，正是推浪帮的总坛堂主魏于！

推浪帮的龙舟队在江上，而王大凡这么一骂，自然也将推浪帮的弟兄也骂进去了。魏于岂能容下这口气，何况王大凡一直目中无人，也趁机好好地教训一下。

"格老子的。"王大凡又脱口说道："你……"

"啪!"他一句话刚刚开始就被一巴掌打住了。

"闭上你的臭嘴!"魏于飞身上前扇了王大凡一巴掌，又转身飘落原处坐下。在旁人的眼里，他根本就没有动，连王大凡都是丈二和尚摸不着头脑，四下张望。

魏于仰天"哈哈"大笑起来。

再蠢的人也都知道是怎么一回事了，王大凡气得满脸通道，吹胡子瞪眼睛，咬牙切齿地瞪着魏于，吼道："臭小子，是你打了老子一巴掌?!"经他这么一提醒，陈骞等人及台下的袍哥会众人才知道刚才那么清脆的声响是魏于的手掌与王大凡的脸颊相撞发出的。

"哼!"

魏于轻哼一声，根本没拿正眼看王大凡。

这时，袍哥会的弟兄已拥上了高台，手按住腰上悬挂的大刀。当然，负责护卫的推浪帮弟兄一下子也有十来个人站到了台下，而两个充当裁判的推浪帮香主也站到了魏于的身后。

山雨欲来云势顿成！

望着魏于气定悠闲的样子，王大凡心里明白他定不是一个普通人物，不过己方有五十多人，还用惧怕？王大凡将右手一举，制止住手下众人的鲁莽，在魏于的眼里看来，他是在有意显示忍让，魏于不禁觉得好笑，干脆双手环胸，看他究竟怎样动。

王大凡喝道："格老子的，你是什么人？"

魏于根本理都不理，仍保持着刚才的动作一动不动。不过，他身后的两个香主中的其中一人却火了，哪个黑炭头居然太岁头上动土！

只见那香主吼道："你睁大狗眼瞧瞧，他就是我们推浪帮的魏堂主，堂主仁慈，只赏了你一个耳光，要是撞在老子头上，定有你好看！"这位老兄是个火暴脾气之人，个子不高却很精悍。

推浪帮的名气早就传遍整个江湖，谁人不知，谁人不晓？川东袍哥会只不过是江湖上的一个小帮会，帮中会员都是集市上的一些混混，只是靠着讲义气来团结力量，也是依据"义"来处理事情。他们的帮规主要是以自我为中心，在江湖中没有什么作为。袍哥会几百年前就有，虽然历史悠久，但建树却很少。相对来说，推浪帮虽然成立仅有三年，但在江湖中的势力及声望可直追九大门派。

两者简直不可同日而语。

"推浪帮？"王大凡惊骇地睁大了眼睛，旋即便抱拳哈腰道："真是有眼不识泰山，还请魏堂主恕罪，本人一直便很崇拜推浪帮，不想今日竟这般相见，格老子的，老子真是瞎了眼！"

说罢，他转身对身前的袍哥会弟兄喝道："格老子的，都是死人啊，还不快拜见魏堂主？"

五十余名袍哥会弟兄闻言后，忙躬身抱拳道："拜见魏堂主！"

一场干戈顿时化为玉帛！

陈骞的一颗心也总算可以放回胸腔了，他虽然有些不满王大凡那种狂傲不逊的粗犷态度，但如果推浪帮与袍哥会真的打了起来，将很难避免有死伤。龙舟赛本是项文明友善的活动，若尚未开始便染上了血腥之气，太不吉利！

陈骞捋了捋长须，笑道："万事以和为贵，两位化干戈为玉帛，实在是一件幸事。"

这时，负责敲锣的那位衙役上前禀奏道："大人，龙舟还未返回。"

这个问题尚未解决，怎么办呢？

陈骞只好求助地望向魏于。

魏于却把事情推向王大凡，道："王当家的，按你的办法做吧。"

王大凡正有此意，他转身手一挥，其属下众弟兄立刻转向面对江面，这时，龙舟已由上游开始往下行进了。

"龙舟迅速回岸！"王大凡率先喊道。

袍哥会的弟兄马上齐声喊道："龙舟迅速回岸！"五十来人一齐竭尽全力地呼喊道，声音足以传出十里之遥。

岸边围观之人方才知道怎么回事，一时之间都停止了喧闹声。

王大凡怕龙舟上的人没有听到，便又下令道："格老子的，再喊两遍！"

"龙舟迅速回岸！"

"龙舟迅速回岸！"

二十余条龙舟纷纷调整方向，挟带着鼓手有规律的鼓声，水手们的号子声，一条条龙舟往出发点破浪而回。由于顺水的缘故，龙舟的速度特别快，在江面上如激箭般飞掠而行，令岸上众人惊赞不已。

最先返回的是长江帮的龙舟，推浪帮的龙舟与其相隔不足一丈，其次是刘河乡的龙舟、天湖帮的龙舟，再其次是其他各条龙舟。

在岸上众人的热烈掌声及欢呼声中，各条龙舟上的汉子们大步走到高台前的平地上，袍哥会的龙舟队员也驰到高台下，每支龙舟队各站一排，当头一名为鼓手，各举该队旗帜，整齐地排在平地上，个个精力充沛，斗志昂扬。

陈骞待众人集合完毕之后，站到高台前端，朗声说道："本届龙舟赛预选赛午时正式举行，共有二十三支龙舟队参赛，午时各支龙舟队在炮响便出发，横渡长江后返回，哪十支龙舟队率先第三次返回江岸为胜，将参加后天端午龙舟大赛。诸位可先行休息，半个时辰之后前来台前集合点名！"

"是！"众人领命散去。有的去休息，有的则去检修龙舟，岸边围观的人纷纷席地而坐。一些小商贩也没有放过这么好的机会，挑着瓜子之类的东西来卖，生意好得惊人。

至于龙舟队这些人的吃喝，官府已派人送来了酒食，预赛完结，统统有赏。

魏于一直端坐在椅子上，俊脸上始终流露出一丝笑意，陈骞偶尔同他说上几句话，不然他是不开口的。

突然，魏于眉头一皱，脸色一沉，头往右偏，目光直视高台下面三十丈外的树林。

这时，一直面向树林子站着的南帆过来向魏于报告："堂主，树林子有很多人飞了过来。"

魏于惊异地望了南帆一眼，忖道："这小子看起来是一点武功都没有的，居然也能察觉到树林里有人！"他挥了挥手，道："知道了。"

魏于看得出来，树林里正有一行人抬着一顶花轿飞行而至，而且都是女的。刚发现时距离这儿在二百丈开外，而现在已快到林子尽头了。他不由得暗暗佩服来者的轻功，要知道这些人是抬着一顶轿子的，魏于暗中已招呼推浪帮的兄弟戒备了。

"哇，仙女下凡了！"不知是谁大喊了一声，马上就有许多人将目光投向左边，不少人还忘记了站起来，有的嘴上含着瓜子也忘记了吃。

因为，他们看到了一群身着彩衣的美少女抬着一顶花轿过来了，美少女抬轿令他们感到惊奇，但更令他们惊异的是，这些少女是凌空而至。彩带随风飘舞，一路还有鲜花洒落——当前两名少女提着两只花篮不停地向空中洒着鲜花。

瞬间，轿子已在高台前停了下来，一阵醉人的清香沁入了众人心脾。众人这时才发现这些娇美如花的少女都是赤足。她们娇嫩的脚掌怎能忍受得住踩上砂石时的疼痛？仔细一看，方知她们是踩在几朵花瓣上，抬轿的四位少女踩在提着花篮的几位少女的肩上，轿子并没有落地，地上的八名少女足下的花瓣也根本没有被压扁，少女依然亭亭玉立着。

无人不惊奇。

魏于也很惊奇，但他不是惊奇于这一群少女，他知道轿中的人物才是真正的主角。

这些人是什么来路？

魏于不知道，长江帮、天湖帮的人更是不知。

一旁没有人喧哗，生怕惊动了这些仙女。

正当人们迷惑不解之时，从轿中飘出一个貌如天仙，身着紫色绸裙的少女，她身体缓缓旋转并飘落地面。这个紫衣少女较十二名少女更显得美过一分，她穿了一双紫身白底的小蛮靴。

看得长江帮、天湖帮及川东袍哥会的人"啧啧"地赞叹不已。

紫衣少女对着高台伸出两只纤手抱拳，轻启朱唇道："请推浪帮的朴帮主上前说话。"她的声音婉转动听，人人都听得清清楚楚，而且都觉得余音绕耳，韵味犹存。

陈骞忖道："老三虽然长得丑，但为什么总有美女找他？眼前这少女虽不及凌真儿美，但也是风情万种的俏丽佳人。不过，这群少女武功都不俗，到底是些什么人呢？"

身为总坛堂主，有人来找帮主，他们自然要出面。魏于起身抱拳道："在下推浪帮总坛堂主，不知姑娘找我家帮主有何要事？"

紫衣少女却不买他的账，道："这件事只能亲自讲给朴帮主听，有劳尊驾带我们去见朴帮主。"

魏于眉头微蹙，但立刻又恢复了常态，问道："在下有权代表敝帮主，姑娘有什么话不妨直说。"

紫衣少女看了看魏于，道："你真的能全权代表朴帮主？"

魏于微笑道："当然，在下与敝帮主是生死至交。"确实如此，帮主朴石安、副帮主新力、总坛堂主魏于三人在推浪帮成立之前便已结拜为异姓兄弟，有福同享，有难同当。三人齐心协力，才将推浪帮的江山打了下来，他们在职务上虽有高低不同，但实际上却是平等的，谁不高谁些，谁也不低于谁。

紫衣少女显然是沉吟了一会儿，然后转身又飞起，在花轿前定下身子，似乎是问了些什么，半晌才飘然落地，道："那好，请少侠追随我们到树林一叙。"

轿中还有人，而且是起决策作用的人。魏于暗自称奇，因为凭他的功力居然没有察觉到轿中另有他人。他决定随之去树林，看她们的葫芦里到底卖的是什么药。

花轿在众女的护送下往树林里掠去。

魏于也点足而起，他制止住想随之同去的推浪帮弟子，他自负有能力应付各种事情。

魏于的轻功果然不凡，虽后发却很快超过了前面的花轿，在空中，他似乎根本没有动，就像腾身而起后身体便自行掠飞了。

众人叹为观止，为魏于的轻功之高，更为神秘的轿中人。其身边的侍女都有如此惊艳绝伦的美貌，那轿中的女子岂不是更是超凡脱俗，有着沉鱼落雁之貌？闭月羞花之感？在场的人大都感到遗憾惋惜，恨未能目睹轿中美人的惊世骇俗之美貌。

相对来说，推浪帮的弟子要冷静得多，他们虽然对轿中人也颇为好奇，但并不为失去目睹轿中人风姿的机会而感到遗憾，因为他们曾见到一位绝世美女，他们不相信世上还有比她更美的女子。她就是他们帮主的红颜知己、有着天下第一大美女之称的凌真儿。

很多人都望着花轿逝去的影子摇头叹息，但有人却不然。王大凡又大嘴一张，开始扯开嗓门说话了——

"格老子的。"首先还是以这句口头禅鸣锣开道。

接着他又道："这花轿里坐的是啥子人物？你们这些龟儿子摇个啥子头？叹个啥子气？"他是同他的手下弟兄说话。

不过，他的嗓门这么大，旁人想不听也不行。听了之后，也自然有人会与他辩论，因为他的观点与众人的观点有些不同。

"王兄弟，你恐怕不是男人吧？对这么美的女人都不动心？"发话者乃长江帮的副帮主"水中白虎"仇天民，他与王大凡是旧相识。

王大凡点了点头，道："那几个小娘们长得倒是蛮水灵的，但你也不至于那么像丢了魂似的吧？"

"嗨，你说那几个侍女呀？咱长江帮中有好几个弟兄的老婆就比她们漂亮，还有不少丫环也有几分姿色，我当然不会为之心动。不过那穿紫衣的小姑娘长得挺风骚的，但绝不及那轿中的美人儿。"仇天民说话的神态渐渐地有点陶醉，似乎在尽力地发挥想象能力。

王大凡瞪大眼睛，道："吓，你说轿子里还有个更美的娘们？别白日做梦了，那肯定是个男的。格老子的，那家伙够懂得享受的，居然找了几个娘们抬轿，哈哈哈……"

仇天民笑道："王兄弟，怎么可能是男的呢？刚才那紫衣女孩便是从轿子里出来的，里面怎会还有个男人呢？"

或许轿子里坐的真是个男人呢？

王大凡拍了拍仇天民的肩膀，笑道："仇兄，你刚才不是说那娘们挺风骚的吗？同一个男人共坐一顶轿子又有什么奇怪的？"

仇天民也笑道："哪有男人坐花轿的？除非他变了态。"不过他嘴里没再为此辩论，反正事情已是明日黄花，轿子里是男人，或是女人，还不是见不着面？因此不知道是谁。于是，他手一挥，道："罢了，管他妈是男的还是女的，咱们还要划龙舟夺冠军！"

王大凡也恍然道："对，老子还想去那英豪酒楼吃上几顿，格老子的，老子还从没到那里享受过。"

王大凡这么一说，倒勾起了仇天民的回忆，英豪酒楼他去过三次，一共花费了他上百两银子，不过丝毫不觉得后悔。英豪酒楼的菜食实在是太好吃了，想着想着，他的肚子居然"咕"的一声，嘴里也情不自禁地流出口水。

"哈哈……"王大凡大笑道："仇兄，瞧你这副样子，连口水都流出来了。格老子的，看来那英豪酒楼还真是名不虚传呢。好，老子一定要去看看。"

仇天民顿觉失态，王大凡这么一免费宣传，把他的老脸给丢尽了。不过，旁人似乎并没取笑他，去过英豪酒楼的人都捂着嘴，想必也是想起一盘盘美味可口的菜肴了。至于没有去过英豪酒楼之人，则眼露羡色，又怎会取笑仇天民？

推浪帮的弟子则紧紧盯着树林，蓄势待发，只要有什么异动，他们准会在瞬间之内到达树林。

如此一来，他们怎么参加比赛。

最担心的是陈骞，推浪帮的人不能参加比赛，午时举行的预选赛到底还进不进行？取舍很简单，又是很难，按原则来办，那是相当容易的。但人毕竟是在现实中生活，不可能一切都按条规来对待，需要考虑的方面很多，因此面对取舍的选择往往是非常棘手的。

推浪帮是荆州城里唯一的一个在江湖上富有盛名的帮会，人家现在有事，你总得给点面子，更何况推浪帮座下的英豪酒楼还为这次龙舟赛提供了一项大奖。再说，长江帮、天湖帮及袍哥会都是江湖帮派，他们有可能在推浪帮不在的情况下全揽奖项，作为荆州人，谁不希望自己地方的龙舟获胜？

等！

眼下唯一的办法，只有等！等到推浪帮总坛堂主魏于返回，只有他才能决定推浪帮龙舟队是否参赛，他若不返回，推浪帮的人会一直呆在这儿，注视树林里的动静。

等待的滋味并不好受，有时还特别难受，一般人在等待时总有些迫不及待，即使事情发展的速度一直没变，但在感觉上却会认为变慢了。这么一来，怎么会不觉得难受呢？

所谓"有心栽花花不开，无心插柳柳成荫"，人越想得到的或者越急于得到的东西，往往越得不到或是越难于得到。这并不是一个定律，但现实中却很灵验。

　　很多人都在等待魏于的出现，虽然时间过去不长，但在他们的心中却已等了很久。陈骞在担心离集合点名已不足半个时辰了；推浪帮的弟子却在担心魏于进入树林这么久了却无半点动静，虽然魏于武艺超凡，但方才那些少女的轻功表演，却让人不得不担心魏于。

　　不过，王大凡这些人以及围观的众人却嘻笑闹骂乐得不可开交，一点不觉时间的紧迫性。反而认为马上决赛就好，好让他们马上就去英豪酒楼坐坐。

　　大家都有些失望，时间这无情的是东西又非东西的概念，想它快时却显得那么慢，想它慢时它又显得那么快，让人难受至极。

　　其实，时间并没有快慢，它始终是这样的速度，把昨天、今天渐渐推下历史的深渊，它也不会偏袒于谁，它永远是公平的。几十万年前，时间推移的是这么样一个速度，现在是这样，几十万年以后还会是这样。

　　说时间是个概念没有错，年、月、日、时，这些时间单位都是人为规定而又经过约定形成的。究竟什么是时间呢？使人以及万事万物在发展变化中变得衰老的"东西"，你可以感觉得到它的存在，但你不能看清、捕捉到它，更不能企图阻止或是加速它的推移。

　　时间仍在把一个个的瞬间推向有无限深的历史深渊里，无声无息地，在人们的活动中，等待中，休息中溜走，它走得令人们觉察不到，没有哪一位武林高手能做到这一点。

　　当时间向前推移到一个点时，具体说是从魏于进入树林后大概一炷香的时间，江边一直在等待的人以及没有等待的人几乎都看到了魏于的身影从树林里走了出来。魏于的动作依然潇洒不凡，不拖泥带水而倍感飘逸。

第二章

魏于很快出现在众人的面前，站在那儿，表情很平静，但心情绝对很复杂。

一直等待的人很高兴，因为经过"慢慢"的等待，终于可以使心中的石头落了地；没有等待的人不大高兴，隐隐还有一丝失望，他们并不关心魏于的存亡，他们的眼光盯着魏于的身后，然而他的身后只有空气。

那一队抬着轿子的少女以及那紫衣少女，还有轿子里的神秘人物没有再走出林子——没从林子的这边走，至于有没有另寻他途离开，谁也不知道，除了魏于之外。

很多人想问问魏于，到底发生了什么事？

不过还未开口，魏于便发话了，先对推浪帮的兄弟（包括楚辉、南帆）道："你们继续参加龙舟赛，由宋香主负责。"

——宋香主是二十名护坛弟子的头儿。

接着，他转身抱拳，对陈骞歉然说道："在下有事必须立刻回芦花荡，不能在此尽份心力，还望陈老爷见谅。"

陈骞得知推浪帮依然参加龙舟赛，心中已变得踏实了。魏于有事要走，他当然不会强留，于是便拱手道："魏堂主有事不必客气，请！"

魏于也不多言，道声"告辞"后便点足而起，稳落于一匹快马上，转眼间已扬鞭策马于十丈开外。一道灰尘渐渐在马蹄过处扬起并落下，官道上一匹快马已消失在众人的眼前。

龙舟赛预选赛即将开始，魏于却策马离开江边往芦花荡方向赶去。

推浪帮将总坛设在芦花荡有一定的目的，但这个目的却鲜为人知，连魏于等人都不太清楚，只是朴石安专门提出要将总坛设在芦花荡，其他人并不觉得有什么不妥，也没有具体发表意见，便同意了。于是，芦花荡被推浪帮购买了下来，继而成为推浪帮的总坛。

芦花荡其实很荒，不过交通很方便，陆路和水路都很便利。

芦花荡的中部是一个大湖，以前叫做映月湖，后来朴石安等人将其改称为"浪源"，在湖中心建有一座八角亭子，亭子的底部是实的，这不同于一般亭子的柱撑。不过这亭子与岸边没有桥梁连接，湖上虽有数十只小船，但有这么一个规定：入亭者须以轻功渡湖面，亭子距离湖岸有百十丈远，飞过去并非易事。因此这亭子虽然建得很豪华很漂亮，但能够亲临的人却没有几个，没有几分功力之人只好望水兴叹。

或许这是一个激励人积极进取的措施。

亭子造得确实很好，八根合抱粗的朱红长柱撑起一片天空。四周轻纱曼帐，为亭子增添了一分神秘之感，八盏气死风灯长年累月地挂在那里。亭子里面很宽阔，当中有三张木桌及十把木椅，可用来休息、品茶、下棋。这些木桌、木椅是由机关控制的，只要将机关一闭，木桌木椅顿时下降，然后自有木板盖住洞口，使亭子里空空如也，可充当比武场用来切磋武艺。

魏于知道朴石安会坐在亭子里，当然他身边绝少不了凌真儿作陪，朴石安每天起码有一半的时间呆在亭子里，谁也不知道他在干些什么。他给这个亭子取了个名字——"能者上居"。

魏于一回到推浪帮，便直往"能者上居"赶去，推浪帮明、暗哨不少，但魏于乃堂堂总坛堂主，当然一路畅行无阻。

飞越湖面从岸上到达"能者上居"，对于魏于来说那是小菜一碟，无须换气，便可一举到达。他的轻功在推浪帮无人能及，包括其帮主朴石安。

"参见堂主！"在"能者上居"负责守卫的弟兄忙向魏于行礼。

魏于将手一挥便径直掀开轻纱走入"能者上居"。他首先把目光投向凌真儿，但见她那么专注地同朴石安下棋，心里总有点醋意。与她的绝世容颜相参照，朴石安那张无比丑陋之脸就更加一无是处了。

魏于虽然只是朝凌真儿瞟了一眼，但心里却飞速地转个不停。他实在是想不通，凌真儿为什么会喜欢朴石安那个丑八怪，论相貌、论武功，朴石安都不及他，可凌真儿总看不上他。

当然，魏于是不会让自己的思想太过放纵的，他马上就朝与凌真儿对坐的面无表情之朴石安说道："帮主……"

"二哥，你就是不肯再叫我一声'三弟'？"朴石安回过头望着魏于，叹了口气，接着道："二哥，你有什么急事？"魏于此次是去江边负责护卫的，若无重要事情，朴石安相信他决不会中途返回。

凌真儿起身施礼，道："魏二哥，你请坐。"

魏于望了凌真儿一眼，轻声道："谢谢凌姑娘。"便坐在靠近朴石安的一张凳子上。

"帮主，湘西百花宫的人想联合我们推浪帮共同对付天阴教。"魏于开门见山地说出了事情的真相。

"百花宫？"朴石安惊问道，他根本没有听说过世上有这么一个组织。凌真儿也投以疑惑不解的目光。

魏于解释道："百花宫是一个很小的帮派，一共不足百名弟子，且都是些苗族少女。虽然势力不大，但都有一身高强的轻功及暗器功夫，对下毒方面更是行家。百花宫在武陵山的南面，而天阴教在北面，天阴教一直想吞并百花宫，但百花宫的人宁可玉碎也不为瓦全，始终不肯屈服。"

"天阴教那些装神弄鬼的家伙，总与我推浪帮过不去，以前我们没有办法克制天阴教的那些邪门玩意，损失了不少兄弟。现在，可以让百花宫与天阴教以毒攻毒，只要他们没了那些玩意，破他天阴教还不是轻而易举的事？帮主，我以为这是我们除掉天阴教的大好机会。"

朴石安沉思了片刻，他有些心动，天阴教一直对推浪帮骚扰不断，镖车被劫，钱庄被抢，派弟兄去报仇，却敌不过天阴教的毒术，屡屡大败而归。虽然这一年多来，天阴教见推浪帮的势力日益强大，变得乖多了，但以前的仇恨岂能一笔勾销？

魏于见朴石安没有言语，又道："我已经答应了百花宫宫主，她将会在后天前来芦花荡，同帮主商议。"

朴石安皱了一下眉头，但旋即注目道："二哥，既然已经答应人家了，我们就开始准备。"

于是，他向亭外喊道："来人！"

顿时走进两名推浪帮弟兄，躬身听令，他们刚准备行礼参拜时，朴石安已下令道："迅速请副帮主及任先生前来'能者上居'！"

"是！"两名弟子领命退去。

凌真儿没有言语，默默地收拾着石桌上的棋子。魏于情不自禁地将眼光系在她

· 23 ·

的身上，当然，他懂得掩饰自己的举动，不会让他的三弟及凌真儿发觉。

朴石安也没有再问什么，他相信魏于这么做有他的理由，凭他的江湖经验，既然答应与百花宫合作，那么百花宫的人是可信了。朴石安在等待副帮主新力及师爷任务的到来，四人将一起商量攻打天阴教的事。

新力是一个非常耿直的人，脾气不小，二十四岁的人做事却难耐住性子，说一便是一，不会再更改。由于他办事很苛刻，因此帮中的堂主、香主对他敬之如神。

相对来说，魏于在帮中却很得人缘，哪位兄弟在新力那儿受了气，遭了罚，魏于的一句关心话顿使他的心里觉得温暖。朴石安对帮中兄弟都很友善，但他很少去和兄弟们交往，与大多数堂主、香上之间谈的几乎全都是公事。另外，朴石安是个奇丑无比的人，性格又很孤傲，而魏于却英俊非凡，风流倜傥，为人也很随和，因此，魏于在帮中的声望比朴石安还要高。

任务是推浪帮的智囊人物，此人精通八卦、星相之术，并有"运筹帷幄决胜千里之外"的才能。他是两年前由魏于推荐入帮，两年来为推浪帮立下了不少汗马功劳。魏于是在南阳遇到任务的，一眼便识出此人非凡，凭着诚意与厚礼，当然还有推浪帮无穷的潜力，终于请出了这位自认为乃三国孔明之传人的任务。

任务没有武功，但他不用担心过不了湖，朴石安给了他一个特权，他可以不必凭轻功而入"能者上居"，他是这么多年来唯一享有此特权的人。他是坐着轿子过湖的，轿子同他一样，是不能靠自己过湖的，而是依靠两名武功高强的弟兄抬着过湖的。

这一招绝对比百花宫的那些侍女要强。

很快，新力和任务分别以各自的方法渡过了湖面，到达了"能者上居"。

新力首先撕开幔帐进入亭内，他那长满粗须的黑脸上写满了焦急和疑惑。

"老三，有什么急事？咦，老二，你不是去了江边吗？"新力一进来便迫不及待地讲出心中的问题。

他的话音刚落，任务也进来了。

任务似乎总是那一身装扮，一袭白色文士儒衫，手上托着一支水铜枪及一个水烟袋，他别无所好，就爱有事没事抽上那么一口烟。他常说："抽上一口烟，快乐似神仙。"那烟的滋味当真如此舒服？应该是的，你看！他现在又闭着那对慧眼在吞云吐雾，好不快哉！

——当然，他是在参拜了朴石安之后才抽烟的。

从任务嘴里出来了很多烟圈，一个接着一个往外冒——这是他长期训练后才能达到的效果。抽水烟的味儿很浓，很呛人。但任务连续吐出了好几口烟，却丝毫没有改变亭子里空气的味道。因为，亭子里的四个檀香炉里正不停地冒出袅袅香烟，盖过了水烟味。

推浪帮四个首领人物开始商议大事了，首先，由魏于讲述在江边遇到百花宫少宫主的经过——详细经过。

"……我随着她们进入了树林，才知那轿中之人也是一个少女，她正是百花宫的少宫主。我问道：'姑娘找我家帮主有何贵干？'那少女应道：'我们想请贵帮同我百花宫联手共同对付天阴教，天阴教一直想吞并我们百花宫，师父她老人家向来不会屈服于人，十几年领导宫中姐妹从未向天阴教低过头。但是天阴教的势力比我们强得多，经过几次大的拼斗，我们百花宫伤亡惨重，师父也不幸阵亡。现在我们一群姐妹们只好忍辱偷生，根本没有足够的实力与天阴教进行大的较量，只能暗中动手。听闻贵帮与天阴教也素有间隙，那天阴教真够嚣张，连推浪帮都敢惹，劫镖车，抢钱庄。虽然这些对你们大帮派来说算不了什么大的嚣张，但这口气谁都难以下烟'！"

众人心里皆道："这百花宫少宫主嘴皮子好生厉害，既赞了推浪帮，又揭了推浪帮的疤，还拿活来激将。"

魏于接着道："我心知这百花宫少宫主是出言相激，好让我们推浪帮帮她们铲除天阴教。但是，天阴教以前屡次与我们作对，那口气实在让人难以下咽，只是天阴教的毒阵无从克制。于是我说道：'你对我们调查得很仔细嘛，不错！天阴教与我们确实有过节，以前由于帮中实力不够，在天阴教的毒阵防御下没有占到便宜。'百花宫少宫主抢着说道：'天阴教的毒阵我们可以应负，在使毒上我们百花宫绝不逊色于天阴教'。"

"我暗忖以毒攻毒确实是个好办法，由百花宫对付毒阵，剩下的事情便容易多了。只是我还有些担心百花宫有没有那个能力。于是便问道：'我们曾经在天阴教的毒阵下吃过不少苦头，也派过不少弟子潜入天阴教打探情况，孰知都有去无回，你们百花宫同天阴教打了那么久的交道，对天阴教的情况应该颇为了解。若能相告，在下不胜感激。'百花宫少宫主应答如流：'天阴教的毒阵我会过几次，一共有四关。第一关是瘴气，一般人要过第一关都十分困难，因为那是不易察觉的。瘴气是一道天然屏障，我苗疆特产的一种树，它能释放出使人吸入后立刻口吐白沫而死的瘴气。

天阴教便是将这一层天然屏障为己所用，不过我们苗人生来便与毒打交道，因此并不怕这点瘴气。其实，它这第一关有一条秘密通道一直通向第三关'……"

"什么秘密通道？"新力急问，他曾率众去攻打天阴教，可每当走到一片树林时，众弟兄突然纷纷倒地口吐白沫而死，而他却因身上带有一颗避毒珠而毫发未损。还未遇到天阴教之人，自己的人马便已全军覆灭，新力当时不禁暴跳如雷，破口滥骂，但四周除了那些合抱粗长着藤的大树及推浪帮众兄弟的尸首外再无他物，于是他将满腔的怒火迁移到一棵大树上，他劈空一掌便将身旁的一棵大树击倒，但树断处却冒出一股浓烟，饶是新力身上有避毒珠，也顿时弄得头昏昏沉沉的。最后，他只好无功而返，后来他才知道树林里的空气有毒，而那些树又是特别大，那里是去天阴教所在地断魂崖的小径。断魂崖的左面是悬崖，右面是悬崖，后面还是悬崖。也正因为如此，新力才对"秘密通道"极为关注。

魏于道："百花宫少宫主道：'那通道便在一棵大树底下。第二关是浮沙阵，若无绝顶轻功，断难通过，但若由秘密通道经过，可直接进入第三关。"

新力笑道："大概是天阴教的人也过不了第二关，才寻出一个秘密通道。"

魏于续道："不待我再问，那百花宫少宫主便说道：'第三关是蛇阵，数以万计的毒蛇在他们的控制下守着一片草丛，令人防不胜防。若有一身绝顶轻功，前三关是比较容易过去的。第四关有两种毒物，分别是蝎子和蜘蛛，这些毒物都非同寻常，能跃起袭人，喷出奇毒无比的汁液。不过，这三种毒物都有头领，只要克制住它们的头领，这两关自会不攻自破。'"

另外几人心道："恐怕说起来容易做起来难。"

魏于续继道："那百花宫少宫主似是知道我们不相信，就笑道：'堂主不必过虑，我们苗家人个个擅长使毒，很多人都有自己喂养的毒物。百花宫里的毒物更是不计其数，镇宫之宝赤角蜥蜴更是天下奇毒之物，其他毒物见之都躲避不及，乖乖地俯首称臣'，我听了大为惊异，但料想她所言不假，我曾听说过毒物之间是强王弱寇，一般的毒物在遇到比自身更毒之物时，会避而远之。她所说能使毒物俯首称臣，想必那赤角蜥蜴便是一种人间罕有毒中之王。"

新力性子最急，他立刻问道："老二，你可见到过那赤角蜥蜴是什么样的一种东西？"

魏于摇摇头，道："别人的镇宫之物，岂会随便示出？那百花宫少宫主只道到时候便可见晓。随后，我们就约好端午节那天在芦花荡共商要事。"说罢，他把眼光投向朴石安。

朴石安看了新力及任务一眼,问道:"你们意下如何?"

新力抢着道:"我举双手赞成,只要破了他那狗屁毒阵,我包管杀他个片甲不留,为那些冤死的兄弟们报仇!"

有仇不报非君子!新力怎么也容忍不下天阴教以前对推浪帮的骚扰,他恨不得即刻就杀进天阴教,弄他个天昏地暗,日月无光。

任务也没有反对攻打天阴教,他说道:"帮主,属下也无异议,只是此时帮中的人手不够。"说话时,他的眼光注视着朴石安的掌心。

他此言不虚,推浪帮虽然实力庞大,势力遍布全国各地,帮中弟子不下两千人。但正因为分舵多而致使力量有些分散,荆州虽为推浪帮总坛所在地,但人员调配上力量却相对地比较薄弱,总人数还不足二百人。

朴石安接过凌真儿递过的茶杯,呷了一口浓茶,道:"天阴教虽然有四百多人,但大致属于乌合之众,他们厉害的只是毒阵,只要毒阵一破,我推浪帮兄弟以一敌十都没有问题。"

新力应道:"天阴教的那些龟儿子,在武功方面根本就没什么鸟用,若要真枪真刀地干,十个天阴教都没有什么好怕的。"

这时,一旁一直未曾开口的凌真儿说道:"安哥,无论如何我们也得慎重起见,作好详细布署,何况百花宫的底细我们并不了解,她们的话还不能全信。"

任务吸了一口烟,点头道:"凌小姐的话不无道理。帮主,以属下愚见,还是马上向附近的分舵调些人手过来,一来可以不变应万变,二来还可以在百花宫的人面前显示一下我们推浪帮的实力。"

朴石安心道:"兵贵于精而不在多,如果破不了毒阵,去再多的人都无用。"不过,他挥挥手道:"大哥,你马上传令让川、鄂、赣一带的分舵调集一些弟兄来荆州;二哥,麻烦你到武陵山去打听一下百花宫及天阴教的情况;任先生,你去同平药师加紧炼制一些解毒的药以备后用。至于龙舟赛,照样参加,而且负责去守卫的弟兄也不动,龙舟赛过后留守帮中,其余的事后天再说。"

魏于不由一惊,道:"帮主,那怎么行呢?江边一共有四十名弟兄,而且还有不少好手。"

新力、任务以及凌真儿也都感到心惊。

朴石安不以为然,道:"从各分舵调集的人手可以补充,好了,就这么决定吧,你们可以走了。"

新力三人心道："这么一来，不是等于没有增加人手吗？"但朴石安毕竟是帮主，既然这么决定了，他们也只好依令行事。

"遵命！"三人迅速离开了"能者上居"。

凌真儿待新力三人走后，便靠朴石安的身边，柔声道："安哥……"

"凌姑娘，你不用再说了。"朴石安不待她将话说完，已出言打断。

凌真儿本想说不可鲁莽行事，但听朴石安这么一说，她只好幽幽一叹。半晌，她又以一种似嗔非嗔、略带幽怨的眼光看着朴石安，轻声道："你怨魏二哥不肯叫你三弟，其实，你也何曾改口不叫我'凌姑娘'呢？"

朴石安身子明显地轻轻一颤，很快转过身，不敢对视凌真儿的眼睛，过了好一会儿，他才冷冷地丢下一句话："我要去练功了。"便抬步往一根石柱走去。

"安哥——"凌真儿对着朴石安冷漠的背影说道，准确地说，应该是喊道。

朴石安停下了脚步，但没有回头。

凌真儿有些高兴地说道："安哥，你为什么要装着一幅冷面孔呢？我知道，你心里也……也挺……喜欢我的，你的眼神骗不了我，安哥，你……"

朴石安已按住雕龙石柱上的那颗龙珠，随即向右旋转，顿时他脚下的木板往下陷去。原来，这是一个机关，而下面有一间密室。

凌真儿跺了跺脚，泪水在美目里直打转。她对着朴石安下去的地方喊道："朴石安，我恨你！"她的声音不很大，因为怕外面的人听到。

其实，此刻负责守卫"能者上居"的两位弟兄已经抬着轿子送任务过湖去了，根本没有人会听到她的呼喊，但她还是有些担心，急忙朝四周查看着。

若此刻外面有人，见到凌真儿那副梨花带雨的委屈模样，心里肯定会怜惜万分的。其实，她的眼角挂着泪挂，对她的美貌丝毫无损，反而更添了一份娇柔，人见人爱。

不过，凌真儿根本没有在意这些，她的脸上没有涂脂擦粉，自然不怕泪水冲蚀了，掏出丝巾轻轻一拭便了事。然后，她走进亭子坐在石凳上看书。

时间就这么一点点地向后静静推移着……

两名负责守卫的弟兄尚未返回。

突然，"啊——"，密室里传出一声惨叫。

"安哥！"凌真儿下意识地喊道，"哥"字刚出口，人已掠至方才朴石安下去时触动机关的那颗龙珠上。原来，她也是一名高手。

凌真儿急忙开启机关，身体立刻缓缓下沉，然而下降的速度太慢，她的脸上已写满了焦急之色。

不待石板完全降下，凌真儿已跃下石板，身形如飞地往朴石安练功的地方奔去，口中惊呼："安哥，你怎么了？"

密室分为四间，朴石安便在最里的一间，凌真儿"了"音刚出口，人已站立在朴石安所在的那间内室里，真个快如闪电！

朴石安盘膝坐在石床上，头发散乱，头上冒着白烟，神情似极为痛苦。凌真儿在焦急中没有注意到朴石安的脸上毫无汗渍，而下巴处却不断地涌着水滴（汗水），而且他的脸皮……

凌真儿只知道朴石安痛得几乎快要昏过去了，只知道自己的心也跟着感到十分痛苦。不过，当她靠近石床的时候，朴石安睁开了眼睛。

他的眼睛里充满了惊慌，但凌真儿从他的眼睛里读不出更多的东西，因为朴石安瞬间已转身面壁。

"你怎么下来了？"朴石安的声音含有七分惊慌，三分责备，不过他并没有生气。他本来是想使说话的口气冷如冰霜的，但刚才看到凌真儿焦急、关切的眼神时，他话里的温度已不知不觉升高了许多。

凌真儿站在石床前，因内心的焦急而倍感手足无措。她颤声问道："安……安哥，你……没……没事吧？"她的右手欲伸向朴石安的肩上，但最终还是缩了回来，握住自己的左手，她并非因为害羞。

"我……没事，你上去吧。"朴石安的声音有些无力的感觉，像是受了点内伤。

或许是觉察到凌真儿仍站在身后，朴石安再次说道："凌姑娘，你快上去！"这次他的口气重了许多。

凌真儿还不走，她柔声说道："安哥，你……受伤了？"

"叫你上去就上去！我在练功……怎么会受伤呢？"朴石安近乎吼道。

待他的话音甫落，内室里便显得特别静，静得让人窒息。

过了好久，朴石安想说声："对不起，你先上去吧。"但他没有说出口。

又过了一会儿，凌真儿柔柔地说道："我……上去了，安哥，你自己……保重。"

终于，她开始向室外退去。先是退了好几步，然后才转身走，不过走得很慢，而且一步三回头。朴石安能够感觉得到凌真儿关切的眼神，那眼神仿佛已穿透了他的五脏六腑……

直到凌真儿开启机关，开始向上升起时，他的心仍狂蹦乱跳不止。

朴石安的心里在狂呼："我这是怎么了？我难道真的……爱上了她了？不！不会的，她只是为了报答我的救命之恩才对我这么好的，我不能爱上她，绝对不能！"

他简直要发狂了，双手使劲地撕扯着头上早已散乱的头发，他的衣物早已被汗水浸湿。

过了良久，朴石安才用双手将脸上抹了抹，似乎是擦拭着脸上的汗水加上泪水组合成的液体。此时，他已渐渐平静。

内室里有一面铜镜，在石床的床头旁边的桌子上，朴石安稍稍整理一下衣物后，便走到铜镜前。一般的丑人是不大喜欢照镜子的，但朴石安却对着镜子不断地抚摸着那张丑得不能再丑的脸。末了，他还冲着镜子得意地笑了笑，这么丑还得意？太不正常了。

不过，话又要说回来，相貌的美丑是天生的。既然已生就了这么一副面孔，美也好，丑也罢，都要坦然地去面对。再说明白点，丑人是人，美人同样是人，而人只不过是一副表皮包裹着智慧和思维的动物，最重要的当然是在里面，外貌的美丑又算得了什么呢？

朴石安对着镜子端详了一阵子，自言自语地道："丑人也是人，我要让所有人都知道，人长得丑也是可以成就大业的，看谁还敢鄙视貌丑之人！"

他刚才练功受了伤，但现在已经好了。镜中的他充满了信心、刚强和坚毅，但一转身面对石床时，他顿时像霜打的茄子。

朴石安无力地跌坐在床沿上，喃喃地说道："为什么会这样？真的要……唉！师父，下面根本什么都没有。"

"为什么不下去看看呢？说不定……"朴石安心念一动。这么一想，他的精神顿时也振作多了，站立起来从石床底下的一只箱子里取出一件水行服换上。然后往脸下一抹，取下一块东西放在床上的衣服旁边。再按动一个机关，只见左边墙壁上出现了一个两人见方的圆洞，朴石安蹬足而起，钻洞而出。

这个洞口离外面的湖面不及一尺，只听见"扑通"一声轻响，朴石安已潜入湖水之中。

恰在这时，自亭子上传来一阵"轧轧"的轻微声音——有人从亭子里下到密室里来了。

是凌真儿，她始终不放心朴石安，刚才看到朴石安那副样子，定是受了内伤，于是她上去之后心神终不能沉静下来，后来干脆按动机关再度下来，哪怕被朴石安骂一顿都要下去看看，不然她会担心死的。

凌真儿的心一直"扑通扑通"地狂跳不已，几乎快要蹦出嗓子眼了。她没有像刚才那样一路惊呼，她一声不吭，她怕一出声便会颤抖不已。

可是，当她到达最里面的那一间内室时，她惊住了，情不自禁地喊道："安……安哥！"声音充满了恐慌，石床上放着朴石安刚才换下的衣服，石床左边的墙壁上有一个洞，湖水反射的光线荡漾在整间密室里。

凌真儿疾步走到石床前，拿起朴石安换下的衣服，满眼疑惑地望着洞口，忖道："安哥他，莫非在外面洗澡。"朴石安没事，她自然也就放心了，不过她情不自禁地想象起朴石安的样子，白嫩的脸蛋上已飞上了一缕红霞。

人家在洗澡，她一个大姑娘家怎么能还在这儿守着呢？凌真儿转身欲走。

突然，她停住了脚步，并立即转过了身，返回石床前，拿起一物……

她的两道秀眉顿时拧在一起……

湖水很深，湖面处在旭日的照耀下，是一片亮堂堂的，然而湖底却是漆黑一片，伸出手，你绝对看不见五指，不过朴石安内功精深，勉强能够比较清楚地看到五根手指头。饶是如此，他也只能看到三尺以内的东西。

这么深的湖，当初建造"能者上居"不知耗费了多少人力物力呀！

朴石安在湖底一直摸索着，但湖底除了淤泥杂物外并无他所需要的东西，他究竟要找什么东西呢？

人，只能适合在陆地上生存，在水中只能呆上有限的时间，水性好的可以呆上长一些时间，而水性差的，恐怕一下水就要上来了。朴石安的水性不能说很好，但也不差，不过呆上半个时辰他会有些受不了。因为在水中你不能呼吸，只能凭着在水上吸纳的一口气维持在水底的呼吸，有的人能使体内空气的需求达到微小的份量，可以闭一口气在水中呆上好几个时辰甚至几天，这种功夫叫做"龟息大法"，可惜的是，朴石安并没有习过"龟息大法"，而他在水底呆的时间已超过了半个时辰。

为了不至于在水底活活被憋死，他只好选择浮上水面，虽然他再次一无所获，但来日方长，他有的是机会。

浮到了水面，朴石安立刻深深地呼吸了几下，待平静后方才跃出水面认准石壁上的洞口，钻进内室，换下潜水服，穿上已经晾干的衣物，一时之间，他也没有注意少了什么东西。

　　然而，正当他想转身时，一柄锋利的长剑已架在他的脖子上，他很吃惊，但并不胆怯。若不是在湖底搜寻半天却依然一无所获，致使心情极为低落，也不会有人到了身边却毫无所觉。

　　朴石安没有动，剑在脖子上他当然不会动，他冷静地问道："阁下是谁，朴某与你有何冤仇？"

　　身后那人没有说话，只是"哼"了一声。

　　不过这一哼却使朴石安吃了一惊，心道："难道是……"

　　可不待他开口，身后已传来一声冷喝："你是谁？居然敢冒充我安哥！快说，不然本姑娘砍下你的狗……你的脑袋！"她想必准备说"狗头"的，或许觉得这么说不雅，忙改了口。

　　朴石安已能确定身后的人是谁了，他笑了笑，道："凌姑娘，你开什么玩笑？"他还伸手想移开脖子上的剑。

　　不料，那剑不但没离开他的脖子，反而已在他的脖子上划了一道口子，顿时便有鲜血渗出来。他身后的人确实是凌真儿，但她此时却横眉冷视，与半个时辰前的态度截然相反。

　　凌真儿冷冷地喝道："你到底是谁？"说时，她手中的剑又加了一分力道。

　　她这么一用力，可让朴石安有些吃不消了，凌真儿这么蛮横不讲理，让他从心里有些生气，道："凌姑娘，你在搞什么鬼，我就是朴石安。"

　　"呸，你是朴石安？那这是什么？"凌真儿取出一块什么东西扔在石床上。

　　人皮面具?!

　　朴石安这才惊觉出了漏子，他忖道："不好，这回可露馅了。"他头脑里一片空白。

　　他这么一愣，凌真儿已点住了他背心的六道大穴，令他动弹不得。然后，凌真儿轻轻将他右手一拉，他便身不由己地向后转。很快，他已与凌真儿面对着面了，凌真儿看得……

　　她真的呆了，眼睛呆住了，嘴巴也呆住了，就连思想都呆住了。因为，他此刻看到的一张脸孔与半个时辰前所看到的那张脸简直有天壤之别。

眼前的这个男子玉树临风，剑眉入鬓，轮廓深邃的脸庞，眉宇之间有股坚毅冷傲的气势。而且看起来也不到二十岁，只可惜他一直闭着眼睛。不过，这样已经够迷人了，凌真儿只觉得自己已经舍不得移开眼睛了，她简直有种想抚摸这张俊脸的冲动。

凌真儿想着想着手中的剑已慢慢垂了下来，突然，她的理智提醒她眼前这人是冒充安哥的人。于是她沉下面容，冷冷地问道："你到底是什么人？"

朴石安闭着眼睛，但心如潮涌，一刻都未平静下来，他睁眼也觉不是，不睁眼亦不行，堂堂男子汉，有什么不敢面对的呢？然而……

不知怎的，他已睁开了眼睛……

凌真儿不由地愣住了，安哥——不！眼前这人的眼神同安哥的眼神是完全一样的，冷傲、坚毅，也是那么使人意乱神迷，当初她就是被这双眼睛迷住的。

"你……"凌真儿真不知该怎么开口。

朴石安起始不敢与凌真儿对视，但一想既然事情已经发生了，就要勇敢地去面对，于是他便直视凌真儿。同时，他开始解释自己易容的原因："凌……姑娘，既然你……已经……知道了，那我就无需……再隐瞒了。"

凌真儿瞪大眼睛看着朴石安，内心的震惊使她再也吐不出一个字来，她听着朴石安——眼前这人的话语。

朴石安背心六大穴道受制，全身只有眼睛嘴巴还能动，以功力冲突，一时半刻也不能奏效，于是他干脆免动，反正凌真儿不会杀他。不过他颈上的伤口却一直血流不止，虽然渗出的血不多，但积少便成多。然而朴石安却丝毫没有去理会，强使自己的内心平静下来后，说道："我一直都是戴着面具的，而且故意弄出一副极丑的面具，世人都爱以貌取人，我就偏偏要以一副丑面孔出现，做出一件大事来让世人也知道人不可貌相。"

凌真儿心道："谁说世上的人都是以貌取人？至少我不会这样，人长得丑些或者长得好看些有什么区别的，内在的品貌气质才是最重要的。安哥人虽然长得较丑，但他为人磊落，待人真诚，脾气虽然有些孤傲，但他为人处事却不失君子行径。面具？难道安哥以前？……"

朴石安继续说道："我本是一个孤儿，从小便不知爹娘是谁，一个好心的婆婆收养了我，她靠给人家洗衣服赚些工钱。本来这么一点钱她一个人生活都非常困难，又带上我，她老人家更是省吃俭用，宁可自己少吃些少穿些，也不让我饿着冻着。在我三四岁的时候，婆婆的身体就开始犯病，可她怕花钱，总不肯看大夫买药吃，有痛苦忍着。而我若想吃什么东西，婆婆总是千方百计地为我弄到，她老人家待我恩重如山，而我却……再也没有机会报答她老人家……"说到这里，他已热泪盈眶，只不过强忍着没让它流淌出来。真是男儿有泪不轻弹，只是未到伤心处。

凌真儿也受到了感染，神色黯然。但她依然不敢肯定眼前这人就是朴石安。

朴石安的神情更为悲怆，说道："在我六岁的那年，婆婆病得连路都快走不动了，但她还是带着病去挣工钱，那时我还小，也不能帮上什么忙，却一直跟着她。我永远也忘不了那一天，婆婆她老人家在一个富人家洗衣服，那时天气很冷，她老人家在冷水里不停地洗着衣服，本来身体就不行，身上穿的衣服也极为单薄，因此她不断咳嗽，可是，那可恶的管家，却还嫌婆婆咳嗽，居然……让下人将婆婆赶出了门，婆婆被他们推得摔了一跤，半天都爬不起来，我想上前同他们拼命，可是……可是那时我人小力弱，哪能斗得过他们那些体格强壮之人？不过幸好有位过路的大哥好心帮我将婆婆背回了我们住的破庙，可是那一夜又偏偏下了一场大雪，婆婆她……她……"朴石安眼中的泪终于流了出来。

凌真儿听了也不禁鼻子发酸，双目湿润，情不自禁地喊了一声："安哥……"

强忍住心中的悲痛，朴石安继续说道："从那时开始我便四处流浪，但我永远也忘不了要替婆婆报仇。后来，我遇上了师父，他教我武功，三年后我便手刃了那个管家，随后我就更专心地学习武功，因为那时我意识到天下到处都有恶人，到处都有像婆婆那样受人欺压的好人。于是，我立志要做一个锄奸扶善的侠客。师父他是一个侠义心肠的人，在江湖上不知做了多少好事，但是，就因为他长相生得丑，人们总不拿正眼看他，就连那些受到他恩惠的人也都对他避而远之。但师父他从来没有怨恨过谁，依然行侠仗义，只是他的性格越来越孤僻，可很多人居然给师父取了一个'冷面煞星'的称号。只有少林派的几位高僧及几位老前辈对师父颇为友善，见面总称师父一声'大侠'，虽然只有限的那么几个人，但也总算给了师父一些慰藉。"

"有一次，师父云游时遇上了青城派的掌门之子欺侮一个富家小姐，师父当时义愤填膺，上前一掌击伤了那个色狼，但念在他爹的分上便只是废了他的武功。不料，恶人先告状，那混蛋在他爹面前居然谎称是师父非礼一个女子，而他路见不平拔刀相助，但因技不如人方受伤，他身边的爪牙更是添油加醋。那青城派的掌门一向对师父没有什么好感，遂向青城派的人下了通杀令，一些平素看我师父不顺眼的

· 34 ·

人也蠢蠢欲动。由于那被青城派少掌门奸杀的女子已经尸骨无存，师父也懒得去解释，从此他退隐江湖，心灰意冷，也没再教我武功，而任我闯荡江湖。"

凌真儿并不知道朴石安的师父是谁，她所知道的一些江湖人物几乎都是在最近三年内认识的，但她却非常同情他的遭遇。她一直就很不满女人以貌取人的作法，朴石安很丑（戴着面具时），虽然他是推浪帮的创建人，年轻有为，但是很多人在背地里说他的坏话——这样的事情她不知遇上了多少回。

情不自禁地，凌真儿掏出丝巾为朴石安擦去眼泪，她没想到要为他解开穴道。

"安哥……"凌真儿深情地呼唤了一声后，便说不出什么话来。其实她根本不必再说什么，因为她已将所有要表达的意思全都融入了眼神里。

朴石安理解她的心情，知道她的情意。他的眼神里露出了一丝感动，但稍纵即逝，他立刻又用深邃的眼光盖去了内心的真实。他平静地道："凌姑娘，我其实并不叫朴石安，朴石安——不是俺，但我以后还是用这个名字，我本就不是我。"

"安哥，你不要再这么叫我好吗？"凌真儿满脸诚挚而又饱含期望地问道。

望着这深情的眸子，朴石安好不容易修复的心墙顿时便要塌去了，他几乎要脱口而出："好！"但最终他还是使心情平静了下来，他心里在不停地念叨着："她只是为了报恩，她只是出于同情，我是个丑八怪，她怎么会……"

凌真儿再次柔声地说道："安哥，我很高兴了解到你的真实经历，其实，即使你真的长得丑，我也……你……知道的，两年前……"

"凌……你不要再说了。"朴石安恐怕自己的心会被征服："这一年多来，你一直跟着我，也该回去了。"

凌真儿紧张地抗议道："不，我决不回去！爹娘总想让我嫁给那个小王爷，我瞧他那副自命不凡的样子就恶心，他们那些男人看中的都只是我的外貌，安哥，我心里只喜欢你，我从来没对哪个男……子……动心过，可我一遇到你，就……一直控制不住自己的感情，你的眼睛里……"

凌真儿突然不顾一切地表白，令朴石安不知所措，他本来就动不了，只好用嘴巴叫道："真……你不要再……"他居然差点脱口叫出了自己在心中才呼唤过的名字，但他立刻冷冷地说道："你去做小王妃吧，不要把感情乱放在我这种人身上，我消受不起。"

这话出口，朴石安顿时觉得太违心了。人非草木，岂能无情？凌真儿一年多来，根本不嫌自己的貌丑，一心一意地对待自己，对别的男人不屑一顾，别人都认为是一朵鲜花插在牛粪上，可她依然不顾一切地跟着自己，连她的父母之话都可以不听。其实，自己的心里真的会那么绝情吗？让凌真儿去嫁给那个自命风流的花花公子，真是自己所愿意的吗？一年多来，凌真儿一直呆在自己身边，虽然嘴上总要凌真儿离开，可哪一次又付诸行动了呢？

凌真儿被朴石安的话给惊呆了，她没想到他竟然叫她去做小王妃，哼！难道她凌真儿就这么不要脸，硬要死缠着朴石安？

她的美目中不禁流下了两行清泪……

朴石安不禁一颤，他知道自己的那句话太伤她的心了，可是自己是一个孤儿，怎么同凌真儿……想到这儿，朴石安索性将心一横，用冷冷的眼光瞥了凌真儿一眼，便斜眼不再看她。

"你……"凌真儿激动得不能言语。

朴石安虽然没看，但感觉得到有两道幽怨的眼光直透心扉，他担心自己会坚持不住——如果凌真儿仍一直这么看着他。朴石安心里在无力地呼喊道："你走吧！"

没想到，朴石安刚这么一想，凌真儿便幽幽地又带有一丝绝望的情绪说道："好，你既然这么讨厌我，那我凌真儿也不会再缠着你！"

说罢，她转身便走，真的走了，并不是一步三回头的走，而是斩钉截铁地走。朴石安清楚地听到了凌真儿走出这间密室的脚步声，他的头脑顿时一片空白，似乎觉得少了什么东西。朴石安不敢把眼光射向门口，他知道那将是令他失望。

她真的走了，是自己赶她走的！天啊，我竟然……

朴石安心乱如麻，他闭上了双眼，紧紧地闭上了双眼，他还没感觉到自己已有两行热泪滚下了脸颊。他的脑海中顿时出现了一幕幕凌真儿无微不至地照顾自己的场面，自己烦闷时，她陪着自己下棋，看他作画写字；天冷时，她为自己添加衣裳……他从未听她有一句怨言，而自己呢？下棋的时候总无故地发脾气，她为自己披上的衣物他总会故意地弄落在地上……天啊，自己都做了些什么？

自己其实是很喜欢凌真儿的，她对自己的照顾是那般体贴，以前他是个孤儿，只有婆婆和师父才对他这么好。要知道自己一直是戴着面具的，人家可是武林公认的美女，她为什么要一直跟着自己，难道就因为曾经帮助过她，才至于这样吗？

真儿！真儿！为什么不敢当面这样叫她，她是多么希望听到自己这么叫她呀！而自己为什么要摆着那副臭面孔，死活不肯叫她一声真儿？朴石安呀朴石安，你真是个混帐！王八蛋！

——朴石安当真心乱如麻，他的穴道依然被制住，不动能。但是，如果他的穴道没有被制住，他——会不会去追凌真儿呢？

"真儿，对不起。"

这句话是从朴石安的嘴里冒出来的，正因为是冒出来的，所以他自己都不知道有没有说出口。

心里想的话，嘴里却不知不觉地说了出来，可见他的脑子已乱到了什么地步。想着她的好，她的温柔，她的美丽，她的……再对照自己的冷漠、绝情、孤傲，真是令他后悔欲绝。可是，凌真儿已经走了，被朴石安自己气走了。

朴石安已将近达到痴呆的状态，反正他的穴道受制，动都不能不动了。

他变得痴呆了，他确实痴呆了，要不然他不会认为自己被一个柔软的身体抱住了，他只觉得那是梦；要不然他也不会感觉到另一种温暖，他只认为那是幻觉；要不然他更不会闻不出飘进鼻子里的幽香不是来自自己身上的，他猜测是鼻子失灵了……

直到他的嘴唇上感觉到有一个温和柔软的"东西"粘住时，他依然没有睁开眼睛，他怕那是梦，一睁开眼睛就会失掉。

做梦的感觉真好，朴石安只觉得全身上下没有一处不舒服的。

真希望这梦会永远继续下去，直到天荒地老、海枯石烂，别的事都可以不管。

——朴石安的这个愿望怎么可能实现呢？若是梦，怎会没有醒的时候？不然那就不叫梦。即使不是梦，那也不可能直到天长地久、海枯石烂，人与天地相比，实在太渺小了。

朴石安的这个不是梦的梦是被一声喃喃的呼喊惊醒的，这声深情的呼喊响自他的耳边。

"安哥——"

是谁发出的呢？怎么如此温柔动听？

朴石安的心里立刻想出了答案：是她！

震惊！！

正因为这么空前绝后的一惊，使朴石安睁开了他那有千斤重的眼皮。也正因为他睁开了眼睛，他才知道刚才的那个梦其实并不是梦，而是真的，是事实！

抱住他的正是凌真儿，没错！就是她！

朴石安更是感到震惊——她不是已经走了吗？

——他心里很高兴，更是激动，这是他掩饰不了的，至少短时间内是不能的。

　　人不像流水，更不像时间，不会一去不复返。人走了，是可以再回来的。凌真儿回来了，而且"回"到了朴石安的怀中。

　　其实，凌真儿没有走。当她决定要走的时候，她是真的想走，也真的走了，但她走出这间密室门时，她突然意识到了自己这么一走将永远不会再看到朴石安了，于是她回头看了一眼，权当最后一眼，看了这一眼之后，她会将朴石安的样子永记于心，而且绝不会让别人夺去朴石安在她心中的位置。

　　一切或许是冥冥中注定了的，当凌真儿回头时，恰恰是朴石安流下两行热泪的时候。

　　以前，征服凌真儿那颗情窦初开之芳心的，是朴石安的一双充满坚毅、刚强的眼睛，从此，她为他默默地付出真情；现在，征服凌真儿的，使之心灵破碎的，是朴石安的眼泪——从那双有着无穷魅力的眼睛里流露出来的一个大丈夫之眼泪！

　　尽管朴石安的眼睛是闭着的。

　　于是，凌真儿情不自禁地停住了脚步，静静地站在密室门口——她的心情并不平静，她仿佛是溺水时抓住了一根稻草，她就用那种既有失望又有希望存在的眼睛看着朴石安的眼睛。朴石安没有戴面具，因此他的表情是无可掩藏的，他面部的每一块肌肉之颤动都赤裸裸地展现在凌真儿的眼前。

　　凌真儿试图从朴石安的表情，当然还有眼泪中，去读懂朴石安此刻的心。她渴求能从中找到令她欣喜激动的希望。

　　果然——她成功了，她实现了自己的愿望！朴石安的表情流满了悔意，充满了柔情，她看到了真正的朴石安。朴石安——"不是俺"，但现在总是你了——朴石安！

　　只是，她还有一丝疑虑，这一丝不相信是因为她太激动了。

　　突然，她听到了一句话，这句话是从朴石安的嘴里飘出来的，她听到了。虽然声音并不大，而且还有些含糊，但她清清楚楚地听到了："真儿，对不起。"

　　他叫她"真儿"了。

　　凌真儿这下子真的相信自己实现了那个愿望——渴求找到令她欣喜激动的希望。是的，她找到了，她知道朴石安其实是在乎她的。

　　在那一刹间，她没有动——因为她实在太激动了。不过，瞬间之后她动了，飘到了朴石安的身前——朴石安尚未发觉。

她马上紧紧地抱住了朴石安。这一刻，她觉得好温馨，好幸福，方才的委屈不愉快，已统统滚得远远的了。

她太兴奋，太激动了，于是她不顾一切地将自己的樱唇印上了朴石安的厚唇——这是她的初吻。这也是朴石安的初吻。

凌真儿在激动、兴奋之际，情不自禁地喃喃柔声道："安哥——"

"梦"中的情景依然持续着，朴石安真实地看到了，感觉到了凌真儿的存在，可惜他不能动，不然他会推开凌真儿，因为——事情来得太突然了。

"真……凌姑娘，你怎么……回来了？"——这只是他在心里的想法，并没有说出来。因为他的嘴唇被封住了，所以只能发出"唔唔"的声音。不过也总算取得了一定的效果，凌真儿移开了嘴，于是自然而然地与朴石安四眼对视。

结果是两败俱伤，他们均面红耳赤，低下了头——只是凌真儿低下头时，才觉得自己的动作实在有些过火。可在她低头后的瞬间之后又进一步发觉自己依然搂着朴石安，她低头只不过使自己的头靠在朴石安坚实、宽阔的胸膛上——这个动作同样过火！

凌真儿马上红着脸离开了朴石安的身上，只是显得万分娇羞。

他们两人就这么静静地僵立着，谁也没有说话——在短暂的时间内。

此时，凌真儿才渐渐意识到朴石安背心上的六道穴道尚未解开。不过她没有立刻解开朴石安身上受制的穴道，她在想着方才朴石安这么一动不动地被自己抱着，还……

她娇羞地看了朴石安一眼，情不自禁地笑了起来。她这么娇羞地一笑，使朴石安一时之间忘掉了要问的话，平时的凌真儿本就美得如仙子，现在她面如红酡，无限娇羞的样子更是美得让人忘记了眨眼。

不过，朴石安忘记了说话，凌真儿可没忘，她娇柔地说道："安哥，我知道你心里也很……喜欢我。哼，你以后就是赶我走我都不走了，这辈子我……我……就跟定你了！"说完这句话，她居然还敢直视着朴石安。

倒是使得朴石安倍感不好意思，他还是弄不清楚凌真儿为何去而复返，有点语无伦次地问道："真……你怎么……没……又回……"当着凌真儿的面，他不敢再叫她"真儿"，因此刚说出一"真"字他便慌了，后面的话更是词不达意。

凌真儿明白他的意思，此时二人虽然尚未达到心心相印，心有灵犀一点通，但通过察颜观色，明白对方的明白是很容易的。她娇嗔地道："哼，想激我走？没门!"瞧她那副得意的模样，好像在路上拾到了一块金条。

她顿了一下，又道："你心里不想我走，我当然……就不走了。"这次她的声音特别温柔，其中还包含无限的喜悦。她娇羞的笑容里也夹杂着一丝狡黠的成分！

心事被揭穿的那一瞬间，人的心理防备是最脆弱的。反应往往是选择躲避，要么转身离去，要么低头不语。可惜朴石安现在既不能走，又不能低头，只能眼睁睁地瞅着凌真儿。心里的尴尬顿时达到了极点，但也变得"大胆"起来。其实，闭上眼睛也是一个好办法，但堂堂男子汉怎能一直闭着眼睛不去见人呢？更何况眼前有这般美丽动人的人儿在娇羞作态。

朴石安的魂被勾去了，心也被带走了，于是，他全无防备地喊出了只有在他梦中才叫的名字："真儿！"

"哎。"凌真儿甜甜应道。

朴石安依然魂不守舍地说道："你真美。"

"啊！我怎么能说出这种话呢？"朴石安话刚出口便清醒了过来。然而，话说了便算说了，怎能收得回来呢？顿时，朴石安窘得心中狂跳不已。

他这句由衷的赞美之词，凌真儿听在耳里，甜在心里。太受用了！凌真儿心里一乐，就大人不计小人过，原谅了朴石安方才犯下的欺骗之罪，伸出纤纤玉手，为朴石安解开了背上受制的穴道。

终于恢复了自由，朴石安却并不怎么高兴，反而更加窘迫。其实，他已猜想到凌真儿刚才肯定没有走远，此时他才想起根本没听到凌真儿走远的脚步声，只是当时他心无二用罢了。心底的秘密全部曝光，他岂能不窘？手脚受制，就干脆不动；而穴道被解，手能动，脚也能动，可是他该怎么动呢？因此，朴石安此刻是大窘而特窘，窘上加窘！

也就是说，自由并不是时时刻刻都比不自由要好，朴石安还真有点希望穴道依然受制。

第三章

但是事情发生了，就必须要勇敢面对。朴石安不是个孬种，自然更要坦然面对一切了，否则，他岂是鼎鼎有名的推浪帮帮主朴石安？

"真……真儿。"既然已经开了个头，也就没有必要再叫她"凌姑娘"了。

奇怪，朴石安胆子一下子大了起来，凌真儿倒害羞不已，她不敢再那么甜甜地应上一声"哎"，而只是迅速而娇羞地望了朴石安一眼，低头不语。她的心儿"怦怦"直跳，她在激动地等待倾听朴石安的话语。

"你……你真的愿意留下？"朴石安问道。

凌真儿有点不敢相信地抬起头来凝望着朴石安，她原以为朴石安会再度板起面孔的。她激动地应道："愿意，我愿意！"只是她的声音似乎越来越小。

"不后悔？"朴石安的声音也很轻柔。

凌真儿轻轻地把头摇了摇，这个微小动作没有逃过朴石安的眼睛，他知道眼前这个人儿的心思。

"那……我们……上去吧，时间不早了。"朴石安说道。

凌真儿唯命是从，她点了点头，其心里依然是甜甜的。忽然，她瞥见了石床上的人皮面具，用手指了指，柔声问道："安哥，那面具……"

经她这么一提醒，朴石安才知道自己若是以真面目见人，这样出去，谁还当他是推浪帮的帮主，况且他还不想以真面目见人，要让天下人真正领悟"人不可貌相"。

朴石安拿起人皮面具，在怀中掏出一个小瓷瓶，揭开瓶盖，顿时香气扑鼻，他用指甲挑出一点涂在人皮面具上，然而戴在脸上，用手抚平。于是，他又变成了原来的丑面孔。

他正待迈步走的时候，凌真儿却拉住了他，说道："安哥，你的下巴上没粘好。"并伸出莹莹玉手轻轻地抚平人皮面具，其它没粘好的地方以及粘好的地方她都用手细心地抚了一下。

"好了，现在没事了。"凌真儿笑了笑，望着朴石安脸上的人皮面具。突然，她发现朴石安的眼神有些……怪怪的，她情不自禁地红着脸垂下了头。

原来，凌真儿为朴石安抚平人皮面具时，两人相隔的距离实在太近了，以致朴石安能轻易地嗅到一抹淡淡的清香，这种香味比他涂在人皮面具上的香料要好闻得多，而且，这香味还会使人……

朴石安迅速收回了神驰的心，轻咳了一声，道："真……真儿，我们走吧。"他还是有些不习惯称呼凌真儿为"真儿"。

说罢，他抬步便走。

"安哥，你刚才往面具上涂的是什么香料呀，真香！"凌真儿虽不爱施粉涂脂，但闻到这种淡雅的香味，也顿生爱意。

朴石安整理了一下衣衫，道："那不是香料，人皮面具是死皮，时间长了透气就不太好，那粉末就是舒张人面具上的毛孔。"

说话间，他们已到了最外面的密室，打开机关，马上一块三尺长宽的木板降了下来。凌真儿先一步踏上木板，她拉起朴石安的手，将他拉上了木板。

端午节这一天，荆州城特别冷清，万人空巷。这并不是件稀奇古怪的事，反而是非常正常的。因为一年一度的龙舟赛马上就要在江边举行，何况今年的龙舟赛是极为热闹的，所以荆州城里的人起码有半数以上去江边观看。

江边是最热闹的，成千上万的人守候在长江两岸，等待着那振奋人心的时刻的到来。首先是由十三支被淘汰的龙舟队领着祭品在江面上游戈，祭奠江神，岸上的人们纷纷将粽子等东西抛入江中，以纪念楚国的圣人屈原。

芦花荡也很热闹，虽然不及江边那样热火朝天的欢腾，但闹而不乱。推浪帮的雄威、声势，在众弟兄整齐的行礼中，在波浪旗的"猎猎"摆动中尽展无遗。清一色的年青人，有着无限的活力，年轻的生命，等于无限的希望。

长江后浪推前浪。推浪帮上至帮主，下至帮众，哪一个不是年轻人？谁说"嘴上无毛，办事不牢"，谁还说年轻人成不了大器？到推浪帮来看一看，你便会知道年轻人同样可以成就大事，还可以比别人做得更好！有志不在年高，一代新人终会"换"旧人。

推浪帮的首脑人物均坐在会客大厅里，等待着百花宫的人来临。帮主朴石安，副帮主新力，总坛堂主魏于，师爷任务，还有一个局外人物——凌真儿。

朴石安不会坐在那儿干等，身为推浪帮帮主，需要他处理的事情随时摆在眼前。此时，他聆听着属下兄弟的汇报。

"三弟，从各分舵调来的兄弟已全部到齐，个个斗志昂扬，现在都在门外等候拜见帮主。"新力率先禀报道。

朴石安笑道："大哥，有劳你了，我这就出去看看。"

"看"字刚出口，他的人已落在会客大厅的广场上，新力等人也马上起身走到门外。

广场上一共有一百余名从各分舵调集而来的兄弟，他们一见朴石安出现，忙高呼："属下等拜见帮主！"其实，只有少数人见过朴石安，其余的人都心领神会，遂齐齐躬身参拜。

朴石安忙双手抱拳，笑道："兄弟们辛苦了！"

"振兴帮威，匹夫有责！"众弟兄异口同声地回应道。众口齐声，声威震天，整个芦花荡都为之一振，士气顿时高涨。

新力、魏于、任务等人都大为兴奋，众人齐心，其利断金，那还有什么困难不能克服呢？

"好！兄弟们如此肝胆相照，帮中大业何愁不成？待打倒天阴教之后，我们一齐在英豪酒楼开怀痛饮！"朴石安大喜道。

魏于在一旁挥舞右手，高声喊道："踏平天阴教，扬我帮威！"

众弟兄群情激荡，纷纷挥舞右手，齐声呐喊道："踏平天阴教，扬我帮威！踏平天阴教，扬我帮威！"

这时，一名帮中弟兄趋前来报："帮主，湘西百花宫人马到！"

朴石安笑道："好，大家随我出迎！"

"是！"在场诸人齐声应道。

昨晚，魏于自武陵山打探消息回来向朴石安报告，已得知百花宫少宫主罗翠花所言不假。因此，朴石安方才亲自出迎。

"帮主，你何必亲自出迎？百花宫只不过是一个小帮派。"魏于在一旁提醒朴石安。

新力也大声道："是呀，二弟说得有道理，百花宫只不过是一个小帮会，用得了三弟你亲自迎接？有大哥我去就抬了他们的身价。"

朴石安摇了摇头，朗声道："推浪帮、百花宫都是江湖上的帮派，只不过实力有些分别。现在百花宫有求于我们，而我们也想乘此机会铲除作恶多端的天阴教，虽然百花宫的势力远不及我们，但我们又岂能自高自大？以前推浪帮也只不过是江湖上一个不起眼的小帮派，现在强大了，又怎么能瞧不起别的小帮派？"

他的话句句在理，且又是一帮之主，还有谁会反驳呢？无一不听命行事。

朴石安手一挥，道："随我出迎！"说罢率先往芦花荡口大步走去。

魏于暗忖："以前我们势力弱小的时候，那些大门派根本就瞧不起推浪帮，现在倒好，有点势力了，反倒要向百花宫那样的小帮会点头哈腰。"但想归想，他还是同新力等人一起尾随朴石安前去迎接百花宫的人。

百花宫的人倾巢而出，她们等候在芦花荡口，因为尚未得到推浪帮的许可，如果冒然进驻，岂非有意侵犯？

朴石安一行很快就看到了百花宫的人马，心道："百花宫的人虽然少，但她们个个英姿飒爽，有种不让须眉的气度！"

百花宫少宫主罗翠花已经下了轿子站在众女的面前，她见眼前过来了一群人，领头的是个容貌奇丑之人，但他的举动、他的眼神之中却透露出一股慑人的威仪。罗翠花也是一个心高气傲之人，天下间的男人她都懒得一顾，但眼前这个丑汉的眼神，却使她感到一阵莫名的心颤。她心想："这人一定便是推浪帮的帮主朴石安。"

于是她立刻趋前抱拳道："小女子罗翠花拜见朴帮主。"苗疆女子不同于汉族女子，都极为直爽，更不会效仿那些俗礼。

朴石安早在魏于的提示下，得知轿子前站立的那少女便是百花宫的少宫主罗翠花。走近一看，罗翠花也是一个绝美的女子，身穿一袭白衫，自胸至腰围了一条绣花围裙，色彩灿烂。耳上挂着一对极大的黄金耳环，足有酒杯口那么大。肌肤微黄，双眼极大，黑如点漆。腰中一根彩色腰带被风吹得向前，双脚却是赤足。她虽无凌真儿那般娇柔秀美，却多了一分英姿气概，添了一分刚毅。

朴石安心中对罗翠花顿生一份好感，朗声笑道："在下正是朴石安，罗少宫主驾临敝帮，在下有失远迎，恕罪恕罪。"

罗翠花拱手道："朴帮主能亲自迎接我们这等小帮派，已是给百花宫脸上贴金了。"

这时，魏于上前笑道："帮主，我们还是请罗少宫主入厅一歇吧？"

罗翠花拱手笑道："总堂主好。"

魏于笑着点了点头，便算是还礼。

朴石安当即抱拳朗声道："罗少宫主，请！"

推浪帮的两百名弟兄早已齐齐地站立在道路的两旁。

罗翠花忙还礼道："多谢。"但并没有立即走，而转身对百花宫的人下令道："姐妹们，你们在此等候，蝎婆婆、蛇婆婆，你们随我前去。"

顿时百花宫的队伍中走出两名手持拐杖的年老妇人，她们身着彩衣，额头及眼角还涂有彩色。手中拐杖杖身赫然发出黄澄澄的光亮，杖身较粗，如果是黄金所铸，倒真够分量。这两个老婆子是百花宫幸存的元老，身材矮小的那个是蝎长老，高瘦的那个是蛇长老。本来百花宫有五名长老，分别以五种毒物命名，但百花宫在与天阴教的拼杀中，另外三名长老已经丧命。

罗翠花这才领着蝎、蛇两位长老同朴石安一行往推浪帮的会客大厅行去。

朴石安见罗翠花只带二人随行，其余的人俱留在原地，顿时明白罗翠花是为了免除不必要的误会，方才把百花宫的这些带有兵刃的下属留在原地。当即，他朗声笑道："罗少宫主，贵宫的属下也请一并进入芦花荡，我们即将携手合作，又何必多礼呢？"

罗翠花见其态度中肯，忙拱手道："我怕我们这些荒蛮之人打搅了芦花荡的清静，既然朴帮主不嫌弃，那我们就恭敬不如从命了。"

说罢，她转身对百花宫的下属道："姐妹们，蒙朴帮主不嫌弃，大家一起去吧。不过在芦花荡内不可散漫无礼，更不可拿出身上的毒物！"

"是。"众女齐声应道。

百花宫的女子俱是苗女，每人身上都带有毒虫毒物，她们没有中原帮派那么多的规矩，因此罗翠花才会如此吩咐。

百花宫的人本对朴石安没多大好感，因为他长得太丑了，但现在见他这么礼貌待人，心中对朴石安顿生敬意。

于是，一行人浩浩荡荡地紧随朴石安到达了会客大厅。

会客大厅确实很大，但一下子迎来了近百名客人，却显得有点小了。不是会客大厅的空间小，而是椅子少了。总坛堂主魏于不待朴石安吩咐，已下令推浪帮总坛的弟兄去搬椅子。这些推浪帮的弟兄，都是血气方刚的小伙子，平时很少见到异性，而现在一下子来了几十个如花似玉的姑娘，他们干起活儿来特别卖劲。有的人还一手搬来三四只椅子，这显示出了推浪帮兄弟的热情，然而搬来这么多的椅子，恐怕百花宫的姑娘们，一人坐两只还有多余的。

别人热情如火，即使做错了，你能怪他吗？何况推浪帮的弟兄只不过是多搬了几张椅子而已。朴石安等人能责怪下属办事不力？这一群小伙子一年中有大半的时间在芦花荡呆着，除了有几次进入英豪酒楼的机会之外，很少与异性打交道，现在来了女客，他们能不激动？百花宫的人更是不用说了，她们除了感激之外岂会有怪罪之理？百花宫的下属在推浪帮总坛都有位子坐，她们如何不感激人家的善待？

推浪帮与百花宫之间的恰谈在热烈友好的气氛中开始了，很快地进入恰谈的正题——攻打天阴教。如何联合对付天阴教，如何布署力量，如何进攻，何时进攻，如何向江湖同道阐明观点，如何做可使己方的损失减到最小等等，这些都是双方谈论的主要话题。

虽然要谈的事情很多，但双方已摒弃了许多不必要的猜疑和不信任，因此商议起来特别顺利，中午便已将所有的问题全部议妥。

双方一致通过以下决议：

一、以推浪帮的二百名弟兄充当主力军，负责毒阵破后进攻天阴教老巢；百花宫七十几名成员主要负责破除天阴教的毒阵！

二、由推浪帮出面向江湖宣布声讨天阴教宣言！

三、后天（五月初七）为进攻天阴教的具体日期，届时双方人马一起攻入武陵山！

四、攻克天阴教后，解散天阴教，原属百花宫的范围重归百花宫所有，其余地盘属推浪帮！

五、具体部署，此事非常机密，暂且不宣。

随后，朴石安在芦花荡设宴款待百花宫众人，招待的菜食怎么样，单告诉你是谁主厨就可以猜想得到。他就是闻名天下的号称"神厨"之伍拾的嫡传弟子伍七，师徒二人均在英豪酒楼内掌勺。今天，朴石安特调伍七到芦花荡掌厨。

推浪帮总坛的弟兄每年有两次免费进入英豪酒楼的机会，其他分舵的弟兄则只有一次免费进入英豪酒楼的机会。每年春节，凡推浪帮的弟子都可以到英豪酒楼去，但是有一个条件，那就是必须是表现突出者。因此不会出现两千名推浪帮的弟兄齐聚英豪酒楼的场面。再说，英豪酒楼也没有那么多的桌子。一般的时候，帮中若有什么大事聚集了众多弟兄时，总是在英豪酒楼里调用厨子出来。虽然很多弟兄不能进英豪酒楼，但同样可以吃到美味的菜食。

沾百花宫这群姑娘的光，推浪帮的弟兄今天又有口福了，众人无一不感到愉快。

当然，他们仍需要保持清醒的头脑，因为马上就要启程赶赴湖面。

按照商议的结果，他们将在初七的傍晚抵达武陵山南面的百花宫所在地。

推浪帮方面由帮主朴石安亲自出马，副帮主新力、师爷任务为辅，率领二百名弟兄，当然，朴石安的身边少不了凌真儿。百花宫自少宫主以下已是全军出动。

魏于留守大本营，他本欲前往的，但朴石安却执意要"御驾亲征"，他这推浪帮高手只好留在芦花，新力的武功虽不及他，但毕竟是老大。更何况芦花荡也需要有人防守，不单是天阴教，江湖上还有不少门派对推浪帮是虎视眈眈的。留在芦花荡的弟兄有近百人，俱是总坛的护坛弟子，这已是一支强大的力量了。魏于想让朴石安多带些弟兄，但朴石安却不允，其实，推浪帮总坛弟兄的武功都源自于朴石安兄弟三人合创的"推浪功"，这套武功采三人武学之长，分为"推浪拳法""推浪掌法""推浪剑法"和"推浪力法"。其中以"推浪掌法"最为厉害，其威力可想而知，因此推浪帮弟兄个个身手不凡。外加上朴石安三兄弟又各将师门的内功心法择才而授，虽然众人的领悟能力有限，但推浪帮的帮众还是受益非浅。是故，朴石安只带二百弟兄去攻打天阴教，这么多人已足够打下天阴教，这并非自负，事实将证明一切！

天阴教的底细，朴石安已基本上了如指掌，他心中早有克敌的具体方案，攻打天阴教此举他胸有成竹。这个办法是他与凌真儿共同筹谋，暂时还密而未宣，只是他们二人间的秘密。

经过一昼夜的跋涉，推浪帮与百花宫联合的人马已赶至湘西境内的武陵山脉，这较原计划要快得多。虽说行程较远，但众人却感到很轻松，一路缓行，沿途又有推浪帮分舵不断供给。其间，朴石安已着人向武林盟主及沿途的各门派打了招呼，因此，天阴教的人尚不敢离开老巢而前来偷袭，一路倒还风平浪静。

这日，朴石安下令所有人手安营扎寨，地点就在百花宫的现址。由于百花宫已是废墟一片，所剩只有几间石筑的屋子，这理所当然归百花宫众女驻扎。二百多推浪帮弟兄则在四周扎起了帐蓬，并随时保持警惕，以防天阴教偷袭。野外生存，这是推浪帮弟兄平时的训练项目之一，因此这些根本难不倒他们。

朴石安所在的主帐内，聚集着双方的首脑人物，推浪帮有朴石安、新力、任务及两位堂主，百花宫有罗翠花、蛇老及蝎老。当然，还少不了凌真儿。此时，朴石安方把他心中所想到的办法讲了出来……

新力不待朴石安说完，就将大腿重重一拍，腾身而起，大声叫道："好！三……帮主真有你的！哈哈……"他激动得有些过分了，不过还意识到了当着外人之面要称朴石安为帮主。他的眼神里充满了钦佩，在三兄弟中一向是老二魏于最善心计，可现在朴石安说出的计策恐怕魏于也是有所不及的。

百花宫少宫主罗翠花美目里透出一丝钦羡，芳心里对朴石安这丑八怪的印象更美化了几分，暗赞他不愧为推浪帮的帮主。就连一直冷眼视人的蛇、蝎二老，都对朴石安另眼相看，似乎不大相信这丑小子居然能想出这般妙计。

推浪帮的智囊人物任务嘴里含着烟袋，既不吸烟也没放下烟杆，而是点了点头，脸上露出一抹赞许的微笑。剩下的那两个堂主，早已抱起拳头，恭恭敬敬地、发自肺腑地称赞帮主妙计定能击溃天阴教，马到成功。

朴石安见大家均无异议，便下令依计行事。末了，他朝身旁的凌真儿望了望，后者露出了会心的微笑。两个臭皮匠就顶了一个诸葛亮，他们当然高兴了，朴石安的脸好像慢慢地红了——在与凌真儿的对视下。

或是凌真儿的那一笑太过娇媚，太有诱惑力了——她的一颦一笑都能使人心动，朴石安猛然发觉，他越来越难以抗拒凌真儿的美在他心中所激起的强烈反应。他有些怕了，所以便只有选择——逃避？

"真儿，我……我出去……走走。"他已习惯这么亲昵地称呼凌真儿了，但还不太习惯同凌真儿面对面地说话——四天前他视这么做为小儿科，但现在——事过境迁？！

朴石安转身走出帐篷。

第二天，推浪帮和百花宫的人依计行事，顺利地攻入天阴教。

天阴教教主郁史见此番相斗，不是推浪帮、百花宫联手之敌，遂想求和。他见对方为首的是一个相貌极丑之人。此人虽丑陋至极，眼里却带着无限威严。郁史暗忖：莫非此人就是推浪帮帮主朴石安？

郁史双首抱拳，道："阁下可是朴帮主？"

朴石安亦抱拳道："正是，尊驾是？"

郁史尚未开口回答，一旁的罗翠花已气冲冲地道："朴帮主，这就是那魔头郁史。"

朴石安点了点头。

郁史道："朴帮主，此次我天阴教与贵帮有些误会，在下愿奉上一件至宝，请求与贵帮化干戈为玉帛。"

说着，郁史右手举起一本书。

朴石安道："这是什么？"

郁史道："《武羊奇书》！"

朴石安神情一变，暗忖道："师父曾提过《武羊奇书》，在芦花荡中，自己苦寻多年却不得，不料今日便在这里遇上了。据师父所说，他的武功是出自一本临摹本的《武羊奇书》，此书中有几处纰漏，以致功力总不能达到最高境界，反而容易致命内伤。可惜师父到临终前方才醒悟，否则他也不会英年早逝。"思忖间，他看清了郁史手中的古书，那本书的封面上写着四个小篆文字：武羊奇书！从纸张上看，该书至少有五十年以上的历史，且装订极为考究。

那是正版的《武羊奇书》——一百五十年前纵横武林的"三圣""三魔"中的一圣武羊所著，因为三人中只有武羊将其武功录于秘笈，是近几十年来武林中人梦寐以求的东西！朴石安只觉得自己的心由于过分的激动而狂跳起来。

在场众人也都以一种敬仰的眼光盯着《武羊奇书》，那一本小册子可以使一个平凡的人成为武林至尊，你说谁人能不心动呢？

但偏偏就有一个人不动心，她便是凌真儿。凌真儿的师尊乃当代武林中号称"中原三奇"之一的龙云海神尼。凌真儿虽未尽得其真传，但她的武功足以跻身于一流高手之列了。她的师尊在她的心中简直就是神，崇拜得五体投地，以至于对别人的武功不屑一顾。当然，除了朴石安——凌真儿尚不知他的武功正是出于《武羊奇书》。

凌真儿秀眉一扬，冷哼道："这么一本破书也想收买人？你有这本书又怎么样呢？还不是只有求饶讨命的份。"

众人闻言大惊，只有朴石安知道凌真儿不将《武羊奇书》放在眼里的原因，但她所说的也有道理，郁史拥有了《武羊奇书》，武功应该十分不俗才对，为何还要屈膝讨饶呢？

罗翠花经凌真儿这么一提示，忙大声喝道："老贼，你不用再耍花招了，这本书肯定是假的，不然你舍得送人？有了《武羊奇书》，便可天下无敌，你还怕谁呢？"

郁史黄眼一翻，并不看她，仍对着朴石安道："朴帮主，相信你是识货之人，这书到底是不是《武羊奇书》你定知晓。"

凌真儿在一旁又插口道："你明知没人见过什么《武羊奇书》，又有谁知道这本破书是真是假？安哥，不要听他胡说，他是在拖延时间！"

朴石安未置可否。

郁史闻言眼露凶光，但还是隐忍未发，依然说道："不错，《武羊奇书》确实是一本不可多得的奇书，但并不是每个人得到它后都能成为天下无敌！"

他这话一出口，众人均倍感惊异。江湖谁不知道《武羊奇书》里记载的武功高深莫测，虽不算天下第一，但也足以在江湖上称雄称霸。还有其中记载的奇门遁甲术、八卦阵术以及点穴手法，均是武林至宝，而郁史居然有如此说法。

郁史没去理会众人的反应，接着道："因为写《武羊奇书》的人是用波斯文表达其意的！"

一石惊起千层浪！很多人都目瞪口呆，谁认得波斯文呢？当然只有波斯人，中原人又有谁识晓呢？难怪郁史空有《武羊奇书》而无半点用处。

波斯因距中原少说也有几万里，虽有丝绸之路，但途经沙漠，前途茫茫，谁敢冒那险？何况郁史身为天阴教教主，平日在武陵山作威作福，有恃无恐，又何必要千里迢迢赶赴波斯呢？本朝虽然也有不少波斯商人前来做生意，但他们多兼有通关使者的身份，进出都有官兵护驾，天阴教还没有与朝廷作对的实力，因此，郁史只好望书兴叹。

"帮主，跟他啰嗦干吗？待我前去将他们一个个收拾掉，这《武羊奇书》还不是你所有？"新力凑上前小声地对朴石安说道。

罗翠花突然抽出长剑，厉声喝道："老贼，本姑娘今天无论如何也要将你碎尸万段，为百花宫死去的姐妹们报仇血恨！"说话间，她已飞身上前，百花宫众女见少宫主动手，也立即全力击杀天阴教教众。

朴石安望着抱定决心与天阴教一较生死的百花宫众女，寻思道："这《武羊奇书》确实非凡，但我堂堂推浪帮帮主，又岂能为了这一本书而忘了帮中弟兄的血海深仇？那岂非连一个女子都不如！"这一心念只耽搁了电光石火的一瞬间，罗翠花尚未与郁史交锋。

推浪帮的人唯命是从，朴石安未下令，他们俱站着未动，不过副帮主新力似乎是按捺不住性子，他横举起手中朴刀，虎眼圆睁，蓄势待发。

"兄弟们，有仇不报非君子，我们要让天阴教血债血偿，给我上！"朴石安振臂高呼。同时，他的身形如闪电般直向郁史急攻而去。他这一击是全力施为，虽比罗翠花后动手，但立刻追上了她。在她的身后，推浪帮的弟兄已开始呐喊厮杀，他们又不自觉地护住了百花宫众女，而以方才的阵势与天阴教人对敌。

天阴教教主郁史见己方节节败退，损伤不断，朴石安、罗翠花二人又向自己猛冲过来，他再也顾不得教主身份了，迅速转身向后落荒而逃。

郁史这一逃不要紧，在场的两百天阴教教众慌了，他们本来就不敌，而现在教主又率先怯阵而逃，不知是谁用苗语高喊了一句什么话，于是便见大多天阴教之人四散而逃。

其实，天阴教众人并非如此不济，一来由于心中未战先怯，推浪帮声势浩大，实力强盛；二来作晚朴石安的疑兵之计，使他们瞎忙了一夜，疲惫不堪；三来今日备战不及，因为推浪帮进攻的速度实在太快，令天阴教弟子措手不及。否则，推浪帮的进攻不会如此顺利。

转眼间，郁史已窜至几十丈后的一片竹林前，他逃命的本领委实不凡，像一只会飞的老鼠。不过，朴石安更像一只遨翔天宇的神鹰，他心知若让郁史进入竹林，将不易对付了。

只见朴石安向前急驰的身影徒然拔高丈许，然后猛又略向下朝前奋起直追，这两个动作发生在电光石火之间。他身后的凌真儿、罗翠花还未弄清是怎么回事时，眼前便已失去了朴石安的身影。

朴石安这么一顿猛追，已将与郁史间距离由三十丈缩至三丈了，他猛喝一声："哪里逃！"劈空一掌直击郁史的背心。

郁史只觉背后一股劲风逼来，他吓得直冒冷汗，躲避是万万不及了，眼看郁史便要丧生于朴石安的掌劲之下！

"罢了，老子跟你拼了！"郁史不知从什么地方冒出一股力量，身体旋转过来，变成与朴石安面对着面，双手齐扬，两股劲风携带着他毕生的功力迎头痛击朴石安的掌风。大概是死亡的气氛使他一时忘记了恐惧和怯意，大不了一死，何不见个真章？

好个郁史，不愧为一教之主，仓促之时击出的掌力也足以开山劈石，响若奔雷。同时，他的掌风中还夹有毒雾！

"砰"的一声巨响，两股掌劲抵个正着，由于毒雾弥漫，尚看不出谁胜谁负。

尾随朴石安而至的罗翠花见状忙右手一扬，"噗"的一声轻响，似是一个小丸爆炸，只见空中又腾起一团烟雾。她这不是添乱子吗？落井下石？非也，但见这一团烟雾蔓延之处，郁史发出的毒雾便烟消云散。

朴石安凛然站在竹林外的五丈之处，而郁史则已不见，想必是遁身于竹林中了。

罗翠花仗剑正待朝竹林中冲去，但朴石安却沉声道："罗少宫主且慢！他受了伤跑不了的。"原来，刚才那一对掌，郁史落于下风。罗翠花闻言，忙刹住了身形。

此时，凌真儿已奔至朴石安的身边，她虽然看到朴石安安然无恙，但还是关切地问道："安哥，你没中毒吧？"

朴石安摇了摇头，道："没事，我有避毒珠，这点毒雾还奈何不了我。"

凌真儿听他这么一说，方才放心地笑了笑，只要朴石安没事，别的她全不放在心上。

在没有抵抗的情况下，新力已率众到达了竹林前，不需朴石安吩咐，他便大手一挥，道："把这竹林给我围起来，别让那缩头乌龟跑了！"

"是！"旗开得胜的推浪帮弟兄齐声应道。并马上四散将这方圆百丈的竹林团团包围起来，他们一个个斗志昂扬。方才一战，推浪帮只有四人中了毒，但服下百花宫的解药休息片刻便没事了。因此推浪帮可说是毫无损伤，不过百花宫的情况却不太妙，死了十人，伤了十三人。

蓦地，竹林里冲起一团烟雾，将整个竹林都笼罩了，在外面的人只看得见最近的一排竹子。这浓雾经久不散，似乎是生生不息，虽有轻风拂过，却无半点被吹散的迹象，使得竹林中凭空增添了几分神秘。

朴石安一时之间也不敢下令进攻，他觉得这竹林中藏有一个阵法，若冒然闯入，只会徒添损伤。新力在一旁也识得厉害，握着朴刀踱来踱去，对着竹林吼道："郁史老匹夫，快出来与新大爷我大战一百回合！"

罗翠花也娇喝道："堂堂天阴教的教主，居然做起了缩头乌龟，躲在竹林里算什么英雄好汉！"她的内力虽然不及朴石安甚多，但声音也足够响彻方圆五里之内。

谁知那郁史竟在竹林里不愠不火，岂像堂堂一教之主？其实他本不是英雄好汉，出来便是送死，还出来干啥？

忽然，竹林里射出无数弩箭，来势汹涌，呼呼作响。当然，这等小儿科难不倒朴石安等人，朴石安一掌便震落了百余支弩箭；新力将一柄朴刀舞得密不透风，方圆一丈之内皆在他的刀光罡气中，弩箭触之急坠；凌真儿根本无需出手，因为她站在朴石安的身旁，凡对她的安全有威胁的箭矢早已被朴石安劈落；罗翠花及蛇、蝎二老的功夫也相当了得，她们亦各自护住了周身一丈方圆。

百花宫的众女在朴石安等人的身后，并没有受到弩箭的威胁，而推浪帮的弟兄虽均受到弩箭袭击，但自保是没有问题的。

"啊！"一声惨叫由林子左边传来，是一名推浪帮的人不小心中了一箭，迅速有两人护送他往朴石安这边退来，因为这些箭都是毒箭。

朴石安见状大怒，双掌顿挫，当胸绕圈，一股无形罡气顿时传出，但见射过来的百余支长箭被这无形罡气聚集成团，俱箭头转向。朴石安双掌齐发，这百余支毒箭便以更快的速度穿林而入，这速度比射出的速度要快好几倍。

"呃……"

竹林中传出数声闷哼，想必是林中守阵之天阴教人被朴石安回敬过去的箭矢射中了。以彼之道，还治彼身，自食恶果！

推浪帮的智囊人物任务此时来到了朴石安的身后，他不会武功，因此行动比别人慢，但在四名帮众的护送下，他及时到了朴石安的身后。

恰好这时，朴石安发话了："任先生，这阵怎……"他没有回头，大概是意识到任务并没有随他一起来，故顿住了话题。

朴石安依然没有回头，沉声道："来人，速请任师爷过来。"

他出乎意料地没听到属下的干脆应答。

"安哥……"

"帮主……"

——两个欲言又止的声音同时在他身后响起，听得出一个是凌真儿的声音，一个正是他要找的任务，他这才有些吃惊地回过头来。

若在平时，他准会尴尬地笑笑，因为凌真儿正对着他露出笑意，但此时乃非常时刻，他只是急切地向及时到达的任务询问道："任先生，这是什么阵？可有破解之法？"

任务手持水烟袋，往前走了两步，又往右边走了三步，便回到朴石安的身边，躬身极有把握地道："禀帮主，这竹阵是依武候诸葛先生的八卦阵而设，只须数人守阵便能抵挡成千上万的人，不过此阵并没有完全弄懂先人的八卦阵，故破绽极多，用弓箭回射足以伤到阵中之人，强攻亦可以破此阵……"

听到这儿，新力已挥舞朴刀吆喝道："那还等什么，兄弟们，给我上！"

"且慢！"任务急着高声喊道。他毫无内功可言，因此发出的声音绝不可能在新力带动下的推浪帮众人发出斯杀的呐喊时起到作用，不过众人都立刻停了下来，转身望向朴石安这边。原来，在任务喊停的同时，朴石安亦朗声大喊，众人再高声呐喊也难盖住朴石安以其弃沛的内功发出之声音。

任务涨红了脸，刚才一喊太用力了点，待众人俱静而不动时，他反而有点发愣。顿了一会，任务才道："强攻虽可破阵，但已方难免有损伤。而我怕此刻又无弓箭（地上的箭都是有毒的，触之便会中毒），因此只能用火攻，这个办法很有效，但……"他本欲想说这种方法太惨忍了，可看见了刚才中毒后的弟兄虽已解除了毒素，却依然痛苦的神情，他不由地露出了怨毒的目光，将口中要说的话咽了回去。

"帮主，就用火攻对付郁史，让他们死无葬身之地！"任务恶声说道。

朴石安不假思索地道："兄弟们，马上点火烧林！"军令如山倒，推浪帮的兄弟立刻四散，武陵山上树木繁盛，找火把那是很容易的事情。天阴教总坛中有不少酒坛、油罐，都被推浪帮众人抱了来。

瞬间之内，一切准备工作就绪，就待朴石安一声令下，眼前这片竹林将成为火海化为灰烬。这种作法是否有悖天理？但朴石安已顾不上了。

凌真儿心里有些不忍，正待出言相阻，可朴石安已下令道："烧！"顿时，数不清的酒坛、油罐朝着各个方向往竹林内掷去。"乒乒乒乓"的响声不绝于耳。更危险、更可怕的一幕随着就要到来，不少人已点燃了手中的火把。

烈酒、油罐俱有强烈的可燃性，只需明火起燃，便可以酿成一场灾难。

天阴教的残余力量逃的逃，死的死，守住竹阵之人也所剩无几。然而，这诡异的竹阵已不再有保护他们的功效，他们即将大难临头了。竹林将成为墓地。他们会尸骨无存地离开这个原本详和的世界。郁史也不例外，他虽贵为一教之主，平时为所欲为，何等嚣张？然而，今天——马上，他将化为一片灰烬。人死了，便什么都没有了。尘世间的东西什么都带不走，赤裸裸地降临人世，也定会空荡荡地离开。

郁史已抱定了必死之决心，因此他一直在阵中躲着不出来，而未发一声，并不是他的胆子变大了，而是在这种境况下，出来是死，留着也是死，倒不如留守而不受欺辱。他注意到了当说出《武羊奇书》时，朴石安的眼里分明露出了惊喜的感觉，虽稍纵即逝，郁史却依然觉察到了。他怕一出竹林，朴石安会用尽一切办法使之屈服，必要时还说不准会割下他的脑袋。

其实，到了这一步，还有余地让他去选择吗？他唯一的一条路就是死！

推浪帮众人已将手中特制的火把掷入竹林，燃着的火把立刻将酒和油点燃，火苗腾起，霎时间，竹林已变为一片火海。

火能够烧死人，还没有不怕火烧之人，天阴教剩余的几人，在火烤之下发出的惨呼声却令人头皮发紧。

朴石安心里隐隐觉得有些不忍，然而到了这一步任大罗神仙也难以施救了。

"唉！"朴石安暗自叹了一口气。虽然这叹气声很小，但他身边的凌真儿仍听到了，她本两手交叉紧握，以克制内心的恐慌，因为竹林里传出的惨叫声听起来确实令人极不舒服。现在她望了朴石安一眼，见他的眼中自然地流露出了一丝怜悯之情，虽极力掩饰。此时，她方知道她的安哥冷酷的外表仍然难以掩饰内心的善良和仁厚。思及此，凌真儿对朴石安的了解又更深一层了。

"郁老贼，你还逃得了吗？"罗翠花一声娇喝。朴、凌二人正各怀心事，吃惊之余，发现有一个火人从火海里腾空而起，宛如一只飞鸟，且不断地发出鬼哭狼嚎般的惨叫。那正是郁史，他全身的衣物都已着火，焦头烂额，仓惶地冲天而起，但在火焰中，他却分不清东南西北，竟直往朴石安等人这一边掠来。

罗翠花一直死盯着已成为一片火海的竹林，以防郁史逃脱，现在一发现郁史欲穿过火海而逃，便一声娇喝，持剑腾身而起。

不料，罗翠花的这一声娇喝倒帮了郁史一个忙，罗翠花在前方，那朴石安等人同样也会在那里，向这边逃遁岂非送死？郁史虽烧得焦头焦额的，不过心头尚能保持几分清醒，于是他身形往后一抑。身上有火，后有追兵，他还逃得了吗？可是，现实却偏偏有那么奇，身处绝境的郁史竭尽全力地逃命，居然将轻功比之厉害数倍的罗翠花远远地抛在身后，他本人宛如一道火红的闪电。

每个人都有潜能，一旦被激发出来，产生的力量是惊人的，连自己都无法相信。

郁史越跑越快，边跑边发出惨叫，身上的衣物仍然燃烧着。

罗翠花见状大惊，忙猛吸一口气，顿时身形又加快了不少。蛇、蝎二老也早已长身而起，追随着罗翠花，朴石安等人见情况有变，亦随后直追而上。

突然，众人眼中失去了郁史的踪迹，众人大惊。只有最前面的罗翠花看清了郁史身体猛地下沉，她大惊失色，趋前一看，原来——

前面是一处悬崖，虽无万丈，但也有千丈，对崖比这边崖面低了百余丈，中间则是深渊，深不见底。人摔下去，焉能不死？

罗翠花见仇人坠落悬崖，心中一半快意一半怅然。快意乃大仇终得报，怅然是没能手刃仇人。不过事已成定局，也非人力所能改变的。

朴石安等人都立在崖边，推浪帮的人欢呼雀跃，为这垂手便得的胜利而高兴。推浪帮只伤了五人，百花宫死十人，伤十三人。但出现了一个奇怪的现象：受伤的推浪帮五人身旁有五位娇滴滴的百花宫姑娘悉心照顾着，而百花宫受伤的姑娘旁边又都有推浪帮的壮小伙子嘘寒问暖。有的姑娘旁边还有两三个小伙子守着，不幸战死的姑娘虽然业已香消玉殒，却有不少人为其黯然流泪。推浪帮与百花宫合作只有三天，一方是清一色的小伙子，一方是大姑娘，双方速配成功了许多对小情人了。

朴石安默默地望着悬崖深处，神情上没有多少喜悦——甚至可以说一直都没有。

《武羊奇书》从此形消于地，而他却偏偏需要《武羊奇书》，否则其武功将永远也不可能再有进展。他亦不能再练其他的内功，除非他的经脉逆转或尽断，否则两种不同的内力在他的体内会相互排斥，丹田会因此而爆裂。而且，由于他以前练的是临摹本中的《武羊奇书》，该书中有不少纰漏之处，若继续练下去，会走火入魔。三年前，他便很少再练了，最近他萌生了凭着自己的天生资质去看透这本《武羊奇书》中的破绽，然而他本身武学修为有限，怎能有所成就？反而好几次在练功时受了内伤。

可惜，他在"推浪源"底部找寻了数载，仍没有找到真正的《武羊奇书》。真是命运戏弄人，当他知道了正版《武羊奇书》的下落时，却要眼睁睁地看着它毁去。

可以说《武羊奇书》是毁在他的手中，方才下令放火烧林的那一瞬间，他心中只有仇恨，根本就忘却了《武羊奇书》的存在。

莫非天意如此？

朴石安心中波澜起伏，脸上虽然戴着一层面具，却依然掩饰不了心中的百般滋味。不时望着他的凌真儿突然觉得自己还很不了解安哥，他有什么心事吗？朴石安不高兴，凌真儿也高兴不起来。

"哈哈……这个老混蛋，不仅心狠手辣，而且又眼瞎，居然没见到这儿有悬崖。他妈的，当什么天阴教教主，这般胆怯，老子还想与他大战一百回合！"新力扛着朴刀，大咧咧地道。

唉！郁史原是想将朴石安等人引入竹林中，即使不能杀死他，至少也可让对方受点损伤。谁知朴石安见机得早，没有进入他的圈套，后来，对方施以火攻，他便回天乏力，欲战不能，只好落荒而逃。否则，他堂堂一教之主，武功自不会太俗，狗急了都可咬人两口。被烧得焦头烂额之际，他还能有什么斗志呢？更是慌不择道地逃跑。谁知，烧不死的他却要被摔死。

天网恢恢，疏而不漏。作恶多端的郁史终究难逃厄运。不知在他将死的瞬间，是否曾为他平时犯下的罪行感到忏悔呢？

——他死了，只有天才知道。

从发动进攻到天阴教教主郁史坠崖，总共不过一个时辰，天阴教如此轻易地被毁去了，从此，江湖上不再有天阴教的存在！

树倒猢狲散，方才逃开的天阴教一百多人并未走远，他们在幻想着教主的计谋得逞，那么，他们这些人将重振旗鼓。现在，郁史坠崖，他们的希望亦随之破灭，还留在武陵山，岂非送死？于是，一百多天阴教人便四散而去，终至消失。

这么一大块平地上，天阴教教众曾在上面大块吃肉，大碗喝酒，大秤称金，恣意挥霍着抢来的财富。而现在，仅仅空留了数十间草屋，上百个洞穴。

天阴教储存有许多财富，这均是他们平日强抢掠夺而来的，仅黄金便有七万两。朴石安将所有的财物分为三份，一份归百花宫所用，一份归推浪帮，另一份则分给附近的穷人。

由于此地邪气太重，朴石安并不想使它成为推浪帮的领地。

此番行动的目的已然达到，推浪帮与百花宫的合作也就到此为止。

离别在即，许多对小情人喁喁私语，互诉哀肠，难舍难分。朴石安等人见状，不由会心地笑了笑。

罗翠花笑道："朴帮主，我百花宫的这许多姐妹都想入推浪帮了。"这群姑娘，如果嫁给了推浪帮的小伙子，不就成了推浪帮的人了？如此一来，百花宫岂非也成了推浪帮的支属？

朴石安倒还没想到这一层，经罗翠花这么一说，还真有些不知所措。凌真儿笑道："那还不好说？干脆让百花宫与推浪帮合并。"

罗翠花忙趋身行礼，道："若朴帮主不弃，我百花宫姐妹愿意加入推浪帮。"

新力闻言，大笑道："这样甚好！帮主，咱们推浪帮尽是些小光棍，若有这么多的女同胞，那可热闹得多了！"他的嗓门很大，声音也极为洪亮，惹得所有人都把目光投了过来——不是瞧他，而是将目光对着朴石安。看来，百花宫众女都愿意加入推浪帮，傍依着这么一个大帮派，以后便再也不必担心受人欺压了。不过，百花宫在江湖上的声誉并不太好，因此众人都以期待的目光望着朴石安。

答应与否，只需一句话即可。不过，朴石安为这个提议一时还适应不过来。

凌真儿也没料到罗翠花当真想加入推浪帮，她刚才之话只是说着玩的。罗翠花长得挺美，若留在推浪帮，说不定会成为她的情敌，那她岂不是引狼入室？但是话已出口，还收得回吗？她有些着急地看着朴石安，这么多人就她一个希望朴石安嘴里冒出的是否定答案。不过，她也只是干着急，她不可能将心中所想表露出来，只能在心里想，而朴石安怎知她的心思？

百花宫虽然是个小帮派，但好歹也是一个帮派。朴石安见罗翠花又不像是说笑话，如果拒绝，帮中弟兄不少人都喜欢上了百花宫的人，那他们肯定会很失望。新大哥他总有意无意地看着那红着脸垂着头的白衣姑娘，他一向对女人不感兴趣，二十四岁了还不想成家，现在他总算有了这方面的——萌芽。朴石安作为兄弟，能不成全大哥吗？

朴石安望着罗翠花，两人都是满眼的诚挚。朴石安下定了决心，道："好，只要罗宫主及贵属同意，朴某也无异议。"

罗翠花闻言大喜，忙趋前行跪拜之礼，恭声道："属下罗翠花拜见帮主！"百花宫的众女也纷纷跪下施礼，蛇、蝎二老亦不例外。

朴石安见状大惊，他没想到罗翠花竟然行如此大礼，连蛇、蝎二老两位前辈都向他屈膝下跪，他如何敢当？朴石安赶忙上前扶起蛇、蝎二老，道："两位前辈快请起，如此大礼真是折煞晚辈也！罗宫主及众位姑娘也快请起，朴某万万不敢当。"

谁知罗翠花仍跪着不起，仰起俏脸认真地道："帮主，我罗翠花现在是推浪帮的一名小卒，你还叫我罗宫主，难道不乐意让我加入推浪帮？"苗女性格大都豪爽、直率，想说什么就说什么。

朴石安闻言有些招架不住了，推浪帮的兄弟见到他时从不施以跪礼，这是朴石安规定的。他始终认为下跪时心不诚并非礼，而心诚不跪则也是礼。现在，见罗翠花等人向他行跪拜之礼，他还真有点手足无措，结结巴巴地道："不……不是的，罗姑娘……我不是那个……意思，唉呀，你们都起来说话吧！"

"是！"众女齐道，比那些小伙子粗犷的声音动听多了。她们齐刷刷地站立起来，那架式那模样，使得推浪帮众弟兄们乐得合不拢嘴。

这时，自有任务上前圆场，他神情肃穆地朗声道："本帮新入弟子谨记帮规……"

他话还未说完，原百花宫的人已跪倒一大片，神情极为端庄，向来各帮各派在宣布帮规派纪时，要求特别严格。

不过，推浪帮似乎与众不同，任务皱了皱眉，道："大伙儿都请起来，本帮向来无跪礼，见到上级只需抱拳行礼即可。"

百花宫的人为之大惊，这太不符合常情了。但她们心中对这个丑陋无比的朴石安又增加了几分好感。其实，谁愿意那么作践自己，好端端地却要向他人下跪？只是乃约定俗成的规矩，大家都习惯性地那样做。朴石安创造这么一条帮规，众人虽然感到有些不合"情理"，但心底还是挺喜欢这个创新的帮规。爱屋及乌，众人对创造出这一帮规的朴石安自然是打心眼里喜欢。只能说有好感，因为众人所见到的朴石安那副尊容真的不怎么讨人喜欢。

任务满脸肃穆地宣布道："本帮帮规：一、不得以强凌弱，无故生下事端，违者逐出帮门；二、不得怀有异心，图谋颠覆或背叛本帮者，废其武功，逐出帮门，永不再录；三、帮中弟子犯有奸淫、草芥人命，杀无赦；四、同门之间不得勾心斗角、自相残杀；五、不得泄露本帮秘密。其余的各人洁身自爱，不要昧着良心做人就行。"

新入推浪帮的众女弟子齐声应道："弟子等定当遵守帮规，振兴推浪帮！"

"长江后浪推前浪，推浪帮大显神威！"

整个武陵山都被这激壮的声波覆盖着，好生激人胸怀，扬人雄心。

在芦花荡的一处荒山上，已矗立起一座美仑美奂的庄园，专门供帮中的女弟子居住。这次工程颇为宏伟，但推浪帮众兄弟却只用了两个月的时间便已完工，为美人们干活，他们当然卖命得紧。

推浪帮内能工巧匠不少，造出来的楼宇不仅牢固，而且极为美观。大体上，这个建筑群分为三个区域：飞云阁、雅心居和落地轩。飞云阁在坡顶处，落地轩在坡下方。三个区域各有特色。飞云阁上最为赏心悦目，仅有一栋三层高的阁楼，四周均种有花圃，每棵树上都挂有一个精致的鸟笼和一盏气死风灯，白天鸟语花香，晚上灯火通明。从远处望过来，飞云阁仿佛是一颗耀眼的明珠。雅心居楼阁最多，每栋楼阁形式各异，但总体看来却又配合得极为协调，仿佛一切均如天成。落地轩占地面积最大，除了有楼阁、花圃之外，还由推浪源引来一池水，鸟鸣、花争芳、鱼戏碧水，真乃人间仙境。

罗翠花现在是推浪帮百花堂堂主，其下属除了调二十人去英豪酒楼，所剩的原百花宫弟子和新近招收的十一名新女弟子，一共六十一人。

凌真儿依然住在会客大厅的一间阁楼里，与朴石安所住的帮主卧室相隔一座花园。推浪帮请来的二十名侍女也仍同凌真儿住在一个院子里。

一晃便快到中秋节了，眼见天上的月亮是一天圆过一天了，推浪帮部坛芦花荡又开始忙碌起来。按照惯例，各地分舵的负责人即香主将赴总坛述职。

这两个多月来，朴石安的心情一直不太好，不过他很少再去"能者上居"，这都是因为《武羊奇书》引起的。任由凌真儿怎样安慰他，他总难使心头上的那病消散。

"安哥，你怎么了，自从天阴教回来后，你一直闷闷不乐的，心里有什么事，也不能同我说说吗？说出来心里会好受些的。"凌真儿又一次的"谆谆善语"，这样的话她不知已讲过多少遍了，但都起不了什么作用。朴石安没有一次透露过他心中的事。

这一次，或许也不例外。

此刻，朴石安站在芦花荡东面的一座荒山上，整个芦花荡尽收他的眼底，望着这由他一手创建的基业，心中颇感怅然。

"真儿，我想到处去转转。"朴石安说这话时一动也没动。

凌真儿见他终于开了口，十分高兴地道："好啊，我们这就走。到'能者上居'去坐坐好吗？有很久没上那儿了。"

朴石安并没有动，道："真儿，我是说到远处去，离开荆州。"

"好哇！"凌真儿欢呼雀跃，不过，顿了一会她又摇摇头道："那怎么行呢？你是帮主，如果你走了，那推浪帮怎么办？"

朴石安叹了一口气，道："大哥、二哥都可以当帮主，我们三人谁当帮主还不一样？"

凌真儿大惊，道："安哥，你怎么突然间不想当帮主了呢？那不行！你不能走，如果你不说清楚理由，我决不让你走！"

第四章

这一语双关的话，的确高明至极。朴石安若想走，那必须坦白心事，否则凌真儿就会死缠不放，如之奈何？他若不走，那更好，来日方长，她就不愁没机会探出他的口风。

朴石安仰起头，然后摆了摆手，似乎想借这个动作来甩开心中的烦事，当然，那是不可能的。他回过头来看了一眼身旁的凌真儿，好半晌才道："真儿，我的武功再也不能有所进展，除了《武羊奇书》可以使我的功力突飞猛进外，别无他法。然而它已经被毁了，在推浪帮中，我找了三年都没有找到《武羊奇书》，谁知会偏偏在郁史的身上！唉，我怎么还有本领当帮主呢？那样只会阻碍帮派的进步，我本想在江湖上轰轰烈烈地干一番事业，可是……"命运如此安排，他能奈何得了吗？

凌真儿闻言愈发糊涂了，问道："功夫越练越精，怎么会没有进步呢？"

朴石安苦笑着摇了摇头，道："我和师父练的都是假《武羊奇书》，时间久了容易走火入魔，师父他便是因为经脉混乱而英年早逝的。这种武功不练则已，一练便摆明了早晚会走火入魔。不练，功力永远不能增长，而且不能习练其他的武功，否则体内两种不同的力量会互相抵抗，轻则伤，重则死！"

朴石安从怀中拿出一个包裹，揭开外面的绸缎，里面放着的赫然是一本《武羊奇书》。凌真儿惊问道："这不就……哦，这本是假的？"

朴石安黯然地点了点头。

这一本假《武羊奇书》与郁史手中的那本如出一辙，只是这一本新得多，乍一看，确实能以假乱真。

就是这本书使得朴石安忧愁不堪。凌真儿不由得义愤填膺，她怨声道："这本害人的书留在世上何用？不如毁去！"说罢她双手一扬，便要毁去这本临摹本的《武羊奇书》。

不料，朴石安一把夺过书，急着道："不能毁！这本《武羊奇书》内记载的点穴手法是很不错的。若是正宗秘笈，里面还会有八卦阵图，想那郁史定是从《武羊奇书》中的八卦阵图中得到启示，而创出竹阵的。"

凌真儿点头道："对呀，郁史说《武羊奇书》内是用波斯文记载的，他自己看不懂，那八卦阵图定是有图形标记，他依葫芦画瓢当然不可能知道阵法精华，否则任先生不会一眼便看出竹阵的破绽。"

朴石安没有言语，戴着面具的脸上显现不出任何表情，只是眉头一直都没有舒展开来。

凌真儿深情地凝望着他，道："安哥，天下的武功千万种，总有一种可以练，即使不能再练任何武功，那也没有什么大不了，凭你现在的功夫，足以在江湖上扬名。待中秋节一过，我们就去游山玩水，无论到哪里，我都陪着你。"

面对如此多情的姑娘，朴石安还有什么心事放不开的？她那绝美的容貌配上那对含情脉脉的眸子，石人都会为之动情。朴石安柔声道："谢谢你，真儿。"

凌真儿终于见到他不皱眉的样子了，哪怕只是暂时的，心痛终须心药医，以后时间也长着呢，凌真儿有足够的信心完全化去朴石安心中的愁绪，让他变回原来意气风发的朴石安。她不由娇笑道："嘻嘻，不——用——谢！"

她的神情里有些得意之色，因为她对未来充满着希望，她无比娇喜的面庞上露出灿烂的微笑，看到朴石安的心中仿佛升起了一轮朝阳，将心中的阴霾扫去不少。

"谢谢。"朴石安有点发愣地说道。

凌真儿又是"扑哧"一笑，娇声道："安哥，你怎么又谢起人家了，人家是外人吗？"说最后一句话时她微微低下了蛮首，两颊绯红。

朴石安听得出她的话中有两分幽怨，本想说些什么，但看到凌真儿那副娇媚可爱之态，他一下子又不知所云："真儿……"

这时，他们的身后传来一个响亮又带有一分稚气的声音："禀帮主，武林尊者派人送信来了。"

朴、凌二人回头一看，前来禀报消息之人是一个新入帮的弟子。他只有十三光景，但精神抖擞，两只眼睛里溢满聪慧之光。朴石安心中顿生爱意，当下说道："好，我这就下去，小兄弟，你叫什么？什么时候入帮的？"

那少年弟子见帮主问话，忙激动地答道："回帮主的话，在下楚辉，别人都叫我辉子，是在端年节那天蒙魏堂主抬爱，现在吴堂主手下做事。"原来他就是魏于在江畔遇上的楚辉，那日楚辉、南帆二人央求入帮，魏于见他们身世可怜便收下了他们，后来就给他们二人安排一份轻松的差事。

朴石安见他年龄虽小，但说的话却极为老成，心道："这楚辉定是从小便开始混入江湖。"

凌真儿笑着问道："小兄弟，哦，我应该称你为辉子，你这么小，怎么就要加入推浪帮呢？"

楚辉挺起胸脯，道："学得一身好本领，将来就不怕别人欺负！还可以打抱不平！"说话间他的脸上显露出竖毅之情。

朴石安心道："这少年年纪不过十三四岁，都能如此，我已步入双十之年，难道还不及一个半大的人？"他上前拍了拍楚辉的肩膀，道："好小子，有志气，走！我们一起下去。"

可是，他一时激动，竟忘了拿准力道，这么重重地拍在楚辉的肩上，就算是个成年人都不一定吃得消，何况他还是个稚气未去的孩子？只见楚辉身不由己的双脚一软，差点便翻身向后栽倒，幸亏凌真儿眼疾手快，一把拦住了他。

凌真儿对楚辉颇为喜爱，见朴石安这么不分轻重，差点将楚辉拍倒，也不管他是有意还是无意，秀眉一蹙，嗔道："你怎么了？有气也别往小辉子身上发呀！"推浪帮内除了她之外还没有第二人敢对朴石安发脾气呢！凌真儿这时也确实是心中真的有气，否则她也不会发脾气，平时她对朴石安是敬爱都唯恐不及。

朴石安无心之过，见差点伤了楚辉，心中顿生歉意，忙急切地问道："都怪我一时激动，辉子，没伤着你吧？"对凌真儿的责备，他仍是不敢反抗，反而觉得她生气的样子还真美。

楚辉的眼眶内几乎要流泪了，不过他强忍着没让泪水掉下来，刚才朴石安那一拍用力实在过猛，楚辉一时难以消受。然而奇怪的是，他的表情却充满喜色，大概是帮主知错就改令他激动不已。他忙道："是小的不好，小的没用！"嘿嘿，仿佛他受不起这一拍，还是他自己的过错了。

凌真儿知道朴石安是无意的，刚才她也是一时气急才说出那样的话，现在见朴石安不顾帮主之尊居然向一个小弟兄赔礼道歉，那气早就消了。又听楚辉这般说法，不禁莞尔，道："好了，打也打了，也补不回来，回头让帮主教你两招挨打的功夫，作为补偿，怎么样？"她是指着朴石安对着楚辉说的。

楚辉入帮已有两个多月，多少也知道一些朴石安与凌真儿的关系，不过见凌真儿以这种"夫人"的口气说话,朴石安在一旁也是洗耳恭听,楚辉倒显得受宠若惊。他楚辉是什么人,朴、凌二人如此和善待人,他焉能不激动?凌真儿的意思是让他跟朴石安学两招,能得到帮主传授武功,那真是三生有幸。他忙毕恭毕敬且十分高兴地道:"多谢帮主!多谢凌小姐!"他差点就跪了下去,幸亏他忆及推浪帮的特殊帮规,在即将跪下的瞬间收住了势子。

朴石安一听凌真儿如此提议,不禁面现难色,他的武功连自己都不敢练了,又岂能传人?于是他只好说道:"辉子,不是我不愿意教你武功,这其中……的原因我不便说。这样吧,就让魏堂主教你武功吧。"

凌真儿知道他的苦衷,也在旁说道:"魏堂主武功高强,与帮主不相上下,你若能拜他为师,将来定能有所作为。"

楚辉能有什么意见?无论是朴石安,还是魏于,若能蒙二人教个一招半式,那也不啻天上掉下个馅儿饼了。于是,他忙再次谢恩。

朴石安这才举步向山下走去,准备迎接武林至尊派来的使者。不料,身后的楚辉却失声喊道:"帮主……"似乎他还有话要说。

朴、凌二人一齐回头,问道:"还有什么事吗?"

楚辉涨红了脸,道:"我想……"但他说到这里时,把话语止住了,还自己打了自己两记耳光,道:"不,我怎么能得寸进尺呢?帮主、凌小姐,弟子没什么事了。"

他明明是欲言又止,朴石安、凌真儿岂会看不出来?朴石安使了个眼色,凌真儿顿时会意,转过身来问道:"你有什么话就说出来吧,怕什么呢?男子汉做事就要直爽,别吞吞吐吐的,把话憋在心里多不好。"

凌真儿还真会揣测人的心理。

楚辉这才鼓起勇气,颇为不好意思地说出了想说的话:"我……有个……好朋友,他……他叫南帆,我们一起入帮,我想……"

"你想求帮主答应让你和你的好朋友一起跟魏堂主学武功是吗?"凌真儿好像未卜先知。

楚辉确是那意思,他和南帆是好兄弟,现在他遇上了好运,当然也忘不了南帆。不过,他担心,朴石安会怪他得寸进尺,于是忙慌恐地说道:"弟子得寸进尺,耽误帮主的时间,罪该万死,弟子多嘴,望帮主开恩!"他简直不知所云。

朴石安笑道:"这点小事也罪该万死?好,我就成全你,呆会儿,你和你的好兄弟一起来，我让魏堂主收你俩为徒弟。有福同享，这才够义气！"

楚辉大喜，这回他倒忘了谢恩，待朴、凌二人走远了，他还愣在原地。今天是怎么了？运气居然这么好！

武林至尊是近五十年来江湖上名头最响的人物，黑白两道无人不敬之若神。没有人知道他的姓名，只知道他是武林至尊，也没有人不服气，因为他太厉害了。他就是武林中的至尊，武林中的皇帝。

武林至尊五十岁时方在江湖上出现，他的武功极高，无人知晓其门路。他曾单凭一双肉掌击杀一名黑道巨枭及其十七名帮手，一时轰动江湖。但他随后却又斩杀了那黑道巨枭的全家十一口人，妇孺均未放过。因其手段过于惨忍，所以尽管他为江湖除了一恶，但没有人赞过他。当然，武林至尊根本就不在乎这些，不论黑道上的还是白道上的，只要他认为不对，都要管！但他所杀的人大都是些奸恶之人，当然也有一些人无辜冤死在他的手掌中，这与他的生性孤傲有关。

武林至尊住在五岳之首的泰山，建有一处宏伟的庄园，有不少恶人被他抓获后，便刺聋割哑在庄园中充当奴仆。他还训练了一批忠实的手下，亲自传艺给其中三个首领，这股力量在江湖中没有一个帮派能及。无形中武林至尊已成为天下武林的盟主，他发出的号令没有人敢不从。否则招惹了武林至尊，还有好果子吃吗？

每隔四年，武林至尊会聚集天下各帮、各派、各会、各寨的首领前往泰山，说是邀请，但你若不去，自是惹麻烦上门。不过也没有人为此而得罪这个煞星。江湖中人见武林至尊所召开的武林大会倒也能主持公道，且恩怨分明。因此有不少人欣然前往，若有什么冤情，他武林至尊也大都给你一个满意的答复。

今年恰是泰山武林大会之期，推浪帮成立于三年前，因此这是第一次与武林至尊打交道，以前都只是听说有这么一回事。

武林至尊派来的是个二十多岁的年轻人，大概是见推浪帮俱是年青人。此人相貌平庸，身材矮小，不过两眼露有精光，两边太阳穴高高鼓起。朴石安二人一见俱惊："此人好深厚的内力，一个跑腿的下属都有如此功力，那武林至尊就更是神功盖世了。"

那人见朴石安到来，从旁人的神情举止中便知道朴石安就是推浪帮的帮主，况且朴石安相貌极丑，一看便知。那人衣袖极长，双臂连抖两下，方抖出两只红通通的手掌来，当即抱拳道："阁下便是朴石安朴帮主吧？小可武林至尊座前侍卫，奉尊者之命前来邀请朴帮主驾临泰山，这是尊者的亲笔信函。"当下他从衣袖中取出一封信，双手递给朴石安。

朴石安见其举止间彬彬有礼，忙接过信函还礼道："久仰武林至尊的威名，今日得见阁下，想必阁下已得武林至尊的真传？"朴石安心想，这人功力深厚，绝不在自己之下，甚至有过之而无不及，定然是武林至尊的座前弟子。

那人忙谦逊地道："小可只不过蒙尊者他老人家指点了几招，自身的功夫更不及他老人家九牛一毛，岂能尽得尊者的真传？小可耗此一生，恐怕也无此福缘。"

推浪帮众人闻言俱惊，这武林至尊当真如此厉害？那岂非神人？众人都觉得无法想象。

朴石安拆开信函一看，只见上书：

"推浪帮朴帮主亲鉴：请于九月十六日来泰山之巅一会。武林至尊手书！"

朴石安见信上措词毫无客气可言，面现不悦，但转念一想："这武林尊者想必是骄横惯了，年纪起码也已有八十多岁了，我怎如此没度量？再说自己正准备去外一游，顺便上一趟泰山也不为过。"于是，他顿时微笑着抱拳道："在下定当如约前往泰山拜见武林至尊老前辈。"

顿了一下，他又对那人道："阁下远道而来，不妨便在荆州盘桓几日，好让在下略尽地主之谊。"朴石安对那人如此客气，一来是见他谈吐风雅，彬彬有礼；二来敬他功夫虽高却不傲；三来有心结交。

那人忙推辞道："小可不过一送信之人，岂敢有劳朴帮主花费心神，小可就此告辞。"

朴石安怎肯答应，朗声道："阁下请慢走，若还瞧得起我这丑八怪，就请留下喝杯酒，如何？"

话说到了这份上，那人不想留也不行了。于是便道："好，那在下就恭敬不如从命。不过，在下刚才要走，决不是看不起朴帮主，更不是嫌朴帮主长相怎么样，实在是尊者另有吩咐。再说我辈江湖中人，讲的是义气，服的是英雄，还管他是什么模样？"他豪气冲天，与方才的气势相比判若两人。

朴石安见那人亦是一个血性汉子，心中顿生敬意，忙谦然笑道："在下倒见外了，还请兄长见谅。来人，拿酒！"

不消半刻，几名帮众已抬来一坛上好的绍兴状元红和四个大海碗。

魏于有意在众人面前显露两手功夫，他清喝一声："酒来！"

不知他身形如何一晃，酒坛已到了手中，那些弟兄根本没有发觉魏于是怎样动的，只觉他喝声："酒来"，那坛酒便已到了手中，众人纷纷叫好。

魏于单手托着酒坛，拍开封口，坛口微倾，一注清冽的醇酒直落海碗，顿时一股沁人心脾的酒香四溢空中。酒马上与碗口齐平，居然是滴酒未溢，多一滴便溢，少一滴不满，刚刚合适。一鼓作气，他斟满了另外三个海碗。

凌真儿不喜饮酒，便只是在一边。

朴石安朗声道："请！"便端起面前的一碗酒，那人亦爽快地端起一碗酒，道："在下先干为敬！"说罢双手捧碗一饮而尽，然后将碗翻空，以示喝完，朴石安也当即一饮而尽。

新力大笑，端起酒碗道："好，痛快！"亦是一饮而尽，滴酒不剩，魏于也没有落后。

那人放下酒碗，退后一步，长揖道："多谢朴帮主赐酒，在下就此别过。"

朴石安不好再度强留，道："既然如此，那在下不便强留，只是不能与阁下对酒痛饮，甚感遗憾。不过幸好九月十六转眼即至，到时再聚畅饮。敢问阁下如何称呼？"

那人笑道："泰山之人本无名，朴帮主就叫在下张三便是。"

朴石安等人心道：这分明是一个化名。俱面露疑色。

那人似是知晓对方所想，便道："我在众侍卫中排名第三，恰好又姓张，所以便叫张三。朴帮主，咱们泰山之巅再见！"说罢向众人抱拳后便朝门外走去。

原来如此！朴石安心生歉意，忙道："后会有期！"

待目送张三走远之后，朴石安便对新力、魏于二人道："大哥、二哥，我和真儿明天就动身，帮中的事务就都由你们二人共同操劳了。"

新力大为不解，道："现在离九月十六还有一个多月的时间，怎么如此急着……"

不待他把话说完，魏于已插口道："三弟你放心地去吧，你是该出去放松一下心情了，帮中的事务我和大哥会妥善处理的。只是后天的中秋节，帮中要人的集会没有你这个帮主可不行。"

新力这才不再反对，反而极力赞同魏于的意见："对！三弟，过了中秋节再走也不迟，听说赵穆那小子从长白山那边弄来了两匹好马，到时候你和凌姑娘两个……嘿嘿，你们两个都……好，好，我不说！不说！"原来，凌真儿对他翻起了白眼，当然她不是真的生气。

朴石安也倍感不好意思，方才张三的到来使他的心情有所缓和，忍不住笑了笑，又听到魏于终于叫他"三弟"，更令他喜出望外。不过，他没忘了答应楚辉的事。

　　"二哥，我替你收了一个徒弟……"

　　"是两个！"凌真儿纠正道。

　　朴石安忙点头道："对，是两个，一个叫楚辉，另一个叫……叫什么帆的，我倒忘了。"

　　魏于接口道："另一个是叫南帆吧？他俩都是我在端午节那天收入帮中的。我见他们都是孤儿，挺可怜的，就像两个小乞丐，便收下了他们，免得在外总受人欺负。唉！"魏于黯然地叹了一口气。

　　朴石安、新力二人都明了他这一声叹息里所包含的心情，不由得都伸出右手轻轻按在魏于的肩膀上。凌真儿倒有些莫名其妙。

　　就如此沉默了一会儿，魏于强颜笑了笑，道："那楚辉倒挺机灵的，好吧，我就收他做徒弟，还有南帆！"

　　难以掩饰的是他心中触动的伤感。

　　新力见状，忙笑道："端午节那天也真够幸运的，我们派出的龙舟队实力本不如长江帮，可最后还是夺到了冠军。可惜那天我们都不在现场，否则亲眼目睹那激烈的场面该有多过瘾！"

　　凌真儿在旁也笑道："长江帮的那条小船迟不破早不破，偏偏到比赛的那天破，他们也真够倒霉的！"她这么一笑，大厅内的弟兄们也跟着笑了，魏于还能苦着脸吗？当然不能！只是他的笑容有些勉强。

　　这时，楚辉、南帆二人已到了会客大厅，楚辉跑到朴石安等人的面前忙行礼道："弟子楚辉拜见帮主、副帮主、总堂主！"

　　南帆也跟着他走到朴石安等人面前，亦行礼道："弟……弟子南……帆……拜……拜见……帮主、副……副……副帮……帮主、总……总……总堂……堂主！"

　　他这一句话说完后已是满头大汗，第一次见到帮主，他难免有点紧张，说话时结结巴巴的。越结巴他就越紧张，越紧张也就越结巴，如此恶性循环，惹得在场的人为了听完他的这句话把心都提到了嗓子眼了。

　　待南帆说完，很明显听到了在场之人一齐松口吐气的声音，一个人发出这种声音那是微不足道的，但数十人一齐，那声音也算是比较大的了。

新力责备道："说一句话硬把我给急……急坏了！"众人哄堂大笑，新力居然也结巴起来！

楚辉万没料到南帆会当众出丑，忙解释道："帮主见谅，他第一次拜见帮主，心情有点紧张，他平时说话是很流利的，请帮主恕罪。"

朴石安还会为这等小事怪罪南帆？见众人仍在笑新力，忙道："你们俩快来拜谢堂主。"

楚辉喜形于色，忙趋步上前，跪下边磕头边道："弟子叩见师父！"南帆亦上前行跪拜之礼，重重地叩了九个响头，但没有说话，大概是一时急得说不出话来了。

魏于受了他们的跪拜之礼后，忙扶起楚辉，道："都起来吧。"南帆似是没有听见，仍磕着响头。魏于本就对老实的南帆没多大好感，只是碍于朴石安的面子才收其为徒，否则他岂会收南帆这般徒弟？因此便有点没好气地道："起来！"

南帆这才茫然地在楚辉的搀扶之下爬将起来，看到魏于那令他发抖的眼光，更加不知所措。

朴石安忙打圆场，道："这有什么好怕的？男子汉大丈夫，这点场面都吃不起，那将来如何有大作为？"

南帆感激地望着朴石安，使劲地点了点头。

魏于说声："你们两个跟我来。"便走出了会客大厅。

楚辉、南帆二人忙向朴石安、新力施礼告退，尾随魏于而去。

阳光照着神秘的山岭，化开了夜来的雾露，秋天的早晨是可爱的，秋天的山林却更可爱。如果秋天的早晨你站在山林里，成熟的气息，清新的景象，将使你忘掉一切。

一片如火的枫树林，离延伸向远方的官道有一里来路。如碎金般的阳光像小花一般点缀在绿黄的草丛中，草儿已没有几天绿的了，但它依然会珍惜这宝贵且有限的时间去展现生命的绿色。阳光也吝啬地透过密集的枫叶，照在歪倒于一棵大树前的那对年轻男女身上。

他们相互依偎着，天已大亮了，但他们还没有醒，在他们面前还有一堆燃尽，尚有一缕清烟冒起的篝火。那少女穿着一身黄色的衣裳。她很美，睡觉时的娇态分外令人心动。长长的睫毛垂伏在眼睑上，盖住了那双美丽的秀眉，红而不艳的樱桃小嘴包含了无限的柔情。或许她正在做着美梦，她的嘴唇时不时轻轻地嚅动着。那个小伙子长得很俊俏，谁都不知道潘安究竟是什么模样，但你看到枫林里的这个少年，便会知道什么是真正的美男子。

他们是一对小夫妻吗？抑或是一对小情人？他们为什么在野露宿，是偷偷地前来约会？

阳光越来越厉害，穿透层层树叶，映在地面上的光斑越来越多，也越来越大。总是欢快雀跃的鸟儿们纷纷被惊醒，展翅齐鸣，一曲曲悦耳的乐曲在林间回荡着。

那对少年男女应该醒了，即使阳光难以惊醒他们，还有鸟儿的欢鸣声，虽然动听，但对于这睡着的二人来说却是噪音。

他们两人不知是谁先动了一下，于是两人都醒了，相视一笑后少年扶起了怀中的少女。不料那少女却依然懒洋洋地依在心上人的怀里不肯动，还偷偷地面带得意地冲着他媚笑。

那少年怎会不知？他收住荡漾的心神，说道："真儿，别闹了，去洗把脸，然后找个客店吃饭，好不好？来，站好！"

"嗯！"少女娇应一声，反而转过身扑倒在少年的怀中，双手紧紧搂着他的虎腰。她先是将整个蝤首深深地埋进少年的怀中，随后娇羞，不可抑止地仰起俏脸，含情脉脉地带笑望着他，娇声道："人家要你抱着去洗脸。"

少年望着怀中娇美无限的人儿，情不自禁地搂住了她，但却没有依言抱起她走向十丈开外的小溪。

"快点嘛！"少女在他的怀里娇声催促道。

少年的脸没来由地红了起来，少女的至美娇态之中，似乎蕴含着一股极大的力量，让人无法违抗她的意思，他怔怔地抱起了少女，往溪边走去。

虽然是少女自己要求这么做的，但一旦变成了现实，她不由得从少年身上传染上了"红脸病"，连耳根都通红了，虽把羞不可抑的俏脸埋在情郎的颈项间，但心儿急剧的跃动声却毫不掩饰地暴露了她的羞喜交集。娇躯酥软得除了娇喘之外连话都说不出来一句了。在她芳心的私处，倒希望从这儿到溪边的路永远走不完，那么她就可以永远在情郎的怀里依偎着。

少女觉得自己轻飘飘的，仿佛在云端上飞行，白白的云儿在身边环绕，好美！接着她又似乎是在往地面飞落，调皮的鸟儿叽叽喳喳地随着她飞动。终于，她落到了地面。

她的脚感觉到了大地的踏实，于是她睁开了眼睛，看到了心上人。

少年柔声说道："真儿，快来洗把脸吧。"

少女仍然依恋地偎在他的怀里，低声说道："安哥，我要你帮我洗脸。"她的声音很小，即使在身旁都不一定能听得清楚。

少年见她星眸微闭，以为已睡着了，忙轻声道："真儿，快醒来，洗脸了。"他蹲下身子，左手揽住那少女，右手伸到溪里掬起一把清水，恶作剧般淋在少女的俏脸上，虽然水量很少，只有一两滴……

"哎呀！"少女翻身而起，见他不怀好意地笑着，手上水淋淋的，便知是怎么一回事了。投去一抹似嗔非嗔的目光，便红着脸蹲在溪边洗起脸来。

少年洗完脸后从怀中取出一张面具，戴在脸上，顿时由一个俊俏少年变为了一个丑八怪。他正是推浪帮的帮主朴石安，那美貌少女则是有着武林第一大美女之称的凌真儿。他们一路游山玩水，往北方去参加在泰山举办的武林大会。

这一日，他们到达了湖北、河南交会处的桐柏山。他们故意不走近路，而绕道行进，先到荆门，再取道襄阳，下一站他们准备去南阳。

虽然时过中秋，天气已渐渐转凉，但在晴日下纵马驰行也颇感燥热。朴、凌二人骑着由推浪帮密云分舵的香主赵穆献上的两匹千里马，在大路上急驰着，倒不是为了赶时间，实在是烈日当空闷热难当。大道上尘土飞扬，粘在脸上腻腻的，甚为难受。朴石安说道："咱们不赶路了，找个阴凉的地方歇歇脚吧。"凌真儿也已是香汗淋漓，见他如此提议，忙应道："好，到前面那个镇上泡一壶茶喝了再说。"说罢，她将座下的白马驱得快如闪电。

说话之间，两人飞骑追近了前面一顶轿子、一匹毛驴。看见毛驴上骑的是一个大胖子，穿着一件银黄色袍子，外套一件白色夹背，蒲扇似的大手上握着两颗亮丽的圆细球，不过他没转动，这怪天气使他热得难受。而那匹驴子偏偏生得又瘦又小，被他两百多斤重的身躯压得一跛一拐，步履艰难。那胖子在太阳底下无精打采，一身肥肉随着驴子的走动一晃一晃的，仿佛再晃动厉害些便会脱离身体。轿子四周轿帷都翻起来透风了，轿中坐着一个身穿粉红衣衫的肥胖妇人，重量比轿驴大胖子有过之而无不及。无独有偶，两名轿夫竟也都是身材瘦弱，抬着沉重的轿子走得气喘吁吁，抬轿子的杠杆已略微有些弯曲，随着轿夫的走动还一闪一闪的，弄不好可能会断！轿旁有一个丫环，手持一片芭蕉扇，边走边不住地给轿中胖妇人扇着风，亦是汗流浃背。

凌真儿催马前行，当赶过这行人十来丈时，便勒马回头，向着轿子迎将过去。朴石安也忙勒马转头，惊奇地问道："你想干什么？"

凌真儿没有回头，只是应道："我去瞧瞧这位老太太的模样。"朴石安亦无奈地策马随行。

凝目向轿中望去，只见那胖妇人约摸四十来岁年纪，髻上插着一枚金钗，鬓边戴了一朵老大红绒花，一张脸盆般大的圆脸，眼细如鼠，嘴大如猪。两耳招风，鼻子扁平，似有若无，白粉涂得厚厚的，如死人一般，若不是额上流下来的汗水划出了好几道深沟，显出一道道绯红的皮肤，别人还道是具僵尸。她听到凌真儿那句话，竖起一对稀疏的黄眉，恶狠狠地瞪目而视，粗声吼道："有什么好瞧的？"

凌真儿有心生事，对方先行起衅，她反而求之不得，勒住大白马拦在路中，笑道："我见夫人模样长得俊，身材又苗条玲珑，便忍不住多看了两眼！"突然一声吆喝，提起马缰，白马蓦地向轿子直冲过去。

两名轿夫大吃一惊，齐声叫道："啊呀！"当即摔下轿杠，向一旁躲开。他们这一跑不要紧，坐在轿子里的胖妇人就受不了啦。轿子翻倒，那胖妇人骨碌碌地从轿子滚将出来，摔在大路正中，舞手弄腿，但由于她太胖了，胖得再也爬不起来。凌真儿却已勒定大白马，拍手大笑。朴石安见那对胖夫妇如此作践下人，也心中忿然，因此凌真儿作弄他们，他也在一旁看戏。

凌真儿开了这个玩笑，本想回马便走，不料那骑驴的大胖子挥起马鞭向他猛力抽来，老婆受人欺负，他平时欺人惯了，怎生忍受？便怒骂道："哪里来的小浪蹄子！"那胖妇人横卧在地，口中更是污言秽语滔滔不绝。

凌真儿左手伸出，抓住那胖子抽来的鞭子，顺手一扯，那大胖子登时摔下驴背。凌真儿将鞭当空一甩，并伸手抓住鞭柄，然后抖动长鞭。"啪啪"几声脆响过后，那大胖子早已鬼哭狼嚎般狂叫起来。其实，凌真儿手中的鞭子根本没有沾到他的身上。旁边那妇人见状，大叫道："有女强盗！打死人哪！女强盗拦路抢劫啦！"无奈一旁的轿夫丫环根本就不敢过来，而路旁偶尔经过一两个路人，居然都停步围观叫好，想必是这对胖子夫妇在此一带平日作威作福惯了。

朴石安见胖妇人在一旁兀自大喊大叫，脚尖在马蹬上轻点，人已化作一道长虹落在她的跟前，仿佛天人下凡。胖妇人颤微微地抬头一看，"啊"地大叫一声，已昏在当地不省人事了。她见到朴石安那一副奇丑面，顿时被吓坏了，倒免得朴石安动手。

这么一来，那大胖子更是吓得魂飞魄散，他只以为自己的老婆是被那从天而降的丑人施了魔法，忙跪在地上直叫道："女大王饶命！我……我有银子，女……大王饶命！"

凌真儿板起脸，喝道："谁要你的几个臭银子？这女人是谁？"那胖子连忙应道："是……是我夫……夫人，我……们刚从……庙里……还愿……回来。"

凌真儿道："你们两个又壮又胖，干嘛不自己走路？好，要饶命可以，那得听我的吩咐！"那胖子磕头道："是！是！听女大王吩咐！"

凌真儿"扑哧"一笑，但瞬即还真摆出一副"女大王"的架子，道："两个轿夫呢？还有这个小丫环，你们三人都坐到轿子里去。"

三人不敢违拗，忙上前扶起了倒在路中心的轿子，钻了进去坐好。幸好三人身材瘦削，加起来只怕还不及那胖妇人块头大，坐在轿中并不怎么拥挤。

这三人连同那大胖子，四双眼睛都怔怔地瞧着凌真儿，不知她有何古怪主意。

凌真儿冲朴石安神秘一笑，不想朴石安似是知道她心中的鬼主意，他上前伸出食指在胖妇人颈上一点，那妇人顿时醒转过来。然后，朴石安抓住胖妇人的衣领，轻轻一提，胖妇人便已站起，他厉声喝道："滚过去，听女大王的吩咐！"

胖妇人怎敢不依令而行？忙晃悠悠地跑了过去，其实她的跑跟走并没什么两样，同她的郎君站在一起，慌恐地望着凌真儿。

凌真儿抖了抖手中的鞭子，那胖子夫妇顿时吓得浑身发抖，肥肉晃动，她厉声道："你们夫妻二人平时作威作福，仗着有几个臭钱便欺压穷人。今天遇上了本'女大王'，要死还是要活？"

这时，那对胖夫妇早已被吓得屁滚尿流，忙齐声应道："要活，要活，女大王饶命！"

凌真儿笑道："好，你们两个现在去尝尝作轿夫的滋味，快！去把轿子抬起来！"

胖妇人惊恐万分，说道："我……我只会坐轿子，不……不会抬……抬轿子。"

凌真儿面色一沉，手中长鞭一抖，顿时变为一根长棍，指着胖妇人的面门，喝道："你不会抬轿子，本大王我可会杀人头的。"

那胖妇人只道她说杀便杀，不由大叫道："哎唷，要死人啦，杀人了！"

凌真儿喝道："你抬还是不抬？"那大胖子忙上前先行抬起轿杠，说道："抬，抬，我们抬！"

那胖妇人无奈，只得上前矮身将另一端轿杠放在肩头，挺身而起。

这对胖子夫妇平时补药吃得多，身体也着实健壮，抬起轿子迈步而行，居然抬得有板有眼，丝毫不显吃力。一旁众人忙拍掌喝彩："抬得好！"

凌真儿与朴石安骑马押在轿后，直驰出十余丈，方才双双纵马急驰，凌真儿并叫道："你们好好抬，在镇子上本大王等着你们！"她又转身对朴石安说道："安哥，咱们走吧！"

朴石安笑道："是，女大王！"

两人忍不住哈哈大笑，放马疾行。不知翻过多少道山岗，越过了多少架桥梁，依然没有看到有集镇。朴、凌二人未带干粮，由早晨到现在他们未进一口食物，早已饿得肚皮贴着背了。幸亏二人所骑的马均是上等好马，一路疾行如飞，坐在马背上亦丝毫不觉得累。

奔行了一个多时辰，不知不觉已驰行了百余里。总算到了一个集市，不过他们已不知道自己到了什么地方了，估计已进入河南境内了。

这个集镇人烟稠密，市肆繁盛，他们差点以为这便是南阳城了。不过，管他是什么地方，先找一家酒楼解决温饱问题再说了。

朴、凌二人来到一家酒店的门口，酒店里冒出的香味熏得他们难受至极，忙把马匹的缰绳系在店门前的马桩上。早已有店小二出来招呼，见他们衣着华贵，招待得特别热情。二人进店入座，随便要了几盘菜，近乎狼吞虎咽地吃了起来。

吃得差不多了时，朴石安方吩咐上几壶酒，不消多时，店伙计已端上三壶汾酒。

朴石安揭开泥封，顿时一股清香荡入心腑，他哪里还按捺得住性子，仰起脖子就着壶口"咕噜"地灌了进来。一口气下去，一壶酒已点滴不剩进入了他的肚子，然后大叫道："好酒！杏花村的汾酒果然名不虚传！"

一旁的店小二面有得意地说道："公子爷好眼光，这正是小店特地从山西杏花村购来的一批上好'涡头汾酒'。小的见公子爷气度不凡，一定品味不俗，因此便端了上来，果真如此，公子爷一喝便知是汾酒！"

"咕噜！"一声，朴石安又喝了一大口酒，大笑起来，凌真儿知其好酒，早已见多不怪，兀自吃着饭食。

这时，从店外走进一个衣衫褴褛的落魄书生，右手摇着一柄破旧折扇，左手却提着一个朱红大酒葫芦。他吼道："呸！这等小酒家也能有什么好酒？只有那些俗人方称之为好酒，可怜！可悲！可叹！"

店伙计见是一个穷酸秀才，顿时脸色一沉，上前拦住，喝道："哪里来的穷小子，跑到这儿来撒野！滚，出去！"

朴石安看不惯店伙计那见钱眼开的小人形态，更为那穷秀才的"不凡"言语所动，便走上前隔开了店伙计，抱拳对那穷秀才道："兄台如若不弃，在下愿与兄台共品美酒。"

那穷秀才冲着伙计白了一眼，道："真是狗眼看人低，还怕我付不起账？哼！就是把你这整间酒楼的酒都拿上来，我闻都懒得去闻。"

朴石安忙接口道："兄台何必和这等人过意不去？来，请到在下这边一坐。"

店伙计见是朴石安出面，也没再说什么，悻悻地望了那穷酸秀才一眼，便退了下去。

朴石安让店伙计重新上菜，凌真儿在一旁正要为他们二人斟酒时，不料那酸秀才却摇手道："姑娘且慢，这等汾酒如何能下肚，晚生虽然与这位兄台素不相识，萍水相逢，但一见如故，因此必须喝上等好酒，以示庆祝。"

凌真儿闻言便欲唤店伙计。

那秀才又道："这等小店哪有什么美酒。来！晚生请兄台尝尝这葫芦里的酒。"说罢他拿起朱红大葫芦，拔开塞子，顿时酒香四溢。

朴石安一闻便知是几十年陈酿的梨花酒，忙抱拳道："这是兄台珍藏六十年的梨花酒，在下岂敢糟蹋此等美酒？"

那秀才一怔，复又大笑道："不错，兄台一闻酒气，便知这是藏了六十年的梨花酒，果真乃酒中君子。晚生姓甘，单名一个鼎字。敢问兄台尊姓大名？"

朴石安道："在下姓朴，双名石安。"

甘鼎道："酒逢知己千杯少！朴兄，来！咱们痛饮几杯，切莫推辞！"他居然不识得在江湖中声势显赫之推浪帮帮主朴石安的大名？当真不是江湖中人！

朴石安也是性情中人，当下大笑道："那在下就不客气了，小二！拿杯子来。"

甘鼎见状，却道："非也，朴兄有所不知，你对酒具如此马虎，于饮酒之道，显是未明其中三昧。饮酒须得讲究酒具，喝什么酒，便用什么酒杯。"

朴、凌二人闻言怔了一下，朴石安忙道："还请甘兄赐教。"

甘鼎亦不谦让，指着桌上所剩下的一壶汾酒道："喝汾酒当用玉杯，唐代李白有诗云：'玉碗盛来琥珀光'，可见玉碗玉杯，能增酒色。"朴石安不禁连连点头称是，心中对这长着一个硕大酒糟鼻的甘鼎极为称叹，连一向不喜饮酒的凌真儿也听得心动神往。

只听甘鼎又道："喝葡萄酒当用夜光杯。古人诗云：'葡萄美酒夜光杯，欲饮琵琶马上催'，要知葡萄美酒作艳红之色，我辈须眉男儿饮之，未免豪气不足。不过葡萄美酒盛入夜光杯后，酒色如同血色，饮酒有如饮血。又有词云：'壮志饥餐胡虏肉，笑谈渴饮匈奴血'，岂不快哉？"

这时，店小二已取来两只瓷杯，听到甘鼎的这一番见解，不禁怔立当场，对这甘鼎也是另眼相看。

甘鼎拍了拍那酒葫芦道："至于这梨花酒，则应用翡翠杯。亦有古诗云：'红袖织绫夸柿蒂，青旗沽酒趁梨花'。"

店小二忍不住插口问道："那饮高粱酒，用什么杯子呢？"

甘鼎白了他一眼，不过还是说道："饮高粱酒须用青铜酒爵，方才有古意。"

凌真儿也笑着问道："小女子也请问先生，若饮绍兴女儿红，应用什么酒杯？"甘鼎答道："须用古瓷杯。"凌真儿又道："旅途之中，又哪来这么多珍贵的酒具呢？"甘鼎笑道："善饮酒之人若身边无佳器，遇有美酒岂不糟蹋？"

一句话没说完，只见甘鼎伸手入怀，掏出一只酒杯来，光润柔和，竟是一只羊脂白玉杯。众人俱惊，瞪大眼睛望着甘鼎，只见他不断从怀中取出酒杯，有青铜爵、夜光杯、古瓷杯、琉璃杯、翡翠杯、象牙杯、紫檀杯、牛皮杯、金杯、银杯、石杯，当真应有尽有，难怪他总挺着大肚子。那店伙计更是万万没有料到，这穷酸秀才的怀里，竟会藏了这么多稀奇古怪的酒杯，先前确实是有眼不识真金。这么多的杯子，若有一只属于自己，那也可以换得几两银，够自己用上几个月了。

甘鼎只将那个翡翠杯留在桌面上，其余均收入怀中，然后将葫芦中的梨花酒倒入翡翠杯中。向朴石安道："朴兄，请干了这杯酒。"

朴石安朗声应道："好！"便端起酒杯欲饮，凌真儿见状忙道："安哥！"她是怕酒中有毒，朴石安自是明白她的意思，但他却摇了摇手道："真儿，不必担心！"说罢，他已仰头饮尽杯中之酒。

"果真好酒，味道甘美醇厚，回味无穷，妙！妙！"朴石安饮完酒后连声叫好。

甘鼎见状笑道："朴兄好酒量，我这梨花酒一般人沾唇即醉，而你居然喝了一杯仍不倒，钦佩钦佩！但我更佩服朴兄的胆量，朴帮主，你枉为一帮之主，今日中了我的奇花散，你焉有命在？"原来他早已知朴石安的身份，说话间，他不时地瞧着凌真儿。

凌真儿闻言果然大怒，拔剑而起，喝道："大胆贼子，竟在酒中下毒，快把解药拿出来！否则小心项上人头！"

谁知，朴石安中了毒，居然笑道："真儿，我怎么会中毒呢？"凌真儿大为惊骇，疑惑地望着他，手中的剑依然指着甘鼎。朴石安这才向着甘鼎笑道："天下若有如此味美的毒药，朴某倒愿不要这条命也要喝上一顿。"

突然，朴石安趋前向甘鼎跪下，施礼道："晚辈叩谢前辈之恩！"他这一举动令凌真儿、甘鼎均为之一愣。

甘鼎恍然道："好你个臭小子，原来你早就知道我老人家……哎呀，不好玩，我去也！"说罢，他已如一阵清风飘出了酒店。

朴石安笑着站了起来，脸上露出了欣喜的笑容。凌真儿更为之不解，茫然地问道："安哥，那甘鼎的声音怎么一下子变得那么苍老？他是谁呀？你怎么又向他下跪呢？"她满肚子的都是疑问，因为太迷惑了，所以只好一古脑儿地说出来请教朴石安了。

朴石安却笑嘻嘻地对她道："等会儿再告诉你。"他唤来店伙计，付了账，便同凌真儿一起走出酒楼，牵了马匹便认准方向往南阳策马而去。凌真儿虽有满腹的疑问，但朴石安不说，她也没有法子，只好一路死缠着他问。

一晃眼，二人已驰出了十来里路，朴石安策马上了一个土岗，四下张望一下，叹道："可惜！"凌真儿忍不住又问道："安哥，这到底是怎么一回事嘛，快告诉真儿，好不好？"她这回用起了媚态，看来她心里真是急不可耐。

不过，她这一招确实百试不爽，朴石安立马投降，道："刚才那人是'百变酒丐'风老前辈，他给我喝的酒其实是件宝物，喝一口便可增长三年功力，而我喝了满满一杯，起码可以增长十年以上的功力，你说我该不该谢谢他老人家？只是我何德何能，再次受他老人家如此大的恩典，真是有些心中有愧！"

凌真儿瞪大眼睛望着朴石安，已极为兴奋，她叫道："真是他？"她这么大声叫喊，把经过他们身边的一个樵夫给吓得一颤，马上背着一捆柴加快了步伐。

凌真儿并没在意，接着道："我听爹说过，风老前辈行侠江湖时，最好饮酒，又善于易容，还说他是丐帮的上代帮主，所以江湖中人都称他为'百变酒丐'。哇，安哥，你真幸运哩！不过，我倒没听说过他老人家酒葫芦里的酒喝了可以增长功力这回事。"说罢，她又望着朴石安，希望他述出答案。

朴石安本想卖一下关子，但一看到她那急切的目光，心觉不忍，便说道："风老前辈与我师父是生死至交。我师父像我这么大年龄时也是遇上了他老人家，他们都好酒，借酒相交，于是结为朋友。"

凌真儿道："那你师父不也喝了那药酒，增长功力了？"

朴石安叹了一口气，道："若真如此，师父他老人家也不会英年早逝。风老前辈葫芦里装的药酒可能是最近几年才酿出来的，其实这么多年来，师父和我都没想到可以借助奇丹妙药来增长功力，否则便不必去练那《武羊奇书》了。同时也使我终于明白了，说不定我身上这本《武羊奇书》是真的，只是练到一定程度的时候要借助外力才行。对，一定是这样的，哈哈……真儿，我的功力是可以增长的！"激动兴奋之余，他居然伸手抱住了凌真儿。他们是并驾齐驱，两马间隔甚小，朴石安将手臂一伸，便可揽住凌真儿。直到温玉满怀，他才惊觉自己居然——如此无礼！

不过，凌真儿丝毫没有责备他，她也责备不起来。倾倒在心上人的怀里，她顿时娇羞而无半分力气。俏脸飞红，星目微闭，一副任郎君无礼的表情呈现在她的脸上——这是她唯一的反应。奇怪的是，他们座下的马匹居然也趁机亲热起来，朴石安骑得是一匹黑色雄马，而凌真儿骑得则是一匹白色雌马。多日来的相处，这两匹骏马已滋生出了感情，眼下挨得这么近，黑马当然趁近亲近白马。

兽犹如此，人何以堪？

然而这是在路上，朴石安心中理智尚存，忙轻轻推开凌真儿，并四下张望。他情不自禁地发出一声惊叹："咦？"

一离开朴石安的怀抱，凌真儿便觉得清醒多了，自制力也全然恢复，只是脸颊依然酡红。她没有时间去考虑为什么在朴石安的怀里，她便意乱神迷，失去最起码的自制力。她听到了朴石安的那一声惊叹，便问道："安哥，有什么事吗？"见朴石安四下张望，她也跟着环视四周：除了刚才过去的已在百丈开外的樵夫之外，再无其他的人。她又将目光移回了朴石安身上。

朴石安为刚才的冒失感到有些不好意思，因此他不敢直视凌真儿，于是他只好把目光投向远处的那个樵夫身上，说道："刚才……我听到有别人的咳嗽声，好……好像……就是风前辈的声音！"他突然忆起那声音正是"百变酒丐"风青发出的——他可以肯定。

他心道："那樵夫莫非就是……"

正当他心念甫动之时，凌真儿叫道："安哥，你快看，那儿是什么？"话音方落，她已驱动白马，往左边的林子中驰去。朴石安也忙随之策马前往。凌真儿看到的是一件挂在一棵树上的长衫，她伸出长剑挑开那件长衫，她只觉这件长衫颇为眼熟。

"这是风前辈刚才穿的长衫！"尾随而至的朴石安一见便肯定了自己的推测。

"小子，赶快打坐行功，以免功夫付诸东流！"凌真儿念道。原来长衫遮住的树干被人刮去了树皮，并刻上了一行字。

朴石安脑际一道灵光闪过，大喊一声："风前辈！"人已越林而出，立在岗头往来路望去，路上空无一人。他更肯定了自己刚才的推测，不过已经迟了。凌真儿又大为不解，已策马到了他的身后，不待她发问，朴石安便说道："刚才过去的那樵夫便是风前辈！"他的这话句中包含了极为复杂的情感，有感激、有失望、有高兴。

凌真儿也是一个聪明伶俐之人，但一连串的糊涂事倒真使她迷惘透顶了。物极必反，她突然已完全明了，便衷心赞道："风前辈真不愧为'百变酒丐'！"

"百变"二字的语气她说得相对重些。

蓦地，朴石安感到丹田之处有如火烧，不及解释，他便就地打坐，将炙热之气运往全身各大穴道。一会儿之后，他已感到全身舒畅无比，体内的躁热也随之慢慢消失。他睁开了眼睛，发现凌真儿正焦急万分地看着他，忙柔声道："真儿，我现在没事，身体反倒比以前更轻松了。"

凌真儿仔细地看了他两眼，然后为他拭去了额头上的汗渍，道："你刚才脸上一会儿白，一会儿红的，头顶上还不断地冒着白气，可把我给吓坏了。安哥，你怎么还不起来，坐了一个多时辰还没坐够吗？"朴石安闻言吓了一跳，惊道："我打坐用了一个多时辰？我还以为只有一会儿。"他伸了伸舌头，然后双手后撑，借这一撑之力，人已弹起。

不过，他仍然没有站立在地面上——他身体离地半丈多高，惊慌之余他忙屏气静息，方不至于落地跌倒。他惊得语无伦次，道："我……太厉害了，我居然……"他潜意识里知道自己已凭空增加了不少功力，只是他一时难以用言语表达出来。行动胜过雄辩，朴石安对着两丈远的一棵合抱粗的大树平推一掌——单以右掌！只听得"啪"的一声，那棵树猛地一振，树叶纷纷落下。

凌真儿见状大喜，忙拍手称好。突然"咔嚓"一声巨响响起，但朴石安已拦腰抱起凌真儿，往林外掠出，并随手各拍了一下两匹马的屁股。登时，两人、两马已奔至大道上。

第五章

凌真儿正待询问，只听得身后"轰隆"一声大响，她惊得忙回头一看，原来那棵大树已横卧林中，树枝仍晃动个不停。"哇！"她瞪圆眼睛望着那棵成了木头的大树，又望了望朴石安，眼神里尽是惊喜和难以置信。朴石安微微举起双手，似乎不敢相信这双手是自己的。

"走吧，我们快赶路，免得今晚又要在野外露宿。"朴石安回过神便率先策马上路。

凌真儿也随之抖动缰绳，放马驰行。她突然想了一个好主意，待追上朴石安，便兴奋地道："安哥，我们何不到一座高山上去走走，说不准能碰到一些奇花异草什么的，那对你的功力会更有帮助的。"

朴石安笑道："哪来那么好的事情，那些奇遇可遇而不可求，你当真那么容易便能得到？否则那也不算什么好东西了。"凌真儿一听也觉得有道理，但转念一想，又道："反正离九月十六还有二十几天的时间，我们就当是去游山玩水也行呀。"

朴石安道："好吧，我们这就走，不过还是先前往南阳城。"凌真儿当下快马一鞭，策马疾行，留下一串银铃般的笑声。

南阳城并不如想象般大，大小及繁华的程度只比得上中午到达的那个小县城，若不是城头上明明写着是南阳城，朴石安还真以为去错了地方。不过既来之，则安之，首先得去找一个客栈投宿，天已快黑了。城内最多的是赌场，其次便是酒楼、当铺、妓院，朴、凌二人走了两条街道却仍没见到一家客栈。

眼见天是愈来愈黑了，幸好街道两旁的店铺大都挂起了风灯。朴、凌二人骑着马在路上，肚子早已饿了，可惜路上甚少有行人，不能问及哪儿有客栈投宿。

凌真儿见这么瞎找也不是办法，便道："安哥，我看还是去找南阳分舵算了，这南阳看来是没有客栈了。"朴石安本不想暴露自己的行踪，只想与凌真儿一起像普通人那样出外游山玩水，但眼下居然走了这么久仍没有找到一家客栈，他见凌真儿那副疲惫的模样，心中颇为不忍，说道："好吧!"于是他抖动缰绳，策马至一无人处，从怀中掏出一支响箭，然后甩向空中。他虽是推浪帮的一帮之主，却很少走出芦花荡，很多处分舵他都不知在什么地方，这些事情都是由魏于等人分别去办的，因此他只好用推浪帮特有的联络方式。

只听响箭带着一阵清啸向上直射，接着"啪……"的几声清脆的响声，夜空上方也顿时出现了一团波浪状的火焰光芒，经久不散。这清脆的响声是有规律的，先是一声，再是两声齐响，过了一会又是三声连响。这是帮主联络帮众的讯号，若是新力、魏于二人，却没有三声连响，若是堂主级的，则只有一声脆响。腾起的焰花是呈波浪状的，这是推浪帮的标志，焰花升空后，很长时间方能散去，即使有风有雨，都不能立刻将其迅速消散。

不消多时，已有五人快骑奔至朴、凌二人跟前，他们一齐下马行礼。当前的那个精壮汉子正是南阳分舵的香主武忠，他面现喜色，躬身抱拳道："属下南阳分舵香主武忠参见帮主。"他身后四个青年武士亦齐声道："属下等参见帮主。"

朴石安朗声道："不必多礼，武香主你快带我二人速去分舵。"武忠忙应道："是!"迅速翻身上马，伴在朴石安身边往推浪帮南阳分舵而去，那四名青年武士则尾随在后。他们俱激动万分，帮主可从来没有到过南阳啊。

武忠在马上兴奋地说道："刚才属下见到讯号，怎么也不敢相信是帮主来了，赶忙带着四个兄弟来迎接帮主，不想真的见到了帮主，兄弟们一定非常高兴。"这武忠人长得高大无比，也很耿直，见到朴石安，嘴巴便乐得合不拢了。朴石安问道："弟兄们都还好吧?"

武忠忙回答道："好! 好! 大伙儿听说帮主领着总坛弟兄去攻打天阴教，都恨不得插翅飞到湘西去，为帮主效命。"凌真儿在一旁接口笑道："武香主幸亏没生翅膀，否则千里迢迢飞到武陵山，却跑了一段空路。"

武忠道："帮主武功盖世，天阴教的那些人只玩毒，怎么能抵挡得了?"

朴石安听他赞赏自己的武功盖世，心道："惭愧!"

南阳分舵设在南阳城内的一片竹林里，乍一见，朴石安倒以为自己又到了天阴教的地盘了，当然，这片竹林并没有按阵法布署。凌真儿骑马观竹，这儿环境幽美，空气特别新鲜，她暗自佩服这南阳分舵的人倒懂得部署。她曾跟着朴石安到过好几处分舵，但没有一处环境比得上这里。

分舵的弟子们早已恭候在院前，但加上武忠五人一起也不过二十人。朴石安不禁愕然，推浪帮的每一处分舵最少的也有五六十人，怎么南阳分舵只有这么几个人？他按捺住心头的疑惑，在众人的簇拥下进入了大院里，院门的正上方矗立着一面大旗，朴石安走进大门时方留意到那旗帜在夜风中猎猎作响，回头一瞧，那正是推浪帮的波浪旗。

凌真儿走进院子正中的大厅后，望了望，发觉还有一些人不见了，她忍不住问道："武香主，其他人呢？怎么不在舵里？"朴石安亦将询问的目光投向武忠。

武忠伸手拍了一下脑门，道："属下还差点忘了禀报帮主，真该死！本舵包括属下在内一共有六十七人，守舵的有二十一人，其余众人都到客栈去打点生意了。"

朴、凌二人听得更是一头雾水，两人茫然对视，惊问道："打点生意？这南阳城有客栈？"

南阳城怎么会没有客栈？武忠在心里为朴、凌二人提出这样的问题而感到惊异。不过他仍将这儿的情况向朴石安作了汇报："是这样的，三个月前，我请了一位先生做分舵的师爷。以前舵里的开支总不够，单靠一家小酒店根本就没有什么利润，兄弟们勒紧腰带过日子。"朴石安责道："那你们为什么不向总坛要钱？"武忠脸一红——其实他的脸本有些黑，又是在夜里，根本就看不出有什么变化，他低头道："属下等有手有脚，自己没用，又怎么能给帮主增添麻烦呢？"

朴石安闻言一震，道："好兄弟，难为你如此为本帮着想，不过你却为了争自己的一口气，而置舵里众多弟兄的饱暖于不顾，又是万万不该，因此功过相抵。武忠！"

武忠抱拳道："属下在！"朴石安朗声道："以后南阳分舵若有什么困难，决不可独享，推浪帮众兄弟齐心协力，有福同享，有难同当！"武忠忙躬身应道："遵命！"朴石安这才落座，笑道："现在把你们办客栈的事情原原本本地给我讲来。"武忠又躬身应道："是，师爷到了舵里后……"朴石安伸手指了指一条凳子，道："坐着说。"

这时，已有帮众端来两杯茶放到朴、凌二人面前，朴石安这才忆及他与凌真儿尚未吃饭，肚子里本已空空如也，又怎敢再喝有消食健胃之效的茶。然而武忠已然开始汇报，他也只好哑巴吃黄连，心中暗暗叫苦。

相比较下，武忠却是精神饱满，中气十足，讲起话来眉飞色舞，唾沫横飞，恨不得将心中要说的话全部在这段时间内讲个痛快。

朴石安二人也只能装模作样地端起茶杯，而且还得认真地倾听武忠的汇报，肚子里"咕咕"直叫也顾不得了。

原来，南阳分舵请来了一个会做生意的师爷后，他们的生活条件便大大得到了改善，而且有越来越多的银子入库。那师爷一来便让武忠在钱庄里去借了一笔银子，将原有的酒店改造为客栈，就凭着"推浪帮"三字来获取客人的信任。

客栈的客源大多是外地人，人生地不熟的，他们当然是想找一个可靠的落脚点，而推浪帮在江湖上的名声如日中天。那师爷派几个弟兄在南阳城的几个城门口守候着，以便招待客人。江湖上的朋友冲着推浪帮的面子，那些商贩则图个安全，何况推浪帮的客栈服务态度又极好，因此很多人都纷纷前来投宿。不到一个月，南阳城内其他几家生意本就萧条的客栈不得不宣布关门。那师爷趁机用低价收购了几家关门的客栈，又用头一个月所赚的银子扩大门面。

南阳城不大，但来来往往的人却很多，以前很多人嫌南阳城的客栈既破旧又狭窄，因此宁可再赶一段路到别处寻客栈投宿，是故南阳城的客栈生意一直都不好。但自从那师爷开始为推浪帮南阳分舵经营客栈后，不仅过路之人，就连本城的人都想在此投宿。又过了一个月，客栈所赚的利润已达几百两银子，还清借款后，那师爷又将所余之银全部投资到客栈的环境布局上，并将各个分散的小客栈合并为一个大客栈，以便使来投宿的客人得到更好的服务和更高的享受，也因此客栈生意越来越好。

第三个月不到一半已开始稳收大把大把的银票了。有时客栈生意忙不过来，武忠便调用人手前去帮忙，所以，朴石安和凌真儿到南阳分舵时只见到一二十人。

"好!"听完武忠的讲述，朴石安不禁为那师爷的生意头脑喝彩。一般的人，谁会选择南阳城内最为萧条的客栈行业作为发展的项目呢？其实，别人认为没有路的地方往往却有一条通天大道，关键在于发掘。朴石安倒想去见识见识那位被南阳分舵请来的师爷了，于是便迫不及待地说道："武香主，你赶快带我去见见那位师爷。"他竟又忘记了没有吃饭，凌真儿可有些意见了，不过到了客栈自然会有吃的。因为客栈不仅只管客人的住，也往往管着客人的吃。武忠也是一时激动而犯了糊涂，一看凌真儿那副有气无力的样子和望着大桌上摆放之水果的神态，就应该意识到那个问题了。

武忠径直领朴、凌二人往客栈走去，一个机灵的帮众端出两盘点心时，他们已走到了大门口。偏偏凌真儿恰好在此时回过了头，不回头倒还好——眼不见为净。

可见到之后没机会去品尝，那可真是受罪。凌真儿只好咽下一口口水，转头随着武忠、朴石安走出了南阳分舵的院门。

南阳分舵开设的客栈名字不俗——"留云客栈"，规模虽不及荆州城内的英豪酒楼，却也非一般客栈、酒楼所能比拟的，朴石安心道："难怪这儿生意会那么好了。"

那师爷很胖，脸上几乎可以挤出油来，若不是武忠引见，朴石安还真不敢相信他便是使南阳分舵由穷变富、颇有经济头脑的那位师爷。

武忠忙上前引见，那师爷望了朴石安一眼，施礼道："属下那叶新拜见帮主。"朴石安深知人不可貌相，当即笑道："那先生不必多礼，先生为我南阳分舵的弟兄解决了这么大的问题，是我推浪帮的功臣，我身为帮主，还没感谢先生的大恩呢。"说罢他躬身作揖道："请先生受我一礼。"

那叶新慌忙避开并还礼道："帮主折杀属下也！"他望向朴石安的眼光中颇有赞誉之意，激动的感觉也有，但并不十分浓郁。

客栈内的推浪帮弟子们闻知帮主驾到，都赶过来参见，他们个个激动不已。朴石安朗声道："弟兄们不愿给总坛添麻烦，自力更生，靠自己的努力创下了这一份基业，也为我推浪帮立下了一件大功。在此我先谢过诸名兄弟，你们都是我推浪帮的好兄弟！"众弟兄闻言大喜，齐抱拳道："为帮主效劳，死而无憾！"

朴石安很高兴，但见不少弟子身着店伙计的服饰，又道："不过，你们不可荒废了练功夫，可以派部分兄弟负责客栈的生意，如果人手不够，可以从总坛或者其他分舵调一些弟兄过来。"武忠等人忙齐声应是。

那叶新察颜观色的本领比武忠要高得多，当下吩咐设宴为朴、凌二人洗尘。待酒宴端上桌端后，朴、凌二人狼吞虎咽地急着填饱肚子，武忠才意识到帮主两人还未吃饭！他慌恐万分，赶紧亡羊补牢，竭力地为对方劝酒，朴石安、凌真儿酒饱饭足后，他还意犹未尽。

朴石安哭笑不得地说道："好了，武香主，我已经饱了，今晚就在客栈里歇息一夜，明早我便要赶往泰山了。"当着属下的面，他当然不好说要和凌真儿一起云游山水之类的话。

武忠只知称是，根本没想到泰山之巅的武林大会距今还有二十多天方才召开，而从南阳到山东也不到十天的行程。一旁的那叶新自然明了，但并没有点破，只是颇为神秘地冲着朴、凌二人笑了笑。

翌日清晨，朴、凌二人在武忠等南阳分舵众弟子的陪同下，驾车东行，有了前车之鉴，朴石安准备了足够的干粮，当然也少不了美酒。朴石安与凌真儿由南阳城的东门出城后又绕了一个大圈子，向西而去。他们二人为何要如此拐个大弯呢？

原来武侯祠建在南阳城西面二十几里的一座山上，供奉的自然就是武侯诸葛孔明。朴石安非常崇拜孔明先生，选择当年孔明三气周瑜的芦花荡为推浪帮总坛，多少与这一点有关。

唐朝杜甫有诗云："三顾频烦天下计，两朝开济老臣心。出师未捷身无死，长使英雄泪满襟。"朴石安到达武侯祠瞻仰诸葛武侯的神像时，亦情不自禁地淌下了几滴可贵的英雄泪。

忆及当年，诸葛孔明感刘备三顾之恩，出山相助恢复汉业，神机妙算，运筹帷幄，终使蜀汉定下鼎足之势。无奈后主昏庸，任他如何殒精竭虑，忠心耿耿，死而后已，亦只落得个"出师未捷身先死"，真是"空余千载恨悠悠！"

武侯祠香火很鼎盛，南阳出了这么一个神话般的大人物，谁人不尊？更有不少人领着儿孙前来拜祭，想必是愿自己的儿孙亦与那位智慧的象征人物一样聪明，成为小诸葛。在南阳，称小孩为"小诸葛"，是对他最高的赞誉。

南阳人作了对联记载下了诸葛亮生前的丰功伟绩：

"收二川，排八阵，六出七擒，五丈原前，点四十九盏明灯，一心只为酬三顾；取西蜀，定南蛮，东和北拒，中军帐里，变金木土爻神卦，水面偏能用火攻。"

上联暗含"一到十"十个数字，下联嵌有东南西北中五方位和金木水土火五行，概括了诸葛武侯一生中所经历的大事。

领略了孔明故乡的风韵之后，朴石安倒没有耽误太久的工夫，与凌真儿一道又策马向北，取道洛阳。洛阳乃古都，且以牡丹闻名天下，应该不会再令人失望了。

一路风餐露宿，沿途山水秀丽，赏心悦目，且有佳人相伴，又得知自己的内功可凭借外力增加，如此得天独厚，朴石安还有什么放心不下的心事？二人并驾齐驱，轻松愉悦，无俗务琐事之劳神，无烦恼忧虑之伤感，只觉天地间尽是完美之色。

为了避免惊世骇俗，朴石安摘下了那张丑陋面具，恢复了原来的面目，并换了一套华贵衣物。而凌真儿则装扮成一个翩翩少年。而且他们并没有走官道，专拣山路，翻山越岭，若干粮酒食不够，才到一处集市购买。虽然这么走路远了很多，但他们有的是时间，难得有机会出来转转，怎可不尽兴？

人就怕放不下，若放下了所有琐事，换一种心情、一种方式去感应人生和观看世界，会发现原来人生是美好的，大自然是神奇的。

时间像流水，前进的速度是不变的，但高兴的时候总觉得时间过得很快，难怪人们总会认为人生之中快乐是那么难得，又是那么短暂。或许也只有如此认为，人才会去珍惜和享受快乐，怕它如白驹过隙般溜走了。

然而时间是公平的，并不因为你珍惜它而减慢，也不因你糟蹋它而加速，它永远是这个样子，你急也没用，后悔更没有用。

在朴石安和凌真儿的心里，都认为这短暂的十来天时间是快乐的，将成为日后回忆中最值得留恋的一刻。

这日，他们到了洛阳境内，离洛阳城还有二三十里的路程，天气已不似前些时候那般晴朗了，蓝蓝的天总会被厚厚的云层所遮掩，但凌真儿却依然兴致不减，随着朴石安在山中转。追蝴蝶赶蜻蜓，他们活像一对游戏山林的小孩，感到累的时候便躺在松软的略有些枯黄的草地上，说不出的惬意，道不尽的舒适。

此时，凌真儿真的有些累了，这座不知名的山岳她跑遍了。不知多少美丽的花儿被她摘去，这些花儿没被秋风吹落，却让她给……但这些花儿或许也会感到高兴，被凌真儿摘去，它们说不定还会心也甘情亦愿。所谓"宝剑赠英雄，好花配美人"，能被武林第一大美女伸手采摘，可见这些花儿是何其幸运！

凌真儿早已摘下了帽子，将它交给朴石安戴着，而她则又抖下那头令她感到自豪的乌黑亮丽的长发。将采摘的野花编成花环，戴在头上，她活像一位漂亮可爱的花仙子，只可惜她穿着的是一套男儿服饰。凌真儿倍感遗憾，若不是朴石安眼疾手快且全力反对，她还真会将那身男子衣衫脱掉。其实，这荒山野岭的，除了他们二人外再无第三个人，只是朴石安有点担心自己忍受不了美上加美的凌真儿对他的诱惑。

幸好，凌真儿没有继续坚持，不过她一生气却将辛苦摘来再精心编制的花环掷于地上以示抗议，并堵气冲下了山。山下有一块绿油油的芳草地，在秋风的摧残下，它依然显示出生命的颜色。凌真儿到达这么一块极富生命力的土地上，停下了脚步，其实她也没有太多力气跑动了，于是她干脆躺在草地上。

朴石安也在这一块草地上驻足不前，并躺在凌真儿的身边，他的手上拿着花环。凌真儿没看到他手中的花环，一见到他来了便闭上了那双秀美的眼睛。

朴石安见状笑了起来——不过没有发出笑声，他柔声问道："生气了？"凌真儿当真"哼"了一声，别过头去，眼睛还是闭着的，不过脸上却露出了一丝笑容。这一切均未逃过朴石安的眼睛，他左手撑着下巴，右手拿着花环轻轻地在她的粉颊上摆动着。

凌真儿娇嗔道："好痒！"但她没有用手去拂开"搔挠"她的花环。朴石安也没有因此而收手，反而更加得意地将花环移向她的玉颈处。

凌真儿猛地一回身，娇声道："你坏！"便投入了朴石安的怀抱，双手抱住了他，蠕首更是深深地埋进他那宽阔温暖的怀里。她真的累了，在朴石安的怀里她觉得好舒服，一阵倦意向她袭来，她不知道自己的眼睛仍是睁着的。她越来越喜欢并越来越迷恋依偎在朴石安怀抱里的美妙感觉了，这种感觉使她觉得无力，但每次她总要不顾一切地投入这具有"魔力"的怀抱。

朴石安缓缓地坐了起来，凌真儿似乎根本不受影响，也随着挪动了身体，但仍搂抱着他，蠕首也埋在他的怀里。朴石安温柔地将花环套在凌真儿的头上，然后他露出更甜的笑容，凑近凌真儿的耳朵轻柔地喊道："真儿。"凌真儿微微地颤动了一下，娇柔地应了一声："嗯？"不过她的头钻入朴石安的怀里更深了，双手也搂得更紧了。朴石安并没有继续说话，只是轻轻地把玩着她头上的花环，抚摸着她的秀发。

埋在朴石安怀里久了，又没听到他继续说话，便忍不住仰起头来，佯嗔道："有什么话你就快说嘛。"朴石安故作神秘地笑了笑，稍瞬之后，才柔情万千地说道："真儿，你——真美！"凌真儿顿时脸飞红霞，嘴里却故意责怪道："你坏死了！"又将头埋进朴石安的怀中，不过她的心里是甜滋滋的。朴石安又为她整理花环，轻轻地托起她的头，认真地为她戴好花环，然后带着欣赏的目光看着自己的杰作，自言自语道："嗯，真美！"

接着，他才注意到凌真儿蠕首低垂，俏脸飞红，却喜透眉梢，神态诱人至极。他情不自禁地伸出右手托起凌真儿的下巴，见她已闭上了眼睛，瑶鼻呼出的气息他可以清楚地感觉到。朴石安心中一荡，缓缓地垂下了头，重重地吻上她那温润的红唇。

凌真儿娇躯剧颤，但她却不知天高地厚地主动热烈地和朴石安唇舌交织在一起，真乃生死缠绵。朴石安两手贪婪地摸索着她的娇背，直让她身躯柔软无力且如火一般发烫。

一时两人均忘了天地的存在，当然也忘了天气是在不断地变幻着的。云层越来

· 87 ·

越厚，大概是实在撑不住了，渐渐地下起雨来。当然在雨点落地前，先以耀眼的闪电和震耳的雷声提醒在那块草地上缠绵的少年男女，还有在山下厮磨的黑白双马。朴石安与凌真儿都不想成为落汤鸡，于是暂且放开对方，并立即朝前迎上待命的马匹，策马而去。

也幸亏秋雨是慢慢变大的，起先只是落着毛毛细雨，不过倾盆大雨即将随之而至。马再快，也快不过坠落的雨点，朴石安四下搜索可以躲雨的地方。当然马儿依然在加速地向前驰行，眼看大雨即将临头了，人急马也急。终于，朴石安发现前面不远处有座小庙。

朴石安激动地叫道："真儿！前面有座庙，我们快到那儿去躲躲雨吧！"

或许老天爷不想他躲过此劫，当他一句话说完时，豆大的雨点已落了下来。不过他们座下的两匹骏马均是一等一的快马，跑起来肋下生风，待到了那个避雨处时他们的衣服尚未湿透。

秋风一吹，凉快——凉快得有些过头了！

朴石安看到的是一座荒庙，虽不算破旧，但已长久没有人来添香火了。几尊露出了泥坯的菩萨，有的断臂，有的缺耳少鼻，有的东倒西歪，形貌甚是滑稽。

朴石安将马匹牵进庙中系好，这座庙有三间厢房，地面上到处是枯草败叶，残砖碎瓦，这荒庙里最活跃的东西当数蜘蛛，它们不停地结网，这里大半空间均被蜘蛛网所占。

厢房很乱，而且也很潮湿，倒不如在庙殿里伴着这几尊荒神。凌真儿早已收拾好一片地面，坐的有现成的蒲团，再在庙前找些木板木棍燃起一堆篝火，倒也十分惬意——无论如何比做落汤鸡要舒服多了。

拿出干粮，二人边吃边傍着火堆烘干衣服。

朴石安拿着酒袋，不时喝上一口，不仅解渴，而且还可以御寒。而凌真儿则只有啃着干粮，痴痴地望着他吃喝，脸上总浮着微笑。朴石安又喝了一口酒，看了她一眼，笑道："来，真儿，喝一口，暖暖身子。"他将酒袋伸向凌真儿面前。顿时酒气冲鼻，凌真儿忙向后挪动半分，摇头道："不，我不喝！"朴石安笑了笑，反而将蒲团向前移了移，酒袋仍托在凌真儿面前。凌真儿忙伸手不让酒袋再凑近自己。朴石安笑道："没事的，保证不会醉倒我的真儿，就喝一口。"说完，他硬是将酒袋凑近凌真儿。

凌真儿也是一时被迷了心窍，她心想："喝就喝，不就是一口酒吗？非要让人家喝！"双手接过酒袋，看了朴石安一眼，还发出一声"哼！"，然后她果真举起酒袋，就着嘴灌了一大口。

不就是一口酒吗？可到了嘴里她才知道并不是滋味，呛人的酒气，辣乎乎的酒味，使她怎么也吞不下去。但是，这么一大口酒缄在嘴里那更不是个办法，不会喝酒的人缄着酒也会觉得难受。好歹她总算吞进了一小口，可剩下的她却无能为力了。"哇"的一声全都喷了出来，并不住地咳嗽。顿时凌真儿只觉得脸颊发烧，嘴中及肚子里都辣乎乎的，似火烧一般，扔掉手中的酒袋，然后双手拍压着下唇，似乎想把入肚的酒呕吐出来。

朴石安本是好心，喝了酒后全身血液循环便会加快，能暖和身体，方才淋了雨也不会受风寒所侵。可没想到凌真儿当真是滴酒不敢沾，他这酒又比较烈，辣得他眼泪都快掉了下来。他忙移过身去，扶着凌真儿，左手不住地抚拍着她的娇背，歉然又心疼地道："都是我不好，不该让真儿喝酒，害你受了这么大的罪。"他不说倒好，一说凌真儿便"哇"的一声，半真半假地大哭起来，两只手不停地拍打着他。

"啪"，一声脆响使得凌真儿顿时惊住了，她不哭也不闹，惊慌失措地看着朴石安，两手不知所措地伸着。只见朴石安的俊脸上慢慢现出了一个鲜红的掌印。原来，在凌真儿两手乱挥乱打中不小心拍上了他的脸颊。

这下子又轮到凌真儿来安抚朴石安了，她像个做了错事的孩子，小心地说道："安哥，我——没打痛你吧？"她还伸出纤纤玉手轻柔抚上朴石安脸上挨了打的地方，刚才用这只手打人，现在又用这只手来安抚别人。唉，真乃善变的女人。

朴石安突然灵台一亮，知道怎么做可以使凌真儿又高兴起来。于是，他故意生气地说道："哼，我只不过让你喝了一口酒而已，而你却要打我耳光。不行！我要还你一巴掌。"他还作势举起右手，凌真儿刚才真不是故意的，她心中也充满了悔意，男人总是很要面子的，被女人打了一巴掌还怎生受得了？见朴石安说要还她一巴掌，她便马上仰起俏脸等待着挨打。但朴石安却又道："你把眼睛睁着我怎么打？"凌真儿忙将眼睛紧紧闭上。

打人耳光，谁都知道那是需要用手来完成的动作。不过，大千世界无奇不有，朴石安打凌真儿的耳光却不用手，那他用什么呢？嘴巴！朴石安重重地亲在凌真儿的通红脸颊上，吮吸了很久才"啪"的一声撤回他的大嘴，并得意地笑道："好了。"凌真儿羞喜交集，娇声道："你坏死了！"然后别过头不敢看她。

忽然，朴石安无限痛惜且充满惊骇地大叫一声："哎呀，我的酒！"凌真儿回头一看，只见他提着酒袋——空的。望着湿漉漉的地面，表情既痛苦又惋惜。原来凌真儿方才扔下的酒袋是没有塞上塞子，掉在地上。那里面的酒便流了出来。朴石安本舍不得而节约下来的这么半袋酒，却一下子让那土地神白白喝光了，他怎能不难过？他望了一眼那几尊高高在上的神像，发现那尊在最旁边的土地神像的神情是笑嘻嘻的，好像是在说道："好酒！好酒！"朴石安气得龇牙咧嘴，挥舞着拳头，恨不得将那神像一拳击个粉碎。凌真儿却在一旁拍掌笑道："活该！现在你没酒喝了！"朴石安闻言放下拳头，猛一转身，对着凌真儿"恶狠狠"地说道："没酒喝，那我就喝你，那滋味也……蛮醉人的，可以吗？"

凌真儿知道他所说的"喝"是怎么样的喝法，小脸不禁一红——她的脸本来就红通通的，因此朴石安看不出有什么变化，但他看得出凌真儿虽然羞答答地故意不依地板了他一眼，更不敢答他。但神情却是千肯万肯，朴石安本是说着玩的，可现在他几乎忍不住就要上前紧搂住凌真儿，用嘴好好地品尝一下凌真儿的滋味。

接着便见朴石安畅快地叹息起来，凌真儿怎敢对视他那喷火的眼神呢？吓得闭上了眼睛，她或许不知道在激动意识下发生的动作，暗含着一层任君采撷，让君品尝的意思。

眼看凌真儿就要惹火烧身了！

蓦然，朴石安从怀中掏出一张人皮面具带上，并沉声对凌真儿说道："真儿，有人了！"然后便凝神静气地坐着。此时雨已转小，凌真儿闻言一惊，忙收起心神，坐正，整理好衣物，用期待朴石安的目光望着他，没有言语，她知道朴石安会在该说的时候向她说明一切，因此没必要开口去问。

朴石安突然眉毛一皱，沉声说道："一共有十三匹马，但似乎还有人跑动，咦？他们现在都停了下来，离这庙只有百丈来远，好像是有两个人被骑马的人围杀。真儿，我出去看看！"凌真儿也一跃而起，叫道："我也去！"朴石安没有反对。

两人从庙后出门，后面是一片山林，比较容易躲藏，他们的轻功都臻化境，快似行云流。朴、凌二人藏形于一棵大树后，离那群人只有几丈之距。

果真是混战在一起！只见两个身着破碎道袍的老者被十三名黑衣杀手呈半月形围着，他们都经历过一场恶战，其中一人头上没有帽子，而且头发散乱，显然是在激战中被人一刀（或剑）削掉的。另外一人相对来说不算太狼狈，只是嘴角淌着血，眼睛里布满红红的血丝（在朴、凌二人看来他们就像是长着一双红眼睛），神情充满愤怒与宁死不屈的坚强，还有一抹难以掩饰的疲惫。朴石安一时还看不出那两人是何门派，只觉他们都是不恶人，而那些黑衣杀手则个个身上布满杀气，都蒙着脸，且蒙巾头顶处有一个金色的金钱标志，用的都是相同兵器——九环砍刀。朴石安心道："这些人莫非是漠西的金钱盟之人？但金钱盟早在十年前便从江湖上销声匿迹了，据说已经解散。难道他们又重出江湖了？"

思忖间，已有一名黑衣人狞笑道："二位，还不将本门秘笈交出来？"朴石安发现这说话之人与其他人装扮有一点不同——他的那个金钱标志处绣着一根羽毛，朴石安猜想这人一定是这群黑衣杀手的头领。

只见那没戴帽子的道士向水地上吐了一口血痰，骂道："呸！你这魔头，当年你身负重伤，我师兄见你可怜才让你入观疗伤，没想到竟恩将仇报。你道貌岸然，釜底抽薪，偷走我镇观的《紫阳秘笈》。现在，我师兄弟二人总算夺回秘笈。亏你还有脸说这是金钱盟的秘笈！"这道长的眼睛里快要冒出火来，显然是心中气怒至极。另外一个道人却一脸正气，表面上看似是不愠不火，却有一股不怒而威的浩然之气，手中长剑归鞘静立当场，不似他师弟那般冲动。

那黑衣蒙面人却丝毫不动怒，大笑道："牛鼻子，等你逃出此地再说这些体面话吧，哈哈……"其余十二人都跟着大笑起来，笑声从旷野中传了开去，声音洪亮，显然每个人都是内功不弱，他们如此猖狂，仿佛是猎人正盯着垂死挣扎的猎物般。朴石安暗叹："这群黑衣人好强的内功，不知这两位道长是哪一派的人，看来他们已身受重伤，怎是那些杀手之敌？"他暗中按住剑柄，随时准备出击，凌真儿知其心意，亦不知不觉中紧握一把银针。

那黑衣蒙面人颇为敬重地说道："冲灵道长，在下以前多有对不住的地方，但只要道长肯将秘笈交出，然后自废武功，在下还可以不顾师尊他老人家责骂，放二位道长一条生路。"在他看来，这已是最大的忍让了。

戴帽子的道长就是冲灵道长，他悲凉地高宣一声："无量寿佛！"然后上前两步打个稽首，朗声道："施主一定要秘笈的话，必须答应贫道一个条件……"他的师弟却在身后吼道："师兄，决不可答应这个魔头，我们宁可一死谢罪，也决不屈膝投降！"不料冲灵道长猛一回头，一改先前温文尔雅的态度，厉声喝道："师弟，休得多言！"他师弟不服，又道："师兄，这魔……"

冲灵道长喝道："冲云，你敢不听观主之令？"他师弟似乎还想说什么，但眼睛一亮，瞪了那黑衣蒙面人一眼，便没有再言语。

朴石安正好与冲灵道长两相对面，看到他在厉喝之后，嘴巴嚅动了几下，他师弟冲云道长便没有再言语了。

那蒙面人见事情有了转机，大喜道："冲灵道长，你刚才说什么条件？"

冲灵道长低头似乎愣了一下，然后再缓缓地沉声说道："贫道接掌西天观已有十八载，而我西天观自祖师爷天安道长创观以来已有两百余年的历史，贫道不才，却不愿西天观在贫道手中葬送。下一辈弟子中又无甚出众人才，当真天灭我观？贫道身为观主，虽有《紫阳秘笈》在手，却无法领会其中精奥武功，才出现了今日之局面。唉，唯有一死以谢列代祖师。施主一心想得到《紫阳秘笈》，贫道自忖武功不及施主，合我师兄弟二人之力，或可勉强为之。但现在贫道二人已筋疲力尽，施主又有众多功夫不弱的属下，贫道二人断难生还。因此，贫道只有将秘笈交出，倒不是贫道贪生怕死，人生在世，短暂一瞬间，只是西天观中尚有百余弟子，贫道不忍让西天观至此断传。因此请施主放过观中一干人等，否则，贫道就是血战到底，也要护住《紫阳秘笈》，即使护不住，贫道亦不会让它落在施主手中。"他的意思是说，即使打不赢，也可以毁掉《紫阳秘笈》。

虽然《紫阳秘笈》是西天观的镇观之物，但若性命不保，还藏着《紫阳秘笈》何用？

那黑衣蒙面人也想到了这一点，但他此行的任务不仅是夺得秘笈，还要赶尽杀绝！斩草除根！可又怕对方狗急跳墙，弄个鱼死网破，见冲灵道长开出这么一个比较棘手的条件，一时尚不知如何作答。他虽是个魔头，但亦是一个一言九鼎的守信之人。

权衡利弊，那黑衣蒙面人还是选择答应冲灵道长的条件，西天观除了眼前的冲灵、冲云这两个老一辈人物外再无其他杰出人才，根本不足为虑。于是，他笑道："好，冲灵道长，在下便答应你的要求，可以不再去找西天观的麻烦，但他们若自寻死路，在下决不容情！"他想得可真周到，如果西天观的人前来寻仇，那时候可堂而皇之地攻杀，也不算违背诺言。

冲灵道长当然也明白他的意思，但路已走到这份儿上了，他也只好答应，无奈地应道："无量寿佛，施主言出必行，贫道先行谢过。"长叹一声后他朝天凝望一阵，嘴唇翕动，似乎向天祷告着什么。好一会儿，他才从手中取出一个布包，想必那里面便是《紫阳秘笈》。只见他恭恭敬敬地双手捧过头顶，嘴里又不知嘀咕着些什么。

此时，那黑衣蒙面人本可一举将秘笈夺到手中，但他却认为那已是到手之物，因此只是端坐马上望着冲灵道长。

冲灵道长双手托着布包横在胸前，这才说道："《紫阳秘笈》乃我西天观镇观之宝，请施主下马跪接！"他居然要强敌下跪！不过，他表情肃穆庄重，却不像是闹着玩的。

那黑衣蒙面人闻言一愣，他没想到冲灵道长会来这么一招，一时还不知如何应变，但他身边的黑衣杀手却按捺不住了，气愤地说道："二爷，他们分明是在耍花招，干脆让兄弟们来硬的！"那"二爷"显然是在沉思，很快他便下了决心，决定屈驾下马！

那"二爷"将手中缰绳一放，恰好一阵风起，便要翻身下马——突然，他神色一变，狞然笑道："冲灵老道，你想拖延时间？妈的，给我杀！"顿时，十二道黑影由马上掠起。

这一切是在瞬间之内发生的事，树上的朴石安心中大感迷惑："冲灵道长故意拖延时间好让师弟趁机调息，他比其师弟高明不少，那'二爷'是如何发现这一玄机的？"原来，冲灵道长故意与那"二爷"商谈条件，暗中却以"传音入密"的功夫让他师弟调息，否则依冲云道长的火爆性格，焉能沉默不语？那"二爷"本已中计，但正当他准备下马时，恰好一阵风过将冲灵道长的破道袍一角吹起，顿时他心知中计，冲灵道长刚直不阿，岂会轻易降服？不过，此时的冲云道长已基本上调息好。

说时迟，那时快。当十二道身影扑向冲灵道长和冲云道长时，冲灵道长将手中布包往身后一掷，低声喝道："师弟，快跑，我挡住他们！"说话间，他已运起毕生功力右手舞剑，左手扬掌，顿时一道紧缩坚实的无形罡气像一堵巨墙，阻住了十二名杀手的攻击。冲云道长接过布包便展开绝顶轻功往南边急驰而去！

那"二爷"见状大惊，大喝一声："哪里跑？"话音未落他人已腾身而起，身形犹如箭矢般快速地冲天而起，当掠过冲灵道长头顶时，他劈出了一掌，然后道："六人留人，六人随我追！""随"字还未出口，他的人已在十丈开外了。马上便有六个黑衣杀手随之往南追杀冲灵道长而去。

压力骤减，但冲灵道长却一下子跌坐在地，嘴里也吐出一口鲜血。原来，那"二爷"在临走时击出的一掌将他击伤，他的武功本就不及"二爷"，加上他又以全力对付齐攻而至的十二名杀手，对那"二爷"凌空击来的雄浑掌力根本无力抵抗。那"二爷"知道冲灵道长必定受伤，况且秘笈已不在冲灵道长身上，因此他才带着六名杀手前去追杀冲云道长。

从突变乍起到余下六名杀手、冲灵道长受伤倒地，这一切均是电光石火间发生的事情，朴石安根本来不及救援。待他回过神来时，那"二爷"已率六名杀手南去百余丈了，他不由暗惊："此人武功好生了得！"

眼见六柄九环钢刀就要招呼到冲灵道长身上来了，冲灵道长不禁脸现绝望之色，他不甘心这般死去，他还有未了的心愿。但是，他已经提不起半成功力了，只好无奈至极地闭上了眼睛。

"当……"

"砰……"

一阵刀剑的碰撞声和肉体受到重击的声音在绝望的冲灵道长耳边想起，他怎么也不敢相信，在这荒无人烟的地方居然有人来救他，他以为自己已经魂飞魄散了。冲灵道长没有睁开眼睛，他还不敢相信……

"以众欺寡，围攻重伤之人，你们算什么英雄好汉？"一声清喝如春雷般响起，冲灵道长这才相信当真有人来救他了。于是他激动地睁开了眼睛，只见两个青年侠客在他身前仗剑而立，而那六名杀手则被挡在一丈开外，其中还有一人受伤倒地。

一个黑衣杀手喝道："你们是谁，胆敢管我金钱盟的事？"

两位青年少侠中，其中那个稍高点的少侠笑道："原来金钱盟的人又死灰复燃了，以前你们在江湖上作恶多端，原以为你们已退隐江湖，没想到今天仍然见到了你们。"

又一个黑衣杀手吼道："妈的，管他是谁，连那个臭道士一起做了！"说罢，他已举起大刀砍来，其余四名杀手也一拥而上。

冲灵道长不禁暗暗为那两名少侠担心，要知金钱盟的杀手个个武功高强，刀法凶邪霸道，以二敌五，他们岂是对手？（冲灵道长认为场中的两个青年侠客是刚出道的），冲灵道长心中大急，忙拼命聚集功力，不想身受重伤已快到油干灯枯的地步了，但他不愿眼睁睁地看着这两个正值青春年少的后辈为他丧命。正当他准备大喊："师弟快来！"以分散那四名杀手的注意力时，眼前的形势已令人震惊！

只见围攻那个稍高之少侠的三名杀手已然丧命倒地，冲灵道长根本没有看清他是如何出剑，如何一剑杀死三名一流杀手的。又是一道银虹闪过，那少侠已再杀一人，剩下的一人则被另一位少侠趁其惊慌时一剑斩伤，他左手则同时一扬，几枚极为细小的暗器刺入了那杀手的五大要穴。

此时，冲灵道长的一颗忐忑不安的心方才放了下来，可他却显得更加不行了。若不是心中一个意念支持着，他早就栽倒在地了，但是，他还是倒下了——没有死，只是太虚弱了。

那两个青年侠客听到"咚"的一声，忙转过身来，他们正是朴石安和凌真儿。凌真儿在出庙时已戴好了帽子，因此冲灵道长以为她是个男子。

朴石安跨步上前，扶起冲灵道长，右手抵住他的灵台穴，输入一注真气。他凭直觉和刚才所闻所见断定冲灵道长、冲云道长两人是侠义道上的人物，金钱盟的杀手一个个凶残成性，视人命如粪土，人人得而诛之。因此朴石安拔剑相助，但还是迟了一步。

冲灵道长终于缓过了一口气，看到了方才救他的两位少侠便在面前，他认出凌真儿是女扮男装，但已经没有精力去计较这些了。他颤抖着说道："贫道冲灵多谢两位……救命之恩，不知……你们……是……"

朴石安知其所问，忙道："晚辈朴石安，她叫凌真儿，道长若有什么嘱托，晚辈定当做到！"

冲灵道长脸上露出欣喜的笑容，突然间他大气不喘，眼神矍铄，只是脸色依然苍白如纸。他激动地道："你就是推浪帮帮主朴石安？这位姑娘……对！老天有眼，朴帮主，贫道想请你帮个忙。"

朴石安知道他是回光返照，时间不多了，便忙道："道长请讲，晚辈义不容辞！"

冲灵道长喜形于色，他颤微着想举起手来，却没有办到，只好说道："我怀里……"朴石安伸手到冲灵道长的怀中摸到了一本书，那本书贴身放着。朴石安将书拿出递给冲灵道长，但对方没接。

冲灵道长说道："这是我西天观的镇观之物《紫阳秘笈》，是贫道师叔祖紫阳真人所著，里面记载着他老人家毕生修为。可惜贫道愚钝，不能通晓其中精奥，以致让宵小之辈……咳……朴帮主年少有为，定当能将师叔祖的武功发扬光大。"

朴石安暗自奇怪，心道："方才冲云道长不是携带着《紫阳秘笈》走了吗？莫非是冲灵道长施用的调虎离山之计？而他没想到那黑衣人一掌便将他击成重伤。"

冲灵道长继续说道："这本《紫阳秘笈》，贫道就交给……咳……交给朴帮主了。"说了这么多话，冲灵道长又开始喘气了。

朴石安一惊，忙道："此事万万不妥。"

冲灵道长闻言，苦笑道："朴……帮主……还是不肯……答……答应……咳……"他不禁大失所望，精神顿时缩萎了许多。

朴石安怕他误会，忙诚恳地说道："晚辈不是不答应道长，道长放心，晚辈定当找一个适合可靠的人将《紫阳秘笈》交给他，以完成道长遗志。晚辈实在不能再学其他的武功，不知道长欲传于观中哪位道长？"

冲灵道长以为他是说他堂堂一帮之主，不能再学其他的武功，不禁有些失望。因为在冲灵道长看来，朴石安天质俱佳，实乃万人中难寻的一个练武奇才，而且朴石安在江湖上颇有好名。但朴石安却不愿学《紫阳秘笈》。不过，退一步求其次，《紫阳秘笈》在朴石安身上比较安全。如他所言，今后找到一个合适的人便可练成神功。冲灵道长道："那……那……有……有劳……朴……帮主把…它…交给小徒……静玄……请朴……"冲灵道长本已出的气多，进的气少，说完一个"朴"字他已溘然逝去。

突然朴石安醒悟这紫阳真人正是与武羊齐名的三圣之一，号称"道圣"，于是更感遗憾。

他黯然抱起冲灵道长的尸体，往山腰上走去，在一处阴凉之地将其掩埋，叩了几个头，便同凌真儿一起回到庙里牵来马匹往洛阳而去。

他们万万没有想到，有一个杀手在他们走后不久动了动——他还没有死，他是最先被朴石安击倒的杀手，当时他昏倒在地……

找到洛阳分舵后，朴石安派人去查探西天观，并务必保护西天观众道人的安全，那静玄道长，则安排前去芦花荡。

经历了这么一件事后，朴、凌二人倒失去了继续游玩的兴趣。洛阳城的繁华，牡丹花的娇美，白马寺的古老，还是不能留住朴石安二人一天。

第四天过后，朴、凌二人才正式启程赶赴泰山，他们还有十三天的时间，很充足。

朴石安没有上少林，虽然他从少室山经过，其实他也很想去拜会少林的几位曾视他师父为大侠的几位僧人，但一到少室峰脚下看到络绎不绝的香客，听少林寺传来深远的钟声，他突然有一种压抑感，因此便改变了初衷。

过了郑州，已看到有不少江湖中人往山东方向而去，朴石安尽量没同他们接触。进入山东境内，只要经过集镇，便可见到有江湖人的踪迹。朴石安干脆又走山路，反正还有七八天的时间，到达泰山只须两天功夫即可。

山东已属于北方，进入深秋，天气已开始转凉了，有时候还会觉得冷。不过朴石安身上有的是银票，即使不够也没关系，推浪帮的分舵遍布天下，只怕他不开口，否则分舵的弟兄们自会为他办妥一切。

走山路少不了要翻山越岭，为了不使马儿受累，朴石安二人故意减慢行程。两人催马缓行，走马观灯似的沿途欣赏山林美景，当然有时也会经过荒山野岭，遇到那些地方，他们便加速前行。

这日下午，朴、凌二人骑马到达了一座山岭下停住了。因为朴石安的酒瘾被山脚下的众多酒店客栈里冒出的酒香给引发了，而酒袋里的一点酒早已光光了。挑了一间最精致最豪华的酒楼。朴石安便准备往里钻，但偏偏在回头一瞥的刹那间，他发现靠近山脚的一个小酒家的门口竖了一只幌子，上书"三碗不过冈"。朴石安一愣，他觉得这句话好生眼熟，更觉得不服气。心道："三碗不过冈，今日我朴石安喝它个三十碗再过给你看！"思忖间，他收回已踏入那家豪华大酒楼的右脚，并对凌真儿说道："走，真儿，看我去砸了那酒家的招牌。他居然敢说'三碗不过冈'，当真是吹牛不要本。"说罢便从店伙计手中接过缰绳。

那名店伙计眼睁睁地看着这两位衣着华贵的佳客转身走去，那神态仿佛是他到手的金元又给丢弃了。

"哎，两位客官下午好，里面请！里面请！"朴石安、凌真儿二人还未进入那扇门口竖着"三碗不过冈"幌子的酒家大门，便有店伙计出来招呼他们了，那态度——还不错，很热情。

店伙计引着朴石安二人进入酒店，先用肩上的布巾擦了擦原本不脏的板凳桌子，恭声道："两位客官请坐！"待他们坐定之后，店伙计才殷勤地问道："不知客官是吃饭还是喝酒？"

朴石安淡淡一笑，道："你们酒店外面不是竖着旗子说'三碗不过冈'吗？我就冲着这句话才到你这酒店来的。既然来了，当然就是——"朴石安故意拖长声音不再说下去。

那店伙计笑着接道："喝酒！客官稍等。"

朴石安见这店伙计很是和气、热情，心中顿生好感，又见他机灵聪慧，更是有些喜爱了。心道："怪不得这家酒店虽小，但生意却极好，连店伙计都是如此和气热情。"

趁此机会，朴石安朝店内巡视了一遍，发现店内七张桌子上已坐满了人。其中有一个二十来岁的颈上挂着二个银色大环的少年，凭直觉，朴石安判定那人是个江湖人。朴石安此刻心情甚好，不由得对那人多瞧了几眼，只见那人貌如潘安，俊朗潇洒，朴石安不由在心中赞道："好一个玉树临风的翩翩少年。"别说朴石安戴了一副奇丑面具，就算他以真面目示人，也不见得就能强过此少年。

"客官，酒来了，这是本店最好的高梁酒。"店伙计端来了一罐酒，并放下了两只大碗，这么大的罐子，恐怕只装得下两碗酒。

朴石安一听是高梁酒，不由想起了前些日子遇到的"百变酒丐"风青，记得他曾说过高梁酒要用青铜酒爵，方可现出高梁酒的古味来。看见凌真儿望着酒罐的那一副愁苦模样，朴石安笑了笑，对店伙计道："伙计，再去弄一些可口的下酒菜，并端一碗饭来。"

店伙计忙不迭地应道："好，客官，我这就去给您端来。"

店伙计走后，凌真儿向朴石安投来了一抹感激的目光，直瞪得他有些飘飘然了。

很快，店伙计端上了饭菜，这下酒菜果真不错，一盘辣椒炒鸡，一盘蚝油鸭掌，一盘绿葱鱼干，还有一碟油炸花生米。

朴石安不禁对这店伙计再生好感，爱屋及乌，这酒家在他心中也极为不错了。他心道："呆会儿我喝上三十碗酒后，也不必去砸这酒店的招牌了，只须自个儿走便是，也算是给这店伙计一点面子了。"

凌真儿毫不客气地端起饭碗便开始进餐了，这可口的饭菜比起吃干粮来不知强上多少倍呢。

喝完一碗酒后，店伙计便又端上一只空碗，朴石安心道："这酒家还有这等洁净的规矩。"又斟满一碗酒，朴石安扯下一只鸡腿啃了两口，便一口又灌了下去。这一罐酒也就如此完蛋了。

朴石安暗中笑道："'三碗不过冈'，我还当这店里的酒是怎样厉害，可没想到如同喝水般容易。"这么一想，他极有信心喝上三十碗酒了。

不消他吩咐，店伙计已端来了一碗满满斟好了的酒，放在他面前。朴石安赞许地望了店伙计一眼，便张口吃完了那只鸡腿，接着又喝完了那碗酒。他以为店伙计会像刚才那般主动端上一碗酒，因此也没有催促，于是又撕下一只鸡腿啃了起来。

可是，过了好久，也没见店伙计端酒上来，朴石安不禁急了。正在这时，店伙计端着一只碗过来了，朴石安这才欣喜地露出了笑容，待他走到桌前，便迫不及待地端下了碗。

但很快他便愣住了，因为那碗里装的不是酒，而是饭。

店伙计道声："客官请慢用！"便转身欲走。朴石安喊道："喂，伙计，你回来！"店伙计听到喊声连忙回过身来，满脸含笑地望着他问道："客官还需要点什么？"凌真儿知道朴石安的心思，便笑着代他回答道："当然是酒。"店伙计忙对凌真儿说道："小的马上端来。"

店伙计的确马上端来了酒，不多不少，仍只有三碗，他把酒放在凌真儿面前。原来他以为是凌真儿要喝酒。

朴石安着实不客气了，端起酒碗便喝。一旁尚未走开的店伙计见状大惊，叫道："啊，客官不能喝！"朴石安这时又愣了，狐疑地望着他道："为什么不能喝？难道这酒里有毒不成？"

店伙计打个哈哈道："客官真会开玩笑，小店做的是老实生意，酒里怎么会有毒呢？只是小店有个规矩，过冈的客人喝酒不能超过三碗，客官您方才已喝了三碗，因此便不能再喝了。"

这可奇怪了，开酒店的居然不让客人喝酒，这是哪门子的规矩？朴石安、凌真儿瞪着店伙计看。店伙计一本正经地解释道："二位客官是打外地来的吧？小店虽小，却有三四百年的历史，一向便有这么一个不成文的规定：过往客人来喝酒不能超过三碗。因为小店的酒都是陈酿几十年的老酒，后劲特足，一般的客官喝了半碗便醉了，小的见客官您酒量大，便端上了三碗。客官若是赶路过这道景阳冈，那就千万别再喝了。"

第六章

　　朴、凌二人这才惊觉，此地竟是景阳冈，难怪见那张写着"三碗不过冈"的幌子这般眼熟！朴石安不禁问道："就是当年武松武二爷打虎的景阳冈?"店伙计颇为自豪地应道："正是，小店几百年来只有武二爷一人喝了十八碗烈酒仍过了景阳冈，还赤手空拳打死了一只大老虎，真乃英雄中的英雄。"店伙计说话间神态充满了钦仰崇拜之色，想必是武松打虎的故事已深入当地人的心中，对神一般的英雄人物武二郎更是崇拜至极，奉为圣人。

　　朴石安朗声大笑道："店伙计不必担心，在下虽不敢说比得上武二爷，但相信喝上十碗八碗的还不是件难事，你尽管将酒拿上来，若十碗下肚在下有半分醉意，这就算白送给你的。"说完，朴石安便从怀中掏出一块金锭，少说也有五两重，那店伙计还想说些什么，急道："客官，你不……"但朴石安早已端起凌真儿面前的酒碗直灌，他总不能伸手去抢朴石安手中的酒碗吧。

　　朴石安也不吃菜，很快便干了三大碗，喝完之后，他又对店伙计道："再去拿三碗酒来。"这店伙计怎敢应允，只是苦苦哀求，说这景阳冈上近来有怪物出没，若醉倒后会十分危险的。凌真儿见状也劝道："安……你就别再为难店伙计了，赶快吃些菜过冈。"朴石安亦只好作罢，道："好吧，伙计，你去替我罐一袋酒来，另外再切五斤牛肉包好。"

　　店伙计哈着腰退下。朴石安随便吃了些许饭菜便已饱了，六大碗酒下肚，他也微微有些醉意了，这时他倒佩服当年武松能一口气喝下十八碗烈酒。或许那时武松喝的酒，其烈性还不够?

　　朴石安付了帐之后，从店伙计手中接过牛肉包和酒袋，便同凌真儿一道往景阳冈上走去。他们都想看看武松打虎的地方究竟是什么模样，朴石安回头之间发现方才在店内喝酒的那个颈上戴着两个大银环的少年已经离开。

景阳冈比较陡峭，为了让马儿顺利通过，朴、凌二人下马步行，其实景阳冈不过树木高大茂盛而已，与一些深山野岭也无甚区别。衙门为了方便行人，特地修了一条宽敞的大路，并将路两旁丈许的树林尽数砍去。因为这景阳冈上常有猛兽出没，不少行人不敢穿冈而过，衙门这么一做，方始有人敢单独翻越景阳冈了。

　　人其实很怪，有的很普通的东西，一旦与某一个有名的人物或许某件很传奇的事联系起来后，便身价百倍。其实，那些东西并没有改变什么，只不过多了一点名气而已。不少人慕名前来，图的也只不过是那点名气而已。然而这似乎是不可更改的定律了。绝大多数的人总会不由自主地这么想，这么做。有的人即使身边的环境极为幽美，仿佛乃世外桃源，人间仙境，但不具知名度，因此总爱向往那些名山名川，或许到过之后他们才会领悟：所谓的名山名川竟不如自己的故乡美；或许还会有人执迷不悟，认为自己是未真正体验到这些名山名川的妙处，需要多来几次。只要有心去体验，天下间有哪一块土地不美呢？

　　朴石安由荆州到达景阳冈，一路不知经过多少名山胜水，有的地方确实有其独特的魅力。但更多的地方却他徒具其虚名，风景与其他的地方并无什么不同。甚至还不如一些荒山野岭间的一处芳草地。不过，行过万里路，对于一个人来说，是有利而无害的，既长了见识，又增加了阅历。只是不必尽选人皆俱知的地方，一些不起眼的地方，说不定更有令你神清心驰之处。正如百花争艳，牡丹、杜鹃、月季以及兰荷菊梅等等这些花国的名品，有时或许不如路旁一朵野花更为吸引人。

　　景阳冈本不过是一座普通的岭冈，只因水浒一百单八将中的武松武二郎在此赤手打死了一只猛虎，便随着武二郎一起名扬天下。慕名前来之人看到的只是一块普通的大石，几棵已长得参天的大树，有人还附庸风雅，在大石上题字作诗，只因为这儿曾有一个人（尚不知这人究竟是不是真有其人）凭拳头打死过一只猛虎——仅此而已。

　　朴石安走着走着越觉无味，可怜那黑白两匹千里马，却要随着主人爬这么高的山岭，累得气喘吁吁。到了所谓的武松打虎之处，朴石安随便看了一眼便不愿再看第二眼，凌真儿也颇有同感，二人便立即牵马过冈。

　　在他们刚到景阳冈顶时，突然由左边树林里传出几声虎啸，中间还夹着一声清啸，路上行人大都吓得往冈下跑，几个胆小之人顿时吓得瘫坐在地，靠同伴的牵扶方才可以行动。

　　朴石安知道有人在与猛虎打斗，顿时心生侠义，便欲拔剑相助。两匹马虽是千里挑一的好马，但虎乃百兽之王，马儿早生惧意，朴石安让凌真儿将马牵下山冈，而他自己则去相助那斗虎之人。

两个起落，朴石安已跃至事发现场，只见一个手持双环的人正在游斗三头大虎。那人虽招式奇特，但老虎不与他讲究招法，一扑一抓一剪，那人便顿现败像，只得凭借灵巧的身法，左闪右避，伺机用环击虎。然而环不同刀剑，没有锋口，全靠以力制敌，老虎天生皮厚，想那武松用力惊人，直打得全身酸软方才将虎打死。

朴石安一时之间还难以辨清那人的模样，只觉有些眼熟，他也顾不得那么多了，立即拔剑出击。猛虎虽体态庞大，但动作却非常灵活，它的嘴、爪、尾，无一不是武器。朴石安的剑如银虹闪起，剑光所到之处，虎身便多一处剑伤，却也难以一剑将虎刺死，因为有两头猛虎一齐攻向他，受了伤的虎更加咆哮，暴跳如雷，饶是厉害如朴石安，一时也难以奈何。他暗道："果真不愧为百兽之王！"

渐渐地，朴石安已改变了进攻老虎的路数，同时对付两虎，他已不再感到吃力。他发现那人也已开始还击，虽然每一环的力道都不能重创老虎，但也打得虎头渗血。

突然，一只猛虎趁朴石安分神之际，长尾如铁鞭般袭向他的背心，朴石安一惊，只觉身后一股劲风袭来，其力度绝不逊色于一名江湖二流高手。但他不慌不忙，腾身而起，回手一剑，可惜树林太密，他不能跃得很高，不过他回头一剑已将虎尾斩断。不待他站稳，另一头猛虎已向他扑来，朴石安来不及转身，只好运足内劲，猛蹲在地，右手将剑举在头顶，左掌蓄势待发。只觉一阵劲风越头而过，"嗤"的一身，猛虎已跃了过去，朴石安左掌还未发出，那只猛虎已倒翻在地——它的腹部已被切开了一道又深又长的口子，内脏都流了出来。老虎的腹部最为柔弱，而朴石安的利剑又贯注了真气，老虎由他头顶越过，正好将腹部送上了剑尖，怎能不死？

朴石安暗叫侥幸，不过他已摸索出了一招杀上的妙诀，正当他沾沾自喜之际，那断尾的老虎也已拼命般向他扑来，他不能再往下蹲了。朴石安大惊，体内的酒也顿时化为冷汗排出体外，他忙展开身法向前猛跃一丈。

猛虎带怒一跃，其距离起码也有五六丈，高度也有丈许。朴石安向前一窜，即使站着也够不着虎爪，眼见老虎这一扑便要成空，而它身在空中根本无法改变战术。朴石安突然灵台一亮："何不运用方才杀虎之法？"他当即站起身子，双手举剑而立。这一切都是瞬间之事，老虎刚跃到他的正上方，朴石安仰起头，只见老虎从剑上而过，它的腹部同样被开了一道深深的口子。

"又成功了！"朴石安心中大喜，只觉虎血如大雨般落在他的脸上——还是滚烫的！伸手将脸上血迹一抹，再回头看时，那断尾猛虎在地上一动不动了。

这时，他才有时间去看清另一场人虎战的形势。他赫然认出那与虎相斗之人正是方才在冈下酒店看到的那白衣侠客，剩下的那只猛虎已被那人打得筋疲力尽了，扑动之间已不似先前那般强猛。朴石安知道不需要自己插手了，而专心地看着那人打虎，他感觉到那人施展的一对银环招法倒很不错，但力度总显不足。

那只老虎再度扑起，它已只能纵起半丈高了，但一扑之势也足以使人丧命。但那人不慌不忙，闪身一避，然后左手银环回手向老虎的前爪击去，右手银环则向老虎腰身击去。

"砰"的一声巨响，老虎扑倒在地，一来它已筋疲力尽，再者那人的银环重击不下百次，便是精钢骨架也快散了。虎性生来凶猛坚强，它扔挣扎着想直立起来，但前腿几乎折断，何况体形庞大，它已无力支撑起来了，因此它只能作徒劳的挣扎。紧接着，虎嘴已开始不停地流出鲜血，一向雄霸山林的百兽之王现在却只能大声喘着粗气，痛苦地死去。

此时，凌真儿已奔回，见到地面上一具庞大的虎尸，既高兴又惧怕，道："都死了？"

那人上前向朴石安抱拳道："多谢少侠援手之恩，在下尉迟平，不知少侠如何称呼？"

两人相隔甚近，朴石安微微感到这人的身形、举动、眼神，都有些像女人，尤其是说话时，嗓音虽然故作沙哑，但仍难以抑制清脆圆润的本质。但他并不点破，笑道："在下姓朴，双名石安，尉迟……兄好功夫！"

尉迟平似是知道被对方拆穿了西洋镜，脸上罩起了一层红晕，微微低头，但旋即又正容道："原来是推浪帮朴帮主，久仰大名，今日得以相见，实在幸会之至！"凌真儿尚未看出尉迟平同她一样均是假冒产品，只是觉得眼前这"男人"举手投足间忸怩作态，好像有点变态！是故，她在一旁懒得答理。

朴石安不喜说些客套话，便问道："尉迟兄与'寻梦山庄'尉迟老爷子是什么关系？"朴石安从他方才打虎的路数认出这是陕西尉迟世家的武功，所以才有此一问。

眼前这个假男真女的尉迟平正是陕西"寻梦山庄"即尉迟世家的二小姐，她爹尉迟悠云人称"义环"，善长使环，为人极为侠义，是西北武林的领袖人物，肝胆照人，对待朋友再热心不过，那真是响当当的角色。尉迟平真名叫尉迟秋萍，一身武艺已得其父真传，又曾随蛮荒异人白发婆婆学艺三年，只是年纪太轻，内力修为尚欠火候。传闻这位二小姐赋诗歌词斌颇有造诣，有武林才女之称，尉迟悠云只有三个女儿，其中他最疼爱这个聪慧异常的二女儿。由于尉迟秋萍文武兼备，又出落得大方美丽，"寻梦山庄"虽人才济济，但没有一个是这位二小姐瞧得上眼的，因此她虽及双十年华，而情窦早已开，芳心尚无主，此次扮作男儿出行江湖多少总有点想找个如意郎君的目的。对于朴石安，尉迟二小姐的确早有耳闻，钦佩他虽年纪尚经，却在短暂的时间内创建了推浪帮，成为一方霸主。初次相见，朴石安却并没给这位二小姐留下什么很好的印象，首先尉迟秋萍以为他是一个狂妄自大的酒鬼（在酒店里亲眼所见）；其次朴石安确实太丑，丑得比她想象中的朴石安还要丑上几倍，尉迟二小姐虽然不是一个以貌取人之人，但朴石安丑得实在离谱；再者，朴石安身上也并无什么过人之处，举手投足之间与常人没有什么不同。幸好，朴石安具有一颗侠义之心，况且他的眼神极具慑人力量，内涵丰富，总算没令尉迟二小姐完全失望。

尉迟秋萍答道："我爹便是'寻梦山庄'的庄主。"说罢她便直盯着朴石安看——当然不是迷上了他的独特相貌，而是专注着他的眼睛。眼睛是人心灵的窗口，是最能体现一个人内心世界的器官，你可以用语言，用动作去欺骗别人，但你的眼神却骗不了人。一个真正聪明的人，会选择通过读懂对方眼神深处所包含的东西，去看透他最真的内心。尉迟秋萍是个绝顶聪明之人，她盯着朴石安的眼睛也正是这个目的。

朴石安也是一个聪明的人，他在说话时礼貌性地看着人家的眼睛，同时也以此进一步了解对方。凌真儿在一旁一声不吭，她若知那尉迟秋萍是个女儿身，见他们两个相互凝望着，不知该作何想法？

江湖中人谁不知这尉迟老爷子膝下无子？凌真儿不由得犯糊涂了，她仔细地打量着尉迟秋萍，说道："人人都说尉迟庄主只有三个娇滴滴的女儿，却从未听说过有儿子，你想骗人就找个合适的理由吧。"她尚未看出对方是女扮男装。

尉迟秋萍也是"聪明一世，糊涂一时"，她见朴石安已察知她的真面目，一时心慌，便吐出了真言，没想到凌真儿却抓住她的这个失落，她也不明白自己为什么一时脑筋转不过弯来。难道是眼前这丑陋无比的朴石安朴帮主之缘故？他的眼睛深邃，虽然坦荡荡毫无隐藏，但其深处又仿佛有一种梦幻一般神秘的东西，令人想探个究竟——当然，若不看他，便不会有这种感觉。要知道天下第一大美女凌真儿便是因此而死心踏地地跟着朴石安。

尉迟秋萍怎么样呢？她自己都弄不明白，要说她被朴石安的眼神迷住了，那她绝对是不相信的，怎么会呢？对方不仅长得丑，还是个狂妄自大的酒鬼，若被他迷住——会吗？不知道！

不过她的理智还在，对于凌真儿一针见血的提问还是有对策的。尉迟秋萍模棱两可地道："我义父在陕西。"她并没有说尉迟悠云是她的义父，她也没有骗人，她确实有个义父，而且是在陕西，只不过答非所问罢了。

而凌真儿则以为她是说尉迟悠云是她的义父，于是便释然道："原来如此！"

朴石安似笑非笑地望着尉迟秋萍，他当然知道是怎么一回事。后者再次低下了头，朴石安却又一本正经地问道："尉迟兄不知为何与这三只猛虎结下了怨恨？"

见他岔开了话题，尉迟秋萍有些感激地看了朴石安一眼，遂解释道："我义父腿患痼疾，而虎骨对治他的腿病很有效果，我正好路过此地，便想打一头虎取得其骨，不料却误入了这处虎穴，一下子惹出三只猛虎，若非朴帮主援手，我恐怕要空手而归了。"老虎全身都是宝，不仅虎骨是上好的药材，有极高的价值，而且虎皮、虎尾、虎鞭，都是值钱的东西。所以打虎这么危险之事，却仍有不少人甘冒其险。

面对三只猛虎的尸首，怎么取出虎骨呢？

突然，从东侧传来一声清脆的哨声，哨声未落，其他几面均有哨声响起。不一会儿，从四周围来数十个强壮猎人。他们扛枪拿刀提索，见到地上横陈着的三具虎尸，大感惊异，纷纷上前抱拳表示敬佩。要知道他们这些经验丰富的猎手，若想捕杀一只大虎，少说也要十余人。这些猎人生性粗犷，服的便是英雄好汉，见朴石安三人杀了三虎，佩服之至，壮士上壮士下的，不断喊着朴石安三人。

这些猎手在解剖猎物上俱是好手，朴石安上前抱拳朗声道："烦请哪位大哥替在下将其中一具虎尸解剖，取出些许虎骨，其余的就由各位分用。"

众猎手对他三人俱都敬佩，见朴石安有此一说，人人都愿为其效劳，但他只需些许虎骨，自不需这么多人。于是忙道："在下先拜谢各位的盛情，不过，在下只需一些虎骨，不敢劳师动众。"众猎手也是一时热情如火，倒忽略了这个问题。

于是，有几个猎手齐声喊道："阿虎，看你的了！"其他猎手也俱将目光投向一个体格粗壮的小伙子，想必他便是阿虎，不过他见众人都看向他，居然红着脸低下了头。

这时有一个年长的猎人带着一抹赞许又有些自然的笑容，望了阿虎一眼后，向朴石安介绍道："壮士别见他现在这般模样，其实他是我们方圆百里内的打虎英雄。阿虎这娃子今年只有十六岁，但他天生力大无穷，十三岁时便一人打死了一只老虎，我们这些人虽然比阿虎年长，但没有一个能比得上他。"其他猎人也都笑着称赞阿虎。

阿虎见这么多人都在赞他，显得更不好意思，那副腼腆的样子，比一些姑娘家还要显得羞答答些。

朴石安三人听那老猎人一说，又见众人异口同声地称赞阿虎，不由得对阿虎刮目相看。朴石安心道："自己手持宝剑，又有三四十年的功力，费了好大劲方才杀死大虎，而眼前这阿虎十三岁时便赤手空拳打死了一头老虎，当真是天生神力。"他心中亦顿生纳贤之意。尉迟秋萍、凌真儿这两个"假小子"心底更是惊叹不已，两双美目俱都投向阿虎。

朴石安当下抱拳朗声道："小兄弟了不起！昔年武二郎也不过如此，却比阿虎你大了好几岁，哈哈……小虎，我朴石安今日交定你这个朋友了。"

阿虎听了朴石安的话，猛然一震，这才抬头仔细打量着朴石安。忽然"扑通"一声跪倒在地，长声道："不知帮主驾到，孟虎罪该万死！"原来，他就是推浪帮山东分舵的弟子，先前一直未曾仔细打量朴石安，后听他报出姓名，方才知道帮主驾到。

朴石安先是一愣，旋即明白过来，上前拉起孟虎，见他虽只十六岁，却已比自己高出半个头，便问道："阿虎，你是山东分舵的弟兄？"他心中欢喜忖道："正想责怪山东分舵舵主蔡健办事不力，有阿虎这样的人才却不招纳，没想他却早已办到。"

不料，孟虎却垂首道："我……我还没……没入帮。"朴石安又是一愣，惊问道："那你怎么称呼我为帮主？"孟虎道："是蔡大侠说……说的。"朴石安顿时又责怪起蔡健来，问道："蔡健为什么没让你入帮？"孟虎红着脸道："蔡大侠说……说我……太……太……太腼腆。"说完这句话他像做错了事似的低下了头。朴石安心道："原来如此。"

山东分舵成立还不到半年，一切事务尚刚刚起步，对新招收的弟兄要求均很严格。因为刚开始有很多事情要去办，每个弟兄都必须精明能干，孟虎虽有一身神力，但阅历太不够了，见人还未开口脸便红了，那怎么行呢？

朴石安没有取笑孟虎，只是问道："蔡舵主是不是让你过一段时间再入帮？"孟虎有些吃惊地望着朴石安，过了一会儿才重重地点了点头，他显然是惊异于朴石安的料事如神。

朴石安伸手按住孟虎的肩膀，道："阿虎，蔡舵主既然这么决定，也有他的道理。不是我说你，你的胆子的确太小了。当然，你十三岁时便杀死了一头老虎，这确实够勇敢，但只能说明你在面对强大的敌人时，不怕同人打架。可是，一个人在江湖上行走，并不专门是打架，还需要与各种各样的人打交道。而你与别人一说话便害羞，有的人或许会说这是你老实本分，但在江湖上行走，这却是一个缺点。"孟虎仍旧低着头，片刻之后他终于抬起了头，虽然脸上依然浮现出一丝腼腆，但也多了几分坚毅之色，朴石安笑着点了点头。

"朴帮主，您就收下阿虎吧，这孩子做梦都想加入推浪帮。"

"阿虎虽然跟人说话时有点……嘿嘿……那娘们模样，但他却有一身神力，什么重活他都能干。朴帮主，您收下阿虎后，就是让他干些重活，他也会高兴得不得了啦。"

"朴帮主，您就收下阿虎吧。蔡大侠功夫那么好，朴帮主更厉害，铁牛若不是已有四十岁了，俺也想加入推……推浪帮，阿虎这孩子其实挺好玩的，没外人的时候他活泼得很，总同俺说蔡大侠怎么厉害，朴帮主怎么神通，推浪帮如何好，他想入帮都快发疯了。"

众猎人在一旁恳请朴石安收下孟虎。

望着这些淳朴豪犷的汉子们，朴石安倒真不好拒绝。他突然灵光一闪，想道："孟虎他是没见过什么世面，才会如此腼腆，但老呆在这深山之中，那不永远都是这样？"于是他笑道："好，阿虎，我就让你加入推浪帮，从今你就是推浪帮的一名弟兄了，要永远记住必须锄恶扬善！"

凤愿已偿，孟虎激动不已，忙行跪拜之礼，喜形于色，若不是看了朴石安一眼，他说不准会跳跃欢叫。

朴石安忙扶起他，接着道："阿虎，敢怒敢笑才是男儿本色。"但"冰冻三尺非一日之寒"，他也只是说说而已。

呆了这么久，三头老虎的尸体依然横陈在地，朴石安笑道："阿虎，你先将这只老虎解剖了，然后回家同你父母商量一下，以后就跟着我到江湖上闯一闯。"孟虎兴奋地应了一声，便从腰间抽出一把短刀，在两名猎手的帮助下很快将一只大老虎弄得肢离皮脱。

孟虎解剖老虎时，神情专注，动作娴熟，哪有半分腼腆之色？

朴石安取出一些虎骨让孟虎包好后便交给了尉迟秋萍。尉迟秋萍也不说谢谢，接过虎骨就下山而去，看都没看他一眼。

凌真儿见状可有气了，冲着她的背影啐了一口，愤声道："连声谢谢都不说!"

剩下的虎皮什么的以及另外两只老虎，朴石安均交给那些猎人，让他们自己分。孟虎入了帮比什么都欢喜，当下便领着朴、凌二人往他家走去。

孟虎的家在景阳冈东面一里左右的一座小山腰上，拐过了九道弯，穿过了九座树林，方才看到一排兼有豫鲁两地风格的木架土楼，孟虎的家就在左起第二栋。

一进大门，便可看到挂满墙壁的各种猎物的皮毛以及弓箭、长枪等狩猎器具。凌真儿问道："这些猎物都是你打的？"孟虎笑了笑，算是肯定了她的猜测。

孟虎没有父亲，母亲眼睛不好使，天晴时在太阳底下才能勉强看清人。朴石安进屋时，孟母还坐在堂屋里，她听到开门声，便问道："是虎子回来了？怎么王大叔你们也来了？"她的耳朵挺灵的，从脚步声中她知道有三个人进屋了。

孟虎忙上前半跪着高兴地对孟母道："娘，虎子今天遇上了大贵人，你猜是谁？"孟母笑道："听你这么高兴，一定是遇上了件大喜事，是不是碰到了蔡大侠？他答应你加入推浪帮了？"

大概是孟虎平时念叨多了，孟母对推浪帮、蔡大侠都不陌生，孟虎在母亲面前说起话来大方多了，他道："娘，你只猜对了一半。"孟母思忖了一会儿，道："那你绝对是加入了推浪帮，但遇到的人却不是蔡大侠。能够收你入帮，不是蔡大侠，那一定是推浪帮总坛的人。虎子你说遇上的是个大贵人，那他应该是推浪帮的大头目。"孟虎笑道："娘，您真厉害，什么都瞒不过您。"孟母笑了笑，突然"望"着门口处，道："门口可是大贵人？应该不是王大叔他们，他们进屋来早就会大声地说话了。"

朴石安心中极为佩服孟母的推理，她的分析头头是道，得出的结果又相当准确。于是便上前跪道："晚辈朴石安拜见伯母。"孟母听出他行了跪礼，忙站起伸手摸，想用手探到朴石安的所在之处，好扶起他，不过却未能如愿。她急道："哎呀，快请起，村妇怎能受此大礼？虎子，还不过来扶起客人!"孟虎也是被朴石安的这一举动弄得一时不知所措，听母亲这么一说方才惊醒，忙上前扶起朴石安，惶声道:"帮主,您……您怎么行如此大礼?您快请起。"他力大无穷,情急中这么一搀扶倒用上了不少力气。幸好朴石安功力高深,若换成一般人,不弄得仰身后翻才怪哩!朴石安也只得起身,他亦不知道自己为什么突然这么冲动,只觉得那一瞬间心中非常激动,仿佛一个可怜的孩子在乞求母爱的关怀。

孟母离座起身,摸索着站起,激动地说道:"帮主请坐,我这孩子也不懂得招呼,一进屋就同老娘说话。"朴石安忙上前扶住孟母道:"伯母你就别客气了,阿虎那份孝心才是难能可贵。伯母您请坐。"凌真儿也上前搀扶孟母,说道:"大婶,您坐下吧,我们都是年轻人,还怕站一会儿吗?"孟母见如此,也没再推辞,她拉住凌真儿的手道:"这位姑娘声音真甜,一定是位标致的美人儿,是帮主夫人吧?"

孟虎这时倒也机灵,从里屋搬来两张椅子,让朴、凌二人坐好,听母亲这么一说,他忙纠正道:"娘,人家明明是个男的,你怎么说他是个姑娘?"孟母显然不太相信,她翻了翻眼睛,侧过头用耳朵听了听,道:"不可能,怎么可能不是个姑娘呢?姑娘,我说错了吗?"

凌真儿还迷恋在那一声"帮主夫人"的称呼中,她娇羞万分地看了朴石安一眼,一副女儿家的娇态尽展地遗。孟母如此一问,倒使她没来由地吓了一跳,应道:"大婶没说错。"孟母这才满意地点了点头,又对孟虎说道:"虎子,快去把你姐找回来,做饭招待贵客,这个死丫头,一有空就往春妞家跑,两个姑娘成天在一起总有说不完的话。"孟虎正瞪大眼睛看着凌真儿,闻言忙应道:"哎!"然后便飞奔出去。

剩下的孟母、朴石安以及凌真儿三人,则相互交谈着。先说推浪帮的事,便自然而然地说到了朴石安的一些私人问题。

孟母道:"朴帮主,你如此年轻,便创立了推浪帮,令尊令堂一定以你为荣。"孟虎天生神力,被当地人称为"打虎英雄",虽无再大的业绩,但孟母却为之骄傲。为人父母者,谁不为子女的成功而感到高兴呢?不论是大成还是小成。朴石安年纪尚轻,却取得了如此大的成就,他的父母当然会为他感到自豪——如果朴石安的父母还在人世的话。

孟母虽然精明,但也仍有失算之时。当她听说朴石安的身世时,不禁愕然,母性的怜悯使她对眼前这不幸的人更多了一分认识和关爱。

"朴帮主……不,如果不嫌弃,我叫你安儿,可以吗?"孟母略微有些激动地道。

想必从小便失去母爱关怀的朴石安会满口答应，不料他却斩钉截铁地应道："不！"这让孟母和凌真儿二人为之一惊。

不待她们反应过来，朴石安更为激动地说道："您就叫我一声'宝儿'吧，婆婆以前总是这样称呼我的。"男儿有泪不轻弹，只因未到伤心处。此刻的朴石安悲喜交加，忍不住流下了几滴英雄泪。孟母一时还没有反应过来，朴石安以为她没有同意，稍稍调整一下心意，总算平静地说道："伯母请见谅，在下是一时激动便胡言乱……"

"宝儿！"孟母不是不答应，她是在心中作出了一个大胆地决定，"你就当……"她的话还没说完，便闻朴石安星目含泪地颤声应道："哎！"

这一瞬间，朴石安仿佛看到了婆婆瘦削的身形，慈祥的面孔，但婆婆却仿佛要走向远方，他忙上前一把抱住婆婆的脚，深情地喊道："婆婆……你别走……不要留下宝儿一人，宝儿没有爹……没有娘，这世上……只有婆婆……一个人最疼宝儿，宝儿……不能没有婆婆……不要走……"朴石安死死地抱着婆婆的脚跟。

"宝儿，可怜的宝儿！"一个真实的充满无限爱意的声音在他耳边响起，他的头上也感受到了轻柔的抚摸，他仿佛置身于婆婆温暖的怀抱中。朴石安终于感到了一次真实存在的母爱，他仰起头欲看清婆婆的面孔。

但映入他眼帘的却是另外一副充满慈爱的脸庞，虽然那双眼睛毫无光彩，却依然溢出无限的怜爱——这是孟虎的母亲，他却把她当成了抚育他成长的婆婆！

朴石安赶紧退后一步，垂首道："伯母恕罪！"他想再说时，话音却哽咽在喉间。

凌真儿看到这幕感人至深的场面，一双秀美的眼睛中，尽被眼泪所侵占，她此刻才深深体验了亲情的伟大。而她却身在福中不知福，一年之中却未回家一趟，也不知老父老母……

孟母握住了朴石安的手，再用令朴石安感到无限温暖的声音说道："孩子，你从小就没有娘，若不嫌弃，就做我的义子，叫我一声娘吧？"她虽看不到朴石安的面庞，但可以感应到朴石安热泪盈眶的激动。

朴石安确实异常激动，自从婆婆死后，十几年来，他一直过着缺少母性关爱的日子，直到这一刻，束缚的情感方才如决堤的洪水般汹涌起来。他的喉间虽像是被什么东西堵住了，但依然说出了一声发自内心的呼唤："娘！"同时，他跪倒在地，磕起头来。

这一声呼唤虽然听来很沙哑，但听者无不动容，十几年聚集的情感在这一声呼唤之中，那该有多大的感染力啊？天若有情天亦哭！

这一跪，与大地的碰撞发出的声音很微弱，但这"咚"的九声，听在耳里，激动却在心中。这是彼此心灵的共鸣——足以使天地动容！

此时无声胜有声，心灵的交流远胜过语言和动作，若有人说话，那只会——

"娘！"

"帮主！"

朴石安磕完九个响头方才站起，凌真儿则赶紧掏出丝巾为朴石安拭去眼角的泪水。孟母不用猜便知道是谁进来了，便道："莲儿，快来拜见……宝儿，你今年多大了？"朴石安应道："回娘……娘的话，宝儿今年二十。"孟母笑道："莲儿今年十九，比你小一岁，莲儿，快来拜见义兄。"

莲儿虽然是一个村野山姑，但长得水灵灵的，特别是两只大眼睛，满是慧黠，眼珠漆黑，甚是灵动。凌真儿是大家闺秀，她则是小家碧玉。她打量了朴石安和凌真儿一阵，盈盈地走到朴石安跟前，福了一礼，脆声道："小妹拜见大哥。"

朴石安忙道："妹妹请起。"但毕竟男女有别，他不好去搀扶。又道："做大哥的身边也没有什么好东西送给妹妹做见面礼，这只玉佩权当礼物，日后当再补过。"说完他从腰带上解下一只绿色的玉佩。

莲儿接过玉佩，又福了一福，道了声谢，便往里屋走去，并说道："妹妹这就去为大哥及这位仁兄做饭，失陪了。"她的神色并不似孟虎那般兴奋。孟虎激动万分地来到朴石安面前，不知是称帮主，还是唤大哥。孟母知其性格，遂在一旁笑道："虎子，快叫大哥呀！"孟虎这才搔了搔头，朗声道："帮……大……大哥！"他这么一叫倒引得孟母与朴石安大笑起来，孟母笑道："虎子，你想帮大哥做什么？"孟虎先是一愣，然后傻傻地笑了笑。

凌真儿似乎在想着什么，见大家都在笑，她也赶紧挤出一脸笑容，其实她根本不知道别人为什么笑。方才，她见莲儿说话时总是拿眼睛瞅着自己，尤其是进屋前的回眸一笑更是——似笑非笑，似嗔非嗔。弄得凌真儿心里有点发毛，不过莲儿没拿这种眼光去看朴石安，心里也并不是怎么不舒服，脸上还是露出了几抹笑容——如果莲儿用这种眼光看向朴石安，凌真儿还真有些害怕，因为她知道那样她会多了一个"敌人"——强大的情敌！幸好莲儿根本没多瞧朴石安一眼，也就自然而然地放下心来。

凌真儿倒没想到，莲儿看上的是——女扮男装的她。朴石安是个大丑八怪，凌真儿发现了他的真正魅力，便死心蹋地地爱上了他，她以为别的女人也会这么做，会看上朴石安。但那怎么可能呢？女扮男装的她，倒是眉清目秀，玉树临风，活生生是一个俊俏公子哥，若非长久行走江湖的人，是不易发现她是个西贝货。莲儿自从娘胎里出来后便没走出家门半步，怎会有"火眼金睛"，见到这么一位俊俏的后生哥，她的芳心中早就暗将一抹情丝系在"他"身上了。

莲儿姑娘确实聪明能干，一顿丰盛可口的宴席很快便弄好了，菜肴大多是孟虎打的猎物。

朴石安本打算见过孟虎后便带他走，却没想到认了个干娘，多了干妹干弟，更何况待吃完饭后，天已近黄昏了。

朴石安感觉得出来，莲儿待他的态度不如待凌真儿那般热情，他以为莲儿早知凌真儿是女儿身，两个女孩子自然就亲密多了。而凌真儿呢？见这可怕的"敌人"没去缠着朴石安，心中便多了几分好感，她也没觉得有什么不对劲。

一般猎户人家都有充足的房间、床铺，住上几个客人不在话下，朴石安、凌真儿二人各占一个房间，一张床铺。依孟母的意思，是要将二人安排一间房的，但莲儿是决策者，她说："家里又不是没空房，让两个人挤在一起怎么行？"朴石安、凌真儿也忙同意孟莲的说法，孟母也没再说什么。

星光很美好，广褒无垠的天际只飘浮着几片云彩，很幽美。这是一个难遇的夜晚，对于朴石安来说，所遇到的快乐事情足以让他兴奋上好几天。

直到鸡鸣破晓时，朴石安依然没有合上眼睡着，虽然一夜未眠，但他却丝毫不显疲惫。相反，他的精神极为饱满。

今天莲儿起得很早，不过她昨晚却睡得很迟，朴、凌二人不好过问，孟虎兴奋之余也没注意姐姐的眼中布满了血丝，孟母看不见，因此没人去计较。依然是孟莲做饭，同样是那般可口，手艺绝不亚于一般酒楼大厨子。

吃过饭后，朴石安留下了两锭金元宝，三人便该启程了，孟虎即将出走，却并不伤感，他很兴奋。孟母很放心，因此儿子离家她也挺高兴的，她认为男儿便应该志在四方，没朴石安，她迟早也会让儿子出外闯闯的。出外不比在家，家里平安，却也平庸，能出去闯闯便是不错的。

在临走时，莲儿交给朴石安一块护身符，说是送给他的礼物，朴石安记得这块护身符昨天还戴在孟母颈上的，但他不好推辞，想着干娘的一番心意，便收下了。

在暗中，莲儿塞给了凌真儿一个手工精致的香包，凌真儿自己不会做这类玩意。莲儿送给她，也乐于收下。她还以为莲儿已知道了她的庐山真面目，便轻拥一下以示感谢，而莲儿却被她这个动作弄得脸飞红霞，娇喘微微，转身逃走。

随后，朴石安、凌真儿三人两骑往东而去。到达九头县时，朴石安顺便去了一趟山东分舵。蔡舵主外出公干，舵里只有上十名弟兄，朴石安只好吩咐他们备了一匹马，给孟虎充当坐骑，并留下一封书信给蔡健。

由于时间还很充裕，朴石安便领着孟虎慢走缓行，并跟他讲解各种江湖中事，逢城便停。路上有不少江湖人，大都是前来参加泰山武林大会的，这倒方便了朴石安，他趁机教孟虎了解了各门各派。孟虎长得魁梧高大，记性也还真不错，朴石安给他讲的，他记得有十之八九。

九月十五日，朴石安三人已抵达泰山脚下的泰安城。泰安城依山而建，远方来客登上泰山时都从这里起步，这儿有座岱庙，它的建筑规格是仿照古代帝王宫殿的式样。庙内有一座铜亭，又名"金阙"，整座亭子全部用纯铜铸造而成，令游人赞叹不已。

天祝殿是岱庙的主体建筑，可与闻名天下的曲阜孔庙大成殿媲美。到达这儿，仿佛置身于皇宫大内，孟虎第一次见到这么雄伟的建筑群，惊得目瞪口呆，他激动得跪在每一尊佛像前都磕上一个响头。虽然他天生神力，但额头仍受不了这般磕法，天祝殿何其大，大小佛像又何其多？走出岱庙，孟虎的额头已渗出血迹来。如此诚心向佛，朴石安这向来不信佛神鬼怪的人都感动不已，何况是大慈大悲救苦救难的菩萨？孟虎将会好运常伴。

然而，不幸得很，孟虎在出殿门时被门槛绊了一把，若非朴石安眼疾手快，他将会再磕上一个重重的响头。

武林大会将在"五岳独尊"泰山之巅——玉皇顶上举行。武林至尊便住在那上面候着江湖各派门人的到来。在岱宗坊设有接待点，来参加武林大会的江湖人马便寄养在此处。登泰山，一般的人都感到困难，何况马匹？

有人计算过，从岱庙前出发，要一步步地踏上六千六百六十六级石砌盘道，才能到达玉皇顶。登泰山的人都知道有十八盘，而这十八盘包括：紧十八、慢十八、不紧不慢又十八。这其中以紧十八最为险峻。

朴石安不急不徐，他在泰安城内四处闲逛。直到快下午了，他才往岱宗坊走去。

"山东分舵蔡健率属下参见帮主、凌姑娘。"一大群人守候在岱宗坊前，一见朴石安到来，齐齐抱拳行礼。原来，在九头县，朴石安的留言中，便是吩咐蔡健率领所有山东分舵弟兄于九月十五日赶到泰山岱宗坊，听候命令。

朴石安见近百名弟兄整齐威武地站在面前，不由大喜道："诸位兄弟不必多礼，蔡舵主，你确实不负众望，短短五个月便将山东分舵建得如此令人满意。哈哈，先随我上玉皇顶参加武林大会，待我回帮后都重重地赏！"

蔡健及众兄弟个个兴高采烈。

孟虎见到蔡健时非常高兴，上前"蔡大侠""蔡大侠"地叫个不停。朴石安的书信中提及过此事，因此蔡健对孟虎在帮主身边并不觉得奇怪，孟虎现在是帮主的义弟，蔡健怎么也不让他行礼。

将马匹都安置好后，由一名玉皇顶上的"迎宾使"带路，推浪帮这一大队年轻又充满无限战斗力的队伍，在其帮主朴石安的率领下直登泰山之巅——玉皇顶！

泰山为五岳之首，自有其独特的魅力之处，古人云："登泰山而小天下。"由此足见泰山的雄伟之势，乃天下罕见。

古往今来，无数文人作诗写文章以称赞泰山，但最广为传诵的当数唐代杜甫的《望岳》："岱宗夫如何？齐鲁青未了。造化钟神秀，阴阳割昏晓。荡胸生层云，决眦入归鸟。会当凌绝顶，一览众山小。"杜甫以"齐鲁青未了"五字囊括数千里，清调雄阔，最后两名"会当凌绝顶，一临众山小"更是精妙至极，山势不凡，意境辽远，蕴含着无穷的抱负和理想。

朴石安此刻便站在泰山之巅的玉皇顶上，历代帝王总要到泰山登台封禅，祈求上苍垂怜赐与天下太平，然而更朝换代，历史潮流之伸趋，谁又能挡得住呢？武林至尊选择泰山之巅作为他向武林发号施令的地方，足可见他傲视江湖的雄心之大。朴石安自认没有那他那般雄心壮志，为什么硬要将天下武林都纳于掌握之中？那又怎么可能呢？

朴石安很想见识一下这位号称武林至尊的人。就像置身于泰山之中，想去领略一下这五岳之首的神奇一样，充满好奇。不过千百年来，倒没有听说有游人愿意夜游泰山。

"朴帮主，尊者在迎宾楼恭候大驾。"先前那位迎宾使打断了朴石安的寻思。

朴石安笑道："烦请带路。"

那汉子躬身作揖后转身就走，但走出几步后，他却对着朴石安身后的凌真儿抱拳道："小姐留步，尊者只请朴帮主一人。"

朴石安暗惊："这人好听力，不回头居然能察觉出真儿在我身后。"他心中对武林至尊的厉害又估高两分。知凌真儿定然不愿顺从，于是忙回头道："真儿，你就别跟着去了。"凌真儿对他的话当然不会反对，说道："也罢，你要多注意点，千万不要喝醉了。"朴石安轻声笑道："放心，我今晚喝酒时保证不多出三碗。你还是回房歇息吧。"凌真儿这才折身返回。

那汉子领着朴石安到了玉皇顶正中的一座大庄园门前，正门匾上雕有四个琉金大字："武林别院。"将庄园如此命名，足见武林至尊已把整个武林视作由自己作家长的家了。单看那四个字，就似刀剑纵横，气势不凡。朴石安问道："这四个字是出自何人之笔呢？"那汉子应道："正是尊者他老人家的内劲所书。"朴石安退后一步，更为仔细地品味着这四个大字，不住地点头称赞。

正当他准备抬足入内时，却发现大门两侧的条形巨石上刻有一副对联，因为天色昏暗，而两盏气死风灯高挂于门楣上，照在门两侧的灯光相对甚弱，朴石安一时还未注意。此刻见到，不由朗声念道："一腔热血，扬善惩恶；毕生精力，匡义锄奸。好！果真不愧是武林至尊！"

朴石安只觉字里行间涌出无限正气，心中对武林至尊便多了几分好感。也激发了他的满腔正义和热血。

"朴帮主请从这边走。"那汉子领着朴石安进门后往右走，经过几个大花圃，到了一间大殿前。朴石安见这武林别院到处灯火辉煌，各建筑群庞大而有气势，且极具风格，芦花荡里的楼宇房舍都是请能工巧匠精心设计的，虽也落落有致，但却无这武林别院的富丽堂皇，有声有势。

进了大殿之门，再走了一段甬道，方才到达一扇紧闭的朱漆木门前，门前站立着四名健壮的汉子，神情与这领路的汉子差不多。那汉子上前不知说了句什么，四个守门的汉子便齐声抱拳道："恭迎朴帮主!"随后，那迎客使上前推开木门，向内朗声喊道："推浪帮朴帮主前来赴宴。"又向朴石安躬身道："有请朴帮主!"

木门一开，便听得钟鼓丝竹之声响起，眼前大亮，朴石安走至门前，只见大殿内点满了松油蜡烛，殿中摆着一百来张桌子，宾客正由各个门口进来。原来，这座大殿共有十三扇木门，而大殿是呈十三面形排列的，一面各设一扇门，除中门外，其他各门均有宾客进入。

这大殿十分宽敞，虽摆了这许多桌子，仍不见拥挤，数百名黄衣汉子穿梭往来，引导宾客坐定后，乐声便即止住。

朴石安四下顾望，只见众宾客都是天下武林各门派的掌门人，连少林寺住持方丈洪雷大师、武当派掌门天风真人都在其间。其余各派，如青城、峨嵋、华山、昆仑、崆峒、恒山、丐帮等大门派的掌门人物都在宾客席中。众位掌门人一般是按各派在江湖上的声望定座位的，朴石安坐在第三排的左道第三席。

朴石安还看到了"寻梦山庄"庄主尉迟悠云，尉迟老爷子巍巍踞坐，白发萧然，却是神态威猛，杂坐在众英雄之间。只是他身材奇高，颇有鹤立鸡群之感。在烛光的照映下，只见这位老爷子当真便似庙中的神像一般庄严，令人肃然起敬。朴石安心想："不知尉迟秋萍来到泰山没有？"他对那聪慧美丽的尉迟秋萍还是有些印象的。此刻见到她的父亲，不由得想起了她。

众英雄互相打着招呼，各人都是一派之主，彼此说话也极为谦逊。朴石安上前向少林等诸派的掌门人行了礼，那些人都比朴石安长了几十岁，但推浪帮在江湖上崛起仅三年，便有如此大的声势，他们大都没有倚老卖老，纷纷称赞"长江后浪推前浪"，尤以少林洪雷大师最为和气，他容颜瘦弱，神色慈和，也瞧不出有多大年纪，朴石安初见他时，心下暗暗纳罕："想不到这位名震当世的高僧，连师父都颂扬他的仁厚，竟然如此貌不惊人。若非事先得知，有谁会料得到他是武林中第一大派的掌门？"

其实，在座的各位掌门见到朴石安的这副尊容，无不惊叹万分："若非亲眼所见，谁敢相信推浪帮朴帮主竟是如此丑陋之人？"

除非朴石安找人谈话，否则很少人主动前来同朴石安交谈。一来在座之人都比朴石安要大上许多岁，二来朴石安也实在太丑了。其实，即使朴石安主动前去与人交谈，很多人都只是碍于颜面敷衍几句。不过，朴石安毫不为忤，他表面上是去拜会各大门派之主，而实际上是想知道到底有多少人是以貌取人之辈。幸好，朴石安拜会的众人中，亦有不少人对他谦礼有加，对年少有为的他极为称赞，且态度绝非虚伪。不过，他朴石安若非一帮之主，而单凭一身武艺仗义行侠江湖，不知是否像师父那般遭遇？朴石安暗自苦笑不已。

朴石安游目四顾，发现殿中座席已略微有所变动，形成了两大块，中间隔开了一席之地。仔细一看，朴石安顿时明白过来，原来赴会之人囊括了天下武林的各门各派，开始的席位是一排一排的，间距都一样，后来不少黑道之人暗中将席桌往旁稍稍移动，似乎是不屑与正派中人为伍。正义道上的人见状毫不为忤，反而心道这样更好。于是。黑、白两道泾渭分明，朴石安不由发出一声冷哼："不就是同席而宴吗，何必如此计较？"

洪雷大师大概是听到朴石安这一声冷哼，回首一看，这才见到殿中这一局面，他无奈地摇了摇头，双手合十道："阿弥陀佛！"几位德高望重的前辈也是这时才发现场中局面，但均只是无可奈何地摇了摇头。迫于武林至尊之威，黑白两道的人方能不动刀剑地坐在一厅之内，但要他们真正地交融，谈何容易？

突然间钟鼓之声大作，一名赞礼人朗声说道："武林至尊肃见嘉宾！"

众来宾闻言都不再言语，将眼光纷纷投向正前方的中门，不少人的眼光中充满了仰慕之色。朴石安抬头一看，见中门尚未开启，便又收回了目光。

中门打开后，走出两列高矮不一的男女来，右首之人穿着一色黄衫，左首之人穿着一色青衫。那赞礼人叫道："尊者座下众侍卫谒见贵宾。"

朴石安这才注目凝视，只见前到推浪帮送请帖的张三亦在众侍卫之列，他穿着一袭青衫排在左首第三，在他的身后又有十余人。

座中诸人大概也都看出去各派送信的侍卫，他们内功俱高深莫测，哪知他们尚有这许多同门兄弟，想来都是在伯仲之间。齐都心中暗忖道："侍卫都有如此身手，那武林至尊岂非已然通神？"两列侍卫分向左右一站，都恭恭敬敬地向群雄躬身行礼。

那赞礼人又道："尊者座下三弟子谒见贵客！"

只见中门处又走出三人，一老一少一中年，老者居左，少者居中，中年人居中。老者已然须发斑白，但鹤发童颜，精光内敛，不怒自威；中年人神情俊朗，长髯及胸，眼中也同样是精光内敛；少年虽不及双十，看似又毫无内力可言，然而一双俊目却使得在座群雄大都心头微凛。只有一些功力奇高的前辈高人方才镇定自若，但心中亦是惊奇不已。朴石安见那少年射来的眼光中透露出一股无形的威仪，他不禁微讶，不过天生的傲骨却使他顿生抗议，顿时又毫无惧意地回视那少年。

殿中的群雄均想："这少年好生了得，难怪年纪最小却居三人之中。"三年前的泰山大会，出来见客的只有这老者、中年人两位弟子，大家只听说武林至尊有三个弟子而已。那时想必是这少年功夫尚未大成，今日一见，众人无一不震惊莫名。

那少年见朴石安的眼光中毫无惧意，而且泛出一丝傲气，便多看了他一眼。不过看了这一眼后，那少年鄙夷地一笑，扭过头去——这只有朴石安才能感觉得到，心道："他定是见我这般丑相而不屑一顾，哼！难道本帮主还看得起你不成？"此念头甫动，朴石安便暗自责怪道："我怎么像个小孩子似的同那少年睹气？"于是，他赶紧收敛心神，静心观看。

这时，赞礼人神态极为恭谨地宣道："尊者驾到！"顿时众侍卫及三弟子均跪下迎接。在座的诸位英雄豪杰都起身，以示尊敬。

细乐声中，一个满头黑发的中年人缓步而出，身着一身天蓝丝袍。那中年人哈哈一笑，说道："诸位英雄齐聚泰山，老夫感谢大家赏脸。"说罢长揖到地，众人纷纷还礼。

朴石安心道："这武林至尊传闻已逾八旬，而他看来却似个中年人，能有这份功力修为，当世能有几人？"思忖间，他态度诚挚地还礼。

武林至尊又道："泰山上诸物简陋，款待不周，望各位见谅，大家请坐！"他的声音十分平和，却暗含一种令人自觉依言而行的威慑力。

待群雄就座后，武林至尊才在上首之位的一张桌旁坐下，三弟子却无座位，自在一旁侍立着，那些侍卫则分散开来，在四周侍立。

各人一就座，执事人员便上来斟酒，跟着端上菜肴。每人桌上四碟四碗，八色菜肴，煮得香气扑鼻。

武林至尊举起酒杯，说道："请！"便一饮而尽。杯中的酒水碧油油的，酒香甚浓，众人大都凝而不动，只有少数识货的人知道这酒中渗加有不少珍贵药材，对身体有百益而无一害。其他人一见，有的当即举杯而饮，有的则偷偷取出银针之类的物件试过无毒后方才举杯而饮。朴石安虽然不识这酒中掺有何物，但一嗅顿觉清凉入脑，知这必是难得之物，何况凭他的了解，这武林至尊是个正义之士，绝不会干出暗中下毒的卑劣事。于是，他仰脖饮尽。

在旁侍候的仆从又给各人斟酒。不过这一回各人面前的酒则互不相同了，方才豪爽而饮之人的面前斟上的仍是那碧油油的药酒，而另外一类人则只能喝普通的烈酒。

武林至尊这时向少林方丈洪雷大师笑道："大师风采依旧，内功已快练至'三花聚顶'的境界了，可喜可贺！"洪雷大师拱手谦逊道："尊者过奖，老衲觉得身体已大不如前了，而尊者却越活越年轻，这份功力，令老衲自愧不如甚多！"

武林至尊哈哈大笑道："大师何出此言？你尚且处于老当益壮之年，即使要死，也是老夫先死。来！大师，我们再干一杯，请！"遂率先举起酒杯干尽，洪雷大师亦然。

不待武林至尊开口，武当掌教天风真人已举杯道："尊者，贫道借花献佛，敬你一杯！"武林至尊笑道："真人真是折煞老夫也，你与大师二人乃武林的领袖人物，应该由老夫敬酒才是，真人请！"他又一饮而尽，先干为敬。

这时，武林至尊将目光投向朴石安，朗声道："风闻这三年之中，江湖上出现了一位年轻有为的少侠，令不少老江湖望尘莫及，今日得以相见，少侠果真气宇不凡，豪气冲天！"

朴石安见他满脸正气，言行举止更是谦而有礼，心中顿时又生几分好感。忙起身抱拳道："晚辈江湖末进，况且生来奇丑无比，倒有碍尊者的眼光，怎敢承受尊者如此夸奖？"在座中有很多人心道："这小子还算有自知之明。"

孰料，武林至尊将面色一正，道："朴帮主怎可如此妄自菲薄，自推浪帮成立以来，多行义举，为江湖谋福，实是当代人之楷模。人的俊丑乃天定，从娘胎里出来便是这般模样，谁能奈何？丑也罢，俊也好，到死时也只是一具臭皮囊，关键的还是看他一生的行事，或千古流芳，或遗臭万年。哪管他生得俊或是丑，老夫这般模样也丑得很，但这又有什么关系，我辈武林中人，能为江湖出点力便是一条好汉！"群豪中有少人暗叫"惭愧"。

朴石安闻言，对武林至尊的好感顿时提至十成，当即举杯道："晚辈知错，他日定当以江湖事为己任。尊者，晚辈敬你一杯！"说完他端杯饮尽，武林至尊大笑道："好个'以江湖事为己任'，说得好！这才不愧为一条好汉，干！"他也举起酒杯喝干。

朴石安突然感到有两道犀利的目光如电般射向他，定睛一看，却是武林至尊身后侍立的三弟子。他心道："我与你素未谋面，却为何总看我不顺眼呢？莫非你的师父如此赞我你心里不舒服？哈哈，你的肚量也太小了吧！"转念他又忖道："我怎么又跟他动气了？别人怎么看你关你什么事，但我怎么一看他眼里的那股傲气心中就没来由地有气。"

武林至尊又同别的人喝了几杯酒，当然他不可能一个个地喝到，那到天亮都喝不完。大多都是别人敬他，转眼间，武林至尊已喝了二十多杯酒。

第七章

这时，一个壮族装扮的人举杯站起，他用蹩脚的汉语说道："尊者，我敬你一杯！愿尊者长生不老！"武林至尊举杯笑道："木门主太客气了，老夫倒不求长生不老，若能活过一百岁，老夫就心满意足了，请！"

朴石安心道："武林至尊怎地如此好记性，前来参加武林大会的人每次都有变更，他如何一开口便知道对方是谁？这壮族汉子叫'木门主'，莫非就是广西四扇门的木伦？"他又看了那少年一眼，这次倒没四目相投，再往旁边看时，朴石安登时明白了，原来武林至尊身后的老者，其嘴唇在时不时地翕动，他再以"传音入密"的功夫向武林至尊汇报。那木门主正是广西四扇门门主木伦。

这时，木伦道："尊者，在下有一事禀报。"不料武林至尊举起右手，依然笑道："木门主，今晚咱们只喝酒，不谈公事，木门主若是为了江湖之事，请在明天的大会上再说不迟。"

木伦想说的就是江湖之事，闻言也只好悻悻坐下，他用怨毒的眼光向四川唐门门主唐炅望了一眼，后者却还之一笑。朴石安忖道："难道这四扇门与唐门有仇不成？四扇门是个小门派，而唐门的势力远胜于它，也难怪木伦要武林至尊出面评理。"

这么一来，正准备向武林至尊诉苦或讨公道的人，也都只好放弃发言的机会。

在武林至尊的主持下，这酒宴倒还算热闹，表面上也其乐融融。两厢相较，黑道上的人划拳行酒令，弄得热火朝天，而不少正派人士自恃身份，只是相互说说话笑一笑罢了。武林至尊不断地与客人谈笑，倒不管你是黑道还是白道的，众人对武林至尊都极为敬畏。也当真都是只以酒论武，却不提及江湖恩怨武林纠纷。

酒宴结束，客散主归之时，已是月高夜静了，群雄在泰山仆从的相引下各自回房歇息，养足精神参加明日的武林大会。

推浪帮的众弟兄见朴石安返回后方去歇息，凌真儿若不是见夜已深，恐怕要缠着朴石安讲述酒宴中的事。不过朴石安却主动向她说出了，酒席中并没有发生什么特别的事，他只不过介绍一下所见到的人。当提到尉迟悠云时，他顺便告诉凌真儿那日在景阳冈上遇到的尉迟秋萍实际是个女孩。凌真儿大惊，忆及那日朴石安与尉迟秋萍四目凝视甚久，不禁心中暗暗吃醋，但她也不好放马后炮，只好嘟嘟嘴发发牢骚便了。二人各自回房歇息时已四更天了，明日的武林大会究竟会遇到什么事也只有待明朝天明后方知。现在，抓紧时间休息休息。

泰山顶上，不断地有侍卫巡逻，因此各派的弟子也得以轻闲，勿须放哨。

太阳还未升起来，泰山顶上的客人已几乎全都醒了，纷纷寻一处好地方观看日出。

今日天公很作美，没有乌云遮拦朝阳。

太阳尚未醒转，因此东边天际的一两朵白云也并没有被染色，只是稍微有些红色的影子，有点像婴儿的皮肤，白里透着微红。众人在耐心地等待着。

在泰山上观日出是很过瘾的一回趣事，上泰山的人如果不去观看日出，那简直是白上了一趟泰山。泰山上看到的太阳难道不是别的地方所见到的那一轮？这里看到的日出景象究竟是什么样子的？有的人知道，但他们不说，他们重观此景时依然这般耐心地等待着，显见其诱人之极，很多人是初来泰山，他们当然要大饱一下眼福，因此显得格外激动。

"安哥，快醒醒，天就要亮了！"

凌真儿站在朴石安的床前，喊着他。

原来，朴石安仍在床上做他的春秋大梦，睡得倒挺香的，他还未意识到观看日出这回事，其实他醒了，在凌真儿进门的时候便醒了，但他故意假装睡着。凌真儿在帐外叫喊时，他也不理会，兀自假寐。如果凌真儿直接喊他去看日出，他肯定会一个筋斗翻起来，可凌真儿没有。

凌真儿只是在心中感到纳闷："安哥今天怎么睡得这么沉？难道他早就起床了？"思忖间她猛地掀开了帐子！

"啊！"她惊叫了一声，上身立刻往床上栽倒！朴石安一把将她紧紧地抱在怀里，他故意设下陷阱，就等她按捺不住时掀开帐子，只要帐子一掀，朴石安的双臂便如灵蛇般出动，缠住她的纤腰。

"打扰我的美梦，你说，该怎么罚你？"朴石安一脸戏谑地笑着，手中的力道又加重了几分。

被紧紧地搂着，两人的脸几乎贴在了一起，能清楚地感应到对方的气息和心跳，凌真儿怎还记得要去看日出？她的脸颊顿时红了，心跳加速，美眸似嗔非嗔，娇柔地道："你想怎么……罚就……怎么罚。"声音是小得可怜，娇躯象征式地挣扎了几下，然后便干脆不动了，一副任君处罚的样子。唉，她本是好心来叫朴石安一起去看日出，可他非但不领情，还要处罚她，真是好心没得好报！算了吧，罚就罚！

朴石安邪邪地笑道："真的吗？"

凌真儿只觉全身柔软无力，不能垂头，只好假装闭上眼睛，因为朴石安的目光太……那个了！一时之间，她一句话都说不出来。

"唔！"她总算含糊地吐出了一个字，但那是因为她的小嘴被封住了，她竭力反抗——她还有多大的力气？很快，她便觉得自己仿佛在一点一点地被融化，身躯剧烈地颤抖着，急促地喘着粗气，发出呼呼的呻吟声，双手也由胸前缓缓地不知不觉地挽向朴石安的颈脖——像灵蛇一般。同时，她的小嘴也不知死活地回应着。

唇分。

凌真儿仰脸望去，朴石安那朗如星晨的清澈目光，正炯炯有神地紧盯着她，使她芳心最隐秘之处，泛起了不尽的爱的涟漪。她感到身体如火烧一般灼热，因为与朴石安那亲密无间的接触，他的魅力是如此强大，使她在此刻除了他之外，什么都不愿分神去想。

朴石安看着她那连耳根都红透了的模样儿，搂着这香喷喷、热辣辣，且被他逼得大动春心的绝世美女，心中涌起一股深深的爱念。激动地真诚地说道："真儿，嫁给我好吗？"

他的声音好柔、好醉人，那么有诱惑力，使她有主动献上樱唇的冲动。啊，他说的是什么？凌真儿霎时惊醒，笑道："你……你说……说什么？"

朴石安深情地望着她，柔声道："真儿，嫁给我，我会好好地照顾你一辈子，爱你一辈子！"

凌真儿身躯猛地一颤，事情来得太突然了，她没有来得及去细想。在内心深处，她愿意与他永远在一起，永远不分离。现在，朴石安开口求她嫁给他，这的确有些突然，不过二人在一起的时间已将近两年，朝夕相处，她早已视他为自己的丈夫了。她激动不已，很想亲口说出"我愿意"三个字，但女儿家的羞态却使她怎么也说不出口，而朴石安则紧紧地盯着她，含情的目光中藏有期盼。

"我愿意！"凌真儿在心里大声叫道，可是这股气流怎么也冲不出她的喉间，饶是如此，她也已倍感娇羞，仿佛那三字已说出口了似的。她羞赧万分地将红透了的脸儿埋入朴石安的肩膀处，身子不停地颤抖着。

接着，她以极细极柔地声音道："我……我愿……我愿……意！"她的声音比蚊子发出的声音还要小上两分。

如果，朴石安的耳朵不是生在头上，那他绝对听不见这句话。而事实上，他的耳朵是在头上，而且长得位置刚刚好，凌真儿的小嘴便在他的耳廓外，因此，他听到了这一声应允。

其实，他凭着心灵亦可感应到，凌真儿的表现不正是芳心暗许吗？

得到这满意的答应，朴石安倒知足了，这才思及真儿这么早来喊床是不是有事？于是，他停止了攻城掠地的行动，按捺住欲念，柔声问道："娘子，这么早来找夫君有什么事吗？"他毫不客气地以夫君身份自居。

凌真儿显然没有料到朴石安会这般称呼她，顿时娇嗔道："死宝儿，谁是你的……娘子了？"她亦以牙还牙，不过声音不及朴石安的一半大。

朴石安猛地一翻身将她压在身下，邪笑道："好哇，看本夫君怎么收拾你！"说罢他的两只魔爪便在凌真儿的身上恣意蹂躏。

凌真儿大惊，若不制止他，那好不容易恢复的一点理智又会陷进这没有尽头的情欲深渊中。忙双手握住在胸前蠕动的两只魔爪，娇喘吁吁地道："安哥，饶了真儿吧。"朴石安恃强凌弱，要胁道："那你快说谁是我的娘子？"凌真儿美眸无力地白了他一眼，低骂道："死安哥，死安哥，你这个色鬼，就知道欺负人家，本姑娘就偏不说！"朴石安也不想太过分，亦怕继续如此会真的占有了她，于是他收回了在她胸前恣意把弄的手，充满着胜利的意味道："好，好，我投降总行了吧？"

他哪里是投降，整个身体全压在那香软的娇躯上。

凌真儿娇喘吁吁地道："你快放……放开人家，压着……人家……难受。"

朴石安用嘴轻擦了一下她的粉头，笑着道："好吧，就暂且饶过你。"遂翻下她的娇躯。

终于得到了释放！凌真儿赶忙坐起并逃出帐外，正想夺门而出，忽然听到外面众人的喧闹声，忆起此行的目的。这才转身对着下床的朴石安急道："安哥，太阳快出来了，再不去就迟了。"

朴石安正想叫她为自己穿衣，闻言大惊，叫道："唉呀，这么大的事我怎么给忘了？"当下也顾不上叫凌真儿给他穿衣，拿起衣服便往身上套，三下五除二，所有衣物全部上身，然后向外掠去，当然没有忘记拉着凌真儿的手。

宿舍里不断有人往外走出，他们都是去看日出的，但很多人自恃身份，却不似朴石安不顾一切地飞驰。玉皇顶的东端有几十丈宽，但此刻已被挤得水泄不通，很多人还往峰下跃去，想找一处好地方观日出。

太阳并不因为这么多人的期盼而加快"爬山"的步伐，也不因还有不少人未赶到或没找着容身之处而驻足不前。此刻，东方的天际已被朝霞映红，太阳即将出现。

太阳每天都会升起，但此刻人们才会那般在乎它的存在。骄阳似火，没有人会去欣赏它，也不敢去看它，大家都没那般好的目力。只有朝阳和夕阳，方才别有韵味。不过，"夕阳无限好，只是近黄昏"，倒不如朝阳那般朝气蓬勃，充满希望。因此最美的还是朝阳，站在地面上看日出，大家都看得多了，便都想站到高处去看，泰山是个绝好的去处，而且又那般有名气，因此人们常常不约而同地纷纷前来泰山之巅观看日出。

朴石安见崖边站满了人，连一旁的大树岩石上都坐满了人，还有不少人四处寻找落脚点。心道："这么多人都挤在一处，如何观日出？泰山不是有一座观日峰吗？想必那里是观日出的大妙去处，我何不到那里去，反正太阳升起也不是瞬间之内的事。"心念甫动，他向凌真儿说了一声后，便拉着她往观日峰而去。

不少人见朴石安往观日峰奔去，也蠢蠢欲动，但眼见太阳即将破晓而出，怕还未到观日峰便露出头了，于是众人都留在原地。

有一个后到的人见前面都站满了人，根本就看不到日出。心中一急反而想出了一个好办法，那人兵器是一根钢棍，他用力往地上一插，顿时入土一尺，然后他纵身一跃，便轻轻巧巧地单足立在棍头上。旁边的人见状大受启发，都纷纷效仿，没有棍棒之类兵器的人则去折来树枝，金鸡独立，这对于习武之人来说是很简单的事。只要屏息静气，气贯一脚，保持身体平衡就可以了，武功稍高的人便如覆平地，丝毫不费力气，不过，如此一来，这玉皇顶——昔日皇帝封禅之处，却要落得坑坑洼洼的，狼藉一片了。

朴石安、凌真儿二人的轻功均已达至登萍渡水的境界，从玉皇顶到观日峰路程亦不远，是以他们到达观日峰时所用的时间不足一炷香时间的四分之一。此刻天地间一片祥和，天空中飘浮的云朵都已尽被染成红色，最东边的天际更是殷红似血，太阳将在最白处破晓而出。

观日峰之所以名冠天下，是因这儿是泰山顶上观看日出的最好地方。不过，朴石安上得此峰来，却没有看到别的人，这样更好，难得有一份清静。观日峰上有不少岩石，有人就着天然的岩石雕砌了不少石凳，倒方便了朴石安二人，他们各自选好一张石凳坐上后，静候旭日东升。

太阳确实马上就要出来了，此刻正是将出而未出之时。天地间还荡漾着夜的阴暗，朴石安觉得自己心里有些着急，甚至可说是迫不及待，他知道太阳的出现，将会发出无数道金色的光芒，从而可以散去阴霾之气，仿佛扫尽天下间的邪恶，还它一片正义的天空。朴石安期待这一刻的到来，他也知道光急是没有用的，任何事情总会有它的过程。慢也好，快也好，都是客观不变的事实，不会因人的主观意识而改变。

太阳，他不知见过多少回，有时太阳使人感到温暖，有时太阳使人饱尝暴晒酷热之苦，但唯有此刻，他是如此地期盼太阳的出现。

小时候，他只会去责怪朝阳摧醒了美梦，使他不得不从舒适温暖的床上爬起。

长大了，长久的内心孤独，使他觉得快乐已随婆婆、师父的逝去而消于无形，他更不会在意那朝起暮落的太阳。最多也只会在心里嗟叹道："可怜的太阳，你也似死一般孤独。"

现在，他霍然领会到，宇宙何其大，太阳确实很孤独，但它却始终一刻不停地释放光和热，大地如果失去太阳，那真的不知会是什么样子。其实，太阳并不孤寂，大地受尽它的恩惠，永远都忘不了它，离不开它。

自从朴石安创立了推浪帮后，除了处理一些帮务外，他本人便很少涉足江湖。虽然推浪帮干了几件义举，但那大多是属下人等的功劳，他只不过发号施令而已，并未像太阳一般竭力地发光发热。

为了解决练武的死结，三年中他有三分之一的时间是在"能者上居"中度过的，推浪源几乎让他摸遍，但依然找不到他要找的东西。师父因为相貌丑陋，虽仗义江湖却常常遭到非议，最终抑郁而终，他为了替师父出气，故意以一张极为丑陋的面具遮拦住原本俊美非凡的面孔，似乎他比师父要幸运得多，至少到目前为止尚未有人找他生事，然而他知道这只是因为他是推浪帮的帮主。在昨晚的酒席之上，他深深地体到了这一点。

"啊，好美！"凌真儿满是欢喜地大叫道。

太阳终于露出了一角。

朴石安虽然心如潮涌，但他依然关注着缓缓升起的太阳。太阳一点点地往上升，他的心只是在太阳乍现的那一瞬间倍感激动，就像他的眼睛只是在太阳刚刚露出一点时觉得耀眼一般。

太阳很红，虽然还只是露出极小的一部分，但发出的万道霞光依然能划破夜幕留下的阴影。

一点点地，太阳似乎很艰难地往上爬，它要到天空中大展风采，即使挣扎得老脸通红，依然不屈不挠。

天地间阴暗的地方随着太阳的缓慢升起越来越少了。朴石安很兴奋，阳光仿佛也照透了他的心府，仿佛他得知自己的内功可凭外力提高时一般激动，又似听到武林至尊对人之俊丑的一番见解时一样高兴。

朴石安干脆站起，尽情地舒展四肢，任如霞的阳光洒遍全身，沐浴在这充满朝气的阳光里，全身有一股难以形容的舒适、畅快！

看着太阳慢慢地升起，朴石安暗自下了决心："今后要学学太阳，尽自己所能地散发出光和热。"

一时思路畅通，朴石安不禁仰天一声清啸，将心中所思所想尽皆融于其中。

此刻，太阳恰好完全升出，一轮圆圆的红日展现在世人眼前，红彤彤，暖洋洋，怎么看怎么爽，爽在身上，爽在心里！

"阿弥陀佛！"

突然，朴石安身后响起一声佛号，他回头一看，只见少林方丈洪雷大师正盘膝坐在一块大岩石上，深邃的目光直视着他。在朝阳的映照下，他的袈裟仿佛镀了一层金光，宝相庄严，这岂是凡人之身？简直就是佛体！朴石安只觉灵台间顿时为之一静，万事万物都可以不去想，更生起了一股冲动，要跪在洪雷大师面前，向他膜拜，他就像大慈大悲的西天如来佛祖。

洪雷大师面露微笑，道："朴帮主参透天地与人体的关系，获得精神的坦然解脱，实在可喜可贺。人生天地间，有心者，可与天地争芒；无心者，则只能愈显卑微。天地何其大，包容万象万物，人只不过是其中的沧海一粟，若能从天地中领悟到精神的力量，即使一丝一毫，也是受益非浅。世人观日出，不过观其特，但若天天观日出，却又会觉得不过如此，他们只把日出当作日出，若能视日出非日出，方可得以摆脱人性的必然束缚。"

朴石安静心聆听，洪雷大师的话并非十分深奥，他很快便领悟过来，只觉心中仿佛看到了另一片天地，一切都是那么神奇。他心存感激，忙以后辈之礼相拜。口中道："朴石安多谢大师教诲。"

不料，他只觉面前有一股无形气压，使他无论如何也无法弯下身去，抬头一看，只见洪雷大师双手合十，气定神闲。朴石安不禁暗自心惊，心知就是勉强下去一点也不行，只好站直抱拳苦笑道："大师好深的内力！"

洪雷大师缓缓站立，然后飘下巨石，道："我少林武功之名虽流传天下，实则是末学，殊不足道，达摩老祖当年只是传授了弟子们一些强身健体的法门而已。身健则心灵，心灵则易悟。所谓武功，不过如斯，又何谓高低？"

朴石安垂首肃穆道："大师精通佛禅，晚辈聆听数句已是受益非浅，真愿长伴在大师身边。"

洪雷大师笑道："朴帮主虽与我佛有缘，但尘缘缠身，又岂能摆脱？老衲无法看透朴帮主的面相，只能隐隐觉得你日后必会为情所困。不过，一切顺其自然。佛法曰：佛在心中存。只要朴帮主心有悟性，又哪管身在何地呢？"

凌真儿一直潜心观赏泰山日出的绮丽，她心无琐事，自是以一种自然平静的心来看这一天象，虽无洪雷大师、朴石安二人的领悟，但也觉得心旷神怡，朝气蓬勃，全身自心间涌出无穷令人舒泰的暖意。直到太阳完全升起至发射出的光线颇为刺眼的时候方才收回眼睛和心神。

"安哥。"凌真儿走到朴石安的身边，她不认识洪雷大师，见眼前这位大师慈眉善目，她情不自禁地冲他施了一礼，脆声道："小女子拜见大师。"朴石安介绍道："这位是少林方丈大师。"凌真儿闻言忙又深深地行了一礼，道："不知是方丈大师驾临，凌真儿怠慢之处，请大师海涵。"

洪雷大师问道："令尊可是'神嘴'先生？"凌真儿道："正是。"

洪雷大师面露微笑，道："十几年不见，当年的小姑娘已出落有致，难怪江湖上广传美名。令尊可还好？想来老衲已有十五载未与他见上一面了。"原来，凌真儿的父亲与洪雷大师颇有一番渊缘。

凌真儿俏脸一红，瞥了朴石安一眼，道："我爹……他也很挂念大师，本想亲往少林拜会大师，但总因找他的人太多而抽不出时间来。因此嘱咐晚辈日后见到大师时，一定要代之向大师礼拜。"洪雷大师笑道："令尊比老衲更不服老，依然这么潜心工作，总忘不了要为别人打抱不平，实乃可钦可敬！"

凌真儿的父亲凌志成是名冠大江南北的大讼师，传闻他经历过的成百上千件大小案件，没有一次败诉。因此，各地的人若有什么官司，总会找他帮忙，尤其是江浙一带的人，更是对他敬若神明，称他为"神嘴"。请他打官司，讼费最少也要百两白银，虽然开价高，但他每次胜诉。谁不愿意用钱去买得平安？凌志成曾订下规定：如果官司败诉，他会赔偿当事人所花费的一切银两。对于富人，讼费百两是一钱都不能少，而对于穷苦人家，请他打官司，只要案情合理，他只收少许讼费便可，当然他只会打不违公理的官司。

其实，凌志成的嘴皮子的确厉害，他能把活的说成死的，死的说成活的。他的武功也很高强，尤其是轻功，可以说是独步武林，还有卓绝的暗器功夫更是令人防不胜防。

凌真儿得到其父真传，轻功与暗器两项绝技已跻身当今高手行列，更加之曾拜云海神尼为师，打下了扎实的内功基础以及学会了神尼的绝招"绵云掌"，只是尚欠火候而已。

洪雷大师与凌志成相互倾慕，几十年前便结为方外之交，两人关系不能以常人眼光去看。他们虽极少晤面，但他们似乎心神相通。你记着我，我没忘掉你，这便是了。

朴石安大喊怨屈，他抗议道："真儿，你以前怎么从来不告诉我你爹便是'神嘴'凌大侠？"凌真儿当着洪雷大师的面不好与他显得过分亲密，便低笑道："你也没问我呀。"朴石安暗道："是啊，以前总以为真儿是一普通的富家之女，为逼婚而离家出走的，这一年多来，她呆在我身边，为自己带来了不少快乐。出于自私，我也很少劝她回家，她说不愿意便也随她了。其实，我何尝不是想把她留在身边？可她的父母呢？他们会怎么想？不行！武林大会一结束，便要真儿回家，自己顺便去……提亲，可我戴着这副面具，她的父母愿意把女儿嫁给自己吗？哼，如若他们以貌取人，真儿愿意跟我的话，我便带她远走高飞。"

"安哥，你怎么了？"凌真儿见他神情恍惚，忙出言相问。

朴石安蓦然惊醒，见洪雷大师已不在跟前，便愕然问道："咦，大师呢？"凌真儿笑道："瞧你丢了魂似的，连大师走了都不知道，是不是见我爹是'神嘴'你便吓死了？胆小鬼，我爹其实蛮好的，就是……太固执了一点。"

朴石安伸手捏了一下她的小脸蛋，笑道："本夫君岂会怕岳父大人，待武林大会一结束，我们便一起回你家去。真儿，你也好久没有回家了，你爹……不，岳父岳母一定想煞了你，不过，呆不了多久你又要离家。"凌真儿被他的言语弄得秀脸通红，她知道朴石安话中的意思。朴石安上她家必定是求婚，成婚后当然要妇随夫行，那时也就又要离开娘家了。但她嘴上却不依，道："谁说……人家要……你……少臭美！"朴石安取笑道："唉，可怜，可悲。堂堂'神嘴'凌大侠的宝贝女儿居然还不敢承认，说起话来吞吞吐吐的。"他还扮了一个鬼脸。

凌真儿更不依了，嗔道："不许取笑我！"朴石安笑道："遵命，娘子！"凌真儿俏脸更红，娇声道："你又……"她佯怒地上前"狠狠地"擂打着朴石安的胸膛。不料，朴石安双臂一张，便将她紧拥入怀，在她身边柔声道："真儿，假如你爹娘不同意我们的婚事，那该怎么办呢？"

凌真儿停止了装模作样的挣扎，听他这么一说，忙仰头道："不会的！"顿了一下，又道："如果他们不同意，我就跟你一起走，再也不……不回家了！"朴石安见她一脸的坚毅和无悔，心头一阵感激，双手紧搂其香躯，柔声道："真儿，我爱你！"

凌真儿在他的怀里忸怩了两下，娇声道："安哥，真儿要你再说两遍！"朴石安腾手抚了抚她的秀发，柔声道："我爱你，爱你……"他岂止说了两遍，千遍万遍都不成问题。

不过，武林大会在即，况且他们早餐尚未进肚。于是两人缠绵了一会儿，便携手往玉皇顶掠去，途中遇上了前来找他们的孟虎，他们不禁心道："幸亏见机得早，不然让孟虎看到可羞死人了。"

上了玉皇顶，朴石安这才发现玉皇顶正中已搭好了几间精致的大棚，这是泰山众仆人在昨晚搭建起来的。此刻，他们正忙碌着往大棚内布置椅桌等小东西。做这些事很容易，但是需要费一些时间。

主棚前有一个丈高的大木台，大概用来让群豪切磋武艺。木台的前面两侧各竖着一根木柱，中间悬着一条巨幅横匾，上书："武林大会"。朴石安认得那是武林至尊的字迹，字里行间洋溢着正气和豪气。

早餐自有泰山上的众仆役奉上，每个人都显得很激动，江湖上的一大盛会即将召开，很多人想借机在江湖上扬名立万或是了断恩怨。朴石安这一群人是第一次参加大会，激动倒谈不上，只是有些好奇，想看看这武林大会到底是什么一回事。

饭饱酒足后又歇息了半个时辰，才听到一阵鼓乐声，接着便有泰山弟子来请众人到会场。推浪帮自朴石安以下共有七十二人，声势颇为浩大，除少林派、武当派、绿林盟、太行派、天山派、丐帮等帮会外，推浪帮的人数最多。

推浪帮被安排在东首第四间大棚内，蔡健立即将推浪帮的波浪旗竖起，众弟子均端坐在椅上，目不斜视，不喧哗吵闹，纪律严明。这些山东分舵的弟子中除了少数几人是从总坛调去的老弟子外，其余之人入帮只有几个月的时间，但他们个个遵守帮规帮纪，树立形象。

与推浪帮相邻的两个棚内分别是青城派和丐帮。对面的是昆仑派。很快，群雄都已纷纷落座。主台上下也站立有武林至尊座下的众侍卫，朴石安同张三打了个招呼，来泰山后，二人一直没有机会相聚。

很快，朴石安便发觉少林洪雷大师、武当天风真人、"寻梦山庄"庄主尉迟悠云、绿林总盟主万枫等人都不在群豪之中。

"尊者到！"一位赞礼人喊道。场中一共有千人之众，而这位赞礼人的喊声很轻易地便盖过了众人的喧哗声，如春雷乍起，在座的黑白两道中无一人没有听到。大家俱都安静下来，齐齐把目光投向主台上，只见身穿一袭墨绿金袍的武林至尊健步上台，他的一双虎目炯炯有神，此刻的他更显得威风凛凛，豪气冲天。

跟着武林至尊上台的还有少林寺方丈洪雷大师、武当派掌教天风真人、"寻梦山庄"庄主尉迟悠云、绿林联盟总瓢把子万枫，他们在江湖上都是顶尖级的风云人物，他们跺一下脚，整个江湖便要抖三抖。不过，站在武林至尊的身后，不仅身份，而且气势也较武林至尊矮了一截。群豪都把目光投向武林至尊，有敬服，有崇拜，有喜悦，有激动。

武林至尊面带笑容，环视了一下在座的群豪，举起双手抱拳道："诸位英雄好汉，承蒙大家看得起，每隔三年都会来泰山参加武林大会。老夫不才，虽竭心尽力，但也总有不尽如人意的地方，毕竟老夫能力有限，江湖上的事还是要靠每一位武林中人。众心齐一，这泰山都可以移，因此，老夫希望在座的各位英雄好汉能摒弃门户之见，团结一致，振兴中原武林！"群豪纷纷鼓掌。

武林至尊双手举起，朗声道："老夫宣布：第十一届泰山武林大会现在正式开幕！"

顿时，掌声如潮。

武林至尊又道："本次大会请少林洪雷大师、武当天风真人、寻梦山庄尉迟庄主、绿林盟万盟主出任见证人，不知诸位英雄好汉有何意见？"

以上四人均是武林中的领袖人物，在座群豪自无异议。

所谓的见证人，是与武林至尊一起商量处理江湖事端以及比武时的裁判。一般都是由武林至尊提名任选，见证人都是江湖上极有威名之人，且黑白两道均有。

武林至尊及四位见证人都坐在主棚内，每人面前都放有一杯茶，并有不少奴仆在一旁提壶加满，招待上千名客人，他们也都挺忙。

赞礼人宣道："首先，请各派英雄向大会陈述江湖事端，由尊者与四位见证人共同处理。"

这时，第八个棚里站出一个黑衣粗犷的汉子，他往主台处走了两步，向武林至尊几人行礼道："在下草原鹰门窝尔平，想请尊者及四位见证人为我门众弟兄主持公道。"武林至尊点头道："窝尔平英雄请讲。"

窝尔平说道："我草原鹰门与黑龙江阿荣旗牧场一向井水不犯河水，几十年来一直相安无事，他放他的羊，我养我的马。但是自从上个月长白山派合并了阿荣旗牧场后，总无端向我门弟兄寻衅，但我草原鹰门不喜与人相斗，主张以和为贵。不料长白山派得寸进尺，掳去了我门主的四岁儿子，并以此要挟我们退到草原南部去。我们草原鹰门势力虽不及长白山派，但一个个都不是怕死之辈，本想与长白山派一决雌雄，可彼此都是武林一脉，更不想多造战乱，因此门主令在下来请尊者主持公道。"

群豪心道："你们想的恐怕没这么高尚吧，门主的宝贝儿子在人家手中，投鼠忌器，才想请武林大会出面解决。"

武林至尊闻言站起，环视台下，问道："长白山派吕掌门可在台下？"一个粗犷的声音响起："有劳尊者相问，吕浦在此！"话音刚落，一个身高面白无须的人跃至台前，头戴狐皮帽，脚蹬长皮靴，他正是东北长白山派总舵主"飞天狐"吕浦。

长白山派势力分布东北，有二十三处分舵，由长白仙翁吕不道统一长白山同带的十大山寨而建立，势力庞大，为关外第一大帮会。长白山派帮众早期大都是响马，在吕不道的领导下，长白山派开始往正路上走。开镖局、设牧场、贩药材，不再做那无本生意。但等传到吕浦这一代，长白山派又旧态复萌，不少帮众又操起了打家劫舍的老本行。吕浦身为总舵主，采取的是睁一只眼闭一只眼的态度。草原鹰门所经营的牧场是草原上效益最好的，一来他们善于经营，二来所占的草原很肥沃，特别适合放牧。

武林至尊问道："吕总舵主，贵派与草原鹰门的纠纷是否如此呢？"吕浦笑道：

"草原鹰门的人自己没用，却来泰山告状。尊者，这一群无能之辈却霸占着肥沃的土地，简直是暴殄天物，我们长白山派这么做是为了发展草原上的牧场，各个小牧场集中起来组成一个大牧场，那样很多事情都好办。其实，我们很想和草原鹰门团结起来，互相合作共同发展，不料这些人不识抬举，根本不肯坐下来心平气和地与我们商量，没法子，我们只好请门主的公子到长白山小住几日。可没想到这件小事竟然要来麻烦尊者，实在不好意思。"

座中群雄见吕浦如此猖狂，大多暗生厌恶之情，不过也有一大群人叫喊道："吕总舵主，好样的！"

武林至尊眉头微蹙，但瞬间又恢复了常态。

草原鹰门窝尔平怒道："姓吕的，你们也欺人太甚了，我草原鹰门几百年前便在那块草原上生活，那是我们的祖先遗留下来的土地，也是我们的命根子！你们凭什么赶我们走？如果要说成王败寇，那你们就光明正大地来，我草原鹰门就算剩下一滴血也要誓死保家卫国！那样败了，我们也败得无怨无悔。可你们，尽耍一些阴谋诡计，用那下三滥的手段，岂是英雄好汉所做之事？"

吕浦毫无惭色，反而笑道："你不过是草原鹰门的一个小小舵主，竟敢这样同我说话！乌格珠呢？哦，那懦夫不敢来，哈哈……你叫窝什么来着？那懦夫门主没教你成大事者要不择手段吗？"朴石安心想天下间竟有这等厚颜之人，不禁暗自骂道："无耻！"再看武林至尊时，他也面露愠色，连修为高深的洪雷大师亦似乎按捺不住愠意。

草原鹰门的窝尔平气得怒目圆睁，一时气结，只能指着吕浦道："你……你……"

吕浦乃堂堂长白山派总舵主，被人指着鼻子，他早就火了，窝尔平尚未看清他怎么动，右手食指已被吕浦抓住，只见吕浦阴声道："敢对我无理，这就是给你的教训！"

"咔"一声，窝尔平痛得额头直冒冷汗，但他没有吭出一声，双目喷火地望着吕浦，左手握着鲜血直涌的右手。原来，他的右手食指已被吕浦硬生生地折断扯掉。

"老子跟你拼了！"窝尔平不顾手上生痛，怒喝一声，便向吕浦扑去。草原上的人向来骁勇，草原鹰门的人更是草原上众人的精英，他们的镇门绝技"鹰爪功"在江湖上更是占得一席之地。窝尔平一动手便使出了鹰爪功，可见他心中怒火之盛。带怒出击，威力更是增加了数倍。

吕浦却对窝尔平的全力一击毫无惧意，轻松避开，并讥讽道："懦夫！米粒之珠，怎能放出异彩？本总舵主现在就让你见识一下真正的厉害。"只见他双掌一合，两手食指齐出，挟带着一声尖锐的呼啸，刺得众人耳膜疼，同时一道气劲直袭窝尔平！

群雄见状大都失声惊呼道："风雷指！！"

这风雷指极具杀伤力，无坚不摧，甚至可以破护身罡气，但这项绝技在江湖上已失传多年。当年的一指天魔恃此神功残害武林同道，所向无敌，不知有多少江湖高手丧命在风雷指下。但一指天魔却被天上乍响的巨雷击中，遭到天遣后终不得好死。不料，今日吕浦又使出了风雷指，当真魔头重现！

眼看窝尔平便要命丧当场，而在座群雄却骇得惊慌失色，目瞪口呆！

在关键的时刻，一道身影飞起，一道闪电般的剑气从侧面直击那破空呼啸的指气。这人是朴石安，他看得实在不忍，道声："指下留人！"便抽剑全力一击！

"砰！"

一声巨响，两道气劲在空中相遇。饶是如此，仍有部分风雷指的柔劲击中窝尔平，只不过势头略有所偏，且气势不如当初。但窝尔平亦惨叫一声，他的右腿被风雷指余劲击中，算是废了，不过，保得命在，已是不幸中的万幸了。

朴石安没想到自己的雷霆一击仍未完全卸下吕浦的指劲，他知道自己低估了这"风雷指"的厉害，一阵惊奇后，他抱拳道："万望吕总舵主手下留情！"

吕浦满是惊异地望着朴石安，他更没想到风雷指居然被眼前这个年轻的丑小子击偏。其实，这要怪他的风雷指尚未练成，而且朴石安是由侧面出击的，没与他正面交锋，便占了一个便宜。否则别说朴石安一击能基本成功，就是从容而退也很不错了。场中有不少人发出了惊叹，他们终于见识到了传奇人物朴石安的功夫，虽不是他的真功夫，但足以震慑群雄了。

朴石安并不知"风雷指"的厉害，因为他师父没有告诉他这原本已失传数十年的功夫，否则他不会为没有全部截下"风雷指"的气劲而感到惊奇了。强如武林至尊也没有把握一举迎击"风雷指"，何况只有二十岁的朴石安？

吕浦没有再去理会窝尔平，他惊问道："朴帮主，你这是什么意思？"若非昨晚的宴会，吕浦还真不知这丑小子便是推浪帮的帮主朴石安。

武林至尊站了起来，并飘身落到台前，他的身体根本没有动，落到台前时他仍旧没动，这份轻功让他身后的四位见证人惊骇不已。他落在台前，一股莫名的无形威气由体而发，吕浦虽狂，但也无形中谦逊了不少，抱拳道："见过尊者。"朴石安也作揖道："尊者。"他是敬重武林至尊全身洋溢着的正义之气，而非屈其威。

武林至尊道："吕总舵主，你也未免太过分了！本已无理在先，还要伤人，若非朴帮主及时出手，窝尔平定已遭了你的杀手！这是泰山，而不是长白山！"他这么说，口气已是相当不客气了。

吕浦看了一眼武林至尊，那双充满正义和威仪的眼睛使他心生惭意，他喏喏失声道："尊者，我……"但转念一想："'风雷指'乃天下无敌，我虽未练到最高境界，但已颇具威力了，朴石安乃江湖后起之秀，他创建推浪帮，武功一定非常不凡，方才奋力一击也没将指劲全部击散。他武林至尊，人们都说他武功高绝若神，但总未有人亲眼见过他施展真功夫。我有'风雷指'，何须怕他？此次来泰山，不正是要借此神功名震武林吗？若能使武林至尊变成武林小鬼，那我岂不成了武林皇帝了？"想到此处，他恶由胆边生，换了一种截然不同的口气道："我堂堂长白山二十三座山寨的总舵主，难道想杀个把人还须请示谁不成？"

受伤的窝尔平早由他带来的草原鹰门之人以及泰山上的侍卫带去包扎伤口，见吕浦如此厉害，一个照面他便险些丧命，只有把希望寄托在神话般的人物——武林至尊的身上了。

武林至尊之所以如此自称，且不说他的武功如何，单就他的气度，江湖中就鲜有人能及了。吕浦这么说，分明是向他挑战，三十余年来，江湖中还从未有当着他的面如此说话的，这吕浦倒真是猖狂到家了！不过武林至尊却似乎毫不动怒，淡然说道："吕总舵主，老夫要你将草原鹰门的公子交还，而且向草原鹰门道歉，你可愿意？"

他的声音平和，仿佛是跟人聊天一般，不过却包含了一股令人无法抗拒的无形力量。

吕浦反正是想大干一场，因此武林至尊极具威严的话对他没有产生多大的震慑力量，他只是怔了一怔，随即便恶声道："你以为你是谁呀？叫别人怎么样就怎么样？老子堂堂长白山派总舵主，凭什么要受你这无名老儿的指使？在武林中你作威作福三十多年，老子忍气吞声多时，今天该是你好运到头，美梦回醒的时候了！"

场中群豪中顿时有人骂道："姓吕的，你也太嚣张了！"武林至尊的三个弟子及众侍卫都怒目喷火，不过还是站在原地，仅仅紧握了手中的兵器，大概是泰山规矩太严，没有武林至尊的命令，谁都不敢擅动。

当然，在座群豪中亦有不少不满武林至尊的人，他们都期待着吕浦能大干一场，只是只敢在心里为吕浦加油呐喊。毕竟武林至尊的威名太盛，谁都没见过他的真实武功，谁也不敢肯定吕浦一定能胜，虽然"风雷指"极为霸道，但谁也不敢明目张胆地反抗武林至尊。

武林至尊就是武林至尊，他仰天长笑。面对嚣张猖狂的吕浦，他不怒反笑，那笑声使得每一个人都感到心头一凛，吕浦亦不例外。

良久，笑声顿止，武林至尊一双威目如炬如电般直视吕浦，这眼光中有至尊无上的威力，吕浦已感到有一阵恐慌了。

但是，箭在弦上却不得不发！与其俱怕受辱，倒不如拼力一搏。吕浦暗敛惧意，狂笑道："能与被称天下第一人的武林至尊相较高低，老子有何惧怕？大不了一死，那样也就有如泰山，死而无憾了！哈哈……"

突然，他声音一顿，吼道："老匹夫接招吧！"话音未落，他已立马蹲好，两掌相接，十指合五微张，食指尖迎对武林至尊的心口，这正是"风雷指"的起手式——指祭五岳！

招未发，势先至。一阵无形劲风已使吕浦四周地面的尘土扬起，这一击将比他杀窝尔平的那一击更厉害数倍。

武林至尊凝立未动，似是对此凛冽的攻式毫不放在心上。关心他的人为他担心，暗咒他的人却在心中喜道："这老家伙如此轻敌，自然要落败了。"群雄俱紧张地看着场中的局势。

如果武林至尊适时反击，这将是一场旷古绝伦的比斗，一方是无坚不摧的"风雷指"，一方是武林的至尊。谁胜谁负，谁都不能断定。

武林至尊突然如腾云驾雾般跃起丈余高，避过吕浦的雷霆一击。他笑道："吕浦，'风雷指'在五十年前可以独霸江湖，但现在它对老夫来说简直不堪一击！何况你尚未学精，老夫就给你一个机会，只要你接受老夫的判决，便既往不咎！"

吕浦见一击不中，不禁恼羞成怒，吼道："老匹夫，今日不是你死，便是我亡！"抱着拼死的决心，使他无形中将"风雷指"的威力提至从未达到的第九成，威力又不止增强一倍。

武林至尊忍无可忍，喝道："敬酒不吃吃罚酒，今天就让你尝尝老夫的厉害！"说话间，右手圈动，一股无形的罡气直迎"风雷指"的劲气。

群雄以为这两股气劲一相接，会引起惊天动地的大爆炸。不料，武林至尊右手一挥，左手突然斜切向前，只见金光一闪，吕浦胸前遭击。

只听"轰隆"一声巨响，二十丈开外的一块巨石被击得粉碎，接着吕浦被一掌击中，向后狂退。原来，武林至尊右掌旋起一团气涡，将无坚不摧的指劲引开，同时左掌运起他的绝招"金佛手"。吕浦先机已失，怎堪受击，只被震得狂退，魂飞魄散！

武林至尊也不乘胜追击，气定神闲，似乎方才什么事都没有发生。

群豪中的不少高手，他们心知武林至尊方才手下留情，否则吕浦会被当场击死。不过，吕浦这回非死即残！

然而，吕浦不知从哪里冒出的一股力量，挣扎爬起，他怒视武林至尊，突然狂笑道："能死在尊者神功之下……我吕浦……死有何憾？倒不如拼个痛快！"

吕浦伤重，恶从胆边生，运尽全身所余气劲，超越了生死的局限，他竟将本身潜能突破极限，不仅已将"风雷指"暴增升华，更在瞬间之内将他的绝学"飞狐身法""飞狐迷踪掌"与"风雷指"结合起来。

武林至尊识得厉害，见他势如拼命，也不敢托大，当即运足劲力，说道："顽固不化，既然你想死，也怨不得谁！老夫就让你输得心服口服！"便将功力迅速提至极点，"金佛手"尚未击出，方圆三丈内的人已感到压力骤增，朴石安、洪雷大师几人距离最近，暗自运功抵抗方才无事。

吕浦先前面对武林至尊未尽全力的第一击，弄得心神惧怕，如今武林至尊全力一击，非但了无惧色，还豪情高涨，傲笑不止，猛地狂催风雷指劲，犹如霹雳神雷，裹起超强劲风，一时飞沙走石，竟与武林至尊的气势平分秋色。

两股气劲果真厉害，尚未正式接触，已爆出"砰砰"巨响，两人之间丈许宽的地面上早已是尘土飞扬。气幕更是不断向四周扩散，瞬间，两人已被气浪掀起的尘土裹住。

旁人大惊失色，这最关键的一刻竟是这样，强如洪雷大师等人，也只能静观其变，谁也无可奈何，根本就看不清他们的身影。

蓦地，两股绝世内力猛烈碰击，爆出惊天巨响，震撼了整座泰山。群雄的心顿时提到了嗓子眼上，眼巴巴地望着场中渐趋平静的局势。

谁会胜呢？谁都不能断定，因为现实往往爱与你开玩笑，似是却非，似非却是。

吕浦的功力修为虽远不及武林至尊，但他临战前参透生死束缚，突破了武功的范畴，达到超凡的境界。但是，他的对手是武林至尊，是武林中武功最为高深莫测的人——或许，他已升至超人境界。

良久，场中气氛依然紧张地僵持着。

风声啸啸，烟尘褪散，只见武林至尊傲然矗立，身前因巨爆逼压成凹陷巨窝，构成一股天上地下唯我独尊的无敌气势。

没有看到吕浦，莫非他已被武林至尊雄浑的掌力压至地下？无从考究。

地下的巨坑达到丈深，足可见双方劲力的超凡，在场群雄无不看得目瞪口呆，心惊肉跳，均暗想："若是我与其对敌，又会是怎样的下场？"不敢去想，却情不自禁地想着。

长白山派的人见状惧骇失色，只有吕浦的几个弟子敢上前观看，哪里还有吕浦的身形，只见坑底的土上有一团血渍。吕浦确实死了，方才与武林至尊的一战，他以惨败而告终，败的不仅是面子，还搭上了性命。

来泰山之前，他还没想到会与武林至尊决斗，他本想伏着"风雷指"在擂台上比武时一展身手，以名扬江湖。没想事情竟会演变到这种地步，真乃"壮志"未酬身先死，长使徒弟泪满襟！

可怜他的几个弟子，本以为同师父前来泰山会风光一阵，不料师父身遭惨死，尸首全无。

良久，吕浦的几个弟子俱围在坑前，他们真不知下一步该怎么办，杀师之人乃武林至尊！敢怒而不敢言，连看一眼都有些骇怕。

吕浦慷慨就死，气度不凡，敢与武林至尊分庭相抗，这就已令江湖人刮目相看了。然而，他的几个弟子却在武林至尊面前胆怯得很，师父被人杀了，却连怒视仇人一眼都不敢。吕浦真的要在九泉之下难以瞑目了。

吕浦一共有八名弟子，最大的有三十岁，最小的只有十五岁。在一阵恸哭之后，却只有那最小的弟子仍跪在当地，两眼凄然地望着坑底，而其余的七名弟子则心存去意，无奈，在武林至尊的逼视下，他们不敢移动半分。

少林方丈洪雷大师悄然掠至武林至尊旁边，武林至尊没有动，只是道："你们都回到长白山去，不可再胡作非为，否则老夫决不轻饶！"

吕浦众弟子闻言如获赦令，忙向后退去，唯有那最小的弟子依然跪地未起，其他人见状，忙上来一人拉起他，说道："小师弟，快走！留得青山在，不怕没柴烧!"

那小师弟被其师兄拉起,并随之奔出了几步,猛然,他一顿身形,回头盯着武林至尊,脸上毫无惧色。他坚毅无比地说道:"我蓝天云以泰山为证,十年之后定来报仇!"

他仅仅是个十五岁的少年,武功根基还很弱,但他眼里的坚毅和杀气却使人不敢逼视。他依然没有走,任师兄怎般拉扯,他却凝然不动,又道:"你要杀我现在就动手,否则后悔就来不及了。"

武林至尊大惊,他从眼前这少年身上感到了令他有些心虚的恐惧,他意识到蓝天云日后将是一个劲敌!吕浦的死是咎由自取,他根本无须自责,更何况他是武林至尊,还会恐惧一个蓝天云?他朗声道:"蓝天云,是非黑白你应分得清楚,老夫在泰山上等着你来报仇便是,你去吧!"

蓝天云转身便走,走得是那般从容不迫,与他的师兄们相比,他确实不凡!黑白两道群雄俱向他的背影投去赞许的目光,洪雷大师双手合十,百感交集地宣了一声佛号:"阿弥陀佛!"

武林至尊回头问道:"大师心中怎么想?"

洪雷大师道:"正义心中留,何惧因果环?"

武林至尊一顿,朗声道:"对,老夫行得正,又岂怕影子斜?"他令奴仆们填平土坑,并宣布武林大会继续举行。

江湖上是非多,不少门派都有难以解决的事,武林至尊及四位见证人忙碌了一天,基本上已将各门各派提出的纠纷妥善解决了。

休息一晚后,明天将进行武林大会的第二部分内容:切磋武艺。武林至尊设此项擂台比武,目的是为了促进各派武功精华的交流,在比武中了解本派武功的长处和缺陷,以此来振兴整个武林。很多人都想借这个机会在江湖上扬名立万,泰山上高手云集,要想成名很容易,但使你名声扫地亦十分简单。

这次武林大会因为吕浦的事一闹,多少有一些负面的影响。不过,相信到了上台切磋武艺时,谁都会调动起全部积极性。

朴石安等推浪帮一干人回坐在他居住院子的大厅里,他们商量着明天比武的事。

蔡健是推浪帮里的一把好手,他的武功与副帮主新力不相上下,但他却比新力更精明。因此朴石安才放心让他独挡一面,组建山东分舵。朴石安让他为代表上台与别的门派切磋武艺。

凌真儿也想上台参加比武，但朴石安不同意，当着众人的面她也不好撒娇。待众人散后，凌真儿溜到朴石安的房中，大展身手，软硬兼施，想使朴石安收回成命，让她也上台露两手。但是，她献上火辣辣的热吻过后，朴石安依然铁石心肠，直把她气得赌气回房闷睡。

天很快便亮了，早晨的天气依然晴朗，但今天观日出的人却没有几个。朴石安、凌真儿两人也没多大兴致去看，朴石安前去找张三说说话，凌真儿则赖床不起。

推浪帮的弟兄见帮主随和，大伙儿也都尽情欢愉，连蔡健也同属下等人一起乐。

当群雄都在棚内坐好时，比武也正式开始了。

比武采取抓阄方式，每个门派派出一名代表参赛。一共有一百六十二个门派及三十个无门无派之人，恰好分为九十五对。

将所有参加比武的代表平均分为两组，将其中一组人的帮别、姓名写在派阄里，由另一组人抓。得出的结果便决定比武的双方人选。

蔡健代表推浪帮出场，他的对手是川西灵蛇帮的好手，人称"青蛇夺命"的骆元彪。此人招式奇特，虽很少在江湖上走动，但给人的感觉是个难缠的角色。他们这一对排在第三十场。

抓阄完毕，鼓声大作，赞礼人朗声道："参赛者以和为贵，对擂双方点到为止，有意伤人者将失去参赛资格。比武旨在切磋武艺，胜负双方日后均不得借此来打击对方，违者取消参加泰山武林大会资格，现在比武开始！第一场：华山派候策对天山派唐晓成，请两位上台！"

第八章

他话音甫落，便有一青一白两道身影跃上擂台，穿青衣者是华山首席弟子候策，穿白衣的是天山派首席弟子唐晓成，他们都不过三十来岁。候策面白无须，唐晓成却长须及寸，巧的是，二人俱是两派的大弟子，且年龄相仿。

群雄纷纷叫好，两人上台的身法都是有意炫耀本门的轻功，天山派素以轻功著称于江湖，因此这么一比，唐晓成的轻功胜过候策一筹。群雄如此齐声喝彩，还因为第一场便是两大门派的较量，且它们的实力相均，这一场比武大有看头！

候策抱拳道："久闻唐兄大名，今日如此相见颇为意外，候某领教唐兄高招。"唐晓成也抱拳还礼，道："候兄何须客气，华山剑法一向名绝天下，在下佩服已久，候兄请！"

"请！"候策拔出腰间佩剑，虚空一圈，这是华山剑法的起手式，极为有礼，足见华山派的作风。

唐晓成亦拔剑出鞘，道声"承让"，便展开剑法，圈起满天剑光，卷向候策。这一招是天山剑法中的"漫天雪花"，群雄见状大声喝彩，全神贯注地观看台上形势，等待着候策如何化解这凌厉一击。

果然身在局内的候策在对方惊人的气势压迫下，爆出震憾全场的一声炮吼，他手中之剑化作一条长虹，在暗含奥理的步法配合下，越过了近丈的距离。长剑变化了几次，最后才斜挑唐晓成。

明眼人都知他剑势的每一个变化，不但可以迷惑敌人，化去敌人攻来的剑花，还借之加速增劲，使攻至敌人时的气势力道均能达到最巅峰的一刻。

而他直取握剑的人，更是最厉害之处，迫使唐晓成不能全面发挥剑招。纵使伤不到人，但高手交战，一旦失势，必绝难平反败局，所以无论在剑术或战略上，候策无疑已可跻身一流剑客之列。

旁人又开始为唐晓成担心，暗叫可惜。

"锵！"

唐晓成右脚移前，身子奇异扭侧，寒光闪闪的长剑在灯光下爆起一团耀人眼目的光芒时，剑身已硬挡住了候策逼迫过来的长虹，顿时两剑相接。这一接，两人都情不自禁地后退一步。

候策一待身形稳住，迅即便随影附形地候退忽进，腰肢像装了弹簧般有力地扭动着，剑势则如长江大河，无孔不入地攻向唐晓成。

这一回唐晓成失去先机，只能凭借绵而不绝的天山剑法，苦苦守着。挡了十多剑后，才找到一个反攻的机会，一剑劈在对方的剑锋处。

两人的内力均衡，若两剑再会，又只是两相后退。候策自不愿再蹈复辙，剑锋斜下，身体微侧，同时剑尖再斜刺唐晓成的左臂曲池穴。角度、力道与时间均拿捏得无懈可击。

唐晓成展开灵巧的身法，躲过这凌厉一击，长剑由下而上，绞击在对方的剑上。他的这回手一剑虽未给对方造成什么伤害和败迹，却已夺回了主动权。剑势开展，飕飕声中，如奔雷掣电般连环疾攻，不让对方有丝毫喘息的机会。

候策大叫一声："好！"先退后一步，再猛地双手擎剑往下劈去，这是华山剑法中的绝招"刀劈华山"，这个招名虽有些怪，华山派的人自劈华山，但这一招确实异常厉害。一劈中暗含了七七四十九种变化，可化为漫天剑气，又可猛击对方。

"啪！"的一声激响，竟硬生生地将唐晓成的攻势逼住，两人仍然势均力敌。

候策迅速将剑回圈，抱拳道："唐兄剑术高明，候某自问难胜，再比斗下去只会两败俱伤。"

唐晓成心知再斗下去自己根本讨不了什么便宜，比武旨在切磋，见候策先行收招，也当即笑道："候兄功夫了得，在下佩服！"并伸出手与候策相握示好。

武林至尊见状，笑道："两位少侠剑术超群，又不忘点到即止，这是何等风度，哈哈……果不愧为华山、天山的首席大弟子！"

候策、唐晓成收剑向武林至尊行礼，便打了个招呼相互退回本派棚内。两派的人见此结果，都颇为满意。

接着不断有人上台比武，有的势均力敌，有的实力悬殊，总之台上刀光剑影，虽刀剑无眼，但大多点到即止。若出现了危险场面，有武林至尊、洪雷大师等绝顶高手在台上观战，自是万无一失。

蔡健与灵蛇帮骆元彪的那一场比武只用了三招便分出了胜负。骆元彪的长剑虽如灵蛇吐信般灵巧，诡异莫测，但蔡健乃推浪帮的一流高手，凭着其高超的刀法、雄浑的内力和过人的机智，很快便将骆元彪逼至下风。蔡健见好就收，那骆元彪也是个拿得起、放得下的汉子，当场认输。这一场比武赢得了群豪的齐声喝彩，对推浪帮刮目相看，蔡健也因这一场比武而名声大振。

用过午饭，比武继续开始，直到第二天中午，比武方告结束，评选出前十名高手。其中，蔡健排在第八位，他是十人中最年轻的一个，其他人最小的也有四十几岁，他能取到这样的成绩已相当不错了。

紧接着，群雄就武林中的事作了个商讨，虽然进展十分顺利，但却耗费了不少时间。

第三天中午，武林大会方正式结束。

凌真儿有些迫不及待地催促朴石安下泰山，朴石安故意问何故，她却羞答答的，不敢言语。朴石安知道她的意思，他自己其实心里也挺急的，只是他不说出而已。

更何况少林方丈大师与他们有不少话说，一行人同行，他们只好暂且放下心事，珍惜与这当世高僧相处的机会。

与洪雷大师等人分手后，凌真儿本答应了先回荆州再回家，但到得景阳冈的孟虎家时，又感受到家的温暖，她又执意要回家。朴石安身为一帮之主，去拜见未来的岳父岳母，当然不能空手而去，因此只好让凌真儿先独自回家，而他则返回荆州去准备礼物。凌真儿一时思家心切，便单骑返家。

再说当孟虎的姐姐莲儿看到恢复女装打扮的凌真儿，就是几天前她所见到的那个"公子哥"时，竟哭了起来，伤心不已。原来，孟莲在见到女扮男装的凌真儿时，已将一颗芳心系在了"他"的身上，还送了一个贴身的绣花包给"他"。凌真儿在毫不知情的情况下竟收下了，临走时还送了人家一个拥抱，害得孟莲这些天来神情恍惚，茶不思，饭不想。孟母眼拙，只觉女儿这几天不再往邻居女孩儿家跑，而显得心事重重，问她何故，孟莲自是不愿说出。孟母只道她暗中喜欢上了朴石安，心里乐得不得了，不过也没说破，不过谁也没想到孟莲心里的那个人是凌真儿。

事实摆在眼前，孟莲只好相信自己的美梦破灭了，她是个想得开之人，也是一个聪明之人，她当然不会让人知道自己的心思，遂与凌真儿结拜为姐妹。

孟母也在暗中撮合朴石安和孟莲，她没想到朴石安戴了一个丑面具。其实，就算朴石安以真面目见人，孟莲也不会喜欢他的——至少在短时间之内是这样的，因为她刚刚美梦破灭，自然不会那么快再入梦乡。对于情感问题，她有点"一朝被蛇咬，十年怕井绳"的感觉。

孟母本不想离开故土，但为女儿考虑，她答应朴石安迁移到荆州去，好给女儿创造与朴石安相处的机会。当然，她的这个心思同样是不为人知的，她是过来人，知道打感情仗是急不来的，需要足够的时间慢慢来。

从景阳冈到荆州有几千里的路程，朴石安与孟虎二人可以骑马，但孟母与莲儿俱是柔弱的女儿，长途跋涉，当然只有靠马车。而孟家的东西，除了一些随身可带的细软外，其余均赠给了他人，推浪帮有的是银子，安排孟家三口那简直太容易了。

不过，乘马车倒舒适，但只能行大路，且速度不及骑马。因此，这一段旅程少说也要十天半个月的。至于盘缠，蔡健早已备妥。其实，沿途到处都有推浪帮的分舵，根本不需他们操心。有朴帮主护驾，这安全问题自然也迎刃而解。

凌真儿与朴石安等人分别后，便只身骑着马沿着京杭大运河赶回她的故乡——扬州！一年多来，她一直未回家，现在思家心切，倒盼望能立刻便回到温馨的家中，不知爹娘怎么样了？

不过，从山东景阳冈到扬州同样是路途遥远，没个七八上十天是到达不了的。

这一日，凌真儿到了江苏境内，不过已是五日之后了，马行虽快，但极为累了。以前有朴石安陪伴，二人策马赏玩，根本不觉赶路的艰辛。经过这几天的奔波，她的思家情绪减退了不少，但朴石安的身影却时时缠绕着她，白天赶路时想他，晚上做梦时更是少不了他。

于是，她想改走水路，顺着运河到扬州，极其方便，搭上一只大船，昼夜兼行，又不显疲劳。她打算在宿羊山码头登船，便快马加鞭地往宿羊山码头赶去。

拼命赶了两三个时辰，凌真儿已饥饿不堪，可这段路根本没见到有客店，就连农舍人家都隔得远远的。她也只好忍住催马疾行，总自我安慰着前面就有一家客店。

"坚持，翻过这道山岗便有一家饭店了。"凌真儿在心里不知已说了多少遍这类的话。

唉！马儿不累人疲惫。

总算又翻过了一座山岗，再越过几座山就到县城了，那时就吃它个痛快，喝他个爽快，再搭一艘船便直奔……

哇，下面还真有一间酒店哩！

"驾！"凌真儿快马加鞭，往岗下直冲，如同下山的一只饿虎，又似打家劫舍的强盗。

店门口有两个人听到由岗上而来的马蹄声，都回头探望，惊得他们目瞪口呆，因为那马跑得极快，宛如一溜烟，岗顶上被马蹄扬起的灰尘尚未散去，那匹马已奔至岗脚下。

再过瞬间，那马已倏地停在酒店门口，毫不拖泥带水，把这二人吓得魂飞魄散。随马而至的灰尘扬面而至，他们也忘了去躲避。

是神仙？还是鬼怪？

大白天的，怎么会有鬼怪呢？

这二人是此家酒店的老板和伙计，其实，二人的样子差不多，老板的打扮不比伙计好多少，伙计的装束亦不比老板差上多少，他们都是粗布衣衫。酒店里的生意不好，他们才站在门口眺望。

凌真儿此时可顾不了那么多，酒店破是破了点，但能有吃的喝的填饱肚子便行。她瞧着眼前的两人也不像是这酒店的主人，他们的装束还不如一般酒楼扫地的小厮，不过店里也没有别的人。

"伙计，赶快弄些饭菜，另外把马喂好！本姑娘有点饿了！"凌真儿说完后便翻身下马往店内走去。

那二人这时方才回过神来，知道并没有撞上鬼，来的是客人，还是个莫若天仙般的客人。那个矮点的是老板，他喝道："臭小子，快去招呼客人。"那伙计忙趋前几步招呼客人了，而店老板则亲自牵着马到店后去喂马了。

看来这店也实在寒酸，连马棚都没有一个。

不仅如此，店里面更可怜，只有两张桌子八把椅子，可见这生意是如何好了。不过，一切布置倒还整齐干净，其实这么两件家什，不整洁也整洁了。

不待店伙计领路，更不待店伙计问话，凌真儿已坐到一张桌前，吩咐道："快去弄些饭菜来！"

那伙计这才正面看了她一眼，顿时惊得目瞪口呆，不过转眼却低下头不敢再看第二眼。他心道："乖乖，天下间竟有这般美丽的女人，莫非是仙女下凡？"想着想着，他蓦然激动起来，身体也有些发抖。

凌真儿饿得实在有些发慌了，见他还没动，便有些不耐烦地催促道："快去呀！"

她的声音虽有点恶，但听到店伙计的耳里，那可比黄莺、百灵等会唱歌儿之鸟的声音，还要动听上几百倍。

仙女要饭菜，仙女饿了！店伙计顿时惊醒过来，忙诚惶诚恐地道："仙女仙驾……小的，小的这就……去弄吃的。"他垂着头往店里走去，他觉得自己太俗了，看仙女简直是有辱神灵。

凌真儿真的够饿了，她握着一双筷子的手有些发颤，进而有些发抖了。从早晨起来后到现在，她一直赶路，未进过一粒米一滴水。昨晚的露宿还差点着了凉。现在什么时候？已经半个下午了，距离太阳下山恐怕不足一个时辰。

不知是店伙计的办事效率太低了，还是她自己心太急，凌真儿觉得过了好久也没有伙计端菜上来。她以为或许是第二个原因，也就端坐在凳上耐心地等着，闻得由厨房里传来的饭香味，她以前从未感觉到饭的香味会这么好闻，不过，她的肚子却更显饥饿了。

度分如度时。她简直忍不住要大喊了，让店伙计赶快端饭菜上来。但她毕竟是位大家闺秀，虽然父亲的开明教育给她增添了一分豪气，可总还有点女儿家的矜持。

她确实等了好久，从进店到这时已有一炷香的时间，就是金子也该煮熟了，何况是饭菜？

"千呼万唤始出来，犹抱琵琶半遮面"。

白居易的这句诗用来形容此时凌真儿看到的情形并不过分。

店伙计端着托盘，头垂着，头巾正好遮住了他的脸。他不敢正视凌真儿，慢慢地将饭菜摆放在桌上，如此慢，可把凌真儿吊得直咽水口。

店伙计恭恭敬敬地摆好饭菜，这才抬头看了一眼凌真儿，心里却扑通直跳，道："仙……仙子请……请慢用。"还好，他知道站在旁边会打搅"仙子"的雅兴，便乖乖地退了下去。

凌真儿肚子饿得不得了，哪还管他怎么称呼？端起饭碗便大口吃饭夹菜。挺香的，蛮可口的，看来他店伙计着实花了一番心血，也难怪这么久方才出来。

良久，她总算吃饱了，恢复了大部分气力，坐着暗自稍做调息，便精神饱满。

"伙计，结帐！"凌真儿用丝巾抹了抹嘴角，便喊店伙计结帐。

"啊！"

店伙计惊叫一声，从门后战战兢兢地站了出来，他在偷看！他更是心惊胆颤地走到凌真儿面前，"扑通"一声跪倒在地，头也不敢抬，口中吞吞吐吐地说道："仙……仙子饶命，小的该死，冒犯仙子大驾……"

凌真儿奇道："伙计你怎么了？跪着干啥？快去把店老板叫出来。"

店伙计闻言吓得直磕头，嘴里颤微微地道："仙子饶命，仙子饶命！"他以为"仙子"叫老板来是两人一起惩罚，叫他起来那是反话。

凌真儿哭笑不得，道："你这是干什么？什么仙子不仙子的？喏，这是银子，多余的就赏给你。"说罢她摇出一块银锭放在桌上。

这时，店老板从店门口走了进来，他满脸堆笑地说道："客官，马儿喂好了！"忽看到店伙计全身发抖地跪在地上磕头，愕然道："臭……小子，你跪在地上干啥磕头？你是否得罪了这位小姐？噢，小姐见谅，这小子没有见过什么世面，若有得罪的地方，还望小姐大人不计小人过，宽恕宽恕！"他不同于店伙计，说话间不时拿眼睛望着凌真儿，脸上挂着笑容，不愿错过这大饱眼福的机会。

凌真儿不希望在此多耽搁，便指了指那锭银子，道："这是饭钱。"说罢便往外走去。

店老板根本没看银子，他其实很爱钱，但凌真儿这么美，他当然知道什么更值得看了。见凌真儿走到了门外，他嘴里喃喃地道："美……美啊……"他的两腿不由自主地往门口挪去，双眼一眨不眨地望着凌真儿腾身上马，绝尘而去。店伙计依然在磕着头，嘴里说着"仙子"什么的。店老板过了半天方回过神来，恋恋不舍地走进店里，提起店伙计的耳朵道："臭小子，你还不赶快给老子收拾桌子？"店伙计慊慊懂懂地爬起收拾桌子。见到那锭银子，道："老板，老板。"说罢便要用手去抓。不料那店老板大喝一声："别动！"那只黑黑的右手抢先一把抓住银锭——他是用食指和中指夹着的，他将银锭挟至鼻子前，使劲地嗅了嗅，过瘾地呻吟道："啊，真香！美人！"他还将银锭搂在怀中，闭上了眼睛……

凌真儿座下的白马脚程很快，它在天黑之前便已到达了宿羊码头，由于天色已晚，凌真儿只好找个客栈投宿。宿羊码头一带物业比较繁荣，店家林立，华灯初上时仍有不少人在活动，有人沿河散步，有的登上画舫携美人共游运河。

当年，隋炀帝杨广耗天下民财民力开凿了这条大运河是为了供自己游乐方便，这是他的极大过错。不过到了现在，这条运河沟通河北、山东、江苏、浙江四省，水运通达，也繁荣了沿河一带之人，这些人倒要感谢隋炀帝。

凌真儿投宿的客栈其条件十分好每间客房可直比英豪酒楼，地板光滑，墙壁上有名贵字画，还摆有几盆芬芳雅味的花草。光看这内部摆设，确实如他们所说，有一种家的感觉。其实，有多少人的家有这么好呢？当然，一分钱一分货，这客栈的价钱自是不菲。凌真儿身上所带银子没有了，但还有个十几两金子，她嫌多了带着麻烦，从蔡健那儿只取了一碇金元宝和一些银元宝，银元宝已用完，剩下的一锭金元宝，足够她风风光光地从这儿到扬州来回几次。

大概是睡着太舒服了，凌真儿的警觉降到了历史最低点，以致客栈内吵吵闹闹的她都酣睡未醒。

"嘿嘿，我老人家在此守候多时了。哦，乖乖，你可要醉倒了，倒下去这屋顶还有吗？你别挣扎，再挣扎……唉，不听老人言，吃亏在眼前，怎么样？掉下去了吧！"

"哗啦！"一声巨响，终于将睡梦中的凌真儿惊醒，紧接着一条身影落在地上。不，犹如一块铁落在地上，落地还蛮有声的！

"谁？"凌真儿终于醒了，迅速穿好衣服，抽出放在枕边的短剑，她的这把剑是一位士绅感谢凌志成为他打赢了官司而作为酬劳的，锋利无比，虽不及古兵神剑般珍贵，却可与其争锋。凌真儿见了甚是喜欢，不用向父亲讨要，这把短剑已身属于她了。她还为短剑起了一个好听的名字——"荷玉剑"，因为这剑鞘上刻了一朵逼真的荷花。

凌真儿持剑飘下床，她隐隐看到身前半丈处有一个黑衣人一动不动地趴在地上，嘴里也说不出声音来。

"哈哈，打搅了小姐的清梦，实在不好意思，这个小偷真该杀！"又一道黑影落了下来——不！是飘了下来，落地毫无声息。

凌真儿听得这声音有些熟，但听不出究竟是谁，只见那人提起地上的那团黑影出门而去。门外顿时传来一片喧闹声，有人骂贼，有人谢恩。凌真儿点好灯，也出了门。

只见客栈内灯火通明，还有几个人举着灯笼，胖老板也在那儿。大伙围着一个圈子，当中有一个黑衣人趴倒在地，一个老叫化也在场中冲那黑衣人笑着。凌真儿所住的房间在二楼，因此，看了个清清楚楚。

凌真儿看不见那老叫化的面容，但听得清他说话的声音，只见他手里提着一个大葫芦喝了一口酒，笑道："大家别吵了，这偷儿被老叫化我制住了，不能动了不能说。"

众人这才安静下来，齐齐望着他和地上的"偷儿"。

老叫化笑道："我老叫化住不起店，只好在屋顶上睡，不料这小子却来打搅我老人家的美梦，嘿嘿，因此便教训了他一顿，你们赶快将这偷儿送官吧，把什么证物证人都带去，这偷儿狡猾得很。"他又揭开葫芦塞子，喝了一大口酒。

胖老板满脸堆着笑容，道："多谢大侠援手，大侠神功盖世，使小店免受损失。来人啊，快去准备最好的酒席招待大侠！大侠，还望您赏脸，让我们略尽心意。"店伙计从"偷儿"身上搜得了几十锭银子和二十两黄金，还有一大把珠宝，价值大大的，这客栈一个月的经营也只能盈得这么多利润，你说胖老板怎能不千恩万谢？

老叫化亦不客气，打了一个酒嗝，道："哈哈，好，我老人家爱的就是那酒，去给我拿几坛好酒来，再来几只烧鸡就够了。噢，不行不行，这种绳子怎么捆得住人？算了吧，我老人家帮人就帮到底。"说完他推开正拿手指般粗的藤索绑那"偷儿"的几个伙计，随手在那"偷儿"的肩上拍了一下，那"偷儿"的眼里冒出怨毒的光芒，但他毫不理会，打了一个酒嗝道："好了，这偷儿在一天之内是没有力气可用的，也不用捆他，就把他抬到衙门里去吧。"

胖老板派了几个壮实的伙计去办这事，便笑容满面地招呼这位脏兮兮的化子老爷。

不料老叫化突地一顿，道："等等，我老人家还有一件宝贝在屋顶上，待我老人家去取。"说罢，他腾身而起，似展翅大鹰。当他经过凌真儿面前时，冲她作了一个鬼脸。

凌真儿抱拳笑道："拜见前辈！"她早已认出这老叫化是谁了，那个天下独一无二的大酒葫芦便是他的标志，何况他说话的声音这般熟悉。

老叫化脸上愣了一下，但他马上笑道："小姐没吓着吧！"说话间，他已掠上了屋顶。

究竟是什么宝贝呀？原来是一张破烂草席！

胖老板等人见老叫化上下屋顶如覆平地一般，惊得忘了叫好。直到老叫化落回原地，众人才簇拥着他去喝酒，犹以胖老板最为热情，隐隐地胖老板觉得有些不对劲，仔细一看，老叫化手中抱着的"宝贝"是一团破烂草席，抖动之间，怪味熏天！但也只好依然笑着请老叫化入席。不过，那笑容内有点苦味。

老叫化又停了下来，道："慢！店老板那间客房的屋顶破了还怎么住人呢？快给那位小姐换个地方！"她指了指凌真儿以及她身后的那间客房。胖老板喏喏应是，并马上派店伙计照办。老叫化这才哼着谁也听不懂的小调去喝酒了。

"是哪个鬼鬼祟祟的家伙一直躲在我老人家的身后，若再不出来，我老人家可要抓着送官了！"老叫化头也不回，脚不停地对着天说话。

难道他的背后长了眼睛不成？

凌真儿极不情愿地从一棵大树后面走了出来，这次她没有蹑手蹑脚地走。她心想："我的轻功比爹还好，从客栈到这儿，一路上我都非常小心，原以为会神不知鬼不觉，未料到前辈却早就发现了我。唉，究竟是他太厉害了，还是自己太差劲了？"

走到老叫化身后，凌真儿有点被人家揭穿秘密后的失落和不高兴，道："原来前辈早就发现了我。"

老叫化喝了一口酒，继续往前走，笑道："我老人家别的本事没有，就会抓贼。刚才那贼在密室里偷东西，本是神不知鬼不觉，而我老人家既不是神也不是鬼，我是个穷要饭的。于是，便扯开破嗓子眼就喊抓贼。"

凌真儿走到老叫化前头，又回身笑道："那偷儿便吓得赶快跑，可没想到前辈您已守在屋顶上了，穴道被点，只好束手就擒了。"

老叫化又喝了一口酒，颇为惋惜地说道："唉，浪费了我老人家的一口酒，原想那偷儿会有点真本事，可没想到他那么没用，我老人家的一口酒使他动弹不了。"

凌真儿说道："您老人家武功盖世，别说一口酒，就是吐一口口水也会让那贼子受不了。"老叫化突然将腿一拍，说道："哎呀！你怎么不早说呀，害得我老人家白白糟蹋了一口酒。你这娃儿叫什么名字？"凌真儿暗自一笑，道："前辈明知故问。"

老叫化眼睛一翻，奇道："咦，你是哪家的姑娘，我老人家可从未见过你，怎么说我老人家知道你的名字？这年头，怪事真多，唉呀，看来我老人家真要去见周公了！"说罢他还真的打了个懒懒的长长的呵欠。

凌真儿笑道："风前辈，您老人家千变万变，但总变不了你身上带着的这个大酒葫芦。"

这个老叫化正是"百变酒丐"风青。他瞪了凌真儿一眼，道："你这鬼丫头，认出了就认出了，为什么又要说出来呢？害得我老人家的看家本领以后都不敢用了。"说罢他气呼呼地将破草席往地上一甩，然后一屁股坐在上面。

凌真儿笑得更甜了，说道："风前辈的易容术冠绝江湖，闻名天下，晚辈仰慕不已。若能学得一招半式将受益非浅。"

风青一跃而起，道："哦，你这女娃儿，原来是想学我老人家的看家本领，不行！我老人家的看家本领怎么能传给人呢？传给了别人就不叫看家本领了。"

凌真儿本是说着玩的，并没有拜师之意，风青是何等人物，岂能收自己为徒。听他这么一说，心里还真的冒出这个念头来！

"扑通"一声，凌真儿跪在地上，道："求前辈能教我。"还恭恭敬敬地磕了三个响头。

风青见状大惊，且显得有些手足无措，大叫道："快起来，快起来，你磕破了头，我老人家可不会心疼的，再说磕破了头就没人喜欢了。"

凌真儿喜滋滋地站了起来。

风青"哼"了一声，道："你不用高兴，我老人家是不会……丫头，你会做什么？"

凌真儿这下可找不着话说了，她既不会烹饪，又不会针线活，琴棋书画倒还可以。风前辈爱喝酒，自然希望有人给他做好吃的东西。想到这儿，凌真儿倍感失望地说道："风前辈，是晚辈不知天高地厚，竟想拜您为师，还请前辈恕罪。"

风青可不理会她，问道："丫头，你会打谜语吗？如果会的话，并且能难住我老人家，那么，我老人或许还可以考虑一下教你几招，免得让你这个女娃白给我这糟老头磕了几个头，日后在你情郎面前说我老人家的坏话，那我老人家可实在划不来。"

凌真儿俏脸一红，知他所说的情郎便是指朴石安，不过朴石安很快就要去她家提亲。还有什么好怕的？于是她盈盈施礼说道："多谢前辈！晚辈愿意一试。"打谜语，这还不简单，她爹乃堂堂"神嘴"，谜语他可精，虎父无犬女，她自然也颇为精通。

风青摇头道："你先别忙着谢，我老人家可丑话说在前头，如果你出三个谜语却没有一个难得倒我，那么……"凌真儿接口道："如果那样，晚辈也不好意思再求前辈了。不过，要限定时间，每个谜底不能超过两个时辰。"她极有信心难倒风青，否则也妄为"神嘴"之女了。风青笑道："好！但我老人家不需要两个时辰，一个时辰便足矣！"

凌真儿万万没想到"百变神丐"除了酒之外，还有这么一个嗜好，她太高兴了，打谜语是她的拿手好活。凌真儿略加思考，笑道："风前辈，你可听好了。第一谜语是：'踏足不前空耗日，打一字'。"说罢她笑吟吟地望着风前辈。

风青略加思考，便哈哈大笑道："丫头，你想难倒我老人家，就出难点的谜语吧。你这谜底，哈哈……人皆有之，此时我正在用它。"

凌真儿听罢，暗自点头，她没想到风青居然不假思索地便猜出了谜底，又说道："前辈果然名不虚传，真儿佩服，不过这第二个谜底可不那么简单了，您听好了——'刘备一时行不通，关羽急得脸通红，张飞短枪杀得好，孔明放火烧华容。打一动作'。"

风青吟道："刘备一时行不通，关羽急得脸通红，张飞……什么？"

"张飞短枪杀得好，孔明放火烧华容。"凌真儿笑着说道。她心想："当初爹出这个谜语让我猜，我苦想了三天方才得出谜底，就算您比我聪明，也总不能在这么短暂的时间内猜出谜底。"

"打一人的动作？"风青紧皱着眉着一边喃喃自语，一边向前缓缓走着。

凌真儿紧紧跟在他的身后，并没有去打扰他。

天已开始破晓了，昨晚在客栈里干耗大半夜，风青依然毫无倦意，只冥思苦想着凌真儿出的这个故意刁难他的谜语。越难的谜语他就越喜欢，这才有挑战性。不过，凌真儿却有些受不了啦，昨晚只睡了两个时辰，现在又慢慢跟着"百变酒丐"风青"散步"，她早已哈欠连连。

她本不想打断风青的思路，但实在是太疲倦了，只好说道："前辈，打断您这一会儿思路，待我们到码头上了船后，我让您多想半个时辰，好不好？"

然而，风青已全神贯注地投入到思考之中，根本无暇顾及其他，嘴里"唔唔"含糊应答，凌真儿的话根本就没听进去。

凌真儿以为他答应了，便转身又往客栈走去，牵回白马后，赶向宿羊码头，风青也不由自主地跟着她走。

此时的码头上已站有不少人。凌真儿牵着马到达码头时，发现众人俱拿好奇的目光看着她。她长得那么美，但以往别人看她的目光跟这次不同，而且现在所有人，不论男女老少，看她的目光都是一样的。为了礼貌，她向众人还以微笑。

不料，码头上众人的眼光更怪了。

凌真儿情不自禁地查看了一下自己的全身上下，想知道究竟有什么不妥。众人对她这个比较滑稽的动作并没觉得好笑，反而眼神里还露出了一丝厌恶。并且，凌真儿往前走，她前面的人竟带着鄙夷的眼神往后退，实在不能退便如遇恶鬼般往旁闪开！

这可怪了，不过凌真儿才懒得去管，别人怎么看是别人的事，犯不着计较。于是，她反而加快了步伐，前面还自动有人让路，她心想："这些人怎么这么好，主动让路给我？"

"……关羽急……，张……飞……使用……的是……长矛，怎么……成了短枪，孔明放火……动作……动作……人的动作……"

一阵呢喃的话语声，使凌真儿不由得回头一看，原来"百变酒丐"风青一直在身后不停地呢喃着，这个刁难的谜语让他想破了头。凌真儿耸肩一笑，再看众人时，心中也顿时明白了众人刚才为什么是那种异常的表现。

原来风前辈本来就是一名乞丐，身上破衣百结，且脏兮兮的。而自己，身着华服，两人走在一起，自然引为奇观了。

风青他才懒得理会这些，如痴如醉地猜想着谜底，虽然看到别人在眼前晃动，可他却视之无物，凌真儿上船，他也跟着上船。

很快，半个时辰就过去了，从凌真儿说出谜语到现在这么久了，风青一直在不停地努力思考着，当然，一直没有结果。他独自一人坐在甲板上，凌真儿先是睡了一会儿，然后也到甲板上陪着他。

看天色，大概一个时辰快要过去了，算上自己宽限的半个时辰，时间也不多了。而风青依然理不清一个头绪，喃喃自语。船夫本不让风青上船的，但看在凌真儿手中有银子的分上，也招待得热情如火。

风青干脆躺在甲板上，天气虽然很凉，但他内功深厚，自是毫不在意。

"咳……咳……"

一个老人家站在甲板上散心，但他上了岁数，身体比较虚弱，头发却不及风青的白，可皱纹比风青多得多了。在儿孙的搀扶下，望着滚滚流动的河水，他显得很是激动。

那位老爷子手中握着一杆旱烟枪，几次都把枪嘴凑到嘴里吸几下，不过没有烟，空枪一杆。他的儿子说道："爹，你身体不好，以后就别抽烟了。"老爷子有些不高兴地道："咳……这是你爹交了……咳……一生的朋友了，……我答应一天才吸两口烟，……还……还不行吗？"他儿子还想说什么，但最终还是忍住了。大概是见老爷子身子骨不行，他儿子便约束他少吸烟了。

老爷子从怀里颤微微地掏出一个烟袋，瘪瘪的，他自言自语道："本想留到睡觉前抽的，可现在……咳……"说着他从烟袋里用拇指和食指取出里面的最后一点烟丝，塞进烟枪里。

他儿子一脸无奈地替他点燃了烟。

"咳……"那老爷子一边轻吸着烟一边咳着，咳得满脸通红，还要"吧哒……"地抽着旱烟，枪头处的烟火忽闪忽灭的……

"我想出来了，哈哈，我想出来了！"

"百变酒丐"风青突然兴奋地大叫起来，惹得甲板上的人纷纷惊奇地望着他。风青才不管那么多，激动之余还倒翻了一个筋斗，他这一翻至少有五六丈高，因此没有人敢骂他。

凌真儿望着他落地，风青也不说出谜底，只是指着那老爷子道："丫头，谜底就在那儿。"顺着他指引的方向一看，凌真儿叹服地点了点头，道："前辈果真思维敏捷，真儿为猜这个谜语花了三天的功夫，而前辈却用不到一个时辰便想出来了。唉，看来这第三个谜语是不用出了。"

风青好不容易猜出了第二个谜语，心情特别激动，猜谜语的瘾完全被触发了，他怎肯罢休？于是忙道："不成不成，这第三个谜语你一定要出，嘿嘿，我老人家从未这么过足瘾！"见到凌真儿颇为失望的模样，他又改口笑道："真儿，其实我老人家也只是运气好，见到那个老头子，否则我老人家就是想他三天三夜恐怕都难以猜出，你出的谜语确实不错。真儿，快说第三个谜语。"他连称呼都改了，竟然称呼凌真儿为"真儿"了。

凌真儿故作沉思状，装作无奈地说道："好吧，让我仔细想想。"说罢没再言语。风青在一旁比较有耐心地等待着，不过脸上写满了焦急之色。

正如风青自己所说，刚才那谜语的破译确实有些巧合。那个谜语的谜底正是老头抽旱烟，刘备（留备）一时行不通，烟瘾未了，哪还留得住？吸烟时脸透红，正应了"关羽急得脸通红"那一句，旱烟杆本就是一把短枪，吸烟当然要点火，不也正是呼应"孔明放火？"

也是该让风青猜中，偏偏让他坐在甲板上，偏偏他又看到了那老爷子，偏偏那老爷了又爱抽旱烟。碰上这诸多巧合，风青本就机智过人，焉会不知谜底？

凌真儿可要好好想，这第三个谜语一定要难倒风青，否则便没有机会学他的易容术了。她原本没有此意，但现在——不同了！

见凌真儿老半天不吭声，"百变酒丐"风青可有些不耐烦了，他催促道："真儿丫头，你快说呀！我数三个数，你若再不说，我老人家可要走了，一！"

凌真儿面露微笑，道："好，第三个谜语是：'无双春夜盼郎归，打一字'，前辈，我陪您半天时间，若在天黑之前您还猜不到，那可就输了。"

"好！天黑前我老人家一定猜出谜底！"风青爽快应道。不过，现在，他不敢托大，第二则谜语这般难猜，这第三则肯定更难。他问道："无双春夜盼郎归，打一字？"

凌真儿有些得意地笑道："正是！"

风青点了点头，面容顿时一凝，又陷入了沉思之中，这次，他不停地用手指在甲板上比划着……

凌真儿也不再言语，望着被木桨划出道道波纹的河水，注视着大运河两岸不断向后倒退的树木房舍，她的思绪也开始不断倒退，回到了从前的某一个时刻……

春暖花开，草长莺飞，一切都那么明媚，无忧无虑的凌真儿也更显得娇媚不可言喻。

"兰儿，什么事这么高兴？从进门开始你就一直笑得合不拢嘴。"凌真儿对着在梳妆镜前为她梳头的丫头兰儿说道。

兰儿听她这么一说便笑得更为厉害了，嘴里却没忘了回答她的话："小姐……嘻……你真漂亮。"兰儿止不住笑容，她接过凌真儿手中的梳子，为凌真儿梳头时仍在笑。

"小姐啊……嘻嘻……今天又来人提亲了，这些男人都想把小姐娶到手。"兰儿边梳边笑边说。真够她累的，一心三用。

凌真儿自十三岁起，家里就少不了有媒人前来，什么富家公子哥，什么才子文客，什么武林奇才，媒人络绎不绝，真把她给烦死了。她还这么小，就算不小，那些什么公子哥的，都是仰慕她的美貌。凌真儿看都不愿多看那些人一眼，就更别说嫁给他们了。

有时一天中会来几个媒人，那局面更是让人难以应付，别人上门了心中虽烦，但也得要婉言相拒，很多人是不好得罪的。后来，凌志成也火了，成天疲于应付那些媒人像什么话，他干脆在大门口竖上一块醒目的牌子，上书："本人五年内不欲招婿，容后商量，此时媒人免进！"还题上亲笔名和年月日，并派几名家丁长期守在门口。

此招一出，凌府总算不再是媒人的集市了，不过时间一长，媒人又想出方法混入府内，开始她们的职业辩论，当然，她们怎辩得过堂堂"神嘴"凌志成呢？

万般无奈，凌志成将女儿送到千里之外的云南，拜云海神尼为师，几年之内是回不了家的。凌真儿也难得耳根清静，开心了一阵子。

终于，三年的学艺结束，凌真儿又回家了。不过，她是偷偷回家的，因为不少人对她"虎视眈眈"，与爹娘过了一段亲密团圆的日子。不料，半年不到，竟又来了媒人！

凌真儿嗔道："兰儿，你明知我讨厌那些巧嘴簧舌的媒婆，却还笑，小心我打烂你的嘴！"

兰儿却毫不怕她，装作害怕道："唉呀，小姐，你现在有了武功，兰儿可不敢再让你打了。"她们两人从小长到大，虽名为主仆，实为姐妹。"扑哧"一声，兰儿又笑了起来。

凌真儿气得柳眉倒竖，猛地一回过头，佯怒道："你这个死丫头，还敢笑，看我不撕烂你的嘴！"说罢，作势扑打。

兰儿往旁一跳，闪烁着那双黑白分明的大眼睛，狡黠地笑道："小姐，你知道今天这媒人是谁家的吗？老爷对他可好得很，连你未来的……哦，是个臭男人，他也来了，他既有风度，长得也十分俊俏，跟小姐你简直是天生……好，好，我不说了。"

待凌真儿坐好，兰儿又开始为她梳头，过不了一会儿，她又情不自禁地打开了话闸子，道："小姐，我还是告诉你今天来的那男人是谁吧？"她看了凌真儿一眼，见她并无异议，才笑着道："他就是靖王府的小王爷，这小王爷为人和气，出手又阔绰，光彩礼就抬了十几大箱，老爷……"

"我爹怎么了？他收下了？"凌真儿问得有些急迫。

兰儿安慰她道："你别那么急嘛……"

凌真儿抢白道："你叫我怎么不急？那些臭男人，自命风流，其实有什么了不起的，什么小王爷，不就是仗着权势，若他自己有那本事，就别靠祖宗了。"

一听到什么富家子弟富家公子，凌真儿就有些心烦。兰儿自是知道她的脾气，忙道："小姐，你放心，老爷这么疼你，你没点头，他怎么会同意呢？"

"那还差不多。"凌真儿的脸这才松弛下来。

"什么差不多？"一个精神矍铄，留有三绺胡须的中年男子在门口接过道。他便是人称"神嘴"的凌志成。

"老爷！"丫环兰儿忙上前施礼。

凌真儿坐着没动，嘴巴鼓鼓的，似是正在生着气，双眼瞪着镜子。随着身后脚步声的临近，铜镜中出现了凌志成那慈祥的笑容。

"怎么了？乖女儿生谁的气了？告诉爹，爹替你出气，骂他个落花流水，好不好？"凌志成就这么一个女儿，对她是疼爱有加，当然并没达到溺爱的程度。

凌真儿瞪视着镜中另外一双充满智慧、慈爱的眼睛，仍嘟着嘴不说话。

凌志成抚摸着她的头，笑道："我女儿长得就是可爱，爹还真舍不得把你嫁出去。真儿，干脆你就在家里住一辈子算了，让你一辈子都不嫁人，好不好？"

"好啊！"凌真儿大声叫道。不过，声音不太坚决，家中虽然很温馨，很值得留恋，但她也觉得一辈子呆在家里也不好。

凌志成拍了拍她的头，笑着道："那好，以后你就跟你爹我当讼师，爹一定要让你成为天下第一讼师，到时候你能把死的说成活的……"

"不好！"凌真儿再次叫道。

凌志成大为惊奇，问道："什么不好？"

"都不好！"凌真儿故意把头一甩，使她的秀发脱离凌志成的手掌。

凌志成故作惊异状，分析道："嗯，让爹推测一下真儿的心思。真儿刚才说都不好！那就是说你不愿意跟爹当讼师，也就是说你不愿意一辈子呆在家里，再进一步分析，你是想嫁人！唉呀，我的乖女儿啊，爹还真舍不得把你嫁出去。唉，女大当嫁，爹也只好忍痛割爱了，今天家里正好来了个……"

凌真儿这才知道自己中了圈套，她爹乃堂堂"神嘴"，她虽是其女，却未学得父亲的辩术。不过，她有一个厉害的法宝，任你"神嘴"再会要嘴皮子，也断难斗过她。

那式绝招就是——

"好哇，爹，你欺负真儿，我就去告诉娘，同时也决定三天不理你了。"她的绝招就是撒娇。今次，她还搬出了另一件法宝——请出母亲。别人不知，但她凌真儿可知道"神嘴"虽在公堂凭着三寸不烂之舌尽显风采，但在家中，却极怕老婆。

凌志成果真怕了，便投降道："好，好，爹认错。不过，你得跟爹去见客人。"他说第二句话时，其脸色是一本正经、一丝不苟的。

但凌真儿却不买他的账，道："不，我才不去见那什么小王爷，那些人，脱去官服，还不是普通人一个，甚至比普通人还差。他们飞扬跋扈，横行霸道，我一见到他们就恶心。"

若是以前，凌志成定会立刻去送走媒人，可今天不同，他仍循循善诱道："真儿，你不用怕，这小王爷与别人不同，他文才武略俱是一流，气质不凡。不然爹也不会让我女儿见他。"凌真儿仍然不愿意从命，道："他那么好，女儿自认配不上。"

凌志成道："吓，我女儿是什么人，怎会配不上别人，只有别人配不上真儿的份。"凌真儿笑道："那好，我觉得那小王爷配不上我，那爹你就让他回去吧。顺便把那些破铜烂铁也带走。"她将金银珠宝、绫罗绸缎比作破铜烂铁，古往今来，或许也只有她凌真儿一人了。

果真虎父无犬女，凌真儿设下的一个圈套，居然也怔住了她爹。凌志成竖起大拇指道："果真不愧是我'神嘴'的女儿，嘴上功夫的确不错，居然要了老爹一把。不过，人家即使真的配不上你，你在没看之前怎么知道？爹，还有你娘，都觉得真儿和小王爷最般配。"

"不，管他什么小王爷大王爷的，我就是不见！"凌真儿斩钉截铁地说道。

公然反对老父，她是吃了豹子胆？还是虎胆？都不是，他们父女俩情深似海，两人之间从来都是其乐融融，也正是因为如此，凌志成才对女儿的抗议表示无奈，谁叫他这么疼这个宝贝女儿呢？

终于，凌志成想好了一个妙计，他笑道："这样吧，我出一个谜语，你若在一炷香的时间内猜不出谜底，那就去见小王爷，若猜出来了，此事便可取消，怎么样？"

凌真儿本就喜欢猜谜，何况，不就是去见那个什么小王爷一面吗？于是，她当即爽快地应道："好，我接受这个条件，您出题目吧。"

"那你听好了，谜语是：'无双春夜盼郎归，打一字'，哈哈……真儿，你就慢慢猜，爹这就去点一炷香。"

凌真儿也没有再应话，她开始想。不过，这个谜语是凌志成故意刁难她的，若那么容易，"神嘴"倒不用再在江湖上混了。

一炷香很快烧尽，然而凌真儿还是未能猜出谜底，有言必有信，凌真儿只好遵照诺言，随同凌志成去见那小王爷。凌志成本想告诉她谜底，但哪里有困难哪里便有奋斗足迹，凌真儿有心挑战，即使一时想不出答案，她也要坚持到底。凭着她的聪明才智一定可以猜出谜底的。

　　现在，她则要随同父亲到客厅去见那小王爷了。

　　"小王爷，小女真儿出来拜见小王爷。真儿，快拜见贵客。"凌志成不卑不亢地说道。

　　客厅里只有三个人，一个是她爹，一个是书童打扮的，一个身着华贵服装、面红齿白的俊朗后生，他星目有神，举止文雅。凌真儿不用猜也可知道哪一个是小王爷——想娶她为妻的小王爷，当然是一个花花少爷。她上前随便行了一礼，道："民女凌真儿拜见小王爷！"

　　小王爷是第一次见到凌真儿，只觉得眼睛一亮，心中更是将她视为天仙。如此一来，他脸上的表情便颇为不凡——目瞪口呆！他是太激动了，眼前这位姑娘出奇地美丽，而且落落大方，说话的声音也是那般动听，于是他便忘了要还礼，更何况第一次见面便这么目不转睛地直盯着人家小姐看，总有些不好。

　　他的这个动作是出于一个人的本能，虽然有些失常，但也算合情合理，凌真儿确实太漂亮了，天仙是什么样子的没有人知道，但看了凌真儿之后便不用再管什么天仙了。她的周身还透露出一股慑人的气质，全身上下几乎没有一处缺陷。

　　然而，小王爷的这种并不夸张的表情看在凌真儿的眼里，却变了质。在她的心里，对这小王爷顿时产生了厌恶之情。这些公子哥儿在凌真儿的心里向来没有什么好感，只是方才凌志成如此推崇小王爷，使她心里多少有些好感，不过现在已烟消云散。凌真儿也立刻失去了再交谈下去的兴趣了。

　　她脸上尽显不悦，对凌志成说道："爹，我不舒服，想去歇息一下。小王爷，民女失陪了。"说罢当下便往她的阁楼走去。

　　凌志成忙出声阻拦，但并没有取得效果，他只好向小王爷抱拳道："小王爷见谅，小女被我这个做爹的娇宠惯了，竟不知分寸……"

　　小王爷自觉失态，忙慌恐地道："这怎能怪小姐？是在下太唐突了。"他心中依然激动万分，忖道："就算不能娶凌小姐为妻，能与她结为朋友说说话也令人心满意足了。"

　　两人聊了一会儿，小王爷便决定回府了，凌志成让他把礼物带走，他也没有勉强，反正来日方长。

后来，凌志成一直在女儿面前提起小王爷，那小王爷也有事没事地往凌府跑，可凌真儿总不给他机会。小王爷乐此不疲，他想"精诚所至，金石为开"，不过他万万没有想到，若讨厌一个人，那被讨厌的这个人的一言一行看在另一个人眼里都是很不顺眼的，即使他所做所讲是对的。

在凌志成夫妇二人的心里，早已认定小王爷是乘龙快婿了，别的公子哥儿也自认不及小王爷，遂不再有别的媒人上门。至于凌真儿暂时的表情，凌志成夫妇认为这是女儿还小，时间长了就会对小王爷产生感情的。

不料，凌真儿却作出了一个令他们十分震惊而又无奈的决定：一天晚上，她收拾好行李，留下一封信，当她爹娘看到这封信时，她已身处百里之外了。在信上，她说要去师父那里住上一年半载的，还说她决不会嫁给那个小王爷。

凌志成大概见她到师父云海神尼那儿去了，因此对她的安全颇为放心，除了第一个月派人去云南探听外，便任由女儿留在云南。再过了两个月，凌真儿嫌闷便告别师父，云海神尼以为她是要回家，也就没有留她。

第九章

那天，凌真儿在川北的一农家借宿，如果她是要赶着回家，那最近的路线应是取道贵州、湖南、湖北、安徽，水陆两路均可。但是，她偏要绕道前往四川、山东一带，一来是不太愿意回家，二是为了到处走走。

川北一带很不繁荣，荒山野岭上很少有人家，每州每府所管辖的地方很大，但像样的集市却不多，走了上百里才会有一处。

凌真儿好不容易看到一处山腰上有家农舍，她欣喜若狂，总算不用在外面露宿了。此时，天已近黄昏，凌真儿催马疾行，很快便到了那儿，不过座下的那匹马却累得够呛。

一个老农夫坐在院子当中悠闲地抽着旱烟，凌真儿忙上前说明来意。

这荒山野岭一般难得有人来访，老农夫很是高兴，忙请她进屋。老农夫一家只有三口人，除了他之外还有一个老婆子和一个不足三岁的孙子。凌真儿以为这老农夫妇的儿子媳妇干活未回，也便没问什么。

倒是这老婆子不停地唠叨着，并说道："这位姑娘，你一个女孩家出门在外可真危险啊。"她说话间望向凌真儿的眼光中隐隐有些悲伤。

凌真儿不好说什么，便坐在一旁喏喏应是。

吃饭间，老婆子又问道："姑娘，你可是来投奔亲戚的？"凌真儿据实回答道："大婶，我家在扬州，到这儿来是为了闯江湖，不料这里地方偏僻，找不到客栈投宿，只好打扰两位老人家了。这些银子就请老人家收下，当作我的一点心意。"

老农夫忙摆手道："不成，我们这穷地方，一切都简陋，姑娘肯来作客，我们两个老的就十分高兴了。"

但在凌真儿的再三坚持下，老农夫两口子才收下银子。这些银子足够他们全家一年的开销，不过他们的笑容中似乎总有些悲凉。

老农夫道："姑娘准备往哪里走？"

凌真儿想了一会儿，笑道："我还没有确定好，哪里好玩就往哪里走呗。"

在一旁收拾碗筷的老婆插口道："姑娘，你可千万别再往北走。"凌真儿正是准备再往北走一段路程，然后转东行，不由地问道："为什么不能往北走呢？"老婆子的眼中闪过一抹惧色，道："再往北走，便是雪室宫的范围了。"

这雪室宫是什么玩意她凌真儿可从未听说过，她才懒得去怕，不过见老农夫两口子脸上都露出一丝难以掩饰的恐慌和悲伤，便忍不住问道："大婶，这雪室宫怎么了？哦，对了，这小孩的爹娘呢？这么瘦弱，怪可怜的。"

"这雪室宫……"老农夫似是很不愿意谈及这个话题，对"雪室宫"三个字有着无形的惧意。但是，他还是说了出来："雪室宫是个贼窝，以前我们这一带也有不少人家，但自从百里之外的雪室峰顶上来了一群从西域而至的胡人后，我们这些人就开始遭殃了。那一群人烧杀抢掠，无恶不作，还建立了雪室宫。这班胡人生性蛮悍，经常下山劫掠，从这儿过路的商旅很少有人没被抢的，以前他们只是掠夺财物，但后来却变本加厉，不仅要你的财，还劫你的人。身强力壮的男人被抓去干累活，年轻漂亮的女人也被抢到雪室峰，生不如死。慢慢地，这一带人纷纷迁移，人就越来越少了。"

凌真儿惊问道："难道官府不管吗？"

老农夫摇了摇头，叹道："唉，官府也想管，可他们管不了。官府几次派兵讨伐，但雪室峰顶端易守不易攻，那些胡人利用地形，进可攻，退可守，官兵总惨败而归。于是，胡人更是横行无忌，奸淫掳夺，由于这地方介于川、鄂、陕三省交界处，官府出兵都无可奈何。因此各地的罪犯蜂拥而至，他们的势力越来越大。直到五年前，来了一名武林高手，他单枪匹马闯入雪室宫，凭着一把大刀斩杀了胡人的首领以及几十名胡人。雪室宫的人本是些乌合之众，他们见那高手如此威猛，一致推崇他为宫主。那人登上宫主之位后，众强盗争相献媚，阿谀奉承，金银财宝以及美女，纷纷进贡。我们这些人原指望换了新宫主会过上太平日子。不料，他更是一个好财劫色的恶魔，他甚至更邪恶。新宫主颁下令来，只要不断有财宝美女进贡，一切不法的勾当，均可为所欲为，不受制约。这种放任政策，更使得那群强盗恣行无忌，方圆百里之内都是他们的范围。其宫主大兴工木，将方圆几十里的壮丁都抓去，城墙筑得坚固雄伟，但抓去的若干名壮丁都一去无返。"

"唉，我那可怜的孩儿和媳妇，也先后身陷魔坑……"老农夫两口子都已老泪纵横。

凌真儿闻言大怒，纤纤玉手早已紧握成拳，狠狠地捶在桌面上，怒道："这些丧心病狂的狗东西，本姑娘一定要向你们讨回公道！"

老农夫见状，急道："姑娘不要冲动，雪室宫的人可万万惹不得啊，姑娘这么漂亮，那些狗强盗一定不会放过你的。"

凌真儿道："老伯不必担心，我自幼习武，对付那些坏人绰绰有余。"她跟随武林中极负盛名的云海神尼学武多年，武功已具火候，更养成了一副除恶扬善的侠义心肠。

老农夫似是不太相信她的能耐，道："姑娘别冲动，且听我一说。这雪室宫宫主权势显赫，财富更是享之不尽。自是引来众多觊觎之徒，更有不少武林高手前来讨伐，但大都不出十招便遭其宫主击成重伤。那些手下败将，其宫主从不当场就杀，而是将他们吊在城墙上，在烈日下曝晒，在狂风暴雨下吹蚀。雪室峰顶上兀鹰成群，更是前来啄食，待尸首掉下城墙，又被蜂拥而至的野狗财狼噬食，落得个死无全尸。这雪室峰顶的悬崖深处，不知扔下了多少枯骨腐尸。姑娘，你千万别做傻事呀！"

凌真儿闻言更是怒不可遏，道："老伯放心，我不仅要杀尽那些狗强盗，还要救出您两位老人家的儿子、儿媳。"说罢，她便决定立刻动身前往雪室峰顶，老农夫两人百劝无效，只好流着泪送她出门，指引了路线并告诉她其儿子梁天保及儿媳梅花的形貌待征。

山路崎岖，骑马倒不如施展轻功，天黑云暗，施展绝顶轻功也不怕惊世骇俗。换上一套夜行服，凌真儿将马托老农夫照料，便告别他们，往北掠驰而去。

转瞬间，她已投身于夜幕之中。

老农夫两口子见她身形如电，俱惊得目瞪口呆，疑是老天垂怜，派了仙女来降魔除妖，他们心里总算有了几分希望。不过，凌真儿单枪匹马地深入虎穴，他们还是十分担心，可惜年老体弱，根本帮不上什么忙，只好请出大慈大悲、救苦救难的南海观世间菩萨，顶礼膜拜，祈求天佑吉人。

凌真儿其实也没有多大的把握铲平雪室宫，毕竟是势单力薄。明知山有虎，偏向虎山行。她心里并没有一丝惧意，有的只是义薄云天的豪气和初试神功的激动。

雪室峰很高，在几十里外便可看到前面这个高大的耸入云天的黑影。雪室宫便在雪室峰顶的半山腰。虽只是处于半山腰，但也是长年累月被云雾缭绕着，这不是神秘，而是阴森。

这些对于初出江湖的凌真儿来说，都是毫不为惧的。她施展家传的绝顶轻功"凌空虚度"，辅以云海神尼的"云海心经"，她很快便跃上了雪室峰的半山腰，也就是雪室宫所在地。

她确实是毫无江湖经验，这般顺利地踏入雪室宫的核心重地，也丝毫不觉有异，只以为是她轻功高绝，无人觉察。雪室宫势力那么大，怎么可能没有暗哨、明哨呢？

冒冒失失的凌真儿根本没有意识到前面会有重重的危机在等着她。雪室宫当真如此容易闯吗？

雪室宫城墙高达十丈，这对凌真儿来说是小菜一碟，她毫不废力便可掠过去。不过这雪室宫里面的情况呢？是否也机关重重？她一概不知。

眼疾的她远远地便看到了城墙上有些异动，凝神定睛一看，竟是几十具被悬挂在城头之上的尸体。其中有没有活人呢？凌真儿义愤填膺，很想知道答案，并挺身上前搭救。

突然，她身后的树林里传来一声怪叫——

"咕，咕咕……"

很像青蛙叫，但又似乎不像。不过，在这月亮被乌云遮住了的黑夜里，听起来很是令人发毛，尤其映入眼帘的还有城墙上悬挂着的黑影。凌真儿突然感到有些惧怕，倒不是她胆怯了，而是女人的天性在作祟。

这有什么可怕的呢？即使真的有鬼也没有什么好怕的，既然是来行侠仗义、除魔卫道、维护正义，这些阴邪小鬼何足为惧？

经过心里的一番鼓气，凌真儿总算克服了心头上的惧意。

再次望向高高的城墙，她已决定一跃而过，足尖在地面上轻轻一点，她已如离弦激箭一般掠起……

"咕，咕咕……"

又一声怪叫响起，而且更显得阴森恐怖。

身在空中的凌真儿听后只觉毫发竖立，一阵惧意涌上心头。"啊!"她情不自禁地失声惊叫，身形顿时也为之猛地向下直坠。

一来由于身形下坠速度太快，二来由于心生惧意使她不能凝神回气。因此，凌真儿如断了翅膀的鸟儿，直往地上落下，虽然心头也努力想缓下坠式，但越急越慌，越慌就越怕，她只好护住周身要穴，作好摔跌的准备。

她忽然看到有一道身影如鬼魅般朝自己扑来，但她却未发出攻击，不仅是因为她心有惧意，身形尚未落地，而且因为那道身影的来势实在太快。她终于落下了，落到了那道黑影……

对方也是一个黑衣人，同她一样，除了两只眼睛露出外，其余部位均为黑布所盖，身材颀长高大，但比较瘦。凌真儿尚未来得及反抗和叫喊，她已被那人制住了穴道，连哑穴都被制住了。

满腔热血地前来杀强盗救忠良，可万万没想到会出师未捷身先遭擒，凌真儿动弹不得，眼睁睁地看着那人把自己携入林中。他是什么人？他要……干什么？

这里是雪室宫的地盘，她居然还不知来者是什么人！凌真儿心里恐慌万分，有些后悔这么冒失地前来雪室宫，她现在不怕鬼了，却怕抱着她的那个黑衣人。眼见就要遭到侮辱了，她急得眼眶通红，虽溢满泪水，却没有流出来，可惜她不能动也不能说。叫天天不应，叫地地不理。

凌真儿心里在疾呼："爹！娘！师父！你们快来救我啊！真儿就要被人……救命啊！"可惜，她的嘴里发不出半点声音来。

直到这一刻，她才觉得师父的某一句话真的很有道理，可惜她以前总不以为然。那一句话现在已涌现在她的脑海——"过分小心，一千次也不打紧；莽撞送死，一次也太多！"

她的眼泪终于流了下来，经过她的两颊，直接涌到了地上。

那人将她横扛在肩上，动作粗鲁，可见是个怎么样的人了。凌真儿心在滴血，自己被污辱后若能不死，定要将这个臭男人千刀万剐，再将雪室宫上上下下杀个片甲不留，然后再自刎。失去了清白，她还有何颜面去见人？

"爹，娘，请恕女儿不孝，只能等来世再报答您们的养育之恩了。"凌真儿彻底地绝望了，只好无力地闭上秀眸，任泪水洗刷她的脸颊。

"帮主，幸好没打草惊蛇！"那人终于说话了，从他的声音可以判断出他很年轻。说罢那人将她扔在地上。

凌真儿丝毫不觉摔得很痛，她已经完全绝望了，性命将不保，清白将不存，还顾得上这点疼痛吗？她简直完全麻木了。

"二哥，请传令下去，一切按原计划行事！"又有一个人说话，他的声音没有霸气，但有一种震慑力。

凌真儿没想到自己还能清楚地听到别人的对话，虽然他们都是压着嗓门说的，但她依然听得十分清楚。她这才恢复意识，知道自己尚没有去见阎王。于是，她睁开了眼睛，她要记清这些恶人的样子，就算变成厉鬼也不能放过他们。

她猛地睁开了眼睛，睁开了充满泪水和愤怒而又有些绝望的眼睛。首先，她看到了一双眼睛，那双眼睛离她的眼睛只有两尺远，虽然夜很黑，但她可以清楚地看到那双眼睛。

那双眼睛不含丝毫杂质，犹如两泓清澈但深不见底的潭水，偏偏又暗藏着深刻至极的感情。那双眼睛里没有半分邪恶，哪怕一丁点的邪恶都不曾有，而且有着坚韧的正气，与令她屏息的难言诱惑。她的眼光被那双眼睛吸引住了，更无法移开半分。

这只是一双眼睛，但在她的心里，却包含着很多东西。就像一个人站在她面前，一个非凡的人，一般的人是不会令她如此侧目的。她是一个娇蛮而美丽的公主，但此刻她却被那双陌生的眼睛给迷住了，不能自拔。

朗朗星晨，不错！那双眼睛里确实有着星晨，闪闪发光，这是漆黑的夜，但这如星晨般的眼睛却给人一种光明的启示。黑暗中的光明，便象征着无限的希望。

这是一双男人的眼睛，男人的眼睛她没有少看，但她只觉得父亲的眼睛最好看——这是以前的看法。现在，她觉得世上最好看最具魅力最有诱惑感的眼睛莫过于眼前的这双眼睛，这双眼睛里有她父亲的智慧，有她母亲的善良，有那小王爷的男人魅力（她终于觉得小王爷身上有一点吸引她的东西），而没有那些花花公子哥的贪婪饥渴的目光。

从这双眼睛中，她看到了一丝不易察觉的只有这个男人所特有的温柔，这种温柔只有女人才能发觉它。这双眼睛里的温柔是否也对别的女人展现过她很想从中看到的答案？

蓦地，她不由自主地一颤，起源于这一双慑人心魂的眼睛，她少女情窦早开的心也被它慑住了，就在这一刻，她惊觉已爱上了那双眼睛，不需要任何理由，她已是毫无疑问地爱上了它。

她是否会爱屋及乌？会否因为爱上那双眼睛而进一步爱上它的主人？

那双眼睛的主人是个什么样的人呢？

应该是由局部到整体，也或许是由整体到局部，她从那双眼睛上将视线转移到眼前这个人的身上。

毫无疑问，那是一个男人，由于他是蹲着的，因此看不出他有多高。他的体型并不瘦，或许还微微有些胖——准确地说，是有些壮。他穿着一身夜行服，全身器官只有眼睛和手是裸露在空中的，他的手很有力，腰中的剑或许是这双手接触的最多的东西。

她发觉除了那双眼睛，他身上其它的部位对她并不具诱惑力，不过亦不使人感到讨厌。

凌真儿又注视着那人的眼睛，同样又是一发而不可收拾，她还未觉察出有什么不对劲，她觉得本就应该这样的。

从他的眼睛中，凌真儿看到了有一丝疑问，似乎是在问："你是谁？是不是雪室宫宫主派来的人？"

当然不是了！她丝毫不觉哑穴受制有什么影响，心里同样可以说话。

其实，心里说的话别人怎么听得见呢？凌真儿却不这么认为，因为从他的眼睛中就能看出他所要说的话，那他为什么就不能听到她的心里话？

如果真是那样的话，那他岂不是已经知道她已爱上他（他的眼睛）的心思吗？

想到这一点，凌真儿也没有感到羞涩，并不是她不知廉耻，这是人性的本质。

事实上，那人是用嘴这么问她的，只是声音很轻柔，轻柔地并未打断她的思路。

那人解开了她的哑穴，他居然不怕凌真儿会大声叫嚷，或许从她的眼睛里，他看到了一丝值得信任的眼神。

"小声点！"那人轻轻地示意道。

凌真儿并没有打算说话，因此也不明白他的意思。

"你到雪室峰来干什么？"那人又问道。

"报仇！"凌真儿答道。她是以平时说话的声调讲的，并没有将他的警语放在心上。

那人吓了一跳，伸出右手似乎要再次制住她的哑穴，但在中途却改变了主意，而捂住了她的嘴巴。另一只手则竖起食指贴近自己的嘴唇处，示意让她噤声。

凌真儿凭着直觉推测那人并不是雪室宫的强盗，或许她不相信他的人，但她相信他的眼睛。她是个聪明之人，但在这一段时间内她却愚钝了不少，经过那人的再次暗示，她才明白他捂住她嘴巴的真正目的。

当他捂住她的嘴时，虽然隔了一层面巾，但她依然觉得有种特别激动的感觉，仿佛如电流袭入，这种感觉很刺激，也很惬意。

不只是她，那人的心里也蓦然腾升起一种触电的感觉。隔着一层纱巾依然可以感受到她那香唇的柔软，女人的唇与男人的唇是不一样的。他有些不好意思，但怕她再大声说话，便硬着头皮继续捂着她的唇，他的脸上有些红而且发烫，但隔着纱巾她看不到。

直到从她的眼睛里看到了理解，他才收回了捂住她的香唇之手，她的唇从未被男人摸过，这是第一次。但他又何尝不是第一次摸女孩的嘴唇呢？

都是第一次，所以都有些激动。

他的理智苏醒了，因为他马上要干一件很重要的事。于是他便轻声说道："听着，既然你不是雪室宫的人，那好，我也是来消灭雪室宫的，我是推浪帮的帮主！"他或许直到把话说出口后才意识到她是一个陌生的人，而他却将这重要的机密告诉了她。他就是推浪帮的帮主朴石安，但她没听说过。

说奇怪也不奇怪，因为他们彼此的心中都有一层亲切感。

凌真儿知道轻声说话了，道："我叫凌真儿，是来为一位老农夫报仇的，并准备教训一下雪室宫的那些强盗。"

朴石安看了她一眼，道："我相信你！"他师父并没忘记告诫他，不可轻易相信别人，尤其是漂亮的女人（从他的感觉上可以知道她是个十分漂亮的姑娘），但他此刻就是相信她，打心底里完完全全地相信了她。

并且，他又解开了凌真儿受制的穴道。

"帮主，弟兄们都准备好了。"方才抓住凌真儿的那个黑衣人又回来了，他没有发觉凌真儿的穴道已经被解开，因为她还没来得及动。

说完，又指着凌真儿问道："帮主，这女人怎么处置？"

恰好，凌真儿这时站了起来，那黑衣人大为震惊。朴石安忙道："这位姑娘也是来找雪室宫报仇的。"凌真儿接口道："我可以帮助你们。"

黑衣人分明轻笑一声，道："凭你？别又在空中摔跟斗！"

凌真儿并不生气，她在意的是朴石安的反应。

朴石安说道："好，你就跟着我。"作出这个决定后他才发觉有些冲动。

黑衣人显然不太理解，满眼疑惑地望着朴石安，正要发问，朴石安已接着道："二哥，马上发令行动，先发红色讯号，再发蓝色讯号。"

黑衣人躬身应道："遵命！"

"嘭！"

"嘭！"

雪室宫上空，突然爆发出了鲜红烟花，把整个夜空照得一片光亮，鲜红烟花之后，又爆发出一抹蔚蓝烟花，照耀长空，二十里内可见。

凌真儿以为这是作战讯号，忙准备腾身而起，但早被朴石安拉住。朴石安解释道："姑娘且慢，这红色讯号是我帮混入雪室宫的五十名弟子放火烧宫的行动讯号，蔚蓝烟花则是潜伏在雪室宫左侧的百名弟子爬上雪室宫外围的行动讯号。"

一旁的黑衣人见朴石安毫不隐瞒地说出行动部署，不由大为吃惊，眼中多少有些责怪他轻信他人的意思。

凌真儿可不管这么多，她问道："那我们呢？"

朴石安仰头望着雪室宫上端，神情端庄，并没有应答。凌真儿见状也没有再询问，抬头看时，只见天上的两朵烟花历久不散，煞是好看。

突然他从怀中掏出一枝烟花棒，随即点燃，顿时夜空中又多了一蓬黄色烟花。

"行动！"朴石安下令道。并且，他立刻如激箭般往雪室宫城墙上掠去，凌真儿也展开绝顶轻功尾随其后，当然还有那黑衣人。四周树林里也涌出大批黑衣人，迅如猛虎般冲向雪室宫的城墙。他们之中只有几个人能一跃飞上城墙，其余的人都只有依靠攀援工具。但个个灵活如猿猴，身形纵提，这么多的黑衣人，个个都非庸手，人数大概有两三百之众。

待他们进入雪室宫时，雪室宫早已四处通红，火光冲天，人声鼎沸，好几处已开始厮杀。更有不少人忙于救火。当然，还有人在放火。

这一场激战，持续到了天明。推浪帮人数虽少，但个个都能以一敌三，而且他们准备充足，斗志昂扬。相反，雪室宫的人上上下下无不惊慌失措，仓促备战，更有不少人在睡梦中醒来不久已葬身火海。甫一交战，雪室宫之众节节败退。

到最后，只剩下雪室宫宫主及几十名残余强盗。雪室宫宫主武功委实不凡，但败局已定，何况他的对手是朴石安。

经过这一场激战，推浪帮奠定了它在江湖上的地位。铲平了雪室宫，不仅江湖侠义道上的人拍手称快，就连官府也因这个令人头疼的强盗窝终于被毁而大感轻松，这一带的老百姓更是喜笑颜开。推浪帮从此由一个名不见经传的小帮派于一夜之间便威震四海，其帮主朴石安更是成为神奇人物，人人争相传颂。

凌真儿也是自那时起，形影不离地跟着朴石安。当她见到他那丑陋无比的"真面孔"时，她并不感到吃惊，也不失望，她看中的是朴石安的眼睛，而不是他的脸。接着，她还爱上了他的人，不仅仅是因为爱屋及乌，更是因为他的为人深深令人折服。

当她见到朴石安的真面目时，很平静，因为她爱上的是他的人，根本就不在意他的俊丑。

后来，他们紧紧地相依，深情地吻，奏响了二人感情升华的乐曲，令人留下刻骨铭心的记忆……

"小姐，船到张楼码头了，上岸吃点东西吧？"船伙计殷勤的声音打断了凌真儿温馨的回忆。凌真儿还真忘了现实中的自己，整个身心都钻到回忆中去了。

"百变酒丐"风青依然在甲板上低头冥思苦想，凌真儿笑着上前说道："前辈，我们上岸吃点东西吧？"突然她对着甲板上发出一声惊叫。

船伙计这才从她身上移开目光，他以更响的声音发出惊呼，他的惊呼中更多了一股怒气。

凌真儿忙掏出碎银，取出一些给店伙计，道："这损失由我赔！"有钱便好说话，店伙计顿时喜形于色地接过银子，道："小姐太客气了，用不了这么多，小的怎么好意思？"他嘴上虽然这么说着，而手却将银子握得紧紧的。凌真儿有些讨厌这船伙计的见钱眼开，但也懒得去理会，扶起风青便上岸。

只留下甲板上被风青弄出的几个洞。原来他在冥思苦想之际，手指不时地在甲板上划写着。他的功力何其深厚，这么一写一划，木质的甲板怎受得住？便被他弄出了几个洞！

吃完饭，众客官又返回船上，凌真儿为了防止风青再弄破甲板，便买来了笔和纸，扶着风青回到舱中。这艘木船比较大，共可容纳四五十人，长途客人有房间可供歇息。

木船在运河中顺流航行，速度很快，时间也随着不断地后推，天很快便黑了。

凌真儿是赢定了，她也不催促风青，她要他自己认输。

"罢了，罢了，我老人家认输。好！我便教你易容！"

"百变酒丐"风青终于投降了。

凌真儿大喜，忙沏上一杯茶，跪在地上，恭恭敬敬地说道："徒儿请师父喝茶。"

不料风青却摇头道："不行，不行，我们是打赌比输赢，你怎么能叫我师父？

记住，我老人家不是你的师父，你凌真儿也不是我老人家的徒弟。这茶倒可以喝，但师徒称谓却不必了，否则我老人家可不管三七二十一，拍着屁股就走人。"说罢，他端起凌真儿手中的茶杯就喝。

凌真儿本欲叩头拜师，闻言也只好作罢，但心中把他当作师父不也一样吗？实际上是师徒，至于怎么称呼那是次要的。正如茶喝了，还管你怎么称呼，这是拜师茶还是什么茶，随你怎么说！

易容术说简单不简单，易容谁都可以做到，但最关键的在于精。换一套衣服，脸上涂点什么，便是易容，这谁都会，但要弄得别人都认不出你来，便不太容易了。

"百变酒丐"风青对这个实是名非的女弟子很是满意。她聪明乖巧，甚是能体贴别人。看来朴石安那丑小子还真艳福不浅，能有这么一个好媳妇。

谈笑归谈笑，玩闹归玩闹。在传授易容术时，风青却是一丝不苟地教，凌真儿也是认认真真地学。待有空闲时，风青便仔细琢磨那个尚未猜出的谜语，他不让凌真儿告诉答案，而要自己想，哪怕还要数天数夜也在所不惜。

在无聊的时候，时间最是难熬，可一旦专心于某一件事时，时间却又出奇地"快"。其实，时间永远是那么平静、公平地向后推移，不同的只是人的感觉。

风青潜心猜谜。凌真儿则专心学艺，都只觉时间如流水，日出日落，昼来夜去，三天时间很快就过去了。

"真儿，扬州码头马上就要到了，我们也该分手了。我老人家没用，到现在还没有想出那谜底。嘿嘿，不过不要紧，我老人家还要活上个几十年，有的是时间。放心，下次见面时，我老人家一定把谜底告诉你！"

"百变酒丐"风青喝了一大口酒，笑谈别离。

分别在即，凌真儿虽颇为不舍，但天下没有不散的宴席，想开些，为什么偏要多添伤感呢？这一次的离别，正是为了下一次的重逢。于是她也笑道："前辈，真儿蒙您传艺，不胜感激，既然您决定要走，那真儿也就不留您到家中一坐。只愿前辈多多保重，福满齐天，逢凶化吉！"

"百变酒丐"风青大笑，道："好真儿，不愧为云海神尼的高足，能笑面离别。哈哈……日后见到尊师，你便代我向她问好，说我老叫化子还没忘记她欠我的一杯酒。真儿，我老人家希望能早日喝到你和那丑小子的喜酒。"

这类的话凌真儿虽听过不止一遍，但她仍觉得不好意思，脸儿总情不自禁地红起来，适逢离别，她亦不例外。

"至于你爹，我老人家只有等以后再去拜会了。我老人家还有些怕你爹，他那张嘴真是天下无敌。不过可惜，你虽是他的女儿，却并未完全学好你爹的'嘴功'，这样也好，我老人家同你在一起没有风险。哈哈……真儿，我老人家走了！"说罢，"百变酒丐"身影一长，人已如一团青风掠到运河岸上。甲板上没什么人，即使有人见到，也只觉眼前青影一闪，谁知道那是一个人？也根本毫不在意。

凌真儿眼见风青的身影在岸上一点后，便消失在密密的树林里。

快到家门口了，她颇为激动，一年多没回家，风景依旧，阳光依旧，人也是否依旧呢？她的脑海中顿时浮现了几张熟悉的面孔，居然也有那小王爷。现在她有了心上人，心里也不再那么讨厌小王爷了，甚至还有些歉意。

痴情的小王爷现在是什么样子呢？是否风采依旧？希望他已找到意中人。

"阿嚏！娘在干什么呢？有没有在想我？"

凌真儿突然打了个喷嚏。

凌府在扬州并不算最大最好，凌志成虽有钱，但扬州城有钱的人太多，光论财富，凌府还挂不上号。不过，凌府在扬州的名气却是极大，除了扬州的衙门外，就数它的名气最大。每天都有客人来访，有达官贵人，也有平民百姓，还有商贾富人，有穷苦下人。

不过，今天居然来了一个乞丐，前来拜访凌志成。守门的家人见那叫化子破衣褴褛，拦着不让进去。

那乞丐腰上挂着一只硕大无比的酒葫芦，他瞪了几个家人一眼，道："我老人家是来请凌老爷打官司的，快去给我老人家通报一声，不然的话，我老人家转身就是，凌老爷知道后定会责怪你们的。"

凌府的家人是比较好客的，但这老乞丐也实在太不修边幅，简直有污视线。不过，出言不凡，这几个家人也担心他真的是位高人，正所谓"真人不露相，露相不真人！"

其中一个胖点的家人忙恭声道："老人家请稍等，容小人进去通报，不知老人家贵姓？"

那乞老有些气恼地说道："就说我老人家姓风，唉，这世道真是愈来愈不行了。我老人家就是衣服穿得破了些，身上灰尘多了些，可连你们这些下人都瞧不起了。"他在大发感叹，剩下的几个家人却左右为难。

不一会儿，凌志成已亲自迎了出来，他老远就笑道："不知风老前辈驾到，在下有失远迎！"走到老乞丐面前他还深深地鞠了一躬，神态极为恭敬。

老乞丐往旁一闪身，还礼道："凌老爷身高体贵，我可担当不起。只是，我这叫化子想叨扰凌老爷两杯水酒。"他还回头对那几个家人笑道："你们几个现在不会再不让我老人家进府吧？"

那几个家人赶忙跪下道："小人有眼不识泰山，请老爷子恕罪。"

凌志成心知肚明，厉声道："你们几个平时倒还懂得礼貌，怎么今日竟怠慢贵客！你们可知风老前辈是谁？他可是江湖上赫赫有名的'百变酒丐'风青老前辈，他老人家以前当丐帮帮主时是何等威风？"

那几个家人闻言早已吓得叩头不已。

"百变酒丐"风青忙打圆场道："凌老爷子不必过分责备他们几个，我穿得也确实太不像样。好了，进去喝酒吧，凌老爷子请！"说罢他往门口一站，右手一扬，神态颇为尊敬。凌志成怎敢当？他是主，对方是客，应该是他这么做，于是忙将手一扬，并微微一躬道："风前辈请！"

风青愣了一下，随即才往里走。

凌府的主厅在左侧，这与其他人家不同，风青走在前头，但他一进府就知道往左边走。凌志成赶上前引路，心中也颇感奇怪。

对于凌府的一切，风青似乎是了如指掌，如故地重游一般，不断地暗暗点头。

"来人，迅速取来我珍藏的极品桂花酒！"凌志成知道风青嗜酒如命，所以他命家人上酒侍候，而不是品茶。

凌志成招呼风青坐好后，便笑问道："不知是哪阵风把风前辈给吹来了？以前在下曾多次请您来寒舍一叙，可您总不肯来。"

"嘿嘿！"风青笑道："凌老爷一张神嘴不饶人，我这个叫化子怎敢上门领教？"

凌志成朗声一笑，恍然道："原来前辈还未忘记当年的一言之戏，那是小辈无礼，还望前辈恕罪。"

"岂敢岂敢！"风青说话时总不敢直视凌志成。

这时下人端上一壶酒，凌志成亲自为风青斟酒，道："前辈，这是小辈特意请人酿制的桂花酒，还不曾饮过，请前辈品尝一下！"

风青应声道："好酒，好酒！我这就尝尝。"不过他没端起酒杯。

凌志成也为自己斟上一杯，举起敬道："小辈敬前辈一杯，就当是对当年失言之语表示歉意。"

风青端起酒杯，道："好说，好说!"但他仍未就杯而饮。

突然，凌志成猛地欺身上前，伸手抓住风青的右臂，厉声喝道："阁下是谁?"说话时，他手中的劲又加了两分。

"哎哟! 爹啊，是我! 哎哟，快放开我，我告诉娘去!"风青说话了，不过声音完全改变了。

凌志成松开了手，狐疑地打量了一下对方，猛地抓住对方的肩膀，笑道："好你个真儿，居然敢骗你爹，看我怎么整你!"

装扮成叫化子的凌真儿望着父亲，看到他鬓上已有了几根白发，不禁扑入凌志成的怀里，放声大哭道："爹，真儿好想你呀!"

"真儿! 真儿回来了?!"又一个惊喜地声音在客厅里响起。只见一个中年美妇在两个丫环的陪同下三步并作两步地走到凌志成的身后，她还未看到凌真儿，只听到了她的声音。凌夫人是听下人说有贵客来访，方才出来一看的，不想竟听到了女儿哭喊声。

凌真儿离开父亲的怀抱，泪眼朦胧地看了凌夫人一眼，大喊一声："娘!"又一下扑到了凌夫人的怀里。

这下可把凌夫人吓坏了，她惊慌失措地望着凌志成和怀中的人儿，道："你……你……"她只看到一个老叫化子扑入她的怀里，但他的声音却又是离家一年多的女儿所发，这叫她如何是好? 凌真儿只顾在母亲的怀里哭，以发泄一年多的想母之苦。

凌志成在一旁笑道："夫人，这就是你宠出来的真儿，她居然化装成叫化子来骗爹娘了。不过，她易容得倒还真像，连我都差点给唬住了。"

凌夫人听他这么一说，方才将信将疑地轻轻推开凌真儿，仔细地打量一番。只见女儿易容成一个老叫化子的模样，不过她的眼睛却怎么也掩饰不了，忽闪忽闪的，这正是自己宝贝的女儿。拍了一下她的头，凌夫人笑骂道："你这个死丫头，差点把娘给吓坏了!"

"娘!"凌真儿娇声呼唤，然后又与凌夫人紧紧相拥，过了好久，方才分开。

"爹!"凌真儿问道："你是怎么看出我来的?"

凌志成笑道："你这个死丫头，你爹是什么人，难道这么好骗? 第一，风前辈从未到过我家，但你居然一进门就知道客厅在哪里。第二，风前辈最爱说我老人家怎么怎么的，而你只敢在下人面前这么说，而在你爹面前却不敢说。哼! 还算你知道大小，否则我不扒你的皮才怪。哈哈，第三嘛，我斟酒的时候发现你脸上是黑的，而领项处却是白的，很明显是乔装，但我又怕是风前辈故意这么装的，他被人称为'百变酒丐'，易一下容那是很正常的事情。不过我敬酒的时候，你却一口不饮，这岂是'百变酒丐'的作风？第四，在说话时，你一直不敢看你爹，鬼鬼祟祟地，肯定心中有鬼。哈哈，你爹总算没被你这个死丫头骗过！"

凌真儿竖起大拇指，笑道："高明，实在是高明。"

随后，凌真儿说出了"百变酒丐"风青传授她易容术的过程。在父母的追问下，她半遮半掩地诉说了一年多的经历，当然她少不了夸赞朴石安。凌志成也听说过朴石安及推浪帮的大名。但江浙地处偏僻，倒未听说女儿与朴石安在一起的事，否则，他恐怕老早就找到荆州去了。他见女儿已心有所属，也不再提及小王爷。这朴石安究竟何许人也？幸好不日朴石安即将上门，届时便可亲见这位在女儿心中的大英雄大豪杰。

现在，凌真儿每天都在等待着朴石安的到来。只要朴石安一来，他们的婚事便可商定，这么多年来，她从未如此急切地想嫁给谁。现在，倒不是因为她已满了十八岁，是个大姑娘了，一切都是自然而来的，水到渠成。

不过，事情会否如她所期待的那般顺利呢？

十几天的长途跋涉，穿越千山万水，朴石安一行人才到达了荆州城。他们几人一路有说有笑，倒都不觉得旅途辛苦，就连孟母，在这个年轻人的陪同下，她也仿佛年轻了几岁。

一回到芦花荡，朴石安见帮中力量已初具规模，遂下令改进，将全帮力量分为内三堂和外三堂。

内三堂分别为青龙堂、刑堂、百花堂。青龙堂所属为总坛弟兄，共计二百名，负责总坛事务；刑堂由魏于掌管，所属由各地分舵抽出二百名弟兄，负责维护帮规，执掌全帮刑赏；百花堂由帮中女弟子组成，堂主罗翠花，所属八十二名，负责传递消息，与其他各堂联系，并统管帮中财务开支。

外三堂分为白虎堂、黑木堂、红花堂。白虎堂为外三堂首堂，由新力任堂主，所属为原湘、鄂以及川东一部分分舵弟兄，共计八百五十人；黑木堂堂主为原山东分舵蔡健执掌，统领两河及陕、晋、鲁一带分舵，所属六百四十七人；红花堂为江南以及苏、皖一带分舵，共计六百一十一人，堂主原鄱阳分舵舵主秦百川。原各地分舵舵主基本不变，改为香主，各舵人数不得超过一百人，现不再招收新帮众，专心训练，在不影响帮务的条件下，各舵可以适当发展商业。

一切处置妥当，朴石安才开始筹办去凌府求亲的事，不过这也用不着他操心，自有师爷任务及新力等人热心地为他操办。只有魏于和孟母两人有些不高兴。魏于暗恋凌真儿，但有缘无分，他只能望天兴叹；孟母只是着急孟莲，她想让朴石安娶自己的女儿，虽早认定朴、凌二人是天生一对，但她又怕因此孟莲就无望了。

推浪帮现在好歹已是江湖上的一个大门派，帮主前去求亲，总要有个样子，最好要有特色，不同凡响，给凌家留下一个难忘的回忆。

礼物是准备好了，可请谁作媒人则是个大难题，不可能像其他人那样，找个伶牙俐齿的媒婆就行，那媒人一定要是个有身份的人。可找谁去呢？凌志成虽也算是个江湖中人，但他一直跟官府中人打交道，少在武林中露面。何况，在一时半刻之间去请一位有头有脸的江湖人，也绝非易事。

这事情也实在有些仓促，但着急亦毫无用处，朴石安心急如焚却又无可奈何。

"帮主，洛阳分舵祈舵主派人前来送信！"一名青龙堂弟兄打断了正坐在议事厅大伤脑筋的朴石安，向他禀报道。

朴石安闻言一怔，旋即大喜，道："快叫进来！"他曾让洛阳分舵的人去查探西天观的来历以及保护西天观众道人，并护送静玄道长前来芦花荡。

正在这时，又一名青龙堂弟兄前来禀报道："帮主，京城前锋营穆刚穆副统领前来，此刻正在会客厅等候帮主大驾！"

朴石安更是大喜，当即便跨出门口，往会客大厅掠去，当然也没忘了吩咐洛阳分舵的兄弟稍后再述命。

这前锋营穆副统领原是荆州的一名参将，与推浪帮不少人都有深厚的交情。朴石安有意成全他，待破了雪室宫后，通知他领兵去围剿，让他立了一件大功。后来，朝廷特升他为京都前锋营副统领，军权在握，甚是风光。富贵不忘本，这穆刚知道有今天，少不了推浪帮朴石安这些人的功劳。因此，在很多事上，他都愿为推浪帮出面。朴石安本不愿与官场有什么牵连，但穆刚也为推浪帮免去了不少麻烦，是故与穆刚的关系十分不错。

在会客大厅中，魏于正和一位身着甲胄军袍、英气逼人的年轻将军在谈笑风生，那年轻将军好生威猛，他正是京城前锋营副统领穆刚。

"哈哈……穆将军越来越威武神勇了，在下有失远迎！恕罪恕罪！"朴石安刚走入大厅，便抱拳对穆刚朗笑招呼。

穆刚见朴石安到来，立刻站起，神情甚是恭敬，他躬身向朴石安行礼道："朴兄哪里话来，末将直到今日才上门拜访，实是不该，尚请朴兄见谅！"朴石安上前托住穆刚的双臂，笑道："穆将军太多礼了，想我朴石安不过是一介草民，穆将军乃千金贵体，肯赏脸来此已是我莫大的荣幸了，岂敢受此大礼？"穆刚却正色道："若无朴兄相助，我穆刚至今也不过是荆州一名小小参将，朴兄大恩，穆刚没齿难忘！"受人滴水之恩，定当涌泉相报，这穆刚亦是个血性汉子。

这时，一旁的魏于笑道："穆将军这是哪里话来？当初我们只不过略有指点之劳，要说恩德，怎比得上将军对我推浪帮的关顾之情？"这是事实，推浪帮立身江湖，自少不了恩怨仇杀，若无穆刚关照过地方官府，多少有些麻烦。

穆刚忙道："那是应该的。"

朴石安招呼其坐下，问道："将军此次重返荆州，是否有事要办？若无什么大事，不妨在芦花荡盘桓几日，与我等痛饮几回，如何？"

穆刚抱拳应道："蒙圣上恩宠，特赐末将回故里探亲，正愁无机会与朴兄、魏兄开怀畅饮，朴兄此等美意，穆刚求之不得。"

朴石安随即让魏于陪穆刚前往英豪酒楼，他则先去见从洛阳分舵前来的弟兄了。

那送信的弟兄一见到朴石安，便取出一封信交给他，朴石安心里好生纳闷，为何只有一人前来，莫非出了什么意外？

心里这么一想，他马上有些焦急地拆开信来，只见里面装有一张信笺，上书：

"启禀帮主：

属下奉命查探西天观，幸不辱命，得知这西天观地处甘肃。然而属下等人赶去西天观时，观中三十二名道人几乎全部丧命，幸有一烧火道童重伤不死。问及静玄所在，方知他已经逃脱，后经舵中弟兄查访得知静玄道人已投奔泰山。

至于是何人血洗了西天观，属下等正在调查。不过线索甚微，据幸存道童所述，来者是一群黑衣人，俱都高大无比，死者均是咽喉被切断而死，从伤口上看，是普通长剑所致。

属下正在全力查探，若有消息，再行通报。

洛阳分舵祁文英亲函！"

朴石安看完后不仅黯然一叹，不料这西天观竟已覆灭。他猜想可能是漠西金钱盟所为，但又没有足够的证据证明。不过，幸好静玄尚在，总算可以了却冲灵道长的遗愿。

随即，朴石安书信一封，派一名香主持信前往泰山，请西天观静玄道人前来荆州！在信中他只提及冲灵子有遗物留下，而他有要事在身（马上就要去提亲了），故不能亲往泰山，只好请静玄道人来荆州一趟，如此云云。

办妥诸事，朴石安这才前往英豪酒楼，他还带上了孟虎。

在英豪酒楼前一下马，便有几名弟兄前来拜见，并牵过马，更早有弟兄赶紧进去通报了。

"帮主驾到！"一名弟兄在朴石安进门前高声宣喊，声音中写满了喜悦。

英豪酒楼那华丽宽阔的大客厅中已站了不少推浪帮弟兄，他们都是负责护卫英豪酒楼的。见朴石安现身，都躬身行礼道："恭迎帮主驾到！"

在一般情况下，朴石安从不前往英豪酒楼，除非贵客到来，或是有些要事，他才驾临英豪酒楼。推浪帮成立已逾三年，而英豪酒楼也已有近三年的历史。但掐指一算，朴石安进英豪酒楼的次数尚不够十回。这次穆刚来访，本不用朴石安亲陪，但他正有请穆刚充当媒人的想法，自当欣然相陪。

见帮主驾到，英豪酒楼内的众弟兄纷纷出来拜见。不少宾客也趁机见识一下这位传奇中的人物。有人称赞，有人摇头，当然人各有爱，有人欣赏气质，有人则只注重外表。

英豪酒楼楼主是一名香主，虽胖墩墩的，身上看不出半根骨头，但他却偏偏又灵活得很。举手投足及行走间，毫不显臃肿，要说他有很高的武功，不知众人肯否相信，当然又是仁者见仁，智者见智了。

其楼主名叫归无影，为人精明能干，且武功高强，在推浪帮内仅次于黑木堂堂主蔡健。他与蔡健都是二年前入帮的，推浪帮内只有少数几个人能将朴石安、新力及魏于三人合创的"推浪神功"中的推浪掌练至十成火候，而归无影便是其中之一。

归无影领着朴石安去了贵宾厅，魏于陪同穆刚正在其中。

英豪酒楼堪称天下第一楼，其招待和条件自是一流的，如若得其帮主朴石安亲陪，那更是无可挑剔的。山珍海味，应有尽有，就怕你的胃量有限；美酒佳酿，没有拿不出的，就担心你肚子不够大。当然，来英豪酒楼吃饭的人，很少是为吃饱，单想吃饱，光荆州城便有几十家大大小小的酒楼饭馆，何必要花大把大把的银子到英豪酒楼来？大家留恋的就是这味儿。

伍拾本是御厨，后来推浪帮成立，伍七入帮，掌勺英豪酒楼，伍拾见状居然辞去御厨之职，与其弟子共同为英豪酒楼经营。伍拾号称"神厨"，他所炒出的菜肴自是连神仙都吃不厌；伍七得其真传，一身厨艺早有青出于蓝而胜于蓝之势。

穆刚不止一次来到这英豪酒楼，但他仍未吃尽菜谱上的菜肴，一道菜一道风味，他每次到英豪酒楼，决不会点他吃过的菜，这一次自也不例外。

英豪酒楼名不虚传，办事效率极高，伙计拿着菜谱出去不久，便有色、香、味俱全的菜肴上桌。穆刚是看在眼里，馋在心里，拿起筷子便开始吃，待一盘菜被品得差不多时，才猛觉朴、魏二人在一旁作陪尚未动筷，甚是不好意思。朴石安、魏于本是劝吃，见他不劝自吃，怎会不高兴？接着不断有菜肴上桌，穆刚也不再客气，边吃边叫好。

待穆刚酒足饭饱时，朴石安才道："穆将军，朴某有一事相求，还望将军帮忙。"

穆刚正剔着牙，一副酒足饭饱的满意之色，闻言忙道："朴兄有话请讲，只要兄弟能办得到，我姓穆的决不含糊！"朴石安再为他斟上一杯酒，笑道："那好，朴某也就直言了，先请干了此杯！"穆刚随即端杯一饮而尽，确实不含糊。

朴石安开门见山地说道："朴某想委屈将军一下，为朴某做一回媒人。"

穆刚闻言大笑，良久才道："我道是什么难事，原来是替兄弟做一回媒人，这有何难？"他分别望了朴石安、魏于二人一眼，笑问道："是朴帮主，还是魏堂主……看上了哪家的小姐？"

朴石安笑了一笑，方才据实回答道："正是在下，准备到扬州凌府提亲，却一时找不到媒人。"饶是一帮之主，说起这种话也倍觉不好意思。

穆刚有意无意地看了魏于一眼，有些惊异，但马上便高兴地道："好，兄弟我决不含糊！'神嘴'凌志成的威名早已如雷贯耳，只是一直无甚机会拜访。扬州知府刘大人与我也有些渊源，这个媒，我穆刚做定了，并且一定会做好！"

一旁的魏于，并不觉得高兴，也不觉得不高兴，他究竟在想些什么呢？

朴石安则是万分高兴，朗笑道："有将军这句话，朴某心头的一块石头总算落地，来！再干一杯！"

万事俱备，只欠东风。不过，现在东风也来了，那便该启程赶赴扬州城了。

临走前，朴石安嘱托魏于和新力，待静玄道长由泰山赶来时，若他尚未回，则要好生招待静玄道长，直到他回来为止。

随着朴石安一起去扬州的，共有几十名多才多艺的帮中弟子。三人一场戏，而他们一行几十人，不知可上演多少出戏。外加穆刚及他所带的十名随从，一行人热热闹闹、高高兴兴地奔赴扬州。

凌真儿翘首以盼的日子终将来临。

身为前锋营副统领，穆刚毫不费力地便请到了扬州知府刘乾做媒。他们一个朝廷重官，一个地方父母官，二人同为媒人前往凌府作媒，自当会马到成功。

第一次见到朴石安时，凌志成夫妇二人均惊异于他的丑陋，凌志成转念一想："既然能赢得女儿的芳心，此人定有过人之处！"朴石安当然有过人之处，否则怎能领导推浪帮由无到有？由弱到强？凌志成越看越觉得这个女婿很合心意，十分不简单。不过，凌夫人却不怎么乐意，当着人家的面她不会说什么，但她却先去找女儿谈，说姓朴的长得这么丑，怎么配得上真儿之类的话。

凌真儿见母亲那副担心模样，不禁好笑，便故意调皮道："娘，这你就不知道了，人丑才更有内涵嘛。像以前来家提亲的那些公子哥，都长得人模人样的，但他们还不是'金玉其外，败絮其中'？女儿宁可嫁给一个心灵好的丑人，也不会去嫁给一个玉树临风般的美男子。"

凌夫人见女儿如此"执迷不悟"，不禁大为着急，道："那个姓朴的长得也太丑了，其实，那小王爷不仅相貌堂堂，而且待人又好……"

"娘。"凌真儿娇声道："您就相信一回女儿的眼光吧。安哥他一定是个……是个好女婿的。"说完这句话，她的脸也红了。

凌夫人皱着眉头责备道："你这个丫头，还叫他什么安哥，好女婿？好像你嫁给了他似的，女孩儿家，也不知害羞。"

凌真儿才不怕她，扮了一个鬼脸。

凌夫人哭笑不得，突然像想起了什么似的，急切地问道："真儿，你实话告诉娘，你和那朴石安，是不是已经……好上了？"

凌真儿显然是给弄糊涂了，瞪大眼睛迷惑地问道："娘，您说什么呀？什么好上了？我和安哥之间本来就好得很呀。"

"哎呀，你这个傻丫头，被人占了便宜还不知道吃亏。"凌夫人更是急了，又说道："我是问，你和他是否……你是不是……已成为他的人了？"这种话实在不好问出口，但为了女儿的终身幸福，无论如何，凌夫人也要勉为其难。唉，可怜天下父母心！

凌真儿这才懂了，顿时羞得小脸通红，蛾首低垂，一时之间羞得说不出话来。

凌夫人见她这般忸怩作态，以为她真的已经失了身，不由得神情黯然，两眼满是无奈，以一种责备且悔之晚矣的复杂情绪望着自己的女儿。

凌真儿低着头，没有看到母亲的那副神态，只是娇羞万分地道："真儿和安哥还没……我们只……只是……抱……抱过，亲……亲过……，安哥他……他说要到成亲后才……才……"才怎么的？她实在说不下去了。

生米还未煮成熟饭，事情总还有转机。抱一抱，亲一下，那还不是关键问题。

凌夫人明显地松了一口气，道："这样便好，这样便好。真儿，以后别再和那个朴石安来往，娘不会同意你们之间的婚事的。"话说得颇为坚决，没有什么商量的余地。

凌真儿一愣，蓦地抬起头来，十分惊异地望着自己的母亲，她怎么也没想到母亲竟这般坚决反对。过了好一会儿，她才道："娘，你……你不同意？"

凌夫人不忍见女儿那般失望，但长痛不如短痛，随即她便斩钉截铁地说道："对，我是不会……"

"哈哈哈……"

这时，从门外传来一阵爽朗的笑声，是凌志成发出的。他推开房门，依然笑着，道："真儿，你的眼光果真不错，这样的女婿，老夫是要定了。咦，你们母女俩怎么不高兴了，真儿，你是不是后悔了？不可以貌取人，朴石安虽然生得丑了些，但他却是个千里难挑的一个人才，爹已经答应了他的提亲。"

"啊?!"母女二人都发出一声惊叹。

凌志成甚是奇怪，她们虽然都感到惊奇，但凌真儿的表情充满着激动和兴奋，而凌夫人则万分失望，如陷入冰潭一般。

凌真儿如遇到知己一般，猛地扑上前紧紧地抱住凌志成，激动得眼泪都流出来了，她道："爹，您真好！"

爹娘无不深爱着她，但同意则好，若不同意便是不好了，真是女生外向。

凌夫人势单力薄，但处于劣势之下的她依然坚持立场，冷静地说道："我不同意。"

"为什么?"凌志成父女齐声问道。

什么理由呢？凌夫人心里答道："朴石安太丑了！"但如果这么一说，不就是承认自己以貌取人了吗？凌夫人还真不知怎么回答。

于是，她干脆耍赖，道："我说不同意就是不同意！"

凌志成不知夫人为何如此固执，不过凌真儿却心里明白得很。已经得到了父亲的支持，面对母亲的反对，她反而有耐心去开导了。

突然，她凑到凌夫人的耳边笑着说了一句话，轻轻地说，凌志成没有听见。

她刚一收口，凌夫人脸上便由阴转多云，慢慢地，又由多云转晴了。最后她更是失声道："他戴了面具？真的吗？"声音中有些惊喜。

凌真儿笑着点头道："当然是真的，以前我也不知道，有一次无意中碰到的。"

凌志成听得可真是"丈二和尚——摸不着头脑。"便问道："你们说的是什么呀？"

凌夫人仍是将信将疑，惊喜参半地说道："真儿说朴石安是故意戴着丑面具的。"凌志成猛地将手一拍，道："我这才想起江湖上有人传言说推浪帮的帮主是个丑人，而他的身边却有个美女，那就是真儿了？"顿了一下，他又道："他果真是戴着面具的，他为什么故意以丑面貌示人呢？"

凌真儿解释道："安哥他是为了替他师父争一口气。他师父是一位长得很丑的大侠，但他心地善良，行侠仗义，却总为江湖人所不容，还有不少人诬陷他。后来，安哥的师父死了，他便出入江湖之中，并故意戴着一副丑面具，是要证明人不可貌相。您们可别对别人说呀！"

"真的？"凌夫人现在几乎完全相信了。

凌志成则点头道："好！这才是真正的大侠！夫人，你若还是不同意这门婚事，我可跟你没完！"凌夫人脸颊微红，若是以前，恐怕早去提丈夫的耳朵了，不过今天她理亏在先，这才说道："谁说我不同意了？哼，我不同意你还敢怎么样？在我面前，你还翻得了天？"凌志成赶紧认错。

事情总算圆满解决，云破天开了！

第十章

很快，双方便商定了成亲的日子，凌家收下了朴石安带来的丰厚聘礼，推浪帮的众弟兄也卖命地为大家表演节目，使凌府上上下下其乐融融，知府刘大人以及穆刚两位媒人也没怎么说媒事情便解决了，也乐得个轻松。

寻得机会，朴石安和凌真儿两人便相聚在一起，尽情缠绵，如胶似漆，各自诉尽别后的相思之苦。都说"小别胜新婚"，他们这时都有深刻的体会，凌志成两口子无意看到，也只是会心地笑笑。

"伯父，伯母。"朴石安见与凌真儿的隐私被窥，颇为尴尬。凌真儿反倒不怕，她娇嗔道："安哥，你怎么还叫伯父伯母呀?"朴石安会意，忙改口道："岳……岳父岳母。"

凌志成笑道："贤婿免礼，哈哈……夫人，咱们还是走吧，免得这两个年轻人怪我们碍手碍脚的。"凌夫人本想见识一下朴石安的庐山真面目，但听丈夫这么一说，也只好笑着转身。

知母者莫若女，凌真儿知道她娘的心意，于是忙道："娘，您等一下。"然后凑到朴石安的身边，嘀咕了一句，大概是让他以真面目示人。

朴石安见真相已白，环顾四周没有外人，这才揭下戴了三年的面具。顿时一副俊朗的容颜展现在凌志成夫妇面前，潘安再世，恐怕亦不及他有魅力。

凌夫人这才完全放心且极为高兴地笑了，凌志成不计较俊丑，但也在心里暗暗叫好。

朴石安来扬州的第三天，知府刘大人及穆刚均已离开，朴石安也本欲回荆州，但凌真儿怎肯放他走?硬是拉着他留下。

第四天上午，朴石安陪着凌志成在下围棋，凌真儿在一旁为他助威，凌夫人则为凌志成助兴，大家俱兴高采烈，但最高兴的莫过于凌真儿了。

一个家人进来通报，道："老爷，夫人，姑爷，小姐，小王爷来访！"

四人闻言反应各不相同。凌志成颇有些不好意思，凌夫人觉得有些内疚，朴石安则有些好奇，凌真儿则笑嘻嘻地说道："快请！"

朴石安与小王爷可说得上是一对情敌，只不过朴石安比较幸运。其实，他们都是男人中的佼佼者。这对情敌即将谋面，将出现什么样的场面呢？他们之间少不了有一场矛盾，不过朴石安不会怕，文斗他不怕，武斗更有把握，他是赢定了。首先，他已经占据了凌真儿的芳心，这是他必胜的筹码。

"小王爷这边请！"家人的声音在门外响起。

小王爷马上就要进来了，马上便要与朴石安见面了。凌志成夫妇的心情谈不上激动，更说不上紧张，只是猜测着，这小王爷今天是为何而来？莫非是得知真儿已花落有主，于是便前来看看？

唉！也是一个痴心人呀，苦等凌真儿达两年之久，碰的钉子比头发还多。付出的真情却得不到回报，为了凌真儿，他未曾娶妻，好歹也是一个小王爷，像他如此痴情的人，世上能有多少？然而，现实是残酷的，也是无奈的。尤其是感情这事，一切随缘，是勉强不来的。小王爷就是太子皇帝，除去身份，同样是横眼睛、竖鼻子、一个头、两只手、两条腿的智能动物。

在天地间，人是很渺小的，一个人所占的地方，所经历的事情，所看到的东西，都只不过沧海一粟，使一个人感到无奈的事又该是何其多？由自然去发展吧。

凌志成亲自到房门口迎接，抱拳道："小王爷驾临，凌某未曾远迎，恕罪恕罪。"

小王爷今次也不推礼，拿着眼睛便往房里瞧，说道："听说小姐已许佳人，我特来拜会拜会。"他的声音里有一丝难以掩饰的失望和沧桑。肉体的伤痛，可以敷药治好，而心灵的创伤则是药医无益了，而其中又以感情上的伤最为重。小王爷虽风雅开朗，又何能承受如此一击？

小王爷看到了房内除凌志成以及他自己之外的那个男人，不过只见到了一个背影。看来那人定是什么推浪帮的帮主了，叫作朴石安，他记得很清楚。由其背影来看，那朴石安倒还不错。凌真儿依然美丽如昔，甚至在爱情的滋润下，她更多了一份难以言表的娇美和妩媚，也更加迷人，可惜已花落他家，今生无望了。

小王爷心在滴血，他苦苦支撑着疲惫的肉体，他本不想再入凌府半步，但他仍身不由己地将脚步迈向了这儿。他到这儿来是干什么呢？何苦来哉？就是为了看凌真儿最后一眼？都不是。小王爷是个很优秀的男人，他可以获得除凌真儿以外许许多多女人的芳心，而他偏偏只中意凌真儿。可惜，他只是单相思，因此他想看看这个征服了凌真儿的男人究竟是个什么样的人。

不知当小王爷看到凌真儿的心上人是个奇丑无比的人时，该作如何想法？

朴石安一直没有回过头来，他背门而立，旁边站着美丽动人的凌真儿。

"小王爷，这便是小婿朴石安。石安，快拜见小王爷。"凌志成为他们介绍道。

朴石安似乎是很不情愿地回过了头。

"啊?!"小王爷乍见朴石安，顿时失声惊叫出来，瞪大眼睛。

凌真儿不由冷哼一声，对小王爷好不容易积攒的一点好感顿时又烟飞云灭，她以为小王爷是被朴石安的样子给吓着了，难道不是吗？哼！我安哥哪一点不比你强，长得再丑又怎么样呢？

不料，"扑通"一声，有人下跪了。

这可把屋内的几个人都给弄懵了。

因为跪在地上的人是小王爷，他所跪的人正是他的情敌——朴石安。

并非朴石安暗中做了手脚，给对方一个下马威，而是小王爷自己跪下来的。看得出小王爷很激动，他顿时一改进门时那副失魂落魄的样子，猛地一跪连朴石安都没反应过来，待要伸手去扶时，小王爷已跪倒在地。

朴石安赶紧伸手一托，已将不愿站起的小王爷托起，他惊问道："小王爷这是做什么?"

小王爷仍试图下跪，但他无甚武功，怎比得上一帮之主的朴石安？他放弃了这徒劳的举动，小王爷激动得快要流下眼泪地望着朴石安，嘴唇一振一翕，好半天才说道："恩公……我……我终于找到您……您了!"

当真是一语惊人，凌家三口都莫名其妙地望着小王爷和朴石安，他们分明是一对从未谋面的情敌，怎么突然又变成了早曾相识的故人？而且，朴石安似乎还有恩于小王爷，这恩应该还不小，否则小王爷怎会屈尊降贵给他下跪？

这其中究竟有何渊源？

朴石安不以为然地说道："小王爷，当初的事草民已淡忘，过去的事就让它过去吧，恩恩怨怨何必记得那么清楚?"

小王爷急道："有恩不报枉为人，何况恩公的大恩大德，我是如何也难以还清的。父王一直惦记着恩公，可万万没想到恩公便是推浪帮的帮主，找了这么久总也没能找着。现在好了，老天开恩，让我遇上了恩公，无论如何恩公也要赏脸到寒舍去一趟，让我们全家有机会略尽一点心意。"

朴石安摇头道："小王爷此言差矣，朴某只不过是略尽一些江湖道义，又岂有什么大恩大德可言?"

小王爷还想再说什么，朴石安已先发制人，说道："小王爷不必多言，我朴石安行走江湖，讲的就是侠义二字，若事事都求别人的报答，那我朴石安还有何颜面立足于江湖? 还望小王爷体谅，不要让在下为难。"

小王爷听他这么一说，也不好再勉强，遂笑道："我这次来本是想看看凌小姐中意的人是谁，心头多少有些不服气，这时才知是恩公你，我输得心服口服，同时也衷心祝福恩公、凌小姐美满幸福，日后若有用得着我的地方，哪怕是刀山火海亦在所不惜!"小王爷终于完全摆脱情伤。

随后，小王爷便匆匆告辞，他想立刻回府告诉他父母这个好消息。

凌志成、凌真儿待小王爷走后，便迫不及待地询问这到底是怎么一回事?

朴石安笑了笑，道："这些旧事我已忘了。"其实，他不说凌志成也猜了个八九不离十，无非是朴石安曾救了小王爷一家人的性命。他曾听说过三年前，靖王爷一家由云南迁往扬州的途中遭到劫匪的袭击，正当危急关头中，有一少侠拔剑相助，总算使他们平安到达扬州。很显然，那少侠定是朴石安无疑。他见朴石安施恩不图报，不禁对这女婿更添了一份爱意。见朴石安不愿再提旧事，他也没再相问，还制止了凌真儿的撒娇行动。

翌日，靖王爷率领王妃、小王爷一干人等亲来凌府，还带来了丰厚的礼品。不料，朴石安早就有所准备，一大早便陪同凌真儿去滇江游玩去了。靖王爷大为遗憾，想留下贵重礼物，这时凌志成充分利用了他那三寸不烂之舌，终说得靖王爷一行人打道回府。

所谓大恩不言谢，若用言语物品能尽报恩情的话，那能算是大恩大德吗? 只要心中永远铭记这份情，这份义，也就足够了。

滇江有推浪帮的分舵，朴石安一行人在那儿逗留了一天后便返回了扬州。随后，朴石安也高兴地踏上了归途，并吩咐随行弟兄，让他们留在凌府，凌真儿自然也没跟着他走，而在家耐心地等待着三个月后朴石安的迎亲花轿。

跨上黑马后，朴石安看到送行的凌真儿流下了眼泪，心一软，便同意让她送自己一程了。其实，送君千里，终须一别。两人并驰十余里之后，凌真儿也只好不再送下去了。

"安哥，我等着你，你自己要多保重。"凌真儿说着竟又流下了眼泪。

朴石安伸手为她抹去眼泪，笑道："真儿，这么大了还要哭，也不怕羞。又不是生离死别，三个月后我便请大红花轿来接你这个好哭的新娘子，到时候可不许哭着舍不得爹娘啊！"

凌真儿这才破涕为笑，娇声道："你走吧，好像谁稀罕你似的。"

朴石安笑着凑过头去，诡声道："为夫要走了，好真儿快亲我一下。"

这地方没有什么行人，根本不用回避。

凌真儿不依地道："我偏不亲你，你也不怕羞，光天化日之下还想占人便宜。"不过说归说，她还是不自觉地闭上秀眸，嘟起红唇……

两人顿时紧紧相拥，仿佛要互融为一体，他们座下黑白双马又何尝不是这般缠绵呢？离别在即，虽有约期，但世事难料，谁又能确定下一次一定便会重逢呢？

在凌真儿朦胧的泪眼中，朴石安已追赶等在前面的孟虎而去。再看她座下的白马时，它的眼里分明也荡漾着泪光。她终于忍不住再次流下了眼泪，她心中隐隐总有些心慌，仿佛再也见不着朴石安似的。

直到完完全全地看不到朴石安的身影了，凌真儿才怅然若失地策马而回。

这一次的离别，是为了下一次能更好地重逢，离别何尝不是一种美，为何凌真儿就是看不开呢？

当朴石安回到芦花荡时，天已开始下起雨来，而且不停地下，雨点都有蚕豆般大。

天空完全被乌云所笼罩，密密麻麻的，看不出半点缝隙。由于太阳被厚厚的云层所遮住，因此天地间比较阴暗，白天在室内还需要点灯。

派到泰山去的那名香主还没有回来，也没有消息传回，朴石安心里隐隐觉得有些不妥。忙又派十名青龙堂的弟兄沿途查探。

朴石安有些焦急，他又想起了西天观被血洗的事，脑海中仿佛出现了凶杀的场面，他更情不自禁地联想到了去泰山接静玄道长的那名香主，接连几天，他的头一直被乌云笼罩着，心情像外面的天花一般乱。日里所想，夜里所梦，都是令他感到不安的事情。

这一场雨持续了好几天，总算停了下来，不过天依然阴沉沉的。天地间本是一片萧条景象，再经这一场大雨的冲刷，已更显不堪了。

朴石安隐隐地有一种预感，一种可怕的预感……

他越来越觉得那预感越来越强烈……

"报！帮主，有信鸽飞回！"一名青龙堂弟子持信来报。

朴石安马上接过信筒，取出书信，一看不禁顿时失色。原来那香主接走静玄道长后神秘失踪，武林至尊大为震怒，立刻派人查寻此事，武林至尊已纳静玄道长为第四名弟子。

闻此巨变，朴石安一时气急攻心，差点乱了手脚，他迅速召集新力、魏于等总坛骨干商议计策，很快便得出了结果，那就是立刻派人前去调查。但派谁去呢？朴石安身为帮主，泰山派有人来，暂时不能离开，只好让魏于代劳。

事不宜迟，魏于马上带领二十名刑堂弟兄去调查此事，并被赐与波浪令，随时可调动各地分舵的力量，务必查出事情的真相。这件事情仿佛乌云压顶，逼得朴石安透不过气来。

静玄的失踪，对推浪帮是一种污辱，朴石安也将失信于死去的冲灵道长。此时后悔未多派人手去泰山已毫无意义，朴石安每日心急如焚，如坐针毡般守候在总坛，以防不测，他将《紫阳秘笈》藏于一隐蔽处。他隐隐觉得这件事情绝不简单，能使帮中一名香主和静玄道长同时失踪，那对手绝对不是一个好惹的角色，这批人与屠杀西天观的人究竟有没有关系呢？

朴石安食之无味，寝之不安。他所即将面临的一场风雨究竟将有多大呢？

三天后，镇江传来消息说，有一批黑衣人夜袭凌府，幸亏朴石安留下了二十名弟兄，终于使对方无功而返。不过，己方有五名弟兄被伤，镇江分舵遂立即派人支援，护住凌府。

靖王府得知此事后，也派出不少官兵守卫凌府。

朴石安心想："这些人肯定是有备而来，而且都是冲着自己来的，到底是些什么人呢？金钱盟的人？但那不至于此呀！"

至于凌府的安全，朴石安倒不太担心，有镇江分舵和官兵的护卫，应该是相当安全的。凌真儿的武功也不弱，自保是绝不成问题的。

他立即飞鸽传书，让魏于抓紧调查。

芦花荡内从来没有这般紧张过，孟母关心义子，时常来安慰朴石安。不过朴石安已被这一连串的事情给弄得昏头转向了，怎么能轻松得起来？

孟母常让孟虎服侍义兄，莲儿对朴石安始终不太热情，倒不时打听魏于的情况。

芦花荡口处建有一个高大的木制寨门，这是推浪帮总坛的正门，有八名青龙堂的弟兄守卫着。

此时天上下起了小雨，八名弟兄仍在大门处守候着。当然，他们是淋不着雨的，因为这门有顶。八名弟兄毫不松懈地守卫着总坛大门，职责很重要，尤其这一段时间帮中事多，他们就更不敢出半点差错了。

由芦花荡通往荆州城的路是由推浪帮自己出资出力兴建的，路面平坦，即使逢上这么一个连绵细雨不断的天气，路上也毫不打滑。

这时，一个戴着斗笠，腰悬宝剑的蓝衣人正由远处走来，虽远看步行缓慢，但几十丈的路，他瞬间便已走至，很快，便已接近大门。

到了近处，守门的弟兄才看清那人是一个二十岁上下、模样俊朗的少侠。他们正要出言询问时，但听那人已冷冰冰地说道："快去向朴石安禀报，就说泰山有人来访！"他说话时面无表情，目不斜视，仿佛他说的话不是给守门弟兄听的。

这些守门的弟兄什么样的人没见过？那人如此傲慢无礼，他们自不会生气，不过直呼帮主的名字实在是太不敬了，虽然是泰山来的人，但总要有些礼节，推浪帮好歹也是个大帮派。

朴石安虽然有令，如有泰山上的人来访，立即请进。但其中一位个子稍小的弟兄心中有气，便问道："报上姓名，我好进去通报我家帮主。"其余几人也不反对他节外生枝。

不料，那蓝衣人毫不理会他们，只是冷言道："你们若再不进去通报，我可要自己进去了。"

讨了个没趣，方才提问的那弟兄不禁有些火了，旁边几个虽也挺有气的，但怕误了大事，忙拉住他，并有一个比较老成的弟兄走出，他也冷声说道："泰山来客，跟我去拜见帮主！"

那蓝衣人仿佛没听见他说话一般，当然也不会生气，只是跟着他往里走了。

那个守门弟兄领着来人到了朴石安所在的会客厅，他先行进去通报道："帮主，泰山有人来拜访。"

不料，朴石安不待对方说完，便朗声笑道："原来是武林至尊的三弟子驾到，朴某有失远迎！"

原来那蓝衣人没容那个守门弟兄通报便进了大厅。

蓝衣人盯着朴石安毫无表情地说道："朴帮主不必假惺惺地做好人！"

朴石安依然笑道："不知阁下如何称呼，尊者派阁下来可是为了静玄道长的事？"

武林至尊的三弟子沉声道："我叫风项，你既然已经知道了我此行的目的，那就更好，不知朴帮主把事情查得怎么样了？"

朴石安听他话音极为不恭，心中暗自有气，不知怎么回事，朴石安一看到他那副神态以及那双不可一世的眼睛便颇感不顺眼。但是，为了大局，朴石安只好忍住心中的一口闷气，大声道："朴某已派人去查了，相信很快便会有结果。"

风项冷哼一声，瞥了朴石安一眼，道："偌大一个推浪帮，居然连一个人都保护不了，现在已经快一个月了，还没查出什么消息，哼！"

这分明是对推浪帮的侮辱，朴石安不禁心生怒气，心道："你不过是武林至尊的一个徒弟，竟如此目中无人！"不过，转念一想，这件事确实是他一时疏忽，只派了一名香主去接静玄道长，才导致出现了麻烦。

朴石安强自按捺住怒火，道："朴某无能，倒还用不着风大侠来管教。放心，十日之内，朴某一定给你一个答复！"

风项头仰老高，冷笑道："这可是朴帮主自己说的，十天之内若没交出我师弟的话，到时候可别怪我泰山人不留情面。说什么有遗物相托，却没想到……哼，朴帮主你好生思考思考，十日之后若不见我师弟的人，你不仁，那我也不义！告辞！"说罢，他转身掠出门外，瞬息间便消失于大厅中。

风项这么说，倒似是朴石安将静玄道长扣压了。

朴石安不禁大为恼怒，十天之内他一定要找到那个静玄，这不仅关系到他个人清誉，还牵联着整个推浪帮。于是，他决定亲自去调查此事，定要弄个水落石出！

一盏茶工夫之后，十一匹快马奔出芦花荡。

朴石安一脸坚毅之色，任雨水冲打脸颊。人争一口气，佛争一炷香！他朴石安一定要争回这口气。将帮中事务交由新力打理，朴石安便带上十名精干弟兄直奔事发地点豫鲁交界处。

昼夜兼行，换马不换人，朴石安一行不出四天便已到达豫鲁地带。

魏于等人调查多时，事情依然没有多大的进展，只知道静玄道长两人是在河南商丘境内失踪的，他们查遍了各处树林山野，却找不出一点蛛丝马迹。

商丘这一带方圆两百里内，推浪帮没有设置分舵，敌人选择这个地方，肯定是先有预谋。这场糊涂仗究竟该怎样打呢？连对手是谁都不知道，敌暗我明，首先便输了一着。

朴石安一来，也没有更好的办法，只能用死方法——搜！不仅搜树林山洞，还要到客栈集市中去打听。然而这些人仿佛已经凭空消失了。推浪帮一共有二百余人在调查此事。其他各地分舵也在密切地监视着，可依然劳而无功。

定下的十天的限期转眼便只剩下最后一天时间了，朴石安等人已然心力憔悴，可又有什么办法呢？

难道只有认栽的份儿吗？

绝不能！推浪帮没有一个是孬种，就算只剩下一线希望，也要尽全力去争取。

朴石安与魏于二人轮流带队，今天晚上已轮到朴石安。朴石安将今晚的搜查重点放在商丘的西北部山区，他分出三十名兄弟去客店农舍询问有无疑点，他自己则亲自带领六十名弟兄在山林内作地毯式地搜查。

他们都身着夜行服，高举火把，仔细搜查每一处角落，若有可能，他们会掘地三尺。

众弟兄虽都已疲惫不堪，但依然不敢有半分松懈，这是非常时期，容不得有半点疏忽！

朴石安将众人分为四路，查探一切可疑地点，哪怕一个小小的山洞。

"啪！"一声清脆的爆炸声在空中响起，一团焰花在夜幕上经久盛开。

朴石安心里顿时十分激动，还颇为兴奋。这便是各路人马的联络信号。他迅速折身朝着烟花发射处急驰而去，几名弟兄也紧紧尾随着。

发射点在五里开外，不知有了什么发现！这么多天来一直都毫无所获，而偏偏在这最后的时刻终于有所发现，你说朴石安岂能不激动？他将轻功提至极限，速度如风驰电掣，跟随他的几名弟兄都非庸手，但均是望尘莫及。

不及片刻，朴石安已到达事发地点，那队二十多名弟兄正围在一个石洞外。洞内似乎发现了什么，大伙儿见朴石安来到，纷纷让路。

从人们的眼光及表情中，朴石安没看到丝毫兴奋之色，所有的只是震惊、恐慌和愤怒。朴石安的心不禁顿时如陷冰窟，一阵可怕的寒意涌上心头。他迅速钻进石洞，举目一看，不禁顿时失色。

他看到石洞躺着两个人！

两个他正要找的人——静玄道长以及那名香主！

他正要寻找这两个人，现在找到了，他却没有半分的喜悦，反而觉得天已塌了，地已陷了。

他看到的是两个死人，两个死得很惨的人，他们的喉咙上各自插着一支袖箭，箭已然穿喉而过，仍有少量的鲜血在往外流淌，看来他们的死没有多长时间。

朴石安强自忍住心中的不平静，走到两具余温尚存的尸体跟前蹲下，仔细察看。一旁的一名香主也赶紧向他汇报，这一队弟兄找到这个石洞时发现了这幕惨景。但这位香主不敢擅作处理，便迅速放出了烟火信号。

这时，魏于也已赶到石洞，其他弟兄也都陆续赶至。当魏于看到这副惨景时，显得很是激动，他迅速走到朴石安的身边。

"帮主，这……"他很是惊恐，一时不知从何说起。

朴石安只是百感交集地叹了一口气。

魏于忽然站起，走到洞口向众弟兄下令道："弟兄们，凶手定未走远，我们无论如何也要追到！"说罢他展开身形当先往前追去。

帮主在场，没有帮主的命令，弟兄们没有立即跟去，但这是非常时期，一刻一分都是至关重要的，马上便有不少弟兄全力去追捕凶手了。

朴石安是一时惊得忘了追捕凶手，魏于的举动方使他意识到凶手尚未走远。他立即下令除留下几名弟兄守住石洞外，其余的全速四面追捕凶手！

分配完人手后，他也马上展开轻功急驰而去。

刚掠出一丈，他突然又停了下来，并转身又飞掠回石洞，从一名弟兄的手中接过火把，便往洞内走去。吩咐四名弟兄守住洞口，剩下六名弟兄都举着火把跟着他往洞内走去。

七支火把将整个石洞照得一片通明，如同白昼。

朴石安又仔细地蹲下身察看两具尸体，这一次他看的是尸体一旁的环境。

这个石洞全部是石质构成，洞底洞壁及洞顶均是石质，有人工开凿的明显迹象。朴石安手持火把认真地查看着，不放过任何蛛丝马迹。

两具尸体的旁边根本没有任何挣扎的痕迹。这说明对方并不是在激战中将他们杀死的。对方将人杀死后，完全可能将尸体毁掉或是掩埋，然而这尸体却放在显眼处，对方在杀人后不足一个时辰的时间内，便走得无影无踪，并没留下其他任何蛛丝马迹，他们肯定是有备而来！

这是一个阴谋！

朴石安心里猛地一颤，他发现死者喉上捅着的袖箭很眼熟，熟得让他觉得有些窒息。他感到了一种前所未有的惧意。因为那两支袖箭与他平日使用的暗器——袖箭是一模一样的，甚至还可说这便是他的暗器。

朴石安拔出其中一支袖箭，仔细地一看，这的确正是他的袖箭，箭尾的铁环上刻了三道暗纹，他不由自主地伸手摸了一下腰间，发现袖箭少了两支。

这是一起借刀杀人，嫁祸于人的凶案，对方的目标便是自己！

这袖箭是如何丢失的呢？唯一的可能便是人偷的。袖箭被偷而自己毫无所知，可见这小偷技艺是如何高明。朴石安竭力思考这些天来所遇到的可疑之人。到达商丘后是绝不可能发生此等事的，他所备的袖箭只有二十支，也不可能是有人在芦花荡盗的。唯一可能的便是由芦花荡到商丘的路上，一路上他心急如焚，警惕心相对便减弱了许多。

他蓦地想起在信阳郊外碰到的一群灾民，当时，朴石安正领着弟兄们急驰，不料，一群衣衫褴褛的人从树林里冲到路上，声称是家中受了旱灾的灾民，不仅颗粒无收，还无家可归，只好出来乞讨。

朴石安见他们着实可怜，马上让弟兄们拿些银子和食物分给他们。那些灾民千恩万谢，便陆续走开了。不料，其中一位灾民突然昏倒在地，朴石安忙飞身下马前去查看，才知那人是饿昏了过去，忙又取出一些食物交给另外一些灾民，让他们喂给他吃。朴石安这才上马往商丘赶去。

现在想来，那群灾民着实可疑。他忽然又清楚记得其中一人由推浪帮弟兄手中接过一块烧饼时，不慎将烧饼掉在地上，按理说，若真是饥饿灾民，不要说仅仅是沾了些许灰尘的烧饼，就是树皮野菜也都咽得下。然而那个灾民根本就没有捡烧饼，也没有半丝遗憾。当时，朴石安有些惊讶，不过他有急事在身，也难得去理会。另外，这一路上，他们也再未看到有别的难民。

如此一想，袖箭肯定是在遇到那群灾民时丢掉的，而且那盗箭之人也绝对是那名"昏倒"在地的灾民，因为只有他才与自己接触过。

那人的相貌他依然记得十分清楚，那人不可能戴着面具，否则朴石安当然可以看出来。要知道，朴石安跟随师父学艺时，便受"百变酒丐"风青传授了些许化妆技巧，他所戴的这张面具便是风青送给他的。

然而，朴石安怎么也想不到江湖上有哪一号盗技高明的梁上人物。从朴石安的身上盗取贴身的袖箭而使他毫无所知，足见其妙手空空的技艺是何等之高。

偏偏朴石安这一路因为赶时间而疏忽了许多，以致给敌人可乘之机。

在内心里，朴石安也暗自庆幸没把《紫阳秘笈》带在身上。否则，不知不觉地让人给偷了，那可比杀了他还难受得多。当然，现在的情况也不怎么令人好过，这是一个干得很完美的栽赃事件，极有可能使人身败名裂。

眼下，有一个很好的处理办法。朴石安的心里也曾想过，将这两支袖箭收好，便可免去将来不少的麻烦，石洞内尽是推浪帮的忠实弟兄，而且他们此刻正在仔细地搜查着石洞的里里外外，他如果这么做，谁也不知道。然而，他这么想过，但没这样过，他决不会这么做！

因为，他是朴石安！

朴石安是不会做出这等苟且之事，影子歪一点有什么关系？即使真的遭人误会，他也不会做违背他内心原则的事情，他的原则便是"仰不愧于天，俯不怍于地！"

"是谁？"洞外传来一名弟兄的厉喝声，他的话音甫落，朴石安便看到了一个人。

那个人身着黑衣，在火把的光照下，很帅气，也很迷人。不仅迷女人，还能迷男人。不过，朴石安有些看不顺眼他那双其实很美的眼睛，一看到那双眼睛朴石安就不太舒服。那双眼睛的主人太傲，虽然身为武林至尊的三弟子，也该他炫耀的，但朴石安却偏偏看不顺眼。

这一次有些例外，朴石安没有斗气的心情。

其实，他也没有去斗气。

风项冷冷地问道："朴帮主，这是怎么回事？"他的口气显得有些愤怒，当看到静玄的死状时，他又多了一份震惊："师弟?!"

风项蹲在地上，望了静玄道长一会儿，怒道："朴石安，这便是你查了十天的结果。都是你们推浪帮干的好事！你等着瞧吧。"说罢，他抱起静玄的尸体便往洞外走去，当真是快如闪电，迅若奔雷。

朴石安无言以对，眼睁睁地看着风项的身影往泰山方向急驰而去。

没想到本来一件很容易的事，竟然发展到这般田地，还不知以后会成为什么样子呢！

早知如此，何必当初？

如果由朴石安亲自将《紫阳秘笈》送到泰山，或是多派些人去，那事情也不会是这样了。

下一步，便只好去寻找那个假灾民了。

这个石洞里看不出有什么名堂。

只好待魏于等人返回了。

等待，再等待。

朴石安的心情好乱。他突然体会到了江湖的险恶，一个不小心便会造成可怕的结果。

如果真儿在身边，她一定会温柔体贴地安慰他，他也不会像现在一样觉得生活好空虚、好寂寞。真儿，这可爱温柔的女孩，现在已是他的未婚妻子，她将是他一生的伴侣。有妻如此，夫复何求？

这件事办完后，朴石安便要辞去帮主之职，不再为争那一口气而沦陷于江湖之中。关于美丑，智者是一世同仁，而愚者自是偏爱美，这是世俗的限制，众人的观念如此，靠个人之力是无法改变的。

不计较美丑之分的人，不用去说，他们也不会以貌取人，例如真儿、洪雷大师、武林至尊等人，他们就毫不为我朴石安的丑陋而有所鄙视。至于其他人，他们都有自己的审美观，他们愿意以貌取人做一个庸人，那是他们的自由，他们爱怎么着就怎么着。

处理好这件事后，便要恢复本来面目，届时，谁也不认得我。然后与真儿一起隐迹江湖，做一对神仙伴侣，江湖的恩怨情仇都让它去顺其自然。创建推浪帮的宗旨是：锄恶积善，匡扶正义。朴石安现在已经做到了，也对得起他自己了。在这个世上，能做到无愧、无悔，这是个愿望，也是个行事原则，一个人做到了这一点，已是很不错了。

朴石安，不是俺，真真假假，假假真真。朴石安便是朴石安，永远都是！

还有孟母，她是个慈祥且充满智慧的人，有这样一个好干娘，来弥补从小失去母爱的空虚。其实老天爷多好，不仅给了他一个如花似玉又比水更温柔的娘子，还赐予了一个慈祥和蔼的娘——对！干娘便是亲娘。退隐江湖时，疼爱娘子，敬爱母亲，将来再添个娃娃，那种生活，是多么惬意呀！

或许现实远不及想像般完美，眼前的事便很棘手了。凶手究竟是谁呢？盗箭、杀人、栽赃，这无一不是别人有意布置的陷阱。他们所为何事？不过身正不怕影子斜，不管是什么花招，都不值得去怕。他还要留着心思去揭穿这桩阴谋，看看这主谋人究竟是何方神圣！

"二哥。"见到魏于返回，朴石安急着询问情况。说话间他探首望了望魏于身后的众位弟兄，他们并没有抓着什么人，他不由得心凉半截。

魏于略微低下了头，失望地道："我们追了五六十里路，但没见到什么人。正准备返回时，遇到了一个黑衣人，他还抱着一个人，好象是个死人，我正待拦截，不料那人轻功太厉害，一转眼便从我身边掠过，我奋力去追，却望尘莫及，只好派部分弟兄继续追捕，而我则回来向帮主禀报！"

拉着魏于走到那名香主的眼前，朴石安反而非常镇定地道："你方才看到的那黑衣人，正是泰山武林至尊的三弟子风项，他的一身武功已尽得其师真传，恐怕我们兄弟几个已无人能敌。"

魏于颇不服气，道："帮主，你怎可长他人志气，灭自己威风呢？那武林至尊再厉害，他们的徒弟也能那么厉害吗？我见他年不过二十，虽然自己可能不及，但帮主你怎能怕他？"

朴石安摇了摇头，道："我并不是怕他，我只是担心他回泰山后在他师父跟前搬弄是非，给我推浪帮带来灾难。"

"咦？"魏于惊奇地问道："那个道士的尸体怎么不见了？难道是那风项……"

朴石安叹了一口气，道："正是。"随即，他便将事情的经过向魏于讲了一遍，只是没有告诉冲灵道长遗下的是什么秘笈。

听完这一番讲述，魏于很是气愤，由朴石安手中接过袖箭，看了一下，道："这分明是杀人栽赃，那个偷箭之人究竟是谁呢？江湖上精于此道的人并不多，能从帮主身上偷得袖箭，而帮主全然不知，可见那偷儿绝不是庸手，但中原武林……除非，他不是中原人！"

一语惊醒梦中人，朴石安顿时恍然，道："对呀，那偷儿既不是中原人，与杀静玄的人又是一伙的，这些人都不是中原人，那该是什么人呢？我推浪帮可从未与非中土人打过交道。"

魏于问道："帮主，我以为是金钱盟的人干人，他们欲夺回那本秘笈，但又不敢与我帮正面交锋，于是便杀人嫁祸于我们。"

朴石安沉思了片刻，摇头道："不会的，金钱盟的人根本不知道那本秘笈在我手中，当时留下的六个杀手已全被我和真儿杀死！"

魏于道："这可奇怪了。"他蹲下身，仔细地检查了一下那个横死的香主，沉思了片刻，道："帮主，马香主是被人用迷药迷住，然后才被人杀死的。"朴石安三兄弟，都有一两项除武功以外的拿手技艺，朴石安善于琴棋书画，魏于略通医道，新力则偏爱土木之术。

朴石安当然相信魏于的判断，道："对方善于用毒，马香主为人谨慎，按理说他是不容易钻进别人的圈套的。"

五毒门？

桃花教？

蛇王教？

都不可能，五毒门远在西域，桃花教则在琉球群岛，只有蛇王教稍为近些，但他们却从未踏足中原，都犯不着招惹推浪帮呀。但是不管怎么说，对方也确实厉害，使朴石安这些人大感事情棘手。

魏于沉吟了良久，方道："帮主，还是让我到金钱盟去察看一下。"他依旧怀疑是金钱盟弄的鬼，不然他实在想不出会是什么人。

眼前最重要的是查出凶手是谁，至于泰山方面，只要将事情解释清楚就行。查出凶手后给他们一个答复便什么事都好办了。武林至尊一身正义，相信他会明察秋毫。

对于金钱盟，朴石安虽觉得有些不可能，但死马当作活马医。说不准真会有什么发现，于是，他答应了魏于的请命，道："二哥，那就辛苦你了。"拳拳兄弟情，溢于言表。

魏于拍了拍他的肩膀，道："放心吧，我定要将此事查个水落石出。"

顿了一顿，魏于抱拳正色道："帮主，我这就动身前去，你自己要多多珍重！"说罢他便转身就走。

朴石安忙道："二哥，等一等。"

魏于转身道："帮主还有何吩咐？"

朴石安点出几名精干弟兄，让他们跟随魏于前去。

不料，魏于却忙道："帮主万万不可如此，我此番是暗中访查，人越多目标就越大，反而不好。我一个人去，要进便进，要退就退。"

朴石安见他这么说，也不再勉强，道："那好吧，二哥，你要多加小心。"

魏于道声："这个自然。"便出洞上马往北而去，他座下的红马，是一匹千里挑一的良驹，脚程与耐力俱是一流。只见一阵急骤的马蹄落地声远去，转瞬便不闻其音。

先前派出查探的弟兄大部已返回洞中，朴石安取出一支讯号烟花发射而出。

片刻之后，所有弟兄均策马驰回。

朴石安派人传令给蔡健，让他密切注意这一事的动静，并拨下五十人协助。

随后，便率领所余弟兄星夜返回荆州，一切事情只有先行回到荆州，再作定夺。

不久，推浪帮各处分舵都接到了由总坛传出的通令，上面惟妙惟肖地绘画出了一个人像，下令全帮弟兄遇到此人要全力抓捕。这画像自是朴石安的杰作，他心中默记那偷儿的模样，用手中画笔将其原原本本地绘画了出来，遂印制多份，传发各舵，几乎每人都有一份。

推浪帮势力遍布天下，再加上弟兄们利用层层关系网，因此这次追捕行动如风一般，吹遍了每一处角落。朴石安是志在必得！

只要那偷儿在中原露面，那推浪帮的人绝对可以找到。即使他钻地三尺，推浪帮的人也有能力把他挖出来。

除非，他已改头换面，也许能够躲过。或是不再涉入中原，那才有可能让推浪帮的人白忙一气。

而事实上，推浪帮的人确实是没有找到那偷儿，仿佛那偷儿已然在世界上消失了。

知道这个情况后最急的人莫过于朴石安了。

魏于亦还未有消息传回。

深夜里，朴石安依然在床上辗转反侧，始终难以入眠，他满腹的烦恼忧愁，无人可听其倾诉，只有这孤寂、漆黑的夜与他相伴。

虽然睁开眼看到的只是一片漆黑，屋外点着的风灯存不存在都毫不重要，但仍然毫无睡意地将两眼睁着。

外面很安静，近段时间不断派弟兄们出去查探消息，便相对地减弱了总坛防备，晚上不再安排弟兄巡逻。于是，这夜变得比以往要安静得多。

突然，他听到院子里有一阵极为轻微的声响，如果是一个人的话，那么这个人定是一个极为厉害之人。朴石安心知，这人的轻功绝不在自己之下。他还听得出来，这人完全可以不弄出半点响声，这么做分明是"打草惊蛇"。

就算是平时，朴石安也应该出去看看，何况现在正处于非常时期。

他本就是和衣而睡的，不需要费时间去装束，提起插在床头的长剑，他便由后窗钻出，并立即折身飞上屋顶。这一连贯的动作是在瞬间之内完成的，他看到院子里站着一个黑衣人，那人个子不高，身影却很熟悉。

那黑衣人并没有再进一步行动，他不是一个刺客。他站在院子里没动，对着朴石安所在的房间喊道："朴帮主，在下前来拜会！"

朴石安听出来了那人便是武林至尊的三弟子风项，也就没有必要再藏在屋顶充当黄雀了。他长身一纵，轻轻落在院子内，沉声道："阁下深夜来访，不知所为何事？"

风项冷笑道："哼！你心里明白。我手上这是什么，这是谁的东西？"

朴石安不用仔细瞧也知道是什么东西，便面不改色地说道："这是朴某的袖箭，但这……"

风项不待他说完，便厉声问道："我且问你，这支袖箭便是杀害我师弟的凶器？"

事实如此，朴石安只好说道："是。"

风项是得理不饶人，又说道："你派人到泰山接我师弟，可是说有遗物相托？"

朴石安道："正是。"

风项又问道："我师弟以其师命为重，辞别尊者下了泰山，不料马上便身遭横死，而且偏偏是在你推浪帮势力范围之外，可有此事？"

朴石安又只好应道："正是如此。"

"好，你还算老实。"风项沉声道："我且再问你，我师弟静玄的师父所托之物是什么？"

他这是什么口气？是公堂审案吗？朴石安乃堂堂推浪帮的帮主，岂能容他胡来！

不过，此时的朴石安为了澄清这其中可能引发的误会，强自按捺住心中的怒气，说道；"这个问题恕在下不能回答，冲灵道长临终前将它托付给在下，在下怎能不依命行事，还望阁下见谅，这其中有一项江湖仇杀。"

风项问道："什么仇杀？"

朴石安调整了一下动怒的心志，依旧平静地说出了金钱盟与西天观的恩怨情仇。当然，冲灵道长所托之物他隐去未讲。

不料，风项听完哈哈大笑，良久方顿下笑容冷声道："这故事编得可真精彩，我可听说这金钱盟早已在九年前便解散了。如果此言不假，还请朴帮主将冲灵道长所遗之物拿出来让我们看看。"我们？风项不是单枪匹马而来？

这时，周围房屋内的灯光纷纷亮了起来，有不少推浪帮弟兄都拿着刀剑往这边跑来。饶是如此，却毫不见有何混乱，他们大概是被风项的笑声惊醒的。

不一会儿，已有人进了院子，不少人提着灯笼，走在最前头的是朴石安的义弟孟虎，新力也很快赶来了。

朴石安却下令众弟兄退出，新力则留在院内，他看得出那黑衣人不是一般角色，且带着一身敌意，因此，新力才决定留下来，朴石安并未反对，新力留下，有的事情还可作个见证。

朴石安说道："阁下执意要使朴某为难，那朴某也只好令阁下失望了。冲灵道长的遗物，事关重大，朴某决不轻易以示外人！"

风项冷笑一声，道："朴帮主既然故意隐瞒，那我就不客气了。你当别人不知，冲灵道长留下的是一本记录高深的武功秘笈？如若你肯拿出一见，我倒还有些相信你所编的故事，而你却不肯拿出来，这分明是居心叵测。静玄是西天观唯一的传人，你将其诱出泰山，然后截杀。从此便可以放心地自习那旷世神功了。朴帮主，你可真会演戏，以前我还以为你是一个侠义心肠之人，可不料竟会做出这等为武林同道所不齿的事，亏了师尊还在武林大会上称赞你！朴石安，你还有什么话可说的？"他已准备动手为武林"除害"了。

朴石安一时半刻之间还真的没什么话可说，他怎么也没想到对方根本不给他解释的机会，不过，他也是一个天生傲骨之人，不由仰天长笑不止，良久方道："阁下既然如此肯定是在下杀了贵师弟，那还有什么好说的，我朴石安坐得正，行得直！自认无愧于心。"

新力早就气急了，待他说完，便指着风项骂道："你这小子不要血口喷人，我三弟一身正气，如何会杀人？你若再敢胡言乱语，我就让你好受！"

风项根本就不理会他，只是对着朴石安道："朴石安，证据确凿，容不得你狡辩，尊者有令，若你俯首就擒，交出冲灵道长的遗书，念你平日尚无过错，还可从轻发落，否则，你便是与整个武林为敌！"

新力又骂道："呸！凭什么让我帮主三弟俯首就擒？别说他没杀人，即使是杀了什么人，我推浪帮没有一个孬种，还轮得着你这个臭小子说话？"

"大哥！"朴石安出言制止。他转身又对风项说道："我再说一遍，我朴石安做事一向问心无愧，如果你仍不相信，我也没有办法。至于冲灵道长的遗物，受人之托，决不轻易以示外人！"

新力忍不住又插口道："你这小子真是个混蛋，我三弟若杀了人，岂会还调派全帮之力去追查凶手？又怎么会将袖箭留下？只有你这样是非不分的人才会干出这种事！"

风项眉毛一挑，喝道："你是什么人？你们推浪帮没有一个好人！害死我静玄师弟，又故设迷阵，想让人察觉不出事情的真相。若非有人指点，我还真会相信了你们的鬼把戏！"

转声一喝，恶狠狠地道："朴石安，你是不愿束手就擒了？"

朴石安剑眉一扬，朗声道："在下自认问心无愧，凭什么任人宰割？"他情知到了这步田地，对方既认准死理，再多说亦是无益。

风项面现愠色，道："那好，就让我领教一下朴帮主的神功！"话音未落，他便身形一闪一晃，已在欺近朴石安身前。他的周身光华耀动，并不断扩展，意欲将其笼罩其中。

在旁观战的新力闻言不和，知道双方激战一触即发，正想上前先替三弟打一场，不料对方身法实在太快，早已如鬼魅般缠向了朴石安，他的手中也不知何时多了一柄软剑。

朴石安早有防备，知他这一招定然会全力施为。对于风项的武功，朴石安只是凭着直觉知道他是一名高手，但究竟如何高，尚不得而知。

知己知彼，方能百战百胜。朴石安有心一试对方的功底，遂稳步向左一跨，长剑已然在手，剑尖往斜下一切。

第十一章

他这一招正是《武羊奇书》中的一式守招，看似平淡无常，甚至还有些可笑荒唐。其实不然，这一式"朗月无云"以蓄势为主，适宜对方先动，正所谓后发制人。似只守不攻，轻轻一剑，周身就似乎平添了一堵虚虚实实的剑墙，不动则己，一动就必指对方要害。若对方心存轻敌之意，那必然会被突幻出的变招所惑而伤。

风项见他此招架式古怪，自也不敢托大，但他乃武林至尊的弟子，岂能不战而退？当即吸了一口气，手中长剑突然由快变静，从中直进，剑尖不住颤动，来速极缓，毫无威力。然而剑到中途，忽然转而向上，变招之快，当真令人匪夷所思，端的是若有若无，变幻无方。

有此一击，朴石安顿时心知这风项果非泛泛之辈，他的一身修为绝不在自己之下，忙收慑心神，潜心对敌。

高手过招，只较拆解，虽表面看来，并无刀剑相撞时的铿锵，却较此深奥得多，也危险得多。一招的输赢，对于一般的比斗而言，尚无关紧要，重新来过便是。而高手相较，一招之失，便会使己方尽失先机，一旦处于被动的挨打状态，便是败北之时了。

朴石安和风项俱知此中关切，均不敢有丝毫怠慢之处，自是全神贯注地投入战斗之中了。

两人各自施展本身所学，斗在一起。朴石安剑法气象森严，气势宏伟，似千军万马奔驰而来，长枪大戟，卷起黄沙千里。风项剑法轻灵机巧，有如蝴蝶飞舞，高低左右，莫不尽展如意。

院子里剑气纵横，偶而只有气流撞击的闷声，而无剑刃互击的刺耳。表面中似乎静如止水，实则处处暗藏杀机。新力武功不凡，却也看得惊叹不已。朴石安的武功他是了如指掌的，无论内功还是招数，都比他这做大哥的要强，但此刻朴石安似乎较往昔厉害多了，他暗想其定是遇上了江湖高人，或是有什么奇遇。然而，那风项却也不弱，他没见过武林至尊，原本以为这风项名不见经传，想必三弟只须几招便可打发。不料，缠斗了几十招，那风项仍未稍露败象。

都说"旁观者清，当局者迷"，其实不尽然，作为旁观者，新力觉得风项游斗自如，未显半分败迹。但作为当局者，风项心知自己的功力不及朴石安，单凭师门一些稀奇古怪的招法应对，时间一久便会立显不支。朴石安也是暗暗心惊，忖道："自风前辈赐酒后，自己的功力较以前已精进不少，但现在已施出八成功力，仍奈何不了风项。徒弟都如此厉害，那其师父武林至尊就更不用说了。"他身为一帮之主，对方是在误会之中，又非有何深仇大恨，他当然不以全力相斗。当年，他师父潜心修练《武羊奇书》，一身修为已达化境，只是江湖人嫌其丑陋，因此在武林中毫无名气。要知《武羊奇书》乃当世奇书。为一百五十年前号称"三圣""三魔"中的一圣武羊所著，据说这六人的武功俱已达到了天人境界，且不相上下，恰好六人中两正两邪，两个不正不邪，因此六人间经常相互较量。有的人把打架就只当作打架，而有人能充分利用打斗来提高自身的修为，采人之长，补己之短，此类人方是聪明之人。这"三圣"、"三魔"俱是旷世奇才，他们原先大都是怀着征服对方的心态，后来大概知道均是不相上下，于是英雄惜英雄，他们之间的打斗变成了切磋武艺。后来他们六人同时隐迹江湖，武林中人莫不感到诧异。从此江湖中再无顶尖高手。

直至五十年前，才有武林至尊这个超级高手出现江湖，当时与其齐名的还有两个魔头，但他们的名气远不及武林至尊，似乎是刚出道不久遇到武林至尊后便销声匿迹了。其实，朴石安的师父绝不逊色于这三人，但他淡泊名利，看透世情以致心灰意冷，他所得到的《武羊奇书》虽非正本，但其中所记载的武功精华仍在。朴石安只习得其中九成便没敢再练下去，饶是如此，他的武功也将臻于化境了。那风项虽尽得武林至尊的真传，但火候远远不够，怎是朴石安的对手？

朴石安虽胜券在握，却不急于求胜。一来，他知风项傲气极盛，若让他败得下不了台，说不准会带来很不必要的麻烦；二来，朴石安也想趁机见识一下武林至尊门下的武功。不过，正因为他怀有这两点顾虑，他与风项一时之间还真斗了个平手，有时甚至露有败像。幸亏他反应迅疾，并以《武羊奇书》中的奇招解围。

转眼，二人便已互斗了三百多招。

有几个推浪帮的香主担心帮主的安危，暗中站到院门内，孟虎更是首当其冲。

当然，他们只是躲在一旁观看。他们几人都是帮中的佼佼者，但几曾见过这等精彩场面？莫不瞪大眼睛观看。新力大概也是看得入神，竟没有发觉身后站立了几名弟子。孟虎等人虽分不出究竟谁占了上风，但他们心中已把帮主敬之若神，又见帮主从容应敌，遂放下心来，却怎么也不愿再退出了。因为场中的比武可让他们受益甚多，远胜过苦练数月。不过，他们很多时候只是见到场中剑光闪耀，根本就难以分出谁是谁。

风项渐渐有些心急，他本以为已得师尊真传，放眼天下已没有什么人能与之匹敌了，但他没想到，招式固然奇异独特，可没有雄浑的内力作辅，剑法的威力断难发挥至巅峰。若再过些时日，朴石安也无法再借助外力增强内力，他才可稳操胜算。然而，现在他却渐处下风，若非朴石安有心相让，攻少守多，他早已败北。更加上他慢慢开始有些心浮气躁，招法便有些零乱，要知习武之人最忌心浮气躁，否则必败无疑。

对方的破绽已然显露，朴石安只消一剑便可将其伤于剑下，但他此番并非争强斗胜，仅仅是出于自保，让对方知难而退。现在见对方渐显不支，他也见好就收。

风项的软剑如灵蛇般抖动，剑尖所点之处莫不是朴石安身上各处大穴，不过，认穴已无先前那般既狠且准了。他的这一剑破绽甚多，朴石安一眼便可看出，心中早有破敌之招。

只见朴石安一剑直刺对方右腕，去势先快后缓，他是留有余地让对方好及时避开。他这一剑正是风项攻招的破法。

风项见状大惊，忙右腕急收，身形亦往左一闪。若非朴石安长剑刺出后故意减缓剑势，他的一只右掌恐怕已经废了。

朴石安见风项闪开，佯装收势不及，身体向前跨出两步，模样显得很是狼狈。他忙定身站好，收剑抱拳正容道："阁下剑术高强，朴某佩服。至于静玄道长的事，我朴石安敢以人格担保，这绝非我所为！并且，我定当竭尽全力，查出凶手，给尊者一个答复，还望阁下……"

他的一句话尚未说完，风项已仗剑掠来，口中喝道："废话少说，看剑！"他的软剑如毒蛇吐信，剑尖寒光闪闪，如鬼魅般袭向朴石安。

风项心知方才是朴石安有心相让，还给了一个台阶下。但他一向心比天高，怎肯轻意言输，何况他此番是非擒住朴石安不可的！

朴石安心里早有防备，但对方蓄势而发的一剑，太过迅猛，面对这等猛烈的攻势，仿佛打雷时来不及捂耳一般，朴石安也被吓了一跳。不过，他艺高胆大，长剑反不急翻转，干脆便抬高右手，剑尖向下，格住了风项拦腰劈来的一剑！

"锵"的一声清吟，两剑相撞，倒碰了一朵好看却令新力等人身冒冷汗的火花。

风项借势左腕一翻，软剑迅速由侧变为正，恰使软剑前端就势一折，刺向朴石安的脑袋，这一招变化太快，最令人防不胜防，仗尽了软剑的优势。

眼见朴石安便要身遭不幸，方才的一念之仁，谁知对方竟以怨报德！

风项暗自心喜，心道这下你可得血溅当场，可转念一想，此次原是准备生擒此人，若他就这么死了，岂不糟糕？

然而，这一切实在是太快，他根本没有时间回招！

"锵！"

又是一声脆响！

一道银光由朴石安的身侧，斜射向上空。不过，他依然好生生地站着，并没有倒下。

风项疑惑地望着他，似乎还有些惊喜。

新力看得心惊肉跳，孟虎等人则根本不知是怎么一回事。

原来，在电光石火的一刹那，朴石安左手已射出一支袖箭，击偏了刺向自己颈间的软剑。他这一招委实危险，只要算计稍有偏差，便会血溅当场。可见他的暗器之术，已臻炉火纯青的境界，换作他人，谁敢冒这个险？弄不好，没丧命于他人剑下，反而自己把自己给杀死了。

朴石安虽有极深的涵养，但也被对方一再无理的举动给激怒了，他满眼怒意地望着风项。

风项在其逼视之下，自觉理亏，不敢直视他那精光湛湛的眼睛。这个心比天高的人，居然也有低头知错的一刻。

那支袖箭这时才坠落在地，由于箭刃锋利异常，是朴石安的师父特以金刚炼的，传于他的，因此由空中坠下时，直插入地下，只有箭尾一点红缨在外。

风项看到袖箭，猛地一振，并立即抬头，他的目光中也是怒火炽盛。风项咬牙切齿地说道："朴石安，你果真厉害！把袖箭使得这般绝，难怪这么会杀人！我今天杀不了你，当真就没有人杀不了你朴帮主？朴石安，你滥杀无辜，谋人遗物，意欲夺得西天观镇观秘笈，铁证如山却仍狡辩抵赖，又拒不交出秘笈。朗朗乾坤，岂容你这等卑鄙小人胡来！今日我定要杀你替师弟报仇！"

说罢，风项从腰间掏出一块玉佩（这块玉佩朴石安在泰山武林大会上见过，它代表着武林至尊）高举过顶，猛沉丹田之气，朗声说道："尊者信物在此，众人听令，诛杀朴石安！"

　　话音甫落，顿时便有十余名黑衣人进入院内，原来他早已有所准备。

　　推浪帮的众弟兄闻言也拥入院内，等待着朴石安下令，已将场中的黑衣人团团围住。他们平日训练有素，经此巨变却毫不显慌乱。

　　院子四周的灯光早已点着，将整个院子照得一片通明，推浪帮弟兄个个取出兵器在手，刀剑在灯光映射下散出寒光。新力、孟虎以及几名香主站在朴石安的身后。

　　朴石安大义凛然，道："阁下强词夺理，实在欺人太甚！诸位料想必都是高人，我朴石安再次声明，朴某人决不会干出那种违背江湖道义的事情。如若再苦苦相逼，我朴石安决不会任人宰割！"

　　诸多黑衣人俱不吭声，除中间有两个人外，其余之人都用怒眼死瞅着朴石安。

　　朴石安顿时明白，这些人都是听命于武林至尊的，随即不卑不亢地说道："我要见尊者！"

　　风项冷哼一声，道："你别指望可以耍花样，骗过尊者。尊者有令，如果你拒不从命，可先斩后奏，他老人家已经将你的丑行公布于天下了。"

　　朴石安心道："此事若不见尊者，恐怕难以澄清。"暗自叹了一口气，道："我可以跟你们去见尊者！"

　　"三弟！"

　　"帮主！"

　　新力等人失声惊呼出来。他们都为朴石安感到担心，担心他会一去不复返。

　　朴石安这么做也是为推浪帮的弟兄着想，他看得出来，今晚所来的这些黑衣蒙面人，个个都是江湖上的一流高手。帮中弟兄虽然都很勇猛，但与这些黑衣人相差实在太远，一旦厮杀起来，后果将不堪设想。而现在去见武林至尊，一来可以当面澄清误会，二来也可免去这场劫难，保全帮中实力。

　　风项则有些不敢相信地望了他一眼，道："算你识相，那好，你就跟我们走，不过得先点上你的穴道禁闭武功！"

　　朴石安鄙夷地看了看对方，没有说话。却转身对新力说道："大哥，我走后帮中事务就由你打理了。"

"三弟！"新力道："你不能去，这些人个个都心怀鬼胎，既然想诬陷你，他们还会放过你吗？"

风项斥道："你当我是什么人？朴石安他滥杀无辜，证据确凿，本可以将他就地正法，姑且好心答应让他去见见尊者，你们不要不识好歹！"

朴石安懒得理会，只对新力说道："大哥，你放心，我并未杀过人，谁能把我怎么样？凭我的能力，足以自保！"他这么一说，也是想稳住新力，对于武林至尊，他无法肯定其是否能相信自己。泰山一会，他觉得武林至尊虽极富正义感，嫉恶如仇，但其行事却过于专制且固执，喜欢别人按他所安排的去做。

总之，此行甚险，凶多吉少。

明知山有虎，偏向虎山行。

朴石安问心无愧，他不会怕谁，也不甘心让人给冤枉了。

新力双目露出真诚，道："三弟，做大哥的没什么本事，总不能给你帮上什么忙，这一次，不管是什么刀山火海，大哥我都陪你去！"

他们彼此握着对方的肩膀，兄弟情深溢于言表。

朴石安怎不知他是想与自己同生共死？他们三人结义时曾立下"有福同享，有难同当，同生共死"的誓言。昔日效仿刘备、关羽、张飞三人"桃园结义"的情形依然历历在目。然而此刻，他能忍心让这位结义大哥跟着自己前去受冤甚至受死？朴石安不能这么做，何况还有一件重要的事情需要托他去做。

那本《紫阳秘笈》，朴石安原打算转交给武林至尊，因为武林至尊绝不会将《紫阳秘笈》据为己有，而且《紫阳秘笈》在泰山会绝对安全。但是，风项却使他改变了主意。

泰山上，武林至尊的三个弟子以及众多侍卫中，只属这风项资质最高，最得武林至尊的庞爱。如果让武林至尊挑选传人，那么《紫阳秘笈》肯定会传给风项。

并不是朴石安存心同风项过不去。他对风项确实没什么好印象，但这不是他改变主意的主要原因。他既然答应冲灵道长完成其遗愿，但现在静玄道长已经死了，他就有必要替西天观找一个适合的传人。而风项，这人傲气极盛，他始终觉得此人并不能担此重任。朴石安是一个公私分明之人，什么事大什么事小他还分得清，他不会以私人恩怨去度量一个人。

万一真的出了事，他还可以将《紫阳秘笈》托付给另一个绝对可靠的人——少林方丈洪雷大师！

他要托新力去办这一件重要的事，又怎能让其跟己同行呢？

"有你这位好大哥，兄弟我还有何求？不过帮中一日不可无主，二哥他尚未回来，帮中的事务全靠大哥你了。"朴石安动之以情，晓之以理。

新力是个牛脾气，他认准的理儿别人是很难说服的，他坚决地说道："三弟你什么都不必说，大哥心意已决。推浪帮若没你这个帮主，还算什么推浪帮？"他的嗓门奇大，院子内一二百人都听得清清楚楚。

推浪帮弟兄齐声呐喊道："誓死护卫帮主，与帮主共存亡！"

这件事情总坛的弟兄都知道，帮主蒙冤，他们自当不服，新力这么一说，他们便异口同声地呐喊起来，并不断挥舞刀剑示威。

被团团围住的黑衣人都有一身高深莫测的武功，也不禁为推浪帮众弟兄的声势所镇，纷纷暗中运功作好开战准备。

朴石安不想趁势攻击，虽然己方人多，但对方足能以一敌十，那些黑衣人中还有几个眼中精光内敛，分明是内功极为高深，绝非泛泛之辈。另外，若兵刃相见，倒显得他做贼心虚了。

于是，他举手抱拳，朗声道："兄弟们的心意我朴石安感激不尽。但你们切莫冲动，泰山乃天下正义之所在，我只有上泰山方能澄清误会……"

新力却不顾一切地说道："不行，我新力决不赞成三弟上泰山，这些人只是些小卒，却如此蛮横不讲理，若上得泰山，岂不是死路一条？"

"放肆！"一声厉喝响起，风项的身形已如闪电般掠向新力，他意欲赏其两个嘴巴。"肆"音刚落，他的身形便已到了新力身前。

准确地说，应该是在朴石安的身后。

不，应该是在朴石安的面前，因为在那一刹那之间，朴石安已转过了身，并抓住了风项扇向新力的手腕——扣住了其右腕脉门，并大声喝道："这是芦花荡，推浪帮的弟兄还轮不到阁下来教训！"

"啪！"

还是有人挨了一记耳光，谁？

是风项！他没打着新力，而新力却赏了他一记耳光。新力本就看他不顺眼，他居然还想欺上门来撒野，简直自取其辱。

其实，风项的武功胜过新力不止一筹，若论单打独斗，新力远不是他的对手，别说扇耳光，即使是碰他一下都不可能。但是他没料到朴石安会突然转身，以致手腕脉门被扣。但即使这样，他也完全有能力格住新力猝起发难的手。可是，当他的手被朴石安扣住时，他已完全忘了反抗，似是特别震惊，以致新力的手扇上了他的脸，方才醒悟过来，可惜事情已经发生了。

新力没打第二下，因为他看到风项的眼中已蓄满了泪水，他白白的脸上顿时浮现出一个粗大的掌印，他的嘴角也渗出了些许血渍。原来，傲气冲天的风项竟也有如此脆弱的一面。新力倒不忍心再打第二记耳光，因为他满腹的怒气已消释无遗。

风项静立着没动，眼睛睁得圆圆的，泪水已完全溢满了他的整个眼眶，他的左手可以动，但他却一动也没动，似乎已经僵立了。

朴石安为这一戏剧性的变化而感到震惊，他立刻松开了紧扣风项的手掌，但风项依然没有动，右手仍然保持原状举着。朴石安知道，他们三人之间马上便要爆发出一场罕见的暴风雨了，而此刻，则正是暴风雨来临之前那最寂静的一刻，静得简直令人感到窒息！

"对不起！"朴石安知道只要一出声，便肯定是这场暴风雨的催化剂，但他还是说出了这句话。"士可杀不可辱"，当众挨耳光，这是极为受辱之事，虽然是风项先动手，但他毕竟没有完成这一动作。而新力则不客气地，重重地给了他一记耳光，他本是一个极为高傲之人，受此侮辱怎能吃得消？说不准，新力或许还有幸成为第一个打他耳光之人。

风项右手反抚右颊，他的五指有些发颤，其眼睛里的震惊成份越来越重，渐渐地，又转变为怒火，他牙关紧咬，身体发抖，显然是气得难以自制。

这种恨真是咬牙切齿，风项咬着下唇，几乎快渗出血了。

怒到极点总是需要通过一定的方式去发泄，否则会被活活气疯的。

突然，风项握起拳头，含着泪水和怒气，猛地向前一击。他的内功本已够惊人的，再加上怒极出击，更是足以开碑碎石。

朴石安正站在他的前面，风项要把满腔的怒火发泄到他身上。

朴石安在风项甫动之时，便知有这么一个结果，他完全可以轻松地避开，但避开了又能怎么样？还不是要让新力承受？若新力也躲开，那风项岂不怒火更盛！

这并不是害怕。

既然他是借此发泄心中的怒火，谁叫大哥又实在有些过火呢？那么，所有罪就让我朴石安一个人来受。

朴石安不仅不躲，反而根本就不运功抵抗，他要结结实实地承受这霹雳一击，完完全全地接受这场"暴风雨"的洗礼。

"砰！"

说时迟，那时快。朴石安被打得直往后飞，若不是新力在身后，他肯定会被风项的无上劲力击回房的。

新力并未作好准备，没料到风项不打招呼便开始动手，被朴石安撞得连退好几步方才刹住身形。他来不及去骂风项，忙察看朴石安伤着没有。

朴石安嘴角渗出了不少鲜血，他受了伤，只是不重。他想挨打都不太容易，练了这么多年的功夫，他的护体功力已有一定的基础，风项的一拳，其中八成的力量已被他的护体神功挡住，剩下的二成功力则着实承受了。因此，他没有受到重伤，虽然他确实受了伤。

也确实是由于风项的功力修为还有限。

"我没事。"朴石安从新力的怀中站了起来，没有丝毫的晃动。

新力并没有骂风项，毕竟他开始的确有些过火，朴石安也没受什么伤，因此便不了了之。

其实，他想骂也来不及了，风项在打了朴石安一拳后，转身便腾空越墙而去，临走时还用无限怨毒的眼光瞟了朴石安一眼，他要让朴石安晚上做噩梦。

那些黑衣人却走也不是，不走也不是。

朴石安的心里立即作出了一个决定。

"大哥，我这就跟他们去泰山了。"朴石安很平静地说着。旋即，他以只有他们两人才能听到的"传音入密"功夫说道："大哥，秘笈在'能者上居'的密室里，你取出后亲自送给少林洪雷大师，托他寻找传人继承西天观。大哥，我走了，帮中的事全交给你了。"最后一句话声音提高了不少。

说罢，朴石安立即转身，对那些黑衣人说道："朴某这就跟各位去泰山！"

那些黑衣人都蒙着脸，从他们的眼中看不出他们的内心想法，他们不算高兴，也不算不高兴。

"三弟！"

"哥哥！"

"帮主！"

新力、孟虎二人似是仍为不舍，诸多兄弟也眼巴巴地望着朴石安。

朴石安回过头，笑道："大伙等着我回来吧，我朴石安一定会回到芦花荡的！"

朴石安即将转身的时候，新力喊道："三弟……保重!"他想说什么，却还是没有说出来。

朴石安冲新力笑了笑，并抱拳向孟虎以及众多弟兄作别。朴石安蓦地想道："这难道就是生离死别吗？我怎么如此动情？"

他突然想起了凌真儿和孟母，正要托新力照顾她们时，又忖道："我又不是不回来，怎么这么想？"摇头一叹，便转身向那些黑衣人走去。

"诸位，请!"他率先走出院门，帮中的弟子早已让开了一条路，但他们的眼中写满了不舍。

这真的是生离死别？不，为了众位兄弟，为了真儿，为了干娘，我朴石安一定要完好无损地回到芦花荡!!!

朴石安随着那十几位蒙面高手，星夜离开了荆州，并直奔泰山而去。那些蒙面人倒也没强行封住朴石安的穴道，甚至他们根本就没吭声。

再经过一个州城时，一行人遇到了等在路旁一个亭子里的风项。

风项挨了一巴掌后，一时气急，胡乱打了朴石安一拳后，便一跃越墙而去，竟不顾自身还有事情未了。他自小生在泰山，武林至尊对其倍加宠爱，简直把他当作了天上的月亮看待，要什么便给什么，并得到了武林至尊的真传。平时心高气傲惯了，别说当众挨了一巴掌，就是一丁点的委屈都不曾受，他焉能受得了？只可惜，他虽蒙武林至尊倾囊相授，但武功却怎么也难以达到最高境界。这只能怪心高气傲，飞扬跋扈。

静玄的资质很高，武林至尊识才爱才，虽是一个落难孤魂，却依然择之为衣钵传人。风项也不嫉妒，反而对这位师弟态度极好。

本来，武林至尊派人去调查西天观被劫一事，也是毫无头绪，恰在这时，朴石安让人捎信来，说是静玄之先师有遗物相托，并嘱之尽快赶来荆州，此物极为重要云云。静玄谨遵遗命，自是不顾一切地要去荆州，却怎么也想不到刚走出家门口便去拜见先师了。

武林至尊闻此事后大为恼火，风项好不容易遇上一个年纪相若的伙伴，现在遭人陷害，便少不了说朴石安的不是。恰逢此时，有人偷偷地送来告密信，说是刺死静玄的袖箭乃是推浪帮帮主朴石安的独门暗器，并概述了朴石安本是受冲灵道长之托转交一本绝世秘笈《紫阳秘笈》，却不料其欲将秘笈据为己有，告密者出于良心才向武林至尊揭发这件事。但这告密之人是谁，叫什么名字，在信中却未提及。不过，武林至尊见人证物证俱在，相信这件事，遂让风项令人前去捉拿朴石安。

风项挨了一巴掌，一时气极倒忘了此事，但奔出一段距离后，他才猛然醒悟过来，知道大事要紧，便等在前往泰山的必经之路上。

众黑衣人见到风项，态度似是不太热情，只是冲他点了点头，算是招呼过了，有的人是连动都不动，朴石安忖道："这些黑衣人莫非不是泰山上的人？一路上也根本没听他们说过一句话，这其中有诈？但风项是武林至尊的弟子没错，就算有人装扮，那眼神却是变不了的，真是奇怪。"

这么一想，朴石安倒特意打量起这些黑衣人。只见他们高矮胖瘦各不相同，却一个个眼色如神，大都露出凶恶之光，只有一旁有两三人慈眉善目。朴石安这时隐隐觉得有些眼神似曾相识，只是却怎么也想不到究竟是谁。

不待朴石安继续想下去，风项便率先走，众人也不紧不慢地跟着。在走之前，风项以颇为怨毒的眼神瞅了朴石安一眼，却也没说什么，大概是觉得他已死到临头了，犯不着再去为他生气。

那种眼神，可真叫朴石安看着极不舒服，但大家都急着赶路，也只好隐忍不发。

众人的轻功俱是高明，一夜便可行进数百里，间或稍歇片刻又赶路。白天则休息，以免施展轻功惊世骇俗。

一路上倒都有人接应，隔了几百里，在一隐蔽之处便有一个接待点。

朴石安心道："他们为了抓我，倒还费了不少心思！"他见众人都以黑布蒙面，始终未曾露面，就连那些接待点的人都是如此。行动甚为神秘，中途似乎还更换了一两个人。

这夜，大伙儿到了河南境内东北部的一处荒无人烟的地方。这里除了树，便只有草了，连一只孤独的鸟儿都不曾有，蜿蜒曲伸的官道上更是一个行人都没有。当然，除了他们这群人。

今天是十五了，月亮应是很圆的，但漫天厚厚的云层却遮住了绝大部分的光芒。因此，天与地之间，说亮也不亮，只不过是略有些光线罢了。有这么一些光线，对习武之人来说，已经足够，在风项、朴石安等人的眼里，更是宛若白昼。

起初，朴石安对那些黑衣蒙面人的轻功感到十分惊讶，他的轻功在江湖中应该是排得上号的，但那些蒙面人在相较之下却比他毫不逊色，其中还有几人刻意比试轻功，竟大都不相上下，除了中途换上的那两个人。不过，他们也已相当不错。

路遥知马力。今晚已经赶了两三里路了，但众人的速度却依然不减，朴石安心道："这些人若都是泰山的人，那真太可怕，不论轻功和内功，他们都可在江湖上占得先锋，莫非他们真的都是……"

有一段官道是需要穿过一片密密树林的。

朴石安处在一队人的中间，凭他的直觉可以判断这个林子里有问题，凝神一察，便发现了有不少树的树顶上埋伏有人。

这可奇怪了，居然还有人埋伏，莫非是黑木堂的人？他们见我要去泰山，便要中途拦截？朴石安有些担心是推浪帮的弟兄，但无论如何，他已决定要上泰山了。

朴石安没有开口，他也怕不是帮中兄弟，再说风项他们默不作声，他也不好说。万一真的是帮中弟兄，届时立刻下令让他们撤退便是。

风项似是没有发觉有人，依然向前急行，那些蒙面人更是懒得理会。

忽然，一声唿哨惊醒了沉睡的树林。

朴石安顿时知道这不是推浪帮的弟兄，同时，发现有四五十名黑衣人持着刀剑弩箭，从树上跃下，将风项等人远远围住。

朴石安心想："凭你们也想来打劫？简直是螳臂挡车！"他冷眼打量了一下，蓦然心惊，忖道："他们莫非就是杀死静玄道长和马香主的凶手？以及灭了西天观的强盗？"

风项没有吭声，但他站着时，周身布满了杀气，像一只蓄势的猎鹰。他身后的蒙面人根本动都懒得动，有的还冷笑了几声，有几个更仿如罔闻，抄起手，放松身体，根本不把那些突来之客放在眼里。

那群突来之客中一个比较高大的人挥了一下手，顿时所有手持弓弩之人便将拉满的弩箭对着路上众人。弩箭所指方向各不相同，有的向上，有的平指，有的向右斜，有的向左斜，将路上众人的四散方向尽皆守住。那人这才向朴石安抱拳道："朴帮主，我老王还守信用吧？放心，这些人定当会葬身于此！哈哈哈，这群笨蛋。"

路上众蒙面人闻言，俱拿眼相望，都是异常震惊，朴石安更是如此。

那人又道："朴帮主，这就动手吧？"

他话音甫落，箭头如蛊虫齐飞，都是劲力十足。十三个蒙面人只有一个人掠起，风项扑起时全身罩满银光，二人分别使剑和鞭，弩箭触之便坠。

朴石安突然醒悟，这些"帮"他的人是在给他制造证据，制造他杀害静玄道长夺取秘笈的证据。

"奸贼，竟敢害我！"朴石安大喝一声，足尖一点便腾身往那方才发话之人扑去，他的长剑早已握于手中。

不料，脚下一紧，身子被拖回地面，由于事发突然，朴石安一时不察竟趴倒在地上。

原来，他身边的两个蒙面高手一人抓住了他的一只脚，他们以为朴石安是要与那些人汇合，自然不会让他阴谋得逞。

站在外围的蒙面人面对弩箭根本不动，但弩箭在他们身前尺许便弯曲着落向地面，似是撞上了什么东西。

说时迟，那时快，风项与另一个使鞭的蒙面人已杀入使弩箭的人群中，一晃眼便有三四人倒地，非伤即死。

方才说话的那人见状，忙叫道："点子厉害，撤退！"话一说完，转身便跑，他还一边跑一边喊道："朴石安，说好的你推浪帮也派来人手，怎么临时背弃信义？罢了，我老王也不贪图你的几个钱了，白搭了我老王几条弟兄的性命。"

那些"帮助"朴石安的袭击之人打架没什么用，但逃跑起来可不赖。当然，与风项、朴石安这群人相比，不差了一截。来也匆匆，去也匆匆，没有留下什么。

风项等人见他们作鸟兽散，也懒得去追击，却不是因为穷寇莫追，而是为防止朴石安跑。

朴石安被围住了，虽然这些黑衣高手只不过转过了身，仍稀稀朗朗地站着，但朴石安知道要冲出包围圈绝非易事。就算他使尽全身的功力，发动全身的智慧，最后侥幸冲了出去，那至少也是伤痕累累，跑不跑得掉还是未知数。

幸亏，朴石安没打算跑，误会尚未澄清，而且已加深，他若是跑了，那事情的真相越来越不明。

风项冷笑几声，用鄙夷、仇恨的目光死盯着他。

朴石安正色道："如果我说这些人我根本就不认得，诸位能否相信？据朴某推测，那一批人便是杀害静玄道长和敝帮马香主的凶手！"

"哈哈……"

黑衣高手中有一个身材极为魁梧的人突然仰天长笑，他便是方才使鞭之人。

朴石安惊道："阁下便是干门朱家'横鞭断长江'的朱大侠？"他从对方的笑声中听出了此人的身份，更猛然惊觉这些人都是一帮一派之主，怪不眼神都这般熟识。朴石安虽不能做到过目不忘，但对这些重要人物，见过一面之后不可能忘掉的，在泰山一会，他见到了不少帮派之主。是故，他能一眼认出。

那人冷声道："阁下好眼力！"说罢他还摘了面罩，白脸，一绺长须，果真是干门朱家朱鼎山，因他鞭法如神，江湖上的人送了他一个外号"横鞭断长江"。

朴石安抱拳道："想必各位都是……"

不待他把话说完，黑衣高手中已有七八人摘下了面罩，其余几个见状也只好摘下面罩。他们分别是点苍派掌门人"神剑"萧钟、黄山派掌门"快手量天"谢子冰、"天台四侠"丁氏四兄弟、武当派掌门的师兄"正义剑"天清子、少林寺罗汉堂洪悟大师、丐帮中原四省总舵主赵无眠、青帝门门主"春秋笔"薛枫、小寒山庄庄主"金丝侠侣"吴宝明和唐月夫妇、黑白社总巡察鲁平。其中赵无眠、鲁平二人是中途换上的。这些人都是川、鄂、豫一带几个门派的首脑人物，均奉武林至尊之命提拿朴石安。

"姓朴的，若你还是条好汉，便乖乖地随我们上泰山。"朱鼎山说道。

少林洪悟大师合十道："阿弥陀佛，苦海无边，回头是岸。"

现在，众人都相信朴石安是杀死静玄道长夺取秘笈的主谋人，是故，他们才全都摘下了面罩，再不怕得罪人了。

朴石安知道这一层意思，便沉声说道："清者自清，浊者自浊！朴某想请诸位让在下去调查一下那批人，这其中定有阴谋！"

"哦?"赵无眠道："朴帮主，需不需要我叫化子陪你一起去呀?"他的口气中尽是嘲弄。

风项冷声道："贼喊捉贼，朴石安，你少卖弄花招，否则让你去不了泰山！"

朴石安心道："现在我无论说什么都没有用，这误会已越来越深了，只有去抓住刚才那批人，才能澄清误会，否则我朴石安真的会冤死。与其糊里糊涂地上泰山，倒不如立刻闯出去查个水落石出。"

他立刻打定了主意，道声："得罪了！"

"罪"字一出口，他已旋转而起，同时用上了沾衣十八跃，脚下也踢出无上腿法，以免被人再抓住。"了"音刚出，他已擎剑在手，凌空三剑，形成一道圈，护住周身。

身体一折，他便往西疾追那群黑衣人而去。

"跑得了吗?"神剑萧钟已拦住了朴石安，他不愧为"神剑"，长剑一抖，便有九朵剑花分别袭向朴石安。

朴石安若是再往前掠飞，势必会被这九朵剑花在身上弄出几个洞来。若认真挡开，身形定会下落。

时间已不容许朴石安思考，在最后的一瞬间，他急中生智，右手一剑"天罗地网"抵挡剑花，左手同时向地面劈出一掌。在身体即将下坠之时，借助掌风弹力又拔高数尺。

"神剑"萧钟虽正在与他对敌，但见状也情不自禁地大喝一声："好！"

机不可失，朴石安立刻折身西行，这一次他将身法用至极限，如脱弦之箭。

"哪里跑！"

四道金丝应声而出，两道袭向朴石安后心，两道欲缠向朴石安的一双腿，虽后发却先至。

朴石安大惊，知道这是"金丝侠侣"夫妇二人同时发射的金丝，虽极细无甚风声，但却是极为厉害，而且速度实在太快，朴石安已无法回剑，只好坠下身形。

金丝收发由心，吴宝明、唐月二人见朴石安已落到地面，丁氏四兄弟也已趁机封住了他的退路，便收回了金丝。

朴石安早就听说"天台四侠"丁氏四兄弟的武功虽然勉强只能算得上一流之列，尚不能算是绝顶高手，但他们组合的四象阵却极为厉害。一旦别人走进阵中，除非是深知此阵奥秘，否则断难冲出。

朴石安暗忖："先下手为强，在他们阵法尚未形成之时便发动攻击。"他立刻身子一旋，剑风一绕，脚下踏着"武羊步法"，随着"惊虹走云""寒光三闪"两招连绵而出。

剑道如电，点咽喉、扫胸膛、挂两肋、刺天灵，其快如矢，其猛如雷。满天的剑花分别袭向丁氏四兄弟，这么多的剑花少说也有三十几朵，这岂不比"神剑"萧钟还厉害？

非也，表面上虽是如此，但实际上朴石安是连发四剑，方才有三十几朵剑花出来，因此他一剑只能挑起八朵剑花。

在场众人都是江湖中的顶尖人物，都看得出，但也不禁为朴石安极快的身法，极猛极狠的剑法暗暗喝彩。他们都心道："这丁氏四兄弟恐怕抵挡不住了。"但是他们自恃身份，自不会上前相助。他们只会在丁氏四兄弟真的抵挡不住时才出手。

风项可不讲究这些，他已展动身形，守住路口，他怕朴石安冲出后便再难追捕了。他在江湖上也没有名声，不怕别人说他什么，不过，他不会在丁氏四兄弟尚未正式落败时出手。

不料，一阵剑光闪过之后，朴石安依然没有冲出来。原来，四象阵随心而成，触之即发。

朴石安的剑法如神，却仍是难以冲出，不由大为心惊，对丁氏四兄弟的配合暗自叫好，当下，凝神抱元守一，想由对方的阵法中看出破绽。他师父曾传给了他一些阵法，但只是些皮毛。后来建立了推浪帮，在芦花荡中，他倒看过了不少关于八卦阵的书籍，颇有心得。

他相信只要潜心观察，必可看出"丁氏四象阵"的破绽，因为许多阵法都大同小异。然而，他没想到，这"丁氏四象阵"只是以防为主，随动而动。

朴石安不知道，丁氏四兄弟慑于他的剑法及功力，便只是保住守势，目的在于困住朴石安。其实，"丁氏四象阵"攻守兼备，倒不似朴石安所想只有守势。大概是丁氏兄弟不想朴石安如此丧命吧。

丁氏四兄弟分别守住四方，他们所使武器各不相同。守住东方的丁老大使用的是一对铁锤，南方的丁老二使用的是一柄鬼头刀，西方的丁老三使用的是一对判官笔，北向的丁老四则是一根长矛，长短硬软俱全。一般来说，行阵布阵为了追求协调，布阵之人都使用同样的兵器，而丁氏四象阵却反其道而行，似是极为悖于常理。但不看不知道，一看才知其中奥妙，丁氏四兄弟的阵法得自一古人遗书，这四兄弟均具秉性，对于武功都没多大造诣，却对于奇门之术均有钟爱。

他们浸淫四象阵法已有数十载，他们在四十岁时一齐出道江湖，立即赢得了不少声誉。无论对方是一人还是七八十人，只见四人都是并肩作战。

四象阵只有四四一十六阵变化，本是由八卦阵法演变而来，但经过几番修整，使得人数少了一半，阵势却强了一半，当真是青出于蓝而胜于蓝。

现在，他们对付朴石安的只是其中的一种，以守为主。他们的目的只不过在于困住朴石安，他们并未起杀心。

朴石安心知若不尽快破了此阵，再想走更为不易，但有些事总是急不来的。他方才全力的一击，居然不能冲出阵外，经过一番思量，发觉这阵法中的一些蹊跷，敌人入围后，不论如何硬闯巧闪，四侠必能以厉害招术反击，一人出手，其余三人立即绵绵而上，不到敌人或死或擒，永无休止。四侠招数互为守御，步法相补无隙，临敌之际，四人犹似一人。

其实，只要伤其一人，便可使四象阵溃不成军，但难就难在这四人早已心意相通，配合得毫无破绽。

朴石安突然右手握紧剑柄，左手轻扬，右足缩起，以右足为轴，身子转了四五个圈子。

他身形一动，丁氏四兄弟立即推动阵势，凝目注视着他的动静。但朴石安只是像一个陀螺似的在原地滴溜溜地打着转，并不移步向前，手中的剑只是虚晃了几下。

既然不能先发制人，朴石安便拣定"后发制人"的策略，如此旋转几圈，便已将"丁氏四象阵"全部带动。

丁氏四兄弟并不出手相击，而是待朴石安出手后再乘势扑上，四人只是不停地随着他绕着圈子。

再转了几圈，朴石安已越转越慢，他不禁大为气恼，没料他们四人竟全无进攻之意，对方不动手，他倒毫无办法了……

朴石安身子越转越慢，最后竟坐下来，双手放在膝上，脸上有着不屑一顾的神态，丁氏四兄弟心下大骇，旁观众人也大惑不解。均暗想大敌当前，朴石安居然还有此闲情玩耍。岂知，此乃朴石安的激将法，既可诱敌来攻，又可扰乱对方的情绪，使其浮躁不安。

果然，丁老大脸挂寒霜，心道："老夫只不过不想伤你小子的性命，没想到你还如此猖狂，当真我丁氏四侠怕你推浪帮帮主不成？"双锤一晃，便击向朴石安的后心。

四兄弟心意相通，如同一体，其他三人见老大动手了，便也都施展杀招。一人发招等同四人合力，料那朴石安再厉害也难逃脱这两锤。四人的杀招此起彼伏，连绵不断，一击不中还有第二击。

眼见朴石安便要一命呜呼了！堂堂推浪帮的帮主，却落得"没吃着羊肉，反惹一身臊！"

正当各人感到惋惜摇头时，朴石安却一声清啸，卷起一圈银光，拔空而起。

实令人出乎意料的是，朴石安掠起仅有半丈高时，身子蓦地向西一折，竟迎着丁老四的长矛飞去。

丁老四本是要杀他的，因为这人太狂了，竟瞧他天台四侠不起。然而，当朴石安自动送死时，他却连忙收回长矛，不准备痛下杀手，但哪里来得及？

四象阵法依然运转不停，丁老四已正对着朴石安，根本来不及收矛。突然，丁老四脚下一个踉跄，居然向右倒去，顿时阵势露出了一个大缺口。

朴石安正好乘势掠出，这不是巧合，却令所有人大感意外。

原来，朴石安在转圈的同时仔细观察过四象阵法，对四侠的步法略有所悟，加上平日对这方面的研究，是故算准方位，在拔身而起的时候放出两支袖箭，直射丁老四所守的乾位与生位，他料准丁老四的下一步是踏演位再走乾位，但又怕对方会突然改变阵法，却也只可能改踏生位。

事情也凑巧，丁氏四兄弟极为自负，你既然瞧不起这套阵法，我就偏要用这套阵法打败你。如果他们不时改变阵法，那任朴石安再聪明十倍，也断难一时破阵。

丁老四等人只以为朴石安会仗剑破阵，不料他跃起时只是疑兵之计，真正破阵的却是那两支不起眼的袖箭。丁老四在倾倒之际赶快稳住身形，立即便恢复阵势，他的反应可说是极为迅疾的了，但朴石安还是在这电光石火的刹那间破阵而出。

正在此时，从大路那边传来一阵呼喊声：

"帮主！"

"放下帮主！"

原来是推浪帮黑木堂堂主蔡健以及他率领的几十骑人马，待他们距离这儿只有四五十丈远时，风项等人才警觉。实因为刚才那一巨变令众人俱都吃惊，以致忽略了周遭的事。

如果没有蔡健众兄弟的到来，朴石安或许能顺利离开此地。但现在，群豪见到推浪帮的弟兄，就更加确认了朴石安的罪行，无不全力对付他。而朴石安，在此情此景之下，叫他如何能退？且不说群豪会更不相信他，单说他若跑了，蔡健等这批弟兄肯定要不顾一切地断后。己方虽然有三四十人，但双方实力仍悬殊。

可是，留下来又有什么用呢？当真是天要灭他朴石安吗？

朴石安到此刻方才感到敌人的厉害，既不知道他是谁，也根本没见到是什么样子，却已使朴石安面临覆灭的结局。

风项见状大怒，率先拔剑刺向朴石安，不消他吩咐，萧钟、赵无眠、朱鼎山三人齐掠上前围住朴石安，各自施展绝招。薛枫等人则分头迎击蔡健等人。除洪悟大师、吴宝明夫妇之外，其他人等莫不全力厮杀。他们原本都自恃身份，绝不愿与别人联手对敌，但眼见朴石安果真如先前那批黑衣人所说埋伏有人，分明是极具阴谋，待将他们一网打尽，然后习成秘笈上的神功，血洗江湖。于是，他们立即动了杀机，一言不发，便上前截杀，除尽魔崽。风项四人俱是招招狠下杀手，想必是恨其卑鄙，不再容他上泰山，便就地处决，以免夜长梦多，一旦让这魔头逃脱，后患无穷。

朴石安心中叫苦不迭，但围攻他的四人都是绝顶高手，尤其是"神剑"萧钟，此人出剑莫不贯注极强内功，而其剑法又精绝如神，宛如一块巨石慢慢地向朴石安挤压。风项等三人的功力稍弱，但朴石安已分出一半功力对抗萧钟，而以另一半功力对付风项三人，亦是非常吃力。仿佛置身于四周俱是石壁的密室之中，而这四周的石壁又慢慢地向他压来，时间越长，他就越觉得周身有千钧压力，更是连半个字也说不出来了。

蔡健等弟兄见帮主被困，都心急如焚，急忙策马向前，蔡健嫌马慢，已从马背上跃起。但是被薛枫等人拦截下来，谢子冰见来者中还有这么一个高手，不禁大惊，见对方不用兵器而单用肉拳，便首当其冲，当头迎上，他号称"快手量天"，在掌法上自有所长。其余人等见状则去拦截其他推浪帮弟兄，他们都是一派宗师，大都不便对这些帮众痛施杀手，点了穴后便立即收手，但朱鼎山、鲁平二人生性粗暴，一动手便可取人性命。

蔡健被谢子冰截下，双方迅速展开搏击，行家一出手，便知有没有。谢子冰心中大惊，眼前这年轻人其貌不扬，竟有如此掌力，看来没有上百招是断难分出胜负了，于是他立即展开平生绝学，以免阴沟里翻船。蔡健亦大为佩服对方的功力，他还不知道眼前这些蒙面人都是一派宗师，否则也不会感到大惊了。

其中推浪帮弟兄，除了有三个香主和一两个出众的弟兄还可独挡一阵外，其余众人大都四五个一伙，他们平时训练有素，配合得相当默契，饶是对方厉害，一时也难将他们击败。

丁氏四兄弟打得最轻松，他们发动四象阵，围住了八名推浪帮弟兄，应付自如，他们没施杀手，否则，那八人已大都倒地了。

第十二章

　　朴石安自己险象环生，自然不能分神理会别人了，他根本不知帮中弟兄那边的情况怎么样。他本就不是面前四人的联手之敌，加上心里又担心蔡健他们的安危。而对方都是江湖中的佼佼者，丝毫的分心都是十分危险的。

　　萧钟暗自心惊："若没有四人联手，恐怕还困不住他，这朴石安年纪轻轻，却有这么一身武功，若再假以时日，江湖之中恐怕鲜有对手。这么一朵武林奇葩，今日却要丧生于此，唉！自作孽。"思忖间，他生起了爱才之念，手底下也缓和了不少。

　　不过，也还够朴石安消受的。

　　风项却认定朴石安偷夺了冲灵道长遗留下来的武功秘笈，他杀机四布，定要置其于死地不可！

　　丐帮四省总舵主赵无眠的剑法平平，但内力却极为强劲，属刚猛一路，其帮主私传的降龙十八掌更是极为厉害。但丐帮的前二任帮主却资质平平，以致传到风青这一代时，已只有十四掌。风青倾囊相授，这一代帮主也只能练至十三掌，这赵无眠得到新任帮主的赏识，传了他三掌。不过这对于朴石安来说，若单打独斗本毫无所惧，但现在遭到围攻，却是极难承受。朱鼎山的一根长鞭动时成灵蛇，抖直便若长枪，鞭鞭不离朴石安的周身大穴。

　　朴石安越显不支了，一招"游龙四方"用老之时，长剑却被朱鼎山的长鞭缠住，幸亏他方才一剑暂时逼退了风项和赵无眠，而萧钟却后移了一步，但他却是以退为进，乘朴石安剑势用老之时再准备迅速长刺一剑。

　　机不可失，萧钟身形如风，悠然止住退势，毫无止滞地一剑刺向朴石安的左胸。

　　剑未至，风先到，朴石安正觉察到有一丝冷风袭向他的左胸，左胸正是心脏所在，若被击中，非得丧命不可。然而，他的右手剑已被朱鼎山缠住，左手则正运劲劈向赵无眠被击退时向他劈出的一掌，两手根本没有回缓之地，唯一可救的只有迅速飘退，但他已经力不从心了。

何况，萧钟的剑快如闪电，迅若奔雷。

朴石安心中一凛："难道我朴石安竟要这么死去吗？"

大丈夫即使要死，也应死得轰轰烈烈，痛痛快快！

朴石安心中豪气顿生，体内真气迅速游转，在发出一声清啸时，已弃剑拔高半丈。

萧钟的剑已然刺中了他的左胸，随着他的跃起，长剑在他的左胸划下了一道两寸来长的伤口，鲜血顿时染红了他的衣衫。

"住手！"朴石安大喝一声，声音依然中气充沛。他没被刺中心脏，否则他命虽不会立即休矣，却也不可能发出这声中气十足的喝声！

并非朴石安神功盖世，体内真气自生阻住了萧钟的剑，要知人力终有穷极之时，血肉之躯怎能挡住锋利之剑？

萧钟在听到朴石安清啸的一瞬间，突然觉得自己参与这场行动，是错误之举。他的剑术已达到了收发由心的境界，这么一迟疑，剑已凝住未发，仅入肉一分，当朴石安跃起之时，他更已将剑后缩。因此，朴石安的左胸只不过多了一道两寸来长的口子，性命根本无忧，出了一点血算得了什么？

虽然双方正处于交战状态，但朴石安的一声高喝却有无限的威仪，众人情不自禁地凝招不发。蔡健等人面现喜色，正待扑向朴石安身边，却遭到薛枫等人的阻拦。

朴石安飘落在萧钟等人的包围圈外，但立即又被他们围住，不过都未动手，他们想瞧一瞧朴石安究竟有什么花招要使。

看到本帮弟兄已死伤了好几人，朴石安甚感愧疚，他身为一帮之主，不仅不能保护好弟兄们，还要连累他们受罪。

"兄弟们，是我连累了你们。蔡堂主，请你立即领着兄弟们返回本堂！"朴石安沉声说道。

要是在平时，蔡健早已领命而去，但在这种情况之下，就是打死他也不会丢下帮主一人而走。

"帮主……"蔡健抗命不遵。其余的弟兄也都一副视死如归的神态。

朴石安顿时明白过来，众弟兄都是不肯走的了，命令和请求也没有多大用处……

"那好，蔡健，你立刻领十名兄弟到附近各个分舵招来援手，越快越好！"朴石安说道。借故将蔡健支走，其余的兄弟便好说了。

蔡健却仍没有立即依令行事，神情似乎甚是难以置信。

朴石安怒声道："蔡健，你还不快去办！"他生怕蔡健看透自己的想法，是故大声催促道。

蔡健忙躬身喜道："帮主，属下这就将黑木堂的的弟兄调来。"说罢他转身奔出树林。

群豪甚是奇怪他并不骑马，也没带人离开。

风项、萧钟等人都怒目瞪着朴石安，赵无眠已破口大骂道："朴石安，你这王八蛋，别做梦想逃脱，今天你难免一死！"但他却没有动手，他知道推浪帮的弟兄分散各地，要想一时之间到达这里实在不可能。这叫"远水难救近火！"

正在此时，树林猛地被照亮，同时天空中还传来两声爆响，群豪俱惊，转头看时，只见天空中已绽放出了两朵波浪般的焰火。

这是推浪帮的联络方式。

朴石安心道："蔡健如此敷衍自己，但其他弟兄相隔甚远，岂能这么快就到达这里？唉，这蔡健！"有这么一个忠心耿耿的弟兄，他此刻却是不知是喜是忧。

不一会儿，蔡健业已返回，他径直往朴石安身边走来，这次倒没有人阻拦他。

群豪虽是惊异莫名，但自信朴石安玩什么花样都已无用，因此放心地冷眼旁观。

不待朴石安提出心中的疑惑，蔡健已抢先躬身道："禀帮主，黑木堂另外所属弟兄正守在其它各路口要塞，不出一炷香工夫，便可都来到此地。"

此言一出，立刻引起群豪轰动，朴石安也大为惊讶，他万万没想到蔡健为了搭救自己，已经将黑木堂的所有弟兄都派到了通往泰山所必经的几处要道。

弄巧成拙！

群豪听蔡健这么一说，立即个个怒发充冠，本已缓和的形势顿时又紧张起来，双方的恶斗一触即发。

"神剑"萧钟冷声道："朴石安，我后悔方才没一剑杀死你！准备接招吧，本座决不再手下留情！"

少林寺罗汉堂洪悟大师的一双慈目中也已充溢着不少杀气，这个得道高僧，曾听方丈师兄提起过朴石安，对朴石安颇有好感。这次行动，他一直不肯相信朴石安会是那种恶人。因此，也没与朴石安为难，直到此时，他方才完全知道，朴石安实际上是一个阴险的魔头，方丈师兄和他都看错了人。闪了一下眼皮，只见他双手合十道："阿弥陀佛！天作孽，犹可饶；自作孽，不可活！"他一个以慈悲为怀的高僧，说出这句话时已是对朴石安愤怒至极了。

朴石安忙躬身道："大师，晚辈真的没……"

"还想抵赖？魔头，看剑！"萧钟不容他分说，已仗剑刺来，来势极为凶猛！他已不再对朴石安客气了，一出手便是他的绝招。他一动手，风项、赵无眠、朱鼎山三人也都同时施以杀手，竟将蔡健也一并纳入包围圈，并立刻有黄山派掌门人"快手量天"谢子冰以及青帝门门主"春秋笔"薛枫补充力量，便成了以六对二的局面。

其他人等也开始动刀舞剑。

蔡健心知援手很快便会赶到，遂拼尽全力，只要拖住一时半刻，便可转危为安。因此，他每一招都是展尽平生绝学，斗志极为昂扬，对方一时也奈何不了他。倒是朴石安处处见拙，他的武功本来高于蔡健不止一等，但他总想为自己辩护，这么一分神，自是险象环生。

萧钟的武功比朴石安差不了多少，方才是因为手下留情，才使朴石安能以一敌四。现在这六人目标大都对准他，又全是含怒出招，因此朴石安危在旦夕了。

"帮主，只要支持一会儿，我们的援手便会赶到……到时候这些人都得死！"蔡健处境比较轻松，见朴石安毫无斗志，只知防守躲避，处处挨打，忙出言相激。

他这么一叫，对方的攻势又凶猛了不少，朴石安身上已是伤痕累累了。

就这么死了，谁都不会同情他，大家还会骂他是个魔头，死了活该！唯一的一条生路便是澄清误会，洗刷冤情。但他若不能离开此地，却只有死路一条了。

朴石安的手脚虽未正式展开斗争，但心里却早活跃开来。

只有保住性命后方能洗刷冤情！

不怕身上有伤，只怕心中无志。一旦想通，朴石安便开始全力反击，并努力寻找对方的破绽，好突围而去。蔡健见状大喜，拼死相助，他知道只要他多拖住一人，朴石安要走便多一分机会。

朴石安、蔡健二人势同拼命，对方饶是一派宗师，且以多对少，但仍难以奈何。

《武羊奇书》中的剑法一共有六六三十六招,每招又有五种变化,均以攻势为主,正是应了"进攻是最好的防守"那句话。

主要对付朴石安的是"神剑"萧钟、风项、朱鼎山和薛枫,谢子冰、赵无眠则全力围住蔡健。

蔡健的铁拳横飞,掌影交错,时而是师传的"伏豹拳",时而是推浪帮绝学"推浪掌"。"伏豹拳"以刚猛为主,而"推浪掌"则用层出不穷的连绵之势克敌,两种武功结合在一起,竟配合得天衣无缝。谢、赵二人在江湖上久负盛名,却被蔡健杂而不乱、刚而不疏、柔而不矫的掌法拳法,弄得相形见绌。

蔡健也是急中生智,其实他一上场便落于下风,在六人的围击中若不是朴石安挡住了大半,他早已落败。后战圈一分为二,四人对付朴石安,两人对付蔡健,他也是处处受制,若论单打独斗,他可以和谢子冰打个平手,但加上一个赵无眠,却得稳操败券。

谢子冰和赵无眠自恃身份,见蔡健已显败象,他们更加全力相搏,否则若是将这事传了出去,说两个江湖成名人物居然联手还斗不赢推浪帮的一个堂主,那他们还有何面目可言?

"砰!"

蔡健又与赵无眠对了一掌,谢子冰倒不会乘机偷袭,待他们拼出了结果,方才叫道:"小子!"遂快掌出击。谢子冰号称"快手量天",是因为他出掌非常快,常伤敌于瞬息之间。

见他掌势汹涌,蔡健忙以推浪掌应敌。这推浪掌是朴石安、新力、魏于三人综合各人武功的精华而创。要知他们三人在武学上的造诣,毫不逊色于一般门派的掌门。合创的推浪掌刚柔并济,时而像波涛汹涌,推岸塌墙,时而如平湖静水,虽柔和却可承载大船,时而有若飞天瀑布直泻。大江大河之水连绵不断,一波未平一波又起,恰好可与谢子冰的快掌法相斗。

这次对掌的气流撞击声如战鼓擂动,连响不绝。蔡健居然将谢子冰击退了两步,当然他自己也后退了一步。

谢子冰恼羞成怒,运足十成功力向他猛击,同时赵无眠也使出了一记"降龙掌法"。两面同时受敌,蔡健不禁大骇,或许是由于这么一急,他本能地将拳掌齐用,分别迎击二敌。

急中生智，蔡健居然左手使"伏豹拳"迎击谢子冰，右手使"推浪掌"迎击赵无眠，如此一变招，大出谢、赵二人意料，他们以为蔡健会仍以拳敌赵无眠，以掌敌谢子冰。

双方接实之后，蔡健只觉胸腔内气息翻滚，好不难受。他虽然没有将谢子冰、赵无眠二人击退，但他们二人的情况比他也好不了多少。

蓦地，蔡健脑中灵光一现，何不将"推浪掌"和"伏豹拳"联合使用？出其不意，便可速战速决。这么一做，他如果转败为逐渐掌握主动权，便将战圈引向朴石安那边。

萧钟等人越打越心惊，对方只不过是一个血气方刚的小伙子，但内功之高，武功之精，实令人匪夷所思。在四大高手的全力围击下，朴石安居然还能力保不败，他若不干坏事，将来定能成为一代大宗师。

其实，萧钟有所不知，朴石安即使再过上二三十年，他的武功也只有这么高。如果朴石安练的不是其师父传给他的《武羊奇书》，凭着他的资质，绝对可以在江湖中成就大业，成为一代大宗师。但是他练了这门武功，便欲罢不能，达到这种境界已是够幸运的了。若练下去，于性命有害，将会步先师的后尘。虽然可以借外力增强内功，但奇珍异果毕竟太少，武林中所传说的种种奇遇也只是可遇而不可求，希望渺茫得很。先前遇上"百变酒丐"风青的时候，并不是他酒神，而是他在朴石安的酒中放了一颗极为珍贵的生力丹，才能使其增长了近十年的功力。可惜这生力丹是风青一次奇遇所得，仅有三颗，他将最后的一颗赠给了朴石安便再也没有了。

死，不要紧，也没有什么好可怕的，生死本就存在于一线之间。若是轰轰烈烈，光明正大地死，那倒死而无悔；但若是不明不白地冤屈而死，那死得也太不值得了。

朴石安不怕死，固然为了凌真儿他不能死，但如果死得其所，他是不会怕的。可惜，他现在蒙冤在身，若这么死了，谁都不会同情他。

最关键的是，他不甘心就这么死去。

虽然支援弟兄很快便会赶到，但围攻的人又多了少林罗汉堂首座洪悟大师，此人精通少林十八绝技，除了洪雷大师之外，少林寺便数他武功最高，要知道少林寺乃中原武林的泰山北斗，少林七十二绝技更是威扬天下。

洪悟大师的武功比"神剑"萧钟还要胜上一筹，他从来都不愿和别人联手对敌，但时间紧促，若不立即擒住朴石安，待推浪帮大众人马一到便迟了。洪悟大师嫉恶如仇，当他确认朴石安的确是图谋不轨时，就下定决心降妖除魔。

洪悟大师一上来，朴石安的处境顿时转危，洪悟大师的般若掌和百步神拳，令他只有招架之力。再加上身旁还有四位高手，形势岌岌可危，他体内的真气正一点点地耗尽。

幸亏这时蔡健边打边过来了，将"春秋笔"薛枫引开，使朴石安稍微轻松了一下。

朴石安以一敌五，已将自身武功发挥至极点了，薛枫一走会让他减少不少压力。但他亦暗自心焦，因为蔡健凭借招式的奇特，以一敌二或许还可以支持一段时间，但以一敌三，他是万万不行的。

果然，蔡健立刻是攻少守多，还不时地中招，薛枫的判官笔已在他身上留下了几道伤痕，鲜血直流。

如此忠心的弟兄，朴石安见他处于危境，当真心急如焚。他宁可自己死，也不愿见到弟兄跟着受难，然而他已是自身难保，只是瞥了两眼，便已分了很大的神，每向圈外看一眼，他便要付出受伤的代价。

越看心越乱，心越乱便越陷危境。

朴石安的身上到处是伤口，鲜血四处挥洒，可是这还算不了什么。他心上也在流血，为弟兄们的受难！

他心底在疾呼狂喊着："住手！别伤害我的好弟兄！"他恨自己的能力有限，连喊出声的力气都没有。只要他稍一张口，哪怕吐出一口极弱的气流，也足以让他全身真力涣散，说不准还会走火入魔。

朴石安已身处绝境。希望是有的，可他还能支持多长时间呢？

他为何要跟着风项他们走呢？早知如此，何必当初！

"啊！"

蔡健一声惨呼，他中了赵无眠一掌。

朴石安一听，心神顿时大乱，他暗道："你们这些人，都是一派之尊，却围攻我手下一名堂主，以多欺少，恃强凌弱，还有什么江湖道义可讲？真可耻啊！"在他为别人抱打不平的时候，风项和萧钟的剑已分别在他的身上留下了一道不太深的伤口。

"施主，你还不束手就擒？"洪悟大师声音有令人无法抗拒的力量。

朴石安暗自苦笑，心道："事到如今，我还有说话的余地吗？大师你不杀我，但别人误会已深，我若束手就擒，焉有命在？"思忖间，他手中长剑依然不屈不挠地抵挡可以置他于死地的杀招。

洪悟大师的内功远甚于他，萧钟、朱鼎山两人的内功也不比他差，置凭借《武羊奇书》上记载的武学，他可以独战萧钟、朱鼎山、赵无眠和风项四人，但赵无眠换成洪悟大师，他的处境便岌岌可危了。

即使论单打独斗，朴石安也只有五成的把握可在对方手下走过二百招，除非洪悟大师有心相让。

洪悟大师对几个人围攻一人的举动很不赞成，但在这特殊的情况下也另当别论，刚上场时，他并没有立即对朴石安下杀手。他想让朴石安知难而退，可是朴石安对他的警告毫不理采（他不知道朴石安是有话不能说），这位素来嫉恶如仇的高僧也动了嗔念，手底下亦不再留情。

朴石安已渐渐地连还手的力气都没有了，头顶上的真气不断外冒，能支持这么久的时间，已是他能力的极限了。

对待敌人，很少人会手软，洪悟大师虽然是方外之人，但也不例外。佛语云："惩恶即是扬善！"他为武林主持正义降妖除魔，正是功德无量的事。眼前这朴石安杀人灭口，夺人之物，居心叵测，据辞狡辩，实乃罪大恶极，还阴谋埋伏害人，不在荆州下手，好让别人不怀疑是推浪帮干的事。这等阴险狡诈之人，人神共愤，洪悟大师焉能坐视不理？

念及朴石安往日所作所为，还算侠义，只道这事是他一时糊涂之过，便给了他改过自新的机会，不料他顽固不化，分明是想拖延时间，等待援兵。佛祖有眼，不让奸人得惩，使他奸计败露，身为佛门中人，自有除魔之责。

"受掌吧！"洪悟大师的一声厉喝，远甚惊天霹雳，功力稍弱的人，立即便觉得耳膜刺痛，胸内气血翻涌，似有千斤巨石压着一般。朴石安正在全力激斗，也感到耳膜难受。洪悟大师在这一声厉喝中，使出了佛门狮子吼的内功心法。

洪悟大师双掌顿挫，一上一下，一正一侧，一前一后，这正是少林绝技之一的伏魔掌。当年达摩老祖自天竺入中华，带来了武学绝技，使少林一派顿时闻名天下，这伏魔掌便是达摩老祖所创的绝技，名为伏魔，意在嘱托后人务必以神功降妖除魔。千百年来，不少恶迹昭彰、恶贯满盈的人在伏魔掌下结束了他罪恶的一生。

一般来说，会"伏魔掌"神功之人是不轻易使出的。

说起来，朴石安倒也还算幸运，能死在这旷世绝技之下，总不算太屈。

当然，只要有一线希望，都是不应放弃的。朴石安很想赌一赌，赌本是他的能力，赌注便是他的性命。他没有选择的余地，只好尽力去争取这个没有希望的希望。

风项等人见状都收手而立，现在已不需要他们动手了，只须在旁看着朴石安，不让他乘机溜走了就行。

压力骤减，朴石安并不觉得轻松和舒服，因为更危险的事情即将到来，洪悟大师的伏魔掌给他带来了死亡的气息，他不得不全神贯注，右手仗剑，左手使掌，对付这一击，气氛紧张得可以令人窒息。

洪悟大师双掌向前缓缓平推，似平淡无奇，地上的灰尘没有被卷起丝毫。

但越是如此，朴石安就越不敢小瞧了伏魔掌，洪悟大师虽只是轻轻地一推掌，可朴石安却感到了一股无形巨大的力量当胸击来。能使掌力化为无形，于无形中伤人，这是掌法的最高境界，朴石安暗自心服、心惊。

同时，他右手全力施展《武羊奇书》中的"卸""化"字剑诀，左掌则使出变幻不定、层出不穷的推浪掌。

他不求胜敌，只求自保。行家一出手，便知有没有。他知道自己的功力远远不够，要能在伏魔掌下安然无恙是绝不可能的。

没有深厚的内功作基础，他的剑法、掌招再神奇，也挡不住"伏魔掌"的"不变应万变"。恍无声息的，洪悟大师的双掌先后印在朴石安的前胸和小腹，朴石安在紧要的关头施展绝顶身法竟欲躲避，但敌掌却如影随形。

这一掌虽然触之软绵无力，朴石安也未立即感到有什么不适，但他一时却怔得无从应对，防守得如此严密，却依然是防不胜防。洪悟大师出掌后没有再动，双手合十，双目微合，嘴诵佛经。

朴石安甚是奇怪，但他立即醒悟：趁众人惊愕之际，这是一个绝好的脱离机会。

心动身即动，朴石安的轻功不敢说江湖第一，却可算是江湖第七。然而，他刚掠出不足一丈，洪悟大师已站在他面前，依然保持着双手合十的姿态，只是口中不再念佛经。道："施主不可妄动内功，请留下秘笈吧。"

朴石安更是心惊，他一向自负轻功极高，却不料洪悟大师胜他远矣。听其提及秘笈，便答道："晚辈已将秘笈着人送到贵寺方丈大师之处，请贵寺妥为保管。大师，其间误会待晚辈查清后定当给江湖朋友一个满意的答复，晚辈告辞！"

"告辞"二字出口时，他已在三丈开外。

这次，洪悟大师未加阻拦，他依然双手合十，诵念佛经，对朴石安的离去似是毫不在意。

"奸贼哪里跑！"风项见状大喝一声，奋勇直追，萧钟等人也拔腿便追，其他围攻推浪帮弟兄的天清子等人也抛下他们，直追朴石安。

蔡健见帮主得以逃脱，心中大喜，忙想上前阻挠群雄，但围攻他的人一走，他反而觉得全身已虚脱无力，一跤跌躺在地上。其余弟兄也大多筋疲力尽，虽挣扎着想去阻挠群雄，却心有余而力不足，能动的没有别人快，不能动的则只有望尘兴叹。

此时的云雾似乎散了不少，四周已然很亮，推浪帮众弟兄清楚地看到帮主已在五十丈开外，正准备往一座山上掠去，而追赶他的人除了风项外，其他人都在洪悟大师跟前停了下来，众弟兄俱是大喜，心中也难免有些狐疑。

风项的轻功本不及朴石安，又是后发而动，两人的距离由三丈延至五丈，眼见朴石安便要窜到山上去了。风项大急，若让他跑了，那以后再想抓住他便更加不容易了。

风项手中紧扣住一把银针，身形往前一扑，使两人的间距缩短了半丈，他大喝一声："看镖！"手中的银针已然射出。

一把银针分上中下，直取朴石安身上众多穴位，去势甚疾。

朴石安惊觉身后有无数道极细的暗器以迅雷不及掩耳的速度，直袭自己背心诸穴。此时，他决不能停下来，忙取剑回头在身后以一招"漫天星雨"格开银针，而身体却依然往前掠去。

猛然，他感到全身劲道涣散，并觉得从头到脚处处如刀绞一般剧痛，似是经脉寸断，手中的长剑自是失去力道控制，只是格开了小半银针后便脱手坠地。立刻，有十余根银针刺入他的后心。

朴石安的头脑一片空白，心头顿感绝望，身体只是就势仍然向前，不过去势渐渐缓慢。

当他回过头来一看时，不禁万分惊骇地大叫一声，身体渐渐向下坠去。

风项立即追上前来，但他却以更快的速度刹住身形，万分惊骇，也尖叫一声。因为天太黑，看不出他是高兴还是失望。

洪悟大师等人也很快到了风项旁边，没有一人不觉得惊讶，洪悟大师垂头道：

"阿弥陀佛，他已中了老衲一掌，一旦使用内劲，必会全身经脉寸断，再无生还之理，老衲就此告辞。"说完，转眼便离去了。

群雄纷纷摇头，叹息。

"无量寿佛，请代贫道向尊者问好，贫道这就回武当。候鸟复还，人生不再！"天清子向风项略微打了个稽首便大步往西而去。

接着，萧钟等人也纷纷告辞而去，只留下感到无限惋惜和怅然的风项。

风项默然无声地走了，走得很快，没有理采推浪帮的众弟兄。

几名尚能行动的弟兄这才走到方才风项众人站立的地方，他们都齐声惊骇大叫道："帮主！"他们的声音里带着哭腔。

蔡健也蹒跚地与手下一名香主互相搀扶着走了过来，当他听到弟兄们的这一声惊呼时，先是愣了一下，然后不知从哪儿冒出一股力气，独自一人飞奔起来，他的心忐忑不安。

"啊？帮主！"当蔡健看到众人所看到的情景时，便一声悲呼晕倒在地。

原来，众人正站在一处万丈悬崖的边上。那片树林的地势低于这儿，而悬崖的另一边则是一座高山。因此，从远处看时，众人都以为这只是一座高山，谁会料到中间还有一处悬崖！

此时天快亮了，但悬崖下却阴森一片，更有不少雾气上涌，平添了几分恐怖。朴石安重伤之躯，摔下去非死不可。

再过了片刻，推浪帮黑木堂的弟兄纷纷到达，却已迟了很久。他们见此情景，也都悲伤欲绝，但已回天乏力了。于是众人只得忍痛救醒蔡健，蔡健强捺心中的悲痛，立即下令下去寻找帮主，生要见人，死要见尸，他本想亲自下去，无奈身上已无半点力气，只得等候佳音。

众兄弟举着火把下得山去，然而七盘八旋，他们怎么也找不到悬崖底部。因为这悬崖，便像一口深不见底的井，只是四周高低不齐，一面高山，一面山坡，两面平地。众弟兄所能到达的只是那平地罢了，两面平地中间就只有一个一丈见方，但深不见底的洞。

有几名大胆的弟兄，吊着绳索欲下去查看，但下了一丈多深，火把便熄了，里面的秽气太浓，人根本无法下去。

众人对着洞内大声呼喊，却只听见声声入耳且极为幽远的回声，这洞深不可测！

蔡健休息了半天方才恢复了一些气力，但天已经全亮了，他派人取来一根极长的绳索，本想悬一块大石头探个深浅，但又怕压着朴石安。于是便将绳子放下近百丈后，心想差不多了，便将这一端系在一块岩石上，着人在一旁守着，希望朴石安能看到绳子后爬上来。

蔡健也派人去问问当地人，可这方圆十几里内根本就没有一户人家。十余里外的人也很少有人知道有这么一个洞，而知晓的也只说里面有什么妖什么怪之类的话。

过了五六天，一切仍理不清个头绪，新力、魏于二人也亲自赶来，他们还亲身下去试探过，闭住气息，但新力下到六十余丈、魏于下到七十丈时便都承受不住秽气而上得崖来，洞内深不见底，不仅不能呼吸，而且气压特别大，闷得人心慌。

想尽了千般办法，万般计策，仍一筹莫展，他们只好极不情愿地接受了这个事实。

朴石安死了！

这种情况，他还能不死吗？

身上本已受了重伤，又跌下这深不可测的洞里，即使摔不死，洞里秽气那么重，气压那么高，闷也要闷死。

不出五天，这个消息迅速传遍了整个武林。朴石安便像一颗流星，划过天空时留下了光明的一刹那，却又迅速销声匿迹，空留无限的遗憾。

推浪帮全帮上下悲痛万分，魏于代理帮主之务，他率领帮中力量调查这件事情的始作俑者。半月后，推浪帮近千余名弟兄围歼漠西金钱盟，很快将其灭尽。原来，金钱盟的人记恨朴石安夺了《紫阳秘笈》，而设下了圈套陷害朴石安。

盗取袖箭，暗杀静玄，树林佯装救人，均是金钱盟所为。

真相大白时，参与围杀朴石安的各门派都极为愧疚，纷纷派人到芦花荡赔礼道歉，武林至尊也亲自到荆州致歉。

推浪帮众弟兄怀恨在心，纷纷要求报复各门派，魏于竭力制止，方才消去了一场空前的血劫。

当凌真儿听说此事后，伤痛欲绝地来到那个洞边，若不是旁人阻拦，她当真会一头坠进洞里殉情。但她已心如死灰，守着一丝希望，在洞旁建了一间房屋。她要守在这儿，直到有一天朴石安从绳子上爬出来为止。

孟母也陪着她守着这一线根本就不会存在的希望。

或许这一生这一世，凌真儿都会守在这儿，为了爱情，她不怕失去一切，失去了爱情，她便如失去了一切。

孟母一直为有这么一个有作为的义子而感到骄傲，也常想义子能变为女婿，但这一切都随着朴石安的死亡而破灭。她愿意在这儿守尽余生，为了一份母亲的爱，虽然她不是朴石安的亲娘。

孟虎、魏于、新力、蔡健以及推浪帮的众多弟兄，还有参加围杀朴石安的一些人，包括骄傲的风项，他们有的为了义，有的为了忠，有的为了忏悔，也时常来到朴石安坠下的洞旁。

朴石安应该感到很高兴，因为他死后会有这么多的人记得他、怀念他。他故意戴着丑面具闯江湖，是向世人证明人无论美丑，只要有才能，便都是好的。现在，他的死，使不少人从中吸取了一些血的教训，或多或少，对待美丑的看法会有所改观。

或许，他唯一放不下的，便是凌真儿，这个痴心的姑娘，怎么叫他放得下心呢？

情！

情到深处生死轻……

只有活人才会有知觉，这是不容辩解的道理，但是，人死后究竟有没有感觉呢？

按理说，人死了便一了百了，是不会再有感觉存在的。所谓灵魂，所谓鬼神，所谓阴曹地府，都是活人所想象出来的，没有人能证明这一切。

不过，绝对地否定这些，多少有些过于牵强，因为谁都没有见证过。如果真的要见证，恐怕只有死路一条，可去见证后就死了，又会有谁知道呢？

大概只有死人才知道真伪。

朴石安掉下这深不可测的悬崖后，并没有死，他的命确实够大。也许是阎王爷见他阳寿未尽，便没有叫他作客。

他确实没有死，而且还躺在一张比较舒服的床上，可惜他身体却不怎么舒服，全身的经脉似乎全都断了。要死死不了，要活也只是将就着。

人最怕是要死不活的，他以为自己死了，刚苏醒过来的那一刹那，他一直是这么认为的。但当他把地从眼睛里看到的东西经过头脑稍一加工，便可分析得出，这里是人间，而并非那子虚乌有的阎罗殿。同时他也感觉到不仅身上痛，头也似要炸裂一般地痛，想用手去摸一下，却根本动不了半分。头上似乎被什么包住了，后脑勺处如有千万根针刺着，稍微一动便痛不堪言。

他处身的地方是一个石洞，不很大，只有这一张木床，以及用大理石造就的石桌、石椅，都雕刻得甚是精致。细细一看，这石洞的洞壁也都是大理石结构，只有一处地方是木制的，呈长方形，不难看出那是一扇门。桌子上方的洞顶上有一道丈许的缝隙，只见一抹阳光从中渗透下来。据此可推断他是处于一间很隐秘的石洞里。

这儿很幽静，偶尔会有几声欢快的鸟叫声。

"鸟鸣山更幽。"他的心里说了这么一句话。话中的意境可以形容他所处的地方，只是这儿不是山林，不过悦耳的鸟鸣使他觉得很舒服，全身上下的痛似乎减轻了不少。

他突然想道："我怎么会在这儿？这里是什么地方呢？我的身上怎么会这么痛？……"

一连串想不通的问题，令他着实头疼得厉害，可惜不能动，不然他可以下床到处去查个究竟。

他又想："这地方应该有人，可那人是谁呢？是婆婆？是师父？咦，婆婆是谁，师父又是谁呢？我一直是这么躺着的吗？身上怎么这么痛？为什么又不能动？这到底是怎么一回事？如果只有自己一个人，那自己怎么没被饿死？"

他的问题稀奇古怪，且层出不穷，如果这些问题由嘴巴中说出来，肯定会笑掉别人的大牙。可是他确实又应该这么问，因为他实在是弄不明白。

"呵呵，终于……有个伴了……这些年来……呵呵"透过石洞里唯一的一扇木门，传来了一阵说话的声音。但是，他听不太清楚。

他心中大喜道："我真的不是一个人生活，谁给我作伴呢？是男人还是女人？是老的还是像我一般年轻？咦，我年轻？我今年多少岁了？我……我是谁？对呀，我是谁呢？"

脚步声已到门口，他还是在苦苦思索着："我便是我！可我叫什么名字呢？"有这么一个疑问，他倒一时将对即将见面的伙伴产生的好奇心自觉地掩藏起来。

"吱呀——"

木门开了，他仍没回过神来，直到一张慈祥的面孔出现在他的眼前，并且有一个极为和气且极为关怀，使人听起来心里暖洋洋的声音传进了他的耳朵时，他才注意起自身以外的事物。

　　"小娃儿，你醒了？呵呵，这不是废话吗？你当然是醒了，不然你怎么听得到我说的话呢？对了，你究竟有没有听到我说的话呢？"说话之人是个长着一对很长的白眉的老人，老人的脸白里透红，没有皱纹，童颜鹤发，老人的胡须也很长很白，眼睛注满了令人看着舒服的东西，可以想象，老人很激动。

　　"前辈……"话一出口，他才知道说出一句话是很困难的，他身体软弱得连说话的力量都没有了。他本想问："……这是什么地方？"但是说出了"前辈"两个字后便再也发不出声音。

　　老者和蔼地笑道："小娃儿，你是想问，你怎么会在这里吧？告诉你，你是从山上面掉下来的，这么高没被摔死你已是够命大的了。我正好在采药，见到掉下一个人来，当时也没怎么想，便接住了你，可还是不小心，让你的脑瓜子在石头上碰了一下，真是不好意思啊。哦，老头子我还没问你小娃儿的名字呢，小娃儿，你叫什么名字？家住在哪里？"说话时，老者用手抚摸着朴石安的额头。

　　好温暖的手，好令人感动的抚摸，老者使他有一种要哭的感觉。

　　"小娃儿，你叫什么名字？"老者再次问道。

　　对于这个问题，朴石安又陷于了迷惘："我叫什么名字？我是谁呢？"

　　老者本已将右手缩回，但闻言又轻柔地放在他的额头上，呢喃地说道："发烧。"突然，又想起什么似的抓起他的左手，替他把脉。

　　须臾，老者面色大惊，满脸的微笑被惊惧之色所代替，半晌方才失声道："经脉寸断?! 小娃儿，这是怎么回事？"

　　朴石安除了心脉未断外，其余各处经脉无一完整，即使是华佗再世，扁鹊复生也已回天乏术。

　　老者好不容易盼来了一个说话的伴儿，却是一个只有小半条命的一只脚已踏进了鬼门关的人，那失望的劲儿没法说。连自己都忘了是谁，岂不是白痴一个？这一摔没把他摔死，倒摔成了一个呆子。

　　"前辈，我……我什么都不记得了，我的头脑……一片空白……而且好痛……"

　　老者略微一怔，笑道："小娃儿，没事的，你只是暂时丧失了记忆而已，老头子我不会置之不理的。"嘴上虽然这么说，心里却想道："可惜三洞主已经归天了，留下的五颗仙丹已让我给用光，不然还有可能救你一命。不过，死马当作活马医，凭着我老头子的一点医术，看能否延缓你的性命。"

老者又道："你躺着别动，我去弄点药来。"

其实，朴石安根本就不能动。

"前辈……"

老者回过头来，问道："小娃儿，什么事？"

"谢……谢。"

"你这娃儿，谢什么？我又不能百分之百治好你的伤，先歇一会，我出去一下。"

说完，老者笑着推门而出。

木门沉闷地与墙壁合拢，一阵莫名的惆怅顿时涌上朴石安的心头，他闭上眼睛时，脑子里仍是一片空白。他苦苦地思索，追忆往昔，却除了老者带着慈祥而又有些古怪的微笑脸庞外，对于其余的一切东西他一概模糊不清。

这世上只有他和老者两个人吗？

朴石安心里感到一丝孤独，没人陪伴的日子是很枯燥的，以前是什么样子的呢？

经脉寸断，还有活命的机会吗？

过了没多长时间，老者乐呵呵地端来了一罐煎好的草药，赤手端着那冒着浓浓蒸汽的药罐也不嫌烫手。取下一只磁碗，放在桌上，倒好一碗药后，便端了过来。

"小娃儿，来，喝了这碗药。这样吧，你就暂时跟我姓张，叫什么呢？健健康康的，就叫张康。"

"爷……我叫你'爷爷'行吗？"

"叫我'爷爷'？那你就是我孙子了，我一辈子光棍，没有老婆，没有儿子，却有孙子，好！行！如果谁说不行我揍他！"老者喜形于色，眉飞色舞。

"哈哈，好孙子，记住，你爷爷叫张添寿，以后别人问时可别忘了这么说……不行不行，张添寿这名字天下恐怕也只有你一个人知道，跟别人说也是白搭。哎呀，看我的记性，真是老糊涂了，药都凉了，凉了药性就不太好了，康儿，快！一口气喝光它。"张添寿说罢端起药碗。

张康心里暗自叫苦："药刚出炉，岂不要烫坏嘴？"可是他嘴里刚吐出一个"烫"字，张添寿已经扶起了他，并将一碗药往他嘴里灌。

滚滚药流如破堤江水般直入肚中。

不尝不知道，一尝方知这药并不烫，冷热适中。不用担心烫嘴，只需担心苦口。

良药苦口益于病。张康不由自主地被灌下了一碗药，刚开始只担心它烫嘴，便忽略了味道，吞了三大口，一碗药已光了。

舌头动一下，再空吞一口，这才尝出个中滋味，单是一个苦字是难以形容的。那种苦是说不出来的苦，简直不叫苦，令人喝了一口后有了不愿再动嘴吃东西的感觉。

张添寿戏谑地笑望着他的好孙子那副苦得直翻白眼大张嘴巴的苦态，那药的苦味全都集中到张康的脸上了。

"康儿，好药都是很苦的，忍一忍便过去了，但对你的身体却大有好处。"张添寿安慰道。

过了一会儿，张康道："谢谢您，我身上不怎么痛了。"

张添寿道："谢什么谢，你已经是我的好孙子，我也是你爷爷了，哪有孙子向爷爷说谢谢的理儿？"顿了一下，又道："三洞主传下来的秘方自然神，对于疗治内伤那是药到病除。"心中却想："你除了心脉外，其余经脉寸断，就算不死，也会变成一个动不了的废人了。"

"爷爷。"张康道："经脉寸断恐怕难以治愈吧？您捡我这么一个废人回来，倒连累您了。"

"谁说没得治？我说过没得治吗？就算舍了这条老命我也要治好你的伤！"张添寿白胡子一翘。从张康的言语中可以看出他并不是一个傻子，只不过一时脑袋受击过重，阻塞了记忆而已。不是一个傻子，以后便多了一个说话的伴儿，一个人生活在这与世隔绝的地方，确实已感到闷了。

"谢"字到了嘴边又咽了下去，张康已觉身上不怎么痛了，还有些舒服之感，只是不能动弹。

张添寿道："嗯，肚子饿不饿，我去弄点东西给你吃，当然我也要吃了，哈哈哈……"他像个小孩子似地跑了出去。

约摸半炷香的工夫过后，张添寿才返回，老远便似发现了至宝似的欢叫道："康儿，我的好孙儿，你有救了，哈哈，你一定是个福星，这几百年难得一遇的好事竟让你给遇上了！"话还未说一半，他便飘进了石洞中，怀中抱着一大堆红如鲜血般的果子。

他说第一句话时人尚在二十丈开外，须臾之间便到了石洞里，速度真是快若闪电。

张康正闭目养神，闻言一睁眼便发现爷爷已在床前将一大堆果子摊在他的面前。

这果子的外形很像荔枝，但比荔枝大得多，血红的外皮红艳欲滴，令人唾沫欲滴。

张添寿取出一颗，边剥皮边道："这叫血果，一年发芽，二年开花，三年才结果。常吃血果可以益寿延年，爷爷我吃血果吃了百余年，什么病都没有生过。"

张康忍不住问道："爷爷，您高寿？"

"什么高寿低寿的，爷爷我不明白。"张添寿道："康儿，以后说话别那么含蓄，有什么话就直接说。"他的手停下了剥皮。

张康心道："这是礼貌，也错了吗？"他只好又问道："爷爷，我是问你的年……龄？"

张添寿道："这有什么不好问的，爷爷我活了一百二十……二十多年，具体多少年我也记不太清了。来，把这吃了！"

血果的外皮包裹着的果肉，也是通红的，红得特别可爱，一缕醉人的清香随着果皮的剥开四溢开来，沁人心脾。

滑不溜秋的，一入口便咕噜地滑下喉咙。

来不及咬破，便囫囵吞了。口中却觉得火热辛辣，但入肚后可别有一番滋味，血果的果肉迅速化为一股甘泉，涌向四肢百骸。

那舒服劲更没法说。

突然，张康感觉到空荡荡的丹田里多了一缕热流在旋转，要多爽便有多爽。

这时，又有一颗血果入口，同样是未经板牙关便进了五脏庙。丹田处又多了一缕热流，周身越显舒适，嘴里的辛辣感觉也变得有味道了。

不知吃了多少颗血果，张康丹田处的数缕极细热流渐渐拧成一团，在丹田向四处游窜，却怎么也不能突破丹田。渐渐地，倒似刀绞一般，很是难受。

原来是先甜后苦。

张添寿猛然大惊，因为张康的脸色在瞬间变得苍白无比，一会儿又变得通红如火。忙问道："康儿，你没吐核就囫囵吞了？"他赶紧察看张康的伤势。

张康根本说不出一句话，爷爷说什么他也没听进耳里。

张添寿的白胡须颤个不停，他的心里慌乱如麻，失声道："哎呀，这可怎么办？

血果的核有剧毒，你怎么没有吐出来呢？都怪爷爷不好，只顾自己吃，却没注意你。本已经脉寸断，若再中了剧毒，恐怕必死无疑了。"

张康只觉肚子越来越痛，别的一无所知，豆大的汗珠直往外冒。这无疑是雪上加霜，不过他是天生的硬骨头，宁可把痛埋在心里也不会叫出声。

他以为服了血果便是这种反应，于是强忍着。

"嗯？怎么突然这么香？"

一阵清幽醉人的香味充溢着整个石洞，张添寿大感疑惑。这阵清香被张康吸入，他几乎快忘却了体内的痛苦。

张添寿心中一愣："莫非千年仙莲开花了？不可能呀，刚才它的花骨朵尚含苞未放，它每隔一百年方开花结子一次，怎会在这片刻之间就绽开了呢？"

虽然琢磨着有些不可能，但他还是掠动身形，顺着香气如风般穿门而出。

原来这里是一个大溶洞，一共有七个人工开凿的小石洞，张康住的只是其中一个。溶洞深处还有一条通道，直通往山腹。

只见路的尽头，闪烁着阵阵灵光，宛若一处人间仙境。

山腹深处是一个大型的钟乳洞，洞中间有一个不小的池塘，池塘中满是莲花荷叶，中央有一朵奇大无比的大莲花盛开着，并发出耀目的光芒，方才所见的灵光正是源于此处，莲花散发出的香气更为浓炽，却丝毫不令人窒闷，而且还有一种心旷神怡飘飘然的感觉。

开花结子，莲蓬内满是莲子。

面对罕见宝物，何人能不心动？

张添寿自言自语道："千年仙莲百年开花结子一次，三十岁时，蒙几位洞主所赐，有幸服了一粒莲子，已能令我百毒不侵，受益终生。几位洞主本已垂死之人，但服了莲子后个个如同返老还童，四洞主天生就右足跛了，但吃了少许莲藕后便恢复正常。"

"据三洞主所说，这莲子如灵药仙丹，有起死回生之效，能使习武之人增加数十年功力，乃世间罕见的仙品。除莲子外，莲藕也具有无比的仙效，能续骨生机，使死肉重生，跛子瘫疾亦可痊愈。"

"我等了足足九十年，偏偏在这时开花，莫非与康儿有关？按理，少说还要五年方能开花结子，康儿经脉寸断，又中了血果之毒，正需要靠千年仙莲来治。"

"唉，我等了九十年，就是希望千年仙莲开花结子，服食其子后，能使我臻于化境。现在终于等到了，却又不能属于我，好失望啊。"

"这些仙品给了康儿，何止脱胎换骨？简直成了半个仙人，这臭小子的福缘好得出奇！"

"康儿是我的孙子，既聪明又善良，他得了仙莲不就等于我得了仙莲？我该高兴才对，其实，我吃仙莲，当真还能活上几年？没人作伴又有什么乐趣？唉，我真傻，连这都想不开！哈哈……我张……张添寿的乖孙子有救了！"

张添寿顿时欣喜万分，手舞足蹈好一阵子，想起孙子还在受苦，便马上开始采莲。

他一个猛翻跳进池塘，游到仙莲跟前，看到一截通体洁白无瑕的莲藕，他叹为观止。以前蒙洞主所赏才服了一颗莲子，根本没福见到这珍贵无比的莲藕。

他在心里大叫："珍品，果真是罕见的仙物！"

刻不容缓，张添寿迅速挖出莲藕，露出水面时小心折下莲蓬，便一手一物，在一片荷叶上用足尖轻点，立即跃出十余丈。他身上衣物是水淋淋的，没有一处不是湿透了，但在奔跑时，他以内功将水分化为蒸汽，刚出钟乳洞时衣服便都干了，这并不影响他奔行的速度。

张康的脸色已泛起了青黑之色，显然是毒性又已深入一层了，他的经脉寸断，正是毒素活动的好场所。不过，他的神智仍保持清醒。

事不宜迟，张添寿迅速从莲蓬内倒出十几颗莲子，纳入张康的口中。

第十三章

莲子一入口，一股比草药还苦上数十倍的苦味顺喉而下，简直难以下咽，张康恨不得一口吐尽。

"康儿，服下这千年仙莲，你的经脉便会得以重生，这种东西可是百年才有的，千万不要浪费了，快咽下！"张添寿怕张康会因为受不了那苦而糟蹋了宝物。

张康依言细细咀嚼，暗自一鼓气，总算一口吞下。

张添寿大喜，又用力切下一块藕片，也纳入他口中。莲子与莲藕本是同根生，味道却相去甚多，一种奇苦无比，难以下咽，一种却清香凉润，入口即化。顿时，张康口中再无苦味。

他的肚子里却起了翻天覆地的变化，一股极为阴柔的清流四下游走，不多时，体内毒素已全部排除，并与先前血果所产生的热流相结合，又由全身各处汇聚于丹田，再无阻塞，因此产生的如刺般的剧痛在瞬间已经消除。他的经脉居然得以接通！

张添寿见张康的肤色渐复正常，不禁面露喜色。但立刻又愁上心头，因为张康的丹田处，渐渐胀起，须臾便如肚中生了一个大南瓜。他心中大惊，一时不知所措，急得直挠头。

"对了！"张添寿心神一动，将左手按在张康的丹田处，右掌按在其头顶百会穴，左掌不断地在其丹田处缓缓移动，他是以自身真气为孙子解除痛苦。

张康丹田里四处乱窜的激流，实际上是一股真气。血果、千年仙莲都是罕见之品，血果产生的是一种至阳内劲，其服法正是要囫囵吞，最有用的部分则是张添寿认为是弃物的核，果核坚硬，却遇胃酸即融。张添寿百年来一直只以果仁为食，已能百毒不侵延年益寿，若能以正确方法食之，他早已臻化境得道成仙了。

事情不可能尽善尽美，张康无意之中得此福缘，却误以为中毒，以后便再没如此食法。

千年仙莲的莲子同样是化成至阳内劲，莲藕则化为至阴内劲。阴阳本应互调，但张康体内阳气太盛，才有丹田膨胀的现象。

如果此时他再吃一些莲藕，体内异象便会顿消，并且阴阳互调，平添一身极强内功。

张添寿源源不断地将真气由双手输入张康体内，并且引导其丹田内的真气四处游走，通经过脉，倒也一路顺畅。但经任督二脉交汇处时受阻不前，张添寿本想助孙子打通任督二脉，却考虑到孙子身体尚残，恐怕经受不起冲击，便作罢。要知道张添寿的内功高得连他自己也弄不清楚，普天之下绝不会再有人能超过他。绝后倒没完全把握，空前却是绝对的，个中原因，容后再表。

当张添寿将张康体内真气重新引回丹田，并准备将自己功力收回时，却出现了一些麻烦，他注入张康体内的功力见异思迁，已融进张康的体内，不再受他的控制。他顿时大惊，忙运劲吸回，却毫无功效。

转念想道："我体内的真气反正是多得用不了，康儿不是外人，他可是我的好孙子，真气在谁的体内还不一样？"

这么一想，他便欲收掌，不料，双掌竟似粘住了一般，不能从张康手中移开。他心中骇惊，可是体内的真气也在这一惊之间一泻如注。

正待运功吸回，又想起反正是自己的孙子，吸就吸吧，吸得了多少都是你的福分。于是，张添寿任其自然。

张康并没有练习吸功大法，他只知丹田处像一个地势低洼的湖泊，需要四周的河流来补充水量。张添寿注入的两道真气实乃一阴一阳（这个连他自己都不知道），不仅没能补充张康体内"湖泊"的空虚，反而将"湖泊"越拓越大，自然也就欲罢不能了。

张康的经脉在服了血果和千年仙莲后已恢复通畅，真气的流通更加快了复原的速度。这也幸亏及时，若再拖上一两天，待经脉僵化，那就是再神奇的仙物也没有用了。

张添寿任由体内真气被吸，张康则身不由己地吸收了它，他恐怕尚不知是怎么一回事，只觉得体内很"饿"。

持续了一炷香的时间。

张康的头顶上已开始冒烟，而张添寿仍是一如当初，似乎被吸的不是他身上的功力。这么一大段工夫，他少说也已被收去了一甲子的功力，按理说，他应该疲惫不堪，虚脱无力了。可事实却并非这样，他仍然红光满面，更有一种肩上挑着的重担正一点点地减轻般的感觉。

张康头顶上的白烟渐渐变得更浓，不过，张添寿却早已舒爽地闭上了眼睛。

无论做什么事都有一个度。

张康丹田容量有限，达到了这个极限，再怎么开拓也无用了。一阴一阳两股真气源源不断地吸入体内，使他丹田的容量拓展到了极限，接着便开始吸纳为己所用了。

这样吸纳，输进的功力便更如大江堤溃，很快便添满了整个丹田。

张添寿毫不在意，他越来越觉得舒服，简直要蹦起来了——希望孙子能吸到更多的功力，他根本没睁开眼睛。

所谓满而自溢，张康体内丹田的空间达到了饱和，真气便会自动地往四周经脉扩散，否则张康的丹田定会胀炸。

强悍的真气似一条灵蛇，在一个深深的洞内游走。有隙它就钻，即使遇到了阻塞，却没有退路，只好拼命往里钻。打通玄关是练武之人梦寐以求的事，一旦玄关打通，即是任督二脉通了，那也就是说达到了通玄境界。

张康觉得一团气流在体内左冲右撞，却始终找不到出路，若是换作常人，会渐渐昏迷，而张康却是想昏迷而不能。只觉胸腹剧烈胀痛，若不是张添寿的左掌按在他的丹田上并不断传入真气，只怕他的肚子早已爆炸了。

蓦地，张康体内前阳后阴之间的会阴穴上似乎被真气穿破了一个小孔，登时觉得有丝丝热气从会阴穴流到脊椎末端的长强穴，两穴一属任脉，一属督脉，两脉内息各不相通。而他体内四处溢散并逐渐增强的真气，竟在危急中自行强冲猛攻，替他打通了任督二脉的大难关。

真气一通入长强穴，登时沿脊椎上升，顺即游走遍背上督脉各个要穴，最后直达到顶门的百会穴。

真气冲到百会穴中，张康只觉颜面一阵清凉，一股凉气从额头、鼻梁、口唇下来，通到唇下的承浆穴。承浆穴属任脉，任脉在人体的正面，这股清凉真气一路下来，自承浆穴直回会阴穴。如此一个周天，张康体内的所有不适之感全部消除，说不出地畅快受用。体内也不再吸收张添寿的功力了。

所有真气化为己用，第一次通行时甚为困难。但任督二脉打通后，真气便如轻车熟路般，飞快运转，顷刻之间连走了十周。

张康怎知他在这短暂的时间已成为一名拥有极高功力的武林绝顶高手，他只欣喜于四肢百骸每一处都有精神力气勃然兴动，体内的经脉早已畅通无阻。不过他知道爷爷耗费内力为他疗伤。

张添寿直到功力不再外泄时方才睁眼相看，不禁面现惊愕之色，孙子居然在床上打起坐来。

"康儿的经脉……好了?!"他急着为张康切脉，立刻大喜。张康不仅经脉通畅，而且内息竟汹涌澎湃，生生不息，这正是通了任督二脉方会有的脉象。

"爷爷，我能动了！"张康欣喜万分，知道若没有爷爷，他这一辈子恐怕只有在床上当寄生虫了。他下床后便跪倒在地，恭恭敬敬地向张添寿磕头。

张康感动地道："康儿叩见爷爷，愿爷爷寿与天齐，天天开心。"他已正式认定自己叫张康了，以前的事情既然已经记不起来了，过去便让它过去吧。

张添寿好久没有这么开心过，泪水都快流出来了，他激动地扶起张康，道："没事就好！没事就好！哈哈哈，爷爷今后有人作伴了！"

但转念叹了一口气，又道："康儿还年轻，不应该陪我这孤老头子过一生。"

张康道："不，爷爷，康儿愿意陪您一生一世，让您过一个安祥的晚年。"

张添寿慈爱地抚摸了一下孙子的头，笑道："傻孩子，你的记忆虽然暂时丧失了，但总有恢复的时候，再说你掉下悬崖时经脉寸断，定是被江湖高手所害，你应该去查清楚。唉，若是三洞主在，就好了。"

张康被一大串的疑问弄得云里雾里，问道："爷爷，这是悬崖的底部？你功夫那么高，怎么一个人生活在这没有人烟的地方呢？三洞主又是谁？是爷爷您以前的朋友吗？"

张添寿认真地说道："康儿，先别忙着问，你的任督二脉虽然通了，但你却不知道怎样行功运气，我先教你一种内功心法，你可要听仔细了，不懂或是记不清的地方就问爷爷。"

接着，张添寿便口述内功心法口诀，口诀不很长，却也有几百字。他担心张康不能一下子记住，便再重复一遍。

不料，张康在他重复口述时，已然开始行功，动作方法尽合要旨。张添寿这才知道他重复其实是啰嗦，孙子不需要他解释重复已经悟通了。

"攻""卸""引""吸""挡"五字要诀他已全部领会。

平空得了这么一个聪明绝顶的孙子，张添寿心里美滋滋的。

接下来的几天，张康勤加练习，个别不明白的地方只稍问一声，爷爷便会为他解答。

其间，张添寿向他讲述了关于这山洞的故事。

一百三十年多年前，江湖上最厉害的人物"三圣""三魔"无故隐退，没有人知道其真正原因，更不会知道他们到哪里去了。大家纷纷推测，"三圣""三魔"定是相互比斗致使两败俱伤。因为"三圣"与"三魔"素来不和，尤其是"道圣""武圣"与"琴魔""心魔"四人之间，矛盾特别突出，他们两正两邪，每隔两年定会到恒山上比试武功。而"医魔""赌圣"二人则做中间人，两不相帮，充当证人。

其实，众人只猜对了一半，"三圣""三魔"确实是在比武后退出江湖的。但是，他们并没有斗得两败俱伤，相反，他们摒弃前嫌，称兄道弟，同时隐退江湖。从此，他们便在这绝世之地潜修武学，共探人生真理，再不理江湖俗事。

一日，一个约摸周岁的男婴被人丢下深洞，适逢六人正在练功，便救了下来。原来这婴儿得了怪病，全身青紫，且不断冒着红汗，衣着华丽，大概是哪家富人子弟，家人见其体像骇人，又身患奇疾，便狠心将他扔下这深不见底的洞中。

三洞主"医魔"一身医术通天，救死扶伤是他的特长，但也费了三年时间才控制住那男婴的病情，若是换上别的大夫，恐怕就是费尽一生时光都会束手无策，一直到当年那婴儿长到三十岁时，恰逢千年仙莲结子开花，方才病根尽除。

那婴儿正是张添寿，他之所以叫"添寿"，乃"道圣"为他取的名字，原意是想他身患之病能够痊愈，长寿无灾。张添寿果真不负众望，一直活了一百二十多年。

六位洞主分别是大洞主"武圣"武羊、二洞主"心魔"莫惹、三洞主"医魔"羊有疾、四洞主"道圣"紫阳真人、五洞主"赌圣"郝运通、六洞主"琴魔"诸葛弦。

其中以"武圣"武羊的武功最高，也数他脾气最暴躁，当他见张添寿被人弃下悬崖时，当下便同"琴魔"诸葛弦二人一同出洞，查知张添寿是方圆百里内最富人家张员外的十姨太所生的儿子。因其出生时张员外正好倒了一个大霉，张员外便视此子为灾星，甚不喜爱，张添寿在周岁时突患怪疾，碍于十姨太的软磨硬求，张员外才答应请大夫，花了一大笔钱后，张员外大为心疼，就暗里派人将张添寿丢到那深不见底的悬崖下，却谎称送儿子去一名神医那里求诊。武羊大为震怒，立即找到张府，将张员外给杀了，取得大批财宝，并将其人头悬挂在张府的大门上，十几名护院武师根本起不了作用，不消片刻，全部被杀。武羊将从张府所取来的金银珠宝全部交由张添寿保管，其实他们在洞内生活，就是金山银矿，要了也没有什么用处。后来张添寿央求武羊将钱财拿去散发给附近的穷人，算是为父亲赎罪，不料，这附近的人家早已搬迁，一家不剩。

此后，"三圣""三魔"再未现身江湖，三十年后，他们六人都觉岁月不饶人，身体大不如从前了。"心魔"莫惹最小，却也有一百一十三岁了。恰逢千年仙莲花开，他们方又精神矍铄。十年后，他们知大限已至，不再是外力所能阻止，他们每人传了一甲子功力给张添寿，并交代了一些后事，便一齐无疾而终。

是故，无论张康怎样吸收功力，张添寿都笑而承之，因为他体内的功力实在太高，其实说他空前绝后实不为过。

说到此处，张添寿不禁面露困惑之色。原来，六位洞主在仙去的那一天，张添寿全未见其人，死未见其尸，到如今他还弄不清他们是死是活，或是得道成仙。只记得六位洞主最后只叮嘱他日后若有人入洞，便让其住在五洞主"赌圣"郝运通的洞里。（也就是张康所住的石洞）

张康的脑子里根本没有百年前中原武林最杰出的"三圣""三魔"的印象，他只是像听故事般听着，觉得奇怪的地方问一下，爷爷便会为他娓娓道来，终使他十分明白了，除了跌下悬崖以前的事，他都弄得清清楚楚。

累了就睡觉，饿了便吃果子，闲了便练功，或是四处逛逛，日子倒非常容易打发。

一天，张康独自一人坐在石洞里打坐，运功三周天后，便坐在桌前吃血果。爷爷却采药去了。

他现在知道吃血果要吐核了。

血果的外壳、果仁都殷红如血，就连叶子的茎脉都是红色的，唯独果核是漆黑的。大概是红得发黑吧。

张康无意中捏起一颗果核，没怎么用力，那核就破了。要知，他体内已有一甲子以上的功力，这小小的果核焉能吃得消？

突然，他定睛看着一个地方。

"咦?"显然是大惑不解。

不是为了捏碎的果核，果核的秘密只有吞进肚子才会知道。

他的视线落在石桌桌面的一个图案上，桌面上刻着的是一群背上长着翅膀的飞马，花纹极细。此时正好从洞顶上的缝隙里射下一线日光，否则断难瞧出来。图案刻得甚为精致，但马的头与身子却并不连在一起，各自离开了一尺多位置。他暗忖道："想不到这六位武林前辈还有如此高明的雕刻水平，这飞马栩栩如生，可为何头身不为一体呢？"思忖间，他觉察到右手黏乎乎的，一看原来是果核被他捏破后，里面一些黏性的东西便留在他的手上。他自然地伸手在桌沿上一擦。这时，他好奇地抓住石桌边缘，自右至左扳，他想看能否使飞马的头和身子合拢。石桌的边缘与圆桌心原来是分为两截的，可以移动，但扳得寸许便不动了。张康见桌面可以活动，看出了一点端倪，暗一使劲，慢慢地把边缘扳将过去，使得刻在桌缘一圈的马头与刻在桌心的身子连成一体，刚刚凑合。张康暗自心喜，正待仔细欣赏一下这雕工细致的飞马图时，却听得身后轧轧连响。

回头看时，只见木床下面出现了一个大洞，张康大惊，上前移开大床，只见洞下是一道梯级。洞内并不黑暗，且隐隐有光线透出。

张康大感惊奇，心道："六位老前辈嘱托爷爷让有缘人住在五洞主郝老前辈的石洞里，莫非就是这个原因？"他想立即去找爷爷，但耐不住渐渐加重的好奇心，他立即跳将下去，往内直走。

先是一段甬道，弯弯曲曲的，似乎从深处有一丝光线传出，因此甬道内一切看得很清楚。转了两个弯，在一个转折处的墙上写有几个醒目大字："前面危险，速回！"

张康停下了脚步，心道："六位老前辈一再叮嘱爷爷要让有缘人住进郝老前辈的石洞，一定是暗示此洞内有机关，可为何又叫人转回呢？算了，既然不让进去，我不进就是了。"正待转身离去，突然悟道："对了，他们在这儿写上警告，定是试人胆识，否则为何不在洞口写上，又何必再三叮嘱爷爷？这洞中肯定是什么机关都没有。"

当下，他打定主意又往内走去，他走得更踏实，根本就没有防备。

再转一个弯，张康顿觉眼前一亮，出现了一个石室，正中有一颗牛眼般大的夜明珠，使屋内亮如白昼，夜明珠下面有六位须发皆白的老人，如老僧入定般坐在一张两丈长的石床上，他们整齐地坐成一排，并且每人的石床前面放着一张蒲团。张康心里一凛，忙上前在中间一张蒲团前下跪磕头道："无知小辈张康擅闯宝地，请前辈们恕罪。"

张康把头磕得"咚咚"直响，可那六位老者却似根本未曾听到，毫不理会，甚至半点动静都没有。张康暗自奇怪，他耳目特灵，五丈内的叶子落地声都能听得出来。不过，他仍规规矩矩地磕着头。暗自忖道："这六位老前辈便是爷爷所说的六位老洞主吗？但不可能呀，六位洞主前辈早就死了……不对，爷爷说六位老前辈无端失踪，不知生死……"思忖间，他忍不住抬起头来。

只见六位老前辈面貌各异，一个面露威仪，一个脸显凶相，一个瘦削，一个肥壮，一个清雅，一个粗犷。只是六人的神情俱是祥和，且脸色均为苍白，毫无血色。仔细一看，张康才知六人早已不是世间人了，自嘲地摸了一下磕破了，淌着血的额头。取出爷爷所研制的药粉抹在伤口处，顿时血止痛消。

低头看时，却发现适才额头所猛磕的地方比其他地方略微凹些，他伸手轻轻一按，竟又下陷了一些，再按却按不下去了。他不禁大感诧异，凹下的地方呈方形，大概一尺长宽。将手掌贴在上面，暗运"吸"字心法，居然吸起一块寸许厚的石板，而石板下则有一个小方洞。石板上大下小，方洞亦是如此，方洞口处铺了一层泥土，不动时这石板与周围相平，而一压便会使它下陷一些。看来，这六位老前辈是准备让别人磕头的。小方洞内有一个小铁匣，取出打开，里面放有一张纸和一本书。

纸上写着："请如法炮制，取出另五个蒲团前的东西。"

张康不及细看那本书，便放下铁匣，到旁边的一个蒲团前依法开启小方洞，里面果真也有一个铁匣，另外几个蒲团前的小洞里也各有一个铁匣。全都取出后，张康才一一打开铁匣，只是每个铁匣里都是一张纸和一本书。纸上所有的内容都与第一个铁匣里的那张纸一样，想必是以防只有一个石洞里的铁匣出土，无论在哪一个蒲团前跪下磕头，都会发现这一秘密。当然，不碰它，便不会知道的。

六本书分别是《赌经》《子午针灸经》《广寒论琴》《无武论》《勾诱》《奇门要领》，正是昔日武林"三圣""三魔"所著。他们将一生所学之精华分录于书，留待有缘人。原来，他们以为武功才是精华，直到他们之间互斗了几十年方在陡然间明了，武学只是一种工具，一种用来杀人的工具，有人用它为恶，有人用来扬善，但都摆脱不了杀戮和战争。在江湖中行事数十年，他们的手下不知丧生了多少人，回想起来，无论是杀了好人，还是杀了坏人，但总归是杀了人。人杀得多了，一旦醒悟，会为以前的行为忏悔，蝼蚁尚且偷生，何况是人？每个人都有生存的权利，强行剥夺是不对的。佛语曰："放下屠刀，立地成佛"，其中的佛理并非一言半语所能明了的。

总之，存在的都是合理的。人的善恶之分，战争与和平这对伙伴，都是同步发展的，不可能有绝对的江湖以及绝对的人。

六位武林奇人总结一生武学所成，得出的最高结论只是一句话：以无胜有！

"武圣"武羊所著的《无武论》主要阐述的便是这个道理，任何事物都是由无到有的。无是有的基础，武学也只是人们通过经验所创出的无数事物中的一种。大多人习武注重一招一式的得失，方才使武学有了派系之分，武学看似博大精深，实则很浅湿，达到"无"的境界便达到了武学的最高境界。无天、无地、无人、无我，其中最关键的便是无我。我不在了，还谈什么伤与被伤、杀与被杀呢？

"赌圣"郝运通所著的《赌经》，"琴魔"诸葛弦所著的《广寒论琴》，"医魔"羊有疾所著的《子午针炙经》，"道圣"紫阳真人所著的《奇门要领》，"心魔"莫惹所著的《勾诱》，均非武学秘笈，每本书前都有各人对武学的看法，都认同武羊的观点，是故并不留有武功秘笈，而是分别就各人所专长的赌术、音律、医术、道术、摄术录著成书，以增后世有缘人。

张康潜意识里以为这些书会是记录绝顶武功的秘笈，而事实却非这样，不过他并无半点失望之情。因为这几本书都记录了六位先人的精华。张康想不起从前的事，灵台反倒是一片清白，心无旁骛。只要感到合理的东西他都喜欢，邪门歪道只是人的评价，一个天真的小孩绝不懂这些，而张康此刻的思想正是如此。这究竟是件好事，还是一件坏事呢？

出于本性，张康先把《无武论》一书翻了开来，一旦潜心去看，他便忘乎一切了。

或许是因为他的思想近乎"无"的境界，对于武羊的《无武论》领会得特别快，也特别透。武羊的观点认为任何有形的东西都会存在破绽，武功招式俱是有形的，难免会有破绽，只要寻出了它的破绽，那这式武功也就没有什么价值可言了。就是再精妙的招式也有破法。当然，寻找它的破绽绝非易事。

只有当自己达到"无"的境界，才会毫无破绽可言。如同一堵墙，它是实实在在的物体，即使是铜板钢墙，只要用心去想，总有推倒它的办法，而一阵风，来无踪，去无影，任你再厉害，能破坏它的存在吗？

张康越看越觉得此书精妙无比，心中的感触亦越来越深，渐渐有一种"飞升"

的感觉，仿佛自己的心快要离开躯体一般。

一本半寸厚的书，前半部分尽谈"无"字精神，洋洋洒洒的几万字，却无半点啰嗦之意。张康只觉句句都是精华，所述的道理根本容不得你不信。要知武羊乃百年前武学界第一大奇人，他的见解源于他百余年对武学的研究，何况还有与他齐名的另外五位武学超级大宗师一起共同切磋武学，其见解是最具权威的。如果他的理论传入江湖，恐怕这个武林格局会彻头彻尾地改变，武学也会更加发扬光大。

因为人们普遍地把武学当作一个实体看待，而武羊却说武学是一种境界，是一种精神意志。

张康很容易体会到武羊的那种意境。

他孜孜不倦地翻阅着，遇有难解之处，他会掩卷长思，浑然不觉洞中三日短。

《无武论》的后半部分是描述众多种武功的破绽和漏洞，包括武羊自己的武功。别人的破绽难找，自己的破绽却是最难发现的，而武羊却超出自我的范畴，发掘出自身武功的破绽，当真已达到了"无"的最高境界。对于其他"二圣""三魔"五人的武功，他也作了概述。

张康掩卷而思："六位老前辈是不是因为看透了这一点而不再以武功为重呢？"

这时，他才意识到时间的存在，也意识到了内部问题——肚子里空空如也！

哇，过了多长时间？爷爷岂不着急？……

他揣好六本书，并收拾了一下石室，向六尊死而不腐的尸体磕了几个头，便往外奔去。

肚子是很饿，却丝毫不影响他动作的敏捷，反倒觉得比以前轻快多了。

到了出口时，他发觉机关又合拢了。忙上前开启，不料，搬、举、移、吸、击等五种技法施尽，机关仍是紧闭不开，他不禁大急："糟糕，这机关只能在外面开启的，方才自己进来时根本没有留意到这一点，石门好像有上尺厚，掌力根本无可奈何。"

突然，他手掌触处感觉有些凸凸凹凹的，好像是刻在石板上的字，也像是一幅图画。他的手一直贴在头顶上的石板上，未曾放下。

这时仰头运足目力细看，却只见漆黑一片，既然如此，他也懒得去理会。

他突然想起一个主意，放声大喊道："爷爷！爷爷快来呀！"同时还发掌猛击石板，他并不指望击开它，只想借轰击的声音引来爷爷。

石板果真纹丝不动，而且没有半点碎屑落下。猛击十几下，狂喊不止，不想喉咙喊破了，手掌震肿了，也没听到爷爷温和的声音传来。

石板太厚了，爷爷肯定听不到。张康失望地跌坐在地上，他这才觉得肚子饿极了，身体似乎虚脱一般。无力地仰头靠在石壁上，望着漆黑的，现在已不是出口的出口。

通道里的光线本就很暗，而出口处又有一个转折，光线根本射不过来，因此眼前是什么情景也看不见。

"石板上刻的是什么？莫非是出洞的方法？"张康顿是精神一振，仿佛看到了一线光明，一下子乐得蹦了起来。

可是，他忽略了一个问题，那就是石板离地不很高，而他站着时离石板就相隔甚近，这么一蹦，只有一个悲惨的结果——他的脑袋非常不幸地撞上了石板，连贯注真气的铁掌都无可奈何的石板，头颅就更不行了。简直是拿鸡蛋碰石头，当然他的护身真气使其脑袋瓜子没被撞破，不过那滋味也极不好受。

无可奈何，叫苦也没有人知，只好把苦水吞进肚子里，并立即捂着头往回走。

很快，张康便取来了那颗牛眼大的夜明珠。

凝目细看，不禁又喜又愁。

石板上果真刻有字，还不少呢！的确也介绍了出洞之法，不过，那得过上好一阵子才可以，只见石板上书：

"汝乃有缘人，但若过早出洞，便不能好生领悟我等绝学，那岂不要辱没我等英名？无奈，只好想出下下之策，待汝进洞后不久洞门自合，若想开启门，先得精通道兄的奇门阵术，以及赌兄的掷骰子绝技。若汝福缘浅薄，那实乃不幸，只有请汝长伴吾等于枯洞中了。汝可放心，内室六个蒲团下均有神丹百粒，服一粒可保半月不饿。另外内洞南角有一泓清泉，可解汝之饮水问题。最后，祝汝早日出洞！

莫惹手书！"

张康心道："谁还敢惹你，还没惹你，便被无故关住，要真惹了你，还能有命在？"又想道："爷爷不知道我在这儿，说不准还以为我弃他不顾了。唉，爷爷孤独一辈子，好不容易有个伴儿，却不能陪着他。爷爷见到床被搬开，应该可以猜到……可他并不知道房中有机关呀。爷爷——"他有些无助的感觉。

可惜着急也没有用。

他只好下定决心钻研怀中的书了。先进内室，果真找到了那止饿灵丹，便吃了一颗，顿觉肚子里不再空虚，真是奇怪至极。然后他又在一个角落里发现了一泓清泉，饮之甘凉爽口，浑身顿时为之感到清醒至极。于是又拿着夜明珠并带着一个蒲团到了洞口，他终究还是希望爷爷能帮他脱困。

一切妥当，这才拿出怀中之书翻了开来。

首先看的是"道圣"紫阳真人的《奇门要领》。刚开始，他怎么也看不进去，因为心里总记挂着爷爷。后来见这个希望实在渺茫，外面的声音听不见半分，只有潜心看书。渐渐地，他全身心地投入到奇门八卦中，这神奇的世界有无穷的秘密，更潜藏着无穷的吸引力，使张康沉醉于其中，竟不知时日运转。饿了便服一颗灵丹，渴了去喝些甘泉，困了就地静歇片刻，拉撒问题亦有专处以供解决。也不知过了多久，终于读完《奇门要领》，对其中的要领通晓得有十之七八，忍不住又看了第二遍，领会了其中十之八九，直到第四遍，方才了如指掌，一数灵丹，竟吃了整整十颗。

难道已过了五个月？可怎么感觉好像是只过了五天一般？

张康又开始读《赌经》，他以为赌术很是简单，不料个中内容同样神奇博大。如郝运通书中所说，人生是赌博，赌博是人生。人生看似平淡，但值得留恋的东西却有很多，赌博也是一样。又吃了六颗灵丹后，他已然成为赌博神手了。

他始终不相信时间真的已经过了八个月。

放下《赌经》之后，他心里按捺不住激动，因为马上就可以出洞了。但他突然心念一动，忖道："我何不趁机将其他几本书都看完呢？反正用不了多长时间。"他这么一想，便开始如此做了。

《广寒论琴》《勾诱》《子午针灸经》，哪一本书不是精妙深奥的？要想完全弄通，岂是易事！吃了十九颗灵丹，方才掌握了前两本书，至于《子午针灸经》，有一寸厚，介绍了医理及诸多药方，最主要的还是针灸治疗。这本书最为枯燥，但张康想到自己若不是有"医魔"羊有疾指导爷爷医术，他这条命恐怕已经完蛋了，因此他仍以全副心神去研究此书。然而，医术不是短时间内所能掌握的，若无长时间的研究和临术实践，始终是个门外汉。张康食了六颗灵丹后，便读完了此书，但他深知，对医术的了解恐怕不到十分之一。急不在一时，他没再继续钻研下去，反正来日方长。

经过了这么长时间，张康方才准备出洞了。一下子学到了这么多门学问，他非常感谢六位老前辈，先回到内室恭恭敬敬地向他们磕了几个响头，本想将其尸体掩埋，却见他们虽然死了多年，而其尸体却仍保不腐，张康担心移动时会对尸体有影响，便没这么做。

到了洞口，他认真地查看，可根本看不出究竟布了什么阵法，还跟赌术有关系。忙乎了大半天仍没看出什么名堂，除了在一个角落里发现了一个内陷于右的脚印外，什么都没有发现。

张康不禁想道："难道是莫老前辈开玩笑？这石门根本没有布下什么阵，可是该怎么开启呢？"借助夜明珠的光芒他的视线落在那个脚印上。

哪来的脚印？肯定不会是我自己的。

难道这个脚印是出洞的关键？

张康心中大喜，将信将疑地把右足伸入那个脚印中，他的脚板没有那脚印大，但稍一用力，脚竟向下陷去。

陷阱！

张康最先这么想，忙缩回脚，身体向后猛退半丈。

"轧轧……"

一阵响动之后，并没有他所想象的暗箭铁笼之类的东西。

居然是头顶上的石板打开了。

这脚印果真是出洞的机关枢纽。

张康不禁苦笑道："原来莫老前辈开了这么一个玩笑。"不过，他的心里却高兴至极，不去细究，立即跃出洞口，他要去见爷爷。

好些时日不见，怪想爷爷的，爷爷他还好吗？

"爷爷——"张康边跑边欢呼道。

他直奔爷爷所住的石洞。

此时尚是清晨，爷爷或许仍在约会周公。

木门紧闭，证明爷爷真的还未起床。

他突然想着要给爷爷一个惊喜。

木门没有门闩，一推即开。

张康正要轻轻地推门而入，以便给爷爷一个意外的惊喜，突然——

"康儿，是你吗？"

是爷爷的声音！

爷爷发现他了！

计划落空，张康只好预备现身了。

"……爷爷一个孤老头子，你不愿陪爷爷，爷爷不怪你，年轻人……要出去闯闯，……爷爷是不……不会强留你的，……可你走时怎么也不说一声，……你没带盘缠怎么走路啊？康儿……"

张康听得出来，爷爷并没有醒，他是在说梦话。不过他已再无开玩笑的心思了，他两眼含泪，推开门便跪倒在张添寿的床前，哭道："爷爷，康儿在这里，康儿不会离开爷爷的！"

"康儿！"张添寿猛地坐起，当他看到张康便在身前时，狠狠地掐了一下自己的大腿，知道不是做梦！大喜过望，忙扶起张康，惊喜道："康儿回来了？"

望着爷爷消瘦憔悴的脸庞，张康很想大哭一场，他知道爷爷是因为想自己才瘦了这么多的，印象中的爷爷是红光满面，精神矍铄的，怎么会如此消瘦？

他哽咽道："爷爷，康……康儿不会走的，康儿要……要和爷爷永……永远在一起！"

张添寿抱着孙子，亦是老泪纵横，连声道："回来就好，回来就好。"他慈爱地抚摸着孙儿的头发，激动万分。

"爷爷，才这么几天，您却瘦多了。"张康道。

张添寿惊道："怎么只有几天，你走了有一年九个月零七天了，爷爷可真是度日如年啊！"

张康相信爷爷不会骗他的，但他实在难以相信自己在密间内一呆便有这么长时间。于是，他颇难置信地向爷爷讲述洞中之事。

当张添寿事后听说六位洞主在密洞里坐化，便立即要张康带他去看。

待一老一少来到那间密室时，张添寿恭恭敬敬地向六位洞主磕了九个响头。

张康也磕了九个响头，方道："爷爷，六位老……"

张添寿却道："康儿，上去说话，别影响六位洞主。"他很是高兴地拉着张康出洞。

从此，祖孙俩在这世外桃源开开心心地过了半年。

这一天张康还未起床，张添寿便过来同他说话。张康只好揉着睡眼爬下床，说道："爷爷，你也太残忍了，康儿还未睡够，你却把我叫醒了。"

张添寿慈爱地赏了他一个板栗，笑道："你这条小懒虫。"顿了一下，接着道："康儿，爷爷有话跟你说，你在这儿已有两年多了。"说到这儿却顿住了话语。

张康不明就理，道："是呀，爷爷你有什么事就说吧，康儿认真听着呢。"爷爷脸色凝重，一本正经，他却仍嘻皮笑脸地道。

"康儿。"张添寿道："爷爷不能再留你了……"

张康大惊，道："爷爷，你说什么呀？康儿做错了什么吗？惹得爷爷要赶康儿走。"

张添寿笑了笑，道："真是个傻孩子，爷爷最开心的日子就是与康儿在一起的时候，说实话，爷爷也舍不得你走。但是，你不能像爷爷这样一辈子都呆在这里，你还年轻，应该到江湖中去闯闯，何况你被人震断经脉，这其中定有玄机，难道你要糊里糊涂地过完下半生？"

张康无言以对，平时他也曾想过这问题，他说道："可是爷爷你……"

张添寿知道他的心思，便笑道："好康儿，爷爷知道你舍不得爷爷，爷爷很高兴，只要以后有空来看看爷爷，平时记挂着爷爷，爷爷就高兴得不得了啦。"

"爷爷!"张康扑进爷爷的怀抱。

天下没有不散的宴席。

其实，残缺与遗憾也是一种美。

翌日清晨，张康背着包袱，穿着一套天蓝色的整齐长袍，便要告别爷爷，告别生活了近三年的幽美环境，现次涉入江湖。

张添寿高兴地流着泪，叮嘱道："康儿，下次再来看爷爷时，别忘了替爷爷带个孙媳妇回来，最好还能让爷爷抱一抱曾孙。"

张康含泪应允。

"爷爷，您多保重!"跪下磕了三个响头，张康便擦干眼泪，转身便往洞顶跃去。

"康儿!"张添寿似乎想起了什么，喊住了张康，道："你等一下。"

说罢便往石洞里奔去，片刻之后，他手上拿着一张面具，交给了张康。

张康看了看，道："爷爷，这破面具有什么用吗？"

张添寿道："这是你从悬崖上跌下来戴着的面具，若不是有这个面具护着，你的俊脸恐怕真的会变丑了。拿着，它说不定对你忆起以前的事情会有用处。"

张康接过面具后，含泪而别。

洞底上去有两百余丈，轻功再高之人，也断难一跃成功，张添寿为孙子准备好了一根长鞭，到一口气耗尽时，便以长鞭借力再度腾空。一次跃起便可上升十余丈，如此几十个起落便可到达地面。气压只是在上部百余丈比较窄的地方很高，不过这难不倒张康。

突然，当张康跃至百余丈高时，发现头顶上方有一根粗绳，心中大喜，先将长鞭缠在一棵突生的灌木丛上，再以另一只手扯扯绳子，觉得非常牢固。

张康抓住粗绳，借拉扯之力登时跃上了二十丈，再几个起落，便距出口不远了。

最后一跃，他索性运足真气，伴着一声清啸，直跃而出。瞬间，他人已在洞口上方五丈高的地方了，转身一折便落在实地上。

望着四周起伏不平的山峦，张康的心蓦地激动起来，他有一种回家的感觉。

过了好半天，他仍是没迈动脚步，一来他不知路往何方，二来他想多欣赏一会儿这秀丽的山林。洞底的世界虽也莺语花香，不逊世外桃园，但却缺少这外面世界的博大宽广。

张康回头看了看洞口。

他发现一块岩石上悬着一根粗绳，心想："不知是哪位好心人，倒帮了我一个大忙。"

再回头时，他看见有一个人从离洞口不远的一间房舍里走了出来，并径直向他走来。

那个人是个女的，很年轻，也很美，美得令人心醉，只不过她显得很憔悴。

当她发现张康时，一下子愣住了，身体一阵猛颤。美丽的眼睛瞪得圆圆的，秀美的樱唇翕动不止，似乎要说什么，却又没有说出。

张康清楚地看到她两行清泪从其眼眶里直流下来。

张康大感纳闷，心道："这位美丽的姑娘怎么突然哭了起来，让人好心疼。姑娘，你有什么不开心的事，不妨告诉我，如果我能帮忙，我一定照办。"

当然，这话他不敢明说，如果说出来了，岂不是调戏人家姑娘？他满脸诚恳地望着那个姑娘，眼神里自然流露出关怀之感。

他对那位姑娘极具好感，甚至有些心动。那位姑娘的美丽令他有些激动，那憔悴的模样更多了一份娇柔，就像西施一般。不，西施谁都没见过，而那姑娘的美却是实实在在的，我见犹怜！

少女的脸上蓦地绽放出了微笑，仿佛一朵开在春天里的最美丽的花，憔悴的脸庞顿时充满青春活力。脸庞上仍挂着的清泪不仅不影响她的美，反而更增添了几分魅力。尤其她那双迷人的眼睛，不再有憔悴和震惊，只有无穷的喜悦。

张康心底里知道这么瞧着人家姑娘，是很失礼的行为，但他真收不回眼光。他的心在狂呼："哇，好美的姑娘，我该不是遇到仙女了吧！啊？她……她在向我走来。"张康的心快要从胸腔里蹦出来了。

热血沸腾，心跳若狂，目瞪口呆。除了她那轻柔的步伐声以及她轻柔地呼吸声外，张康灵敏的耳朵再也听不到其他任何声音。

"别过来，再过来我……我会窒息的。"张康在心里恍然地叫道，一方面他却期待着那美丽姑娘的临近。

他不是一个好色之徒，但眼前这位少女的美丽带给他实在太大的震撼。更重要的是，他有一种很亲切的感觉，他的身体，他的心灵，他的思想里，完全没有一点抵抗的意思。

少女缓缓地移动着纤纤秀腿，可爱的贝齿轻咬朱唇，似是控制着自己激动的情绪，她的表情不知是哭的成分多，还是笑的成分多。反正，一直盯着张康，没有眨一下眼皮。

他们之间的距离不远，只有两三丈远。

张康期待着少女的临近，他仿佛已闻到了一股醉人的芬芳，他有一种做梦的感觉。虽然他的心里在警告自己不可以这样的，虽然他知道这是现实，但他就是不能移动半分，只能心跳如擂地既盼又怕地看着那美丽少女的靠近。

最后一丈，少女掠身而起，她似是极为迫不及待，似乳燕投林般往张康扑来。

姿式相当优美，张康看得痴了，但心里却惊道："她该不是要……要投到我怀里来吧？"

而事实上让他不幸料中了。

应该是很有幸才对，怀中明艳不可方物的玉人，身体玲珑精致，该凸的地方凸，该凹的地方凹，令张康的眼里只有她由后衣领似天鹅般探了出来的优美粉颈，令他的鼻子里只有那让人心醉的女儿家特有的幽香。

少女紧紧地搂住他，似是怕他会在突然之间消失一般。有如刀削一般的香肩在轻轻地抖动着，并发出阵阵娇柔的啜泣声。

张康手足无措，他很想伸手拥住这令人怜爱的人儿，但该死的理智却使他不能付诸行动。他尽情地感应着两人拥抱时产生的舒服，竟有些感觉本来就该是这样的。他不知道说些什么，因此什么也没说。

"安哥……你……你没死，真儿……好想你！"怀中的玉人早已泣不成声，仰起那梨花带雨般的娇美脸庞，深情的眸子射出兴奋的异彩。

张康这才知道，面前的玉人是认错人了，并不是对他一见钟情。于是忙道："姑娘，你认错人了。"

凌真儿死死地抱着他，使他难以脱身，听他说出这么一句话，仿佛一盘冷水淋身，满脸的兴奋欢喜，在霎那间消散无遗。失声道："安……安哥，你……你不认……认得真儿了？不要真儿？"有如杜鹃哀鸣，谁人听了而不心动呢？

张康真的太感动了，他很羡慕那"安哥"，能有这么一个温柔可人的好姑娘深情地爱着他。但是他确实不能欺骗人家，满怀歉意地说道："姑娘，我叫张康，冒犯之处还请姑娘恕罪。"

凌真儿满脸的疑惑，双手仍抱着张康的腰背，她仔细地打量了一会儿，坚决地说道："不，你骗人！你是安哥，你是和真儿开玩笑的。近三年来，真儿时时刻刻都想着你，我本来在家里等着你……前来娶我，可是……别人说你死了，我不信，我知道你一定还活着，于是我和干粮一直守在这儿，就知道你总有一天会回来的。安哥，你没事我真的很高兴，求求你，不要再同真儿开这种玩笑了，好吗？"

张康能忍心回答说不好吗？

理智要求他这么说，良心也要求他这么说，可正当他准备开口说"姑娘，你真的认错人了"的时候，凌真儿已硬拉着他往木屋走去："安哥，快去见干娘，她老人家想死你了。"

张康只要一用力便可挣脱离开，可他任由凌真儿拉着，往木屋走去。一来，对方的纤纤玉手有如温玉，雪白柔嫩，看它一眼便觉得有些醉了，触之更令人飘飘欲仙。二来，通过这如花似玉的姑娘，他或许能了解一些自己以前的事情。因为他便是从这儿跌下去的，而这个美女口中的"安哥"也是从这儿跌下去的，但洞底却只有爷爷和他。

"莫非我就是她口中所说'安哥'？啊，我若有这么一个心上人，那该有多好，但天下长得模样一样之人也有很多，我叫张康，不是那个'安哥'，我怎能夺人所爱？人家名花有主，说不定她安哥被挂在哪棵树上而没跌到洞底，不能再痴心妄想了。"张康心里感到惭愧，红着脸抽回了被凌真儿握着的手。

凌真儿愣了一下，又娇嗔道："假正经，干娘又看不见，牵着手又有什么，你以前……尽欺负人家。"说完后，便见两朵红霞没缘由地飞上了她的脸颊。

张康差点忍不住要说："你真美！"他心里乐滋滋的，忖道："我以前怎么欺负你了？唉，人家是说她安哥的，你张康穷乐个啥？"

凌真儿推开了门，小声道："安哥，进来吧，干娘不太舒服，正躺在床上呢。"

突然，凌真儿将脸凑了过来，张康的脸颊刷地便红了，一张艳若桃李的俏脸便在眼前，扑鼻的芳香，如兰的气息，张康心如鹿撞。

事情不像他想象的那样，凌真儿凑在他的耳边轻声说道："安哥，你悄悄地进去，给干娘一个惊喜，说不定她老人家的病便这么好了。"

张康觉得很好玩，正待应允时，他的耳垂突然遭到不明物体的袭击。

不过，被袭击的感觉很爽，爽得他一阵轻颤，他不敢肯定是凌真儿柔美的唇吻上了他的耳垂，但自欺欺人地说，她是不小心才撞到我的耳朵的。

他憋足了劲想掩盖内心的激动，但这么一来，他更显慌乱了。

这时，由屋里传来了一个声音："真儿，是谁来了？"

凌真儿闻言伸了伸香舌，向张康扮了个鬼脸，大声道："干娘，没有谁来呀。"她冲着张康使个眼色，示意他进去。

凌真儿的干娘喃喃道："咦，我明明听到有两个人走路，怎么……唉，人老了，耳朵都不管用了！"

从声音里可以听得出这老太太是个慈祥的人，张康心想："那位安兄真好福气，不仅有这么个好姑娘，还有一个慈爱的老娘。唉，我有没有他那么好的福气呢？这世上除了爷爷，还有没有其他的亲人和朋友呢？"

凌真儿小声催促道："去呀！"

张康不依，因为他是叫张康，而并非真儿口中的安哥，他不能张冠李戴。更何况一进去，便是欺骗那善良的老人，连这聪慧的姑娘都认不出自己是西贝货，那老人岂不更要弄假成真？

凌真儿见他踌躇不前，嗔视了他一眼，旋即一下子跃上他的宽背，好像要让张康背着她走进去，免得让干娘听出有个人走路。

不料，两人一齐向后仰倒。

张康一时重心不稳，竟不由自主地往后仰倒，凌真儿趴在他背上，自然遭殃。

对于张康来说，凌真儿那点重量根本不在话下，若换作同等重量的东西，甚至还重上几倍，即使突然加之于身，张康也不会仰倒。然而，他背上温软的身体，弄得惊慌失措，尤其是那两团……极为柔软而又坚挺富有弹性的——凌真儿那膨胀成熟的胸脯，让他顿时形同虚脱，身不由己地向后翻倒。

在倒地的瞬间，张康猛地一翻身，他想撑地而起，免得压着已然倒地的真儿。不料，他的双掌着落之处，竟是刚才令他惊慌失措的高耸酥胸。刚才是背向接触，都如此令人心醉，现在作正面的接触，且手的触感远甚于背。

张康吓得赶紧移开手，可失去支持后的他头脑又是一片空白，便一下子压住了凌真儿丰满玲珑的曲线。窒人的香肌，充满活力的血肉之躯在他体下动着，处子的幽香，使人感到青春的迷人魔力。他可以清楚听到她的心跳声，立即感到身体紧贴的强烈滋味，他怎忍得住？立时显出男性的原始反应。

凌真儿本是娇嗔瞪着他的，忽地俏脸一红，星眸半闭，自是毫无保留地感受到他男性的压迫。她娇吟一声："你真坏！"那种玉女思春的情意，出现在这绝世美女的脸上，分外引人遐思。

张康此时忘了自己是谁了，他有了要吻那张红馥馥小嘴的冲动，但心头幸存的一丝理智使他不敢进行这偷香举动。

不料，凌真儿的玉臂紧紧地缠住了他的脖子，攀附着他，再也不愿松手。

"安……安哥……"凌真儿幸福的喘息让人心猿意马。

两人肢体交缠，阵阵销魂蚀骨的感觉激荡来回。一阵燥热蓦地伸延，凌真儿红馥馥的樱唇又像是邀人入口品尝般地微启，张康理智像是突然丧失了一般，想也不想就俯身撷取这份甜蜜。

他抵着她的嘴、缄住她的唇，热切地吸吮着，逗弄着她那甜美的丁香舌。

好香！好甜！他敢发誓这是他尝过之最甜美的东西，他怎么也没想到这么一张小嘴，吻起来竟是如此美妙，他的手在情不自禁地抚着她女性的曲线，下腹的欲火狂烧着，不顾一切地抱着她，继续吻着她的嘴，她的脸，她的粉颈。

凌真儿在他的怀中低喘呻吟，对他的非君子"欺负"行为丝毫不觉反感，反而热情地回应着，十分热情！玉臂无力地环上他的颈，轻轻探索着他的身子，漫不经心地爱抚一通，口里发出心摇魄荡的呻吟，任他轻薄，半点反抗的意思都没有。

如果这么继续下去，他会要了她。

第十四章

"真儿，你……怎么了？不舒服吗？"里屋的老太太关切地问道。先是倒地闷响，接着又是急促的喘息和呻吟，怎叫老太太不担心呢？

这一声询问不啻泼瓢冷水，张康顿时体温骤减，理智重回。想起来时，却又被两条极柔的玉臂缠着了。

凌真儿媚眼如火，又嗔又喜地望着张康，大声道："干娘，没事，我不小心摔了一跤。"她的脸儿红红的，春情荡漾，撒娇道："再吻真儿一下。"近三年的相思之苦在一瞬间被挑起，需要极大的爱慰。

如此诱人的场面，就是铁石心肠也该熔化了，何况张康是一个未经人事且丧失记忆的适龄青年？他忍不住又要俯首迎上已被他吻得有些红肿却又极具诱惑力的小嘴。

"老天！我这是在干什么？"失常的冲动让张康再度陷入痴迷的理智猛现，连忙推开仍紧紧攀附在自己身上的娇躯。

张康吓得退后一步。

凌真儿白了他一眼，嗔道："死安哥，尽欺负人家，还不拉人家起来？"举起皓腕，便要他牵。

男女授受不亲，两人认识不到半个时辰，何况对方是认错了人，因此张康再也不敢有过分的举动。他准备夺门而逃，可看到被他弄得酥软无力、脸红耳赤、发髻发乱、衣衫不整的凌真儿，他怎能弃之不理？多少总要负些责任。

他颤微微地伸出手来。

两只手终于握在一起。

张康没有立即拉，他心荡神驰，生怕一用力，便会使这只握之如若无物的小手受到伤害，如此娇细白嫩的肌肤，吹弹即破，怎堪忍受重握？

怎么又想入非非？张康暗自运气想平定那阵反常的情绪，可这实实在在的肌肤之亲使他愈发激动。

反倒是凌真儿自己站了起来。

凌真儿似是站立不稳，往他的怀里倒去，且笑兮兮地斜睨着他，其中，蕴藏了万种风情。

张康实在吃不消，忙缩回手，并闪身往门口掠开，他暗想，惹不起，总躲得起。

他双手抱拳作揖道："姑娘，你确实认错人了，我叫张康，刚才多有冒犯了，还望姑娘恕罪。"

凌真儿万没想到他会闪开，差点再次栽倒在地，闻言大惊，两眼茫然地望着他，想哭却又无泪，心头更是百感交集。

"你……"叫她说什么呢？

张康心中惭愧万分，却又不敢上前安慰，只能狠下心来深深作揖，几乎等于下跪了。

"姑娘，是在下该死。"

他还伸手重重地赏了自己两个嘴巴。

这两巴掌乃全力出击，顿见他的脸颊肿起老高，嘴角也不停地淌着血渍。

接着，他又从身上取出那颗夜明珠，这是他身上最值钱的东西了。

"姑娘，这……算是我的一点……对不起。"

张康说完转身施展轻功飞掠而起，他真的不知该如何面对这种场面。

凌真儿呆呆地站在那儿。

她心想："真的不是安哥吗？不对！他的眼睛骗不了人，就是化成灰她也不会认错，可他好像真的不认识自己了？"

"安哥！"凌真儿回过神来后急忙飞奔出门。

然而，四周除了深山和树木，根本就没有一个人影。

我这是在做梦吗。

使劲地捣了一下手背，清清楚楚地感觉到了疼。而且身上温存犹在，被"侵犯"的痕迹依旧，这不可能是做梦呀？

凌真儿喃喃自语道："安哥不要我了？"

"安哥——"

她使尽全身力道喊着。

突然，她像发疯般地往前奔去。

有若一道闪电！

她的轻功足以傲视江湖！

张康一阵狂奔，虽然他不知道前路通向何方。其实，即使知道路向何地，也仍是盲无目地瞎跑。

刚涉入江湖，便遇上这等让人理之还乱的事情，他无从抗拒，却又不知如何面对，只好选择逃避。他只能在心底向那位美丽的姑娘真诚地道声："对不起！"

他有过重新回到爷爷身边的想法，但他不是个孬种，在江湖上没混出个人模人样，怎好意思走回头路？而且爷爷交代的"光荣任务"，还八字没有一撇。他也很想知道以前的事，总不能糊涂地过一辈子吧？

通过刚才那位姑娘，或许可以知道自己以前的事，但惹"火"烧身的事，他有些害怕了，甚至想都不敢想。可他脑子里怎么也挥之不去那张娇美诱人的容颜。

只有借助狂奔来发泄内心的情感。

"抽刀断水水更流，举杯消愁愁更愁……"

痴情的真儿姑娘，在追出二十里远时，依然没有见到她所期盼的身影出现。

眼前的路四通八达，蜿蜒伸向远方。

她怎知道该走哪条路呢？

天涯茫茫，人海茫茫，该怎么办呢？

凌真儿无力地站在那儿，无力地仰望着青天。老天爷啊，我苦等了近三年还不够吗？为什么还要这般惩罚我？

她好想大哭一场，可是鼻子发酸，却哭不出声，也流不出泪来。

如果有人看到她现在这副伤心欲绝的模样而依然无动于衷，那这个人肯定是个大白痴。

秋雨绵绵，本已让人愁闷，为何却又要来得如此悄无声息？

难道是天有情，见她可怜而忍不住"流泪"？

雨再大，也难已浇熄她心头的愁绪。

她向前又漫无目的地走了一程，然后才折身而返，向临时的家奔去。

"干娘……"凌真儿一进屋便一头扎进拄着拐杖候在门口的孟母怀中，忍不住啜泣起来。

孟母有病在身，伸出手颤微微地抚摸着真儿秀发，老人慈爱地问道："真儿，发生了什么事？"

凌真儿抱着孟母，泪水这才如关不住闸的洪水泛滥开来，哭泣道："安……安哥……他……他不要我了，……唔……干娘……他不要我了，……唔……我好命苦啊……"

孟母惊道："真儿，你……你说什么？宝儿……宝儿他没死？"老人的身体不自主地颤抖起来。

凌真儿先扶着孟母回房，才向孟母讲述事情的梗概，说话时，她想抑制住心情的激动，可是越是如此，她越是泣不成声。

好不容易，她才哭泣着说清楚。

孟母大感惊讶，本已躺着的，却又坐起，眼睛虽看不见东西，但她的心依然明白。

听凌真儿所言，那张康肯定是朴石安无疑。孟母道："宝儿不是那种薄情的人，这么高的山崖，没摔死已是天大的福命，真儿，他是不是摔昏了头，失忆了？"

一语惊醒梦中人。

凌真儿一愣，回想起刚才的情景……

他如果是薄情，那眼睛绝骗不了人，可他看自己的眼神却如同陌生人一般，他真的是失忆了，记不起我了。

安哥并不是薄情寡义之人，他只是丧失了记忆。

凌真儿芳心一阵窃喜，只要安哥并不是不要她，她就放心了，至少不再那么绝望。

"怪事！真是怪事，我老叫化子撞着鬼了！"

凌真儿闻言一愣，很快便知门外来人是谁，若不是她心情不好，早已一声欢呼而起，迎接贵客到来了。

"师父，您老人家来了！"她的声音里怎么也掩饰不了苦涩的愁绪。

来者正是"百变酒丐"风青。

风青问道："丫头，闷闷不乐的，我老叫化可没得罪你呀，怎么我一进门就苦着脸，不欢迎是吗？"

凌真儿道："师父……"她的心情十分沉重，哪有心情开玩笑，心中的委屈还没处发泄呢。

风青望着她那可怜的模样，叹了一口气，知道这娇柔可爱的徒儿，又想起了那个凶多吉少的小子。

孟母在里屋也听到了声音，招呼道："老大哥，你进来坐吧。"

风青关切地望了凌真儿一眼，哈哈一笑，道："大妹子，你身体不碍事吧？老大哥身上正好有一瓶好药。"

风青这几年经常到这儿来，嘴里总说是顺便路过而已，其实哪一次不是专程来看望凌真儿这个可怜的痴心徒儿？他所说的一瓶好药，是特地跑了上千里路向"医心"乐平讨来的。他一惯游荡江湖，在他充任帮主期间，待丐帮势力非常强大时，便激流勇退，做一个游戏风尘的游侠。收得凌真儿这么一个聪慧的徒儿，他是打心眼里高兴，就像对女儿般疼爱，更何况还是他从小看着长大的小安子的意中人。朴石安出事后，他便将热情全部交给乖徒儿，也算是一个安慰。他和孟母之间，也在多次接触后，渐渐以"老大哥""大妹子"互称。

凌真儿没有随之到里屋去。

她的心十分乱，胸中仿佛压了一块巨石，也快要喘不过气来了。

雨又停了，但天空中的乌云依然不少。

无论如何，屋外的天空要比屋内的空间广阔得多。然而，凌真儿走在屋外依然觉得烦闷。她坐在一块岩石上，痴痴地看着弥漫着雾气且深不见底的洞，就是这个洞，断送了她以前的无限快乐。三年前，她也是在这块巨石上坐着，痛不欲生，她差点要从这儿跳下。多少个日子里，她独自一人在洞口徘徊，始终坚信安哥没有死，每天编织绳索，编得长长的，牢牢的，过了二个月便换一根，以便安哥有朝一日能从她辛苦编成的救命绳上爬出来。现在，终于等到这一天了，然而有情人仍不能成眷属，两人相见，竟形同陌路人。

天涯之大，该往哪处去找安哥呢？

即使找到了，安哥依然不能恢复记忆，仍不认得她，那她该怎么办呢？

老天爷哪，既然安排他们重逢，却为何又要他们不能相认？

"真儿!"

"师……父!"

凌真儿吓了一跳，向风青挤出一丝勉强的微笑，其实比哭还难受，哭是一个发泄，而强颜的欢笑，却显得有点力不从心。

风青全然不顾她的反应，大笑道："真儿，你出的那个谜语，嘿嘿，经过三年的冥思苦想，总算让我老叫化子猜出了个端倪。"

凌真儿知道他是想逗自己开心，可自己怎么开心得起来呢？只能心不在焉地问道："你说谜底是什么？"

风青得意地一笑，道："此谜底乃'一'字是也！无双春夜盼郎归，春夜嘛，便没有日头，盼郎归则是郎不在，即无夫，春字去日去夫便是无双的'一'字了。乖真儿，我老人家说得怎么样？"

三年来了这个谜语，风青不知费尽了多少心思，总算得到了答案。

凌真儿笑了笑，道："师父您猜对了，唯一的谜底正是'一'字。"

她笑得很勉强，心道："'盼郎归'？郎归了，妹心依旧孤独，莫非一切均有定数？朴郎！安哥，你何时能回到我的身边呀？"

风青的笑容也渐渐地淡了下来，他知道现在除非是小安子出现在他们眼前，才能化解她心头的愁绪，唉，这痴情的女娃儿呀！

"唉！"风青叹了一口气。

看情形，其大概情况风青在孟母口中已经得知。

"孙子！"风青不无感伤地说道："小安子他一定是暂时丧失了记忆，总会有好的一天，他不会抛弃你的。"

他突然猛拍脑袋，大喜道："我还差点忘了，我来的时候正好碰到一个人，人的身形很快，我看得不甚清楚，但他很像小安子，我还以为撞到鬼了，现在想起来，他就是小安子无疑。"

"真的?!"凌真儿喜形于色："他往哪边走了？"

风青揶揄道："唉，还是人家的心上人重要，想我老叫化子，可总没别人这么关心过。"

凌真儿顿时红了脸，娇声道："师父……"

风青这才一本正经地说道："小安子定是碰到了什么奇遇，否则他中了洪悟大师的一掌，非死即残，但他现在竟又恢复了武功，而且较以前似更增长了数倍，连我老人家都望尘莫及了。"风青的武功在江湖上排在前十位，能胜过他的人屈指可数，能使他说望尘莫及的，除了武林至尊之外便再无旁人了。

凌真儿对这些情况不大在意，朴石安有了一身好武功她自然很高兴，但现下最关心的问题是他往哪里去了。

她眼巴巴地瞅着风青。

风青接着道："他现在丧失记忆，以前的事情一定都不记得了，便漫无目的地四处乱跑。我会去请乐兄弟，他一定有办法使小安子恢复记忆，真儿你不必着急。"

他还是没深入正题，凌真儿却急得没话说了，大声道："师父，他到底往哪里走了呢？"

风青道："他是往西走的，照他的速度现在应该在百里之外了。"

"师父，真儿这就去找他。"凌真儿急着马上就往木屋奔去。

风青苦笑着摇摇头。

凌真儿很快收拾好包袱，拿好佩剑，便向孟母辞行。风青和孟母二人没有阻拦，只叮嘱她一切小心。

风青又由怀中掏出一个竹牌，交给凌真儿，嘱咐道："真儿，这是我的信物，有什么事可向丐帮弟子出示此牌，他们会尽力帮忙的，跑腿、打探消息是他们的特长。"他是丐帮的前任帮主，虽然他已是一名游侠，但在丐帮还是非常有分量的，平日他不再去过问丐帮的事，也很少去找他们办事。

凌真儿接过竹牌，便告辞西去。

回过头再说说张康。

他只知狂奔，分不清东南西北中。也不知跑了多远，才算看到一个集镇。

赶了这么长的路，他的心也渐渐平静下来。

当经过路旁一个大院时，他看到门上竖着几面绣有波浪的彩旗，他情不自禁地多看了两眼，更是脱口说出一句诗来："长江后浪推前浪。"

他的头脑中似乎出现了一团模糊的影子。

但还是百思不得其解！

"他妈的，哪里来的穷酸书生，贼眉贼眼的，瞧什么瞧？还不快滚！"

一个彪形大汉的粗鲁声音打断了张康的思绪。

张康定神一看，心头顿时涌起一阵厌恶，那股突生的亲切感被这大汉以及门口两尊张牙舞爪的石狮尽毁无遗。

他大感遗憾，至于为什么感到遗憾，那则不得而知了。

他看了那大汉一眼，眼神里多多少少，总有些鄙夷厌恶的成分。

不过，对这种蛮横之人，张康懒得去理会，转身便走。孰知，刚跨出一步，肩上的包袱便被人拉住。

"臭小子，你若就想这么走人，那我推浪帮岂不是太没面子了？这样吧，算你走运，大爷我今儿个心情好，只要把包裹留下，磕上一个头就可以走路了。"那大汉趾高气扬地说道。

张康一声冷笑，头也不回，说道："放开你的手！"

大汉一听这从冰窖里捡起来的话，不禁勃然大怒，大喝一声"妈的，反了你！"提起另一只小脸盆般大小的拳头便往张康的后脑勺击去，左手则死死地抓住张康肩上的包袱。

张康根本没有动。

过往的几个路人都只是匆匆一瞥，便大步走开了，暗自想道："又是一个倒霉鬼。"

一般来说，很多人都有强烈的好奇心，若有什么事儿发生，总想瞧瞧热闹，但这里的人都有些反常，他们不仅不围观，反而避之唯恐不及。

"啊！"

一声惨呼顿时响起。

走过去的路人心想："那个年青人恐怕又要断腿折胳膊了。"走得远的人大胆地回过头来，总想看看，虽然情景会与想象中的一样，可还是捺不住好奇。他们仍不敢光明正大地看，只能偷偷地瞧上两眼便回过头来继续走路。

不过，他们似乎觉得有些不对劲，走了两步后忍不住再次回头。

大感意外——

趴在地上的并不是那个文弱的背着包袱的小伙子，而是那个凶恶的大汉。

这是怎么一回事？

原来，在大汉的铁拳呼呼生风地即将袭至张康的后脑勺时，张康的右手不知从哪儿冒了出来，不仅挡住了大汉的拳头，而且五指将其掐得紧紧的。然后猛地将手一挥，同时左肩一抖，那大汉竟向他的头顶直飞过去，狗啃屎般跌倒在地上。

张康随即便一整衣襟，径直走去，丝毫不理会那大汉的反应。

寻了一家酒店，便去弄了些酒菜吃着。

店小二见他穿着朴素，本不太热情，但张康出手便是金叶子（六位老洞主留下了不少金银，张康随即抓了一把金叶子，也足够他开销了），招呼便也十分热情了，尽端好酒好菜，说的话也好听多了。

张康肚子并不怎么饿，但他不知点什么酒菜，就任由小二招呼了。

满盘的山珍海味，他随意吃了一些便已饱了，望着窗外深秋的萧条景象，一股惆怅顿上心头，该往何处走？

思想一闲着，他又情不自禁地想起那可爱的凌真儿，想起两人间那难忘的相遇一幕。虽然两人的表现太过火，也太失常，但那一幕却是那般缠绵，彼此均是那样投入。张康时时想来都觉心跳加快，挥之不去的正是这一份甜蜜的回忆。

她的拥抱是那般火热，让他心驰神往，她那柔软火热的娇躯，她那醉人的红唇，她那迷人的表情，她那芬芳的体香，都让他记忆犹新。嘴里还品尝得出她那小巧丁香舌的滑润甜美，手上仍可感受到她胴体的玲珑，胸前仍能体会到那份柔和的热情的磨蹭。

仅仅是回忆，便让张康下体的欲火再次腾起，窜烧进他的四肢百骸，这种感受是舒服还是难受？

"客官，您……不舒服吗？"店小二带着职业性的微笑关切地询问道。吃完饭后，张康的脸便红得厉害，身体也不自觉地发颤，难怪店小二有此一问。

张康蓦然惊醒，才发觉理智被埋，忙吩咐店小二道："给我弄一杯茶来。"他突然感到口干舌燥，渴得难受。镇定心神，总算清醒。

过了一会儿，结了账后，张康便背起包袱走路。

但走出店门还不到十步路，打后面便奔来十几匹马，弄得街上行人纷纷避让。张康正想避开，不料脑后生风，知是长鞭袭来，他不禁大怒，光天化日之下竟有如此嚣张之人。

"香主，就是这小子！"

在张康伸手抓鞭梢的同时，一个熟悉的声音响起。张康顿知来的是哪些人了。

他本不想再伤人，但现在却改变了主意，手上劲一使，立即便有一人被拉下马，摔了个狗吃屎。他根本无须回头，因为有几个骑着高头下马的汉子已堵在他的前头了。

身后有一人说话："阁下一再伤我弟兄，看来是存心找梁子来的。哼，也不把招子擦亮些，推浪帮之地盘岂能容你撒野！小子，报上名来，老子手下从不杀无名之辈。"

张康毫无惧色，而且还有些不屑一顾地转过身，看看这大白天说梦话的家伙长得是不是与别人不同些。

也不过如此，只是衣服穿得比较华丽些，神态比人傲了一点，这人大概就是什么鸟香主了，旁边那个用白绫缠着右手的大汉，也便是方才遇到的被张康轻松折断腕骨的那个彪形"铁汉"。

张康随意打量了对方一眼，转身便走，虽有三匹马挡路，却视而不见。

那香主火了，怒道："好哇，小子你有种！你师父是谁？若再不知好歹，可别怪董爷我不客气！"

张康就像没有听到吆喝声一样，仍悠闲地向前走着。挡着他的三匹马竟不由自主地往后退，马上的人大惊失色，忙死命勒住缰绳，可是张康运足了护体罡气，区区马匹焉能抵挡，纷纷前蹄扬起，连连悲嘶。

马慌人未死，马上的三个人纷纷使出长鞭，抽、卷、甩，一齐向张康击来。

同时，那个香主恼羞成怒，由马背上腾起一道劲风，立即袭向张康的后背。

前面三人鞭法平平，只靠着一身蛮力，毫不为惧。后面的那个香主，功力也不弱，在这十几个人当中他倒算得上佼佼者，是该当个"官"。不过，张康根本不需思考便有了一个对策，很漂亮的对策。

那位香主还未看清张康是怎么从属下弟兄三人的鞭影中出来的，手中的钢刀便到了对方的手中。

只见张康用两只手指头——右手的食指和中指，夹住钢刀的刀身。他还笑嘻嘻地用左手握住刀柄，然后把玩着刀身，并发出"啧啧"之声。

说实话，这把钢刀确实不错，纯钢铸造，火候精纯，重量称手。张康笑着舞了两下，见董香主猛扑了过来，身子往右轻轻一闪，顺手一甩，道："还给你，破刀！"

董香主扑了一个空，他身形还未站稳，自己的钢刀便倒戈反向，朝他袭来，匆忙之中，他也顾不得面子了，就地一式"懒驴打滚"。不料，就在他倒地的那一瞬间，那把精钢所造的大刀竟垂直落地。

更令人目瞪口呆、大叫惊奇的远不止如此，那把钢刀在落地前是一把完整锋利的好刀，至少看起来是这样的。而落地后，一把好刀却分成数截，除连着刀柄的那一截长些外，其余则一般长短，如同尺量。

张康看着断刀，叹了一口气，道："唉，可怜的刀，不过你放心，马上就有人给你作伴来了。"说罢，他冷冷地望着眼前的骑马汉子。

董香主这时才知道，眼前这貌似斯文的年轻人，却有着非同凡响的功夫，自己加上属下这帮弟兄恐怕都不是对方一招之敌。对方冷冷的眼神，透着无限的杀机，令人心惊肉跳。

董香主纵横此地多年，今日方知恐惧的滋味，可面子问题又使他不能离去，即使离去，也要找个台阶下，否则，太没面子了。

面子诚然可贵，但性命价更高，若为了保命，面子足可抛弃。

董香主掉转马头，喝道："待董爷去取来法宝再与你一战，弟兄们，给我看着他！"说罢，便一溜烟地跑了。一帮弟兄见此，也都不敢再度嚣张，只是应付式地围着张康。

张康不禁暗暗觉得好笑，直向前走，但那些人根本不敢阻拦，退不开便干脆靠边站。他也不会客气，径直向前走。突然，他猛地一转身，跃上一名大汉的马，对着大汉轻声道："我想借你的马匹一用，请你下去吧。"他话音甫落，那汉子便已落地，张康没让他摔着。

众汉子敢怒而不敢言。

张康大笑不已，策马驰出数丈后又勒缰回转，硬生生地朗声道："告诉你们那些香主堂主，以后别再胡作非为，否则我张康定不饶恕，今日暂且放尔等一马，还不快滚！"众人闻言立即策马而退。

"驾！"

张康座下的红马虽不算良驹，却也耐力持久，极为驯服，放马奔腾，两旁树木急速后撤，其势可追云逐日。

他没想到自己会骑马，而且骑术还非常不赖，骑马确实比走路要舒服得多，方才的这个突发其想，以至于向那大汉"借"了一匹马，看来受益良多。

很快，红马驮着张康已到了城郊的一片旷野之中，天高地阔，张康心情大悦，干脆放开缰绳，任由马儿驰骋。

"哈哈……"

他心头的烦忧也在这放任的激情中得以化解——即使是暂时得以解脱。

突然，后面传来一阵急骤的马蹄声，还伴着一声呼号："公子，请留步——"

张康潜意识里想道："对方是叫我吗？莫非那帮人又找上门来了？可他们不会有这么客气，但除了他们，我又认得几个人呢？"心里这么想着，他还是回马一看。

来者的速度很快。

应该说是对方的马快，那匹黄马宛若闪电般疾驰而前，张康打心眼里称赞那是一匹好马。

转眼间，一人一马便已到达了张康的跟前，黄马立足便停，毫不拖泥带水，张康更是赞叹不已。马上的人是个衣着华贵的小哥儿，绝对要比张康年轻许多，他的个头比较小巧，模样更是清秀，不过他两眼神光充足，深藏一份狡黠和聪慧。

张康的印象是——他蛮可爱的。

为了弄清事情的真相，张康欠身问道："小兄弟可是喊我？"

对方笑容可掬地应道："正是，我家少爷想请公子移驾一叙。"

张康一头雾水，问道："你家少爷？我认识他吗？"对方笑道："现在不认识，呆会儿便认识了。"

"哦？"张康又问道："不知你家少爷找我有何贵干？"

对方却道："我家少爷马上就到，公子呆会儿便什么都知道了，何必急在一时呢？"

张康一听，心想这可怪了，素昧平生，有什么好谈的，便道："小兄弟，若没有什么要紧之事，我可得走了。"说罢，还当真要调转马头。

对方慌了，忙道："别，别，公子且慢，我家少爷见公子身手不凡，而且又行侠仗义，有心要与公子你结交，还请公子赏脸。"

张康计策得逞，甚是得意。那小哥这才知对方并非真要去，而是激他说出事情的缘由。张康正觉不知该往哪里走，天上掉了一个伴儿，他当然不会拒绝。

"小兄弟，你不说你家少爷是谁，那总得告诉我他姓什么吧？"张康有点得寸进尺。

不料，这回那小哥儿很快地回答了："我家少爷姓陈，我叫陈云凤，你就叫我凤儿得了。"

张康闻言一愣，笑道："凤儿？怎么像是个女孩儿的名字？"

陈云凤俏眼一翻："我本就……就是叫这个名字，我爹娘从小把我当女孩子看待，我有什么办法？如果我爹娘给我取个'猫儿''狗儿'之类的名字，那你不就怀疑我是个猫儿、狗儿？"

张康忙道："凤儿这个名字蛮不错的，亦十分好听，嗯，我也该告诉你我的名字了，免得你总是公子长公子短的，我叫张康，你就叫我康哥好了。"

凤儿的小脸突然没来由地泛起一丝微红，更可爱了，低垂了一下头后又立即抬头道："哥……康哥！那我就这么称呼你好了。"

张康笑着点了点头，心道："怎么越看越觉得凤儿是个女孩呢？难怪他的父母从小把他当作了一个女娃看待。"

"你看什么看？想吃掉人家似的。"凤儿突然瞪着那双水灵灵的眼睛，嘟着小嘴生气了。

张康大叫冤枉，道："我张康是招谁惹谁了，看人一眼都犯错了。"

陈云凤"扑哧"一笑，道："哼，让你知道我的厉害。"说罢，她那张带着不少稚气的小脸上硬是挂上一副不可一世、得意洋洋的笑意，让人见了根本没有半点怯意，一个可爱的小家伙能使人感到惧怕吗？

张康带着有点夸张的神情大声道："哎呀，一个书僮都如此不好惹，可想而知那少爷的厉害程度了。罢了罢了，多一事不如少一事，我看还是走算了。小凤儿，你跟你家少爷说我张康不敢高攀，先行告辞了。"嘴里这么说着，可他并没有立即走。

陈云凤先是有些着急，后来见张康的表现并不是真走，才知只是戏弄他一下而已，不由嗔声道："康哥，你使坏！"

"咦？"张康突然大感惊奇，道："小凤儿，你家少爷怎么还没有来呀？"

陈云凤给了他一记白眼，道："凤儿就是凤儿，干嘛又要加个'小'字呢？好像人家是个小孩似的，告诉你，我今年已经十七岁了！"

张康心里大笑不已，忖道："小孩充大人！"不过，为了给陈云凤一个面子，也为了不再遭受他的白眼袭击，张康的脸上并未露出笑意，为此，张康真是憋足了劲。

陈云凤又道："至于我家少爷嘛，他……是应该来了，但可能他在路上有了麻烦，遇上了强盗，或是碰上了仇人，或是马儿受了伤。反正你耐心点好不好？"

张康闻言大骇，"小心翼翼"地道："凤儿……"

陈云凤应道："什么事呀？"

张康道："难道你不担心你家少爷？"

陈云凤一怔，旋即道："嗯，不担心，你放心好了，我家少爷神功盖世，少林方丈、峨嵋掌门都是他的师父，他自出道以来还从没碰到过对手呢！江湖上的朋友还送给他一个'天地小飞龙'的美称。哼，吓坏了你吧？康哥的功夫也不错，不过，与我家少爷一比，差了一大……就差那么一点点。可高手较量，就是差那么一点点也十分危险。"他此刻仿佛正对弟子耳提面命的师傅。

张康心道："嗯，这几句话听起来像是吹牛，而且还有些背台词的味道。"

"怎么？你不信，那好，就让凤儿来领教你几招，打着时你别哭哦？"陈云凤的口气倒不小，简直有些嚣张。

如果此时正在吃饭，张康肯定会被活活噎死，因为他实在忍不住想笑。

"看招！"陈云凤有点恼羞成怒，不由分说地纵起一掌切向张康的胸膛。别看他个子小，身法却极为灵活，一闪眼便到了张康面前。他气恼张康不给他面子，竟嘲笑他的能力，因此就毫不留情。

谁知，张康坐在马上动都懒得动一下，脸上还挂着轻松的微笑，眼睁睁地看着他横劈过来的小手掌。凤儿不禁大急，心里叫道："笨蛋，傻瓜，你来挡呀，挡不过，你就躲，到时候我会手下留情的。算了，不跟你玩了。"他立止了手，并在空中折身飞转，又落回黄马背上，气呼呼地瞪着张康。

张康正在查找凤儿这灵活掌法的破绽，可刚一发现其破绽，凤儿却收掌而返，不由问道："凤儿，你怎么又不打了？怎么，怕伤着我？放心，康哥哥别的本事没有，就是不怕打，来吧！"

心事被说破，陈云凤不禁又像小姑娘般脸蛋红了，不过，他心里的气却增了几分，暗想："我是怕一掌把你打了个半死，才停手的，哼，当真我不敢打你？到时打痛了可别怪我！"

他再度由马背上腾起，这下子却左手用指，右手用掌，同时击向张康的两肋，去势甚快，在即将袭击成功时，左指化掌，右掌化指，竟改击张康的双肩。这下，他不再留情，不过，他的满脸恨意，半数以上被关心取代，怕张康躲不过他快如闪电，猛如天雷，幻如浮云的掌法。其实，他有什么好担心的，又为什么要担心，张康只不过是一个他刚刚认识的人，被打伤只能怪他自己习艺不精。

然而，接下来发生的事却足以让他惊得半晌说不出话来，就在陈云凤有百分之百的把握击中张康，并且即将击中张康的那一瞬间，他的眼前竟然失去了张康的踪迹。

即使有鬼，也不会在大白天闹，但陈云凤还是吓了一大跳，差点魂魄离体。

事实上，是张康施展起在深渊之底随爷爷所学的绝顶身法，在最关键的时刻绕到了陈云凤的背后。陈云凤的攻击速度已是够快的了，他一向是视此绝技为自己的拿手活儿。但是，他仍没快过百年前的六位江湖异人共同且唯一的传人——张康！这也难怪他的意识里会立即闪出"有鬼"的意念，因为他怎么也不敢相信这世上还有同辈人会超过他的速度——至少不会相差这么远。

他不就是一个替主子传话的下人吗？张康想着，就绕到了陈云凤的身后，自然不会受到袭击。他突然想同凤儿开个玩笑，便伸出双手环住了陈云凤的纤细腰肢。他虽然奇怪凤儿的腰肢怎么如此纤细，但他还是依照计划将嘴凑近其耳旁，轻轻地呼唤："凤儿，你打不着我吧，啊！凤儿你……"

陈云凤以为鬼魂附身，吓得失声尖叫，竟一时昏厥了过去，身体亦迅速下坠。

幸亏张康立即抱紧他，并展开身形落下。

张康喟叹道："怎么这般胆小，像个女孩子。"他只好把陈云凤放在草坪上，一把脉，心想若不立即抢救，这可爱刁钻的小精灵只怕会由昏死变成真死。抢救的方法很简单，按住对方的胸腔做几下重压，并同时口对口输入一缕真气即可。张康左手扶住陈云凤，让其靠在自己的腿上，右手按在其胸腔处。正就口输入真气时，他突然觉得手感有异——右手触处竟有一种柔软且有一些弹性的感觉，这种感觉有点像他几个时辰前抚摸真儿姑娘那玲珑娇躯时的感觉，很舒服，也很刺激。不过，凤儿的胸前柔软及弹性远不及真儿姑娘。

不知是难捺心头欲望，还是仅仅出于好奇，张康竟然迅速解开了陈云凤的层层衣服，目光触处让他几乎窒息，他看到了凤儿天鹅般美丽的粉颈下，严严密密包裹着一层又一层白绸缎，但仍有两处微微隆起。

凤儿是个女的！

混蛋，你早应该知道她是个女儿身的！

张康大感羞惭，恨不得立即自扇几个耳光，但凤儿性命攸关，他赶紧替她拉好衣襟。以无限强的意志克制心头的遐思，完成了拯救工作。

此时，他已是满头大汗，体如虚脱，居然一下子瘫坐在地上。

陈云凤很快便醒转过来，她隐隐觉得有些不对劲，发觉自己正躺在张康的腿上，她立即似安装了弹簧般急弹而起，似乎还觉得有些地方不对劲，注意一看，原来是张康正躺在草地上，他怎么了？难道也遇到了鬼？

突然，张康猛地一个"鲤鱼打挺"跃起，看了陈云凤一眼便立即别过头去。

陈云凤眼疾，看到他的脸通红，并有不少汗珠，既像是病了，又像是做了什么错事而感到羞愧。可是，瞧他那生龙活虎的样子，怎会是病了呢？

"凤……凤儿，你……你家……咳……你家少爷怎么还没来？"张康背对着她问道。

陈云凤心里暗自奇怪，康哥是怎么了？连说话都吞吞吐吐的。不过她没有时间研究那个问题，因为她得应对张康的这个问题。

这个问题很简单呀，把少爷怎么交代"他"的话如实一讲不就得了？

可陈云凤似乎有什么难言之隐，说话也吞吞吐吐，而且颇为含蓄，道："康哥，如果凤儿做……做了件错……错事，你……不要怪……怪我好吗？"

张康猛感心头一阵剧跳，脱口道："不怪！"

陈云凤似是很高兴，顿了一会儿，说道："康哥，其实我……我是骗你的……"张康的手心都冒出汗来了。

陈云凤接着道："我并没有少爷，我是怕你不愿和我交谈，所以才想出这么一个主意的。"

张康道："哦！"闻言才知不是他想象中的那么一回事，不由暗地里松了一口气。

陈云凤跑到他的前面，急问道："康哥，你不肯原谅我吗？"

张康慌道："不，不是的，我一点都不会怪你，真的。其实，我早就知道你就是个少爷，哪有下人穿这么华贵的衣物，还骑上一匹骏马？何况，你刚才根本不用担心所谓你家少爷的安危，而你的功夫又那么好，怎么可能是个下人呢？"他心里却想道："凤儿有没有知道我刚才的无礼之举呢？"

——做贼心虚！

陈云凤赞道："康哥你真行。"突然，她又道："康哥，你怎么不看着我呢？难道你怕我？"

张康本欲把知道她是个女儿身的真相说出，但考虑到这样做会使双方难堪，他自己倒好说，凤儿一个姑娘家，若知道私处泄密，怎有脸见人？是故，他决定不挑明，继续装糊涂。

想通了这一点，张康的心便不再慌乱如麻了，望着陈云凤，笑道："我怕你？不知刚才被我吓得叫鬼之人是谁。"

陈云凤不依地道："康哥你坏死了！"话音甫落便意识到失态，低头不敢再言语。

张康见状，忙道："凤儿，我们走吧！"

二人纵身上马，并驾齐驱，直到走出了里许路程后，他们才意识到一个很重要的问题——到哪里去呢？

"康哥，我们往哪里走呢？"凤儿等着张康拿主意。可张康刚从绝世之地出来，若没有丧失记忆或许还可以拿出主意，可是现在他除了知道刚才那个集镇的名称外，根本不知道别的地方。也许触景可以生情，说不定到时知道一些地方，正如他偶尔也能吟诵一些诗句一样！

张康自不能打肿脸充胖子，识相地说道："还是你决定吧，我什么都不记得了。"

"什么？"陈云凤首次听到，很是惊讶。

张康苦笑道："呆会儿我便讲给你听，你说到哪里去吧。"

陈云凤想了想，说道："我们去陕西吧，到古长安唐宫去玩，反正也不太远。"

两人虽是初识，却彼此相互信任。

张康自是不会有什么异议，潜意识里他觉得长安很熟，唐宫，那便是唐朝皇帝的宫殿了。唐、宋、元，这是本朝以前的三个朝代。张康突然发觉自己似乎想起了一些东西了，他心中不由大喜，对恢复记忆颇具信心。

见张康面露喜色，陈云凤问其何故，张康遂将自己在深渊中苏醒后的事情叙述了一遍，当然，遵照爷爷的嘱咐，他没有说出六位老洞主的名讳身份，只说遇到了前辈高人的遗物。另外，他也没有说出碰见那位美丽的真儿姑娘之事，至于是出于什么动机他也说不清，好像不光是不好意思。

待他将遭遇说完时，天已近黄昏。

陈云凤对他的故事很是感兴趣，听得津津有味，张康初结伙伴，更是孜孜不倦地讲。一个愿讲，一个愿听，根本不觉秋天日短，黄昏将至。

张康说到告别爷爷独上江湖时，见天色渐昏，夕阳即将隐遁而去，顿时为这天地美景喝彩，道："好一副黄昏美景！"

陈云凤望着他，突然笑道："向晚意不适，驱车登古原……"吟到此处，她却打住不语，似是想叫张康应对。

张康正沉浸于自然美景之中，闻言不禁随口应道："夕阳无限好，只是近黄昏。"

陈云凤大喜，乐道："康哥，你知道这是谁的诗吗？"

张康的思想这才回到现实，认真思考刚才脱口而出之诗句的出处，不料，越想越迷茫，根本弄不明白，最后只能苦笑道："我记不起来了。"

陈云凤见状鼓励道："康哥，别担心，慢慢来，你一定可以恢复记忆的。"她这时方才明白，康哥确实忘记了以前的事情，在无意识的条件下或许能忆起一些片段，但要刻意去想，却又陷于迷茫之中。她暗自下定决心，一定要帮助康哥恢复记忆。

她冲张康笑了笑，道："康哥，天快黑了，我们赶紧找个地方投宿吧。"张康本想询问她的身世，闻言忙与她一起催马前行。

二人放马驰骋，起始他们尚能并肩同行，路遥知马力，陈云凤的黄马脚力明显远胜于张康所骑的马匹，她只顾驰行，竟在不知不觉中已超过张康甚远了。

张康只道是对方故意与自己比赛骑马，也没喊叫，待落后太远再呼喊对方时，已听不见了。

张康怎知陈云凤是在想一个问题，她的心里在想着张康以前有没有心上人。待她察觉孤身一人之时，已超过张康几里之遥了。

她还以为是张康中途弃她独行了，不禁大为焦虑，直到后面传来张康追行的马蹄声时，方又欣喜若狂。

如果陈云凤继续策马前行，恐怕他们会分道扬镳，为了避免同类事情发生，陈云凤再不敢一心二用。不料，张康的座骑继续前行了数里之后，竟一头栽地而亡。

天色已渐渐暗了下来，为了赶路，二人只好共骑一马。张康知道凤儿是女儿身，不好意思共乘一骑，但为了不让她察觉出秘密已泄，只好硬着头皮上了马。

两人的身体难免相互磨蹭，那种触之销魂的感觉让他们均面红耳赤，心跳加速。但他们都怕被对方察觉心事，拼命压抑胸中的慌乱，苦苦支撑，其实，他们都是"掩耳盗铃"。

奔行不出十里，便有一个小集镇。可这短暂的路程，他们都觉得仿佛经过了好几年的奔波方才到达。待到各自躺在床上时，他们如同散架一般，却怎么也难以入眠，辗转反侧，才渐入梦境。

当然，他们的梦都会是美梦，刺激又销魂……

由于昨晚睡眠不足，张康起床时天已大亮，客栈里众人大都起了，南来北往投宿的人操着各种方言，虽听不懂，却也别有一番风味。

这时，有人在敲门。

"客官，该起床了。"是店小二，而并非凤儿的声音。

张康开门接过洗漱水。

店小二问道："客官是在小店内吃早餐，还是到外面去吃？"

张康心想陈云凤可能还未起床，便道："伙计，你去忙你的，呆会我便赶路。"

店小二便离去了。

　　洗漱完毕，张康就来到陈云凤的房前，可敲了十几下却没有人回应，而且里面毫无声息。张康心想，这个小丫头，居然赖床不醒。伸手一推，房门竟应声而开，可房内被褥收拾整齐，根本不见陈云凤的影子，连包袱都不见了。

　　她走了！

　　张康突然觉得有些失落，回房收拾好行李，便欲出门离去，至于往哪里走，随便吧，就到长安去。由于他付的小费极多，店小二的态度非常热情，有些不舍他离去。虽然张康的打扮是朴素了点，但手中有金子银子，那什么都好说。

　　既然要赶路，自然少不了马匹。张康向店小二打听了马市的方位，便离店而去，不料经过马厩时，突然看到了陈云凤的黄马，顿知凤儿并未离去，他心中的不悦顿时一扫而光，而且春光满面，甚是高兴。

　　店小二见他转回，自是殷勤招呼，张康要了一杯茶坐着品尝，主要目的还是为了等候陈云凤这个女扮男装的小精灵回来。他的心很急，可他并不觉得自己太在乎这个姑娘，或许是自欺欺人。喝了一口茶，他就发现客栈外的街道上走来了一个熟悉的身影，骑着一匹白马，肩上还背着一个大包裹。

　　很像陈云凤，但张康又不敢肯定，因为凤儿的黄马还在马厩里，而且她的包袱也没那么大，他的心一起一落，顿觉失落。

　　当那人到了店门口，张康才再度行注目礼，这么一看，他不由失声喊道："凤儿！"那不是陈云凤又是谁？

　　陈云凤将马拴在店前，进得门来便拉着张康往客房走去，神秘兮兮的，容不得张康去问。

　　陈云凤拉着张康一直到了她的房内。

　　张康迫不及待地问道："凤儿，大清早的你到哪里去了？"

　　陈云凤看了一眼他肩上收拾好的包裹，笑道："你收拾好行李竟要独自走吗？康哥，你就忍心丢下我一个不管？"

　　张康道："若不是看到你的马还在，我还当真走了，以为你不辞而别了。"

　　陈云凤佯怒道："好哇，康哥你这么不信任凤儿，那好，我这就走。"张康知道对方是闹着玩的，但还是讨饶兼安慰，道："好凤儿，是康哥不对，我向你赔礼了。"说罢他冲着陈云凤躬了躬。

　　礼多不怪，况且陈云凤只是撒撒娇，心里根本没有气。但见她从那个大包裹里取出一套男衫拿到张康身上比试比试，笑道："正合适，康哥，你快换上吧。"

张康道："你买的？谢谢。"

陈云凤道："做兄弟的给大哥买几套衣服，那是天经地义的事，你换上吧。"张康也不推辞，本想让凤儿出去，可她自己都不怕，他若出口，岂不证明心中有鬼？遂脱下外袍，凤儿便为他穿上新衣。

张康笑道："你这个大少爷还懂得伺候人哩，凤儿，委屈你了。"后面一句话是他真情留露，并无半点虚伪成分。

陈云凤本是女儿身，却偏偏又得时时扮作男儿，真够累的。只见她故作豪爽地说道："康哥，你这句话说得可太见外了，我们一见如故，我陈云凤很高兴结识康哥，即使给你做牛做马我都愿意。"

张康若不知她是女儿身，肯定会立刻要与她结拜，可知道这其中真相后，她的这句话便有了另一层意思。陈云凤为他整了整衣袍，像欣赏一件绝世古董似的，由衷地说道："康哥，你真帅，一定有好多女孩子为你着迷。"

张康心想："你有没有为我着迷呢？"心里这么想，看陈云凤的眼神便有些怪怪的，还有些坏坏的。不过，他很快意识到自己失态了，忙道："凤儿你眉清目秀，俊朗大方，又是一个大少爷，在家里被众多千金小姐们围得团团转，这才离家出走的，对不？"

陈云凤脱口应道："不是……不过，也可以这么说。"她在家时由于美名四播，不知多少公子少爷登门求亲，她大为烦闷，便辞别家人独自外出。她爹娘一向宠爱这个宝贝女儿，也不愿让她这么早嫁人，见她武功不错，足以保护自己，也就放心她一个人出门。

张康听他口气，心里也立即明白是怎么一回事了，他不再追根问底，换了一个话题："凤儿，你家在哪里？你到长安去，也不同父母说一声？"这个问题他早就想问了，不然带着一个姑娘四处乱跑，连她家居何处都不知道，岂不是太不负责了？

"这个嘛？"陈云凤道："哎呀，我肚子好饿，康哥，我们去吃饭！"说罢，她转身便走。

她怕一说出家世，张康便会猜出她的女儿身份，因为她家在江湖上颇有名气，而她的父母虽然生有她一个宝贝女儿和两个哥哥及一个不足五岁的弟弟，但两个哥哥已先后逝世。其实，她也知道张康失去了记忆，不可能知道这个情报，但她——做贼心虚。

第十五章

张康只好背着两个包袱随她出去了。

原来，陈云凤不只给她买了几套衣服，还为他买了一匹上等好马。

蜿蜒的山道两旁，到处点缀于草间的野菊花在萧瑟的秋风中摇摆不定，路上只见远远来了两乘坐骑。两匹马的速度都不疾不徐，重重的蹄声给这死寂萧条的晚秋注入了一线生的气息。

马上坐着的都是锦衣少年，其中一个美俊挺拔，而另一个却显得清秀可爱，他们正是赶往长安的张康和陈云凤。

两人已走了好一段距离而没有说上一句话了，还是陈云凤率先开口，道："康哥，我告诉你一件事，但你千万不要对别人说！"

张康道："凤儿，有什么话你就尽管说好了，不该说的话，打死我都不会多说半句的。如果有不方便之处，你就不必说了。"

陈云凤有些固执地说道："康哥，我相信你，但这件事情关系到我全家的声誉，你千万不要跟别人提起，包括你最亲的人。"

张康心想："我最亲的人只有爷爷，现在又多了一个凤儿。"不由脸上一红，旋即斩钉截铁地道："凤儿，你这么信任康哥，康哥决不会泄露半句秘密，否则要我遭到雷劈……"

陈云凤制止道："谁要你发毒誓了？康哥，我一直没跟你说出我的家世，并不是凤儿有意隐瞒，康哥你不会怪我吧？"

这两天里，张康曾多次问及她的身世，但都被她支支吾吾地错开话题，无论张康用什么办法，都不能使她露出半句口风。张康见状，料想这其中定有隐情，既然她不肯说，便也不再相问。

张康笑道："康哥怎么会怪你？再说，哪个人没有自己的一点隐秘呢？"

陈云凤向他投去一抹"理解万岁"的感激眼光，道："康哥，我是不想欺骗你才不愿说出自己的身世。"张康心念一动，忖道："凤儿，你该不是要向我坦白你女儿身份吧？"

眼光投向远处的一片树林，她似乎是隐陷于回忆之中，其脸上也看不出半分稚气。陈云凤说道："我家自我曾祖父起，四代都是开镖局的，福建万云镖局就是祖上创业的基础。在江浙一带，没有人不知道我陈家，我爹爹在江湖上颇有名气，黑白两道都有他的朋友，因此万云镖局很少遭人劫，若我爹爹亲自护镖，那更是无一闪失。但是我爹爹常年在外奔波，渐觉力不从心，便让我大哥渐渐掌管镖业。大哥自十五岁起便跟着爹闯荡江湖了，爹更是把一身本领都传给了他，还送他上少林寺学了几年。因此，爹放心地在家休息，让大哥在几位得力镖师的帮助下独撑家业。不料，大哥押运第一笔货便出了意外，遇上了一次特大洪水，一队人马及所有物资全部……"

望着凤儿那副柔弱模样，张康想要上前抱住她，给她以安慰，让她依靠着自己宽阔有力的胸膛。张康觉得这是一种兄妹情，可他不敢去深究。

陈云凤继续道："遭受了这次打击，我爹仿佛一下子老了几十岁，为了祖业，他也只好撑着。本来，我还有个二哥，他比我大四岁，可在刚满周岁时被一只大鹰叼走，生死未卜。但是，总不能让祖宗辛苦创下的基业就此后继无人，于是爹……"

"喔！林子里有人埋伏！"张康突然示警，他运用内力将声音凝成一线，使陈云凤能听清，也只有她一人能听得见。

陈云凤一时吓得不敢再讲下去，但很快她就忍不住要问是怎么一回事。嘴巴尚未张开，张康已再次传音道："不要出声，以免打草惊蛇，我们仍继续向前走路，看这些人到底想干什么，应该不是埋伏着等我们吧。"

一抖缰绳，他们仍不紧不慢地策马而行，只是没有再说话。

陈云凤这时才凝神察觉出有些不对劲了，不过，她越发显得轻松，嘴角处还浮现出有好戏看的得意之情。别人怕惹火上身，而她则怕火不烧身。

"上！"随着一声暴喝，便有不少人从树上跳下，将张、陈二人的四面退路阻死。

张康镇定自若，沉声道："阁下等……噢，原来是推浪帮的人，你们倒还真能追，而且派这么多人来围攻一人，嗯，承蒙抬举。"他认出了对方其中一人是曾经遇到的那董香主。

"还有我！"陈云凤几乎叫道。她意在提醒众人别忘了这儿还有一个人，一个厉害的人！

对于推浪帮，他们都不大了解，更不知对方的势力有多大，不然张康与陈云凤两人应该不会如此镇定自若、气定神闲了。推浪帮已是天下第二大帮，各州各县均有分点，张康先前遇到的只是推浪帮的末流角色，真正的高手他们却见都未见过。现在围住他们的是比香主高两级的堂主，在推浪帮中，一个堂统领一省弟兄，次一级便是每州的分舵。

推浪帮河南分堂堂主何立本，他在帮中上下逢缘，很懂得为人处世，若论真才实学，他远不及其手下开封分舵舵主蔡健——也即是三年前朴石安任帮主时的黑木堂堂主。个中原因，容后再表。

何立本听说手下的一名香主受辱，当即勃然大怒，迅速召集本堂部分精英力量追杀那滋事的青年——张康。他手下眼线甚广，张康也根本没有掩藏行踪，因此他们很快设下埋伏围杀张康。因此便有了这一幕即将暴发的腥风血雨。

"帮主?!"其中一名香主失声叫道。

何立本也是一愣，但旋即骂道："混蛋，也不睁开眼睛瞧瞧清楚，帮主他老人家少年英雄，岂是这等草包熊样？不用打斗，只消风一吹便要倒的货色。"他有些后悔一下子带了这么多弟兄来，就眼前这两个文弱书生的模样，也值得他亲自来？只需派一名舵主就可打发了事。

陈云凤很是有气，如鬼魅般向何立本掠去，上前准备赏他两巴掌，以教训教训他的无知语言。

何立本得意忘了形，根本没有意识到脸上即将挨耳光了，他怎会想到眼前这个看似弱小且名不见经传的小角色，竟有如此神奇的身法。

"回去!"

陈云凤随着一声清喝，身不由己地退回原处。挡住她的人是一名立在何立本身后的推浪帮弟兄，其貌不扬，身材魁梧，两眼暴射威光，约摸二十三四岁。在陈云凤即将得逞之时，这人从何立本身后站了出来，伸手格住陈云凤，并暗劲猛吐将她震回，旋即又回到何立本的身后，这一动作如水流畅，迅若清风，刚见他出手便已返回而立，就像一直没动过一般。

张康在一旁看得仔细，知道这人的武功在这么多推浪帮人之中是最高的。扶住陈云凤，他不由地赞了一声："好！阁下是谁？身手如此了得，多谢手下留情。"陈云凤气呼呼的，可不得不承认对方确实手下留情了。

蔡健闻言很是惊讶，心道："这声音好像是……"他一脸的狐疑，凝目打量着张康，竟然忘了回答。

刚才的事何立本虽然看得不太清楚，但即使是傻子也明白这是一起偷袭未遂的事件，若非蔡健出手，他的脸上此刻便多了两个鲜红的巴掌印。瞧他的神态，众人心想："他一定是非骂人不可了。"

张康已作好了准备，只要何立本骂凤儿的话一出口，他就会将对方所言打回去，他决不能眼见着凤儿受辱。

"他妈的王八蛋，蔡健，你以为你很了不起是吗？难道本座还会怕了这名不见经传的小子？要你多事！好，你很厉害，很了不起，蔡大舵主，那你就帮本座生擒了这两个小子，如果跑了一个，小心你的脑袋！"何立本一向便瞧蔡健不顺眼，蔡健的能力越高，他越是有气。他知道刚才若不是蔡健出手，他自己断难逃出被打的厄运。但他丝毫不感激，反而破口大骂。同时，他也看得出来，被围的这两个小子绝非易与之辈，己方这么多人，只有蔡健才有能力与之相斗，他令蔡健出手正是出于此虑。如果蔡健打赢了，那只当是其将功补过；如果蔡健输了，他便可以趁机修理这个厉害的属下。至于眼前这两个小子，再厉害也绝逃不出自己所率三十名堂中弟兄的围攻。

张康不禁大感意外，怎么也没想到何立本不骂敌人，反而骂自己的属下弟兄。他怎知何立本奸诈恶毒的心思？

蔡健经过一番仔细的打量，依旧不敢确定张康就是他所认为的那个人，毕竟他亲眼见到那个人活不成了。但是对方的声音却是如此熟悉，使他的心里激动不已。

何立本的故意刁难，蔡健毫不在乎，此人小肚鸡肠，又没多大本事，专靠谄媚巴结才当上了这个堂主。平时的堂务少不了属下弟兄的操劳，但若有人锋芒稍露，他便极不高兴，认为是没把他这个堂主放在眼里。久而久之，一干弟兄都知道把功劳往他头上推，吹捧他，给他戴高帽子，但蔡健却从不顺他的意思办事，他怎能不气？

这种人蔡健不屑与之动气。

身为推浪帮弟兄，蔡健当然知道服从命令这一大帮规。何立本下达了命令，他自然必须遵从。

蔡健不卑不亢地依令行事，不过他并未立即动手，而是对着张康抱拳道："在下推浪帮蔡健，请教少侠大名？"

张康见他以礼相待，心里顿生好感，道："我叫张康，还望蔡兄手下留情！"说罢，张康以朋友的眼光看着他。

蔡健两眼直视，神情显得极为震惊，他差点失声喊道："帮主！"因为张康的眼神太像前任帮主朴石安，单看眼神，蔡健敢肯定张康便是以前的朴帮主。

但是，朴石安长相奇丑，而眼前这张康却俊朗不凡，蔡健想道："莫非是帮主故意掩藏行踪，经过乔装打扮？"

"蔡兄，请赐招！"张康已然飘身下马，同时，他示意随之下马的陈云凤不要动手。

蔡健以为"朴帮主"示意他不可泄露身份，他自当配合，而且力求天衣无缝。他使出"推浪掌"的手式，沉声道："请！"脸上再不见惊喜之色，恢复常态。左手虚晃，右手圈转，如波涛旋激，其势惊天。

张康一见，大喝一声："好！"展开五行拳，发拳朝对方当胸攻去。张添寿只教了他一套极为普通的五行拳和一套鞭法，在一般人眼中，这是不堪一击的，但往往平淡中见神奇，真正厉害的人便爱在最简单的事物中创出不凡来。

蔡健一看，更觉得这是"朴帮主"不欲泄露身份才使出最普通的五行拳。而旁人先前还以为张康的武功有其独到之处，哪知使出来的竟是最寻常不过的五行拳，何立本不禁后悔没有亲自出手，好一展他堂主雄威。

不过，蔡健却不这般认为，他亲身感受到"朴帮主"使出五行拳的厉害。对方所使虽是极为寻常的拳术，但每一招都是含劲不吐，意在拳先，举手投足之间隐含极为深厚的内力。五行拳本以猛攻为主，但他却不抢攻，只是展开架式，使蔡健双手欺不近身。

蔡健心想："朴帮主是在让着自己，定是借机试探一下我的武功。"蓦地掌招一变，双掌虚实重迭，若再不尽力，那是对"朴帮主"不敬。于是他双掌尽是击向对方要害，一招一式，越来越快，如惊涛骇浪般翻腾不息，源源不断。

张康心想："他这时方才使出全力，这套掌法很是厉害，但大洞主的《无武论》中根本没有提及，定是新创武学，这一招一式相当严谨，几乎没有破绽，创此掌法的人真乃英雄！"他此刻是出洞后初次与人动手过招，见蔡健为人甚是侠义，心中更有一份亲切感，手底下便仍将五行拳连绵施展开来，却并未运足全力。同时，他在与对方的拆招中，不断寻找蔡健掌法中的破绽。

两人很快已过了近百招，却未分胜负。

旁人俱感奇怪，推浪帮自何立本以下，均以为蔡健会手到擒来，却没料到蔡健掌法虽然惊天动地，但一直奈何不了张康的五行拳。连跟着张康同来的陈云凤，心里也是大叫怪事，一开始她对张康极具信心，可他一出手竟是极为寻常的五行拳。可正当她大感失望之时，张康却以五行拳轻松地挡住了蔡健的猛烈进攻，换作她可没这份能耐，保持不败就不错了。对张康，她才知还有许多不了解的地方，这是否是一个吸引她的原因呢？

推浪掌即使再厉害，也会有它的破绽，张康已然知道了这个破绽，那就是在一套掌法使完后，再重复施展时不太顺畅。不过他不想立即便破了推浪掌，一来给蔡健一个面子；二来也增加一些他的实战经验；三来还可以发现推浪掌中的其他破绽。

蔡健可有些不明白了，"朴帮主"总打得不紧不缓，始终使两人保持不败，他知道只要"朴帮主"一反击，自己必败无遗。

突然，蔡健心念一动："帮主定是要我拿出所有的绝学跟他喂招，他一定是得到奇遇后练成了神功，而在我身上牛刀小试！"当下精神一振，立即展开平生绝学，左拳右掌，将伏虎拳和推浪掌联合使出，刚柔并济，威力层出不穷。

张康顿感对方压力骤增，心想对方果真厉害，竟暗藏神功，他毕竟还只是初经武斗，不禁有些手忙脚乱。幸得他神功盖世，蔡健也并未逼杀，只是旨在跟他喂招，见他有些不吃消，便立即降低了两成功力。

如此变化，张康焉能不知，对蔡健心存感激，当下潜心拆招，将功力提高了一成，并开始进攻，不再只守不攻。他又开始掌握场中的局面，蔡健增加功力，他也增强功力，始终维持原有局面。

旁观众人只觉场中的形势更加激猛，扣人心弦，何立本原准备趁他们打斗时，下令让属下去围住陈云凤，免得让她跑了，但是他心系张、蔡二人的比斗，竟忘了下令。他的属下也是眼耳齐用，一丝不苟地欣赏着这难见的场面。

先前张康发现的破绽现在已不复存在了，推浪掌与伏虎拳一配合，趋于完美。若不是对方的功力不及，张康恐怕要落败了。

困难越大，张康反觉打得过瘾，一招一式都认真对待，心神一致，想着《无武论》中的"无"字论，渐感顺畅。手底下则再不见完整招路，而是见招拆招，时而用指，时而用掌，时而用拳。对方的拳掌合式饶是厉害，但在他虚无飘渺难分虚实的打法下，已相形见绌。

张康达到忘我的"无"字境界时，出招已似招非招，令人大感惊奇。往往在别人认为不可能的地方，总会有出乎意料的一幕出现。周围不乏嗜武之人，观之若饮甘泉，还有人不住地叫妙。陈云凤更是如痴如迷地望着现场，一颗心早已不知不觉地系在张康身上，为他感到骄傲。

"对，攻他下盘，咦，怎么又变招攻他上盘了？不可能。傻小子，你怎么能这时转身，后背岂不落入对方的重击之下？咦，居然可以用脚后勾，妙！确实妙！啊？千万别跃起，否则对方一掌便……哈哈，我老人家多虑了……"

这一段战况评论，可没外人听得到，因为此人深藏在一棵合抱粗的大树树枝上，他是个白脸无须的青布中年汉子，却偏要自称"我老人家"，老气横秋的。不过，他有如此超群的见解，也委实不简单，仔细观摩三丈外的打斗，看到妙处，竟不禁手舞足蹈，并模仿不已，似乎忘了他正在高高的树上。幸好，他的功夫还算不错，在危险时总能化险为夷。

身临其境的蔡健体会最深，他已经竭尽全力，但依然摆脱不了被动的局面。好几次，他差点伤于张康手中，不过他反而更加高兴，因为"朴帮主"武功出神入化，推浪帮可有得救了。为了"朴帮主"，为了推浪帮，再苦再累他也得死撑下去。

突然，场中的情况发生了惊人的变化，所有人无不感到意外。本处于优势的张康，竟被已节节败退的蔡健一掌击倒在地！

陈云凤、何立本等人，以及躲在树上的那位神秘人物均被这突然的变化给惊呆了。包括蔡健自己，他亦是呆若木鸡，怎么也没想到方才百余招猛攻都未使对方败北，而这么轻轻一掌，便将对方击倒在地。这事情太突然了，谁都不知道该怎么去应对。

就连张康自己，他也是大感莫名其妙。方才的一掌，他完全是按临时想好的破招去施展的，但就在他运功的那一瞬间，丹田内竟没有半点气劲，虽然招式正确，可失去强劲的内力作辅，他已无力破解蔡健的攻招。

幸亏蔡健立即回收功力，但依然有六成功力结实地攻击在张康的胸前，他只觉胸前剧痛，五脏六腑仿佛已全部被震碎。

这到底是怎么一回事？

每个人的心里都在问这个问题。

谁来解答，谁又能解答呢？

回神最快的当数推浪帮河南分堂堂主何立本，他意识到这是擒拿二人的最佳时机。

何立本发出了果断的命令："弟兄们，立即将那两名伤我帮众的家伙抓起来，送回总坛，帮主定有重赏！"他的嗓门不大，但发出命令时的声音可不小，足以震醒仍迷茫于惊诧之中的众弟兄。

这一声惊天动地的命令，也震醒了不知所措的陈云凤和蔡健，后者猛地回头，对着何立本等人喝道："谁敢动帮……张少侠一根毫毛，我蔡健定不饶恕！"如凶神恶煞一般，令人不敢直视。

所有人再次陷于不解的惊奇中，只有那神秘人赞许似的自言自语道："这小子居然也认出来了。"

何立本不禁勃然大怒，喝道："蔡健，你好大胆，竟敢叛帮！罪责当死！弟兄们，我推浪帮的好儿郎，岂能容忍叛徒存在？今日，我们定要将蔡健这叛徒斩立决，以振帮规！"

众弟兄齐声呐喊："斩杀叛徒，以振帮规！"

要知，推浪帮的众多帮规中，叛帮是最重的罪行，无论是谁，其罪名都为斩立决！是故，所有在场推浪帮的人在何立本的一声令下，齐心拔刃围杀蔡健三人。

张康挣扎着站起，却已不能出力发掌，蔡健见状虎目含泪，拼死护在他的身旁，陈云凤更是早已拔出长剑，全力护住他。

然而，推浪帮高手共有三十来人，加上蔡健又不忍心杀害同帮弟兄，没敢施以辣手，只能苦苦抵挡。陈云凤剑法了得，可推浪帮弟兄一个个都非庸手，好半天，她才击杀了一人。不过，陈、蔡二人宁死也不会让张康受到伤害。

张康心有余而力不足，眼见他们为自己浴血奋战，心焦如焚，可丹田内仍无半分真力。

推浪帮弟兄此起彼伏，蔡健越打越吃力，一边是"死"而复生的"朴帮主"，一边是同帮弟兄，他不想任何一方受到伤害。但是形势逼迫他必须作出取舍，不然他很快就会支持不住了。

他双掌一挫，逼开几名弟兄的围攻，吼道："不要逼我杀人！"语气中有对抉择的无奈和忍痛取舍的坚定决心，他已决定誓死保护"朴帮主"。现在的推浪帮实在令人寒心，只有"朴帮主"重出江湖，才能扭转乾坤，还推浪帮乃至整个武林一片蓝天。

对于叛徒，推浪帮的弟兄向来不会心慈手软，他们再度攻了上来，不过这次蔡健已掌拳齐发，施展杀手。很快，便有一名弟兄倒地而亡，蔡健虎目含泪，心中甚是不忍，然而他又不得不杀人。

杀了第一个，便会有第二个，蔡健狂啸一声，索性放手去杀，他一边杀人一边发出比哭还难听的笑声。

听在张康的耳里，那比杀了他还要难受，他实在不忍让别人为自己受罪。可是他越急，体内便越乱，怎么也聚集不了半分真气，原先体内澎湃的真气似乎已消失得无影无踪。

何立本见众多弟兄围攻，却半天未占到便宜，已有些急不可耐了。当即往右手套了一只透明手套，从腰间布囊里抓出一把黑粉，跃身而起，大喝一声："你们给老子好好享受吧！"说完将黑粉往张康三人头顶上洒去。

"好小子，竟敢施毒害人，推浪帮让你们这群败类给毁了！"一道人影如大鹏一般由天而降，此人正是那神秘人，说第一句话时他尚在树上，但最后一句话还未说完便已到了众人的头顶。只见他抖动着两只巨大的衣袖，横竖斜齐扫之下，竟将漫天毒粉卷成一团，并立即向地面一摔，毒粉团已然没入土中。

何立本见阴谋不能得逞，大感遗憾，而对方却又增加了一名高手，大怒之下拔出钢刀亲自应战。

神秘人似是不屑与他们动手，立即抱起正在设法聚集功力的张康便飞身而退，并向陈云凤、蔡健二人说道："你们都随我来！"

蔡健见张康被人救走，虽不知神秘人是谁，但绝对是友非敌。出手挡开了围上来的一干人等，便向陈云凤道："朋友快走！"陈云凤也不客气，当下就折身尾随神秘人而去，蔡健这才猛击几下全身而退。

推浪帮他是再也呆不下去了，不过和"朴帮主"在一起，他已是非常高兴了。协助"朴帮主"重整推浪帮后，他依然是推浪帮的人。其实，他现在同样是一个忠心的帮众，只是他效忠的途经不同而已。

张康被神秘人抱住，但他无力反抗，只得任由其抱着，不过凭直觉，他知道神秘人是帮他的。可惜，他丹田内仍旧一片空荡荡的，只能依靠他人来度过危机了。他怎么也弄不清楚这究竟是怎么一回事，为何丹田之气竟在瞬间消失无遗？

神秘人抱着张康来到了一座破土地庙前，当然，陈云凤、蔡健也先后尾随而至。

　　只见土地庙里一片狼藉，却有一个人正在里面，神秘人先是一惊，然后大声朝对方叫道："真儿，快看是谁来了？"张康心念一动："莫非是那真儿姑娘？"

　　庙里那人闻言惊起，神秘人已抱着张康入内，然后放下，那人喜道："师父，您老人家也来……啊，安哥！安哥他怎么了？师父，安哥他……怎么受伤了？"

　　张康没有力气动，却看得见，那人的声音的确很像美丽的真儿姑娘，但外表却是一副憔悴的后生哥儿模样。

　　那人伸手往脸上一抹，居然露出一副美丽的容貌，不是凌真儿是谁？

　　这时，方才进来的蔡健、陈云凤二人俱都止住了身形，蔡健上前躬身说道："凌小姐！"陈云凤则是心里赞叹她的美，但见她亲切地拉着张康的手，陈云凤竟觉得酸溜溜的不好受。

　　那神秘人自然是"百变酒丐"风青了，他与徒弟凌真儿都精于易容，随便化装一下，别人便难以认出了。

　　凌真儿拉着张康的手，将其贴在自己的脸颊上，眼睛里荡漾着泪花，道："安哥，你真的记不起真儿了吗？"两颗晶莹的泪珠落在张康的手背上。

　　张康觉得自己已被这两颗泪珠给融化了，心中顿生无限的柔情蜜意。触摸着那张美丽脸庞的柔滑，张康的心跳立即加速，他如果不是体内无力，已然将凌真儿拥入怀中，像上次那样紧紧抱着她，吻着她，吻干她眼里的泪水，吻平她秀眉间蹙起的忧愁。

　　他毫不反感与凌真儿的接触，哪怕再亲密的接触，他只会觉得舒服。上次的缠绵，他怕控制不住而做出违背良知的事，才落荒而逃，哪一点哪一滴不是深深地印在他的脑海之中？

　　陈云凤站在张康的身后，眼里充满了对凌真儿的敌意，她与张康相识虽然不足三天，但却已将整个心全部托付给了对方。

　　女人的心思是很敏感的，她猜出张康在记忆丧失前一定与这个美丽的姑娘有着不寻常的关系。

　　这么一想，陈云凤觉得心好痛，她不愿意与别的女人共同分享一个心上人。

　　"康哥，我不要你对别的姑娘好，你只能对我一个人好！"陈云凤的心里在深情地叫唤的。她没有意识到体内已起了变化，更没有意识到她的理智正一点点地丧失。

"康哥，你知不知道，我是一个女孩，我爱你，一见到你就爱上了你！"又是一个痴情的女儿。

风青觉得有些不对劲了，他看见陈云凤抓着张康的另一只手，按在她自己的脸上，但与凌真儿不同的是，她的脸颊通红，就连眼睛里都似乎在冒火。并且，她还慢慢地将张康的手往下移，移到她自然挺拔的胸口，用力地揉着，嘴里不停地发出荡妇般快乐的呻吟。

风青行走江湖多年，早就看出她是一个易装而行的女儿家，但弄不懂这位小姑娘怎么突然——像是春情勃发一般。张康等人见状俱是大惊，张康潜意识里想抽回正在享着艳福的手，却使不出半点力气，其实就算他有力气，也会抽不回手，因为他有些迷恋于这种感觉。

"师父……"凌真儿无助地望着风青。

风青仔细地看了一下陈云凤，叹道："冤孽，唉，真儿，这位姑娘方才吸入了不少淫粉，现在丧失了本性。唉，都是我老叫化子不小心。"刚才风青出手时，只是将何立本撒出的药粉中绝大部分毁去，却仍有少部分被已跃起应战的陈云凤吸入了。

陈云凤吸入量甚少，直到见凌真儿抓着张康的手时方不禁情动，使心性被药物迷住，一时竟失去了理智。

"啊？"众人大惊。

凌真儿忙问道："那该怎么办？"

风青叹道："除非能立即取到独门解药，可那不是一时半刻的事，或者……唉，那太委屈真儿你了，你们两个都是痴情的可怜人啊。"

凌真儿有些不明白，问道："师父，这个姑娘挺可怜的，有什么办法，您请说吧。"

风青苦笑着摇了摇头，看了看陈云凤，道："除非她与男人交合，否则会立即气血爆体而亡！"

凌真儿这时明白了，不由得惊呼一声，她怎舍得让情郎去和别的姑娘好？虽然他暂时失去了记忆，可他永远都是她的唯一。然而，一个活泼可爱的姑娘即将在淫药的毒害下香消玉殒，善良的她又怎忍心？

突然，她看到了一旁的蔡健，想道："蔡堂主年轻有为，应该配得上这位姑娘。"正当她这么想时，忽然发现张康已经和陈云凤拥吻在一起了，诱人的呻吟，销魂的喘息，他们仿佛已融为一体。张康的表情是那么痴迷，似乎也中了淫毒，凌真儿的心好痛好痛，她很想上前扯开他们，因为安哥是她的！看得出，陈云凤是很喜欢张康的，张康也很喜欢陈云凤，对于凌真儿，张康根本没有以前的记忆。

她很想大哭一场，心里也很矛盾，于是她捂着脸冲出了破庙。

风青无奈地摇了摇头，他还能说什么做什么呢？只有跟着出去，去劝劝可怜的徒儿，让她想开些。蔡健有些不明白，隐隐发觉事情不对劲，也赶紧尾随出庙。

留下自由的空间，让两个迷于爱河间的男女尽情地缠绵。

陈云凤的理智已经完全丧失，体内的欲焰焚得她难受，娇喘连连地紧紧抱着张康，身上的衣衫早被她撕破，两人肌肤的触摸使她感到短暂的清凉，但这种清凉，不仅不能使她清醒过来，反而使她更加迷茫，想也不想地抓住那双解热的大手往自己的衣内探去。同时，她还撕扯着自己的衣衫，很快，她的身上只有一条短小的亵裤和那条严密的束胸。

此刻的她已全然被药物控制了行为，知道张康能为她带来清凉的解脱，紧紧攀附着他，怎么也不愿松手。

"康哥……啊康哥……"陈云凤被欲火焚得忍受不住，幸福的喘息让人心猿意马。

一阵燥热蓦然升起，凤儿红馥馥的樱唇又像是邀人品尝般地微启，张康的理智也早已丧失了，心头仅有的一点不妥感觉也在瞬间之内被这阵烈焰焚毁无遗。他想也不想地俯身撷取这份甜蜜，压在凤儿娇柔美丽的躯体上。

陈云凤在狂炽欲火的驱使下，热情地回应着，像小狗小猫一般舔着吮着，弄得张康满嘴的口水。

一切只怪她不解男女之事，偏偏又受到淫药的刺激，引起心理和肉体上难以抑制的冲动，只想把它们一股脑儿地发泄出来。所以，她才会如此像一只饿狗一样拼命地舔着张康这根"骨头"，恨不得把他活生生地吞下肚去。

张康的一身衣物很快已与躯体分家了，不仅凤儿撕扯，而且他还帮着忙，因此脱衣行动甚为顺利。接着，他盯着她紧紧包住胸前秘密的束胸，然后将凤儿翻过身来，解开结在背后的结。他不知道，此刻他又恢复了力气。

陈云凤不住地呻吟喘息着，短暂地脱离张康的怀抱，都让她忍受不住，她不住扭动娇躯。好不容易她胸前的束缚方被解开，而她却立即翻过身，死死地抱住张康"啃"着。

张康不再满足于品尝她嘴里的芬芳了，他贪婪地俯下嘴亲吻着她颈间雪白柔嫩的肌肤，一路朝她胸前吻去，让最美丽的春色映进他的眼帘。

陈云凤在他身下不住地挣扎，更加引发出他那野蛮的男性本能。他也挑逗得陈云凤全身火热，喘着气，热情地回应着。她愿意这样，她愿意也毫无选择地向他奉献出自己。

庙内战火绵绵，春意益然，迷失了本性的他们怎么也想不到有人在为此痛苦欲绝。

风青笑不起来了，他只能心情沉重地守在凌真儿的身旁，却不能安慰。

即使捂住耳朵，凌真儿还是可以听得到由庙内传出的阵阵令她心碎的"噪音"。因为，有的声音是可以不需经过耳朵听出来的，通过心灵同样可以感觉到外界的确切声音。

最令她伤心的是"安哥"的态度，他不记得她，不记得他们之间的真爱了。

她爱朴石安，爱得发狂，三年的守候，不仅没有磨灭她的执着，反倒使她对爱更加坚贞。她爱朴石安胜过爱她的生命，如果没有这份执着的爱，她恐怕早已经只留下一具空虚的躯体进入另一个世界了。

只要朴石安依然爱她，她便有力量去应对一切困难，即使天塌下来她也不怕。因为有爱支撑着她，爱的力量是巨大的，也是无限的！

然而，朴石安丧失了以前的记忆，现在变成了张康，像一个陌生人一般。而且正在没有理智地与另外一个姑娘交合！

她只能在心歇斯底里地呼喊着，她没有力量去阻止这一切的发生，她只能认命了。

她欲哭无泪，因为所有的泪都在心里滴干了，她心想如果能再次得到"安哥"，或是张康的爱，她可以不去计较别的。当然，她会竭尽全力想尽一切办法去使他的记忆恢复。

万一朴石安永远都是张康了，她也会努力让他爱上她，她知道这一辈子是不可能摆脱这份爱的纠缠了。

蔡健这时才知道朴帮主失去了记忆，不然他绝不会对凌小姐如此无情的，当着她的面与别的姑娘……这是事实的无奈，非人力所能左右的，无论如何，蔡健都把他当作一个伟大的帮主，对他忠心不二。何况，总有一天，他会恢复记忆的。

"真儿，你要到哪里去？"风青见凌真儿茫然地离开破庙而去，忙上前拦住了她。

凌真儿扑进师父的怀里，泣不成声："师父……我的命……好苦啊！安……安哥……他……他，……我……还能……能怎么办？……不如……不如去出……出家……"

风青视真儿为女儿，怎忍心见她这般痛苦？说起话来也哽咽了："好真儿，你千万别……别这么想，小安子恢复记忆后，还得需要你呀，你想想看，小安子对你是不是完全陌生？不，他的心里对你有一种亲切感，只不过那种感觉很模糊，你若时常伴在他的身旁，说不准哪一天他会突然想起你，想起以前的事情，你可千万不要去做傻事啊。"

凌真儿像是抓着了一根救命草似的，无助地望着风青。

风青道："傻真儿，师父的话难道还有假的吗？"

此时，庙内已渐渐趋于平静。

风青又道："至于那位姑娘，她也很不错，你们以后要好好过日子。真奇怪，刚才小安子好像是突然丧失了功力，以致被蔡健一掌打伤。他的武功似有形却无形，发招时往往出乎意料，应该是有什么奇遇，但突然间丧失功力，那是怎么一回事呢？"

不单是风青不知道，就连张康自己都弄不清楚是怎么一回事。张添涛传给他一甲子功力，任督二脉又被打通，他的内力已非常人所及，怎么会突然间消失？经过一番调息，功力竟又恢复，运行时同样毫无阻滞。

不过，现在可不是考虑这事的时候，身下玉人那雪白娇美的胴体香汗淋淋，这是他造成的现象。衣物上的落红鲜艳夺目，他知道为此必须付出一生的时间来陪伴照顾她。

理智的复苏才使他意识到适才的荒唐，但木已成舟，生米也煮成了熟饭，他亦只能勇敢地面对现实，并承担起照顾凤儿一生的责任。

陈云凤精疲力竭地睡去了，嘴角挂着幸福满足的微笑，由少女转变成小少妇，任何痛苦她都愿意承受。

张康不敢把眼光投向对方那任何男人都为之动心的赤裸胴体，默默地起身，准备拾起一旁的衣物为她盖住。可正当他回转之时，一个柔嫩光滑的馨香娇躯扑到了他的背后，两条粉臂勾住了他的脖子。

"康哥，你到哪里去？"凤儿骑在他的背上，吐气如兰地询问道，娇脆的嗓音中洋溢着兴奋、羞涩。

张康好不容易才离开她的身体，而她却不知死活地紧贴住他，似乎毫不在意两人均是根纱不沾，肌肤毫无间隙地接触，凤儿还不住地扭动着，使他能清楚地感觉到背上的柔挺，那种美好的接触令他下腹升起一股熟悉的燥热。他忙嘶哑地说道："凤儿，我们……你不要……不要这样，我……对不起……你。"他一动不动，再说他敢动吗？一动便会接触到对方那美丽诱人的胴体，他怕自己会再次侵犯她，他知道他会压抑不住心中的冲动。

凤儿将柔嫩的粉颊贴在他的脸上，娇声道："康哥，我愿意……愿意成为你的……人。"她的声音轻柔，张康也能清楚地听到。

他很是震惊，失声叫道："凤儿……"

陈云凤凑上螓首，小嘴吻在他的脸上、耳垂上，她吻得很轻，很温柔，很湿软。

张康的灵魂立时飘浮在九天之外，愣愣地享受着那蚀骨销魂、比蜜糖还甜的滋味。喃喃地说道："凤儿，别……这样，外面……有……有人。"

陈云凤调皮地轻咬住他的耳垂向后扯，娇羞地发出轻笑，分明是调逗他。他再也忍受不住，这个可爱的小女人竟刻意逗他，送菜上门，他岂能放过？别的统统置之脑后。若再由她"欺凌"而不还击，那也不配为一个正常男人了。

不料，正待他准备将背后光溜溜的凤儿挪到胸前，再向其下手的时候，凤儿已经跳下了后背，利落地着装。害得他只有左手才能抚到她那光洁的背部，饶是如此，也使他下腹腾起一股热流。他回过身来，凤儿已着好了贴身衣物，正抓着外衫，却没有继续穿。原来一套衣裙已被撕破，不能穿了，而且还盛开着一朵"红花"。

她娇羞幽怨又风情万种地仰起俏脸，白了张康一眼，直是把张康的魂儿也给勾跑了，使得他情不自禁地向前移动步子。若不是看到那件衣物的落红，并及时意识到自己身上还处于"原始人的状态"，他早已一下子扑上前去，再次携美进入温柔乡。他颇为不好意思地说道："凤儿，对不起。"他像做了错事般低垂着头。

"康哥，你快转过身去。"凤儿螓首低垂，娇羞地说道。

张康忙听话地转过了身，随手抓起裤子，以最快的速度穿好，而上衣则在身后，但他已不敢再回头了。

身后传来一阵"丝丝"的轻微声音，听在耳里，张康的脑海里浮现出一幅诱人的画面，不由地面红耳赤，心驰神荡起来。

接着，一股醉人的熟悉芳香，钻进他的鼻孔，他贪婪地呼吸着，清楚地感觉到了凤儿的靠近，而且肩上也多了一样东西，这时他的反应莫名其妙地迟钝起来，竟过了好一会儿方才知道那是一件衣服。

凤儿像个小妻子似的为他着衣，温柔的小手，散乱的发丝，醉人的芬芳，让他有一种飘飘欲仙的感觉——舒服地闭上了双眼，任由这可爱的小女人摆弄。

为张康穿好衣物，并为之整理好头发，凤儿看着这张迷人的俊朗面孔，芳心顿动，仰着俏脸，伸出纤纤素手爱抚着它，并凑上樱唇印上一个轻吻。然后满意地欣赏着自己的杰作。

张康恰在这时睁开了眼睛，把凤儿吓了一大跳。张康伸手环住她的柳腰，戏谑道："小家伙，你还想逃吗？"立即印上那张微启的小嘴，捂住了她的抗议，只发出"唔唔"含糊的声音。

凤儿先是略微挣扎了一会儿，但很快便把紧握的双拳松开，并环上对方的粗颈，热情地回应，沉浸于这"甜蜜的惩罚"之中。

她感到身体如火烧般灼热，深切地渴望着他的呵护与爱怜。他的魅力是如此强大，使她在此刻除了他之外，理智、旁人，什么都不愿分神去想。

这种亲密和放开了一切的接触，把她刺激得恨不能融入张康的体内，永远也不愿再分开来。

唇分！

陈云凤仰脸望去，张康那如朗星的清澈目光，正炯炯地紧盯着她，使她芳心最隐私之处，泛起了无尽的爱的涟漪。

同时，也使她感觉到真实的存在。

她忙挣脱了张康紧紧的拥抱，虽然心里有些依恋其中的温暖甜蜜，虽然颇为不舍。

"康哥，我们该出去了。"她及时地阻止了张康的继续"行动"。

张康蓦然惊醒，忖道："我怎么如此控制不住自己的欲念，这般没有自制力？"

向陈云凤投去一个微笑，道："好，我们出去吧。"

两人相携走出了破庙。

蔡健一直在四周守卫，以防有人冒然而来打搅了"帮主"的"大事"，最先看到张康和陈云凤。他上前躬身道："帮主，这位姑娘……没事就好。"虽然他心里很为凌真儿感到惋惜，但只要"帮主"愿意，他还能有啥异议？更何况这是别人的私事。

张康对于蔡健的这个称呼很是惊奇，问道："蔡兄，你何故这般称呼在下？"

蔡健这才肯定"帮主"确实丧失了记忆，忙道："帮主，您是不是忘记了以前的事？"

张康道："是啊，我自醒后便再也记不起以前的事情，好像我一生下来便有这么大了。"

蔡健喜道："那就没错了，帮主，你以前是推浪帮的帮主，你的真实名字是姓朴名石安……"

"什么？"张康大惊："我是推浪帮的帮主？这怎么可能？推浪帮里除了蔡兄外都是些仗势欺人的小人！"

"蔡舵主说得没错，安哥你以前真的是推浪帮的帮主，以前的推浪帮不是这样的，行侠仗义，锄恶扬善，这是你定下的规矩。"凌真儿奔了过来，她醋溜溜地望了一眼陈云凤，便不再看这个"近水楼台先得月"的情敌。

张康倒不再完全不相信，只是这太突然了，令他怎么也难以接受。不过，凭直觉他知道眼前这些人应该不会骗他的，因为他的心里有一股自然的亲切感。

这时，陈云凤插口道："康哥，他们都是骗你的，不要相信他们的胡言乱语，我们走吧。"说罢她拉着张康便走。

张康有些不太情愿，他是多么地想知道以前的事情，不过他不好挣脱凤儿的手，问道："凤儿，你怎么知道……他们是骗人的？"

陈云凤见他走得极不情愿，只好停步，大声道："哼，谁不知道推浪帮的前任帮主是个丑八怪，而我康哥……"她说这么大声，是故意让凌真儿众人听到。她的意思是，你们的朴帮主是个其丑无比的丑八怪，而康哥英俊潇洒，怎么可能是同一个人呢？

"真是这样吗？"张康有些茫然，他本是问陈云凤，却把疑惑的眼光投向了凌真儿。

凌真儿追上前来，极为诚恳地说道："这位姑娘说得不错，你以前的确很丑，这是整个江湖都知道的事实。"

张康闻言不禁失声叫道："啊？"他多想听到对方说个不字呀。

凌真儿又道："但是，那是因为……"

事情有了转折，就连蔡健也大感奇怪，在他的印象中，"帮主"是很丑的，他确认张康是"帮主"，那是他由其声音及独一无二的眼神中推断出来的，他还以为"帮主"是经过易容才会变得这么美俊潇洒的。

陈云凤追问道："因为什么？"

凌真儿脆声道："因为安哥以前一直是戴着丑面具的。"

陈云凤嘲笑道："哼，这怎么可能？你骗人也动动脑子想个好理由。听说那朴石安被人评为天下第一丑人，谁愿意故意戴着丑面具？"她的话音里充满了敌意，谁叫凌真儿长得那么美呢？

张康喃喃自语道："面具？丑面具？"

凌真儿以为他想起了一些什么，忙惊喜地道："对，你以前就是戴着面具的，那面具还是师父送给你的，你想起来了吗？"对于陈云凤的冷嘲热讽，她丝毫不以为意。

张康摇了摇头，但是他从肩上取下包裹，从中拿出一件东西。

凌真儿像发现宝物似的，高兴地叫道："就是这张面具，对！就是它！"她心里的高兴劲简直没法想。

"哈哈，这是我老人家送给你的天下最丑的面具，小安子，你难道不记得吗？"恢复本来面貌的风青这时才走上前来，大笑道。

陈云凤见又来了一个陌生的老叫化子，不禁问道："你是谁？"

风青大笑道："你道我是谁？"他右手往脸上一抹，竟又变成方才那个中年人的面孔，再用左手一抹，又变成一副病兮兮的丑容，再一变而成了一个俊朗非凡的少年，最后才恢复了本来面目。他笑着问陈云凤道："小丫头，你说我是谁？"

"你是'百变酒丐'风前辈！"陈云凤、蔡健两人同时叫出声来。

风青笑着点点头，意在默认，他解开腰间酒葫芦，"咕咚""咕咚"喝了两大口酒，笑道："小丫头，你爹是不是叫陈敬德？不对，陈敬德只有儿子，怎么可能有你这个丫头。喂，丫头，你叫什么名字？"

陈云凤红着脸施礼道："风伯伯，侄女叫陈云凤。"她爹曾吩咐她遇到"百变酒丐"风青时，一定要以礼相待，因为风青对她陈家有大恩，而且与陈敬德极有渊源。

风青追问道："令尊是谁？"

陈云凤望了凌真儿以及蔡健一眼，欲言又止。

风青知道她有难言之隐，也不再询问，再说此时最重要的是要使张康相信自己是朴石安。便笑道："小丫头，你既然自称'侄女'，那我老人家的话你总该相信了吧？"

陈云凤道："风伯伯的话侄女自然相信。"

风青道："那就好。"

他这才转身对张康道："我老人家从来不骗人，我说你是朴石安，你信不信？"

张康茫然不知应答，他心里很相信风青的话，可又总觉得有些难以置信。

风青从他手中接过面具，抚摸了一会儿，道："小安子——我以前一直是这么称呼你的，你记不记得你向我要这张面具时说了些什么？"

张康摇了摇头，望着风青，希望他继续说下去。

风青又问道："你还记得你师父吗？"

张康压根儿不知道还有一个师父。

风青对他的反应并不作任何评价，说道："你师父叫夏候成山，在江湖上行侠仗义，手中长剑不知除了多少作恶多端的奸人。但是，你师父却得不到武林中人的尊重，反而受到别人的冷嘲热讽甚至厌恶，你知道这是为什么吗？唉，因为你师父长得奇丑，江湖上的人都不相信你师父是个侠义之士，而总把你师父看作恶魔。你师父面对众人的无故责难也一直默默承受着，直到有一次遭人嫁祸，竟被几大门派围杀。无奈，你师父只好退隐江湖，那时你才十三岁，那么小的孩子，便知道为师父感到愤愤不平，你师父归天后，你发誓要为师父争一口气，让天下人知道人丑同样是可以干出一番轰轰烈烈的侠义大事，于是你要我给你做一张丑面具，而且越丑越好，我见你那么有决心，马上便为你做了一张天下第一丑的面具，因为我也想你戴着这张面具在江湖上干一番让所有人都钦佩的大事，也算为你师父出了一口怨气。"

"终于，几年后，江湖上很快崛起了推浪帮，并在三年之内列入江湖十大门派。提到朴石安这个名字，武林中谁人不知，何人不晓？如果你师父九泉有知，也该瞑目了。你这个徒弟，可比师父强多了，而戴上面具后却比你师父更丑几十倍，但你做出的事可比你师父轰烈得多。而且你师父一生孤独，就像我老叫化子一样，但你小子艳福不浅，却有真儿这么一个好红颜知己，现在又多了这个俏丫头。"

"可惜，就在你和真儿订婚不久，灾难降临了……"

陈云凤听说张康（朴石安）与凌真儿已经订了婚，心里颇不是个滋味，差点惊叫出来。

张康亦是大为惊奇，眼前这位美丽多情的姑娘竟是自己的未婚妻，既然以前他是戴着丑面具生活的，而对方还肯委身相嫁，可见这份感情是多么来之不易。他既希望自己是朴石安，又怕自己是朴石安，都因为这难解难分的爱情，他喃喃自语道："订婚?"他不敢相信这位美丽的姑娘竟是自己的未婚妻。

凌真儿急切地问道："安哥，你……还记得吗?"

张康茫然地摇了摇头，为了避开这敏感话题，他忙问风青道："前辈，后来怎么了?"

风青暗叹了一口气，用眼神安慰凌真儿，然后说道："后来的事就由蔡健跟你讲吧。"

蔡健很乐意效劳，便将朴石安被陷害杀人一事的前因后果详细讲了出来。并将魏于接任帮主之后，使得推浪帮涉入歧途的一干举措，都向张康作了"汇报"。

一提到魏于，风青便心里有气，骂道："魏于那王八蛋把好好的一个推浪帮全给毁了，开赌场、设妓院、明抢暗夺，干尽了伤天害理的事，就连你大哥新力，他都不放过。这个结拜兄弟新力，见魏于为非作歹，而他为人耿直，自然看不顺眼。可魏于那王八蛋表面上对结义大哥恭恭敬敬，暗中却派人加害。你大哥不察，竟被他害死。"

张康脱口问道："真的?"

风青惊奇地望了他一眼，立即又道："若不是我老人家亲眼所见，亲耳所闻，还真不敢相信那魏于竟如此歹毒。他先是在新力的饭食里下了慢性的化功散，再雇一名杀手，将之除去。事后他还假惺惺地厚葬新力，听说还痛哭了三天三夜，使人不会怀疑是他干的。可恨那臭小子不知从哪里学了一套高深莫测的武功，我老叫化子找他讨个说法，差点连命都没有了，更别说为新力主持公道了。"

"近两年来，推浪帮上上下下一片黑暗，忠于你的一些老弟兄，纷纷无故失踪或被杀，蔡健还算幸运，只是被降职。不过，推浪帮的实力较以前扩大了不少，连泰山方面都难敌其锋。一年前武林至尊无故身亡一直是个谜，我怀疑也是魏于下的毒手。如果真是那样，那平静了几十年的江湖可又要遭到劫难了。武林至尊的一身修为出神入化，可直追百年前的江湖中'三圣''三魔'六位武林异人。"

张康心道："我可算得上是六位老前辈的共同传人，那个武林至尊既能直追他们，那么，推浪帮帮主的武功岂不是无人能敌?"如果不是爷爷有吩咐，他差点便说出了他就是六位异人的共同传人。

风青又道："小安子……"

张康道："前辈，你还是叫我张康，或是阿康吧。"虽然他能够接受风青的陈辞，但让他相信自己是朴石安，心里总有些疙瘩。

风青愣了一下，无奈地说道："好吧，张康，现在泰山一脉有能力一战的人便只有武林至尊的三个徒弟。"

"帮主便是被那三弟子风项率人围杀而……而坠崖的！"蔡健在一旁插口道。

风青叹道："那风项只是奉命行事，武林至尊也是一时未察中了奸人圈套，误会你杀了人，但现在他人已死，小安……张康，你就得饶人处且饶人吧。"

连武林至尊及他的三弟子是谁都不知道，张康心中哪有什么恨？更别说"得饶人处且饶人"了。听风青这么一说，张康只是对魏于颇有微词，害死结义大哥，引导一个正派走入歧途，可见其心地的毒辣。

风青似想起了什么，问道："小……张康，那本秘笈……就是西天观冲灵子委托你保管的那本秘笈是否在你身上？你还记不记得？"

张康愕然，道："秘笈？我苏醒过后身上便没有什么秘笈，只有一个玉镯子，就是这……不知道这与我的身世有什么联系。"说着他从贴身衣袋里取出一个精致的玉镯子，甚是好看，他以为这是家人留给他的东西，因此一直妥善保管着。

看到那个镯子，凌真儿的秀眸中顿时亮了不少，她喜道："这是我们的定……定情信物，原来你一直都带在身上。"她的一颗芳心又充满了愉悦和希望。她还从颈间摘下一个护身符，说道："安哥，你记得吗？这是你送给我的，你说这是婆婆留给你的唯一东西，虽然不值钱，但对你来说，比什么宝都珍贵。"

一旁的陈云凤心里又觉得不好受了，她与张康已有了夫妻之实，自然将二人的关系视为夫妇了。她基本上相信张康便是朴石安，那么凌真儿的确也是康哥的未婚妻，对方那么美丽，比她更多了一份成熟的魅力，她真的担心会失去康哥，暗想决不能让康哥相信他就是朴石安。

第十六章

可别人怎知她的心里想什么？

张康怔怔地瞧着那个护身符，心里涌起了一阵莫名的激动。凌真儿说是婆婆留给他的，然后他便将此物送给了她，那对方口中的婆婆，不就是他的母亲吗？张康走到凌真儿身前，伸出手握住那个不起眼的护身符，仔细地看着，竟有一种要哭的冲动。他在心里呼唤道："娘！是你吗？"

"康哥！"陈云凤突然冲过来拉着他道："你根本不是朴石安，风伯伯他们是认错人了，天下长得相像之人多得很，你是从万丈悬崖中上来的，而朴石安则是被武林至尊的三弟子风项等人围杀而死，你想想，你怎么可能是朴石安？怎么可能与那心狠手辣的魏于结为兄弟呢？"

她转身又对风青说道："风伯伯，你是我家的大恩人，照理说，你的话我应该完全可以相信，可是，康哥他真的不是那个朴石安，因为侄女亲自看到了朴石安的坟墓。"

"真的？"风青、凌真儿以及蔡健三人闻言不禁大惊道。

陈云凤斩钉截铁地说道："是真的。侄女刚刚才想起一年前曾经在江苏扬州的一个山谷中，看到了有朴石安的坟墓，墓碑上刻着'奇侠朴石安之墓，忘心人立'。你们若是不信，我愿意带你们去看。"

蔡健摇头道："不可能，我亲眼看到帮主坠下悬崖，凌小姐在那儿守了三年，怎么可能在扬州有帮主的坟墓呢？"

陈云凤又道："再说，康哥说他醒来之时全身经脉寸断，而并无别的伤，遇到奇人才捡回一条性命。他若是朴石安，经过一场厮杀后，再由那么高的地方掉下，怎能有命在？那时即使被一位武林奇人救下，也已迟了。"

"真的？"凌真儿的精神已不堪一击了。

张康有些不忍见到凌真儿那副柔弱得似乎随时都会倒下的样子，便事实正如凤儿所分析的，他只好点了点头。看到凌真儿的泪水夺眶而出，并失去支撑似的向前栽倒，他赶忙伸出手扶住。

凌真儿无力地靠在他的肩头，绝望地闭上了眼睛，她已没有气力支撑自己那沉重的身躯。

风青和蔡健面面相觑，他们完全没有料到事情竟来了一个大转折，他们不禁再次陷入了一片迷茫：朴石安真的死了？

张康一直都觉得茫茫然，他根本不知道该相信什么，他到底是谁呢？

风青突然说道："扬州？这是真儿的家乡，可从没听说过有哪位奇人。丫头，陈云龙是你的兄长？"

陈云凤点头道："是的，他是我二哥，但……"

风青大为奇怪，说道："这到底是怎么一回事？你爹什么时候多了你这么一个女儿，他的女儿不是被怪鸟叼走了吗？"

陈云凤道："风伯伯有所不知，被怪鸟叼走的是……是我……我二哥。"她向风青说这些话时，声音小得只能让风青一个人听得到。

风青狐疑地看着她，好一会儿才缓缓地点点头，恍然道："我明白了，一定是你娘……"

"风伯伯！"陈云凤急忙制止道，她怕风青会将这个秘密说出来。

风青当然明白，马上转换话题，问道："你真的看到小安子，也就是朴石安的坟墓？"

陈云凤认真地点点头。

"没骗我？"

"侄女决不敢欺瞒风伯伯。"

风青闻言长长地叹了一口气。

若不是凌真儿自己支撑起身体，张康是不会狠心推开她的，虽然男女授受不亲，但他是不会计较的。

的确，他对于女人简直没有丝毫的抵抗能力。

风青见状，心生怜爱，刻意朗声道："真儿，反正你已有三年未回家了，也该回家看看爹娘，世上能牵动你心思的并不只有一种东西。想开些，小安子就算真的……还有你爹娘爱你，我老人家也不愿看到你失魂落魄的样子，还有你干娘和你的授业恩师，你不要再把自己关在感情的囚笼中。"

张康一字不漏地听完了风青的这一段话，由衷地说道："前辈的话令人深思，真是'听君一言，胜读十年圣贤书'，凌姑娘，你真的要振作起来，关心你的人，谁都不忍心看到你憔悴的样子。那位朴兄若泉下有知，见你如此伤心，绝不会好过的。他一定希望你快快乐乐地生活。有这么多人关心你，爱护你，你不感动吗？我是个连自己是谁都不知道的人，虽然我不是朴兄，不能给你最好的安慰，但我想对你说一句话：'你一定要勇敢地生活下去，而且要快乐地活下去，不光为了他人，更为你自己'，如果你不嫌弃，我愿做你的一个朋友。"

每个人都惊奇于他说的这些话，连他自己都不知道何以会脱口讲出这番话，他只是出于对凌真儿的那一份说不出缘由的关怀。

最为动容的要数凌真儿，她此刻的心情可用感激涕零来形容。不知为何，别的人无论怎么劝她安慰她，她总是不能释怀，但张康只需这么几句话，却使她暂时忘了创口的痛楚，陈云凤虽然说得证据确凿，但她真的不愿相信朴石安已经死了，他的音容仍活生生地浮现在她的脑海中。三年多来，她始终坚信朴石安仍在，就是此刻，她依然这么认为。

张康的出现使她心里燃起了火般的希望，她不肯相信世上会有如此相像，连眼神都是那般相似的人。

一切等找到朴石安死去的真实证据，再作定夺。张康，这个令她感到温暖的异性，如果他真的不是失去了记忆的朴石安，做个朋友，又何尝不可？如果他真的如她所想，是她的未婚夫朴石安，先同他培养感情，即使他的记忆里没有以前的她，但一切可以从头再来。

这么一想，凌真儿紧皱的眉头，终于舒展开了，她向张康献上了一个比较灿烂的微笑。

张康很是高兴，笑道："那好，以后我们就是朋友了！"

"嗯！"凌真儿觉得身心在刹那间得到了放松，竟感到无比惬意。

风青见状，更是大喜，终于再次见到真儿的笑容，他大笑道："是不是春天来了？"

其实，现在已是深秋。

众人都觉得轻松了许多。

陈云凤的心里也没有半点不快，她很高兴看到这个场面。

凌真儿回到阔别三年的故乡，心情反倒又沉重起来，拜见过父母，她便急着要去找朴石安的坟墓。哪怕结果会令她彻底绝望，却不再浑噩终生，长痛不如短痛。

凌志成知道女儿的性格，他从来不勉强女儿做什么。凌夫人埋怨他太溺爱女儿，他却不这般认为，总是笑道："夫人，这怎么能说是溺爱？真儿长大了，不再是个小孩子，年轻人总会有自己的想法和抱负，我们为人父母的，若横加干涉，女儿岂不是我们的复制品，那还叫什么年轻人？"

凌夫人无奈，道："算了，我说不过你，你总能把死的说成活的。"

凌志成笑道："多谢夫人夸奖。"

凌夫人嗔怒地瞪了他一眼，道："唉，真儿这丫头，对朴石安一往情深，可现在朴石安都已经死了，她……以后怎么办呀？"

凌志成眉头微蹙，道："我知道你心里仍希望小王爷成为我凌家的乘龙快婿，再说小王爷的为人也确实不错。可真儿的心思……不过我总觉得朴石安没有死！"

凌夫人嗔道："你呀，是被女儿灌了迷魂汤了，这可关系到她一生的幸福，朴石安的坟墓就在扬州，怎么会没死呢？真是冤孽！"

"神嘴"凌志成也只能叹息不已。

当日，凌真儿便要去拜祭朴石安的坟墓，凌志成怕女儿伤心过度会没人照顾，便亲自陪她一起前去。他还派人准备好了祭品，以祭奠一下女婿。

张康四人并没有随凌真儿到凌府，而是守候在附近的一家酒楼里。风青是怕见到嘴皮子特别厉害的凌志成，而蔡健因为朴石安已死，自不好造访凌府，张康、陈云凤则尚是初识，更不肯冒然前访。更何况，他们立即便要动身去朴石安葬身之处。

凌真儿让父亲等在街上，她亲上客栈迎接，不过风青已然不见，张康等人俱说他方才还在，说是有点事情要办，随后便会赶上。凌真儿只好请张康三人一同前去了。

当凌志成见到张康时，不由大惊失色，失声叫道："石安！"凌真儿苦笑道："爹，你现在可相信女儿所说的话不假了吧？他叫张康，坠崖时摔坏了头，不记得以前的事了。他和安哥生得一模一样，我起初一直以为他便是安哥。现在，我和他已结为朋友，这位是他的心上人陈云凤，这位是安哥的旧属蔡健。"她为父亲介绍了一下几人。

双方见过礼之后，一干人便分乘两驾马车，在陈云凤的引导下，直往扬州南郊赶去……

风青其实根本没什么事，他一直都在酒楼里，看到凌志成来了，他吓得赶紧找个地方藏了起来。待他们上路后，他才尾随着前行，不过他已改变了一个形貌，为防止凌真儿认出，他还忍痛割爱，破例没有将那个随身带着的大酒葫芦带在身上。

他堂堂丐帮前任帮主，武功超凡，一向天不怕，地不怕，却被一位讼师吓得面儿都不敢露，简直有些匪夷所思。

其实这也并不是完全令人费解，其中有一个鲜为人知的故事，说白点，只需一个字便可概括，那便是一个"情"字。

问世间情为何物？直让人生死相许。

原来，风青年轻时，亦是一位风流倜傥的公子哥儿，与凌志成是自小一块穿着开裆裤长大的伙伴，两人的关系好得可以割头换脖子。风青无意仕途，最讨厌读那些满是道德的圣贤经书，一向放荡不羁。而凌志成则饱读诗书，出口成章，说出的话头头是道，参加科举，一次不中便不欲再投身官场。二人遂相伴游戏江湖，三年后，凌志成因与武学无缘，只学得一身好轻功，便返回故里，当起讼师来。

正值风青、凌志成二人青春年少，功名有成之时，二人在扬州偏偏同时对一名女子钟情，那位女子乃扬州城里最美丽的孟瑶，她得到扬州城最有才华和最有钱洒脱的两个人的同时青睐，风青的风流倜傥，凌志成的才华横溢，竟令她难以取舍。

近水楼台先得月，凌志成回乡后一阵猛追，以一片诚心和深情，加之玲珑神嘴，很快便赢得了孟瑶的芳心。待到风青艺成而归时，凌真儿已出世一年了。风青大为恼火，一时气急，竟将凌真儿掳走，算是发泄一下心头的怨气。紧接着，他还花钱请了一些小混混痞子之类的人到凌府门口大闹特闹，扔石头泼粪，骂字更是不离。凌志成知道这是怎么一回事，却也不报官，而且一直忍气吞声，见到风青依旧行兄弟之礼，风青有什么麻烦不用说，他都会义不容辞地相助到底。

后来，风青的父母先后去世，留下一片偌大的家业，但是风青不善经营，半年后竟被同行吞并，所剩下的财产还不够他一月的花销。凌志成知晓后，立即将风青接到府中，热情款待，却从不提从前之事，就连凌真儿失踪的事都只字不提。起初，风青坦然受之，认为所爱的女人竟被自己的兄弟夺去，理当报复以讨回失去的尊严。但时间一长，风青就被凌志成的一片诚心所感动，顿悟出自己错得甚深，终留书一封述尽先前所做的种种蠢事，并告之凌真儿是被他送到武林名宿云海神尼处抚养。

孰不知，凌志成早在年前便收到云海神尼的信，知道了其中的缘由，但他不予点破。

　　风青知晓后，更觉羞愧，从此不敢再见凌志成一面。他投身丐帮，尽行侠义之举，算是略表心中对凌志成的愧意。

　　凌真儿因祸得福，从此与云海神尼结下不解尘缘，六岁时拜其为师。她只以为是父亲送其拜师，却不知凭凌志成的这点面子怎能拜会云海神尼这等武林名宿？

　　后来，随着时间的推移，风青总算渐渐看开，但还是不敢与凌志成相见。他曾对凌真儿说她师父欠他一杯酒，那是由于他为云海神尼觅得了一名好徒儿，当然，这杯酒，他是不好意思去讨喝了。

　　其实，三年前，凌真儿回家时假扮风青，凌志成一眼便看出了乃冒充之人，他们相交一二十年，互相难道还不熟悉？但他不知冒充之人便是自己的女儿，为了见识其真正面目，他才耐心地应付着。

　　前事繁琐，不再啰嗦。

　　再说凌真儿等一行人，坐着马车很快到了陈云凤所说的山谷。

　　众人一下马车，便随着陈云凤前行。

　　凌真儿原本慌乱失措，但触到张康投来的一束关切目光，她竟然能够平静下来。

　　山谷环山，只有东面有一条蜿蜒小径入内，小径两旁树木丛生，在外面根本看不到里面的景观。

　　也不知道曲曲折折地转了多少个弯，众人才到小径的尽头。走在林间小道上，人的视线相当昏暗，大部分光线都被层层密布的树叶给挡住了。

　　不过，走完这段曲折黑暗的路，情况才算得以改观，起码眼前变亮了。

　　确实是亮了很多，但这些人个个都不敢再向前迈进一步了，像是被施了定身法一般。可从表情一看，他们都很兴奋，似乎看到了什么宝贝。

　　只要是眼睛可以看得见东西的人，到了这儿都没有理由不惊叹，其实，光用鼻子也足以让你心醉。看吧，眼前的景色是多么迷人；闻吧，这儿的空气是多么芬芳和清新。

　　凌志成常年住在扬州城内，往来之处尽是楼宇榭阁，当有兴致的时候，便在庭院内种上一些花草，把一片小天地打扮得如同一片自然风光，再在其间点缀一点虫鸟，倒也令人赏心悦目，忘记忧愁琐事。然而，那怎能及眼前之景呢？

时下虽近寒冬，四处应是一派萧条景象，但这里竟碧绿如春，仿佛刚刚走了一段很长很长的路，当到达目的地时，便由起程时的秋天转换到了现在第二年的春天。这怎叫人不怀疑自己是在梦中呢？

凌志成突然惊叹道："这里我来过！"话音甫落，人已在十丈开外鲜花开得最为茂盛之处。那儿有一块半人高且极为光滑的圆石，石头圆得简直不可思议。他便在那块圆石上蹲着，像是找什么东西。

他的身体明显地抖了一下，仰望着头顶有云的天空，随即竟又跃下了圆石，向迎上前来的一干后辈笑道："这地方我小时候常来，不过总是在春、夏二季，没想到快入冬了竟还有这般美景。可惜，可惜啊！"他的眼光里竟隐隐有些泪光，他真的是可惜以前没发现这个奇观？恐怕不全是吧。

陈云凤继续在前带路，众人尾随而行。

他们往山谷深处而去，都没发觉有一道人影随之入谷，很轻捷。那人像凌志成那样跃到圆石上，也犹如凌志成那样在"找东西"。若我们仔细一看来人，很快便会发觉对方正是"百变酒丐"风青。

圆石那么光滑，能有什么东西呢？

只有几个模糊的刻在圆石上的字迹，那字不成体法，很潦草，也不刚劲有力，反倒透出太多的雅气。

可是，风青看时却极为伤感，手颤微微地触摸着凹进的字迹，竟有两滴水珠落在仓皇手指触摸处。并非下雨了，而是这位游戏风尘的丐侠，滴下来的混浊老泪。他纵横江湖，除魔卫道，那是何等潇洒？但此刻却为几个糟糕透顶的字迹，掉下了英雄泪。当真是"男儿有泪不轻弹，只是未到伤心处"，不就是几个字嘛，难道也值得响誉江湖的"百变酒丐"流泪？

此时的风青已改头换面，他一直跟着众人，就是怕凌志成认出。而这圆石上雕刻的，就是"永远是兄弟！"五个字，经过多年风雨的侵蚀，字迹已相当模糊，若不是仔细辨认，断难知晓。风青却无须仔细辨看，脑海中已清晰地出现了"永远是兄弟"几个字，而且刻得是那般深，比刚刻的时候清晰好几倍。

他怎知刚刻的时候字迹是什么样子呢？因为这五个字是他和凌志成在三十八年前刻下的，那时他十岁，凌志成则只有八岁。他们一块儿四处游玩，有一次无意中进得此处山谷，他们便尽情地玩耍，乐不思蜀……

他的身边似乎回荡起一阵带着稚气的童音……

——"青哥，快来看，这块石头多圆哪！"

——"哈哈，你不知道吧，这是青哥我磨的。你看，我每天都来磨，手都长出茧子了！"说完，风青便伸出了双手。

——"哼，你骗人，你手上哪有什么茧，你刚才还说：'这地方真漂亮，以前怎么没看到呢'。"

——"我真的这么说了？没有吧。哦，成弟，我们在这石头上刻上几个字好不好？"

——"好哇，好哇，那刻什么呢？"

——"嗯，就刻'永远是兄弟'！"

——"不好，他们大人总爱说海枯石烂，情义永存，我们就刻'海枯石烂，情义永存'吧！"

——"文绉绉的，听起来就讨厌，我就刻'永远是兄弟'，小成子，你难道不听青哥的话了？"

——"好吧，我当然听青哥的话。"

——"哈哈哈……那我们马上动手。"

……

"小成子！"风青已是老泪纵横。

突然，他纵身往一旁树林隐去。

凌真儿等人到了一块平地，触眼处尽是花朵，红花、黄花、白花、紫花，堆满眼前。若不是其间有一块石碑，上书"奇侠朴石安之墓，忘心人立"，谁知这儿有一处坟墓？

花朵虽繁，却极有条理，毫不紊乱，错落有致，定有人时时整理。墓碑前有一块空地，凌真儿率先飞掠过去，怔怔地望着墓碑，扑倒在墓碑上，悲泣不止。其他人则默默地站在其后，均感心情沉闷。凌志成、蔡健由几名家丁手中接过祭品才携物越过花丛，而那几名家丁因不会武功，则守在原地。

朴石安真的死了！

凌真儿心痛得早已麻木，失去知觉，触抚着墓碑上隽秀的字迹，她心里仅存的那一丝希望这时已完全破灭。她很想对着九泉之下的朴石安说上几句话，可话到嘴边却总被哽住。

"真儿……"看到女儿如此悲恸，凌志成的两眼亦是潮湿的，但不知如何劝慰。

此情此景，谁能劝得了，又安慰得了悲痛欲绝的凌真儿呢？

"真儿姑娘！"

又有人这么尝试了，是张康。他同凌真儿已结为知己，当然应该劝慰。

张康道："你若想哭，就痛痛快快地大哭一场罢，那样心里会好受一些。"

哭能管什么用，人死不能复生，朴石安是死了，如果没死，这儿哪来坟墓，以前总预感他没死，那只不过是幻想，因为谁都不愿意接受事实，叫她如何能相信已定终身的情郎已然死去？现在，该是梦醒的时候了，不过，她早决定此生非朴石安不嫁，这个决定是不会更改的，她的心已不再属于谁，而被朴石安给带走了。

凌真儿转身问道："凤儿姑娘，你可知这墓是谁建的？"

陈云凤道："凌姐姐，凤儿去年是无意中到这儿的，若不是听爹说，我还不知道这就是推浪帮帮主的墓，凌姐姐，请节哀顺便。"

凌真儿的心情竟渐渐平静，旁人大感意外，她能看得开，谁都会高兴。

突然，她跪倒在地，极恭敬地喊道："不知是哪位前辈高人为亡夫建墓，恳请出来让小女拜见。"她以内功传声，山谷间顿时回声激荡，若谷中有人，定可听见。

但是，凌真儿喊了三声过后，只有风过花草摆动之声。她只好再次喊道："既然前辈不肯相见，大恩不言谢，小女子乞求菩萨保佑前辈长福长寿，消灾去祸！"说罢她还向山谷更深处磕了几个响头。

然后，她由备好的祭品中端起酒壶，倒满三杯，对着墓碑道："安哥，你生平最爱喝酒，真儿特意替你准备了一壶上好的女儿红。你知道吗？这酒是爹在我出生那年酿的，直到我出嫁时方能开封。安哥，真儿永远都是你的娘子，你也永远是真儿的相公。来！我们喝上一杯交杯酒，生生世世，永不分离，好不好？"她一手端起一杯酒，双手互错，一杯自己喝，一杯缓缓倾倒于碑前。这便是她和朴石安成亲的"夫妻交杯酒"！

凌志成暗叹着摇了摇头，他知道女儿这一生是不会再嫁给除朴石安之外的人了。饶他号称"神嘴"，却也拿不出几句话来劝慰女儿。

凌真儿又道："安哥，若不是家中还有二老需要人照顾，真儿这时便要随你而去。我们不能生在一起，但却要死在一块。干杯……咳……"她本不会喝酒，强行喝了一杯已是不易，这第二杯却是被咳出了大半。她痴笑道："对不起，真儿不会喝酒，不能陪你一起畅饮，就让真儿为相公斟酒，你自个儿喝好吗？"

虽然只是喝了一杯半酒，但陈酿二十年有余的女儿红，酒性是何等之烈，凌真儿很快便觉得有些头晕了。待到她将酒壶中的酒全部斟给朴石安"喝"完时，她已满是醉意了。

凌志成见状，忙上前搀扶道："真儿，你醉了，爹送你回家好吗？"

不料，凌真儿将身体一甩，挣脱了凌志成，哭道："爹你坏，你不要……不要真儿和安哥在一起，爹坏，人家就是要……要永远陪着安哥……"

凌志成扶住踉踉跄跄的凌真儿，还未说话，又被她挣脱。只要他一靠近，凌真儿就哭叫着，甚至紧紧抱着墓碑，再也不肯松开手。凌志成无奈地摇了摇头，温文尔雅的他此刻竟像热锅上的蚂蚁，当他看到张康时，便有了一个办法，上前小声地对张康道："张少侠，你和小婿很相像，麻烦你……"

不用说完，张康已知道了他的意思，其实，不用他相求，张康也准备主动上前。

张康点了一下头，便向凌真儿走去。

"康哥！"陈云凤急了。

张康回过头来，用眼神问道："什么事？"

陈云凤愣了一会儿，分别看了凌志成父女二人一眼，又对张康道："没……没事，你……去吧。"她一脸的无奈。

张康知道她的心事，便笑道："你放心吧。"

"真儿。"

凌真儿闻言一颤，那是安哥的声音，她肩头上还放着一只温暖有力的大手。

她害怕"安哥"会突然逝去似的，马上如旋风般转身，双手紧紧地握住那只大手。透过醉眼，她看到了一张熟悉的面孔，那不是安哥是谁？

她笑了，喃喃地说道："安……安哥，我知道你……你不会丢下真儿一个……一个人的。"

她一头扎进张康的怀里，紧紧地，紧紧地环住他，她害怕一松开手，"安哥"便又跑了。她梦呓般地说道："安哥，真儿好……好累，你带……带我一起走……好吗？安哥，我……我在飞，我们……再也不分离了！"她如果没有喝酒，就不会有这种飞翔的感觉了。

张康见她似乎已进入梦乡，准备把她交给凌志成。可他一动，凌真儿却下意识抱得更紧，嘴上喃喃地道："不要离开我！"

凌志成上前恳求道："还请张少侠把小女送上马车。"陈云凤见状也只好点头应允。

于是，张康便抱着凌真儿往谷外去。

在经过圆石时，凌志成忍不住又看了一眼那几个模糊的字迹，他察觉到上面有水渍，不禁心头一振，由于条件反射，把四下环顾一遍。

然而山谷里，除了树便只有花草虫鸟，根本看不到其他的人影，他深深地叹了一口气，便加快步伐跟上了张康。

而此时的风青一直隐蔽在树林里，凌志成的一举一动他都看得清清楚楚，只差点就要不顾一切地冲上前去，然后与小成子紧拥一起，互诉衷肠。其实，若真有那种情景，谁还能说得出话来？从小一起玩到大的伙伴，情比天高，义比海深，却由于他一时愚蠢的冲动，使他们之间失去了往日的融洽。虽然时间已过去了二十年，但小成子还能原谅他吗？他怎好意思去乞求对方的谅解！

何况，他现在还有事在身。

在进谷的时候，他发现有异动，便立即隐入树林。果然，他发现有一黄衣少女往谷中而来，那黄衣少女的功夫很高，一晃眼已在十丈开外。

风青看其背影，忽然觉得眼熟，只是一时想不起她是谁。

他正待长身追踪时，却见黄衣少女突然遁身藏在一棵大树上，他心中大骇，以为行踪被对方看破，忙潜行藏好。

过了好一会儿仍无动静，他才小心地施展绝顶轻功慢慢地往前摸行。他到了距离五丈的一棵树上伏住，不敢再靠近，发现黄衣少女藏在一棵大树上，紧盯着前方。

细细一看，原来她在监视着凌真儿等人，过了好一阵工夫也不见她有什么行动。风青不禁大感狐疑，心道："这女子是谁？她不像是怀有敌意，否则趁真儿痛哭而众人皆极为松懈之时，她完全有机会一举刺杀成功，看来她不是为真儿她们而来。但她独来此无人之处，怀有什么目的呢？"风青依然停在原处，查探那黄衣少女是何人。

一炷香工夫过后，张康抱着凌真儿往谷外走去，风青看到凌真儿的醉态，心中倍生怜爱，但他也没忘了继续盯着黄衣少女。

待众人走远后，只见那黄衣少女跃下树梢，往朴石安的坟前走去。风青更是狐疑万千，忖道："这黄衣少女莫非与小安子有渊缘？可小安子生前只与真儿一人有过交往。她到底是谁？身形与相貌竟如此眼熟，很像一个人，到底是谁呢？"

思忖间，风青又前往面的树上移去，很快便到了方才那黄衣少女藏身的那棵树上。

那棵树距离朴石安的坟墓不足十丈远。这么短的距离，风青足以看清黄衣少女的一举一动，听清她所说的任何话。

"安哥，你的真儿找到这里来了，这到底是件好事还是坏事？她在悬崖边守了你整整三年，这份情意该是多么深厚！唉，都是琦妹不好，当初轻信传言，竟活活将你逼死。我知道你心里一定很恨我，我不敢说在你坟前守候一生一世便算补偿，我也不敢奢求你能原谅，只是想使自己心里好受些。你的真儿叫你为'安哥'，那琦妹也这么称呼，你不会怪我吧？你放心，我不会让你感到孤独的，等我杀了你那坏蛋二哥，我便会在你坟前筑屋，伴你一生一世。魏于那王八蛋，我定要他血债血偿！"

风青闻言大惊，忖道："她与魏于有不共戴天之仇，还逼死小安子？莫非……难怪总觉得眼熟，她就是武林至尊的三弟子风项！但是那三弟子是个男的，噢！定是她女扮男装，而且'风项'这名字也是假的！"

黄衣少女正是武林至尊的三徒弟兼女儿向琦，她自小便着男儿装束，现在为了报仇而换上女装，使魏于不察。

向琦继续自言自语道："你的真儿真不愧为武林第一美女，可惜我以前也只是个假男人，不然我定会和你竞争。我始终在想，她怎么会这么死心塌地地爱着你？你难道有什么非凡的内在美？如果你没死，我定会缠着你弄个清楚，说不定我也会爱上你的。说实话，你的眼睛长得可真迷人，令女孩心动，你可别以为我也心动了，我向琦才没别人那么痴情。唉，其实，长相的美丑又有什么关系呢？第一次见到你时，我是被你那副丑相吓了一跳，而且心里还有些厌恶。现在我才知道以前自己错得太厉害了，以貌取人实在太庸俗、太愚蠢了。魏于那王八蛋长得一表人才，但他的心灵却肮脏无比！相较之下，你虽然丑陋，但是你的心灵却……可惜，你现在已经死了，我醒悟得也嫌太迟了！"

她坐在草地上，默默地注视着墓碑，愣了好半响，突然笑道："安哥，原来你喜欢喝酒啊，那好办，以后我每天都拿好酒给你喝。对不起了，以前不知道，不知者不怪嘛！"这句话一说完，她的神色又变得黯然，喃喃地道："'不知者不怪'？怎么能不怪呢？一失足就成千古恨！"

风青见到朴石安的墓碑，心比铅重，想到昔日活泼懂事的一个好娃儿，现在竟已成了地下鬼魂，而他这个半老头子却健存于世。他暗骂老天爷，怨其不公："小安子从小受苦，又仗义江湖，除暴安良，却要落得身遭惨死的下场。而我以怨报德，对不起兄弟，却为何连一场病都没得过？白发人送黑发人，难道老天爷真要这般折磨我？唉！"

这时，向琦站起身来，对着墓碑道："安哥，琦妹要去练功了，魏于那王八蛋的武功一定是从你交给新力的那本秘笈中学到的。新力忠厚老实，怎敌得过工于心计的魏于？若不是琦妹亲眼所见，我至今还以为是你霸占了秘笈。好了，不说了，以后再来陪你，说不定你的真儿会天天来看你，她怎知……琦妹走了！"说罢，她如一阵风般往谷中飞去。

风青若想拦住她，并不太难，但那样会引起误会，若向琦知道有人偷窥，定会立即动手相搏，风青可没把握定然胜她。向琦经过一番苦练，已快达到其父武林至尊的境界了。不过，武林至尊都不及魏于，她能行吗？风青不禁为江湖的前途担心，推浪帮越来越猖狂，而魏于的武功又无人能敌，那种局面简直不堪设想。

待向琦走远，他才从树上飘下，到了朴石安的坟前，万般伤感地呆立着，伸出粗糙的两手抚摸着被向琦修磨得光滑无比的墓碑，仿佛在抚摸着小安子的人。他的眼泪怎么也止不住地流了下来，滑到嘴里时，苦苦的，咸咸的。

风青习惯性地摸向腰间，手中却只触到了衣物，方知酒葫芦没带在身上，于是，他不能与小安子对饮了。

"小……小安子！"他的声音近乎嘶哑。

在心里，他已决心要替朴石安整顿推浪帮，因为朴石安若在世，定不愿见到推浪帮成了这般模样。魏于再厉害，他也不怕！

当然，他不会冒失而行，他会想尽一切办法，不动则已，一动便必须成功。事实也不容许他有失败的机会，为了小安子，为了整个武林，他不惜这一身老骨头！

心中的冲天豪气油然而出！

张康一直送凌真儿到了她的闺房，而且一直都是抱着她的。因为凌真儿抱着他，一直都未松过劲。张康身不由己，只得强忍着到凌府去。他不仅需要忍，而且必须使劲忍，因为毕竟男女有别，凌真儿如此紧紧地抱着他，又加上稍一动，两人之间总会产生磨擦。走路时没得说，想不动都是不可能的，上了马车，不停地颠簸，更使得磨擦加剧。

磨擦生热，这个常识谁都懂，张康更是深有体会，不仅体表发热，更难受的是，他的体内似乎也燃起了熊熊烈火，烤得他几乎昏迷过去，他的理智是如此脆弱，若不是旁边有陈云凤和凌志成，他一定会……

陈云凤也很难受，因为她必须容忍情郎同别的女人如此亲密相拥，她很想上前掰开凌真儿的双手，但最后她还是忍住了。

凌志成也试图为张康解开这甜蜜的负担，但凌真儿处于迷迷糊糊之间，却知道怎么也不能松开手，否则这种温馨的感觉便会失去。

因此，马车上的气氛颇为尴尬。幸好，仍能一路平安地抵达凌府。

张康好人做到底，干脆把凌真儿送回闺房。

陈云凤一路上可怜兮兮地跟着，她担心张康会忍不住干了"错事"，他的表情不得不令人担上一百个心。凌志成也有些担心，却又很无奈，谁叫女儿死缠着人家？而他自己又直觉地感到张康便是女婿朴石安。

凌真儿被放到床上时，依然不肯放开张康。在陈云凤的再三示意下，张康才试着掰开凌真儿的手，不过效果不佳。

凌志成见状，忙上前半强行地掰开女儿的手，幸亏凌真儿渐失知觉，挣扎了几下后，便含糊地咕噜了几句，然后紧抱着被子，做着美梦睡着了。

摆脱了负担，张康并不觉得稍有解脱后的畅快，反倒有些失落。抱着凌真儿时，那种刺激的销魂感受，令他血脉偾张，心如鹿撞。

不过，他的理智渐渐占了上风。

凌志成竭诚挽留张康三人，但张康不愿打扰，坚持要走，他只好命人取出一些金银赠与张康作为盘缠，张康不便再三推托，只得收下。

随后，他们便上马辞行。

蔡健现在已算是脱离了推浪帮，本欲从此归隐山林，做一个逍遥自在的人。张康则觉得他是为己方才落得如此地步，便邀其同行，蔡健竟不再反对，愿意跟随他左右。

张康建议道："蔡兄如若不弃，张康愿与蔡兄结为兄弟！"

蔡健知其不是朴帮主后，心中对张康的那份亲切感和尊敬之情犹在，自是一口应允。

两人互报生辰，蔡健长七月为兄，张康则为弟。在一座庙内，他们在关公神像面前，互誓"有难同当，有福同享"之类，自此便以"大哥"、"康弟"互称。

张康已与陈云凤有夫妻之实，这个责任他是非负不可，便决定前往万云镖局向陈敬德提亲。陈云凤见他想得如此周到，芳心暗喜，若不是蔡健在旁，她早已一下扑到了张康的怀里，献上几个火辣辣的香吻——就在这光天化日之下。不过，她的那种眼神，已足以使人脸红了。张康触之不禁再次心驰神荡，忙慑住心神想其他的。

这时，"百变酒丐"风青匆匆赶来。

"张康，你可是去万云镖局向这丫头的爹求亲？"赶了一大段路，他依然谈笑风生，毫无倦意。

张康瞧了羞喜交加的陈云凤一眼，重重地点了点头。

风青竖起大拇指，赞道："有责任心，这才是有情有义的好男儿！"话音一顿，他又道："但现在有一个天大的责任，你愿不愿意负？"

见对方一脸正义，张康毫不犹豫地应道："只要道义所在，晚辈义不容辞！前辈可是要我与推浪帮对抗……"

话未说完，张康便看了一眼蔡健，后者忙道："康弟不必顾忌，魏于他作恶多端，将推浪帮引入歧途，只要能使朴帮主创下的一片基业不至于毁于他手，大哥死都不足惜！"

风青道："好，果真是一条好汉，小安子没有看错人，你们已结拜了？哈哈……没有酒怎么行？来，来，我老叫化子这酒葫芦里有的是酒，你们尽情地喝。"他心里想：若是能和小成子一起痛饮，那该多好！

蔡健、张康二人恭敬不如从命，一人一口豪饮起来，张康喝了几口大酒后，才知道自己原来那么会饮酒，若不是蔡健认输讨饶，他会继续狂饮不止。

风青待他酒兴酣足时，方才言及正事，开门见山地说道："我老叫化子要替小安子整顿推浪帮，也算是替天行道，魏于那小子为非作歹，包藏祸心，武林危在旦夕，趁他羽翼尚未丰满时，一举将其击败，才能挽救江湖被颠覆的悲剧发生，推派帮到了这种地步，更不能再让其发展下去了，但是，我老叫化子一人之力甚小，需要借助众人的力量，你们意下如何？"

张康朗声道："锄恶扬善，这确是一个天大的责任，张康愿效犬马之劳，就算粉身碎骨，也决不能容忍恶人存在，我正不知以后该怎么做，现在心里明朗，即使困难重重，我张康亦是在所不辞。"

蔡健也正气凛然地应道："风前辈，蔡健愿作车前卒，哪怕亲手毁掉推浪帮，只要不辱没了帮主的英名。"他是推浪帮的元老级人物，现在却要亲手去摧毁它，命运多么会捉弄人啊！

陈云凤担心张康忘了提亲的事，不禁大为着急，但又不好出口。

她的心思旁人一看便知，风青笑道："丫头，不用担心，耽误不了张康去提亲的事，你道推浪帮这么好对付，我老叫化子若不准备准备便冒失而动，岂不白白送死？也好，我老叫化子正要去拜会你爹，大家一块去。"

顿了一下，风青问张康道："张康，你要去求亲，可曾备妥聘礼？你以为两手空空的，别人会把女儿嫁给你！"

给他提醒，张康才恍然道："唉呀，我还差点忘了，那该怎么办？"他确实是忘了，他几乎不知道要准备厚重的聘礼。

陈云凤也着急了，虽然她家有的是财产，但下聘礼，那是少不了的礼节，张康身上根本没什么好东西，总不能拿着几锭金子去求亲！

怎么办呢？

风青既然提出这个问题，自会有方法解决，他笑道："丫头，你可知你爹最喜欢什么？"

陈云凤不假思索地答道："花，他老人家别的爱好没有，就爱那些奇花异草，风伯伯，你是说……"

"正是！"风青回答得甚是干脆。

陈云凤大为困惑，道："我家什么样的花没有，如果拿花去……去……那怎么行？"

不过，还有什么别的办法呢？

风青笑道："傻丫头，你既然知道你爹最喜欢种花养草，难道就不知道投其所好方是最好的礼物，张康就算拿金山银山去下聘，你爹都不会喜欢，反而会说这俗不可耐，如此一来，你爹岂会把宝贝女儿下嫁给一个没有情趣的俗人！"

言之有理，陈云凤点头不止，道："那送什么花呢？那一定要很特别的，不过，我家的花园里什么花没有呢？"

他们二人的对话，叫张康怎么也不明白了。

风青又道："我老人家知道你家花园比皇宫之内的御花园还好，但是，我老人家敢肯定，有一种花，你家绝没有。"他故意拿起酒葫芦喝那所剩无几的酒，自是在卖关子。

"哦?!"陈云凤还真想不到有什么花她家没有，张康、蔡健二人亦是大为关注，不过都没催促，因为他们都知道，若对方存心卖关子，你越催促，他越不肯明说，你不急，他反而会迫不及待地全都说出，风青正是这样一个人。

他见张康等人虽然关注，却不是过分急切，根本不催促，果真大觉没劲，忍不住，气呼呼地说道："算了，你们这些小家伙，根本不懂得配合一下，我老人家就告诉你们吧，唉，人家求亲倒还要我拿主意……"

张康见状，忙笑着抱拳躬身道："风前辈，您老人家大人有大量，就成全一下，晚辈永远都会记住您老人家的大恩大德。"

风青笑骂道："呸，什么大恩大德，听起来就肉麻，看你小子识相，我老人家就告诉你吧，你岳父大人家什么花都有，不过，就有一样花他没有，那就是假花。"

"假花?"众人都大为不解。

陈云凤思忖了一会儿，终是点了点头，道："我家确实没有假花，不过假花能有什么用呢?"

风青故作神秘地说道："这你就不知道了，不论真花、假花，都离不开一个赏字，只要花有赏的价值，还管你是真是假，至于假花嘛，有扎花，有剪花，有叠花……"

"还有画的花!"张康补充道。

风青瞪了他一眼，喟叹道："我老人家要说的话叫你小子给说了!"随即又笑道："正是要以这画的花作聘礼，我老人家保证丫头她爹准乐得把宝贝女儿嫁给你。"

张康似是思索什么，喃喃自语道："画……花……绘画……"

风青看了看他，问道："你也会画花?"

张康既不肯定，也不否定，说道："似曾相识，我也不知道能否画!"

陈云凤高兴地说道："试一试不就知道了。"

张康恍然，道："对呀!"说罢，便去一家纸店，买了些宣纸和笔墨丹青，寻一清静地方铺纸磨墨调色，这一切他既熟悉又陌生，陈云凤乖巧地为他磨墨，风青也想瞧瞧他的绘画水平，若他能精于此道，那是最好不过了。

张康准备就绪，便开始作画。

"画什么呢?"他倒不担心怎么画，不过心底里确实不知该画一朵什么花，春桃，夏荷，秋菊，冬梅，还有牡丹，都是花中君子。

张康刚想到秋菊，胸中便有菊花的完整形象，此时正值秋日，菊花当然为首选花种，心中既有成菊，张康便提笔饱蘸浓墨，信心十足，动笔前他竟潇洒地屈指弹了一下笔尖，随即便舒了一口气，落墨准备一挥而就。

绘画艺术并不讲究一鼓作气，有人花几天几月甚至一年的时间，方才作出一副画，张康只知潜意识里如此这般，并不十分清楚绘画应如何如何，他的头脑里对于这些是既熟悉又相当陌生的。

"啊!"陈云凤发出了一声惊呼，张康正欲落笔，闻声不由得抬头一观。

不料，却看到可爱的凤儿的眉宇正中，有一点墨黑，不是方才弹射的墨汁是什么？众人见到却发出会意的微笑，陈云凤懵然不知大家何故发笑，只觉磨墨时突觉眉心微微一凉，不免一声惊呼，却未感到有何异常，以为一只小虫驻足过而已，她心系画上，并不作理会，并不知是怎么一回事，她迷惑地望着张康，似在说："怎么不画了?"可是众人仍忍俊不禁。

张康搁下毛笔，掏出手帕，便要为她擦去墨渍。

见对方持着手帕往自己的额头上"逼"来，再联系方才的突发感觉，陈云凤是白痴也知道是怎么一回事了，女孩子一般都是爱美的，谁愿意自己的娇颜上无故多了一颗"黑痣"，那多难看，陈云凤娇羞地微低着蝉首，俏脸泛红，默默接受心上人的体贴。

然而，她用眼睛的余光看到张康蓦地愣住了，拿着手帕的手竟停浮在距离她额头一尺远的地方，还听他喃喃道："真……真……真美!"云凤心道：人家这样子还说美! 不过她心里还是挺甜的。

张康愣了好半天才为她拭擦墨渍，却仍似若有所思，擦时总有些心不在焉，她以为张康是怕擦疼了她，不禁暗骂道：傻瓜，人家又不是豆腐做的，不用力擦怎么弄得干净! 其实，她只需接过手帕自己擦就得了，但她并没这么做，她也不愿意这么做。

风青在一旁看着张康，那一声"真……真……真美"让他颇为费神，他惊奇迷惑地紧盯着张康无神的反应，他心头突然意识到这其中定有蹊跷，不过，他还不敢肯定这份猜测。

陈云凤心道：康哥怎么了，擦点墨汁竟花这么多久还没弄好，害得她头都垂酸了。

耗了也不太久，张康像是回了魂，总算认真地擦起那点已不太明显的墨渍，蘸上些清水，不用几下便可完工，陈云凤暗松了一口气，张康笑道："凤儿，不好意思，你的头上被我擦破了一个洞。"

额头上是被磨蹭得有些疼，但陈云凤的心坎上却是一番甜蜜滋味，她奉献上极娇媚的甜甜的微笑，说道："康哥，你画画儿吧！"

张康点了点头，当他触到风青如电般犀利的目光，竟觉得有些心慌，忙转身重新提笔作画，毛笔在握，他便没再作他想，一心作画。

顿时，三对眼光被吸引到那张洁白的宣纸上，纸白得单纯，却又很单调，从某种角度上来讲，这也是一种美，不过在于人去发觉，人们喜欢将一件东西打扮得更美观，但有的人将东西扮得完全覆盖了事物的本实，虽然有时也可创造美，可是这种美却是显得矫揉造作，求得的是虚伪，而丢掉的却是朴实。

陈云凤对张康简直崇拜得五体投地，一幅菊花图完毕，她能清楚准确地说出张康所用的笔数，不多不少。一朵硕大无朋的栩栩如生的菊花，跃然纸上，其形态，其色韵，都是那般逼真，张康驻笔凝视，好半响总算满意地点了点头。

蔡健的赞誉之情溢于言表，那自是不必叙说，风青游历半生，什么东西没见过，但他看到张康的画时，竟瞪大了眼睛，表情显得极为惊骇，为何如此震动呢？张康的画确实不错，几乎可比得上那些名流大家的传世之作，但风青见过的名画岂止百十张，应不会有如此激烈反应。

"哇，好棒耶！"陈云凤欢喜得简直要蹦了起来，若不是有风青、蔡健在旁，她便要上前犒赏情郎——当然，仍是用她特有的方式，拥吻，她拿起菊花图，像欣赏稀世珍宝似的，应该说，稀世珍宝她还不一定中意，但张康的画儿，她却是百看不厌且爱不释手——这其中少不了有"爱屋及乌"的暧昧成份。

张康继续运笔，将春桃、夏荷、冬梅以及花王牡丹，俱作画于纸上，各三十笔，毫不拖泥带水，桃花的娇艳，荷花的高雅，菊花的炫丽，梅花的傲骨，牡丹的高贵，皆可从张康笔下的画中看出，甚至还似乎隐隐闻到诸花的芬芳。

第十七章

风青三人无不啧啧称赞不已。

"妙妙，细密秀美之中又带粗拙之味，疏粗放逸间却又含有翩翩文雅之致，笔法简洁秀挺，好生令人叹服！"

张康等人早知有路人进入亭子里，但知其毫不谙武功，是故皆不在意。见他评价己画，且入情入理，知其乃内行人，张康这才转身。

只见来者乃一个年仅过双十的风雅少年，衣装华贵，相貌俊朗，眉宇间不经意流露出疏旷不羁的豪迈气慨，腰悬古剑，自有一副玉树临风的潇洒之态，连陈云凤都看得不免怦然心动，不敢与之相视。

那少年见礼道："小生唐寅，字伯虎，有挠兄台雅兴，甚为唐突。"说罢，他还连连作揖。

张康还礼道："唐兄不必过谦，作此糟画，实在贻笑大方，还请唐兄不吝指教。"

唐寅忙道："岂敢，兄台此画尽现花之神韵，惟妙惟肖，只是……"他望了张康一眼，似是欲言又止。

张康笑道："唐兄直言无妨，在下自揣自练，总没有名师指点，唐兄若不吝赐教，在下感激不尽。"他知道眼前这风雅少年一定是画中高人。

唐寅闻言大为惊叹，道："原来如此，兄台真是极好天赋，唐某甚感惭愧，兄台画中只是多了一些沧桑之感，心中定是有烦闷之事。"

陈云凤的心里可不大乐意了，暗道：一个文弱书生，竟厚着脸指点别人，康哥如此精致完美的画，能鸡蛋生挑出骨头吗？你若能画出这般画儿来，恐怕已经白胡子一大把了。别人挑自己心上人的不是，即使再美俊再潇洒，陈云凤也不会高兴，是故，她心中对那唐寅的印象顿时变差了。

张康却想道：他果真是内行人，竟一眼看出画中的沧桑，遂朗声笑道："唐兄果真好眼力，在下确有心事，有人认为诗文书画是寄托精神的墨戏，以表现自己的情操与个性，不过在下一直不以为然，直至今日方才知当真如此，唐兄果真高人，请受我一拜。"

唐寅立即避开，遂随即执起张康的手，道："兄台自学成才，令我自惭不已，若蒙不弃，愿与兄台结为知交！"

张康见他是一介文人，却豪迈不羁，谈吐文雅，心中早有慕意，笑道："能结交一位少年才子，我张康敢不从命！"他如此作答，既道出了姓名，又避免了提及藉贯。

两人互握双手，甚为诚挚，竟似多年深交一般，张康为他介绍了风青等人，唐寅也命候立在亭外的书童前来拜见。

随后，两人促膝长谈，由绘画谈起，渐说至自身抱负，多半是唐寅说，张康听，原来，唐寅出身于商贾家庭，他父亲却追慕功名，希望子弟能以科名成家，唐寅从小聪慧过人，少年即有才名，然而他秉性疏旷，放荡不羁，父亲去世后，更是无拘无束，不事生产，不肯埋首穷经，秉承"院派"画家周臣的画风，山水、人物、花鸟，无所不能，笔墨精细，形象真实。

二人长谈不觉秋日苦短，陈云凤、蔡健倒听得津津有味，可风青却颇不耐烦，可惜葫芦里又没多少酒。

这时，侍立一旁的书童上前提醒唐寅道："少爷，天色不早了，今天再不赶回去，老夫人和夫人一定等得焦急。"

话兴被打断，唐寅懊恼不已，喝道："你不见我同张公子谈得正投机，一见如故吗！我带你出来是要你监视我的吗？"书童怎敢再多言，赶忙退到一旁。

张康见状，笑道："伯虎心意张康自知，来日方长，何愁没有重逢之日，我辈江湖中人居无定所，说不定哪一天会到贵府叨扰几日，既然家人焦急，伯虎你就赶快回家，省得让家人挂念，再说，我可不愿意自己的好友是一个忘了家的人。"

"张兄见教得是，算起来我已经半个月没回家了，唉，话说回来，这么早就娶了个娘子，确实不自由，哪像张兄……噢，张兄同陈小姐……"唐寅一看陈云凤顿时明了，世上很快要多了一个"难兄难弟"了。

张康笑道："我这便是前往她家求亲的。"

唐寅忙道："那小弟就先恭喜你了，这样吧，我胡乱作一幅画相赠，还望不弃!"

张康道:"伯虎盛情,我张康厚颜受之。"

随即,唐寅便提笔欲画,在作画前他神秘地说道:"还请诸位后退几步,暂且不要观看。"

风青等人都心想:有什么了不起的,不就一个秀才,你求我看,我都懒得看,于是他们立即退开,几乎算是走出亭子,张康与他只是初交,风他如此要求,不禁有些想不通,却还是依言退后几步,那书童竟留在一旁侍候,不料唐寅也命其退开。

康寅这才开始作画,其间他不时地看着陈云凤,而且还带着一丝莫名的笑意,直望得陈云凤心头发毛,开始还礼貌性地正对着他,后来干脆转过身,图个眼不见为净,但心里却骂道:贼眼兮兮地,要不是康哥把你当知交,看本小姐不废了你这对招子,蓦地,她的脸竟红了,还幽怨地看了张康一眼,大概是想到她不再是个姑娘家了。

并没过多久,唐寅终于舒了一口气,道:"好了,张兄!"他又特意望了陈云凤一眼。

陈云凤见张康进了亭子,也跟着进去,只有风青,是最后,也是最不情愿的一个。

看到康寅画的这幅画,没有人见了不失声惊呼,尤其是陈云凤,她瞪大眼睛摆明着不信。

因为,陈云凤看到那幅画时觉得特别熟悉,那幅画画的是一个人,而且是一个美丽的少女,画中少女清秀端庄,婀娜俏丽,眼中流露出羞涩的娇怨之情,似嗔非怨,十分含羞动人,尤其是少女那幽怨的眼神,配上她侧着身自然体现的少女玲珑的身段美,天见犹怜,人何以堪?

张康露出会意的微笑,看着脸露欣喜之色的陈云凤,风青、蔡健二人也尽皆释然,一齐拿眼看着陈云凤。

陈云凤并不奇怪众人奇望着她,这种反应在意料之中,由于刚才错怪了别人,她对唐寅的感激之情完全包含在眼中,她万分感激地看了玉树临风的才子唐寅唐伯虎一眼。

唐寅正笑着看她,道:"小姐美若天仙,画中人岂有真人美之半分,尚请不要见笑。"

322

画中少女正是以陈云凤为原型而作，形态逼真，却要比真人多了一份喜悦，难怪张康等人莫不惊叹。

爱美之心人皆有之，陈云凤自认没画中那般迷人，但任谁都可看出那是她，她自然很高兴，其实，唐寅并未夸张其美，而是善于捕捉镜头，人确有自己美的一面，而某一个角度，某一个空间，某一个时间，这种美总会闪现，唐寅正是抓住这个瞬间，用笔记录下来。

她由衷地向唐寅道了声："谢谢！"

风青这才知晓眼前这年轻人是真不简单，不过，人家已准备告辞了。

"张兄，我想求得你的一幅佳作，以供摹仿，不知兄台肯否割爱？"唐寅谦礼有加。

张康笑道："粗俗之作，只要伯虎你看得上，任由取舍，伯虎如此精湛画技，日后定能留誉后世。"后事果被他料中，唐寅日后以诗画名扬天下，誉传后世。

唐寅道："那伯虎不客气了！"说罢，他收起其中的牡丹图，妥善收好，这才告辞向东而去。

风青、蔡健最不喜那些文绉绉的文人骚客，但看到人家的真才实学后，对唐寅是赞不绝口，都道其前途无量，风青最后离开亭子，他从身上取出几幅画，展开看了一会儿，迷惘地望了望张康的背影……

当张康将五幅画送到裱装店铺请人包装时，那店老板看到如此妙作，顿生爱意，竟愿出纹银百两购得其中一二，张康却不应允，他自己的画不愿当商品出售，唐寅的画更是不会出卖，在他心中，是无价之宝，岂能用金钱衡量，无论店老板怎么抬价恳求，他仍是不同意，店老板只好无奈地，却相当认真地为他裱好五幅画。

一切妥当，张康等人这才起程，赶赴福建崇安。

人最快乐的时候是出现在美梦中的，在梦里，有无限广阔的想象空间，现实中得不到的东西可以如愿以偿，虽然梦是虚幻的，但做美梦的时候，人是最快乐的。

人最难过的时候，莫过于美梦醒来无奈地面对残酷的现实，知道梦中出现的美好场面，只不过是水中月镜中花，心灵难免会经历一番由最高点突然坠至最低点的巨变，这种感觉是相当难过的。

人总是要期待美好的东西出现，正如做梦总想做美梦，然而美梦过后呢？是梦，总会有醒的那一刻，遗憾？无奈？愤慨？

当凌真儿睁开眼睛时，看到的是受雇于她家的一个勤快丫头，当然，她三年未归家，并不知道这个丫头叫什么名字，这个问题也实在无关痛痒。

直到她睁开眼睛前，她仍沉浸在美梦中，在梦里，她与朴石安紧紧相拥，那般暖和温馨，可是，在她正待睁开眼睛的刹那，她明白自己只是做了一个梦，一个很美的梦，睁开了眼睛，一切得到了无情的证实，身边没有朴石安，梦中那种温馨的感觉是来自厚实的棉被。

"小姐，你醒了？"丫环很高兴，干这个无聊的守候差事也不知有几个时辰了，她坐着直想打瞌睡，当然，看到小姐醒了，所有的倦意全消了，问了一个不需答案的问题，她再次兴奋地说道："我去叫老爷和夫人来。"

说罢，她就愉悦地跑出凌真儿的闺房，不用再坐等干耗着，总算得了解放。

房里再没有其他人，凌真儿趁这段时间，好好地整理了一下思绪，她渐渐想起，在这段做梦的时间，她和张康等人在一起，在朴石安的墓前。

安哥确实已不在世间了！

她承认这是事实，但她可以比较肯定地感觉到在迷糊之前，她躺在一个温暖的能给她以真心依靠的怀抱中，这种感觉不是凌志成能给她的，终于，她确认，那是张康——她的知己。

这时，凌志成和夫人几乎是一齐出现在她的房门口，刚才那个丫环跟在后面，隔了好几步，这说明父母得知她醒了，是非常迅疾地赶来的。

"真儿，你醒了？"凌志成夫妇二人几乎又是同时问出这个答案明摆着的却忍不住要问的问题。

凌真儿支撑起上半身，坐了起来，无力地喊道："爹，娘！"她没有立即下床。

凌夫人关爱地坐在床前，握着她的手，慈爱地说道："真儿，看开些，别苦了自己，瞧你，比以前瘦多了，让娘心疼死了，石安他……你就不要再去想他了，多想想以后，你还年轻，娘可不愿意看到真儿老是愁着脸，啊！看着你受苦，娘……的心里……也……也不好受。"说着，竟忍不住鼻子发酸想哭了。

凌真儿顿时也被感染，鼻子里酸楚得难受，她一头扎进母亲的怀抱，叫道："娘——"在母亲温暖慈爱的怀抱里，每个人似乎都是那么柔弱，那么需要别人的呵护。

凌志成可见不得她们母女两个对哭，听在耳里，烦在心头，他故意干咳了一声，道："你们娘俩一见面就要举行啼哭比赛，一个泣不成声，一个欲哭无泪，我宣布，两位参赛队员战成平局，不过，真儿昨天空肚进酒，迷迷糊糊，浑浑噩噩地躺了半日，身虚体弱，滴食未进，应该先大行进补，再继续比赛，以示公平。"

连凌真儿听了这一段现场"直播"后都忍住了哭，虽然没有化哭为笑，但悲凄的成分锐减了不少，她抬头问道："爹，张……张公子他们……都走了？"

凌志成据实回答道："送你回家后，他们就都走了！"凌真儿无奈地叹了一口气。

张康在身边，使她有了一种精神的寄托，可是她也知道这是不现实的，就像做的一个梦。

"爹娘，真儿的肚子还真有些饿了。"凌真儿的态度突然来了个完全的转变，脸上虽然依然憔悴，但却给人一种云破天开的释然感。

见到女儿终于笑了，凌志成夫妇虽然觉得有些突然，但还是喜不自胜，凌志成笑道："爹这就去给你端饭菜来。"说罢，竟跑着出去，这种事，交给下人去做就得了，他却亲自去做，可见他心里那高兴劲儿没得提了，侍立一旁的丫环也慌忙跟着跑了出去。

凌夫人则乐得合不拢嘴，握着女儿的手，竟不知说什么好，只是反复念叨道："想开了就好！"

很快，凌志成端着一个碗进房来，他身后还跟着几个丫环，分别拿着一个盘子，全都是些山珍海味，凌志成还没到床前，便说道："来，真儿，喝了这碗参汤！小心，有些烫！"最后一句话是他对夫人说的，夫人接过他手中的碗，这呈食工作自然就交给夫人了。

凌真儿又并非不能动，怎能叫父母服侍，忙要接过碗勺自己喝，但凌夫人却坚持亲手喂给她喝，凌真儿没再勉强，而是一口口地喝着参汤，经过母亲这一道关卡后，参汤已不烫嘴，望着爹娘关切的神情，她又有了哭的冲动，不过这时多了一份幸福感以及责任感。

确实，一个人在生活中，不可能只触及一面，需要投入关注的有方方面面，自己的事，是少不了操心，却不应当作唯一，亲人，朋友，能不考虑？得知朴石安死，凌真儿已是万念俱灰，若是她只以自己个人为中心，她可以殉情或出家，一了百了多好，也没人可以阻拦她，然而面对严父慈母的无限关爱，她能忍心让膝下无其他子女的父母孤单度过余生？父母的养育，恩比天高，比海还深，她作出一些牺牲还是为人子女所必须做到的，何况，她只需好好生存下去而已，这很难吗？

难，是因为她已把所有的幸福与激情全都托付给了朴石安，朴石安的死带走了一切她对生的眷恋，不然，她绝不忍心让父母伤心，孤独度过余生，无论如何，她必须活下去，为了爹娘，她还必须好好活下去，那样二老才会开心。

女儿的变化，凌志成怎会不知，他很高兴看到女儿不再消沉，虽然要使女儿完全摆脱阴影是绝不可能，但他会以自己无微不至的父爱让女儿能快乐些。

能为别人着想，为他人考虑，未尝不是一种幸福，爱有很多种，都可以给人温暖，让人觉得生命的可贵，生活的美丽，知道别人为自己着想，那更是一种幸福。

凌真儿心想：以后是该换一种活法了，就算是为了爹娘，他们的养育恩情已是无以为报，难道还要他们为自己操一辈子的心吗？她坚持下床，从丫环手中接过饭菜摆在桌子上，她要与父母共进一餐。

已记不清有多少顿饭，凌志成夫妇俩是在面面相觑，叹气摇头中和着泪咽下的，现在女儿终于回来了，一家三口人和和睦睦地吃了一顿团圆饭，这顿饭比皇宫御宴更丰盛，更可口。

吃完饭，凌真儿还陪父母聊天，陪二老散步，本来，有来客造访，想请凌志成打官司，但凌志成却拒不见客，只是为了陪女儿说说话，一家三口人都似乎很快乐，就连侍候一旁的丫环婢女们，也都觉得久阴逢晴天了。

其实，凌志成看得出来，女儿并没有真正地放下心事，只不过为了安慰爹娘才强颜欢笑，不见她的眉宇间依然是愁云未散？不管，管她是真开心还是假快乐，他一定要让她逐渐摆脱阴影，重新找回快乐的她，他是"神嘴凌"，他从来不会高估自己的能力，更不会贬低自己的实力。

夜深人静时，凌真儿躺在舒服的大床上，她很孤独，仿佛这漆黑的秋夜里，只剩下她孤零零的一人，她手里紧紧握住一个东西，并将其紧紧贴在胸口，漆黑的夜里，看不到她的泪已流满腮。

她迅速地闭上了眼睛，抹去了脸上的泪痕，并渐渐调理呼吸，似乎已入梦乡。

"吱——"

一声轻响，门开了，两个人小心地走了进来，后面还跟着一个提着灯笼的。

他们走得很轻，连呼吸都刻意地轻着，更是没吭一声，只是以眼光进行交流。

突然，门外响起一声雷鸣，不很响，似乎很远的地方要下雨了，但这片天空却只是被云层盖着，进屋的是凌志成夫妇二人，以及跟着一起来的一名丫环。

听得雷响，凌志成吓了一跳，他或许到此刻才亲身体会到"做贼心虚"的真实感受，他赶紧将右手食指竖在唇前，向夫人及丫环作了噤声的手势，其实，大家都被这个突来之雷吓得连大气都不敢出，更别提说话。

三人一时站着都没动，紧张地盯着凌真儿的绣床，好半会，他们总算可以松一口气，因为床上人仍沉睡梦中。

凌志成示意夫人点燃了房间里的灯，并走到了床前，那丫环乖巧地关好窗户后便去关好门，一切都做得不发出一声异响。

相反，凌志成却不再小心翼翼地轻手轻脚，夫人被他刻意加重的步伐吓得几乎窒息，凌志成笑道："有什么好担心的，你忘了真儿会武功！"一个有内功的人，怎会雷打不醒？

这时，凌真儿从床上一跃而起，大声道："好哇，爹，娘，你们合伙到我房里作贼来了，幸亏我耳朵灵，先有预兆，不然，真儿被你们卖了都不知是什么时候！"

她的脸上表情哪还有半分不愉快，那调皮的笑容让人看着如沐春风。

凌夫人这才醒悟，道："真儿，原来你还没睡着啊！"凌志成大笑不止，半晌才松下，说道："真儿，你也不问问我和你娘深更半夜的摸到你房里干什么！"

凌夫人不同意，道："摸？多难听，来看看女儿有什么不对吗？"

凌真儿怎不知爹娘是来看她睡得是否安稳，故意笑道："爹，以后你若不想当讼师，而是想做一个飞贼，起码显示点轻功，否则包你十拿九稳地露馅儿！"她还巡视了一下房间，道："不过，真儿房里可没有什么东西可盗的哟！"

凌志成笑骂道："你这个死丫头，赶快睡吧，都是你娘，生怕你睡不着，弄得爹……啊……爹要困了。"他还认真地打了一个哈欠，凌夫人大为不依，道："你这死鬼，露馅了，什么都往我身上推！"

"真儿，你快睡啊！"凌志成夫妇二人竟笑骂着离开了凌真儿的房间，当然，没忘了关了门。

凌真儿叹了一口气，颓然躺下。

她没听见，更不会听得见凌志成几乎与她同时暗叹了一口气。

今晚，大家都很无奈，都想通过自己去感染对方，使对方从中得到快乐，然而偏偏愁绪难以挥去，就像一簇阴云直布心间，要想天晴，阴云不散又岂能达到目的。

风青是老江湖一个，什么江湖伎俩他没见识过？刚出扬州不足十里，他便察觉出身后有人跟踪，不过那人确实可称得上是此中高手，若不是他一直在思考一个问题，使得头脑一片空明，感应力也为之增强，他不敢肯定能发现那人，虽然他曾经是天下第一大帮的帮主，对于跟踪更是视为小儿科，但他不得不心服那人的高明。

虽只察觉到人影一晃，风青却可看出那人武功，至少轻功是高超过人的，自己一伙四人，恐怕没有一人能及，张康的武功相当不错，轻功比自己还高些，但与那人相比，却逊之一筹，风青以为是推浪帮的人，但心想除了魏于外，推浪帮还找不出此等修为的人，跟踪，这是丐帮弟子的独门绝招，但风青也心知丐帮弟子中连他这位前任帮主都没有这份轻功，就更别提其他人了，何况丐帮弟子若是看到他还跟踪，那可是吃了豹子胆都不敢的事，不过他忘了，他化了装，别人怎认得出！

风青猛然一惊，暗想：难道是他？

"前辈，天色已晚，恐怕是赶不到南京城了，不如就近投宿，明日再赶路！原来，众人已到了一个很小的集市，集市小得只有几家小店铺和一家客栈，不过生意却相当不错，如果继续前行，恐怕得露宿山林，因此张康等人不得不征询一下风青的意见。

风青一直在思忖，没留意到天色已暗，见前有客栈，赶了这么远的路是该歇歇了。

于是，四人下马进客栈投宿，张康虽与陈云凤已有合体之实，但毕竟尚未成亲，自不好与其同房，甚至偷空亲热都显得有些被动，陈云凤也未觉得有异，更不会提出同房的建议，反正不久便会成亲。

吃饭时，风青只是拿了刚灌好酒的酒葫芦以及一只烧鸡，便说是要回房，还叫人不要打搅他老人家的清梦，张康三人以为这些前辈高人总会有与众不同的举动，亦不以为意，喝酒吃饭，然后各自回房休息。

风青并没有在房里睡觉，他进房后闩上门，却提着酒葫芦和烤鸡由窗户出了房，施展轻功，他竟端坐在屋脊上，他虽然大口喝酒，大口吃肉，却并未发出异响，而且他的警惕心提升到了最高的境界，与其说他在大吃大喝，月下独饮，不如说他是居高望远，严密监视着整座客栈，他有个直觉，下午所看到的那人今晚会采取行动，他所处的位置既可监视整个客栈，又不易被人发觉，"螳螂捕蝉，黄雀在后"，如果说其他人是"蝉"，那么那人便是螳螂，而他风青则是黄雀。

同时，他的脑子也没歇着，他十分奇怪，怎么也想不通，十多年来那人一直退居漠北，从未听说他重返中原，难道是知道武林至尊已死，再无顾忌，因此便重现中原，跟踪我老叫化子，没那个必要，而张康只是一个初出道而且还忘了从前事的幼齿仔，更犯不着跟踪，陈云凤更是没有跟踪的价值，而蔡健是推浪帮的人，即使是他背叛了推浪帮，但关他这个老魔头什么事，除非，他已投身于推浪帮，这可能？如果真是那样，推浪帮还真不好对付。

客栈里直到现在，仍无半点异功，风青却极有耐性地守候着，毫不松懈。

陈云凤毫倦意，怎么也难以入眠，她倒说不清是高兴过度还是怎么的，翻来覆云，终于，她想去找张康说说话，让他哄着睡觉，反正二人用不了多久便会成亲，而且都已经有过夫妻之实，即使被人看到，也不打紧，于是，她迅速起床，胡乱穿上衣服，便往张康的房里走去。

她的房间与张康的房间只是隔着一道墙。

直到走到张康的房门口时，她才犹豫起来，若不是夜色昏暗，定可看到她俏脸绯红的娇羞模样，她情不自禁地想起张康与她的第一次，虽然她是在迷糊的状态下，但那感受却令她怎么也难忘。

不过，她还是鼓足了"明知山有虎，偏向虎山行"的超人勇气，先是作了一次深呼吸，然后略微整理了一下衣服头发，若身边有镜子、梳子之类的物件，她还会打扮一番，终于，她举起右手，敲门了。

"康……康哥！"她的声音既小又打颤，随后她既期盼又害怕地等着张康开门，紧张得差点闭上了眼睛，耳朵里只听得见自己"扑通""扑通"直跳的心跳声，当然，蛾首微垂。

蓦然，毫无征兆地，房门半启，几乎同时，她的手被人抓住，并被猛拉，她身不由己地往里跌倒，她没有倒，因为有东西支撑住了，虽然手被擒，但她清楚地意识到这是一个男人的怀抱，她敢打赌是张康。

饶是如此，她还是失声惊叫。

只不过没发出声音，张康生怕她弄出半点声音，而手又来不及调动，只好俯首用大嘴封住正待张口的那张樱桃小嘴。

陈云凤暗骂：急色鬼！然而她并未反抗，心里更是三分嗔怨，却有七分羞喜，丁香舌暗渡板牙关，欲热情回应张康的"偷香"行动，不料伸出的香舌略感一丝凉意，张康竟在关键时刻撤回大嘴，令她好生难堪。

"凤儿，别说话！"张康是用内功传出声音，向她示警，她果真不敢吭声，幽怨的眼神胜过千言万语，芳心里嗔道：人家本就没说过一句话！张康这时松开她，脸色凝重地望着她。

任傻子都瞧得出，张康虽然望着陈云凤，但心神却放在别处，陈云凤疑惑不解，想问问，却又想起张康的示警，只能以眼神相询，可惜，张康对她的眼色根本视而不见。

突然，张康竖起右手食指作了个噤声手势，并立即拉着陈云凤往床前走去……

陈云凤顿时惊得瘫痪无力，浑身发软，毫无反抗力地任由这个男子处置，借着微弱的夜光，隐约看到张康结实的轮廓，想起接下来要发生的事，娇躯更软，芳心剧颤，不知为何竟能支撑着走几步。

一旦到了床边，她的双腿再也无力支持重荷，瘫倒在床上，陈云凤一对俏目充盈着春情欲焰，心里暗骂道：死张康，坏康哥，死采花淫棍浪子大恶人！不过，根本看不出她有任何挣扎反抗的意思。

张康似乎很急，他将陈云凤往床里头一挤，将被子一拉，盖住了她，同时，他也钻进了被窝，他们共枕一枕，共被而眠……

接下来，该干什么，该怎么做！

张康凝神屏息，竟一动不动，似处于警戒状态之下，倒是陈云凤，羞急地闭着美眸，暗暗等待着，然而，时间在黑暗中流走，也没察觉到他有任何行动，可惜她心如鹿撞，怎地也不敢睁开眼睛，害怕看到想象中一直出现的那双喷火的眼睛，虽然那双眼睛使她意乱情迷之余也体会到了一种以前从未有过的刺激销魂感受，她的呼吸渐显急促，两只小手紧握虚拳，掌心已盈出不少湿润汗气，紧张得一动也不敢动。

突然，张康的一丝声音传入她的耳朵，道："凤儿，有人在屋檐处，此人跟踪我们已好久了，功夫很高，我们小心为妙。"

陈云凤羞惭不已，心道：原来如此！幸亏夜色渐深，四处一片漆黑，而且张康也没有向她行注目礼，危机在伏，她也赶紧调息，呼吸渐趋平和。

不足半炷香的时间，房正中站了一个人，张康大骇，那人居然像鬼魅一样出现，毫无征兆，直到那人落地他才发觉，心道：若不是风前辈先有疑惑，我怎能发觉有人"夜访"，原来，张康见风青及早回房，心中其实是大为不解，回房后，他准备潜到风青房间探个究竟，不料竟意外发觉有人暗中盯着自己，于是，他早早"就寝"，以逸待劳，不料陈云凤突然来了，他只好随机应变与凤儿弄些"插曲"，好使对方不起疑。

张康在那人出现的那一瞬间很慌张，惊恐于那人功夫的高明，但很快他又毫无惧意，事情到了这一步，只有勇敢地去面对，何况，他对自己的武功也颇有一些信心，未战言败，更不是他的脾性。

那人一步步地向床头走来，张康反倒更笃定，他只怕陈云凤会害怕，因为与其说那人是在走，倒不如说是在飘。

走路时，无论轻身功夫如何高，总会与地面上的灰尘和沙土有磨擦，只要有磨擦这么一丁点极细微的声音，也断难逃出张康的耳朵，跟爷爷在一起的时候，他们经常进行这方面的"训练"，故练就了好眼力、好耳力，张康没有睁开眼睛，因此看不到对方的举动，但是他把听力发挥至极限，也听不到半分动静。

他只是清楚地感应到一股煞气缓缓逼近，通过这种感应知道对方的准确位置，甚至对方的体态和动作，他还感应到了身旁的陈云凤正提神静息，她直到这时才察觉房里多了一个人，她毫不畏惧。

对于这种感应力，张康自己都不知道是怎么一回事，他只以为打通了任督二脉功力提升的人都会如此，殊不知，他却是因祸得福，头部受猛烈震荡虽丧失了记忆，但他同时却具有了一种特殊的功能——感应力。

他继续感应到对方从怀中掏出一件极小的物品，像一根很长的但弯曲的针，接着还取出了一个小盒子。

——距离增近，他竟可清晰感应到那人的微小动作以及身上的物品。

甚至相貌。那人相貌堂堂，面颊上三咎长须搭配得特别合体，眼睛炯炯有神，张康心中不禁油然生起一股好感，但旋即又想到对方若是一个侠义之辈，岂能做如此偷偷摸摸的勾当，再说，那人的脸上挂着一抹阴阴的笑容，甚是令人心憎。

张康完全可以趁其不备，猛然全力攻击，即便不能将其一举击倒，至少可取得先发制人的先机，不过，他想看一看那人到底要干什么！

陈云凤突然睁开眼睛，发觉那人拿着一个东西向张康刺来，不由大惊。

在她发出一声惊呼并立即扬掌之时，张康已经右掌猛力击出，他见已打草惊蛇，便干脆先下手为强，只是他尚不能断定那人一定心怀叵测，只使出八成武功，饶是如此，他体内的功力强大如斯，单掌威力已是惊人。

那人果真是个罕见高手，见床上二人突发而动，不免出乎意料，但还是临变不乱，抬起右手，对着张康的右掌撞来，并同时挥动左手衣袖，迎击陈云凤的掌劲。

"砰！"的一声巨响，两股强劲力量硬碰硬地相撞，那人明显地向后退了二步，而张康只是身体微晃一下。

张康很是高兴，倒不是由于他将对方震退，他知道对方在突遭剧变以及分力对敌的劣势之中有如此表现，已是一个难以对付的高手，他高兴是因为他的功力并没有突然无故消失，在发掌之后他突然想起与蔡健相斗时的情景，不免有些担心，而结果，他丝毫没有以前发掌时那种隐隐阻塞感，功力竟猛烈出击毫不滞松。

那人显然很是吃惊，道："好小子，看来老夫还低估了你，这宝物对你或许起不了什么用了，哈哈，你小子的功力有如此高，实在难能可贵，不过，可惜你过早地遇到我。"那人收起了手中的两件物品。

张康蓦地想起，"医魔"年有疾所著的《子午针灸经》中附写了天下多种毒及解法，其中，提到了钻穴种蛊之术，蛊，是一种生命力极强的毒虫，可以在动物的血液中繁殖生长，养蛊者经过训练培养出受控制的蛊，这种蛊一旦种入体内，那此人会求生不能求死不得，而且还必须接受养蛊人的操控，书中记载，最善长此术的是五毒门。

而那人手中的那个盒子里想必便是蛊，那根似针非针的东西则是种蛊的工具。

张康笑道："阁下是五毒门的传人，便是与'沙漠狼魔'并称'塞外双凶'的'蛊郎君'欧阳不凡？"

"哦？"那人惊道："知道老夫身份的人很少，而像你小子知道这般清楚却更少得没有几个，没办法，老夫只能杀人以灭口了！"他说话时心平气和，似是与人聊天，实际上，他已暗中蓄势。

直到双掌已发出后，欧阳不凡才喝道："看掌！"以示招呼，足见其阴险狡诈。

张康早有防备，见对方来势甚猛，虽平淡无奇，却也不敢轻视，凝神接招，一旦心静思破招，张康立即便瞧出其破绽，对方掌势起始甚平淡，但在击敌之时可化为三九二十七种变招，令人防不胜防，然而，掌法再厉害，也不过是掌法，怎及"三圣""三魔"六位前辈世奇人潜心研讨数十载而得出的武学"无"字境界渊博深奥！张康胸有成竹地凝立不动，他要在最关健的时刻一举击溃对方。

一切均在以迅雷不及掩耳之势进行着。

"不要硬接，他掌中有毒！"

"康哥，小心！"

风青与陈云凤几乎同时惊呼。

风青听到张康房里有巨响，心中暗道不妙，立即赶来，恰好看到张康正蓄势接击欧阳不凡的毒掌，他知道欧阳不凡的掌中暗藏蛊毒，即使对方的功力高过于己，也断难逃出被植入蛊毒的厄运，既称"蛊郎君"，身上定是有毒蛊层出不穷。

这时的张康已经出掌了，他双掌齐出，调动丹田内充沛的内力，上拍下切，定可破敌，他的信心也一下子提升到极限。

"来吧！"他在心里呼唤着，风青，陈云凤的呼声他听见了，但时间已不容许他改变应招。

就在他将全身力量集结于双掌时，他突然感到内劲又在骤减，张康大骇，来不及想，赶紧双掌猛击而出，右掌正面挡御，左掌斜切欧阳不凡的小腹，任对方掌势如何变幻都可破招。

然而，他全身力劲又似上次与蔡健过招时一样，在瞬间荡然无存，他击出的双掌也立即没有半分力道，而对方澎湃如涛的掌劲已逼近身前，他不禁顿时绝望，他已不再有可能逃过此劫。

"砰！""砰！"两声巨响过后。

陈云凤在惊呼的同时，也拼尽全力地攻击欧阳不凡，她心系情郎的安危，竟根本不惧怕对方的毒掌，与此同时，蔡健破门而入，见状不由细想，便发掌驰援张康，一前一后两股强劲力量同时袭体，而主敌张康的双掌竟突然间没有半分力劲，欧阳不凡却不敢轻视，以为他是诱敌上当，于是分出三成功力护体抵御陈、蔡二人突袭掌力，仍以大部分力量继续击向张康。

张康没有半分力气，虽然招式使得正确，却对敌人根本造不成伤害，他自己却避之不及地完全地承受了对方的猛击，就像一个毫不谙武功的普通人却要经受一名江湖高手的全力攻击，全无生还希望。

结果并不如他想象那般惨，他还没有死，不过，离死亦不远了，如果不是刚由窗口进来的风青眼疾身快接住了他。

而陈云凤，亦因接住欧阳不凡的右掌，虽然全力一击，远胜于对方三成功力，但对方掌心破肤而出的无形毒蛊，却融进了她的体内。

蔡健一掌正击欧阳不凡的背心，结结实实的一掌，若打中，足以让其当场五脏六腑被震碎而亡，然而，欧阳不凡最关键的时刻移开了身体，如鬼魅一般，他躲开了蔡健的掌劲，随后，他大概见形势于己不利，立即折身飘然出屋。

蔡健回击不及，拦其不住，而方才的一掌却收劲不及，仍有四成功力向陈云凤击去。

仓促之间，陈云凤只得发掌相抗，可是，这样一来，她手中的无形蛊毒被这股劲力逼入心脉，顿时，她倒在地上。

　　蔡健见状，顾不得追赶欧阳不凡，忙上前扶起她，他惊声喊道："陈姑娘！"

　　风青抱着脸色苍白的张康，搭起脉博，竟极为紊乱，却不虚弱，听到蔡健惊呼，抱着张康过去察看。

　　张康暂无危险，便放下他，为陈云凤把脉。

　　不消吩咐，蔡健已在最短的时间内点燃了灯。

　　风青眉头紧锁，过了好一会仍未松开手，他遇到了棘手的事，由脉象来看，陈云凤的心脉极为紊乱虚弱，比张康的情况要糟糕上好几倍，张康同样中了无形蛊毒，但却被其体内一股怪异的力量控制在经脉中，只是他的心脉与双手间的经脉各有一处被震断，使两端不能通贯，因此他的脸色时红时白，甚是奇怪。

　　张康中掌后，只觉胸前剧痛，而且双手皆不能动，他立刻意识到经脉又被震断了，不过，他的双手似乎又充盈着无穷的力量。

　　他猛地想到，何不自己运功接好心脉，《子午针灸经》中也提到了服了千年仙莲后，经脉能自接自生，至于胸前传入血脉中的一个像小虫子似的东西，已被左右两手的气劲逼住，使其不能自由移动。

　　接着，他开始同时运起双手的内劲，欲带动断处经脉，不料，稍一运劲，体内就有如千刀万剐一般疼痛，而且疼痛攻心。

　　但是，不及早接好，以后就会经脉阻塞，成为废人，再大的痛楚他也必须忍住，以前体内经脉寸断，但心脉犹整，而此时稍一动便是剧痛攻心，而且前次是在昏过状态下，完于依靠外力完成接通，昏迷状态之下，疼痛的感觉尚可消除不少，可现在他决不能昏迷，否则，他将会成为废人。

　　还有很多事等着他去做！

　　他再次同时运起双手内功，引导断经靠近，只有这样才能借助仙莲功效接通经脉。

　　这种疼痛，比上刀山下火海以及任何酷刑都要难以忍受，因为不仅身心要饱受由自己施加的极大痛苦，而且还必须以超强的意志迫使自己必须保持清醒的头脑，绝对不能昏迷，否则一切希望都不复存在，而这样必须要一点一滴完完全全地感受着这种撕心裂肺的痛。

　　在遭受痛苦时，咬紧牙关，可以减轻些许难受，可张康的全身力气集中在双手，根本不能贯通全身，因此他连咬紧牙关的力气都没有，牙齿不住打颤，若不是拼死护住脑中意志，他早已昏死过去。

也不知过了多久，在他的头脑中已不再有时间概念，幸亏他没去想时间问题，否则，他会被时间击倒，人处在恶劣情况下，越是注重时间，越会觉得时间的漫长，这对人的意志更是一种有力的摧毁。

张康忍受着常人难以忍受的痛苦，心似乎在被油煎，但是事实的残酷不因他的坚强而有丝毫的改观，经脉断处，始终无法合拢，只要稍一松劲，经脉反而萎缩。

渐渐地，张康竟不知痛了，他已经被疼痛折磨得麻木了，他的神志也已处于半迷糊状态，当他意识到这一点时，经脉又开始萎缩，他赶忙鼓足力气，全力一冲。

居然将两段经脉接在一起，坚持一下，再坚持一下……

终于，他感到血液恢复流通，这才松了一口气，他不由得再次感谢千年仙莲的救命之恩，他已近乎虚脱，身心憔悴，再也支持不住，神智陷于昏睡之中。

……

"驾!"

"噼啪!"

"蔡健，再快点!"

"前辈，马……好!"

一阵急剧的颠簸，使得本就不新的马车不住地发出"咯吱"的声音，仿佛随时都可能垮掉，但是赶马的却不顾这些，时间对于他们来说比什么都重要。

若不是抢时间，他们不会与马主斤斤计较，不由分说地扔下一锭银子便赶着马车上路，若不是争分夺秒，他们不会在撞了人之后毫不停滞地继续赶路，迟上一时半会，说不定两条年轻的生命便会逝去，孰重孰轻，他们分得清，对不起的事待以后定会还人一个公道。

张康便是在这急剧的颠簸和车厢摇晃时发出的"咯吱"声中渐渐恢复神智。

最初，他发觉自己的伤势已好了一大半，稍加调息，竟如此畅快，欣喜之余，他查出一丝异象，不禁喜忧参半，喜又捡回一条有价值的命，忧体内真气竟一分为二。

丹田之气似乎更加充盈，虽然分为两股绝缘不融的气团，且一左一右作周天循环，互不相干，他实在是大惑不解。

他怎地也不会知道，致使出现这一怪异，有悖常理的迹象的"罪魁祸首"在于他所中的无形蛊毒，他体内潜在的千年仙莲药力具有溶化蛊的功效，在接通经脉时，左右两股气劲同时冲击，却不能冲散无形蛊溶化后所产生的一层薄膜般的东西，但可以将其无限拉长，且两股气劲朝着相反方向沿着任督二脉通行，于是已通的任督二脉化一条为两条，两股气劲各自为政，更有自己的通道，就像一条路分为两旁，一边朝南，一边向北，互不干涉却又合成一体。

其实，张康体内的内力便是阴阳合体，但他却不知调和之法，也还有极强的功力存在，而张康由其体内吸取功力时，阴、阳功力吸收量相同，他更不知调和，是故一旦用尽全力时，体内两股绝然相反的气劲互融化为零。

中了欧阳不凡的一掌，被植入无形蛊，但这无形中却帮了张康一个大忙，使他体内阴阳功力泾渭分明，分庭而居，又各自循着已打通的任督二脉循环周天。

张康百思不得其解，但经运行三周天后，发觉除了两股不同的气劲互通各处经脉外，一切无他异，体内反倒更舒服，只要无恙就好，来日方长，何愁没有云破天开的一天。

他的心思这才放回现实中，首先，他意识到自己正在马车上，至于为何在马车上，连他睁开眼睛后也不大弄得清楚，只看到眼前坐着两个熟悉的身影。

马车与厢的门帘被掀起，坐在驾车位置上的是大哥蔡健，而坐在车厢边缘的则是古道侠肠的"百变酒丐"风青。

对于他的苏醒，蔡、风二人均不知，他们只想尽早到达南京城，访到前朝御医，被江浙一带人称为"神医"的戚吊节，好治好张康和陈云凤的伤，清除其体内的蛊毒。

"凤儿呢?"张康这么想时，自然而然地环视了一下车厢，这才发现凤儿正躺在身旁的褥子上，其实他自己也正躺在褥子上。

凤儿受了伤!

张康的脑海中重现陈云凤舍身相救的场面，看她现在苍白得毫无血色的脸庞，他知道凤儿快不行了。

他赶紧搭上陈云凤的手腕为其把脉，这项本事自然少不了年有疾的《子午针灸经》，但若没有爷爷以及自己做练习的"活靶子"，他怎能有如此丰富的"临床经验"。

很快，他知道了所以然，若非他亲身刚有体验，他还真不知致使凤儿心脉受损的原因是中了无形蛊毒。

陈云凤没有服过千年仙莲，又在中蛊后又受一掌，使得蛊毒入侵心脉。

无形蛊虫在血液中生存，它能迅速增大数倍，从而使血管偾张，血脉受阻，而它则同时不停噬血，血吸得越多，它的体积越大，一旦寄生体体内血液被吸光，蛊虫会自行破体而出，并留下大量蛊幼虫，快速繁殖，然后寻找新的寄生体。

欧阳不凡是养蛊的绝顶高手，一旦蛊虫被植入敌人体内后，尤其这种无形蛊虫，他可以在千在里之外操纵蛊虫噬人经脉，虽然不会咬破血管，但那种痛楚，任谁都难以忍受，一旦蛊虫入侵心脉，便有性命之忧。

"凤儿！"张康失声叫道，凤儿是为了他才受伤的，她又是自己的妻子，无论如何都要救她，哪怕以命相换。

风青、蔡健猛然回头，惊喜地看着恢复常状的张康。

张康不愿耽搁时间，当即说道："前辈，大哥，请将马车停下，并烦请你们为我护法，我要为凤儿疗伤。"

风青二人愕然，本想说"你能行吗？我们必须立即赶到南京城，否则……"但见他斩钉截铁的态度，定有真本事，再说即使送到南京城，能否治好尚是个未知数，于是，二人齐点头，拉下门帘，将马车赶至一块空地上，才下车护法。

张康立即解开陈云凤上身衣物，就连贴身的裹衣都没留下，虽然二人已成就鱼水之欢，但面对这般即将开放的花蕾般美妙娇嫩的胴体，要说他不动心，那是假话，他脱下自己的上衣，咬一咬牙，便上前抱起陈云凤，颤抖着将气息微弱的她纳入怀中。

两人的胸与胸紧紧贴碰，张康是要以自身功力修为吸出陈云凤体内的蛊毒，可是那种抵贴着的感觉具有刺激和挑逗性，凤儿的高耸酥胸柔软坚挺，阵阵销魂蚀骨的感觉由接触点传来，很容易令人想入非非。

但是，看到凤儿毫无血色的脸庞，张康顿时连连自责，立马扫除心头杂念，双手互贴凤儿时用嘴渡入真气。

三道真气分别由双手及嘴里传入陈云凤体内，而且胸前又暗运吸劲，四管齐下，定要毒蛊滚出她的体内。

不过须臾，张康头顶上已腾起缕缕白烟，身上更是汗流如注，而陈云凤的身体却仍然没有多少温度。

陈云凤心脉里的无形毒蛊已经较开始增大了好几倍，血脉流通量已是极其微弱，无论张康如何加强注入的真气，但始终奈何不了那只无形蛊，直到他将功力提至八成时，才勉强冲开一个小孔，总算使凤儿恢复了一线脉息。

然而，他一收劲，无形毒蛊又恢复原态，张康深吸一口气，一下子灌注十成的功力，终于使凤儿的心脉通了一半，这一次他不敢有丝毫松懈，他要与这无形毒蛊打一场耐力战，他虽然伤后刚愈，但他体内的功力已接近二甲子，因此耗上半天也不会觉得累，时间久了，心脉竟也不觉难受，这得归功于无形毒蛊，其化入血脉中以后，对血脉起到了保护作用，他以为这只是千年仙莲的神效。

凤儿的呼吸逐渐加强，脸色也恢复了一丝红润，张康大喜，再加强一成功力，并坚持到底，过了很久，张康发觉凤儿的气息已恢复正常，他还不放心，继续输入真气。

直到他觉得成功了的时候，才收功调息，他体内功力阴阳分开，一吸一迫，才会达此功效，若是换作他人，断难成功。

稍加调息，张康便醒转过来，看到凤儿脸上已恢复大半血色，他不禁大感高兴，再次看到这迷人的赤裸胴体，他再次心驰神荡。

他赶紧为陈云凤穿好衣物。

"凤儿怎么还没醒，按理说，她应该……啊，她脸上的血色又在急剧消退！"张康大惊，切脉一查，他以为已吸住的无形毒蛊又重新侵占凤儿的心脉，而且较开始更为厉害，蛊虫不断噬咬凤儿的血管。

张康心急如焚，正待重操旧策，却想到那只不过旧鼓一捶，治病要治根。

自己的血液中有千年仙莲的药力，何不放些血让凤儿服下，那样定可生效。

事不宜迟，他迅速割破手腕，将伤口放在陈云凤的唇上，鲜血源源不断地流入其口，通过方才的运功，他隐隐发觉左手的阴柔韧劲可以产生一股吸力，与右手的阳刚之气截然相反，于是他只将左掌按在陈云凤的胸前，将由其口注入的鲜血吸至腑脏。

这个方法真的很有效，陈云凤的心脉内的无形毒蛊逐渐缩小，但它依然作垂死挣扎，陈云凤的血管受损极为严重，随时有可能被冲破。

张康胸有成竹，暗运功力逼血，使血流量增大，使血液对无形毒蛊来一记猛攻。

第十八章

陈云凤幽幽醒来，首先感觉到酥胸被人侵犯，一只大手——可以肯定是一只男人的大手，她惊得立即睁开了美眸，若不是及时辨认出是心上人张康，她的一只纤手早已扇在对方的脸颊上，紧接着另一只手会一掌将对方震开，不过，是张康，情况就大大地不同了，她的双手像青藤一般缠上了张康的脖子，玉面绯红，娇声道："康哥，你把凤儿给吓死了，你没事吧？"

"啊？你的手怎么了？"陈云凤这时才看到张康的右腕有一个很深的伤口，她心疼地托起它，撕下一块裙摆，便细心地为张康包扎，顾不得嘴里咸咸的怪味道。

张康心中感到无限温馨，道："凤儿，谢谢你！"

陈云凤含着无限温情地"白"了他一眼，柔声道："谁稀罕你谢了！"仔细检查后，确认包扎好了，她才抬起头，坐正身体，她先整理了一下身上的衣物，突然小脸变得通红，幽怨地瞪了张康一眼，这种眼神只会令人神往，而不能使人感到惧怕。

张康明白她是看出衣物被人动过了，虽然当时是形势所逼，不得已而为之，他还是觉得有些不好意思，忙道："对不起，我……"对不起什么呢？他没好意思说出口！

陈云凤蛾首微垂，低声道："人家已是你的人了，你爱怎样……凤儿都……都不会反对。"

她的话如同蚁语，但听力卓绝的张康却听得清清楚楚，一字一句均震人心弦，突然，他知道自己这一生一世都必须好好爱护这可爱的小凤儿，他油然生起一阵暖意和感动，情不自禁地将陈云凤轻轻揽入怀中，嗅着她芬芳的发香，柔声道："凤儿，委屈你了。"

陈云凤仰起头，羞涩却又坚定地说道："不，凤儿很高兴，凤儿愿意一生一世跟着你，服侍你，除非你不要我！"

张康心头一颤，道："傻瓜，我怎么会不要你呢，以后我一定要让你过得开开心心的。"

陈云凤娇躯一颤，抬起螓首，靠在张康宽阔安全的肩膊处，惊喜地道："康哥，凤儿爱你，噢，求你吻吻我吧！"

张康重重地吻了下去，享受着这美女那销魂蚀骨的滋味。

陈云凤俏脸火般滚热飞红，娇躯不堪刺激地扭动着。

张康感到整个人兴奋起来，离开对方的小嘴，叹道："凤儿你真美，哎，凤儿，你告诉我，你喜欢我什么呢？"

陈云凤纤手紧搂着他的脖子，两眼含情地凝望着他，调皮地说道："爱你的头发，爱你的眉毛，爱你的眼睛，你的鼻子，你的臭嘴！"

"好哇，你敢说我嘴臭！"张康粗鲁地吻上她的脸蛋，道："看我不给你点厉害瞧瞧！"

陈云凤却主动送上香唇，以比上次热烈百倍的深吻献上内心涌出的喜悦和情焰。

不知过了多久，四唇分了开来，喘息仍剧烈地继续着。

陈云凤小嘴凑到他耳边半喘着低声道："康哥，爱需要理由吗？"

张康心中大喜，乐道："对，爱便是爱，根本不需要理由，哦，凤儿，我们该出去了，风前辈和大哥还在外面护法。"

陈云凤这才觉悟身在马车上，不禁问道："康哥，我们这在哪儿啊？我记得我受了伤，怎么没事了？"她有点不敢相信张康会懂得医术。

张康得意地笑道："这是在哪里，为夫也不知道，不过你的伤嘛？那是为夫的杰作！"

"天啊！"凤儿惊叹道："你医术也有那么高明，康哥，凤儿爱死你了。"

张康也不过分骄傲，道："我是在山洞里学的，噢，凤儿……"

不容他说完，陈云凤的香唇已堵住了他的大嘴，让他除了咿咿唔唔外，半个其他字都吐不出来。

不过，张康迅速展开反击，热情似岩浆般由火山口流出来，烧焦了彼此身心的每一片大地，两人年轻的躯体剧烈交缠厮磨着。

陈云凤一对美目却再也张不开来，仍是热烈地以她的丁香小舌伸卷着。

这时，马车外满是蹄声。

风青的传音在张康的耳内响起，道："好小子，倒懂得享受，不用慌，来人只是一队镖车，你们继续吧！"

张康吓了一跳，慌忙离开陈云凤的香唇，但手却依然紧搂着她，他没想到风青竟然知道车内的动静，事实上他们二人拥吻的时候发出的"噪音"十丈之内清晰可闻，何况风青与蔡健是在五丈之内。

陈云凤这时连勾动指尖的力量都消失了，无力地搂着他宽阔的胸膛，心儿像随时可跳出来。

张康舍不得松开她，既是被挑起了欲望，又发觉与凤儿亲吻时体内的两股真气各自循环运行，对调息极有好处，他伸出一只手掀开车厢左边的窗帘。

马车停在某座大山下的一处极隐蔽的地方，左边五十丈远是官道，右边的大山上有不少参天大树，而马车是在一棵小树后面，从这儿可以看到路上的情景，但从路上却不大容易看清这里。

路上经过的是一队很庞大的镖队，一共有十辆镖车，前面的趟子手举着一面大旗，上书"震远"。

那名趟子手放开嗓门喊道："威武——杨天——，威武——杨天——"

其后跟着几十匹马的护镖人，从服饰上看，镖师起码有十几个，尤其是身着锦袍的那一位，浑身扬逸着过人豪气，这人便是河北震远镖局的总镖师杨天，这次他亲自出马带齐全局镖师一挤护镖，足见这趟镖是何等重要。

杨天号称威震河阳，现年已有五十岁了，手底子相当硬，但是，镖局走镖，七分靠交情，三分靠本领，镖头手面宽，交情广，大家买他面子，保的镖走出去就顺顺利利，绿林道上的，知是某人的镖，本想动手枪的，碍于面子，也只好放他过去，在镖行有一句俗语叫作"拳头熟不如人头熟"，也正是这个道理，杨天在江湖黑白两道均颇有威名，因此趟子手喊的趟子是"威武杨天"。

陈云凤在张康怀里喃喃说道："康哥，外面好吵！"可是她又懒得动。

张康把娇柔乏力的陈云凤转了过来，让她能透过窗子看到外面路上的情景。

陈云凤随便看了一眼，便又伏入张康的怀里，对她来说，再没有比这更惬意的事了，她撒娇道："康哥啊，凤儿真的很高兴给你做媳妇儿！"

张康怜爱地拥了拥她，笑道："小妮子动了春心了，这么急着出嫁！"

陈云凤扭动着娇躯，不依道："都是你不好，尽欺负人家，害得人家除了你这个坏蛋，谁都不敢嫁了。"

她的俏脸绯红，在张康的怀里尽情撒娇。

张康拍打了一下她的纤腰，先吻了一下她光洁的额头，道："好你个小凤儿，你还有情郎啊？还不给为夫从实招来，小心讨打。"

陈云凤颤抖起来，可怜兮兮地道："康哥，请你高抬贵手，放过凤儿吧！"

张康抬头看一眼这满面堆着惧色的美人儿，笑道："那你还不从实招来，以前跟哪个坏小子鬼坏了，再不说我，可真打你屁股了。"

陈云凤仰着头像波浪鼓似的摆着道："我投降了，看来凤儿是不说不行了，这样吧，凤儿以后决不干涉你追别的女孩，我俩扯平了好不好？"

张康闻言一怔，心里颇不是滋味，愕道："你这个死丫头，你说的都是真的啊？"

陈云凤"扑哧"一声，笑了出来，又吐出小舌作惊怕状，再苦着脸道："人家只不过被那坏小子给迷住了，一不小心……还让他占了身子。"

张康一惊，但迅即又笑着直点头。

陈云凤继续垂着头道："康哥，如果你觉得生气，凤儿把那坏蛋是谁告诉你，你要打他杀他都行，只要能使你出气，好吗？"

不得他回答，陈云凤又道："那坏小子是从地底冒出来的，他姓……"

"他姓张名康，对不对，你居然敢骂你夫君是坏小子，看我不坏给你看。"张康"勃然大怒"，作出马上就要以一双禄山之爪和一张大嘴施行惩罚的架式。

不料，陈云凤花枝乱颤般笑道："死康哥，难道凤儿会怕你这个坏小子吗！"说罢，她使足劲缠上张康的粗颈。

突然，一声尖锐刺耳的啸声响起。

一阵喊杀声如轰雷大作，似有大批人马由山上往路上掩杀过去。

车内这对金童玉女惊得分开身，齐从马车上下去，张康心中大叫惭愧，原来他早就感应到右边山林里有异动，但与陈云凤亲热缠绵，只道是风太急，吹得四处草动。

"凤前辈，大哥，发生了什么事？"其实，不用问，一看便知是有一大群黑衣人在光天化日下劫夺镖车。

护镖的人都是经过世面的人，一见阵式，在总镖师杨天的号令下迅速将镖车集中，十余名镖师分守住四周，其余趟子手更是抽刀拔剑，严阵以待，丝毫不显慌乱。

风青、蔡健看着身体复原如初，甚至比以前更是精神的张康和陈云凤二人，目瞪口呆，风青好半天才问了一句话，道："你们都好了？"

废话，没好别人怎会下车活灵活现地站在面前？！

张康、陈云凤这小两口一齐笑了笑。

此时，镇远镖局的镖队已被众多黑衣人团团围住。

风青若有所悟，道："这群人是推浪帮的，为首的是他们的左护法楚辉，别看他只有十六七岁，但一身武功诡异莫测，且出招狠辣，听说是魏于的一个徒弟，魏于一共有两个徒弟，大徒弟为人忠厚，但武功与这小徒弟差得远。"

张康面色微变，他盯着路中场面的眼睛里尽露愤怒和失望，他迅速又恢复常态，但他的目光始终没有移开。

蔡健更是暗自叹息。

"威震河阳"杨天果真是宝刀未老，他一马当先，面对来犯强敌竟毫无惧意，抱拳四下拱道："老夫杨天，借江湖朋友的面子，几十年来一直干这营生，杨某自认所为对得起良心，各位今日围攻我等，不知有何怨，如果肯赏杨某一个薄面，以后不会忘记贵山寨的好处，不过，杨某虽然是靠这一行吃饭糊口，但如果各位逼人太甚，杨某也是混迹江湖半生，大风大浪见得也不少，任你等划出道，杨某定接不误。"

好一腔英雄豪气，风青等人不禁暗自钦服。

推浪帮这方面，楚辉仰首大笑，虽然稚气犹存，却吓得人心惊胆颤，阴森恐怖。

张康眉头锁得更紧了。

笑声嘎然而止，楚辉冷声道："识相的话，留下镖车走人，否则你们会死得很惨。"

杨天及其他镖师闻言放声大笑，杨天豪气冲天地道："老夫行走江湖，可不是被人吓大的，阁下若是条好汉，就留下大名，你既有如此大的口气，没必要蒙着脸！"

楚辉冷目视之，布满无穷杀气，可杨天怎会惧怕。

蓦地，楚辉似是下了一个决心，扯下了面罩，阴冷地道："黑手盟，杨总镖头可曾听清楚？给我杀，一个活口都不留！"

他一声令下，推浪帮百余弟兄如狼似虎般向镖车杀去。

风青见状，恨声道："好一招嫁祸他人的奸计，他以前从未在江湖露面，也不怕别人知道他的真面目，没想到楚辉现在已经……小安子若在，唉！"他听凌真儿说过楚辉、南帆两人的事，魏于接任帮主后，风青曾多次进入芦花荡，因此对楚辉、南帆这对兄弟相当熟悉。

楚辉已与杨天战了起来，杨天驰骋江湖多年，一套刀法使得精纯无匹，几乎毫无破绽，待有推浪帮人上前，他大刀一劈一挑，立马就有人丧命，楚辉见状，知其功夫硬，立即起身上前，随手抓起两名趟子手掷向杨天，杨天只道又是敌人扑来，大刀一挥，顿时，那两名趟子手被齐腰断为两截，待杨天发觉杀的是己方手下，不由怒气顿生，跃下马来拿刀杀向楚辉，前面但有黑衣人挡路，无一不被他劈成两半，楚辉却不断抓起镖局里的人直往杨天掷去，他这招拿人当暗器，使杨天不得不接住，又怕一个接得不好，便有己方人员伤亡，因此很是受阻，杨天气得白胡子直翘，可恨又不能不顾被对方抛过来的趟子手，然而，他接了上十个"活暗器"后才发觉这些趟子手已在被楚辉抓住时被点了死穴，被他接住时人已死了。

杨天怒喝一声，道："贼小子，欺人太甚，看刀！"虽然在盛怒之下，他还是没忘了招呼对方才打。

方圆丈内的趟子手都叫楚辉给掷光了，而推浪帮的众多黑衣人则围攻他处，因此倒余出一块空地。

楚辉不躲不闪，伸出右手便往杨天的大刀抓去。

杨天在惊，心想：我这把刀虽不算奇兵宝刀，却也能削铁如泥，吹发即断，你小子功夫再高，又岂能白手挡刀，你自取灭亡，可怨不得我，突然，他发现楚辉的左手与常人肤色一样，而右手则是漆黑一片，心知其中必有蹊跷。

这时，他倒不敢再托大，刀锋一转，竟使出一招"指天划地"，明劈上盘，实则砍敌双腿，变招之快，往往令人防不胜防，死在他这一杀招下的山野强盗没有一百，也有九十九个。

一般，杨天不轻易使出这一杀招，但见楚辉不断杀人，震远镖局与黑手盟素无怨隙，二三十年来一直相安无事，此次他们大举来劫镖车，完全不卖他杨天的面子，而且领头的竟是个半大的毛孩子，他怎能不气，他先还不肯定对方是黑手盟的人，但见到楚辉使出黑手盟的独门武器，不由得他不信，他认定楚辉只是黑手盟盟主"黑手摧天"元靖的一个徒弟而已，对方如此欺人太甚，他杨天怎能不给他们点颜色瞧瞧。

楚辉面对漫天的刀光毫无惧色，待大刀临至的一刹那才冲天而起，并迅速一回旋，竟头下足上，右手抓住对方大刀，左手五指成爪，一记"黑虎掏心"直抓其胸。

杨天快，楚辉却更快，这一切均是在电光石火之间发生的事，眼见杨天便要以一招败地，不仅从此威名扫地，而且性命都有可能不保。

"休得伤人！"

一声晴天霹雳般的喝声在楚辉身后响起，一股强劲无匹的气劲使楚辉立刻感觉到有一个平生劲敌出现，如果继续，杀掉杨天，那他自己定难躲过这一掌，杨天是什么角色，焉能与他相比，他只得立即旋转落到杨天身后。

杨天只是一时不防才着了楚辉的道，一见楚辉分神，立即运足功力震开对方的铁爪，他横刀相向，吃了这么一个大亏，人了也不敢再托大了。

救他的是一个脸如冠玉的青年公子，另外还有二男一女驰援处于劣势的众镖师，杨天实不敢相信这个看来大半像个书生秀才的年轻人相救，才捡得一条老命，但是眼前就只多了其一人，他并没有向那名青年公子道谢，而且是毫无表示地转身怒视楚辉，他乃江湖上一个成名人物，怎肯向一小伙子弯腰，虽然刚才他是败于一个少年人的手下，而又是另一个少年人救了他。不过他心里明白，若不是别人帮忙，他"威震河阳"杨天早已不在这儿，而去阎罗殿报到去了。

救杨天的是张康，推浪帮劫镖且嫁祸他人，他看得很是不顺眼，在杨天危急的时候，他迅速出了手，风青三人则去支援已处下风的众多镖师，他们如果再不出手，不过半炷香的时间，震远镖局便会全军覆没，推浪帮如此猖狂，他们决不能不管，张康见风青三人一上场，场中群斗的局面便大有改观，虽不能立即扭转败局，但却至少可以维持长时间不败，于是他干脆将注意力投向楚辉。

杨天黑着脸喝道："小子，快叫元靖出来！"

楚辉面带讪笑，道："连徒弟都打不过，还想见师父？哼，我师父他老人家才没空见你！"突然，他瞪大了眼睛，表情充满惊骇。

这时，张康正好回过头，目光如蛇般射向楚辉，正气凛然，令人不敢对视。

楚辉一直注意着张康，对于杨天则是不屑一顾，他暗自深吸了一口气，却仍不能平静心头的悸动，心道：不可能是的，朴帮主已经死了。

楚辉喝道："你是什么人？"不过，他的口气没有方才那般凶。

张康冷笑而死盯着楚辉看。

这更使楚辉的心头发毛。

正在这时，自尊心受到严重伤害的杨天怒喝着挥刀攻来，刀未到，势先至，杨天号称"威震河阳"，安全护镖数十载，在刀法上的造诣果然不同凡响。

楚辉小心地看了张康一眼，见后者并没有出手的意思，这才对杨天道："杨总镖头，你这把刀不行了，所谓识时务者为俊杰，趁早领着镖局里一班人走吧，留得青山在，何愁没柴烧，如果你再继续执迷不悟，恐怕你经营了数十年的震远镖局要毁于一旦了。"别见他嘴里虽一直说个不停，他的手脚可也没闲着。

杨天越打越心惊，对方一边说话一边拆招，手却丝毫不受影响，而且，自己的一套成名刀法施展了快一遍了，却根本奈何不了对方，对方从容应付，游刃有余，像是知道自己的刀法套路一样，大刀劈至，对方总能提前一步避开，连衣角边都沾不到。

不出一会儿，杨天身上已是冷汗直冒，他提着手中大刀走遍大江南北，还从未遇到这般棘手的敌人，不知以前是没有敌手，还是没遇到高人，他心里不由得慌了，想到一世英名就要这样毁在一个名不见经传的少年人手中，他实在是不甘心，然而，无论他把刀法使得怎么快，怎么准，对方总能从容应付。

直到这时，他才觉察到了自己的弱小，他情不自禁地望了张康一眼。

后者站在原地，只是摆了摆双肩。

杨天大感失望，方才对人家的帮助不理不睬，现在却又期待着别人帮助。

楚辉并没有趁杨天分神旁观时突袭，其实他也得注意张康的动静，他有足够的把握安全打败杨天，但如果张康插手，恐怕难如所愿，现在张康一动不动，根本没有采取任何行动，他心里在笑道：杨天，你死定了！

楚辉一直只守不攻，并不是真的要杨天认输告败，而是防备着张康，张康一出现，他的心里便没安宁过，打了这么长时间，杨天就要被逼上绝路了，而对方仍无援手的举动，他自然高兴，手底下也开始见真章了。

杨天的处境立即变得岌岌可危，他的刀法本以"狠、准、快"著称，但是在楚辉这个少年人眼前，他根本不能尽情施展，招招受制，往往是招式使出一半，就叫对方给破了。

如此受制，焉能不败？

他不禁又趁转身之际望了望张康，发现对方又是有意无意地抖了抖肩头。

事实容不得叹气，但他确实感到很失望，既然无法寻得帮助，他也只得背水一战，为了自己的威名，他必须奋力一战，既然刀法于敌无用，就干脆弃之不用，改用拳掌，凭自己雄厚的内力，他认定楚辉不过十六七岁，在内功方面绝对不行。

他所料不差，楚辉的功力是逊他一筹，但是楚辉却总能寻着先机，先发制人，使刀如此，弃刀不用亦是如此，无论他怎么变招，对方总能知晓似的先破了招。

无奈之下，杨天知道攻而无效，只好拼足内劲，拳掌并用，护住周身要害，掌劲拳风如一道无形的墙，只守不攻，楚辉一时间也奈何不了他。

可是，力有枯竭时，他不可能一直贯注全力防守，一旦出现漏洞，在一旁以逸待劳的楚便会乘虚而入，杨天知道这结果，但是他迫于无奈，只得如此，拖得一刻便是一刻，或许事情会有转机。

然而，张康一直作壁上观，而属下的镖师们亦是泥菩萨过河——自身难保，自顾不暇，又焉能前来驰援。

求人莫若求己。

在完全陷入不能指望别人的援助之际，杨天心中的豪气反而被激发，横竖也不过一死，命若保不住，给你再大的面子也没用了。

杨天一直把自己作为江湖成名人物，有了这层外表，他必须要付出相当大的精力和力气去维护它，而一旦放下它，处于绝境的失望中的他，倒又恢复了战斗到底的精神动力。

虽然他只能依然保持只守不攻，但是他也开始注意楚辉，潜心寻找对方破绽，伺机反击，对方一直在四周游走，不时地劈出一掌或是冲上前虚击一爪。

突然，他发现，楚辉的目光一直是盯着己身上某一个部分，他的脑海中顿时浮现出了张康抖动肩头的动作。

难道这是一个暗示？

一拳或是一掌，在打出之前，总会是肩膀先动，一旦窥破这个先机，就很容易由肩头的动作知道对方击向何方，怎么出击，如此一来，怎能不稳操胜券。

杨天对于武学，已浸淫数十载，他却不知这其中的奥妙，直到身处绝境，潜力发挥，再加上张康的提示，他虽不清楚这个窥敌先机的奥妙之处，却可猜得到楚辉是由自己的肩头怎么动才判断自己的出拳和出刀的方位，从而先发制人。

杨天心里顿时如同拨云见日，绝处逢生，满腔的豪气获得重生，他知道该怎样做了。

一声释放无限禁锢的啸声，直冲九天，响彻云霄，令人感到振奋。

楚辉惊异万分，杨天像变了一个人似的，仰天一声长啸，竟转守为攻，招招快如闪电，而其肩头竟一动不动，他暗叫不妙。

若不是凭借身法的灵活，一直稳占上风的他反倒要挨打了。

这其中的主要原因是杨天定然改变了打法，他现在以攻为主，即使出拳或是出掌，也只是欺到楚辉近旁时才陡然袭击。

楚辉再也不能抢占先机，只是一边游斗，一边再寻破敌之策，他怎么也不明白杨天为何能悟出他的动机。

一旦抢回优势，杨天便不饶人，招招狠辣，一个劲地猛攻疾打，目的便是要楚辉措手不及。

霎时间，只闻得掌力呼呼，在斗场中游卷起一股狂流漩涡，那场面真是飞沙走石，周围五丈之内，尽是掌风狂飙，实在骇人。

一旁观战的张康神态自若，似乎根本不为场中形势的陡变而有丝毫动容，他知道，事情绝不可能如此单纯地发展下去。

照理说，楚辉在杨天的猛攻狂击下，即使不败，也起码露出些许败势，但只见楚辉在杨天猛辣招式的攻击下，仍旧是气定神闲，身形有若行云流水，忽东忽西，倏左倏右，飘忽不定，潇洒飘逸之极，连张康都不得不为之喝彩。

张康很是奇怪，他知道楚辉绝对有能力一举反击，出奇制胜，但就是一直游斗不停，并未反击。

他怎知楚辉一直是在担心他会插手，是故还须以最短的时间、最快的办法一举击败杨天，免得又让他给从中搅黄了。

杨天更是惊奇，明明已经占了上风，但楚辉却毫不露败象，反而越斗越勇，他也明白对方定然留有厉害的杀着，他意识到自己久斗下必败无疑。

虽明知如此，奈何为了声誉威名，实在是势成骑虎，如何能就此罢手。

杨天一套腿法使尽，待重新使过，楚辉见状心喜，心道：是还手的时候了！

心中意念一动，立即发出一声长啸，声震九霄，回荡空际，啸声中，身形倏地一变，双掌挥舞处，只见掌风呼呼，掌影如山，拳、掌、指兼施并用，抓、拿、扣、点、打、敲、截俱全，招招玄妙，式式神奇，身形更是疾若飘风。

张康差点惊呼出口，他认出楚辉使出的是《无武论》记载的武功，其中包括拳法、掌法和剑法，三种武功各有千秋，均是招式奇特。

楚辉反击掌法一展开，杨天只觉得掌势有如排山倒海般朝自身攻来，明是虚招，忽又变为实招，看似实招，突又变成虚招，一招一式均极奇妙，更是怪异，令人防不胜防。

最令杨天骇异心惊的，就是他击出的掌风，拳劲有如投石击海，对方的举手投足间都似乎产生浩瀚气劲，使己劳而无功，再者，对方招式出手之间，看起来似乎沉滞缓慢异常，实际上却捷逾电闪，而且看着明明是拳，不知怎地又变成掌、指，那只特殊的黑手更令人觉得变幻莫测，更不堪硬拼。

杨天勉强支持应付，楚辉的拳法不过施展了三分之一，已经将他逼得手忙脚乱，进退失措，有点力不从心，封挡困难。

楚辉猛地右手五指箕张，直抓杨天头顶，左手食中二指疾点其胸前大穴，出手快捷不凡，杨天实无抵挡之力。

他这才知道，自己与楚辉相差甚远，什么英雄气概，什么声誉，统统见鬼去吧！

眼看楚辉双手距离目标不过三寸左右，就将抓实之际，陡闻张康一声冷哼，身形微晃，脚踩虚渺步法，已欺至跟前。

楚辉只觉一股强悍的阴劲挟带着无限的吸劲，使得他不得不运足全身功力相抗衡，这样一来，他再次丧失了杀杨天的机会。

楚辉不禁心头狂震，见到对方迅若飘风，一出手便使得自己手忙脚乱，知道对方确是身怀绝世奇学，高深莫测，单就这虚渺的身法，就绝非己能所敌。

而且对方一再横加出手，摆明了是敌非友的态度。楚辉虽觉其厉害，但少年心性好强，他怎肯轻言败，当下不再理会杨天，对着张康喝道："你到底是什么人？竟一再坏小爷的大事，小爷手下从不杀无名鼠辈！"

张康没有言语，只是摆了摆头看着他，半晌才淡淡地说道："楚……楚少侠，你不要再助纣为虐了，推浪帮……魏于他作恶江湖，是不会有好下场的，在下言尽如此，听不听在你！"

楚辉抱拳问道："能否问一下大侠姓名？"

一旁的杨天大为不解，为何一直霸道的楚辉，对张康竟如此客气，而他们又好像根本不认识。

张康眼睛望着天边，淡淡地道："你回去转告魏于，就说如果他仍多行不义，我张康决不饶他！"

"你……"楚辉闻言大惊，但还是忍气吞声。

杨天心里大骇，道："推浪帮？阁下是推浪帮的人，杨某与贵帮有何冤隙，竟来劫镖？"

"哼！"楚辉冷笑一声，道："姓杨的，今日算你幸运，能捡得一条性命，这十几车东西给小爷乖乖留下，免作无效的反抗。"

杨天勃然大怒，道："士可杀不可辱，我杨天拼了这条老命也要护好这趟镖！"

楚辉笑道："姓杨的，你别充英雄了，这些金银，你杨天能拿到几个子，如果你能合作点，小爷我高兴了赏你一车，以后这震远镖局也别开了，要么拿着这些金子银子逍遥半生，要么干脆跟着我们，进了推浪帮，保证没人再敢动你的镖。"

"呸！"杨天怒骂道："做你的春秋大梦，你们推浪帮残害忠良，滥杀无辜，犯下了滔滔罪行，杨某眼睛还没瞎，要我与你们这些恶毒之人同流合污，门都没有。"

他突然长啸一声，大喝道："弟兄们，今日我们拼死也要护住这一趟镖，人在镖在，镖失人亡，决不让推浪帮这些魔崽子得逞，杀啊！"说罢，他挥起大刀，含怒劈向楚辉。

楚辉毫不避让，上前便也与他展开激战。

一个刀劲强盛，一个奇招绝世，一时之间尚不能完全定出胜负，楚辉知道张康不会善罢干休，干脆整战速决，不过杨天发起狠来，招招势同拼命，也不容忽视。

再看场中群殴的场面，震远镖局与推浪帮互有损伤，但推浪帮人多势众，而且个个身手远胜镖局的趟子手，那十三名镖师颇有身手，但推浪帮中也有不少高手，相较之下，若不是风青、蔡健以及陈云凤三人出手，镖局方面早已落败，甚至于一个不剩地被干掉，当然，按照原计划，楚辉不会赶尽杀绝，他会留下一些活口，好到江湖上宣扬，挑拨黑手盟与震远镖局间的关系，制造了一场乱子后，推浪帮便可乘机充当"武林公差"多管闲事，进而达到独霸江湖的目的。

然而，他们偏偏碰到了无意躲在路旁的张康等人，正应验了那句"若要人不知，除非己莫为"的俗语。

陈云凤内伤刚愈，一阵猛斗之后，体力已有所不支，围攻她的十余名推浪帮的人见状，更是加大攻击力度，不给她以喘息的机会。

张康对于楚辉、杨天二人的打斗，竟不知该帮谁，正矛盾之际发现陈云凤已相形见绌，这才想起她内伤刚愈，不禁大叫糊涂，身形一拔，人已如大鹏鸟般扑了过去。

"凤儿莫慌，我来了！"

陈云凤本已陷于困境，听得心上人的呼唤，也不知从哪里冒出一股力量，一剑震退了四把劈向自身要害的刀剑和一只"黑手"。

不过，身后的危险她却来不及解决了。

张康心中大急，顾不得距离尚远，左手猛地雷霆出击，而右掌则向后轰地，借这反震之力更加快身形。

不料，正挥刀举剑击向陈云凤背后的四名推浪帮帮众，竟身形倒飞，撞向张康。

事情实在太过突然，张康心中大惊，他怎么也没料到推浪帮的这几个三流角色也如此迅猛，潜意识之下，他的右掌又增加了两成功力，可是那四人似乎毫不受影响，而且撞击的速度反而更快。

张康骇然，心中暗为那四人的功力喝彩，忙腾出右手，贯注十成的功力单掌猛劈出去，顿时，一股强悍无匹的功力迎击即将撞至身前的那四人，张康以为那四人或许是练了铁背功之类的武功，心想他们不惧掌力，若被撞上，岂不糟糕，于是出掌时不再留有余力。

同时，他发出一掌后，身形迅速往右一折，这一掌他不求震退敌人，只要使他们的身形为之一顿。

现实总喜欢与人开玩笑，就在张康躲闪而尚未落定时，他发现那四人突然狂喷鲜血，被震飞老远，落地时还撞倒了十几个正竭力拼杀的双方人手，而且其中有七八个人倒地后再没起来。

很明显，那四人不如张康想象中的那么高明，甚至他们还很差，张康实在弄不清楚，缘何那四人方才竟能施展出那等令人叹为观止的"倒飞"神功。

来不及细想，他立即上前三下五去二地为凤儿解了围，这次他没下杀手，只是学着楚辉开始那样，不停抓掷推浪帮的人，以活人当暗器。他同样点了对方的穴道，不过不是死穴，半个时辰后被点了穴的人会自动苏醒。

陈云凤大概是太累了，倒在张康的怀里便不想起来了，她知道康哥会保护，也有足够的力量保护她。

推浪帮众人见张康如此神勇，都心生惧意，纷纷避闪，然而他们忘了还有风青、蔡健以及那剩下的几个镖师，不出半刻，推浪帮百余人已溃不成军，单被张康点倒以及被"活人暗器"击倒的便有三十人。

楚辉听到这边不断有帮中弟兄的惨叫声传出，不禁又急又怒，奈何又被逼急了的杨天死缠着不放，分身无术，只好干着急。

满以为此次行动定可马到成功，却不料中途来了个克星，竟搅和了这件计划周详，得了好处又嫁祸他人的一箭双雕的事情，甚至，还有可能铩羽而去，如果真的这样，他怎样向帮主师父交代？

他心里一发狠，竟伸右手在腰间抽出一把软剑来，由于藏得好，别人怎么也看不出他腰上还缠着一把软剑。

楚辉踏步进前，软剑涌起千重光浪，狂风般往杨天攻去，直到这时，他才真正使起真本领，先前，他有意隐瞒了实力，连一直不曾低估他的张康，也为他的豪勇暗自喝彩。

面对如此强猛的攻势，杨天反倒不再惧怕，大声笑道："就让老夫来会一会推浪帮的高招吧！"他大喝一声，挥刀迫退了楚辉，两手一拗，硬生生地把大刀的木杆折断，变成左杆右刀，然后杆刀齐旋，怒涛拍岸般向楚辉攻去。

张康此时倒又闲了下来，他环拥着近乎昏迷的陈云凤，看着杨天竟折断兵器来用，而忘了为凤儿把脉。

楚辉连挡了对方迅雷疾电的七招后，对方攻势稍敛，气机牵引下，剑芒暴涨，反攻了过去，他一声狂笑，剑光交织，像一张眩目的光网，又似食人花般由下往正跃起的杨天双足合拢而来。

杨天无从躲避，慌忙中倒折身体向右退去。

不料，一束束由头顶洒下的亮光中，楚辉衣袂飘飞，手中软剑幻出一朵朵花纹，人剑合一，凌空撩至。

杨天遍体生寒，到此刻才恍然大悟，这少年人不但剑术已臻顶尖儿高手的境界，轻功更是胜己一筹，才能着着封死自己的退路。

此时退已不及，兼且他的刀势已然用老，杨天心头一凛，知道此时已是大罗神仙都难救了。

张康看到楚辉突然剑光大炽，便知情况不妙，正待放下陈云凤再度相救，不料"威震河阳"杨天已然中剑坠地，张康看得清楚，楚辉是以一剑穿其眉心，而刺死杨天的。

张康忙喊醒陈云凤，便飞掠上前，发现杨天已死，只是眼睛兀自睁着，如果他知道是败在百年前三位奇人之一紫阳真人所创的神功下，大概不会这般死不瞑目了。

此时，场中仍在厮杀不休，双方均有伤亡。

张康猛然站起，大喝一声："住手！"

众人只觉耳膜作响，虽是旷野，仍觉有余音绕耳，都情不自禁被震慑住，停下了争斗。

张康指着杨天的尸首，对楚辉愤慨万分地道："他与你有何冤仇，你竟要如此赶尽杀绝？"

面对张康正气凛然的逼视，楚辉心里便先有点怯意了，但是看到帮中弟兄的惨象，他不禁恶由胆边生，怒道："小爷我敬你功夫了得，不想你竟得寸进尺，一再相逼，真当小爷我是这么好惹的，哼，你是吃了豹子胆了，敢管我推浪帮的事，你武功再高，也只有死路一条，蔡健，你这个叛徒，竟然击杀帮中兄弟，弟兄们，给我将这个可耻叛徒就地正法！"

"是！"推浪帮中还有六十多号人，一齐呐喊的声音委实惊人。

一场厮杀再度开始，震远镖局剩余的人见总镖头身遭惨死，群情激愤，一个个都是眼喷怒火，恨不得将推浪帮的这些兔崽子生吞活剥了，虽然他们已伤亡大半，但余下的却没有一个是孬种，在这种情况下，他们只有奋斗到底这一条路可走，别无选择。

悲痛有时候会转化为巨大的力量。

镖车的金银再多，现在也不重要了，若命都不在，又何谈保镖与劫镖呢？

张康很冷淡地说道："你出招吧！"

虽然只是这么四个字，但楚辉无论从心理上还是身体上，都感受到了巨大的压力。

他手中的软剑似有千斤重，竟还有心力交瘁的感觉，如果他有选择的余地，他绝不愿同张康决斗，可是推浪帮没有他选择的余地。

楚辉猛地一咬牙，心里道："师父说我的武功足以在江湖上闯出个名号来，为什么我一见到这张康便未战先怯呢？我楚辉心比天高，岂能做一个孬种！"意念甫定，身形已起，手中软剑光彩耀目，挟寒芒，疾若飘风，快逾飞鸟般地直向张康扑到。

好个张康，竟纹丝不动，直到剑芒及身时，才稍为晃动上身，待楚辉一招完毕时，他的身上竟片布无损。

楚辉惊诧不已，对张康又看高了几分，因为他的这一招"朔风四起"实有九式，等于连刺九剑，但张康却视若无物，仅仅身形微晃，便轻描淡写地躲过了此招。

在旁人的眼里，张康根本就没动。

楚辉暗自钦服，手底下却未闲着，右手一掐剑诀，身随剑起，一招"神龙现首"，剑推千层浪，寒光云涌，挟劲风，直刺张康"天突""肩井"几大要穴。

出招尽是紫阳剑法精华绝招，岂只是出招快捷，而且狠辣，颇具火候。

奈何，张康对《紫阳秘笈》了如指掌，楚辉一招尚未使完，他便知道下一招是什么，要知道，一代奇才"武圣"武羊以及另外五位奇人共探数十载，天下哪一门派的武功他们能对付不了？得出的以无胜有的超武学结论更是前无古人，后无来者，何况《紫阳秘笈》只是"道圣"紫阳真人早年所著，几人共得出"无"字武学结论后，再看以前之武功，纰漏百出，这些在《无武论》上均有记载，张康倒背如流，怎会不一眼明了。

他有意让楚辉三招，也瞧一瞧其身手如何。

第三招连贯而出，楚辉抖腕震剑身，软剑忽化万蛇飞舞，寒芒耀目，威猛无匹的气劲笼罩着张康胸前五大穴。

张康心头暗惊，忖道：魏于果真是一个武学奇才，这第三招本是暗藏八卦玄机，走离位，出坤位，似刺敌前胸，突刺敌后背，而经过改进，却配上软剑，化作千万光芒，两侧同时攻击，而且均是虚实难分，令人无法躲过。

张康也不敢大意，双肩一晃，身形便已腾空掠起，脚尖微一沾地，便再度纵起，这一起一落犹如天成，有若神灵乍现，一退一进，不仅躲开了楚辉的软剑，而且又再度回到原处。

张康心道：楚辉功力不足，自己才有躲闪的余地，若由魏于使出，其威力恐怕不尽如此，虽然知道如何破解，但对方剑招实在太猛太快，几乎完全掩盖了剑招所存在的微小漏洞。

楚辉更是心惊，以他的过人姿质，也只是二年打得内功基础，花了一年时间才将掌法及剑法练得，而单是这套剑招的起手三招，就花了他近三个月的时间，以前他只是被派出暗中杀人，但许多成名人物根本不是他的对手，有的甚至在他手底下过不了三招，因此，魏于才很放心地让他干些大事，不料，这次劫镖竟遇到了张康，对方轻描淡写地躲开不说，而且更是毫不动手，若是对方一出手，那他岂不只有招架的份儿!

楚辉不容多想,人已再度掠身扑出,右手剑寒光一闪,剑光凝而不抖,直挑张康右手,同时,右手暗凝功力,猛击对方胸前。

倏地,张康脚尖在地上一挑,手中已多了一把刀,飞身迎上前去,只见他身如雄鹰,进退闪避,不但奇妙,而且快捷,一口普通的钢刀,竟发出耀目的光芒,时而光幕接天,时而形如闪电,时而又绕似游龙,真是变化多端,竟分不清他手中是刀是剑还是枪。

其实,在张康的心中并没有固定的招式,他见招拆招,手里拿刀,却可当作任何武器使用,似乎杂乱无章,却又妙如天成,这正是"无"字神威。

而且他还有意隐藏了实力,并没有身心合一,所以才让楚辉看得出招式。

楚辉见对方虽然剑势逼人,且使人看不出所以然,但却不见得怎么精妙。

顿时,他对自己又充满了信心,手中软剑的青芒暴长半尺,这便是自信的力量。

陡见楚辉一声清啸,手中软剑一震,声发龙吟,这一剑,不仅剑尖、剑刃,甚至于剑托、剑柄,全都派上了用场,具有无上妙用,阻、打、截、拦、点、削、劈、刺,每一招每一式,每一转步旋身,均有无限玄机,难于意测的奥妙!

这套紫阳剑法在楚辉的全力施为下,尽现绝学精华,令人叹为观止,风青等人观之,莫不叹为观止。

眨眼张、楚二人已斗了五六十招,似乎仍是不分胜负,而那边的群斗已然显出强弱,推浪帮虽然人多,但经过张康刚才的一搅和他们已是阵脚大乱,风青、蔡健二人均可以一敌二十,再加上几名身手不俗的镖师,推浪帮这些人焉能与之对敌?

楚辉一套紫阳剑法,虽然威力无比,但因大半须凭真力施为,损耗真元过度,施展这套剑法,短时间内在张康的超强内力的逼压下没什么问题,但时间一长,却又如何能行,何况他练功时间不长,功力毕竟有限。

这时,楚辉因真力不济,剑势威力已渐减,招式也逐渐缓慢。

张康剑依然保持攻势,不温不火地挥舞手中钢刀,虽已占了绝对优势,但却不愿伤了对方,只想生擒住他,晓之以理,动之以情。

所以,楚辉履遇险招,仍丝毫未受损伤,否则楚辉纵不毙命于刀下,亦必受重伤矣!

这时楚辉知道脱身绝不可能,但被敌人缠住,只有作走一步是一步的打算,他沉神静气，企图扭转劣势，但这又如何能够。

衡情度势，楚辉便将生死置之度外，钢牙一咬，拼耗尽真力，陈尸荒山，也要见个真章，一声清啸，猛运一口真气，贯注于剑身，剑招一变，竟再度施展出紫阳剑法的精妙。

张康见其剑法忽变，又恢复先前那种凌厉夺人心魄的威势，不禁脸上暗自一笑，又加了一份功力，威势端的骇人。

不料，他这边稍一用劲，楚辉就顿时吃不消了，此时他若收劲，那明摆着瞧不起人，反而会物极必反，打了这么久，是该收场了。

也就在这一刹那，楚辉偶一失神，突觉背心后腰间气海俞穴上一麻，一声轻哼，便再也立脚不住，"扑通"一声，倒在地上。

张康则气定神闲地站在那儿，那柄钢刀不知何时被他掷在地上，没至刀柄。

楚辉难以置信地瞪着不屈的双眼，然而，他却毋庸置疑地极其狼狈地躺在地上。

那边的群殴也因这个变化停了下来。

正所谓"擒贼先擒王"，左护法被擒住了，他们仿佛被抽了主心骨一般，直到这时，他们才真正地完全地感受到情势的危险，弄不好便是掉脑袋，平日只是他们欺压别人，想打便打，要杀便杀，该抢便抢，何等如意，又怎会想到今日这等穷途末路。

走，那是临阵脱逃，按帮规那是杀无赦的罪责，留下来血战到底，连帮中顶尖高手——左护法楚辉都不是人家的对手，他们更不行，何况，就是对付风青、蔡健以及震远镖局所剩下的几名镖师，他们都处于下风，如果张康再回刀挥杀，他们便只有引颈就戮的份儿。

他们进退维谷，实在是为难。

张康依旧平淡地对楚辉说道："楚辉，人不能总想着去统治别人，即使爬得再高，也总有跌下来的时候，那时候的结果很有可能是性命难保，这次，我不杀你，希望你好自为之，不要丧失本性，助纣为虐，你走吧！"说罢，拂袖一挥，楚辉被制的穴道立即解开。

楚辉一跃而起，知道再战亦是无益，现下只有回去再作打算，望着张康的眼睛，他心里始终平静不下来，只好垂手道："不杀之恩，楚辉永不敢忘，告辞！"接着他下令撤退。

那些推浪帮的弟兄，早就心生怯意，得到命令后无一不欣喜万分，忙依令撤退。

风青、蔡健二人见状自不会加以阻拦，但震远镖局的那几位镖师却追上前，齐吼道："还我总镖头的命来！"他们虎目含怒，猛若虎豹，顿时已有几个推浪帮弟兄被劈倒在地。

张康飘身上前，阻住他们，抱拳道："诸位大侠请节哀顺便，杨总镖头的仇不能不报，推浪帮作恶多端，罪魁祸首是魏于，即便杀了这些人，又有什么用呢，推浪帮还不是照样为恶江湖！"

江湖上的人讲的就是恩怨分明，张康对震远镖局有恩，若不是他，震远镖局已经彻底完蛋了，怎还会有他们这几位镖师生还？何况，他说的话句句在理，推浪帮肆行江湖，欺帮压派，一心想吞并多门派做武林之霸主，即使杀了楚辉，甚至再杀上几个像楚辉一样的人，一样于事无补，推浪帮依旧在魏于的领导下为害江湖，治病要治根，只有杀了魏于，铲除推浪帮，震远镖局乃至整个武林才会有平安之日。

于是，几名镖师只好悻悻然收起刀剑，眼见着推浪帮那群豺狼之辈逃去，当中一位瘦镖师跪地道："多谢大侠援手之恩，我震远镖局没齿难忘大恩大德，恩公在上，请受我等一拜！"说罢，便要与其他几人磕头。

张康忙道："诸位请起！"暗中运起一股气劲，托起了他们，又道："拔刀相助是我辈义不容辞的事，大家不必放在心上，赶快把杨总镖头的遗体择地而埋吧！"

众镖师暗叹张康神功，忙齐道："是！"遂奔至杨天的尸体前，先抚尸恸哭一场，才选择一处静地葬了，接着又掩埋了其他人的尸体。

"凤儿，我……没用，累得你……"张康万分惭愧地拥着陈云凤。

陈云凤仰起俏脸，那泛白的脸颊上挂着一丝微笑，很美丽，她有些乏力地伸出手抚着张康淌着汗的脸庞，柔声道："康哥，瞧你满头汗，凤儿不就是失去了武功，大不了你就当我是个普通人家的女儿，你难道不保护着吗？哼，凤儿会缠着你一辈子的！"她又把蛾首埋进张康并不十分宽阔的怀里。

原来，陈云凤伤愈后经过一番恶斗，心脉本甚为虚弱，虽不致复断，但致使其体内真气涣散，暂时不能用武了。

张康用嘴轻擦着她可爱的粉头，柔情无限地道："好凤儿，我爱煞你了！"

陈云凤挺起娇躯，探头看了看张康的身后，看到风青、蔡健二人正帮着震远镖局料理后事，她不由得触景生情，叹了一口气。

张康扶起她，顺着她的眼光看了一眼，凑近她的耳边，道："凤儿，你放心，我们成亲后，我会帮你爹打理镖局事务的。"

陈云凤有些惊讶，回过头，看到了张康诚挚的双眸，不由投去一抹感激的目光，但她立刻又白了他一眼，佯嗔道："什么你爹我爹的。"她看到震远镖局的遭遇，不由想到自己家里的万云镖局，论实力，万云镖局与震远镖局不相上下，叫她怎不担心，陈家现在只有她一个继承人了，叫她怎不担心，不过，若有了张康，事情便不一样了。

张康忙道："哦，娘子息怒，我应该称岳父大人，对否？你爹即吾爹也，好娘子，乖娘子，你说你相公说得对不对呢？"

陈云凤顿时羞得脸颊发烧，却又不知该如何应答，忙别过身去，不过，她的心里三分娇羞，倒有七分喜悦。

她羞得无地自容，想躲到他头颈处，张康笑嘻嘻地瞪着她道："凤儿，你还没有回答我呢。"

陈云凤大窘，娇嗔不依，撒了一大回娇后，才如他所愿，道："死张康，对呀，你满意了吧，坏相公！"说完后不顾一切地紧贴着他的肩头与胸膛处，娇躯不住震颤。

张康又狠心地抓着陈云凤的香肩，把她的玉脸移到跟前，只见她星眸微闭，双颊红艳如桃花，可爱娇柔至极点，尤其那副默许一切的媚样儿，谁能不怦然心动，他也不忍再迫她喊相公了。

第十九章

"凤儿，醒一醒！"张康轻摇又想歪倒进他怀里的陈云凤，毕竟他们此刻是在路旁，随时都可能有陌生人来，何况风青等人忙了这么一大阵工夫，差不多已干完了。

陈云凤这才睁开眼睛，她以为有什么异况，忙向后退去，不料，她却乏力地摇摇欲坠。

张康心中大叫糊涂，上前拦腰抱着她，往马车掠去。

待躺在舒服的被褥上时，陈云凤顿时又恢复了活力，她勾住张康的脖子，娇声道："相公啊，快吻你的小妻子吧，凤儿很想得到你的抚慰！"瞧她那眉目含情的俏模样，原来她那一跌是装的，她知道这样张康必会把她送到马车上，果真，一切如她所料。

张康如奉令旨般微俯下去，贴上她柔软芬芳的樱唇，搂住怀中的佳人，渴切地含住她的舌吮吸，直吻得她娇喘吁吁地，他自己更是不断发出满足的低吟。

抚着她驯服的躯体，一股焦躁自下腹蔓延全身，他喘着气，吻着柔嫩的颈间肌肤，恨不得就此钻入她的衣服。

他再想降下体内的欲火，那需要多强的理智，若不是想到震远镖局的事，他真的是怎么也舍不得推开陈云凤。

陈云凤脸颊嫣红，樱唇颤抖，在爱的滋润下，她又恢复了勃勃生机，她闭上秀眸，深吸几口气才敢开眼，她脸上挂着幸福的微笑，为张康整理了一下衣物，柔声道："你出去吧。"

张康点了点头，笑着道："躺着好好休息一下，我下去了。"下马车前，他还特意不怀好意地盯了一下陈云凤的酥胸处。

陈云凤白了他一眼，垂头时方知身上衣物已不知在什么时候衣襟大敞，罗袖半解，大半柔滑胸肌已暴露在空气中了，娇挺的玉乳更是具有呼之欲出的势头。

她不由得幸福地低啐了一口，但张康早已下了马车，她只得赶紧低头整理衣物。

张康到时，风青等人正好办好后事，山脚东边有一个大坑，便利用这个便利条件将众多震远镖局弟兄的尸体掩埋。

人生如梦，转眼即逝，动身时，谁会想到会有如此下场呢，酬劳再高，逝去的生命还能捡得回来么？总镖头也是，趟子手亦是如此，都没逃过这一劫，为了这一趟镖丢了性命，究竟值还是不值？这无从考究。

既然从事镖业，就得为每一笔生意负责，即使命不要，也得如约护镖至目的地，这是江湖道义，职业道德，也是在江湖中立足的筹码。

张康认认真真地向这简朴的合墓鞠了一个躬，暗自叹了一口气，江湖便是如此，总免不了打打杀杀，善恶相残，情仇爱恨，都是打打杀杀的导火索，于是，避免不了有伤亡，只有世上少了作恶的人，才会有平和的日子出现。

张康已决心替天行道，除魏于。

震远镖局现只剩下八名镖师及六个受了伤的趟子手，但是他们仍要维护镖局的信誉，护送好这最后一趟镖。

那个瘦镖师叫王图本，率其他人向张康三人拜倒，道："诸位英雄大恩大德，我等无以为报，这些珠宝是我等的酬金，虽不及诸位英雄大恩之万一，但亦是我等的一片心意。"他手中的这么一个半尺见方的木匣子，大概便放着价值不菲的珠宝。

风青笑道："我老叫化子一无亲二无戚，本是逍遥孤身，若带上这值钱的玩意儿，别人不把我这身老骨头都给拆散了才怪，不行，不行，我老叫化子可不敢要这累赘！"他是个穷叫化子，若怀揣珠宝，那还算得上穷化子吗！

蔡健虽已与推浪帮决裂，但杀了这么多同帮弟兄，他心里怎么也好受不起来，他看都没看那木匣子，竟转身走开，默默地站在他亲自垒起，掩埋着帮中弟兄的墓前。

张康说道："若是为了报酬，就是不会救你们的，把这些钱留着抚恤死者家属吧！"说罢，走到蔡健身后，伸手按住他的肩膀，叫了声大哥便没再说话。

蔡健不用回头便知是谁，他没有回头，说道："他们早就该杀，但是……"

张康接道："但是大哥毕竟也是推浪帮的人，大哥，即使我们不杀，他们作恶多端，总会有人替天行道的。"

蔡健仰头向天吁了一口气，转身握住张康的手，勉强笑了笑，道："好兄弟，他们自作孽，怨得了谁，魏于背道而驰，毁了我推浪帮，他不会有好下场，我蔡健决不放过他！"

"大哥！"张康使劲回握他的手，道："我会永远支持大哥！"

蔡健颇为感动，道："好兄弟！"他久久都未松开手。

王图本见他们施恩不图报，知道若再勉强，反倒弄巧成拙，忙收起木匣，向张康三人抱拳道："在下护送这趟镖到了旧都齐王府，便来追随诸位英雄，任由差遣，上刀山下火海也在所不辞！"其他镖师及趟子手也都纷纷愿意追随张康打推浪帮，效身前马后之劳。

张康见他们众志成城，群情激昂，心想若要除魏于，是需要一些帮手，遂抱拳道："各位不畏凶险，张康佩服，我希望大伙儿能不遗余力，除魔卫道！风前辈享誉江湖，我建议一切都由他安排。"

众镖师都识得风青，自然齐口应允。

但是，风青见张康武功卓绝不凡，又极具干大事的气度，便竭力让张康做决策人。

张康却怎么也不同意。

风青仔细地打量了一下张康，见其满脸痛苦之色，竟不再勉强，其实，张康若作首，在江湖上怎有号召力，而风青乃前任丐帮帮主，在武林中负有盛名，他临风一呼，定有不少响应者。

此地距离南京尚有数十里之遥，风青决定助王图本等护镖至南京齐王府，而张康却突然改变主意，他说要赶忙送凤儿回家，顺便提亲，而不随众人绕到南京了。

风青颇为疑惑，因为到浙江、福建的路就数经南京的这条路最好走，而且路程也并不比别的路远，但见张康这么决定了，只以为他要和陈云凤单独在一起，遂笑着分道而行，蔡健也识趣地同他告别，王图本硬是塞给了张康一些银票作盘缠，张康推辞不得，只好接了。

张康驾着马车，沿着这条并不十分平整的路往福建崇安赶去。

当然，马车上还有陈云凤，她倚靠着张康结实的背，嘴里哼着欢快的曲调，虽然此次离家失去了武功，却"赚"回了一个好情郎，她还有什么不满意的呢？

今日天气很好，深秋天里能有这么暖和的气温实在难得，再加上心情格外开朗，陈云凤万分惬意地靠在张康的背上。

由于马车行进中会因道路的不平整引起急剧震动，因此，陈云凤的依靠并不坚定，她的头总不由自主地随着马车的震动滑下张康的背，不知挪移了多少次后，她有些生气了，干脆爬将起来，趴在张康的背上，两只玉臂更是像树藤一般缠着他，她娇声笑道："死张康，看你还能不能把本姑娘抖下去！"她竟把马车和道路所犯下的罪责，一古脑儿地全推到张康身上。

承受着这莫须有的罪名的张康，却眼瞅着路的远方，专注得竟若丧失触觉和听觉，对于陈云凤的"骚扰"根本毫无动静。

直到陈云凤调皮的小手和柔软的樱唇先后抚上他紧锁着的眉心时，他的知觉才随视线一道由远方收回，看到凤儿调皮的样子，他虽不知所以然，却也展现出一个迷人的微笑。

陈云凤被他那傻傻的反应逗得大笑起来，伏在他的背上，笑得花枝乱颤。

张康也陪着干笑一阵，问道："凤儿，你笑什么啊？"

陈云凤笑够了才停下来，不过却没给好脸色给张康看，只见她俏脸拉紧，小嘴微嘟，眉宇间流露着不满，她娇喝一声道："死张康，快给本姑娘从实招来，你刚才魂不守舍的，是不是见到哪位漂亮姑娘望直了眼，还害得我一路上直唱歌给你解闷，可你却心不在焉，哼，看我还理你不！"哪有赖在人家背上训人家的道理，何况两张脸只隔那么一两寸的距离，她这么一喝，岂不是如同春雷乍现。

张康方才因想着推浪帮的事了神，以致让陈云凤找碴儿，忙低声下气求饶道："好凤儿，有你在我身边，我怎会想别人呢？我只不过考虑着该怎样向我岳父大人求亲，让他老人家能把他那又刁蛮又喜欢欺侮相公的宝贝女儿嫁给我，可惜你又帮不上忙。"

陈云凤听他说是想着如何求亲，心里本没有多少的闷气立马全都消了，不过她可不能就这么饶了张康，否则以后他还敢再犯，她又扳下脸，嗔道："还没成……亲呢，你就嫌我烦了，好，那我走，好像人家求着要嫁给你这个大坏蛋似的！"她不仅没走，还赖在人家的背上不住地磨蹭着，发着小姐脾气，她倒不知道这个动作对于一个男人，尤其是一个刚经人事的男人来说，是多么具有惹火性的。

张康被她蹭得难受，竟一把抓起她的香肩，将其拉到身前，放到膝上坐好，并以迅雷不及掩耳之势有些粗鲁地封住她叽叽喳喳说个不停的可爱的小嘴，味道蛮甜的。

两人竟在马车的驾座上相拥相吻起来，既荒唐又刺激，陈云凤象征性地挣扎两下便开始热情地回应着，热情中还夹着几分野性。

突然，不少啧啧声在耳旁响起，张康、陈云凤二人惊得赶忙分开。

原来，他们正经过一块农田前，一些田里干活的农人瞧见这一对大胆的情侣，纷纷停下活儿看着笑，竟无一人指责他们的荒唐。

其中一位老农拄着锄头，笑着道："年轻人就应该敢爱敢恨，没什么好怕的，想当年我就是胆小，才娶不到婆娘，至今仍是光棍一条。"

一位青年农夫大声笑道："大爷，看不出你老以前也有一段风流史，讲给我们听听吧。"

农田里顿时一片哄笑。

这一带属闽浙地区，乡风甚为开放、淳朴，把男女之情视为纯洁的东西，而不似中原一带对男女爱情颇为禁忌，若有男女当众相吻，众人无不以之为耻，甚至有可能群起而攻之。

饶是如此，陈云凤仍是羞得躲在车厢，不敢出来，张康则回头对方才地老农笑道："大爷，谢谢你！"在众农的欢笑相送下，他驾着马车继续赶路。

走出了里许，张康见车厢里仍没动静，笑道："凤儿出来了，现在没人，哈哈……小家伙，知道你相公的厉害了吧！"

"你这个大坏蛋，只知道欺负人家，明知道有人，还要……还要欺负人家，害得人家以后都不敢见人了。"陈云凤只敢在车厢里大发娇威，却不敢出得车厢来。

张康回过头，故意叫屈道："你还敢说相公我的不是，刚才若不是你把我后背蹭得疼，我也不会采取报复行动的！"

天地良心，方才陈云凤在他背上撒娇时，身体自然会与他产生磨擦，而她的娇躯是那么柔弱，再怎么蹭也弄不痛他，却能使他舒服，只是舒服得有些难受。

陈云凤明白他是有意戏谑，不禁又气又羞，在车厢里大发雌威，却不再吭一声，她要以另一种方式来教训相公。

这种方式是沉默，不论张康怎么引话题，陈云凤自始至终都给他来个不理不睬，不闻不问。

张康心想：这可不是个办法，此去福建千里迢迢，若是由他一人唱独角戏，那是件多么无聊的事，赶紧抛下男性的自尊心，哀声下气地道："好凤儿，是我不对，若你生气了，你就大人不计小人过，饶过本相公一马，好不好，我的娘子大人！"

见没反应，他又挠耳抓头道："好凤儿，乖凤儿，你就开口说一句话吧，只要你不再闭口不言，我任你打骂，决不还手。"他不说"不还口"，如果那样，还不是要唱独角戏。

其实，他可以趁这段空闲想一想刚才没想好的问题，但是，他只要一静下来，脑子里便立刻浮现出凤儿似嗔似喜，似怨似乐的俏样儿，更何况他怕再叫凤儿说他又在想别的女孩。

张康突然叫道："唉哟，我的头好痛，我是不是中……中毒了……啊！"说完，他用拳头在车板上"砰"地擂了一下，像是倒下时发出的闷响，他这招叫"诱敌之计"。

果真，车厢内传出陈云凤的一声惊呼，不过，旋即又安静下来。

张康见效果不佳，嘴里又佯装虚弱地叫道："凤……凤儿，我……我不……不行了……"

这下子陈云凤坐不住了，忙一把掀开门帘，惊呼道："康哥……"她立刻发现张康正襟危坐，何曾有半点中毒迹象，她顿时明白中计了，在张康伸过手之前，已又躲在车厢，不再发出半点声音。

张康扼腕叹息，此计失效，但是他立刻又想出了一个办法，只见他委屈万分地说道："凤儿，既然你不肯谅我，连说句话都不肯，那我留在这儿还有什么意思，好吧，那我走了！"说罢，他当即一展身形，落在十丈开外的一棵树上，向马车传音道："凤儿，我走了！"话音一落，他又悄无声息地飘身掠到马车顶。

陈云凤知道他又是玩花样，坐在车厢里一动不动，但听到张康的声音突然在远处响起，芳心不由得有些急了，虽然仍认定张康是不会弃她不顾的，可是，她心里的把握却越来越小。

终于，她忍不住掀开门帘，发现车驾座上没有人，忙出了车厢，四处探望，她喊道："死张康，你以为骗得了我吗，快出来，我知道你没走！"

躲在车厢顶上的张康强忍着笑，他知道凤儿不可能察觉到他的，即使凤儿的武功未失。

蓦地，陈云凤站起身，踮起足尖察看车顶，谁知上面没有人，她又立即停下马车，猛地跳下，绕着马车上下左右全都查遍，却仍不见张康的踪迹。

她的一举一动尽在张康的感应之中，要躲开她的查巡更是简单。

陈云凤这时才真的急了，四周均是一片旷野，只零落点缀着一两棵落尽了枝叶的树，她四处搜索，根本找不到张康的踪迹。

"康哥——"她的声音竟有些发颤。

张康硬起心肠不吭声地躲在车后。

"我知道你没……没走，凤儿不该使性子，康哥，你……你快出来吧，凤儿以后再……再也不……不使性子了！"她心里虽仍在认为张康未走，但实在是没多大把握，急得声音都有些哽咽了。

张康心中大为不忍，忙掠身到她的身后，伸手扶住她的双肩，柔声道："好凤儿，唐哥怎么舍得不管你呢！"

陈云凤闻言娇躯一阵猛颤，转身就扑到张康怀里，竟大哭起来。

张康赶紧抚慰赔不是，道："好凤儿，别哭了，都是我不好，只懂得欺负凤儿，害得我爱的凤儿受委屈，康哥该打，该打！"他当真用右手扇自己耳光，当然，不会太重。

陈云凤果真抬起泪眼汪汪的如同梨花带雨的俏脸，伸手拉住张康自责的手，随后却又扑进他的怀里哭了起来。

张康心里惭愧不已，这才知道凤儿是多么在乎他，即便知道他是闹着玩的。

他的鼻头也觉得发酸，

能被一个人如此在乎，铁石心肠的人也该感动了，他内疚地站立着，让凤儿得到一份坚实温暖的依靠。

楚辉带着几个残兵败将回到了荆州，回到了推浪帮的总坛——芦花荡。

接受任务时，他领着二十名总坛的精英，在苏、浙两处分堂调集了不少人手，原以为此番定可马到成功，却不料半路杀出个张康，搅和了这件极有把握的事，只侥幸保得了命。失败了，而且损失惨重，楚辉知道帮主面前绝没好颜色瞧，说不定从此再也不被重视。

是福不是祸，是祸躲不过，既然事情已经发生了，而他也尽力而为了，而且又已回到了芦花荡，若有什么惩罚，就硬起头皮接下来好了。

魏于在帮主的专楼上接见楚辉。

自继任帮主后，魏于改变了昔日朴石安的做法，单就帮主的居室而言，以前，朴石安住在会客大厅的院子里，那里既作帮中首脑的会议室，又作他的卧室和书房，一切甚是简朴，而魏于上任后便开始大张旗鼓地建设总坛，花巨资将芦花荡建得富丽堂皇，气势不凡，尤其是帮主所居的"摘星楼"，飞榭厅阁，砖砖瓦瓦，全都显示出豪华气派，三步一哨，五步一岗，更体现出推浪帮戒备的森严。

魏于的宝座高高在上，虎皮垫更衬托出他的威仪，那种气势是常人所难具备的。

楚辉趋前跪在地上，行了一大礼后才道："徒儿拜见师父！"他一直低着头。

魏于笑道："你起来吧！"

楚辉慌忙又叩了几个头，颤声道："弟子不敢，弟子罪该万死，请师父惩罚。"

魏于走了下来，扶起楚辉，脸上挂着笑容，道："不就是打了一场败仗吗！哪一个人能保证永远不败？只有经过失败考验的人，才能成就大事，楚辉！"

"弟子在！"楚辉忙抬起头。

魏于严肃地说道："你记住，失败并不可怕，可怕的是你丧失了斗争的勇气，如果一次小小的失败就把你打倒了，那你就是一个孬种，以后，我们还要征服江湖各大门派，那需要经过无数次的血战，你要对自己有信心，没有人能垮你，待统一武林后，还有很多事需要你去做，你有没有这个勇气？"他伸手按在楚辉那还幼嫩的肩上。

楚辉本以为这次定然在劫难逃，即使死罪可免，但活罪绝对难逃，谁知，师父毫无责备之意，还谆谆开导他，这怎叫他不感激涕零，不感到"万千宠爱集于一身"的幸福，他本是一个孤儿，甚至可说是一个市井小混混，若不是魏于收容，使他进得了推浪帮，他怎会有今日的辉煌成就，因此，魏于让他赴汤蹈火，他亦在所不辞，何况还是鼓励他。

楚辉虽是出身卑劣，但他那颗心自小时候便与别的孩子不一样，他不安于现状，他始终要求自己不能平庸一生，他要做一个强人，小时候，总受人欺负，那时候他便立志做一个不被人欺负的人，再大一些，他懂得如何保护自己，如何在生活中不被人欺侮，但他并不满足，因此千方百计地要加入推浪帮，一次不行，还有第二次、第三次，结果，他不仅成功了，还成为帮主弟子，帮中护法，他不去欺侮别人就行了，还有谁敢欺负他？

如此多的恩情，楚辉怎么能不对魏于死心塌地，惟命是从。

统一江湖，独霸武林，这是一件多么有雄心壮志的事，江湖上本是成王败寇，谁有本事，谁就是英雄，楚辉不甘心做一个平凡的人，那就去做一个英雄，师父神功盖世，自己所学不过十分之一，便可打败不少江湖成名高手，那师父岂不是天下无敌，张康是很厉害，但若是师父出马，还不是手到擒来？

楚辉再次跪下，这次他是以激昂的口气表达自己心中的抱负，道："师父，弟子定加倍努力，勤练功夫，跟随师父扫平江湖！"瞬间，他像换了一个人似的，浑身充满了征服一切的气概和力量。

魏于放声大笑，赞道："这才是我魏于的好徒弟，好，从明日开始，我就将神功的第八层心法传给你，到时候放眼江湖，还有谁能是你的对手！"

楚辉心中大惊，他只道是自己火候不够，原来师父并没将所有武功全都传给他，他不由得欣喜若狂，激动得只会说道："多谢师父！"

魏于笑着又登上那高高的宝座，身后的那两个俏丽的少女立即为他捏肩捶腿，他像是想起了什么，问楚辉道："辉子，你可查出是谁从中捣乱？"

楚辉忙应道："回师父的话，一共有四人，其中有'百变酒丐'风青和叛徒蔡健，另外还有一个女子和一个叫张康的人，我派了刘香主暗中注意他们的行踪，很快便会有消息，四人当中，张康的武功最高，弟子便是败在他手中。"

"张康和风青、蔡健在一起？"魏于对这个名字很是陌生，"难道是在河南办事，又使左尊者无功而返的那个人？你可知道他的武功路数？"

楚辉据实回答道："回禀师父，那张康捡一把钢刀与弟子比杀，弟子愚钝，虽与他打了几十个回合，但始终弄不清他的武功路数，对方一时使刀法，一时又使剑法，一招换一种打法。"

魏于惊道："那怎么可能？"

楚辉道："弟子疑惑不解，但我全力以赴，也不能攻破对方的防守，最后弟子一个疏忽，竟让他制住了穴道。"

魏于顿时陷于困惑之中，江湖中竟在突然间多出了一个棘手的敌人。

楚辉接着道："那张康还扬言要来总坛……"

魏于怒道："竟敢太岁头上动土，活得不耐烦了！"顿了一下，他向楚辉挥了挥手，道："你下去吧，你师哥在'能者上居'练功。"

楚辉面露喜色，施礼道："弟子告退。"

走到门口时，楚辉突然停了一下，但很快还是出门而去。

魏于眉头紧锁，过了好一会儿才站起身来，喝道："来人！"

门口立即走进一名弟兄。

魏于吩咐道："速请两位尊者到密室见我。"

那名弟兄躬身应命，立即飞奔出门。

前面的道路越来越不平，而且也越来越窄，陈云凤幸亏不是一个娇小姐，但她被马车抖醒后，忍不住埋怨道："康哥，这条路这么不好走，可你为什么单单要走这条路呢？害得人家睡不着觉。"

　　张康尽量将马车驾得平稳，闻言道："抖得难受吧？再忍一会儿，听昨天那客栈老板说，再走一个县城，便到了官道，那时候就不抖了。推浪帮绝对会派人跟踪镖队，如果我们跟风前辈他们一道走，那对方肯定会跟踪到你家，到时就麻烦了。"

　　陈云凤恍然大悟，道："你怎么不早说？"

　　张康笑道："你没问我呀。"

　　陈云凤横了他一眼，实在忍不住又打了一个呵欠。

　　张康见了，怜惜地拍了拍她的俏脸，道："如果累，就再去睡一觉吧。"

　　陈云凤感动得从后面抱着张康，把脸紧贴在他的背上，梦呓般地道："康哥，你真好！"她忍不住又打了一个呵欠。

　　张康反过手拍了拍她的娇背，笑道："听话，进去睡一觉吧。"

　　陈云凤不依地扭了扭腰肢，跪立起来，移身坐到张康的身边，仍紧紧依偎着他。先献上一个温柔的香吻，才柔声道："你赶了这么多天的马车，应该去休息休息，让我来驾一阵子，在家时我经常驾车，其技术比你可好多了，快让一下嘛。"

　　张康拗不过她，只好把马鞭和缰绳都交给了她，但他却没有进车厢休息。

　　陈云凤抖动缰绳，马鞭虚空一抽，娇喝一声："驾！"她果真是个驾车的行家。

　　一直干坐着，总算可以做点事了，她很兴奋。跑出了几里路后，才察觉张康并没有进车厢休息，忙道："你快进去休息呀！"

　　张康怎肯让她一个人在外面受到凉风的吹袭，道："我不累，我看你驾车。"见陈云凤衣着单薄，忙掀开车帘，取出一件外袍披在她的身上，并伸手环住她。

　　陈云凤满含千万柔情地望了他一眼，仰头靠在他的肩上，她便以这种姿势驾车，很舒服，身体上的感受，更是心里头的。

　　行家一出手，便知有没有。陈云凤驾车既稳又快，比张康那是高明得没话说。

　　张康惊讶万分地道："凤儿，看不出你还是个当车夫的料子。那好，以后我若养不起你时，你就当车夫赚些钱给我买酒喝，好不好？"

　　陈云凤白了他一眼，道："好，等下辈子吧。"

　　张康无限失望地叹了一口气，转口又道："告诉我，你为什么这么会驾车，收下我这个徒儿行不行？"

陈云凤不屑地一笑，道："我自从十岁时便开始驾车了，哼！你当驾车这么容易学吗？"

张康惊得目瞪口呆，道："岳父岳母二老肯让你驾车？你可是个千金小姐呀！"

陈云凤这下可哑口无言了："这……"

张康歪着头看向她，表情甚是促狭。

陈云凤突然一本正经地望着张康，道："康哥，我告诉你……这件事反正迟早总是纸包不住火的，要不是我们已经……我爹知道真相后，真不知会怎么想。"

不说倒好，一说张康反而更是一头雾水，他问道："凤儿，你都在说些什么呀？"

陈云凤稍微整理了一下发鬓，从张康怀里坐起，道："我爹娘一直都很恩爱，可是先祖母却对我娘十分不满，他们成亲不到两年，先祖母就催着我爹纳妾，幸好我娘及时怀孕，生下了我们兄妹三人，才作罢。然而我娘却在生下二哥和我后，因为难产而无法再生孩子。后来大哥在十五岁那年，一次随镖队护镖到开封时竟遇上黄河决堤，从此音讯全无，肯定是凶多吉少。那时，二哥和我还刚满周岁，突然有一天，一只怪鸟叼走了二哥，也下落不明。"

听到这里，张康突然惊道："怪鸟？"

陈云凤并不惊讶他的反应，苦笑道："我娘亲眼看到是一只鸟，当时她带着我们去庙里还愿，二哥调皮，竟蹒跚着学走路。不料一只怪鸟扑下来便叼走了二哥，当时还有两个丫环在一旁，但都来不及搭救。偏偏先祖母得了重病，娘担心孝顺的爹会因而答应纳妾，这才瞒下二哥失踪的事情，拿我代替。"

张康脱口道："你娘这么做，那不是牺牲了你吗？瞒得了一时，可瞒不了一世呀，那会害你一生的，你娘也太不该了。"

陈云凤赶紧道："这怎么能怪我娘呢？现在这个世界是属于你们男人，女人对你们男人而言只不过是生育、泄欲的工具。我爹虽然宠爱我娘，可是一个没有子嗣的女人在夫家是没有地位的，随时都有可能失去丈夫的宠爱。其实娘会这么做只不过是因为太爱我爹了，她不愿意失去心爱的丈夫，难道这也错了吗？"

"只要儿子不要女儿就不对。"

"不要怪我娘，她其实很可怜的。不，是我们女人都很可怜，永远也逃不过让你们男人糟蹋、抛弃的悲惨命运。"

"凤儿，千万不要这么说……"他轻轻地把陈云凤扳转过来，吻着她脸上的泪："我会怜你、爱你，永远都不会抛弃你的，别把我们男人想得太坏。的确，这世上是有不少人娶了三妻四妾，甚至还要逛妓院，但也有很多人一辈子只娶了一妻，然后两人厮守一世呀？"

"你是说你也会……"陈云凤抬头漾满柔情的眼光，怯怯地求取他的保证。

张康望着她的眼睛，一字一字地说道："凤儿，你听着，我发誓，自己会永远爱你，至死不改！决不会辜负你的一片柔情，也但愿我们能生生世世都在一起。"

"康哥……"陈云凤欣喜地投入张康的怀中，主动献上她的樱唇，亲吻着张康的眼睑、鼻和他的唇。

南帆的个子是越来越魁梧了，楚辉比他至少矮上了大半个头。

他们两兄弟好久没有像今天这般解脱了，拉着手在天与地之间尽情狂奔，尽情释放激情。谁见了还敢相信他们竟是推浪帮的左右护法，只道是两个半大的孩子罢了。

人长大了，是不是一种悲剧呢？失去了孩童的纯真无邪，多了不少所谓的成熟，一层层的包装，厚厚地严严实实地把真实的自我包扎得那么好，再也不能像小孩子那般无忧无虑、天真浪漫地玩耍，即使要玩，也得玩一些成人的游戏。而不能再像孩提时玩捉迷藏、堆雪人、过家家之类的幼稚游戏。什么时候才能与大自然贴近，摘掉面具和虚伪的包装做人呢？

恐怕只有到了弥留之际才能再次体会到作为真实自我的趣味。

人，有时想来，确实很可悲。

楚辉躺在草坪上，虽然草已不复嫩绿，但他仍可从中感到泥土的气息和生命的可贵。他舒服地伸直手脚，让这份舒服在四肢百骸穿行游走，他的心灵顿时前所未有地轻松起来。

过了很久，他才睁开眼睛，发现南帆正怔怔地看着他。

"南哥！"

"辉子！"

两颗年轻的心在两只年轻有力的手的紧握中拉得很近很近，几乎不存在一丝空隙。

楚辉突然一抖手腕，向后跃出三步，右掌平滑，笑道："南哥，接招！"竟当即欺身上前，掌势如刀，呼呼生风。

南帆面露微笑，嘴里说道："不用打了，我甘拜下风。"不过，他手底下却立即行动起来，立下马步，两掌顿挫，不偏不倚地上前迎击。

楚辉知道他功力过于自己，若硬拼，那吃亏的肯定是自己。瞬间，他的身体竟如滑溜溜的泥鳅一般由南帆掌底滑开，然后闪到对方的身后。

南帆的脑后像是长了眼睛一般，分出一掌向后击去，恰好又对上偷袭而来的掌风。

一声闷响过后，南帆刚转过来的身体不由自主地向后退了一步，楚辉也退了一步。

楚辉定下身后，笑道："南哥好功力，辉子佩服。"

南帆拍了拍他的肩头笑道："若不是我转身化去了你的不少掌力，那肯定早就趴在地上了。你出外磨炼果真收获不小，不知什么时候我也有机会到江湖中去闯闯。"他大概还不知道楚辉这次办事碰了壁。

提到了丢面子的事，楚辉不禁苦笑着叹了一口气，伸手从草丛中扯出了一根草茎，含在嘴里嚼着，他耸耸肩道："唉，这一次我可给师父脸上抹黑了，任务不仅没完成，还损兵折将。师父虽然没有责备，但我自己又怎么好意思呢？"

南帆拍了一下他的肩膀，道："辉子，失败一次有什么可怕的，谁没经过失败？想当年，我们一心想入帮，两三年下来人家仍不收，但现在我们不都入了帮吗？"

楚辉点了点头，望着头顶上变幻无定却极其广阔的天际，还有山下并不算少的芦花荡，他几乎快入了神，南帆陪着他站着。

良久，楚辉突然自言自语道："南哥，我怀疑我是败在……他的手下，那双眼睛，是那么熟悉，那眼神里满含着威仪，分明便是他……"

南帆心中感到十分纳闷，问道："辉子，你说什么？"

楚辉这才回过头来，拉着南帆的手，道："南哥，那人一定是朴帮主，没有别的人具有那种让人臣服的眼神，他一定是朴帮主！"

南帆大惊："辉子，你说什么，朴帮主？朴帮主不是已经……已经……"

楚辉比他更激动："朴帮主没有死，虽然他的相貌变了，但他的声音，尤其是他的眼神，依然没有变！对，他现在的样子才更配他，他以前定是故意扮作奇丑模样的。"

南帆很是兴奋，却仍有不少疑惑："辉子，这到底是怎么一回事？你快告诉我！"

楚辉似乎又隐入了回忆之中，道："师父派我去江苏巡察，在一处分舵旁我遇上了朴帮主。当时几位弟兄喝醉了酒，在言语和动作上对周围的人就有些过火，正好碰上朴帮主经过，于是就打了起来。我一见便火了，在我帮的地盘上，还有人敢放肆。便上前想教训对方，那时我还不知道他就是朴帮主。朴帮主的武功真够厉害，我在他手底下竟走不满百招，突然，我发现他的眼睛里藏着一种很熟悉的东西，还有他的声音……当时我仍不敢肯定他是谁。他虽然制服了我，但并没有为难我，现在我才想起，他便是朴帮主！"

"朴帮主？"南帆虽然仍是不信，但非常兴奋，声音难免激动："辉子，我们赶快去找师父，师父若知道朴帮主没有死，他一定会很高兴的！"

楚辉站着没动，南帆一拉之下以为他会跟着自己一起去见师父的，但没料对方竟一动也没动。

看到楚辉的那副欲言又止的样子，南帆不由疑声问道："怎么了？"

楚辉道："师父知道朴帮主没死，他会高兴吗？"

南帆闻言怔住了，真是一语惊醒梦中人，他这才发觉自己太过激动了。

楚辉对他的反应感到有些奇怪，因为对方好像霎时间什么都明白了。

果真，南帆叹了一口气，道："朴帮主若回来了，师父还能当帮主吗？这些年来，帮中出现了不少变化，推浪帮已不是以前的推浪帮了，朴帮主看到这副天地，他和师父之间……朴帮主在时帮中情况多好，现在推浪帮的力量的确强大多了，但师父却不是朴帮主，他总想……"

"南哥！"楚辉没让他继续说下去，楚辉以前只道他一心练功，对帮中的事务很少过问，怎料他竟什么都知道了。

南帆白了对方一眼，又道："辉子，你也变了，变得也有些野心了。你以为我不知道你此次出去的任务是去劫河北震远镖局的镖？唉，人各有志，我不勉强你怎么做，只是你千万不可迷失了自己的本性。"

"南哥——"楚辉真的感到万分震惊了。

"楚辉，你好大的胆子！"一声令人胆颤心惊的厉喝在两人身后乍响。

风青、蔡健二人相助震远镖局护送完最后一趟镖后，便开始筹备联络各方力量对付推浪帮的相关事宜。为了避免打草惊蛇，他们的行动相当隐密。

风青为此特地赶赴丐帮总坛所在地——君山！丐帮的声势虽每日渐下，但有很多事情是少不了要借助丐帮之力的，丐帮弟子遍布江湖，数万帮众手执打狗棒，联络某人以及打探消息这些事，自是他们的拿手好戏，在这方面，江湖其他门派，莫不甘拜下风。

前任帮主的话，谁能不听？风青到了君山后，立刻有数十路丐帮弟子领命暗中分赴各地。他们均持有风青的亲笔信，邀请各路英豪来君山共商维护武林正义的大事。

震远镖局的众镖师也暗中回到河北，一面将镖局解散了，一面联络北方各路英豪，雪前仇，报旧怨，共同对付魏于！

风青更是亲自去请一些隐世高人、江湖名宿出山，凭着他昔日的声望以及推浪帮作恶江湖引起的公愤，定能约集一批正义之士，除魔卫道，也是为了朴石安的死后清名。蔡健更是义不容辞地跟随其后。

南帆、楚辉二人闻声大骇，回头看时，身后所立之人，正是他们的授艺恩师，即推浪帮的第二任帮主魏于。

二人赶紧下跪，齐声道："叩见师父。"

魏于一言不发地走到他们跟前，并不说让两人起身。南帆、楚辉二人自是不得擅自起来。

"师父，我们……"楚辉抬起头来想说些什么，但被魏于那可怕的眼神吓得不敢再多言半句，忐忑不安地伏在地上。

相反，倒是南帆无畏地迎上了魏于透人心腑的眼神，以坚定无比的态度说道："师父，是我一人的错，你若怪罪，就罚我一人好了。"

背地里说帮主的坏话，而且还是那么"反动"，这是帮规所不容的。南帆心里并不抱如何善了的希望。何况，他所说的话只不过是他心里想的，而且都是事实，如果这样也有罪，他根本毫无所惧。

魏于居然很心平气和，甚至还带着笑意道："阿帆，我为什么要罚你呢？"

南帆不解地抬起头来，一咬牙，视死如归地道："我在背后说师父的坏话，有毁师父威信，自知罪不可恕，请师父严加惩治，但是与辉子毫无干系，罪在于我一人！"

魏于笑着拉起二人，尤其和颜悦色地看着南帆，道："你说的都是事实，我为什么要怪你？的确，我很多做法是有些不对的，与朴帮主的所作所为颇为相悖，江湖上也怨声载道。但是，南帆，你应该明白，如今这个世界本来就是属于强者的，谁强，谁说的话便是真理。江湖上更是奉行'成王败寇'的定律，你不犯人，别人便会犯你；你不杀人，别人就会杀你。根本没有任何理由可讲，以前的武林至尊，自恃天下无敌，虽说是维护武林正义，但还不是想征服整个江湖，以致让整个武林按照他的布局而存在？所谓的那些名门正派人士，谁没有野心呢？只是各人的能力有限，有的人只能一生寄人篱下；有的人只能做一门一派之主；而有的人则可成为一方霸主！那些能力有限的人，看到比他强的人总瞧不顺眼。江湖上本就是强弱善恶相对应，谁能改变这个定局呢？确实，我是很想统一江湖，因为我不甘心只做一个安于现状的人，我要成为一个真正的强者！你们或许不知道，我也是一个从小失去父爱母爱的孤儿，伴着我长大的只有一对大鹰和一对孤老夫妇，小时候，虽有神鹰相护，但我因为是孤儿，而且个子矮小，因此常常受到别人的欺侮。从那时起，我便知道'成王败寇'这个词了。阿帆，正如你所说，人各有志，你想怎么做，怎么选择，都随你，我决不干涉！"

南帆怎么也没有想到师父会这么说，他一直很反对师父的所作所为，他不止一次听到帮中弟兄在江湖中横行无忌、滥杀无辜的消息。但偏偏造成这个局面之人正是他的授业恩师，于是他只好整日沉醉于练武之中，然而他有意无意之中听到了他极不愿听到的东西。

他再次跪下，凛然说道："一日为师，终身为父，弟子本应追随师父一起。但是，弟子实在不愿干违心之举，弟子愿从此遁于空门。每日朗诵经文，以化恩怨。师父，请多保重！"他恭恭敬敬地重重磕了几个响头。

他真的不愿再涉身这极易改变人本性的江湖之中。

楚辉怔怔地看着这突如其来却又无法改变的结局。

"南哥……"他此时还能说什么呢？

"辉子，你自己……好好保重！"南帆眼里并没有流下伤心离别的泪水，因为他这样做是得到了一种解脱。

但同时，一副沉重的精神枷锁又扣在了他的头上——肩上——心上……

佛法无边，佛门无限大。然而，他内心的枷锁能化去吗？他真的能靠诵经为魏于、楚辉减轻罪孽吗？

江湖，是一条不归路！

每个人的选择不同，每个人的路也自然各不相同。

谁也无法改变这个事实存在的现象。

魏于的表情很单一，似乎这件事并没给他带来任何的影响。但事实上，他的心情颇为复杂。

如果南帆肯助他成就霸业，那是最好不过了。他很清楚，虽然表面上楚辉的资质高于南帆，但实际上南帆才是一个真正的武学奇才，在短短的时间之内楚辉的进步比南帆大，但三五年之后尚有数十年，那南帆的优势会随着时间的后移而渐渐体现出来。

既然南帆摆明了态度，他决不能使其成为敌人。有两种办法：其一是杀了这个隐患；其二是攻心计，使其永无敌意。他的宽松态度，终于使他达到了目的，也同时完全赢得了楚辉的忠心。

然而，他总觉得有些失望。

人，总是不安于现状的。

临近家门时，陈云凤的心里才知道紧张，担心父亲得知养了十几年的儿子竟是女儿所扮后的反应。这个事实很令人无奈，父亲的失望是可想而知，她所担心的是父亲失望的程度。

若不是有张康紧陪在身边，陈云凤真怕自己会不敢踏进家门。其实，造成这一结局，张康也得负一点责任，因为陈云凤爱上了他后，又阴差阳错地委身于他，使她不得不恢复掩饰了十数年的女儿身，认真地考虑自己的终身大事了。

张康在陈云凤的指点下知道了万云镖局的所在地，却又因她的干涉而不能放马疾行，她害怕那么快面对父亲。

不过，马车的速度虽缓，总有到达家门的一刻。

张康笑着直催陈云凤下车，道："凤儿，岳父大人那么疼爱你，你还担心什么呢？快下去，反正迟早你总要以女儿身面见你爹的。"

他这句话，让陈云凤情不自禁地露出了带着紧张的笑容，心情顿感轻松，在张康轻轻地推动下下了马车。并且朝着那熟悉得不能再熟悉的家门走去。

"请留步，不知两位来自何方，到我万云镖局有何贵干？"

陈云凤认得拦住她的大汉是个趟子手，众人都叫他"大个子"，这"大个子"人缘极好，她经常开他的玩笑。现在见他拦着不让进去，陈云凤一时尚未反应过来，喝道："大小子，我……"

张康在一旁接口道："烦请这位大哥通报一声，就说'百变酒丐'的弟子来拜访陈总镖头。"他向困惑不解的陈云凤使了一个眼色。

"百变酒丐"风青威名广播江湖，谁人不知，谁人不晓？"大个子"惊问道：

"可是风青风大侠？"

"正是。"张康道。

"大个子"忙道："两位请随小的到客厅先休息一下，我家总镖头出门办些事去了，马上就会回来。"

陈云凤也没有怎么反对，她总不能说自己是少爷吧，即使说了，以她现在这个女儿身，谁会相信呢？

"大个子"在领着二人进门时，没忘了问陈云凤道："小姐怎么知道小人的……小人的外号？"

张康忙接口道："我们来贵镖局可不止一次，听多了便自然知道你的外号了。"

万云镖局每天来客络绎不绝，"大个子"的记性也不太好，自然不会怀疑张康的话了。

待二人坐好之后，立刻有下人端上香茗。

"大个子"道："二位稍候，我这就去请王总管。"说罢告辞退出。

陈云凤偷偷地对张康说道："康哥，我进去看娘。"张康点头应允。

陈云凤本已走到厅门前，但又转过身来对张康说道："王叔叔这人挺精的，你可要好生注意了，别太早露馅。"

张康笑道："知道了，快去见岳母大人吧。"

陈云凤扮了一个鬼脸后便溜走了。

万云镖局中的守卫并不森严，何况陈云凤对自己的家熟悉得连闭着眼睛都能准确地走到目的地。

当"大个子"领着一个手托算盘、有着一双精明眼睛的中年汉子进了客厅时，发现只有张康一人，不由大惊，问道："少侠，尊夫人……"

张康对于这个"尊夫人"的称谓多少有点不习惯，但心里明白"大个子"说的是陈云凤。他也不答话，当即对着那中年汉子笑道："这位想必便是王总管吧？在下张康，特来拜见陈总镖头。"

王总管抱拳还礼道："王某有幸面见风青风前辈的得意高徒，不知风大侠现在可好？王某已有十余年未曾见过风大侠的威容了，想来甚感惭愧，就连风大侠收了一个英雄少年的徒弟都未曾知晓。"

张康一直脸挂微笑，道："王总管过奖了，晚辈只不过跟随他老人家才几个月，蒙他老人家不弃，指点了一两招。其实，这师徒名分也是谈不上的，承蒙王总管问起，恩师他老人家身子依旧硬朗，每天喝上十几斤酒也醉不了。"

他这么一说，王总管倒不再怀疑他的身份了。

王总管这才拱手道："张少侠请坐，我家总镖头早间出城办事，呆会儿便会回来，张少侠请稍候。"

张康道："应该如此。"

王总管赔笑道："听说与少侠一起来的还有尊夫人，不知二位此行来找我家总镖头是否奉了风大侠的吩咐？"

张康笑道："我们久仰陈总镖头侠名，特来拜访，若有可能，在贵镖局谋得一份生计，免得此生碌碌无为。"

王总管大概是没料到对方会如此说话，忙道："少侠气宇不凡，将来定可成就大业，万云镖局在江湖中虽小有薄名，但少侠的前途不可估量，若在此处，恐怕埋没了少侠的才能。"

张康心想，这人果真很精，随即笑道："王总管是嫌在下年轻不更事吧？"

王总管忙道："岂敢，岂敢，少侠乃风大侠高足，若肯加入敝局，那是我万云镖局的幸事，少侠……"

突然，门口传来一阵吆喝："好大的胆子，这里是万云镖局，休得撒野！"

另外一个比较阴冷的声音紧接响起："哈哈哈，赶快让陈敬德出来，凭你们这几个小角色也想挡住老子我？见鬼吧！"

王总管闻声脸色剧变，忙向张康告辞道："少侠在此稍安勿躁，敝局的对头找上门了。"说罢他便要夺门而出。

张康连忙起身道："万云镖局有事，在下虽然不才，却愿略效微力。"

王总管闻言之后，看了张康一眼，抱拳道："少侠心意王某感激不尽，但这是我万云镖局的事，还请少侠切莫插手，切记，切记！"说罢带着几名弟兄飘身而出。

张康心知王总管对他极不信任，名师手下未必出高徒，是故不愿让他涉险。

不过，张康既然决定染指此事，谁也无法阻止他，何况万云镖局有难，他可不算是个外人，他即将成为万云镖局的姑爷。岳父家有难，他这个做女婿的焉能置之不理？

由于总镖头陈敬德带走了大部分人手，致使镖局内没有多少人。除了王总管和三个镖师外，便只剩下几十个趟子手。

而来闹事的虽然只有区区十一人，但个个太阳穴高高鼓起，分明都是内家高手。恐怕除了王总管与三位镖师能与其对上手之外，其余的小角色根本起不了什么作用。更何况，对方领头的那蓝衣人，浑身透着一股杀气，他所经过的青石地板竟出现了一串清晰的脚印。

更糟糕的是，王总管竟不认识这位高手，在他并不贫乏甚至相当丰富的记忆中，根本就不曾有过这号人物。听对方的口气，对万云镖局是相当熟悉的。可是对于敌方，自己是一无所知。知己知彼，方能百战不殆，否则……若动起手来，其战况就很难定论了。

王总管心头明白局势对己方相当不利，但他在万云镖局也算是个有头有脸之人，绝对不能在对方的威势压迫下有丝毫的不安，他不卑不亢地抱拳道："在下忝为万云镖局的总管，不知阁下如何称呼，为何来此找碴？"

"哈哈……这些多余之话就别说了，我钱如明可不是来与你喝茶聊天的，赶快接受老子的挑战，如果怕的话，就趁早丢刀认输，这万云镖局的招牌也该换换主了。"蓝衣人的态度相当狂妄。

万云镖局在江湖中也颇具威望，几曾让人这般侮辱过，在场的弟兄无一不亮出兵器，就等王总管一声令下，便要杀上前去。

王总管气得直吹胡子瞪眼睛，但他果真好忍性，他知道这一恶拼对己方极为不利，若能拖延时间，待到总镖头赶回，则可稳操胜券。现在并不是争这一时之气的时候。

因此他不怒，反而笑道："阁下何不更爽快些，直截了当地说出我们之间的恩怨，总该不会是无缘无故地找上门来吧？"

姓钱的那蓝衣人道："好吧，就让你们死得明白些！老子钱如明与你万云镖局前无怨近无仇，只是听说你们干这一行一向风平浪静，想必积下了不少钱，所以老子就想来讨两个钱来花一花。想必你们这些爱面子的人是不愿亲自把钱交出来的，因此老子只好带上几名弟兄前来抢了。怎么？陈敬德那老家伙不在？"

"大胆！"

"放肆！"

两道人影几乎同时扑向钱如明，其势甚猛。一个是忍无可忍的王总管，对方都骑到脖子上拉屎了，再忍下去，万云镖局的一点面子都给丢光了。是故，他举出了成名兵器——算盘。往钱如明身上猛击过去。士可杀，不可辱！为了尊严，他势必奋力一战！

第二十章

　　另一人则是万云镖局的少主，假男儿真女身的陈云凤，她在内宅闻得外面情况有异，便急忙奔了出来，见竟有人辱骂她爹，她再好忍性也会忍受不住，因此义无反顾地仗剑刺向钱如明。

　　王总管以算盘作为兵器已是很奇怪了，那钱如明所使的兵器却更为怪异，他用的竟是一串铜钱。

　　钱如明见两大高手同时攻向自己，并不显丝毫慌乱，反倒笑道："总管大人，咱们俩应该成为搭档才对，一个用算盘，一个用铜钱，开上一家店铺，各尽其能，那敢情甚好！"

　　他的嘴巴虽然在逞口舌之能，但心中却不敢大意，右手的那一串铜钱竟陡然坚直如铜尺，不偏不倚地点向王总管的太阳穴，而左手也不知何时多了一串铜钱，绕手一旋，竟又似变成了一个铜环，脱手掷向陈云凤刺过来的长剑剑尖，他这一掷贯注了极强的内家真力，并暗使巧劲，使铜钱不停自转，若剑尖给套住，陈云凤的长剑肯定会脱手而飞。

　　钱如明正是觑准陈云凤的功力比这个总管要逊出不止一筹，在江湖中最多也只能算是个二流高手，因此才使出这一招的，但他对万云镖局有这么一个武功相当不错的女娃儿也感到很是吃惊。要知，他是窥得万云镖局此时没甚高手的情况下才攻其大本营的。

　　陈云凤手中长剑距对方肩井不足半丈，若中途变招，可以避过对方掷出的铜钱，但她也必将丧失这一招攻势。她愤怒于对方辱及父亲，竟视那铜钱若无物，以更快更凌厉的攻势刺向钱如明。

　　果如钱如明所料，那串铜钱套上了陈云凤的剑身，但是陈云凤手中的长剑却毫不受挫地继续向他刺到。钱如明心中大骇，情急之中只有来个"懒驴打滚"方才躲过了此剑，但手臂上也被剑刺了一道口子，而且弄得一身灰尘，模样甚是狼狈。

他心里好生纳闷，按理他并未看走眼，陈云凤的功力是很平常呀，若其功力高深，那他的这条左臂就非废不可了。但是，他掷出的铜钱却未抵挡住对方的剑势！真是令人感到莫名其妙！当然，他的右手铜钱也没有伤到王总管，对方只是身形一晃，然后施以巧劲，他那坚直如铜尺的兵器便走空了。

而陈云凤倒并不觉得有什么异样，只道他武功不过尔尔，不由朗声叫道："原来你的武功也不过如此，竟敢来万云镖局撒野，乖乖地弃械投降，便可饶你一命。"

最惊奇的当数王总管，他不仅奇怪突然之间冒出一位侠女来，更奇怪为何这位侠女的声音那么像少爷陈云龙，而且武功招数分明就是陈家剑法！

大敌当前，自是败敌要紧，他本想让陈云凤退下，而由他对付钱如明，毕竟这是他万云镖局中的私事，怎好让别人来挡灾？

然而，陈云凤早已得势不饶人，一声清叱。长剑一震，恶狠狠地攻出一招"仙人问路"，手中之剑化为万点银芒，罩向钱如明胸前"鸠尾"以及左右"幽门"三大要穴，招式凌厉至极。

钱如明当然是个识货之人，知道此招的厉害，但他同时也感到十分奇怪，由对方的剑势可以看出其内功并不深厚。但不管怎样，他吃了一次亏之后，再也不敢轻敌，手中如铜尺一般的铜钱一指，直刺陈云凤耳根"藏血穴"。

突然，他感到右肘一麻，全身气劲竟发不出来，眼见陈云凤的长剑便要刺到胸前。

好个钱如明，遭此剧变却不慌张，上身后仰，双掌后撑，堪堪躲过对方的致命一击。但右手的铜钱却也没了。不过，他这时也明白有高人暗中相助陈云凤。

待钱如明站起身形后，便朝四周喊道："哪位高人？何不现身光明正大地与老子一战……"

陈云凤突然俏脸一寒，叱道："大胆贼头，竟敢口出脏言，打不过本少……本姑娘就认输算了，别拿什么高人来遮盖，看剑！"银光一闪，剑身直削钱如明背腰。

钱如明手中不知何时又凭空多出两串铜钱，顿时周身布起一团赤色光圈，与陈云凤的长剑不时发出"叮叮"的脆响。真没想到，这铜钱能够用来买卖东西，甚至可以买官当，竟还能当作武器使用。

的确，有不少人用铜钱作为暗器，可很少有人会想到成串的铜钱可以当作笔、剑、鞭等兵器。而眼前钱如明所施展出的成串铜钱更是熟能生巧，潇洒自如。

由此一点，足可看出这钱如明绝非泛泛之辈。

陈云凤此时的斗志极盛，使出的剑法犀利狠猛。钱如明并非怕她，而是时时提防着暗中相助她的高人。刚才他的两次失手均是暗中有人发出极细的暗器，而且其力度十分均匀，既阻止了他的杀招，又使人不易察觉。因此，他故意不使出全力而与陈云凤游斗，暗中则仔细查找那位高人的踪迹。

然而，庭院中的人一个个地被他排除了可能性，最后他发现在一座假山后藏着一个背负包裹的年轻人。

钱如明突然一声狂喝，功力猛催，手中两串铜钱顿时各自暴涨了两尺赤芒。

面对这一剧变，陈云凤才知对方适才只不过暗藏了实力，不过她心中丝毫不怕。她的剑招精绝，只是内力稍弱而已，但是暗中有心上人在一旁护驾，她也是一声清叱，长剑宛如寒涛卷出，信心是最大的力量！

但并没有发出如她以及众人心中所想到的刺耳金属撞击声。原来，钱如明此举的目的并不在于陈云凤，而是——

钱如明在众人惊愕之中，竟舍陈云凤而向假山后的那年轻人猛击过去，速度快得简直令人难以置信。同时，他右手往脸前一抓，竟握住了一粒砂子，不用看，砂粒已嵌入了他布满罡气的手掌内。他对那暗中出手之人又高看了几分，但他依然如闪电般含愤击向那年轻人，当然，先他而行的自然是手中的两串铜钱。

一切变化得太快了，几乎没有人能看清整个过程，待陈云凤反应过来回头时，她看到张康已接住了钱如明射出的两串铜钱，站在假山之巅了。

张康在王总管到达院子前便已藏身在这座假山之后，出手相助陈云凤的自然也是他了。他身边没有别的暗器，就以这假山旁边取之不尽、用之不竭的砂粒作为暗器，非常方便，而且发出去之后令人不易察觉。

如果他使出全力的话，那钱如明的一双手必定已经击穿两个小洞了，而且连脑袋瓜子也会紧接着多出两粒砂子。幸好在钱与命之中，钱如明知道命还是重要些，所以他以钱作为暗器。他的确击中了张康，但似乎对其根本没起到暗器的作用，张康照单接下了他的两串铜钱。而他跟着击出的双掌则结结实实地击在那座不能动弹的假山之上。

在假山被击发出一声巨响倒下之前，张康又早一步落到了陈云凤的身边，衣袂飘飘，身法何等潇洒，在场之人莫不为之倾倒。

只可惜，钱如明没有看到他这精彩绝伦的表演，他万分惊讶于张康竟如天神般躲过了他的连环一击，而速回身时，则发现对方已经气定神闲地站在五丈开外了。

这份功力修为，当今天下几人能有？

这时，张康极其随便又极其潇洒地望着手中那两串铜钱笑道："钱如明，钱如命，名不符实，阁下怎么如此大方，一见面就送在下两贯钱？实在令在下受宠若惊，不过恭敬不如从命，在下就收下了。"突然两串铜钱化整为零，几十枚铜钱竟四散射开，最后却同时落在地上，均是入土一分，而且每两枚铜钱的间距相同。

陈云凤娇笑道："唉呀，不好了，这铜钱太臭了一点，别人也懒得要，钱如命，你舍得这钱落地而弃之不顾吗？"

别人或许不惊，但钱如明却惊骇不已，因为只有他才知道那两串铜钱的连线是金刚丝所制，如果是扯断的，并不值得吃惊，但对方却是在以一根食指不疾不徐地转摆着铜钱，暗中使劲震断了金刚丝，这份深厚惊人的功力怎叫他不瞠目结舌。

他顿时明白，有张康在此，这招双管齐下、调虎离山的绝妙计谋是没有实现的可能了。

罢了，就算万云镖局陈敬德福大命大了。

"风紧，扯乎！"

钱如明在纵身跃过墙头前向他的弟兄发出了撤退的命令。

张康并没有阻拦，只是用脚尖分别挑起钱如明第一次拿出的两串铜钱，笑道："钱老板，这两串钱还给你了，请接好！"

说罢，两串铜钱挟着劲风向钱如明的左右两肋飞去。

钱如明察觉有异，心中大骇，但身在半空，来不及借力避闪，只得提升功力跃上墙头，才伸出双手去迎接那两串失而复得的铜钱。这次他可不敢再用手直接去接，而是真气贯注双掌，劈开那两串铜钱。

不料，他直到击中铜钱时才发觉这铜钱上来时早已消势，张康射出的劲道恰好在到他身前时化去了，使铜钱落在他的手上。但他怕张康有诈，不仅不敢接，反而劈掌击开自己的铜钱，爱钱如命的钱如明竟不要钱了。

张康朗声大笑，暗中向钱如明传音道："钱盟主，你怎么改头换面做别人的爪牙了？在下警告你，如果你仍替魏于卖命，小心你的狗头！"

钱如明心中骇然，禁不住回头望了一眼，却看到张康在大笑，但方才分明是张康的声音。对方的眼光竟含着无限的威慑力。钱如明这时才真正地感到惧怕了，虽然二人并未交过手，但他知道自己与对方相差不止一个档次。而且对方连他的真面目都相当熟悉。

他正是三年前突然消失江湖的金钱盟盟主钱通天，他名钱如明。江湖上传言他已被魏于率众杀了，却没想到他现在已与魏于成为一丘之貉。遇到了张康，他怎么也不明白，对方不过是一个初出道的青年，却一眼便看出了自己的身份，幸好没当众道破，现在他只好无功而返了，并且，他得好好地衡量一下，还值不值得与魏于合作成就霸业。

凌真儿一直呆在家里，为了使父母放心，她有说有笑。其实，在亲人宽大无私的爱的抚慰下，她心灵上的创伤已开始慢慢愈合。

但是，她已决定，无论如何，她今后是不会再涉身"情"场，除非朴石安复生！

小王爷已经娶了妃子，虽然仍忘不了凌真儿，也不时过府前来探望。不过，他的心不似从前那般惋惜和忧伤了。他像一个知心的朋友一般劝慰着她，有时更像一个大哥哥。

说实话，他依然爱她，这种爱，相当真诚挚热。他明白她的心，明白她已把一切交给了朴石安，再也没有人能代替朴石安在她心中的位置。小王爷只想使她快乐点，开心点，忘掉忧愁，这是他唯一能做的，也是正在做的事情。

凌夫人也不再勉强女儿了，谁能说痴情是一种错呢？只要女儿活得无忧无虑，她也就放心了。凌志成也没打算施展他当讼师的口才，说服女儿。那只是治标不治本的做法，只有用温情感化女儿，使她快乐，他也就快乐了。

合家欢乐，共享天伦之乐，还有什么不好呢？所谓"人有悲欢离合，月有阴晴圆缺"，谁也勉强不了——"此事古难全！"

只是"但愿人长久，千里共婵娟"罢了！

在同一片蓝天之下，自然会同时存在着光明与黑暗，更会同时存在欢乐与忧愁。

"月儿弯弯照九州，几家欢乐几家愁！"

今夜的万云镖局喜气洋洋，因为总镖头陈敬德的女儿要招上门女婿了。

接到喜帖的人莫不感到惊奇万分，因为大家都只听说陈家有一根独苗，但那是个带把儿的，却怎么多出了一个女儿？

万云镖局的人多，朋友更多，腾出所有的桌子仍不够客人坐，只好赶做新的和急着去租借。

陈云凤相当高兴，终于美梦成真了，她和张康就要成为一家人了。从此，双宿双栖，比翼双飞，做一对连神仙也羡慕的伴侣。

陈敬德更高兴，当他得知事情的真相时，竟一点都不感到意外，其实他早就知道这一隐秘，但为了使妻子安心，他一直都不肯揭破。对他来说，儿子、女儿都是一样，都是自己的亲骨肉。他如果连自己的儿女都分不清，那这个总镖头也不用做了，他很少把陈云凤当儿子看，重活总不让她干，为了不使妻子起疑，他把全身绝学都传给了女儿。

当府中及镖局的众人听说此事后，大都叫看走了眼，都没料到自己看着长大的陈云龙竟不叫陈云龙，而是叫陈云凤。不过，陈云凤带回了一个好女婿，也不用愁后继问题了。

张康拿出他仅有的聘礼——唐寅所画的美人图以及自己所作的花中四君子。但这对于陈敬德来说已经足够，别说这五幅画精妙绝伦，见者无不称赞，就算张康空手而来，他也愿意把女儿嫁给对方。因为这样的一个玉树临风、超凡脱俗的女婿，实在不好找，何况张康一身武功卓绝高超，一进府就替万云镖局化去了一场劫难。因此，陈敬德立即拍板同意张康的求婚，并且立即挑了一个黄道吉日为他们小两口完婚。

这一夜，张康不仅抱得美人归，而且他的名气传遍了整个江湖。

红烛高照，洞房里一片喜色，佳人偎坐，红巾虽厚，却依然掩盖不了新娘的羞喜。

张康酒量怕人，在众多亲友的赞美声中，灌酒声中，少说也有上十斤酒下肚，但酒入喉后，只有醉倒的客人，而无醉倒的新郎。

最后张康稳稳当当地走进了新房，当他揭开红巾，和那双温柔、娇羞的美眸对个正着时，心中顿时溢满深切的情意。从此，他的生命中将不再孤独。

他握住娇妻的小手，互相低诉着百说不厌、百听不烦的绵绵情话，热情的眼眸紧紧交织着。他体贴地替妻子脱去身上的累赘物，以甜蜜的柔情将她拥抱，开始他们真正的鱼水之欢……

灵欲一致，是爱的最高境界。

两人不知人间何物，只知陶醉倾倒，携手品尝销魂的爱恋。那种动人的感觉竟是从未达到过的。他们水乳交融地把自己完全献给了对方，互相向对方最深藏的心灵之处搜寻和探索，又无条件地把自己尽情开放。

这种深刻的感觉，绝非第一次的仓促粗鲁所能以拟的。

所有隐藏的情绪，包括一切的爱恋、追求，甚至于痛苦，全交出来让对方去分享和感受。他们喘息缠绵，阵阵欢愉汹涌而至，高潮一浪一浪地接踵而来，再也无法分辨彼此。

那是爱的极致！

这一刻，他们甚至忘掉了武道、天道的追求，忘掉了男与女、你与我的分别，有的只是如洪水般吞噬了他们的爱恋、生命的光和热。就像太阳那夺目的光辉，无穷无尽的热力，又仿佛永不熄灭的烈火，熊熊地燃烧着，直至宇宙的终极。

这对缱绻多情的金童玉女，心甘情愿投进那爱的漩涡中。心灵的堤防被裂开了，他们升上了无尽的夜空，与天上的星辰一起运转长存。

他们从肉身的层次提升到玄妙的天地里，比翼双飞，携手翱翔。

然后，一切都消失了。

他们紧拥着，仍然保持在男女最亲密的接触中，可是他们都知道已有一些最美妙的事情已发生在他们身上。

张康回醒过来，用舌尖极为温柔地舔去陈云凤泛着圣洁光辉的俏脸上那斑斑幸福的泪渍。

陈云凤用尽所有力气搂紧了他，平静但肯定地低呼道："康哥！凤儿永远都属于你了。"

张康坚定地道："我一定会好好珍惜你，无论发生了什么事情，都与你相守相依，一定让你生活得快快乐乐！"

这不能算是山盟海誓，这只是一句极为朴实却又最令人感动的话语。有很多话，并不需要说得华丽、甜蜜，只需贯注了真情实感。

然而，世事难料，与推浪帮的恩仇，江湖的虚虚渺渺，谁也无法预测未来。

谁敢肯定，张康不会对另一位女孩动心？谁又没有一两次无奈而又躲之不过的选择？

魏于在密室里与心腹商议着大事，他的表情并不高兴。最后，确实有不少令他舒心不起来的事情。同时坐在密室里的有"蛊郎君"欧阳不凡、"爱钱如命"钱如明、左护法楚辉、百花堂堂主罗翠花、军师任务。

钱如明一脸垂头丧气的样子，咬牙切齿地道："帮主，张康那小子实在可恶，若不是他，那万云镖局早就被老子给挑了。他娘的，老子还从来没有碰到过如此棘手的人物。"

"蛊郎君"欧阳不凡亦是叹了一口气，他纵横江湖、叱咤风云数十年，到时还不是在阴沟里翻了船？

魏于沉声道："这张康到底是个什么人物呢？"说罢向楚辉使了个眼色。

楚辉道："据探子回报，最早发现张康的地方是在山东、河南交界之处，后来与他在一起的有万云镖局中的陈云龙、凌小姐和'百变酒丐'风青，以及蔡健。随后五人一起赶赴扬州，但不知所为何事，不过凌小姐留在凌府没有出去。紧接着张康四人又一路向南而行，先后遇到了欧阳长老与我，他中了欧阳长老一掌，但与我交手时他竟毫无异象。其实张康在与蔡健初遇的打斗中，就曾受过伤，河南分舵有不少弟兄亲眼所见，只是当时被'百变酒丐'风青救走，这件事情中定有蹊跷。张康在护住了震远镖局的镖银后，便脱壳而走，竟与一位姑娘一起去了福建万云镖局。现在才知，那位姑娘便是陈云凤——陈敬德唯一的女儿，张康已与其成亲。大概情况便是这样。"

魏于紧拧着眉头，道："除了罗堂主和任先生，你们都与张康交过手，而且都明显地败了，这说明那张康将是我们推浪帮最棘手的敌人。虽然他刚入江湖不久，但已连挫我帮三大高手，这不得不令人担心。姬长老已奉令前去监视其动静，必要时只有本座亲自出马了！"

顿了一下，又道："至于另外两个对头，也不可轻视。风青去了君山，其目的如何很明显，但是江湖各门各派无一不为自己的利益着想，怎敢与我帮为敌？他顶多能串通一些老不死的家伙，不过丐帮的力量也不容忽视。另外还有武林至尊的第三弟子，他虽然从未露面，可是他活在世上始终会是个隐患！"

任务补充道："帮主，还有一个曾三次来犯总坛，更是不断在暗中侵扰本帮各处分舵的女刺客，她……"

魏于摇了摇头，道："那还不足为惧，对了，罗堂主，你同她交过手，可看出她的武功路数没有？"

罗翠花想了想，道："那鬼丫头的剑法很古怪，害得奴家施展出五毒神掌才逼退了她。"五毒掌她轻易不会使出，一旦出手，自身功力便会大打折扣，需调息半月方能恢复。

钱如明一直搞不清楚陈敬德的儿子怎么会一下变成了女儿。他不禁嘀咕道："他奶奶的，陈敬德那杂种的女儿不是自幼失踪了吗？怎么又冒了出来？"

别人在商量大事，而他却忘不了这鸡毛蒜皮的小事。魏于等人都惊讶地望了他一眼。

魏于突然一愣，过了好一会儿才慢慢地点点头，道："我明白了，怪不得我总觉得那女刺客有些眼熟，而本座又记不起与她有什么深仇大恨，现在才明白她就是武林至尊的第三弟子！"

众人闻言一震，都觉得有点不可思议，但是有陈云凤的例子在先，都不由点头称是。

魏于下令道："迅速传令下去，调查武林至尊三弟子的一切可能消息，必要时格杀勿论，同时传令两湖一带的弟兄严密监视丐帮的动静，如有情况，立即飞鸽传书至总坛！"

其他四人忙躬身应是，遂离开密室而去。

罗翠花却转身对魏于道："启禀帮主，属下还有要事禀告！"

魏于挥手道："你到书房候着。楚辉，你留下，本座有话问你。"

罗翠花依令退下，楚辉则留下了。

魏于望着墙壁上的一幅猛虎图似乎出了神，背对着楚辉，却不再说话了。

楚辉是丈二和尚摸不着头脑，小心地询问道："师父，您有何吩咐？"

魏于像是经过了一番思考才转过身来，楚辉见其仍未开口，却也不敢再问，只见魏于满脸愁云，表情甚是古怪，只有乖乖地站在原地，耐心地等待师父下令。

魏于的眉毛越拧越紧，直到拧到紧得不能再紧的地步，方露出了一丝笑容，说道："辉子，你上次与阿帆提到了朴帮主，是谈什么呢？"

楚辉心头一惊，忖道："师父也怀疑张康是朴帮主呢？"这件事还真不好说，他情不自禁地低下了头。

魏于见状更急，催问道："有什么话你都照实说来！"

楚辉忙道："是，弟子以前怀疑张康便是朴帮主，因为他的眼神太像了，还有他的声音，与朴帮主生前简直一模一样。但弟子这几天才想到，如果张康真的是朴帮主，他似乎没有理由离开凌小姐，他们之间……"

"哼！"魏于没来由地冷哼一声，吓得楚辉打住了话头，把"那么亲密"四字硬生生地咽了回去，魏于道："没什么，继续说下去！"

楚辉偷偷地看了对方一眼，才道："朴帮主绝不会不要凌小姐而同别的女人成亲！"

他要说的话只有这么多了，而魏于却似乎陷入了一片沉思之中，好半晌才对等得心里有些发毛的楚辉说道："那为什么真儿……姑娘会离开怪崖？"

"这……"楚辉道："大概凌小姐起先也是以为张康便是朴帮主，其实，如果他真是朴帮主，那无论如何也该来见师父你的。"

魏于喃喃自语道："他中了洪悟大师一掌，应该已是经脉寸断，又从那么高的山崖摔下去，焉有生还之理？"

突然，他眼中精光大盛，紧盯着楚辉问道："辉子，你说，你是希望他还活着？还是死了？"

楚辉做梦也没有料到其师会提出这么一个不可思议的问题，说出一个答案很简单，但一出口便是一个决定——这个决定很残酷，但又是迟早都得作出的选择。

朴石安一直是他心目中的偶像，是他奋斗的目标。不知有多少次他梦见自己成为了第二个朴石安，由此可见他对以前的朴帮主已崇拜得到了极点！

魏于，是他的师父，教了他一身武艺，这是他实现理想的资本，如果没有魏于，也就没有现在的他和今天所得到的一切。或许他仍是街头一个小混混，对他而言，天底下除了父母的生育之恩外，再也没有任何人比魏于对他的恩情更深切了。就冲这一点，他就该对魏于死心塌地、忠心不二了。除非他像南帆一样从此隐身于世外。但是，他的理想，他的抱负，也会烟消云散，他舍得吗？

魏于的眼神很令人感到害怕，楚辉至少在作出决定之前，不敢望那双透人心腑的眼睛。

"师父，弟子楚辉愿永远追随您，无论是谁，只要与您作对，便是我楚辉的敌人！弟子的一切都交给师父了！"楚辉终于作出了决定。

魏于顿时朗声大笑，道："好，这才是我魏于的好徒弟。朴石安有什么可怕，即使他获得奇遇，那又有什么大不了的，他重情仁厚，这足以令他死无葬身之地！不论是张康，还是朴石安，都等着我一个个收拾吧！整个江湖总有一天会在我的掌握之下！"他的右手紧握成拳，仿佛整个江湖已在他的手掌之中了。

张康坐在月光下的一块大石上。

天气渐渐转凉了，连原本柔和的月光，在感觉上都有一丝凉意了。

他一直看着月亮由山岗上爬到天顶，月色由昏黄变为皎洁。

他的躯体处于现实之中，平静地存在于天地之间；他的思想陷入了过去的回忆中，却一刻都难以平静。

他此刻想到的是类似三国时刘、关、张"桃园三结义"时的情景……

意气相投的三人互相赏识，由陌生变为熟悉，并升华至相交，这段过程很短暂，却又是水到渠成。互叙长幼，撮土为香，顶天跪地，同述盟誓，不求同生，但求同死，同患难，共富贵！自此结为生死之交，三人携手共进，同创大业，在江湖上施展自己的抱负。

他还想到了：有一天，三人终于在共同的努力下创下了一番不小的业绩，他们成功了。

甚至更进一步想到了某一天，三兄弟中只剩下两人了，其中一人为了独享成果，竟害死了另一人。

许多日子过去了，先前的一个人奇迹般地又出现在害死兄弟的那人面前。

一场风雨已然酿成！

他在想，最终的结果……

"康哥——相公——你在哪里呀？"

张康蓦然惊醒，待思想由回忆里收回之后，他长身而起，跃下大石，并沿着小径迎着上爬至这座小山半腰中的陈云凤走去。他没有施展轻功，走得很踏实，像是存心体验走路的滋味一般。

"傻瓜，你相公我又不是跑不回来了，竟不辞劳苦地爬上山来找我，小心动了胎气。瞧你累的！"张康万分怜爱地抚了一下爱妻稍显凌乱的秀发。

陈云凤娇声道："还说呢，才两个月，你们就开始不让我动了，爹不要我动，怕影响胎气。现在你也不要我动，怕是动了胎气。不就才两个月嘛，如果让我一直一动不动地呆在家里，不把我闷死才怪呢！哼，爬这么一点高的山算什么，以前我……算了，过去的事情就不提了。你看，小翠这时才跟上来。"她有些骄傲地看着正气喘吁吁的此时才快接近半山腰的贴身侍女小翠。

张康知道娇妻的个性，若不让她动，那比登天还难。何况毕竟她才两个月的身孕，这么早便禁制她的行动，确实是有点小题大做。

小翠向张康施过礼后，便近乎恳求地对陈云凤道："小姐，快回去吧，老爷夫人知道了会着急死的。姑爷，你劝劝小姐吧。"她明白陈云凤或许别人的话都可以不听，但张康的话她却没有不听的，于是她就向姑爷求助了。

张康看了一眼表面上虽然凶巴巴，不屑一顾，而实际上却非常紧张他开口的陈云凤，便笑道："过去扶住她。"

陈云凤越发紧张得不得了啦。

小翠以为张康要扶小姐下山，忙提着灯笼向前带路。

不料，张康却笑着对她说道："小翠，你回去对老爷夫人说，我和凤儿呆会儿就会下山。"

陈云凤闻言大喜，也不顾及小翠在一旁，便娇呼一声："好相公！"就投入了张康的怀里，搂住他的脖子狂吻起来。

那个俏丫环见状吓得连忙逃下山去。

魏于刚出得密室，便有弟兄向他禀告在扬州城郊发现了朴帮主的坟墓。

乍一听到这个消息，魏于怎么也不敢相信自己的耳朵，待那名弟兄重复了几次方才确信那是事实，他内心欣喜若狂，但表面上却又得装出伤心欲绝的痛苦模样。

他迅速下令，星夜赶赴扬州，帮中主要成员都得前行。楚辉认为此时已是深夜，不宜劳师动众，明日再启程，也好作些相关准备。魏于见其言之有理，便令在总坛舵主以上的弟兄明早随他一起赶赴扬州，并传令两湖、皖以及江浙五处分堂的香主以上弟兄在两日之内赶到扬州。

罗翠花一直在书房等候着魏于，也不知是因为灯光柔和，还是她本就是如此，此刻的她看来相当妩媚，与平日的冷艳截然相反。当然，她依然是她，依然那么美，只不过平日的她总给人一种只可观而不可碰的感觉，而此刻的她，则尽现她作为女人的魅力。

魏于是带着欣喜的心情进入书房中的，夜深了，他却不急着回房休息。

罗翠花的娇美容颜上顿时绽开了妩媚笑靥，盈盈拜道："奴家参见帮主！"不仅暗送秋波，而且那声音也实在嗲得让人听来十分舒爽。

面对此情此景，魏于也丢下了平素慑人的威严，上前托起她娇美柔润的下巴，道："小宝贝，这么快就耐不住寂寞了？"

罗翠花不住地扭动着身子，拿娇作态。一张俏脸似迎着朝霞怒放的水仙花儿，红润润，娇艳欲滴。她蛾眉频挑，媚眼流波，樱唇微启，不住地咯咯娇笑着。那两只会说话，而且十分诱惑人的大眼睛一张一合之间，莫不含着无限韵味。

"帮主，你再取笑奴家，奴家可要走了！"她嘴上这么说着，却完全没有走开的意思。

魏于嬉皮笑脸地关上房门，便上前抱起罗翠花往墙壁走去。当然，他的嘴也随即吻着她，弄得对立即咿咿唔唔隐入迷暗之中。

掀开墙壁上所挂的那幅山水画，里面依然是雪白的墙壁，只是其中有一小块凸起。魏于伸手将凸处向内一按，只见书架竟自动转开了。

原来，这里面还别有洞天。

待魏于抱着罗翠花由暗门进去后，书架又自动合拢，一切恢复如初，谁料到这儿会有机关，而机关又是那么不起眼。

拥有了一份好心情的魏于相当兴奋，全身心投入到这种男女间的游戏中去。

他们在极度满足和神舒意扬时，沉沉睡去。

密室里的灯光看来已渐渐由明亮变得微弱昏暗了，但清晨的曙光却使得暗室不暗。

罗翠花裸着娇躯，伏在床上，只见背部优美起伏的线条，光滑而充满弹性的肌肤，修长的玉腿，真是美到了极点。

其实魏于醒得很早，他一直侧躺在旁，双手托着头。直到看够了，再用另一只手爱怜地摩挲着这极有情调韵味的绝色美女诱人的身体，回味着昨夜两人的爱恋和热情。

天已亮了，他该准备去扬州了。

罗翠花呻吟一声，嗔道："不要停手，你摸得人家挺舒服的，再多摸一会儿亦用不了多大劲。"原来她也早就醒了。

魏于心中暗笑，那只手忙又活动起来，由刚才的欣赏变得愈来愈放肆。

爱抚终于演变至不可收拾的局面。

在第二度激情之后，两人紧拥在一起。

罗翠花舒服得闭上了眼睛，俏脸盈着满足和风情，娇柔地道："帮主啊，什么时候才能让奴家光明正大地服侍你呢？若奴家万一怀上了你的孩子，那可怎么办？"

魏于吻了吻她的脸蛋，道："我的小花儿，待莲儿由老家回来后，我便娶你如何？"

罗翠花感激地回吻了他一口，笑道："奴家当然乐意，但莲儿她能同意吗？"

魏于道："乖宝贝，你放心吧，我的话，莲儿是不会反对的，我决定的事情，谁也无法更改！"

罗翠花大喜，突然又问道："你实话告诉奴家，你到底爱不爱莲儿？在奴家和莲儿中，你喜欢谁多一些？"坠入爱河中的女儿就是喜欢问这些问题。

魏于虽然贵为一帮之主，但在床上，还不是一个赤裸裸的男人？他伸手把玩着罗翠花高耸的胸脯，轻来慢去。

直逗得罗翠花俏脸飞红，但她仍能头脑清醒地格开那对"禄山之爪"，道："你回答嘛。"

魏于不笑了，罗翠花与孟莲都是极美之人，均是天生尤物。罗翠花开放野性，骨子里充盈着诱人的骚劲和媚态，而孟莲的温柔贤惠，洋溢着女性的柔善美。可以说，她们的魅力各有千秋，如果要说喜欢，魏于两人都喜欢，分不清厚薄。

不过，在他心中，还有他最喜欢的一个女人，那就是凌真儿。凌真儿不仅美丽，而且温柔大方，敢爱敢恨。她的一颦一笑，无不深刻在他的脑海中，然而她始终不属于他！

他可以强行得到她的人，但是他永远也得不到他的心。因为她已经达到可以为朴石安什么都不顾的地步。或许越是得不到的东西，越是觉得珍贵，他始终将她珍藏在内心的深处，如果凌真儿愿意，他可以为她做出任何事。天底下，也只有凌真儿才能改变他的意志！

魏于淡淡地道："好了，本座要立即赶赴扬州。"他离开温暖的被窝和床上美女温存的怀抱，又恢复了他作为帮主的至上威严。

罗翠花不敢再撒娇，忙起身为他更衣，只是不解地问道："为什么这么急着去扬州呢？"她知道凌真儿的家在扬州，而作为女人，她更知道魏于对凌真儿的感情，因此她的语调里难免有些酸酸的味道。

魏于略显兴奋地道："有人在扬州发现了朴石安的幕碑！"话还未说完，他的一颗心早已经飞到扬州去了。

罗翠花昨夜一直在这里，因此没听说这事，不禁大惊，疑道："真的吗？"

魏于瞧了只披着一件外袍与一丝不挂同样具有诱惑力的罗翠花一眼，伸手摸了摸她的俏脸，道："当然是真的了，总坛香主以上的都得去，宝贝你当然也不例外。"

说罢，他转身便走，打开机关出去了。

书房乃是总坛禁地，没有魏于的命令，任何人都不得出入。因此，这儿成了他与罗翠花幽会的最佳地点。

根本没有人知道这个隐秘。

待风青约得几位江湖隐士高人回到君山时，才知道除了少林、武当以及丐帮外，其余各大门派对他的倡议根本不响应，只派了一两名弟子来君山，好一点的列举一些只骗得了他们自己的原因，有的甚至说他这是不自量力，拿鸡蛋碰石头。最为支持他的除了丐帮便数武当，其掌教师兄天清子亲自领着"武当三英"前来君山，少林也派出了执法堂长老洪宝大师和两名执堂僧人。

面对这种局面，风青哭笑不得，这时他才知道愿望与现实之间总会存在很大差距的，着急也罢，失望也罢，事实如此，只有无奈地面对。谁让推浪帮的势力那么大，而且做事也那么猖狂，都说"宁可得罪君子，也不可得罪小人"，推浪帮没欺负到自己头上，若真的欺到头上了，也能忍则忍。

风青以拼着废了这身老骨头也不能让推浪帮继续为恶江湖的决心来处理这一件事，但是却得不到别人的支持。江湖并不只是他风青以及丐帮、武当、少林的江湖，江湖有难，匹夫有责，事实怎么不让人寒心？

可是，总不能什么都不顾而一走了之，别人虽然勉强不了，他自己却万万垮不得。

若聚集的人手多，倒可与推浪帮放手一搏，但眼下却只得另做打算。现在的丐帮已大不如以前了，表面上虽然仍有十万之众，但实际上已分为数派，每日只知勾心斗角，争权斗智。以致丐帮弟子的战斗力日渐削弱，就连那些舵主长老的武功，在江湖上也越发排不上号了。风青与洪宝大师、天清道长以及丐帮现任帮主谢子鸣等人商议，他建议此次大会照常召开，征讨推浪帮的行动依然进行，其他人均唯他马首是瞻。

这或许是武林历史上规模最小、人数最少的一次江湖"盛会"，虽有各门派之人参加，但大都是乌合之众。对付推浪帮恐怕只能单靠他们这些极少数之人了。

当大会刚开始不久时，便有推浪帮信使送来了魏于的一封亲笔信。顿时，全场人等莫不动容，他们这次行动是极为隐密的，推浪帮竟能在短暂的时间内探得此消息。除丐帮、武当、少林以及震远镖局，其他各派人等立即纷纷下山离去，生怕会惹火烧身。

风青虎目怒火炽射，不过他已不大在意，那些人的去、留与此事毫无干系。

"道长、大师、帮主，你们的意思呢？"

洪宝大师目空一切，面显拈花微笑，平和地道："阿弥陀佛，但求无愧于心，不计成与败，风施主，我少林永不言退！"

天清子亦打了个稽首，道："贫道既来之则安之。"他一副仙风道骨的模样，短短一句话便道出了这位方外之人斩妖除魔的决心。

谢子鸣虽未向风青行礼，但语气上却充满了敬意，虽然他是帮主，而风青现在的身份只是长老。他道："长老，一切事宜都交由你安排，只要不断送了本帮数百年的基业就行了。"

风青知道这位自己的继承人的个性，他当帮主不求有功，但求无过。丐帮到了今日的局面，问题百出，想要重振往日雄风是绝非可能的事。所谓"冰冻三尺，非一日之寒"，丐帮不经过一次改革是会越陷困境的，然而他风青没这种才能，谢子鸣亦没有，十万弟子中更难有人具有雄才伟略。

谢子鸣能作出这个决定，完全是出于对风青的尊重与支持。

风青向三人躬身道："多谢大师、道长和帮主的支持，我老叫化子即使粉身碎骨，也要与推浪帮魏于斗到底！"

"弟子叩见帮主、长老！"一名丐帮三袋弟子奔进会场，双手持着一张拜帖擎过头顶。

谢子鸣上前接过，看后便交给了风青。

风青一看，脸上顿时溢满喜色，立即下令道："赶快有请！"转身又向谢子鸣躬身道："帮主，我老叫化子欲去亲自迎接贵宾。"

谢子鸣自无异议，只是心道："还不是来了几个贪生怕死之辈？"

魏于领着推浪帮的精英直赴扬州，一路浩浩荡荡，丝毫不加隐藏，惹得沿途各门派中人心中惶惶，发动全部力量，处于戒备状态，直到魏于一行人走了几天之后，经过几番查证核实，他们才总算舒了一口气。还有不少门派打听到推浪帮的到来后，立即举帮撤退，以避免与推浪帮发生正面冲突。

披风戴日地狂行两天，魏于等人终于到达了扬州。他有些迫不及待地到了朴石安的坟墓前，当他看清了其结义兄弟，首任推浪帮帮主的墓碑时，一颗激动的心才总算平静了下来。

他立即下令所有帮众筹备仪式祭拜前任帮主朴石安。而且，他还亲自去扬州城接凌真儿。他的一举一动无一不体现出作为天下实力最强门派之主的气概。他领着一大队弟兄浩浩荡荡地奔赴扬州凌府，惹得不少人，包括官府在内都作好了防范准备。魏于见状，更为得意，遂下令弟兄们齐喊"长江后浪推前浪，推浪帮称雄江湖"等口号。

当到达凌府门口时，呐喊方才停歇，魏于下马后，数十弟兄已整齐排列，等待已故帮主的未婚妻之大驾。每个人的表情都很严肃，就如同他们站立的队容一般，一丝不苟。

然而，他们的气势并没有换来热情的接待，敲门候了半晌，才有一家仆前来开门。

这家仆有些老了，大概也是眼花了，见到门前来了这么一大群气势汹涌之人，却丝毫不显惊慌，问道："是谁啊？有什么事吗？"

魏于背负双手，道："请通报一下，推浪帮魏于前来拜访凌小姐。"

老家仆眯着眼睛好好地打量了对方一番，才对魏于说道："稍等，老奴这便进去通报。"说罢又关门进去了。

此时的魏于相当有耐心，而且也特别有涵养，毫无异议地守在原处。

其他人更是一动不动，仿佛石雕一般站着，不仅是效仿魏于，更是因为凌真儿是朴石安的未婚妻。这些平时嚣张地胡作胡为的家伙，如此乖地守候在一扇紧闭的大门前。等她久了也都不显急躁，或许他们已经忘了不耐烦的滋味。

"魏大侠，非常抱歉，我家小姐不愿会客。"开门出来的老家仆并没有带来好消息。

眼看大门又要关上了，魏于稍一运劲，大门便再也合不拢了，他没有理会那家仆的惊愕，对着门内传声道："魏于特来恭请凌小姐参加敝帮朴帮主的祭奠大礼。"他以内功将声音直送入凌府之中，相信府内没有人听不到的，其声洪亮，却并不震耳。

良久，出来一名俏丽的丫环，她向魏于福了一福，道："小姐请魏帮主回去，她说与推浪帮再无瓜葛，请魏帮主好自为之。"说完便又返身进去。

魏于紧握双拳，全身杀气极盛，立了一会儿即转身上马，大喝一声："走！"手中长鞭猛地一挥，马儿狂嘶前奔，老家仆这才能将大门关上。

在各派人争先恐后地离开君山之际，却往山上赶赴的是福建万云镖局之人，其总镖头陈敬德率着镖局十大镖师星夜赶来君山，与天下英雄共谋铲除推浪帮的大事。

风青没有看到张康，多少有些失望，在与老友见过礼之后，他忍不住问道："张康那小子仍在和令媛如胶似漆地度蜜月？可惜我老叫化子没喝上喜酒。"

陈敬德大笑道："化子老兄，待灭了推浪帮后，还不是要怎么喝就怎么喝？"

风青叹了一口气，送给对方一个苦笑。

陈敬德惊问道："有什么不对吗？"

风青望了他一眼，遂又笑了笑，道："老弟不知真正来君山的只有少林、武当两派以及河北震远镖局。现在又多了你万云镖局，力量很难与推浪帮抗衡，而且目标已经暴露，形势对我们相当不利。我们只能一掷成功，否则咱们这些老不死的都会没命，这还是小事，推浪帮以后就更为嚣张才是大事。"

陈敬德沉声应道："这我已知道，一路上我已遇到不少江湖人，但他们都是一些小角色，有之、无之没什么两样，一听到推浪帮的名号便吓得逃命，懦夫！"

风青愕然问道："老弟你都知道了？"

陈敬德听得出他的话中有话，道："你既然知道形势严峻，怎么不早通知一声？"

风青没有答话，只是苦笑不迭。

其实来君山之前，陈敬德已作好了心理准备。本来风青并未派人送信给他，但听得张康提过此事，再向丐帮弟子一询问，便知风青广邀天下豪杰齐聚君山，便立即举全局之力奔赴君山。因为他觉得坐着等人来侵犯，倒不如给敌人来个迎头痛击，成败不计，只知进攻方是最好的防守。怕推浪帮而不敢惹之，并不能使对方不来侵犯，对方的目的在于称霸江湖，你不犯人，人却要来犯你，那时孤军作战，更只有死路一条。

因此，陈敬德宁可战死，亦不愿坐以待毙，苟且偷生。更加上他还有一个极大的筹码——他的爱婿张康。

风青也一直惦记着张康，在他心目中，能担当起对付魏于这一重任的人便只有张康了。他曾经担心的张康的功力会突然消失的现象，似乎已经得到了控制。

幽谷本应是极为安静的，鸟语花香才是它美丽的点缀，可是此刻，推浪帮自魏于以下的一干人打扰了这份宁静美。

其实，他们这么做也是无可非议的，因为这是他们表达对前任帮主朴石安英灵的缅怀。一代英雄豪杰，却偏又英年早逝，永眠于深土之下，怎不叫人为之黯然神伤？

已经放下了心的魏于这时方当墓中人是他的兄弟，他神情黯然地跪在墓碑前，轻轻抚摸。在他身后跪着的一大群人中，最为伤感的，自要数朴石安的义弟孟虎。

孟虎现在在推浪帮中干着一些无关痛痒的事，虽是一名副堂主，但根本毫无实权，具体事务也基本由别人干好，不用他操半分心。这是因为他与别人（包括魏于在内）道不同而不相为谋。若不是他的姐姐是推浪帮的帮主夫人，他早就不在芦花荡呆了，即使魏于不赶他走，他自己也会离开的。他加入推浪帮是想追随朴石安轰轰烈烈地干一番事业，手执三尺青锋，锄恶扶善，仗义江湖，而决不愿意干违背良心的事助纣为虐。帮中弟兄强盗般的行径，让他震怒寒心，却又无可奈何，有帮主的撑腰，他又能怎么反对？他虽然是帮主的小舅子，但也不忍心与帮中弟兄举戈相向，而他的话对于魏于完全起不到作用，甚至连孟莲儿都会支持丈夫的霸业。

他唯一能做的，只是每日吃饭睡觉，其余的时间便到深山野林里去打猎，有时数日，有时数月方才返回芦花荡。再者，就到河南朴石安坠身之处陪陪母亲和凌真儿。不过，现在孟母已又回到了故乡景阳冈，虽然姐姐孟莲想去接，但孟虎心底是不愿意这么做的。与其在这里闷闷不乐，倒不如回到老家侍奉娘亲，靠打猎为生，那种生活是何等惬意啊！

当刚听到有弟兄在扬州发现朴石安的坟墓时，他还以为是别人开玩笑，但魏于的命令却使他不得不信。虽然他弄不清楚为何朴石安在河南坠崖，坟墓竟在扬州，但他不像凌真儿那样老以为朴石安没死，还活着！

一个人受了重伤，又掉下那么深的，几乎是无底的洞崖，焉有命在？除非在瞬间有高人相助。但这种假设的可能性并不大，这个理由也不容易使人信服，可是孟虎总觉得事情有些不大对劲，究竟哪里不对劲，怎么不对劲他又说不上来。

繁缛的礼节有序地进行，气氛甚为肃穆，在场的推浪帮弟兄，一个个按尊卑顺序跪在地上顶礼膜拜。只可惜朴石安墓前的那一片绿草，却在他们毕恭毕敬的顶礼膜拜之下，饱受摧残。

他们全然忘了，朴石安曾规定过帮中礼节没有跪拜。毕竟，现任帮主的是魏于，而不是朴石安。在帮主的命令下，他们连杀人都不会眨一下眼睛，就更别说这么一片绿得可爱的草地了。

如此做法，死者大概也见之不忍。

魏于将三炷香插在墓碑前才站起身来，其他人也依次将手中的香插在朴石安的墓碑前。

魏于凝视着墓碑，稍舒了一口气，道："三弟，一直没想到你竟在此处。我已经替你报了仇，武林至尊向天行那是非不分的家伙我已替你除掉了，泰山的那一帮人以前那么威风，还不是被我打得落花流水？只可惜跑了风项。向天行那老匹夫，妻妾成群却无一个子嗣，不然二哥我定要让他绝子绝孙，为你报仇！不知是谁把你从河南救到了这里，忘心人？难道是位隐世高人？嗯，这地方倒还算安静，也挺美的，三弟，你就在此处安息吧。放心，向天行老匹夫的那个女扮男装徒弟亲手害死了你，二哥我即使将整个江湖闹个底朝天也要将他给揪出来，砍下他的头颅祭奠你的英耿。还有少林的洪悟秃驴，我魏于也决不会放过他的，用不了多久，弟兄们便会一举进攻少林、武当，到时候，我要让那些名门正派的人知道我们推浪帮的厉害。三弟，你说这样好不好？"话音甫落，他竟狂笑起来。

笑声直透云霄，霸气惊震万物。

一声不易察觉的异声在十丈开外的林间响起……

魏于和楚辉同时转身大喝："是谁？"

在魏于的示意下，楚辉以最快的速度向树林掠去，身如幻影，速逾激电。

然而，楚辉身影甫动，一道白影已由林间穿空而出，其势骇人。楚辉虽快，却又远不及其速。

魏于见状，立即展开身法，全速赶去。虽然他后来居上，迅速超过了楚辉，可是那道白影却一闪即没，任他再快，也是追赶不及了。

待到冲出谷口，早已不见对方的影子，魏于只得悻然返回。众弟兄闻变而动，自然也就暂停了祭拜，都看着魏于，等待命令。

魏于气不打一处来，喝道："继续祭礼！"

众人怎敢多言，马上又开始这繁缛肃穆的礼节。

暗中，魏于向楚辉吩咐了几句。

随后，楚辉立即依令行事，带了几名轻功不错的弟兄，往谷内奔去。

张康故意露出行踪出了山谷后，并没有马上离开，而是调头向右，直接绕到山谷的后面，选了一块相当好的巨石躺着。

表面上他似乎很放松，其实他的心情相当复杂，你不见他的眼睛是因为无奈才闭上的，而他的嘴唇不也是因为内心的不平静才不住微微颤动着的？

他为何如此难抑心潮，难道就是因为见到魏于及其带领的一帮弟兄吗？

此时，一道紫影由山上掠下，即使仔细看，都不一定能看清那人的形貌，甚至连是男是女都难以分清，因为那人的速度太快了。

不过，张康不用睁眼，就可察觉，并且——

"姑娘且请留步。"话音尚未落，张康已背身站在那人跟前。

那人确实是一位小姐，不过是一位腰佩长剑肩背包裹的女侠。她显然被张康的突如其来吓了一跳，她以为是推浪帮的追兵，立即喝道："好贼子，竟敢挡住本姑娘的去路！"她心里也颇为吃惊，别人竟先她一步守在此处，料定她定会由这里走。不过，她也不是好惹的主儿，跃后、拔剑、抱元守一，一连串的动作极为连贯顺畅，多年来的江湖经历，使她有足够的经验去应付种种变化。

张康没有转身，对她的剑根本毫无惧意，只是平静地道："多谢姑娘为朴石安建坟立碑，使他有了安息之地。姑娘是否是风项？"

那个姑娘身体明显地震了一下，但她却坚定地说道："不是，你到底是谁，你是不是推浪帮的……"她突然想到，如果对方是推浪帮的人，怎会对朴石安直呼其名？

张康能够感应到她说话时呼吸急剧，甚至心跳频率加快，不过他没就此再说什么，仍背对着道："在下张康，是朴石安的朋友。"

"你就是最近一直与推浪帮作对的张康？"她的口气里多少有些凛然。

张康勉强笑了一下，不过那笑容里面，掺杂着一些无奈，个中的苦涩只有他自己才能体会得出。他深吸了一口气，问道："姑娘是在何处找到朴石安之尸体的呢？这应该是件不可能的事情，朴石安坠入那万丈深渊，根本没有人可能……"

那姑娘将剑插回鞘内，她向前走了几步，道："张大侠是说我没这本事？"

张康确实有这个意思，但他自然不会直说，而是淡笑道："在下只是直觉上认为那墓中并没有朴石安的尸体。"

在他说话的同时，他的身体不经意地旋转，使对方始终无法与他正面相对。

那姑娘失声道："哦？张大侠如此肯定，莫非已开棺验尸？"

不待张康答话，她又接着道："不错，那墓其实只是一个空墓。张大侠，真是什么事都瞒不过你，我也不瞒你，我就是风项，不过，我又不是风项。"

这倒没想到，张康不禁问道："此话怎讲？"

风项这时才发觉张康说话时总有意不与她直面相对，便道："张大侠何不转过身来?"她倒停下了绕着张康转的步伐。

张康竟干脆地回转过身来,这毕竟是迟早都要面对的事情。

风项并不感到吃惊,因为她见到的只不过是一张还相当陌生的面孔,虽然那张面孔很迷人,但她并未为之着迷,她只是有点奇怪——张康好像不敢看她的眼睛。

她心里笑道:"原来是一个怕见女人的小男人。"她似乎忘了第一次见到张康时,张康的身边不仅有可爱的陈云凤,还有三年前武林第一大美人凌真儿,那时他并不显拘谨。

风项多看了他一眼,道:"我其实不姓风,更不叫风项,而是叫向凤。"

以前她是以男子身份出现,便取了一个男性化的名字,于是她便由向凤变成了名动江湖的风项,因为她是武林至尊最得意的门徒。

张康不觉意外,问道:"向姑娘为何在墓碑上自著忘心人?"

向凤神情顿为黯然,道:"那时我太过冒失,不分青红皂白就认定朴大侠有错,是我害死了他。"

"唉!"

两人几乎是同时叹气。

张康不无伤感地道:"这样的结果,谁也无法料到,又无法改变,江湖中事便是这么无奈,怎能事事圆满呢? 向姑娘,你……不必太过内疚,朴石安他不会怪你的。"

向凤有些哽咽地苦笑道:"可是我害死了他,因为我的过错,他失去了生命,而我……还活在世上,一想到这里,我的心里便充满了内疚。我想到死,但是我若这么死了,根本于事无补,而且这么做只是逃避。要想真的弥补自己的过失,我只有在今后的日子里,用行动去添平心头的愧疚。"她眼眶里竟有些湿润了,长长吸了一口气,才发觉话说得是有些多了。对方只不过是个刚知道名字的陌生人,岂是倾诉心语的对象? 不过,与他倒挺投缘,虽是初识,却似深交,打心眼里愿意向他诉说心事。

是这么长时间里生活得太孤独了吗?

张康一直都认真地听着,不仅用耳朵,而且还用心去听,他都几乎忘了自己是叫张康了。

向凤没有仔细观察他的表情,也就没有察觉到他像是有话要说。稍叹了一口气,又道:"我一直在暗中给推浪帮制造麻烦,并不全是为了报仇。推浪帮为恶江湖，魏于更是罪魁祸首，好好的一个推浪帮都让他给糟蹋了，如果朴大侠泉下有知，见到这种局面岂不寒心？所以，就算拼尽我个人的微薄之力，我也定要让魏于一群人遭受报应！"

张康平静的俊脸，泛起了一片激动的波纹，第一次，他感觉到自己活着的责任，必须要为维护正义与推浪帮斗上一斗了。他特别地看了向凤一眼，看着那张写满内疚，过早显示出沧桑痕迹的脸容，他心中不由得有些难受，竟脱口道："姑娘不必太过内疚，或许朴石安命大，并没有死！"

向凤猛地抬头，眼睛瞪得大大的，但迅即摇头苦笑道："不可能。"

蓦地，张康俊脸突然一变，星目中精光一闪，道："有人追来了！"

向凤闻言扭头一看，不屑地道："是楚辉，待我去杀了他。"她脸上杀气顿盛，身影早已射出。

不料，张康挡在她身前，轻喝道："姑娘切勿冲动！"

向凤黛眉一皱，疑惑地注视着张康。

已看穿了她的心意，又不愿使这个正为弥补愧疚而亡羊补牢的女侠误会，张康极为诚挚地坦言："楚辉罪不至死，何况你即使杀了他，根本起不了作用，只会打草惊蛇，使二……使魏于有所防备。"

向凤心细，听到张康无意中说漏一个"二"字，立即向他投去疑惑的目光，不过倒没去深究，她怨恨地瞟了正由山上飞奔而下的楚辉一眼，便折身向西而去。

张康看了看楚辉快如风的身影，黯然叹了一口气，即便尾追向凤而去，两人的速度都迅逾雷电，本就技逊一筹的楚辉在落后一大截的情况下，更是难以望其项背了。

甚至，连对方的模样，楚辉都不曾看清，他只知道那是两个人，一紫一白，白的就是刚才在谷中树林里出现的神秘人。他只得悻悻而归，向帮主师父禀报，并同时发出讯号，要方圆百里之内的弟兄注意查寻那二人的行踪。

魏于在接到汇报后大发雷霆，竟有人在推浪帮众多高手的眼皮底下从容退走，这实在是件大丢脸面的事情。

"报！帮主，在谷内发现一个山洞，里面有不少……不少可疑的……"一名弟兄匆忙跑来，似乎发现了一些值得关注却又有些难以启齿的东西。

魏于一时还难以平息心中及眼里的怒火，他懒得理会被他眼神震慑得连头都不敢抬的那名弟兄，凌空展开身法向谷内冲去。

除了孟虎以及几位弟兄仍留在墓前外，另外还有大半弟兄被派去搜寻谷内谷外，其他人都不需吩咐，随魏于往谷内奔去。

向凤、张康二人并没有跑出多远，他们在一处断崖上双双站着。

此处的风力很大，到处都叶飞尘扬，不过这似乎并没有影响他们。

向凤偏过头问道："你为什么要帮我？你不怕得罪推浪帮？"

张康耸耸肩，道："要说得罪，我早就得罪了，还轮得到现在害怕？另外，我并没有帮你，我们之间谁也不欠谁什么。"

向凤不知他为何说这么一句话，望着他那张有着复杂神情的脸容，道："若不是你故意暴露目标引起了魏于的注意力，我今天绝不容易脱身。无论怎么说，我都欠你一个人情，谢谢你！"

张康摇了摇头，问道："你与魏于交过手？"

"交过一次手。"向凤道："其实那也不算是正式交手。"

不待张康询问，她继续道："魏于的武功确实非常高明，连我……师父都不是他的对手，那次若不是两位师兄拼命相助，我恐怕已丧命了。泰山顶上除了我，再无一人生还，也该是我命大，不小心跌进深渊，却落在一棵树上，从那时起，我便下决心，只要活着，就一定不让魏于有好日子过。可惜我的武功与他还隔了一个档次，再加上他在暗中还有三位极为厉害的杀手……"

魏于的怒火更为炽烈了，甚至于将身边帮众的情绪也感染得特别暴躁。

因为在他们所处的山洞里，映入他们眼帘的，除了很少的几件生活用具外，便只有几个木偶人，以及满壁刻写的几个大字。

第二十一章

木偶人大都由稻草做成，做工甚为粗糙，几乎辨不出是人形，还有一具更可笑，随便搬了一块有一人高的石头充数。

洞壁上所刻的字，并不好，根本登不了大雅之堂，可见雕刻之人的水平极为有限。

然而，正是这不像人的木偶人和这不漂亮的字，使得魏于气不打一处来，气得头发都要竖起来了。因为，木偶人的"头部"上都牢牢地粘贴着一张纸条，很醒目，上面写着"奸贼魏于"，而洞壁上写的是"誓杀恶贼魏于!"

再怎么说，魏于也是推浪帮的帮主，直呼他的名讳的人就相当少，却还被人骂作"奸贼""恶贼"，怎么叫他不气？

楚辉最气不过，他在魏于表态前已拔剑在手，竟想毁去这些极具侮辱性的东西。

不料，魏于伸手拦住了他，喝道："退下!"

或许是害怕魏于会将怒火转移到自己身上，楚辉得令立即退后，他才不愿意充当出气筒。他一直退到罗翠花等人身边，几个人共同承担，总比一个人好过得多。

魏于默默地注视着那些字，楚辉等人根本看不到他面部的表情，谁也不敢吭声，即使是亲如罗翠花和楚辉也不例外。

可怕的沉静，还是被魏于冷冷的声音打破了，他道："这是谁做的好事？"

楚辉等人以为他是自言自语，怎敢应答，俱是诚惶诚恐地偷看着他的背影。

魏于却十分不耐烦地说道："楚辉，你说，这是谁干的?"

楚辉冷不防地吓了一跳，竟脱口而出道："不是我干的。"当然不是他干的，可是这样的回答，实在太糟糕了，准得挨训。楚辉在话出口后，恨不得自扇几十记重重的嘴巴。

现在，他只有亡羊补牢，忙抢抓时机，在魏于几乎喷出怒火的目光扫向身上之前，急道："依弟子看，这应该是向天行的三弟子所干。"

他的急中生智起到了一定的作用，至少魏于的目光还不十分吓人。

楚辉又解释道："洞壁上的字，笔划深而有力，这说明此人功力相当深厚，而笔体隽秀，略显阴柔无刚，由此可见，此人是个女的，根据我们所掌握的情报可以推定便是风项。"

魏于没有点头称是，但他默默地又转过身，收回了方才一直投射楚辉身上的目光，使其在重压下得到解放。

这时，一位香主由屋外进来，手上拿着两样东西，直接越过众人，匆匆地行了一个单膝跪礼，便道："启禀帮主，在山顶一个小石洞里发现了这些。"

魏于回身接过一看，眼睛顿时为之一亮，惊道："果真是她！"那名香主交给他的是一个檀木做成的灵位，是武林至尊向天行的。

不过，魏于感到有些迷惑，因为灵位上写的是"先父向天行之位，哀女向凤泣立"，他不禁眉头紧拧，道："向凤？向天行居然还有个女儿？"

楚辉等人面面相觑，一个风项已不得了，现在竟又冒出一个向凤。

魏于突然由一个木偶人上扯下纸条，与灵位上的字迹相对照，发觉两者有异曲同工之妙，可见是出自一人之手。他不由大笑，右手稍一运劲，那张纸条竟自化为粉屑。他本已将那块灵牌往石壁上掷去，但刚一出手却又立即抓了回来，因为这东西还有用处。

他将灵牌又交给那位香主，并拍了拍其手中的另一样东西——盛骨灰的钵子，道："好生保管，将来还有极大的用处。"

楚辉等人仍是丈二和尚摸不着头脑，魏于笑道："风项即是向凤，向天行那老家伙的亲生女儿，难怪会将毕生修为倾囊相授。"

蓦地，魏于脸色一沉，道："立即传令下去，不惜一切代价，格杀向凤，为朴帮主报仇！"

张康道："姑娘所说的三个杀手，可就是'蛊郎君'欧阳不凡、姬天雄以及爱钱如命的钱如明？"

向凤很是惊奇，但还是肯定地点了点头，道："原来你都知道？"

张康道："我还与欧阳不凡、钱如明二人交过手，魏于竟与这些魔头狼狈为奸，真是……"

向凤忖道:"魏于一直便与这些人勾结,否则我爹也不会……可他为什么这么气愤不平?"

张康确实相当愤怒,两手紧握成拳,指关节接连爆响,脚板竟在心潮澎湃之际陷入土里三分。

按向凤先前的理解,张康只不过是出于侠义才与推浪帮作对,魏于那群人的所作所为是很令人发指,但他也用不着如此愤怒啊!

他为什么如此激动不平?莫非他与魏于之间有极深的恩怨,这是怎么一回事?向凤很想问问张康,但他们彼此间毕竟尚是初识,况且她怎么问呢?

"推浪帮的人追上来了。"向凤看见有十几名推浪帮的杀手尾追而来,虽然他们的速度很快,但距离此处还相当远,要赶上来还需要不少工夫。也许他们还并未发现目标。

果真,那队追兵在快接近断崖时,竟调头朝另一个方向奔去。或许,他们以为目标不可能躲在断崖上。

张康目送他们离去,没有说一句话,却连招呼都不打一声就朝原路走去。

向凤大惑不解,上前问道:"你……要到哪里去?"

张康冷冷地道:"不用你管。"

话一出口便觉得太不近情理了,便又道:"在下有事要办,暂且告辞,姑娘请多保重。"说罢由来路飞奔而去。

他的这一举动让向凤大伤脑筋,怎么也不明白张康为何又往回走?他的武功虽然很不错,但在魏于及众多推浪帮高手的合击下,岂非自投罗网?

向凤望着那个远去的背影渐渐变小,若有所失地摇了摇头,将包裹往肩上一搭,冲张康的背影挥了挥手……

张康一路狂奔,真的是去找魏于,他必须这么做,只有把什么都弄清楚了,该了断的都作了了断,他的心才能踏实。

正因为他将自身的轻功提至巅峰,所以足以在魏于离开山谷之前到达目的地。沿途,他遇到了三批推浪帮的追兵,他们怎么也想不到张康会去而复返,只是发出讯号说是有高手到来,向魏于等人示警。

待张康到时,推浪帮的百余帮众已戒备森严地守在谷内谷外,不过,倒不是全为了他,魏于见到传讯,根本不当作一回事。

当谷外的推浪帮弟兄见到一个头戴斗篷，却未带兵刃的人出现时，立即有人上前阻拦。

有这么多的弟兄在场，何况帮主也在山谷里面，因此上前的三名弟兄之气势甚是吓人，他们凶神恶煞般地大摇大摆走上前，齐喝道："什么人？赶快给老子站住！"

张康果真站住了。

中间的那人大概是个头儿，另两人齐用眼睛望着他，以待命令。那人干咳一声，脸上顿时呈现出一副极其威严的面孔。

可是，正当他憋足了劲，想训斥眼前这个没长眼睛，见了他们还敢向里闯的家伙时，张康冷冰冰地甚至还有点不耐烦地道："去把魏于叫出来！"语气里没有半点商量的余地。

推浪帮的这三人倒愣住了，他们在瞬间之前还以为张康已被慑服，叫他停他就停，却不想是死猪不怕开水烫，而且还是相当不合作。不过，其他人听到张康如此狂妄的话语，都怒不可遏地一涌上前。

为首的是一位香主，他见张康在知道推浪帮兄弟们在此地时还敢前来挑衅，并对帮主这般无礼，顿知来者不善，遂立即下令道："兄弟们，这家伙欺到头上来了，大伙儿一起上，给我分尸！"

众弟兄一向威风惯了，何曾见过像张康这么狂妄之人？根本不用香主下令，他们也知道该怎样处置这个人了。

"臭小子，去死吧！"

"混帐东西，在爷爷面前也敢撒野！"

"这是你自寻死路，可怨不得大爷我心狠手辣！"

……

三十几人一齐涌上前，那么多泛着要命的寒光的刀由各个方向往张康身上劈去。

一把刀便可以要人的命。而这一下子有三十几件兵刃加身，张康真的会被分尸。

一个活生生的人就将成为肉酱——如果张康不能一举击退对方或是闪开……

推浪帮这些人在各自兵器劈出之后，都忍不住发出捕杀猎物般的桀桀怪笑，他们仿佛已经看到了在剑网刀阵里连挣扎来不及就变为一滩肉泥的张康。

当然，张康是不会那么容易就被人杀死的，否则他枉为"武林六奇"的传人，他也不敢"明知山有虎，偏向虎山行"了。

没有三两三，怎敢上梁山！

推浪帮众弟兄在笑过之后便觉得有点不对劲了——因为他们没有听到对方痛苦的号叫，而且各自的兵刃也没受到理当存在的阻力。

定睛一看，兵刃上没有半滴鲜血。

倒不是他们的兵刃杀人不见血，而是地上根本没有见到肢解的尸体。其结论是：张康躲开了，他并没有死于乱刀之下。

简直太不可思议了！

推浪帮众弟兄怎么也想不明白，这对于他们来说是不可能发生的事情，但是不可能发生的事情却真的发生了，只能用"奇迹"二字来形容。

不过，对于张康来说，这并不算奇迹，从理论上讲，三十几件兵刃康由各个不同的方向几乎同时击来，向任何一个方向躲闪都只有死路一条。这些人虽然来势甚凶，使人无从躲避，也几乎看不到间隙。当然，只能说是几乎，因为他们不可能同时出招，也就难免会存在时间上的间隙，这个间隙非常微妙，微妙得让一般人无法发觉，而对于一个高手而言，他正是抓住这个极为渺小、看似不可能的机会，从而取得真正的胜利。

张康不愧为一代临世高手，不然他早就在与推浪帮三大高手的较量中丧命了。

当那些欲将他分尸的人反应过来时，张康已经走到了山谷口。

忽闻谷内一声冷笑，沉声喝道："什么人在外面捣乱，活得不耐烦了吗？"

张康不知道来人是谁，但听其口气知其还不知有敌来犯，他亦冷声道："在下张康，前来拜会帮主。"

这时，方才没能将张康分尸的众弟兄愤怒地喊道："堂主，此人心怀不轨，居然来找我们推浪帮的麻烦了。"

迎出来的是推浪帮刑堂堂主"一爪掏心"鲍豹，他一听有敌来犯，立即喝道："大胆狂贼！"

喝声未完，便见一点寒光，挟着丝丝破空风声，已向张康迎面射到。

张康眉头紧蹙，他对鲍豹不分青红皂白便下杀手的做法感到非常气愤。于是，右手食中二指疾伸，迎着射来的暗器一钳，一枚三棱透骨钉，已在张康二指中间，正由于心中怒其无礼，便立即将暗器回敬了过去。

顿时，没料到敌人如此厉害的鲍豹由于太过轻敌，一时不慎，右掌中了自己的暗器。

张康一直没有停下自己的脚步，包括收发暗器，他根本懒得理会大呼小叫的鲍豹，虽然有些奇怪对方为何如此失声痛叫，但他仍往前走去。

不仅原守在谷外的众人追了上来，谷内也有一些弟兄过来了，当然有几人忙上前照顾痛得在地上直打滚的鲍豹。

鲍豹在林间小道上翻来覆去，脸色苍白，左手颤抖地指着胸前，道："解……解药……"而他的右掌已肿胀了三倍大，且如同木炭一般黑。原来，他在暗器上淬了剧毒，没想到会自己搬石头砸自己的腿。

一名弟兄手忙脚乱地从他怀里掏出解药，帮其服下，很快便收到了效果，鲍豹已能盘坐着调息逼毒。

不过张康这里的形势却已到了白热化的程度。张康的脚步根本未曾停下，推浪帮这么多弟兄也一直将他围着。

他浑身的杀气在短时间之内震慑了敌人，使他们随着他的脚步往谷内走去。

不过，这种局面不会持久下去。

当双方一同出现在树林尽头，也就是到了谷内，魏于等人可以清楚看到这边发生的情况。

大概是怕上头责难，两名领头的香主齐喝道："大家做了他。"

在帮主面前，谁不想好好表现一番？

不料魏于却喝道："住手！"

顿时一场即将爆发的血战夭折了。

众弟兄听到这个命令，不知是解脱还是感到遗憾，总之他们手中已出鞘的刀剑并没有砍向张康。他们仍将张康牢牢围住，只要魏于一声令下，他们会如猛虎扑食般向张康扑杀过去，绝不会手软！

张康仍迈步前行，围在他前面的推浪帮弟兄立即齐声吼道："站住！"其声势远比在谷外表现得整齐和威武。

魏于再次喝道："退下！对待客人怎么可以如此无礼！"其实他和楚辉等人早就知道来了敌人，不过，他一开始并未想到是张康去而复返。

众弟兄依令整齐地闪退两边，不过并未立即收起兵刃，他们在两名香主的带领下退守谷口。这无疑是封住了张康的退路，魏于这下并未阻止。

张康暗自冷笑，走到距魏于五丈处便停住了。

越是这样气度从容，就越发莫测高深！

天下能有几人具有这份气魄和胆量，敢轻捋虎须，孤身一人赤手空拳独闯虎穴？

看他身着儒衫，斗戴斗笠，虽看不到脸型长相，但伫立草木间，宛如玉树临风，身陷强敌包围中，仍是那么气定神闲，傲然不惧！

魏于以前没见过张康，但即使不是早知他是张康，从这份气质也可猜出他是张康了。

魏于朗声笑道："阁下近日来名动江湖，不知此番前来找在下有何贵干？阁下若肯加入敝帮，在下会竭诚欢迎。"多一个帮手比多一个有力的强敌要好得多，这个道理连白痴都明白。

张康没有开口，也没有动。

这个反应让魏于有些吃不消，张康的表现分明是瞧不起他这个称霸江湖的推浪帮帮主！

楚辉现已确认朴石安已死，心中对张康已不再有畏惧感，何况对方没有露出面目，那双"可怕"的眼睛也被遮住了，不禁嘿嘿一声冷笑，道："张康，你少要卖狂，看得起你才让你加入我们推浪帮，别敬酒不吃吃罚酒。"若依他的性子，这便要动手杀人了。

魏于却举起右手制止了徒弟的冲动，沉声问道："阁下独自一人冒险，总会有个目的吧？"

张康看得见魏于的身形，他有一种强烈的冲动，他想哭，若不是强忍着，眼泪早就流下来了。正因为有了这种冲动，很多本想说的话，到了嘴边又给咽了下去。

魏于却认为他是存心来戏弄找麻烦的，再怎么能忍也是不可忍了。

"二……魏帮主，在下此次只想对你说一句话，多行不义必自毙！希望你好自为之，告辞！"张康说完这句话后便转身欲走。

魏于冷声笑道："你还能走吗？真当推浪帮是破铜烂铁吗？来便来，要走便走？那你的路也太好走，太顺利了。"

不用魏于下令，山谷内的所有推浪帮人马都已围了上来，个个横刀而立，严阵以待。当然，双方力量如此悬殊，上至魏于，下至每一名弟兄，大伙多少有些轻敌。这么多人，一人吐一口唾沫也差不多能将张康淹死，何况还有像魏于这般绝顶高手在一旁。

楚辉喝道："张康，亮兵刃吧，不要死了还不知是什么时候。"

张康冷哼一声，竟又视若无物地迈步前行。

挡在他前面的人忙举刀相向，纷纷喝道："站住！否则老子劈了你！"毕竟还未接到帮主的命令，众弟兄亦不想过早地"瓮中捉鳖"。

张康不仅没有停下步子，反而更加快了步伐，也没见他亮兵刃，更难见他出手，不过他所到之处，推浪帮的人便向两边翻倒，那些锋利的刀剑对他根本造不成威胁。

眼看着张康便要突破重围了，魏于忙腾空而起，凌空喝道："好身手，就让本座来领教一下阁下的高招吧！"一出手便施展出了"紫阳秘笈"中的绝招。

众弟兄见状都自觉地退后三丈，但仍围成圈，那些倒地的人没有死，只是被制住了穴道，也都被抬开。这样，场中间便腾出一块比较宽阔的空地。

魏于的凌厉攻势足以开山劈石，可就当掌劲快要击中张康时，对方却遁身不见了。

楚辉、魏于以及几名堂主同时喝道："哪里跑！"往山谷口掠去，魏于的速度最快，他及时地将掌劲击在地面的反弹之力化作转身劲力，因此掠行速度较往常快了一倍。

张康的奇妙身法令他神鬼不知地脱了身，但幸亏他先动身，否则魏于定能追上他。

一旦出了谷口，对方的距离越拉越近，张康不愿现在与魏于交手，便取出头上斗笠，向身后抛去。

若让斗笠击中，自是吃不消，可是避之不及而挡又使得魏于不得不顿下身形。待他再次追赶时，张康已掠出十数丈之外了。

魏于气得将手中斗笠往地上一丢，猛地一跺脚道："走，迅速返回总舵！"追出来的楚辉等人没看到张康的身影甚是奇怪，但见魏于发怒，也就知道了是怎么一回事。

各人心中皆感到难堪透顶，不是味道，这么多人竟然连一个人都围不住，若传到江湖中，那太丢推浪帮的脸面了。

魏于今日才会到这个强大的敌人，他心里立即将张康划为最难对付的敌人！

他若想称霸江湖，绝不能容忍张康存在，张康实在是个极大的威胁！

不出十天，江湖上很多人都知道张康在推浪帮高手云集的情况下仍然进退自如，因此，张康的名字顿时传遍了大江南北。

在许多人的眼里，魏于所领导的推浪帮是战无不胜的，于是绝大多数门派根本不敢与推浪帮相抗衡。听到居然有人可与推浪帮斗上一斗，很多人虽然不敢明着来表示内心的震惊和兴奋，但暗中与别人在酒楼茶馆里发泄一下，也是极为过瘾。

在皖北一个小镇子的西头，有一家生意还算不错的酒馆，这个酒馆有一点与众不同，来客一般都是江湖人。谁也说不上这是什么原因，反正这种现象已持续了十几年，成了约定俗成的规律，也没有人去调查，大家称这酒馆为"武林酒家"。

今日酒馆里的生意似乎有些萧条，大概是由于下雨，天已渐渐入冬了，每下一场雨便要冷上几分，人们的活动频率和范围也愈渐变小。不过，与同行其它酒馆相比，"武林酒家"的生意还算相当不错。

二十张酒桌，仍有五张不是空着的。一共有十名客官，一张桌上有三人，一张桌上只有一人，其余三张桌上各坐两人。

大家都在喝酒，不过气氛不太热闹，喝着烫酒，吃着热菜，谁的嘴都没闲着。只有那一桌三人中，有一个红面汉子的嘴巴大部分时间是用来说话的。当然，他并不是不想吃东西，其实他比谁都想吃，可是他必须说话，只有说了话，他才有吃的。一瞧那眼神和表情就应知道他心里想的可只是桌上的美食好酒。

"快说吧，呆会儿有你吃的！"红面汉子对面的那华服中年用筷子头敲了一下他意欲伸向桌上烧鸡的手。

红面汉子恋恋不舍地看了看那只肥肥的烧鸡，咽了一下口水，才诣笑着说道："好吧，你们两人听好了，我可只说一遍，决不重复。"

另一位长须中年不耐烦地催道："肖希同，少啰嗦，快说吧！"

红面汉子肖希同稍微白了他一眼，道："'百变酒丐'风青和蔡健在攻打芦花荡时被推浪帮帮众抓住，魏于将在十月初五对二人施以报复！"

那两位中年汉子闻言大惊，长须中年问道："有没有张康张大侠的消息？"

肖希同忙着啃烧鸡，哪有说话的机会，只是咿咿喏喏地发出一些谁也听不明白的声音。

华服中年见状，急得一把从肖希同手中夺下烧鸡，道："到底有没有张大侠的消息？"

到手的烧鸡被人抢走了，肖希同好生气恼，咀嚼着口中仅剩的一点鸡肉，却不再说话，头偏扬，眼斜视，竟不理睬他的"顾客上帝"。

长须中年气得握紧拳头便想赏他一记铁拳，华服中年忙拦住，笑着将烧鸡还给肖希同，道："好，好，你吃。"

肖希同接过吃了一口后，白了长须中年一眼，道："张康自从扬州走后，江湖上便再没有听到他的消息，似乎在这个世上消失了一般。"

长须中年道："真的？"

肖希同"哼"了一声，道："我号称'消息通'，难道是吃白饭的？"那副得意劲出现在他的脸上，倒有种不伦不类的感觉。

其他四张桌子上的几个人似乎都认真地听清了这边的谈话，因为这是武林中人关心的最新时事。

接下来的时间里相对便沉默多了，那两名中年汉子很快便付账离开，留下一桌的佳肴美食。肖希同怎会客气？立即风卷残云般一扫而光。有人离开，又有人进来，他可管不着，吃饱喝足了再将可带走的食物包好拿着才醉醺醺地离开了酒馆。

这时，方才独坐一桌的那个穿着几天没洗的白衣的青年也离座随其出了酒馆，他虽然样子太沧桑了一点，头发零乱了一些，但身上却是有不少银子的。如果不细认，谁能知道他即是这几日名震江湖的张康？

他一直尾随着肖希同走到了一个破庙前，那地方或许便是"消息通"的窝。

突然，肖希同转过身来，打个酒嗝道："喂，老兄，你干吗一直跟着我？如果肚子饿嘴馋，这些东西咱俩可以平分，也算是我做件功德无量的事情了。"

张康心头一震，忖道："自己太消沉了，竟让他发现了行踪。"当下立刻调整心态，重新恢复斗志，一步掠上前去，问道："推浪帮真的抓住了风青前辈和蔡健？这是怎么一回事？"

肖希同一下子便醒酒了，他感到太奇怪，眼前的这个人在刹那间像是变了一个人似的。虽然衣服仍有些脏，眼圈仍有些肿，但给人的感觉却是截然不同的。瞬间之前，对方只是一个酒鬼，而现在，其内在的气质已完全将这些缺点掩盖住了。而且还具有一股慑服力，使得肖希同立即答道："风青、蔡健二人以及武当、少林的几个人夜探芦花荡，不料却中了埋伏，他们二人为了掩护其他人撤退，双双被擒。魏于似乎有意放过少林、武当两派的人，不然那几个人定难全身而退。现在，少林、武当两派日夜担心，生怕推浪帮伺机报复，再也没有人敢去偷袭推浪帮了。"

张康追问道："肖兄弟，有没有万云镖局陈总镖头的消息？"

肖希同想了一会儿，道："好像没有，听说他曾到过君山。"他估计张康会再问，又补充道："这些天也一直没有张康的消息。"他怎想得到，眼前这人便是张康！

张康却问道："今天几号了？"

肖希同奇怪地望了他一眼，答道："十月初一。"

张康自语道："那还有四天。"接着他对肖希同说道："肖兄弟，多谢了。"

说罢，他转身便走。

"哎，大侠……"肖希同喊道。

张康回头一愣，旋即想到对方是以卖消息为生的，忙掏出一块十两重的银碇递给他。

不料，肖希同似乎并不在意银子，而问道："我不是这个意思……我是想问……大侠的名……名字。"不过，他倒没有将银子还给对方。

张康望了他一眼，露出些许笑容，道："在下就是张康。"说罢一声长啸，倏地反身跃起，须臾便失去了踪影。

肖希同闻言一震，连银子都握不住掉到了地上，他没有弯身去捡，伸手揉了揉眼，拍了拍额头，他有种做梦般的感觉。刚才太失常了，他竟然一改认钱不认人的宗旨，几乎是免费向别人提供信息，而且还有问必答。他怎知道，张康无意中使出了"心魔"莫愁的勾心术，这样不知不觉中身上便有了股难以抗拒的慑服力，当然，这种慑服力对人体不会造成伤害。

总的说来，肖希同还是挺高兴的，因为他遇到了江湖中的传奇人物张康，而且他还得到了丰厚的回报。何况，他亦可以将这段经历作商品"卖"给别人，相信能得到更多的酬劳。

大概有史以来，江湖上从未像现在这样，如此多的人密切关注着一个人的行踪，而且是才在江湖中露面不足半年的人。

当张康到达荆州时，整个武林都震动了，这个传奇般的人物，就将与推浪帮展开决战，此消息极大地鼓舞了一直受推浪帮欺压的各门派的人心。谁都想去荆州看一看，到底是张康厉害，还是魏于厉害，也即是指到底是正不压邪，还是邪不胜正？但是，即使一些艺高胆大的人去了荆州城，同样无缘看到这场决斗，因为决斗的地点在芦花荡——推浪帮的总坛，那里高手如云，谁敢去自投罗网，自寻死路？

跨进推浪帮总坛大门，张康的心情相当沉重，他并不担忧即将出现的险情，如果他怕，就不会在这里出现了。

守门的人并未阻拦他，一路上的明哨暗哨也让他顺利通行，魏于正在里面等着他。

今日正好是十月初五。

每迈进一步，张康的心便沉重一分，他不怕魏于会设下种种陷阱使他进易出难，张康知道魏于故意在江湖上散播风青、蔡健被抓的消息，其目的就是为了引他出来。

即使明知前面是一条死路，张康也会义无反顾地向前走！不仅为了救出风、蔡二人，也不光是为了江湖道义，他和魏于之间必须作个了断——彻底的了断。他其实是不愿意这么早就面对这一天的，这完全是魏于逼迫的。不过，事情发展到了这一步，他别无选择，并已作好了断的心理准备。

在他的怀里，他依然带着那副丑面具，他一直都把它带在身边，今天要与魏于决斗了，他也带在身上。

魏于坐得高高在上，在张康的一旁，依次站着楚辉以及各堂堂主。就连一向在暗中出现的欧阳不凡、姬天雄、钱如明三人也在魏于的下面坐着。而风青、蔡健二人则被捆绑在广场中间的木柱上。

一看到张康出现，魏于就朗声长笑，快步迎上前来，满脸堆笑地道："张大侠大驾光临芦花荡，令敝帮蓬荜生辉！"

张康直视着魏于，他此次来并未蒙面，所长出来的杂乱胡子也没有刮，他的眼神非常复杂，但却是正义凛然的。

像几天前一样，张康对魏于似乎仍是不理不睬，不过魏于却依然笑靥如花，道："张大侠，请！"说罢率先往广场走去。

张康没有动，面无表情地喊了一声："二哥！"

这无疑是一个晴天霹雳，魏于蓦然惊颤，这一声呼唤是多么熟悉。朴石安已经死了，绝不可能有生还之机，但这声音不是朴石安所发，又是谁呢？

魏于愣了半天才喃喃地道："你……你喊什么？"他慢慢地回头，却更加惊骇了，忍不住后退了两步。因为他看到了一个活生生的朴石安，奇丑无比的朴石安！

他惊叫道："不是，你不是，朴石安已经死了！"

张康冷冷地说道："你为什么要害死大哥？你为什么要将推浪帮弄成现在这个

样子?"他就是朴石安,他一直就是朴石安,只不过有一段时间他忘却了以前的点点滴滴。但是,一个细微的场面使他逐渐恢复了记忆,他也知道自己是朴石安,那一次,他是去陈云凤家提亲,在一个亭子里他蘸墨作画,却不小心将墨水弹到陈云凤的眉目间,那一瞬间他的脑子里闪现出了以前与凌真儿在一起发生过的同样画面。于是,他的记忆闸门慢慢开启了,但当时他并没有告诉别人,后来他仍没有说,原因是他一旦承认自己恢复了记忆,就是与魏于摊牌的时候了。

这一刻,来得究竟是早了还是迟了呢?

魏于瞪大了眼睛,怎么也难以接受这个事实,突然,他仰头对天狂笑起来。

张康黯然地闭上了眼睛,内心的狂澜起伏,怎么也难以平静。他怎么也忘不了和新力、魏于两人结拜时的情景,那时他们意气风发,情同手足,何曾料到会落到要自相残杀的结局?

他更没想到灾难便要临头了!

"去和新力相会吧!"魏于的出掌比开口更快,贯注了毕生功力的双掌直切向张康的胸膛。

"小安子!"

"帮主!"

风青、蔡健二人清楚地听到和见到这里发生的事情,不由大惊失色,既喜且急,可惜他们心有余而力不足,只能眼睁睁地看着朴石安像断线的风筝一般被魏于击飞出去。

推浪帮的弟兄一听张康就是前任帮主,不由得蒙了,看到魏于偷袭,不由都惊叫出声,却不知该如何是好。尤其是楚辉、罗翠花二人,观此剧变,他们都愣了。其余各堂弟兄都不是三年前的,他们对朴石安都不怎么熟悉,却同样惊得呆若木鸡。

魏于偷袭得逞后又仰头大笑,这次他是真的笑了:"哈哈……朴石安,你自寻死路可怨不得人,谁阻挡我的霸业都只有死路一条,新力死了,现在该轮到你了!哈哈哈哈……"

"啊?!"在场的人无一不认定朴石安是死定了的,但是他们却清楚地看到朴石安站了起来,立得稳稳当当,风青、蔡健喜得眼泪止不住流了下来。

魏于的笑声戛然而止,他像看怪物似的望着朴石安向自己走来。不过他立即一言不发,呼的一掌,便向朴石安头上劈去。朴石安头一偏,让过了顶门要害,啪的一响，这一掌打在他的肩头。朴石安哼了一声，并不还手，说道："二哥，你为什么不运功啊？是不是功夫还未练成？"原来魏于的这一招只是虚招，却没料到对方竟不闪不躲，一击而中。但他这一招上全没用上劲力，是以朴石安并未受伤。而刚才的偷袭，朴石安早就由对方眼睛中看出他心怀不轨，因此早作防备，借劲倒飞，表面上是被震飞，但实际是借机化去劲力。

魏于左手虚引，右手一掌拍出，朴石安斜身让过，仍不还招。魏于双腿连环踢出，啪啪两声脆响，朴石安肋下连中两腿。这两腿的劲力却是厉害无比，饶是朴石安功力高深莫测，可也禁受不起，哇的一声，一大口鲜血喷将出来。

风青急叫道："小安子，还招啊！你怎能尽挨打不还手！"朴石安身子摇晃几下，苦笑道："他是我义兄，受他三招，原也应该。"蓦地长啸一声，挥掌疾劈过去。

魏于心中暗叫："倒霉！我只道他对我怨恨极深，一上来就会拼命，早知他肯让我三招，我先前何不痛下杀手，以致错失良机？"见朴石安这掌来得凌厉，当即右手斜出，身形后退两步，却不料对方是虚招。

朴石安没有追上前，伸手摘下脸上的丑面具，道："魏于，我们兄弟情谊就此一刀两断！"说罢将面具使劲往天空中一抛，落下时，竟成为碎片。

当面具碎片落到眼前时，朴石安一声长啸，挥掌卷起漫天尘土向魏于劈去，这一掌使出了七成功力。

魏于心头大骇："他好深厚的功力！"竟不敢正面对敌，展开轻身功力，绕到朴石安身后，一掌无声无息地从他背后击去。

朴石安却如亲眼所见，反足踢出，足尖微晃，将魏于踢过来的劲力悉数化去。

魏于轻轻高跃，从半空中如鹰隼般打下来，双掌交错，掌影如山，朝朴石安压下。

楚辉心道："师父使出了第九重神功'伏魔法网'。"他的心里很乱，尚不知偏向哪一边。

场中众人看到如此绝技，不由都瞪大眼睛，心中暗自叫好。

朴石安不偏不倚，对着如山掌影的中心直冲向上，食中二指骈直，如剑刺出。

他这一招完全出乎意料，若是一般人，拼不过只会向旁边躲闪，而朴石安却向上迎个正着。

其实，他这么做正是"伏魔法网"的破法，要知紫阳真人与六奇另五人在洞底对天下武功都作了分析总结，对其自著《紫阳秘笈》更是作了详细剖析。在"无"字论的映照下，紫阳真人看出了从前引以为傲的武功实际上是破绽百出。

"伏魔法网"是最厉害的一招，几乎毫无破绽，一旦使出，饶是你轻功再高，也难逃出掌影的范围，而向四周逃跑却正中击者下怀。除非功力高出施掌者甚多，否则迎头痛击，受害程度会更深。紫阳真人在苦思数月之后才找出这一招存在的破绽，那就是跃起半丈抓住掌影间存在的万分之一秒的空隙直击施掌者掌心。

说时迟，那时快，魏于心中暗笑朴石安不知死活，竟不用掌抗，而只是以指劲破招，简直是送死！直到朴石安的手指抵住他的掌心时，他才意识到自己败了，只要对方稍吐气劲，他便会体内筋脉逆转而亡。

但朴石安一时心软，竟不忍使劲。魏于抓住时机，左掌向朴石安后脑勺狂击过去，朴石安心存善念却不想竟成了东郭先生。

魏于的拼力一掌力逾千钧，毫不手软。

朴石安后脑勺如遭雷击，头颅仿佛裂开了，下意识地，他攻出一掌。便只觉天在旋转，地在盘旋，眼睛、鼻子以及嘴同时都有一股热流冒出，透过眼睛，他只能看到红色的天空。他根本弄不清楚自己是在躺着，还是站着。慢慢地，那红色的天空变成漆黑一片……

他听不到耳边嘈杂的声音了……

朴石安耳中听到滚滚的车轮声在下边响起，而四周却是一片漆黑，他就这么迷迷糊糊地醒了过来，初时还如身置睡梦之中，缓缓伸手想要撑身坐起，突感后脑勺火辣辣地疼痛，周身也使不出一点力气。于是，他微微撑起的身体又跌躺下去，神智已渐渐陷入一阵昏迷之中。

在迷糊之际，突然听到几个熟悉的声音。

"爹，刚才你听到什么声音没有？好象是康哥动了。"是凤儿，她的声音有些嘶哑。

"唉！傻女儿，人死不能复生，你不要太难过了……"这是陈敬德的声音。

"凤儿妹妹，别胡思乱想了，这几天你一直没有睡，该休息一会儿了。"这是谁的声音呢？朴石安来不及想，又昏迷过去了。

当他再次醒来时，也不知过了多久，觉得自己的头已不怎么痛了，但周身依然乏力，若不是躺着的地方震了一下，他还不一定醒得了。

他心想："我这是怎么了，这是在什么地方？"

外面又传来凤儿哽咽的声音："小心点，别惊动了他。"

而且，还有一个哭泣的声音响起："真的是安哥，师父……"是真儿，凌真儿，她怎么也在这里？

朴石安喉咙忽然像哑了一般，半句话也说不出来，他拼命用力，可是身上哪还有半分力气，像是完全虚脱，喉咙舌头根本不听使唤，发不出丝毫声音。

他又听到风青的声音："他是被魏于给……唉！可怜的孩子！"

朴石安更是感到惊奇："难道是谁死了吗？我不是在和魏于比斗吗？怎么到了这里？"

突然，一个撞击声在头顶响起，接着是凌真儿悲恸的哭声，朴石安蓦地想到："难道他们都以为我死了？我真的死了吗？我为什么说不出话来？"这太可怕了！

又有不少哭声在周身响起，朴石安只觉这些声音都很熟悉，但他却无法再去一一辨别。

他觉得自己真的是死了，动也不能动，说也不能说……他真的不敢想象，他真的死了?！

他心里在狂呼："我不要死，我不能死！"

大概是心里激动得太过火，他反而冷静了下来。因为他突然想到："如果我死了，那我的气息怎么还在？脉搏仍在动，而且我的眼睛也能看见东西！"一想到眼睛，他还真的看到头顶上有一个亮点，他不由得惊喜万分，很想伸手去摸，但只能动一下手指，想要举高半分都难。

外面噪杂的哭声说明有很多人，朴石安这时才意识到自己所躺的地方是棺材里面！别人真的以为他死了，以为他被魏于打死了。

朴石安心里在大声喊着："我没死，真儿，凤儿，我没死！风伯伯，爷爷，我没死啊！"当然，他的嘴里发不出半点声音。

爷爷怎么也在这儿？

他听到了张添寿苍老了许多的声音："该入土为安了！"

朴石安感觉到棺材在移动，接着又在缓缓地下降，他头脑顿时一片空白："入土？他们要埋掉我！我该怎么办呢？"

很快，张添寿叹了一口气，道："动手吧！"于是，朴石安清楚地听到有土石落在木板上的声音响起。

他的心中在发颤，歇斯底里地狂呼道："我没死！快让我出去！"

"等一等！"凌真儿突然哭着喊道。

朴石安闻言仿佛看到了一片生机，他高兴地想哭，他以为凌真儿知道他没死，所以叫别人不要铲土了。

然而，他想错了，在铲土声停止了片刻之后，陈云凤似乎在劝凌真儿："真儿姐姐……"

凌真儿无力地叹了一口气，好凄凉，好令人心酸，朴石安仿佛看到凌真儿痛不欲生而又欲哭无泪的伤心模样，他的心好痛！

他的心慢慢地由痛变得麻木，因为铲土又开始了，很快，他头上的亮点消失了，周围那些熟悉的声音不再清晰，而且在慢慢消失。

他感到呼吸越来越困难，胸前仿佛被一块巨石给压住了。这次，他真的觉察到死亡的气息了。

"不，我没死，真儿、凤儿，我没死！"朴石安再次狂呼！

"康哥，我在这儿。"

"安……哥，你醒了？"

伴随着两声几乎同时发出的同样急切、同样温柔的声音，两双小手同时抚上了他的身体。

朴石安突然发觉，眼前是一片光明，一偏头，便看到了两副写满惊喜的绝美容颜。朴石安大喜道："真儿、凤儿，我真的没死，你们是怎么知道的？"

凌真儿的一对美眸里溢满了激动的泪水，哽咽着问道："安哥，你真的是安哥！"

陈云凤扑哧一笑，道："你们两个都是怎么了？像是在做梦一般。"

凌真儿忍不住流下了眼泪，忙伸手拭去，但俏脸上却分明闪耀着激动的光辉，喜极而泣道："是吗？我真的太激动了。"

朴石安见状也觉心酸，伸手握住她的小手，柔声道："真儿，对不起，让你受了这么多的委屈，这几年可真苦了你！"

凌真儿喜形于色，眼泪却涔涔而下，道："只要你在我身边，我什么都不怕。"

朴石安紧执其手，道："放心，从今以后我一定不再负你，让你过上快乐的生活。"

"那我呢？"他似乎忽略了旁边还有一个已有三个月身孕的陈云凤。

这么一个大活人，应该是两个，朴石安怎会忘记，他满脸诚意地望着两位娇滴滴的大美人，道："如果你们愿意，我……"

陈云凤抢着道："你想同时让我们做你的老婆？"这话凌真儿绝说不出口，但陈云凤与朴石安早已是夫妻，就另当别论了。

朴石安肯定地点了点头。

陈云凤满脸都是温柔的笑容，她望了望凌真儿，又望着朴石安，虽然没有言语，但那表情却已是应允。凌真儿早已与陈云凤情同姐妹，虽然知道对方完全赞同二女共事一夫，但还是忍不住喜道："凤儿妹妹……谢谢。"陈云凤笑嘻嘻地冲她扮了一个鬼脸。

夏天的天气变幻莫测，晴朗的天空可以立即乌云密布。陈云凤的脸有点像夏天的天气，说变即变，只见她突然寒着脸对着正喜笑颜开的朴石安冷声斥道："你想得倒美，你有什么了不起的，竟然这么贪心？说！你是要她，还是要我？"此刻的她像个母夜叉，一个可爱的母夜叉。

朴石安顿时被震住了，人家不同意，而且还给他出了这么一个难题，他怎么办呢？她们两人都是他的红颜知己，舍弃任何一个都不愿意，他不禁立即由快乐之巅跌进了苦闷深渊。

他此时才感到身体的乏力，好像是饿了很久的缘故，失去精神支柱的他立即又倒在床上。枕头虽很软，但朴石安的后脑勺还是被枕头碰得火辣辣地痛，忍不住发出了一声呻吟。

陈云凤忙收起扮恶的鬼脸，急道："你怎么了？好了，好了，我答应你就是了！"

朴石安闻言心里一高兴，便忘了头上的疼痛，道："答应什么？"

陈云凤万分委屈地说道："坏蛋，人家答应和真儿姐姐一起做你的老婆，总可以了吧！"凌真儿不禁脸颊绯红，她毕竟还是一个黄花闺女，陈云凤却瞧着她不住偷笑，哪有半分委屈。

朴石安这才了解这个俏佳人的心思，一股甜蜜立即涌上心头，同时拥有两个如花似玉的大美人，他当然感到自豪了。而且，还可以向爷爷汇报这辉煌的战果，让他老人家高兴高兴。

朴石安仿佛已经听到爷爷爽朗的笑声了。

"呵呵，好孙子，竟然同时娶得两个乖孙媳妇，爷爷可以进来了吗？"有人在门外说道。

是爷爷?!

朴石安第一反应便是爷爷来了，他也不去想爷爷为什么会来，就大声喊道："爷爷!"

两位俏佳人忙含笑站起，守在床头。

"吱呀"一声，门开了。

首先进来的不是张添寿又是谁? 朴石安不知从哪里冒出一股力量，由床上一跃而起。可是，他本想上前抱住爷爷好好发泄一下心里的激动，不料脚才一沾地，便再无半分力气。若不是凌真儿和陈云凤反应得快，只怕他会跌倒于地了。

还是凌真儿心细，道："唉呀，我怎么忘了安哥已三天没吃东西了!"

"我去拿!"陈云凤立即松开手往门外跑去，却没想到凌真儿也同时撒手准备出门。

很不幸地，朴石安还是要落个倒地的下场，谁叫他那么有福气，竟一人独占二花魁? 老天爷自然会嫉妒他了。

一道灰影闪过，朴石安出乎意料地躺在床上了，而站在床头的是刚进房的张添寿。陈云凤、凌真儿匆忙回头，都吓得伸了伸可爱的小舌头，一起奔出门外。

随着张添寿进来的还有风青、蔡健、陈敬德、凌志成等人，他们见到张添寿出神入化的身法，暗自惊叹不已。

朴石安向爷爷问了好后，便挣扎着坐起向众人行礼。见到这么多熟人，他很是奇怪，他记得自己是一个人前去芦花荡的，在与魏于比了几招后便因一时心软反中了一掌，昏厥过去。

可惜，他满腹的疑问几乎没有机会开口去问，这时又进来了几个人，其中有一位少女，朴石安觉得极为面熟，却叫不出名字来。恰恰那位姑娘也正拿眼瞧他，而且还冲他露出甜美的一笑，吓得朴石安赶紧低下头去，一面绞尽脑汁去想那姑娘是谁。

"大哥，你醒了?"

不用猜，朴石安也知道是孟虎来了，几年不见，他变得更成熟了，不复往日的腼腆，忙笑道："虎子，干娘可还好?"

孟虎由别人让出来空间，急步走上前，激动地打量着朴石安，这个曾赤手打虎的少年变成了今日的硬汉子，但此情此景，却也忍不住泪光点点地道："大哥，娘的身体很好，就是想见你。"

朴石安问道："你姐呢？"

孟虎欲言又止，道："她……她……"

风青在一旁忙道："嗯，好香的酒菜，你们两个丫头，可从没做过这么好的给我老叫化子吃哟。小安子呀，你可真是好福气！"众人都笑了起来，不过笑容似乎显得不大释然。

凌真儿、陈云凤双双托着盘子进了房，风青又道："好了，好了，我们也该出去了。"

张添寿也由床前站起，道："康儿，我先出去了，你好好吃，爷爷还有很多话要说。"说完便转身拍了一下风青的肩膀，朗声笑道："风老弟，咱们出去，让他们三口子好好聚聚。"众人闻言也都纷纷退出。

朴石安发觉方才那少女似乎又特意地望了他一眼，还笑了笑，可他仍想不起是谁。

最后一个出房的是孟虎，他还细心地关上房门。

朴石安突然想起，那少女便是在景阳冈上遇到的尉迟秋萍，他不禁失声道："是她！"

陈云凤黛眉一挑，佯嗔道："看到漂亮的姑娘就舍不得移开眼了，人家走了还魂不守舍的！"

凌真儿笑道："凤妹，别作弄他了！"

陈云凤道："这么快就帮你相公说话了？"

凌真儿红着脸反击道："不也是你相公吗？"

陈云凤故作思索一番，才道："对，他也是我相公。来！我的好相公，让我和你的好真儿一起服侍你用膳，好不好？"

朴石安似乎有些心不在焉，对她们两人的调笑大都没听进耳朵，送到嘴边的菜食也只是机械性地吃着，太多的疑问倒不知从何处问起，况且他嘴中已被食物占据。

凌真儿知道朴石安心里想着什么事情，遂柔声道："相……安哥，你一定很想知道在你昏迷的这一段时间里发生了什么事吧？"

她话还未说完，陈云凤就"凶巴巴"地瞪了她一眼，对极愿恭听其详的朴石安道："这几天的事情实在太多，若等你听完，这菜早就凉了。这样吧，你吃一口饭，我就讲三句，包管你听明白。真姐，你喂他吃，如何？"

凌真儿只是笑笑，朴石安则是无可奈何地接受，他就像是砧板上的肉。

凌真儿喂了朴石安一口饭，当然其中也有菜，陈云凤便郑重地道："首先，推浪帮不复存在了，那些属下大都回家自谋营生了。"三句话说完，朴石安已咽下了第一口饭菜，凌真儿还特意让他喝了一口酒，靠在陈云凤身上的他心里虽很震惊，却还是强自压住了激动之情。

不过，朴石安以最快的速度吞下那口酒，急切地问道："那魏于呢？"

陈云凤神色稍显黯然，道："他已经死了，听爷爷说，你在昏迷前的那一掌'无武之道'让他得到了应有的报应。他其实……就是……"朴石安心头一凛，道："是你的二哥，对不对？"陈云凤大惊，也顾不得刚立下的规矩，问道："你是怎么知道的？"

朴石安叹了一口气，道："我以前也只是怀疑，因为他曾说过自幼无父无母，抚养他的那对孤寡老人告诉他，他是让鹰叼到岛上去的，他真的死了吗？"

凌真儿冲他点了点头。

朴石安难过地闭上了眼睛，好一会儿才道："凤儿，你……"

陈云凤竟知道他想说什么，道："这是他自作自受，我根本不当有这么一个兄长，爹娘也只当他自小就不在世上了。对了，真姐，你喂康哥吃啊！"不过，既然早就违背了规定，她也不再苛刻了，继续道："那三个魔头看你们都倒下了，便心存歹念，想统治推浪帮，楚辉他们便与那三个魔头展开激战。那三个魔头在帮中多年，也有一些势力，于是芦花荡便不安宁了……"

陈云凤说得很是平淡，但朴石安可以感受到那场自相残杀的激战。芦花荡，他创建推浪帮的地方，可是如今……

凌真儿极其温柔地握住朴石安微微颤抖的手，只以眼神传递莫大的支持。

陈云凤道："那场激战的结局很惨，楚辉和罗翠花力敌三个魔头，本来他们是可以支持更长时间的，但楚辉、罗翠花二人因魏于的死已然方寸大乱，于是，他们都……死了！"

这个事情，可以想象，但朴石安还是忍不住发出了惊呼声。他竭力压制着心头的剧震，反手握住两女的手，好让她们放心。

陈云凤继续道："效忠于魏于的那些弟兄，大部分人都誓死护帮，那三个魔头一时之间也无可奈何。但时间一长，他们断难抵挡。风伯伯和蔡大哥被绑在柱子上，眼睁睁地看着这场悲惨的厮杀，楚辉如果早松开他们，或许……他解开绳子后便再也支持不住了。"

"风伯伯他们浴血奋战，但没过多久还是有不少人死伤，蔡大哥一时不慎，左手被欧阳不凡那老魔头斩断了，场中形势再度陷入不利之境！"

朴石安虽然知道最终的胜利在于己方，但他还是忍不住要担心，因为他关心。他心想："怪不得没看到蔡大哥，原来他受了重伤。"忙问道："蔡大哥不要紧吧？"

凌真儿接口道："他昏迷了半天便醒了，不像你昏迷了三四天才苏醒，不过，蔡大哥从此便只有独臂了。"

失去一只手臂总比失去一条性命要好得多了。

陈云凤道："幸亏向凤姑娘带着十几位高手及时赶到，她本是来助你的，见到这种场面，她立即上前帮助风伯伯他们，没过一会儿，爷爷也来了，他老人家的功夫可真神，三下两下就打得那三个魔头负伤逃走，等到我们赶到时，事情已经结束了。若不是孟虎抱起魏于时，爹眼急看到那只玉佩，我们还不知他便是失踪多年的陈云龙！"

回忆了这一段已经过去的事情，陈云凤的声音已变得相当沉重，她强作一笑道："看，菜都凉了。"

朴石安早已坐正了身子，虽没有吃饱，但力气也恢复了不少，他自己下床，道："我这就去看看蔡大哥。"凌、陈二女立即给他当向导。

这里还是芦花荡！

他看到风青、张添寿两人在湖边聊着什么，其他人如尉迟悠云、赵无眠等人也都在各处观看推浪帮的总坛。

他还看到孟虎正和一个妙龄少女在那片林子里并肩坐着，凌真儿笑着问道："你知道那姑娘是谁吗？"朴石安再仔细地看了一会儿，恍然道："尉迟秋萍！"

突然，陈云凤扯了一下他的衣袖，道："相公，有个姑娘很想见你一面，但又怕见你，你说该怎么办？"说罢朝后边努努嘴。

朴石安忙回头一看，发现有个少女躲在一棵大树后面望着这边，见他回头，赶紧躲好。朴石安已知道是谁了，他对陈云凤道："凤儿，你去对她说，我根本不怪她，以前的事都过去了，谁都没欠谁什么。"

陈云凤诡笑道："你不亲自去说，看得出她对你可有些意思呢，我和真姐是不会吃醋的，反正你有两个老婆，再多一个也无妨。"

朴石安顿时俊脸通红，轻斥道："凤儿，别乱说，真儿，快带我去见蔡大哥！"

不料，凌真儿也露出与陈云凤相同的笑容，道："蔡大哥在那间屋子里，你自己去吧，我和凤妹一起去替你向凤姑娘传话。"说罢还抛了一个媚眼，便拉着陈云凤往回跑。陈云凤跑出两步又停住身对朴石安笑道："放心，你等着好消息吧。"

朴石安蓦地脸又红了起来，赶紧往蔡健房中走去。

他刚一打开房门，立刻有两张熟悉的面孔呈现在眼前，其中一个躺在床上。那两人见他进来都欣喜万分，躺在床上之人无法动身，但与另外一人齐声欢呼道："帮主？属下参见帮主！"床上那人自是蔡健，而另外一人竟是南帆！

朴石安道："南帆？！推浪帮已经解散了，再没有什么帮主了。蔡大哥，你好点了吗？"

蔡健激动得想哭，道："属下没事，帮主……"

朴石安握住他的手，道："蔡大哥，你难道不愿我张康做你的兄弟？"

南帆插口道："在我们心中，推浪帮永远都存在，匡扶正义的推浪帮永远不灭！"

"对！"

门外还有几个人的声音响起。

进来的有风青、张添寿、孟虎以及各路英雄。

风青道："我老叫化子今天宣布，加入匡扶正义的推浪帮，小安子，你嫌不嫌我年龄大？"

其他人竟也齐声喊道："长江后浪推前浪！"

有人说，推浪帮灭亡了。因为魏于倒行逆施欺压武林同道，而且暗中拐卖人口。终于，芦花荡以及英豪酒楼都被官府查封。

而也有人说，推浪帮依然存在，而且永远都存在，只要哪里有正义在，哪里便是推浪帮，因为推浪帮已是正义力量的代表。

长江之水不尽滚滚流，总有下一浪推动前一浪，向前不断！

——全书完——